国家社会科学基金一般项目研究成果（项

Science and Imagination: An Approach to
Modern British Science Writing

科学与想象：
英国现当代科学散文研究

张建国　著

河南人民出版社
·郑州·

图书在版编目 (CIP) 数据

科学与想象 ：英国现当代科学散文研究 ／ 张建国著 .

郑州 ：河南人民出版社，2025. 5 -- ISBN 978-7-215

-13740-0

Ⅰ. I561.076

中国国家版本馆 CIP 数据核字第 2025D83X40 号

河南人民出版社 出版发行

（地址：郑州市郑东新区祥盛街 27 号 邮政编码：450016 电话：0371- 65788055）

新华书店经销　　　　　　　河南锦华印务有限公司印刷

开本　710 mm×1000 mm　　　1／16　　　印张　26.25

字数　378 千

2025 年 5 月第 1 版　　　　　　2025 年 5 月第 1 次印刷

定价：78.00 元

序　言

　　本书是 2019 年国家社会科学基金一般项目"二十世纪英国科学散文研究"的研究成果。

　　在英美两国,科学散文(science writing,也译为"科学书写")是 20 世纪以来兴盛的一种文学体裁。1957 年,美国数学家和科学散文作家马丁·加德纳(Martin Gardner, 1914—2010)编选出版《科学散文精品》(*Great Essays in Science*);1994 年,该作品集出版了增补版。进入 21 世纪以来,这种文学体裁受到广大读者的青睐,其标志有二。第一,从 2000 年起,美国著名的休敦·米夫林出版公司(Houghton Mifflin Company, 2007 年改名为 Houghton Mifflin Harcourt)和哈泼·科林斯出版公司(Harper-Collins Publishers)不约而同,分别开始编辑出版年度最佳文选《美国最佳科学散文和自然散文》(*The Best American Science and Nature Writing*)及《美国最佳科学散文》(*The Best American Science Writing*),延续至今。第二,2008 年,牛津大学出版社(Oxford University Press)出版由英国皇家学会(Royal Society)院士兼英国皇家文学会(Royal Society of Literature)院士、科学散文作家理查德·道金斯(Richard Dawkins, 1941—)编选的《牛津现代科学散文集》(*The Oxford Book of Modern Science Writing*)。

　　20 世纪的英国是世界上顶级的科技强国之一,其诺贝尔奖获得者人数以及大学和科研机构排名均居世界第二,英国不少科学家不仅在相关研究领域属世界一流,而且在科学散文创作方面亦取得突出成就。在《科学散文精品》和《牛津现代科学散文集》选录的科学散文中,来自英国作家的作品占很大比例——前者包括 12 位英国作家的作品,后者包括 31 位英国作家的作品。其中,阿瑟·爱丁顿(Arthur Eddington, 1882—1944)、朱利安·赫胥黎

(Julian Huxley,1887—1975)、J. B. S. 霍尔丹(J. B. S. Haldane,1892—1964)、雅克布·博朗诺斯基(Jacob Bronowsky,1908—1974)、彼得·梅达沃(Peter Medawar,1915—1987)、罗杰·彭罗斯(Roger Penrose,1931—)、奥利弗·萨克斯(Oliver Sacks,1933—2015)、彼得·阿特金斯(Peter Atkins,1940—)、斯蒂芬·霍金(Stephen Hawking,1942—2018)9位作家文笔优异,受到这两位编者以及国内外为数不多其他评论者的非凡赞誉。受到同样赞誉的,还包括后一部科学散文集的编者理查德·道金斯。

英国现当代科学散文(20世纪以来的科学散文)成就斐然,但迄今为止,在英美两国,这些作品却遭到绝大多数文学研究者的忽视;在国内,除了《人的攀升》,这一时期英国科学散文的其他名作都没有得到研究。而且,国内外都尚未有人从人文意蕴和艺术特色角度,较为系统、全面、深入地研究英国现当代科学散文。因此,本书基于相关评论家的评介,尽量兼顾自然科学的多个分支及时间段,同时考虑科学散文作家在相关科学领域里的地位,从人文意蕴和艺术风格两个角度,研究上述英国10位科学散文作家的30部代表性作品。

具体地说,本书除了引论和结语,共包括十章。

"引论"分为三节。第一节通过比较相似体裁20世纪以来在英美两国和中国的发展历程以及指称对象,探讨了科学散文的内涵,指出了它与自然散文(nature writing)的区别,然后梳理了英国科学散文的源流。第二节综述了英国现当代科学散文研究的现状,指出了本书拟研究的具体对象,以及该研究的理论意义和实践意义。第三节审视了人文的涵义,人文与人文主义、科学哲学、生态思想(价值观)之间的关系,以及科学与人文的关系史,旨在为后续研究提供些许背景知识和研究理据。

笔者认为,人文主义和科学哲学理念都属于人文思想的范畴。人文主义是人文思想在西方最为重要的表现形式之一;科学哲学主要涉及科学的本质、科学发现(涉及科学精神)、科学方法、科学理论、科学与社会、科学与价值(涉及科学伦理、科学美学和生态伦理)、科学与宗教等论题。在西方,大约从17世纪开始,直至19世纪,科学变得比较独立,但还没有完全独立;19世纪和20世纪之交,科学与人文之间开始出现完全的分离和对立。可以说,20 世纪以来的英国科学散文的繁荣,既是科学与人文"两种文化"完全分离引发的,又是"第三种文化"的新型知识分子努力使科学与人文重新融合的主要成果之一。因为科学在 20 世纪完全独立和专业化,与人文完全分离,大众乃至科学专业以外的其他专家,无法理解专门领域的最新科学知识和理论,所以,一些新型知识分子——有责任心、文笔较好的科学家,以及受过专门科学训练或科学素养比较好的作家,开始用通俗、平易的语言,向大众普及前沿科学知识;他们的科普作品不仅准确地传递了科学知识,而且蕴涵着深刻的人文思想,同时又具有较强的文学性。其中,对大众进行科普教育与西方人文主义重视教育的理念是相通的;就像与好友闲聊一样,运用通俗语言和亲切笔调,向大众讲述科学知识,与人文主义强调平等的理念是契合的。然而,20 世纪以来科学与人文(包括文学、历史、哲学等人文学科)的重新融合状态,与 17 世纪以前科学与人文没有分离的融合状态是不同的——前者是对后者的超越。

第一章至第十章以辩证唯物主义、历史唯物主义和习近平新时代中国特色文化思想为指导原则,分别从英国现当代 10 位科学散文作家爱丁顿、赫胥黎、霍尔丹、博朗诺斯基、梅达沃、彭罗斯、萨克斯、阿特金斯、道金斯、霍金创作的社会文化背景和学科背景出发,逐本细读、分析他们的 30 部科学散文英语原作的人文意蕴,并兼顾文本的艺术特色探讨。在系统、深入研究的基础上,分别梳理其科学散文各自独特的人文意蕴和艺术特色(或语言风格)。其中人文意蕴主要包括科学哲学意蕴和人文主义意蕴(或人文思想内涵)。

"结语"部分归纳了英国现当代科学散文上述 10 位名家的 30 部代表作的人文意蕴和艺术特色的总体特征,并探索了其对中国当下科学散文创作和翻译的启示意义。该部分强调,本书所探讨的 10 位科学散文作家的代表性作品,其作者都是相关领域的著名科学家,他们都准确地讲述了有关的科学知识和科学理论,因而这些作品具有"真"的特点。同时,这些作品蕴涵着许多充满"善意"的人文思想:希望读者能领略自然规律和科学理论的魅力(科学美),从而培养对科学的兴趣,并着重培养科学创新的精神和能力;希望科学和社会能良好互动——社会(包括家庭)能为科学进步提供良好环境,而科学能造福社会;希望读者能辩证地处理科学和宗教的关系——通过科学认识到传统宗教的不足,既要继承其精华,又要摒弃其糟粕,甚至信奉新"宗教",努力建构和呵护健康的精神家园;希望读者无论学习或工作是偏重科学,还是偏重人文,至少对两者都要有所了解,以便成为"第三种文化"的使者;希望读者培养共存共荣的生态共同体意识,积极作为,勇于承担责任,努力拓展思想境界,不仅关爱他人,而且确保非人类存在物的持续存在或繁荣。而且,这些作品非凡而高妙的艺术特色或语言风格,显示其具有较强的文学性或较高的审美价值;这样的艺术特色,尤其是其语言通俗易懂、其笔调亲切轻松这样的特征,不仅与 17 世纪英国皇家学会力倡的平易的科学文章文风一脉相承,并受到英国随笔的主流——絮语随笔的滋养,而且与其人文主义的思想内涵是相通的,原因是,这两种艺术特色体现了作者与读者平等——把读者视为好友,旨在使相关作品能更有效地赢得广大普通读者的青睐,以便向大众普及科学,对其进行科学教育,而人文主义理念就包括力倡人人平等,弘扬理性和科学,重视教育和启蒙。也就是说,上述 10 位科学散文作家的代表性作品兼具真、善、美,因而堪称优秀的散文作品。这些优秀的科学散文作品丰富、深刻的人文思想内涵(包括科学哲学和人文主义两个方面的理念),对中国当下的科学创新和文化建设等社会实践,无疑具有重要的启迪意义;其艺术特色或语言风格,对中国方兴未艾的科学散文创作乃至翻译,也无疑具有借鉴意义。

本书的创新之处主要表现在两个方面:

在学术观点方面,笔者强调,英国科学散文源于 17 世纪,18 世纪末已产生了一些国际影响,19 世纪取得了较大发展,20 世纪以来出现繁荣局面;英国现当代科学散文是科学和文学的成功联姻,主要描述对象是科学知识和科学现象,主要创作群体是有文学才华的科学家,其篇幅有长有短,短的如科学随笔,长的如大部头科学史作品;英国现当代科学散文不仅包含相关领域前沿的科学知识,而且蕴涵丰富、深刻、辩证的科学哲学或人文主义的理念,并具有很强的文学性,属优秀散文作品。

在研究方法上,笔者用跨学科的视角,研究国内外几乎无人研究的 20 世纪以来英国科学散文 10 位名家的代表作,具有前沿性;点面结合,既有概述,又有著名作家的代表作研究,并有总结,具有系统性、深入性、综合性;研究作品时做到了人文意蕴探讨和艺术风格分析并重,并使这两个方面有机地结合起来,具有辩证性。

张建国

2025 年 1 月

目　　录

引　论

一、科学散文及英国科学散文概观

1934 年，美国 10 余位科学新闻记者（science journalist）在纽约开会，创立全国科学散文作家协会（The National Association of Science Writers），旨在创建一个论坛，"以便协力提高写作技艺，为促进优良科学散文（science writing）创作创造条件"①。1955 年，该协会改组为公司形式，正式制定了《全国科学散文作家协会章程及附则》（"Constitution and Bylaws of the National Association of Science Writers, Inc."），明文规定要"促进所有致力于启蒙大众的媒体传播准确的科学技术信息，促进相关作家按照新闻写作的最高标准，向社会阐释科学及其意义"②。

1957 年，美国数学家和科学散文作家马丁·加德纳（Martin Gardner, 1914—2010）出版了他编选的《科学散文精品》（Great Essays in Science）。1994 年，他在该作品集增补版的"前言"中，道出了他用"essay"一词的遗憾："作为一种文学形式，'essay' 的界限总是很模糊，在这部文集中，其定义也很不确定。其中一些 'essay' 是某些书的一章或一章的一部分……另一些是演讲稿……有些短得堪称小品（sketch），另一些长得堪称论著（treatises）……在其中的一两篇作品里，甚至随笔精品必须是文笔优美这一首要原则也被

---

① https://www.nasw.org/about-national-association-science-writers-inc/ 2024-01-12.
② https://www.nasw.org/constitution-and-bylaws-national-association-science-writers-inc, Section 2 in Article 1. 2024-01-10.

违背了。"①由此不难看出两点:第一,加德纳在此用"essay"一词意指"散文",尽管该词一般指篇幅较短的"随笔"或"小品文";第二,"文笔优美"应该是散文的基本特征,因为这部科学散文集中的绝大多数作品文笔优美。该文集选取了培根(Francis Bacon, 1561—1626)、达尔文(Charles Darwin, 1809—1882)、托马斯·赫胥黎(Thomas H. Huxley, 1825—1895)、怀特海(Alfred N. Whitehead, 1861—1947)、罗素(Bertrand Russell, 1871—1970)、阿瑟·爱丁顿(Arthur S. Eddington, 1882—1944)、朱利安·赫胥黎(Julian Huxley, 1887—1975)等12位英国作家的作品。其中选入的爱丁顿的作品是其《科学的新路径》(*New Pathways in Science*, 1935)长达20页的第4章《决定论的衰落》("The Decline of Determinism");选入的朱利安·赫胥黎的作品是其《生物学家随笔集》(*Essays of a Biologist*, 1923)长达25页的第3篇随笔《鸟类心智随笔》("An Essay on Bird-Mind")。

2002年,美国学者迈克尔·A.布莱森(Michael A. Bryson)出版了专著《观照大地:从勘探时代到生态时代的美国科学、文学及环境》(*Vision of the Land: Science, Literature, and the American Environment from the Era of Exploration to the Age of Ecology*),在第三部分"自然认同和对科学的批判"("Nature's Identity and the Critique of Science")的第二节的开头,阐述了科学散文20世纪在西方兴盛的原因,并区分了科学散文的两大创作群体。他指出,进入20世纪,科学不仅迅猛发展,而且分类愈发精细,因而,不仅大众很难理解科学成果,而且不同领域的科学家也很难理解彼此的成果。他说:

> 这种境况让能够使普通读者和非专业人士理解复杂科学理念的科学家备受青睐,因为这些科学家不仅能得到大众的持续支持从而获得科研资金,而且能启蒙大众,使大众了解科学史以及他们自己目前所从事的研究的重要意义。20世纪,欧美许多书面表达能力出众的科学家作家(scientist-writers),诸如阿尔伯特·爱因斯坦(Albert Einstein,

---

① Gardner, Martin, ed. *Great Essays in Science*. New York: Prometheus Books, 1994, p xiv. 第一版于1957年出版。

1879—1955)、朱利安·赫胥黎、雅克·莫诺德(Jacques Monod, 1910—1976)、简·古道尔(Jane Goodall, 1934—)、斯蒂芬·杰·古尔德(Stephen J. Gould, 1941—2002)、理查德·道金斯(Richard Dawkins, 1941—)、卡尔·萨根(Carl Sagan, 1934—1996)、路易斯·杨(Louise Young)等人,开始承担启蒙大众的任务。此外,越来越多的新闻工作者也加入了这一队伍。他们创作了大部头作品、随笔、报纸专栏文章,述说科学各个研究领域的内容,描绘研究过程中的科学家的光辉形象。①

这就是说,科学散文的两大特征是普及科学知识和文笔不凡。正如有论者在阐述科学新闻记者的目标时所说的:他们所用的语言形式不仅能准确地传递非常详细、具体的科学信息,而且使"非科研人士也能够理解和欣赏"②。这意味着,科学散文作家的语言既通俗易懂,又颇具文采。迄今为止,英美科学散文有两大创作群体:一类是有文学才华的科学家;另一类是科学新闻记者,或科学报告文学作家。以上提及的阿瑟·爱丁顿、朱利安·赫胥黎、理查德·道金斯等,就是20世纪以来的前一类科学散文作家在英国的杰出代表。

2008年,英国皇家学会(The Royal Society)院士兼英国皇家文学会(The Royal Society of Literature)院士、著名科学散文作家理查德·道金斯,编选出版了《牛津现代科学散文集》(*The Oxford Book of Modern Science Writing*),所选的作品既有出自科学随笔集的,例如,朱利安·赫胥黎的《生物学家随笔》,J. B. S. 霍尔丹(J. B. S. Haldane, 1892—1964)的《未知世界》(*Possible Worlds and Other Essays*, 1927),雅克布·博朗诺斯基(Jacob Bronowsky, 1908—1974)的《人的特性》(*The Identity of Man*, 1965),彼得·梅达沃(Peter Medawar, 1915—1987)的《斑点鼠的奇异案例》(*The Strange Case of the Spotted Mice and Other Classic Essays on Science*, 1996);也有出自一些大部头

---

① Bryson, Michael A. *Visions of the Land: Science, Literature, and the American Environment from the Era of Exploration to the Age of Ecology*. Charlottesville: University of Virginia Press, 2002, pp 134-135.

② https://en.wikipedia.org/wiki/Science_journalism. 2024-01-12.

作品的其中一章,例如,阿瑟·爱丁顿的《膨胀的宇宙》(*The Expanding Universe*, 1933)第 4 章《宇宙与原子》("The Universe and the Atom")的第 7 小节,罗杰·彭罗斯(Roger Penrose, 1931—)《皇帝新脑》(*The Emperor's New Mind*, 1989)第 4 章《真理、证明和洞察》("Truth, Proof, and Insight")的第 1 节《数学的希尔伯特计划》("Hilbert's programme for mathematics")的绝大部分,奥利弗·萨克斯(Oliver Sacks, 1933—2015)《钨舅舅》(*Uncle Tungsten*: *Memories of a Chemical Boyhood*, 2001)第 1 章《钨舅舅》("Uncle Tungsten")和第 4 章《理想金属》("An Ideal Metal")的 3 个选段,斯蒂芬·霍金(Stephen Hawking, 1942—2018)《时间简史》(*A Brief History of Time*, 1988)第 6 章《黑洞》("Black Holes")和第 12 章《结语》("Conclusion")中的 2 个选段。

非常巧合的是, 1934 年,在中国就有了"科学小品"这一名称[①];但该名称仅指篇幅较短的作品,不能涵盖篇幅较长或很长的科学散文作品。1992 年 6 月,著名散文理论家傅德岷教授在《外国散文的品类》一文中,较早地运用了"科学散文"这一术语。[②]

1999 年,赵之和赵雪选编的《中国科学文艺大系·科学散文小品卷》的书名用了"科学散文小品",在作为"序"的"科学小品的脚步"这一题目中,用的是"科学小品",在该序文中,又用了"科学小品"和"散文小品"等术语;该作品集选编的都是短篇散文——科学小品。在这篇"序"中,赵之和赵雪精辟地阐述了"科学小品"和"科普短文"的区别,以及科学小品的基本特征:

> 作为科学知识的载体,特别是作为科技新动态的载体,无论是发表的速度、数量,科学小品的重要性都不如并不注重文学表现的科普短文。科普短文的长处,是直截了当;直截了当和随之而来的快捷,是大众传媒需要的两种重要品质。虽然如此,科学小品仍有它不可替代的

---

① 赵之、赵霞选编:《中国科学文艺大系·科学散文小品卷》,湖南教育出版社 1999 年版,"科学小品的脚步(序)",第 3 页。

② 傅德岷:《外国散文的品类》,载《云南师范大学学报(哲学社会科学版)》1992 年第 3 期,第 69—72 页。

价值。科学小品和科普短文的主题都是科学,但科学小品是美文。科学的思维形式,特征是抽象,是逻辑思维;文学的思维形式,特征是形象,是艺术思维……要而言之,科学与文学结合的"科学小品"的文学功能,一在窥视科学的素质和科学内含的趣味,二在发现科学与社会、生活、文化、人生的联系。作家的意脉所在,意境便生,于是它也就更能拨动读者的心弦,与作者共鸣,与科学共鸣,它的意义也就不仅在于促进物质文明……换言之,科学与文学的结合是自然与人的结合,真与美的结合,理性与感情的结合。①

他们谈的虽然是篇幅较短的"科学小品"与"科普短文"的区别,以及科学小品的本质特征;但实际上也是既包含篇幅较短、又包含篇幅较长或很长的文学作品"科学散文"与"科普著述(包括科普文章)"的区别,以及科学散文的本质特征:科学小品和科学散文形象生动,饱含情感,有趣味性,具有传递科学信息功能之外的人文内涵或精神意义——审美价值和哲理意义,体现了较为高深的意境,是科学和文学的成功联姻,属于文学作品,是真、善、美的完美融合。

2002年10月8日,《光明日报》刊发了余传诗的短文《科学散文受到读者青睐》,该文简要评述了美籍华人沈致远先生的科学散文集《科学是美丽的——科学艺术与人文思维》的出版,着重指出,沈先生提倡科学散文创作,其散文"视野宽阔、目光犀利、文思奔放,被誉为'在整个文坛的散文创作上开了新生面'"②。2008年,杨文丰教授在《科学散文刍论》一文中,用随笔的形式,说明了科学散文体现的科学美、生存的土壤,以及蕴涵的科学知识等问题。③

2013年,由林非主编,李晓虹、王兆胜和古耜编选出版的《中国最美的科学散文》一书,也用了"科学散文"这一名称,但其中选的都是短篇散文。尽

---

①　赵之、赵霞选编:《中国科学文艺大系·科学散文小品卷》,湖南教育出版社1999年版,"科学小品的脚步(序)",第1页。

②　余传诗:《科学散文受到读者青睐》,载《光明日报》2002年10月8日。

③　杨文丰:《科学散文刍论》,载《海燕》2008年第3期,第60—64页。

管如此,"科学散文"的含义实际上较为宽泛,可以涵盖或长或短的散文作品。在这部作品集的"序言"中,编者形象地阐释了科学散文的基本特征:"科学散文,离科学最近,却闪烁着文学之光。科学和散文,本来是逻辑思维和形象思维两条道上的车,一个向左,一个在右。但是,科学散文却使两者相得益彰。诗性地讲述科学现象,让读者获得知识和文学的双重力量。"①

　　笔者审视了相似体裁20世纪以来在美英和中国的发展历程以及指称对象,更倾向于把"science writing"(一译为"科学书写")译为"科学散文"②。这种体裁是科普著述(popular science,不一定具有文学性)的精华,不仅具有文学性,而且可长可短,既包含篇幅较短的科学随笔(science essays,中国学界常称之为"科学小品"),又包含篇幅较长或很长、具有文学性的科学散文(literary non-fiction prose of science)和科学新闻作品(science journalism,科学报告文学);但它不包含科幻小说(science fiction),更不同于有严格格式规范、学术腔非常浓厚的科研著述(scientific treatises,包括科学论文)。简而言之,科学散文是包含科学内容的非虚构性散体文学作品(literary non-fiction prose)。

　　需要指出的是,科学散文(science writing)经常与自然散文(nature writing,有译为"自然书写"或"自然文学")相提并论,但两者既有交叉之处,又有着明显区别。自2000年起,美国著名的休敦·米夫林出版公司(Houghton Mifflin Company),开始编辑出版年度最佳文选《美国最佳科学散文和自然散文》(The Best American Science and Nature Writing),延续至今。《科学散文精品》和《这一举世无双的土地:美国自然散文集》(This Incomparable Lande: A Book of American Nature Writing, 1989)都选有美国作家约瑟夫·克鲁奇(Joseph W. Crutch, 1893—1971)和雷切尔·卡森(Rachel Carson, 1907—1964)的作品;《科学散文精品》和《诺顿自然散文集》(The Norton Book of Nature

---

① 林非主编,李晓虹、王兆胜和古耜编选:《中国最美的科学散文》,湖南人民出版社2013年版,"序言",第3页。

② "writing"一词预示着"writer"——"有一定文学才华的作家",而"散文"一词(与英语中意指"与诗歌相对的散行文体——包括小说"的"prose"一词有所不同)在现代汉语中意指与小说、诗歌、剧本等并列的一种文学体裁。笔者认为,这两者的意思比较契合。

Writing，1990)的新版本《自然散文的英语传统》(*Nature Writing*：*The Tradi-tion in English*，2002)中都选有达尔文的作品;《牛津现代科学散文集》和《自然散文的英语传统》中都选有卡森、洛伦·艾斯利(Loren Eiseley，1907—1977)、刘易斯·托马斯(Lewis Thomas，1913—1993)、爱德华·威尔逊(Edward Wilson，1929—2021)等美国作家的作品。中国的英美散文研究学者黄必康教授，在其《英语散文史略》(2020)第6章第11节《科学散文的人文情趣和美感》中，评介了5位维多利亚时期的英国科学散文作家①，其中威廉·赫德森(William H. Hudson，1841—1922)和理查德·杰弗里斯(Rich-ard Jefferies，1848—1887)的一些作品，被选入了英语自然散文集《自然散文的英语传统》。但相比之下，科学散文的题材更广，涉及数学、物理、化学、生物、医学、天文、地质等各门科学知识，脱胎于科学著述和科普文章;而自然散文主要描述自然环境和动植物，以及作者自己在自然中的体验②，缘起于自然志(natural history，一译为"博物学"或"博物志")著述。博物学是生物学的先驱，两者都是科学的一部分。这样我们就不难理解，同时入选《科学散文精品》和《自然散文的英语传统》的达尔文的作品，都来自其生物学名著《物种起源》;同时入选《牛津现代科学散文集》和《自然散文的英语传统》的选段，卡森的作品描写海洋生物，艾斯利的作品描写鸟类，托马斯的作品描述细胞生物学，威尔逊也是描写鸟类，都和生物学有关;黄必康教授评介的、《自然散文的英语传统》选入的赫德森和杰弗里斯的作品，也主要是描写生物的。实际上，卡森作为海洋生物学家还著有影响更大的科学散文经典《寂静的春天》(*Silent Spring*，1962)。艾斯利作为人类学家，托马斯作为医学专家，威尔逊作为社会生物学家和博物学家，赫德森和杰弗里斯作为博物学家，其作品涉及的范围都相当广。科学散文和自然散文的选集只是偶有部分重合——在涉及生物学内容方面有所重合;二者的绝大部分内容是不同的。总之，科学散文的涵义要广得多，可以涵盖自然散文。

① 黄必康:《英语散文史略》，外语教学与研究出版社2020年版，第343—345页。
② 程虹教授最早向中国读者介绍美国自然散文，她把"nature writing"译为"自然文学"，并指出:"到目前为止，自然文学最典型、最富有特色的文体，仍是作者以第一人称，用非小说的散文体，来描述自己于自然中的体验。"参阅程虹:《寻归荒野》，生活·读书·新知三联书店2011年增订版，第311页。

英国科学散文的缘起与英国近现代科学的兴起同步。按王佐良先生的说法,16世纪及17世纪上半叶,英国散文创作界存在着两种古典散文风格之争:一种是讲究修辞术、句子较长、富丽堂皇的西塞罗风格,另一种是注重论点鲜明和表达力、句子较短、接近口语的色尼加风格。不过,后者也有太突兀和太散漫的缺点。在此情况下,当时的科学家倡导一种空前革命性的新文风——他们在1660年成立皇家学会时共同约定:"要求全体会员用一种紧凑、朴素、自然的说话方式,正面表达,意思清楚,自然流利,一切尽量接近数学般的清楚,宁用工匠、乡下人、商贩的语言,不用才子、学者的语言。"受此影响,英国散文向"于平易中见思想、见艺术"的主导方向发展[1]。就是说,17世纪后半叶的英国科学家,开始运用大众化的通俗、明晰的语言来表述相关研究成果。这一实践引领了当时英国散文的发展方向,使这些科学家的文章在英国散文史上占有一席之地。

1788年,乡村牧师、业余博物学家吉尔伯特·怀特(Gilbert White,1720—1793)的"科学名著"《塞尔彭自然志》(*On the Natural History and Antiquities of Selborne, in the County of Southampton*)出版,"其中有对于大自然和野生生物的细致观察,是达尔文少年时期爱读的书"[2]。该书实际上是本书信集,它不仅堪称英国科学散文名作,而且被自然散文学者尊为英美自然散文的鼻祖。[3]

19世纪,在浪漫主义文学时期之后,英国散文出现了"更多的第一流作家,活动在更广阔的写作领域",其中就包括"科学家达尔文和赫胥黎"。[4]《科学散文精品》中选取了达尔文《物种起源》(*On the Origin of Species*,1859)的最后一章《综述和结语》("Recapitulation and Conclusion"),以及托马斯·赫胥黎的名篇《科学与文化》("Science and Culture",1881)。达尔文的其他主要作品包括《乘"小鹰号"旅行记》(*The Voyage of H. M. S. Beagle*,

---

[1] 王佐良:《英国散文的流变》,商务印书馆1994年版,第17页。

[2] 王佐良:《英国散文的流变》,商务印书馆1994年版,第85页。

[3] Finch, Robert, and John Elder. *Nature Writing: The Tradition in English*. New York and London: W. W. Norton & Company, Inc., 2002, p 15.

[4] 王佐良:《英国散文的流变》,商务印书馆1994年版,第133页。

1839)和《人类的由来及性选择》(*The Descent of Man*, *and Selection in Relation to Sex*, 1871)。王佐良先生在评述《人类的由来及性选择》时说,达尔文"一心要表达的只是人的理智所能发现的真理,但是他也说得很有感情"①。就是说,这本书也是上乘的科学散文作品。《自然散文的英语传统》中也从达尔文这3部名著中各选一部分,并在选段之前的简介中指出,达尔文乘"小鹰号"旅行时,随身携带了查尔斯·莱尔(Sir Charles Lyell, 1797—1875)的《地质学原理》(*Modern Changes of the Earth and its Inhabitants Considered as Illustrative of Geology*,1834)和吉尔伯特·怀特的《塞尔彭自然志》,"前者使他驰骋想象,意识到科学新的、恢宏的时间维度,后者使他的情感和风格深深扎根于英国自然志的业余传统"②。托马斯·赫胥黎的其他主要作品包括《人类在自然界的位置》(*Man's Place in Nature and Other Essays*, 1863)和《进化论与伦理学》(*Evolution and Ethics and Other Essays*, 1894)。中国的英国散文研究学者陈新教授也论及赫胥黎的《科学与文化》一文并指出:赫胥黎的"文风最显著的特点是用词朴实通俗,举例明白中肯,象征生动醒目,节奏协调和谐"③。美国当代著名的科学散文作家斯蒂芬·杰·古尔德,对达尔文和赫胥黎的作品给予高度评价,认为他们是伽利略(Galileo Galilei,1564—1642)开启的面向大众的欧洲科学散文优良传统在19世纪的英国的代表人物④,说赫胥黎"像许多维多利亚时代的伟大长篇小说作家一样,是一位优秀的文学文体家"⑤,并坦承自己是这一传统"极其热诚、无怨无悔的"传承者⑥。如前所述,黄必康教授也审视了19世纪中后期的英国科学散文;除达尔文和托马斯·赫胥黎之外,他还简要评介了探险家戴维·利文斯通(David

---

① 王佐良:《英国散文的流变》,商务印书馆1994年版,第161页。
② Finch, Robert, and John Elder. *Nature Writing*: The Tradition in English. New York and London: W. W. Norton & Company, Inc. , 2002, p 152.
③ 陈新:《英国散文史》,南京师范大学出版社2008年版,第274页。
④ Gould, Stephen Jay. *The Flamingo's Smile*. New York & London: W. W. Norton & Company, 1985, p 16, 以及 Gould, Stephen Jay. *Dinosaur in a Haystack*. Cambridge & London: The Belknap Press of Harvard University Press, 2011, p xiv.
⑤ Gould, Stephen Jay. *The Flamingo's Smile*. New York & London: W. W. Norton & Company, 1985, p 16.
⑥ Gould, Stephen Jay. *Bully for Brontosaurus*. New York & London: W. W. Norton & Company, 1991, p 12.

Livingstone，1813—1873）和亨利·贝茨（Henry W. Bates，1825—1892），以及博物学家赫德森和杰弗里斯的主要作品。他认为，利文斯通的作品《南非传教游历》（*Missionary Travels and Researches in South Africa*，1857）和《赞比西河流域探险记》（*Narrative of an Expedition to the Zembesi and Its Tributaries*，1865）"具有传教和科学考察的双重意义，而且都是精彩的英语散文"；贝茨的"不朽之作"《亚马逊河畔的自然科学家》（*The Naturalist on the River Amazon*，1863）"通俗而生动，少有枯燥的观察记录和事实陈列"，读起来"亦可获得文学般诗意的享受"①；赫德森和杰弗里斯的"描写细腻至美"，"他们在写作中都力图穷尽自然生物的种类和属性，展现出科学主义的精神，表达了对大自然的热爱之情。同时，他们也描写出了大自然中人的情感，抒发出一种对人与自然和谐共生的向往"②。

20世纪以来，科学技术飞速发展，又由于包括科学界在内的英国"各界人士中多能文之士"③，英国科学散文出现了更多名家。《科学散文精品》选入了12位英国作家的作品，其中8位的作品是20世纪发表或出版的，包括阿瑟·爱丁顿和朱利安·赫胥黎的作品。《牛津现代科学散文集》选入了79位作家的作品，其中31位作家来自英国，包括天体物理学家阿瑟·爱丁顿，进化生物学家朱利安·赫胥黎，遗传学家和进化生物学家J. B. S. 霍尔丹，数学家和播音员雅克布·博朗诺斯基，医学科学家彼得·梅达沃，数学物理学家罗杰·彭罗斯，神经病学家奥利弗·萨克斯，化学家彼得·阿特金斯（Peter Atkins，1940—），理论物理学家斯蒂芬·霍金。

此外，生物学家和古典学者达西·汤普森（D'Arcy W. Thompson，1860—1948）1917年出版了其名作《生长和形态》（*On Growth and Form*）。诺贝尔奖得主、著名科学散文作家彼得·梅达沃赞誉说，《生长和形态》是"英语有史以来的科学文献中无与伦比的、最优秀的文学作品"④。物理学家、天文学家和数学家詹姆士·金斯（James Jeans，1877—1946）经常与爱丁顿一

---

① 黄必康：《英语散文史略》，外语教学与研究出版社2020年版，第343页。

② 黄必康：《英语散文史略》，外语教学与研究出版社2020年版，第344页。

③ 王佐良：《英国散文的流变》，商务印书馆1994年版，第260页。

④ Dawkins, Richard, ed. *The Oxford Book of Modern Science Writing*. Oxford: Oxford University Press, 2008, p 69.

并提起,他 1930 年出版了名作《神秘的宇宙》(*The Mysterious Universe*)。中国著名翻译家周煦良先生 1934 年就翻译出版了这部作品,并在"译者序"中称赞说:"金斯是现今很少数的,能用新兴物理学题材,写成轻快文学的人。《神秘的宇宙》写来犹如一部科学的童话,作者使我们犹如爱丽丝一样,身历相对论和量子论所揭示的奇境,同时很愉快地把握着物理学在哲学上引起的许多问题。"①道金斯编选的《牛津现代科学散文集》的第一个选段就来自《神秘的宇宙》,他在选段前对金斯的简介中赞誉说:"《神秘的宇宙》是使人类感到卑微的散文诗的典范,这一诗篇是令人陶醉的群星激发出来的。"②1940 年,享誉世界的数学大师、中国著名数学家华罗庚教授的导师 G. H. 哈代(G. H. Hardy, 1877—1947)的名作《一位数学家的辩白》(*A Mathematician's Apology*)出版,在其中"竭力表达了最纯粹的数学的纯粹之美"③。

1971 年,灵长动物学家、动物行为学家、人类学家和动物保育学家简·古道尔出版了《在人类的阴影下》(*In the Shadow of Man*,一译为《黑猩猩在召唤》),在自己 10 余年实地考察的基础上,生动描写了黑猩猩的生活习性,在国际上产生了很大影响;1990 年,她又出版了前一部作品的姊妹篇《大地的窗口》(*Through a Window : My Thirty Years with the Chimpanzees Gombe*),其中文版 2017 年出版后,2018 年荣获首届"中国自然好书奖"年度国际作品奖。1997 年,物理学家、量子计算之父戴维·多伊奇(David Deutsch, 1953—)的代表作《真实世界的脉络》(*The Fabric of Reality*)出版,该作品1998 年入围隆普兰克科学图书奖(Rhone-Poulenc Prize for Science Books),它"精妙地融哲学、量子物理学、进化生物学为一体,是聪慧的横向思维的典范"④。1999 年,科学记者、动物学家和科学散文作家马特·里德利(Matt Ridley, 1958—)的成名作《基因组》(*Genome*)出版。道金斯指出,里德利创

---

① 詹姆斯·金斯:《神秘的宇宙》,周煦良译,团结出版社 2020 年版,第 4 页。
② Dawkins, Richard, ed. *The Oxford Book of Modern Science Writing*. Oxford：Oxford University Press, 2008, p 3.
③ Dawkins, Richard, ed. *The Oxford Book of Modern Science Writing*. Oxford：Oxford University Press, 2008, p 352.
④ Dawkins, Richard, ed. *The Oxford Book of Modern Science Writing*. Oxford：Oxford University Press, 2008, p 381.

作了一系列优秀作品,其明晰风格"源自作者对题材极其聪慧的理解,以及能创造出形象生动、摄人心魄的意象的天赋"①。

需要特别指出的是,20世纪70年代初,博朗诺斯基在英国广播公司(BBC)电视上作了一系列西方科学史的演讲,后来,讲稿以《人的攀升》(The Ascent of Man,1973)为题出版,赢得了数百万观众和读者的喜爱。美国当代著名的科学散文作家卡尔·萨根正是受到博朗诺斯基的启发,才写出荣获1978年普利策奖的《伊甸园的龙》(The Dragons of the Eden),并制作了同样影响极广的讲述宇宙故事的电视系列节目,其解说词以《宇宙》(Cosmos,1980)②为题出版,连续70周雄踞《纽约时报》畅销书排行榜之首,在80多个国家发行了500多万册,并荣获1981年度的雨果奖。③

综上所述,科学散文是科学和人文(包括文学)的成功联姻,主要描述对象是自然科学知识和科学研究活动,主要创作群体是有文学才华的科学家和有科学素养的普通作家,其篇幅有长有短,短的如科学随笔,长的如大部头的文学性非虚构科学散文。它是真、善、美比较完美的融合——不仅准确地传递了科学知识,而且蕴涵着多种人文理念,同时又具有较强的文学性。英国科学散文缘起于17世纪,18世纪末已产生了有影响的作品,19世纪取得了较大发展,20世纪以来出现了繁荣局面。

二、英国现当代科学散文研究:现状与展望

在英、美等国,科学散文是20世纪以来兴盛的一种文学体裁。然而,在

---

① Dawkins, Richard, ed. *The Oxford Book of Modern Science Writing*. Oxford: Oxford University Press, 2008, p 35.

② 萨根参与制作了名扬全球的13集科普电视片《宇宙:个人旅行》,该片在60多个国家播出,观众达6亿人,亦获得1981年度的雨果奖;《宇宙》是萨根随后独著的相应科学散文,包含13章。

③ 雨果奖(Hugo Award)正式名称为"科幻成就奖"(The Science Fiction Achievement Award),为纪念"科幻之父"雨果·根斯巴克(Hugo Gernsback),命名为雨果奖。它是"世界科幻协会"(World Science Fiction Society,简称WSFS)所颁发的奖项,堪称科幻艺术界的诺贝尔奖。在世界科幻界,雨果奖和星云奖(Nebula Award)被公认为最具权威与影响的两项世界性科幻大奖。

英、美两国,散文在文学创作和文学研究领域一直处于边缘位置,科学散文更是如此。由于受人文和科学这"两种文化"之间的对立这一思维定式的影响,科学散文作为"第三种文化"的一种载体,尽管在 20 世纪以来兴盛起来,却受到了传统的人文学者和科学家的双重忽视,乃至蔑视。20 世纪 30 年代的人文学者认为,只有他们称得上"知识分子",所以,"虽然很多卓越的科学家,知名的如亚瑟·爱丁顿和詹姆士·金斯,他们也为普通读者写书,但这些著作被自称知识分子的人忽视了,他们表达出的思想的价值和重要性,也一直被当作一种智力活动而被埋没"①。美国计算机科学家 W. 丹尼尔·希利斯(W. Daniel Hillis)申述说:"当科学家向非科学界人士解释他们的思想时,经常会受到科学家的蔑视。当什么人像古尔德和道金斯那样表达能力特别强,另一些科学家会有一些嫉妒。"②

2001 年,美国学者戴维·L. 威尔逊和扎克·鲍恩(David Wilson, Zack Bowen)出版了专著《科学与文学:沟通两种文化》(*Science and Literature*: *Bridging the Two Cultures*),探讨了达尔文的理论、熵、混沌理论、不确定性等科学理念以及科技伦理在文学中的体现,其中涉及的文学作品仅仅包括约翰·福尔斯(John R. Fowles, 1926—2005)的《法国中尉的女人》(*The French Lieutenant's Women*, 1969)、托马斯·品钦(Thomas R. Pynchon, Jr., 1937—)的《拍卖第 49 批》(*The Crying of Lot* 49, 1966)和奥尔德斯·赫胥黎(Aldous Hexley, 1894—1963)的《美丽新世界》(*Brave New World*, 1931)等小说作品,以及威廉·B. 叶芝(William B. Yeats, 1865—1939)的诗歌。2011年,布鲁斯·克拉克与曼纽拉·罗西尼(Bruce Clarke, Manuela Rossini)编辑出版了论文集《罗德里奇文学与科学指南》(*The Routledge Companion to Literature and Science*),该书收集了 44 篇文章,审视了文学作品和文化理论中所涉及的科学内容,其中只有两篇文章分别涉及两位英国科学散文作家:第 4 篇文章《混沌和复杂性理论》("Chaos and Complexity Theory"),引用奥利

① 约翰·布洛克曼编著:《第三种文化:洞察世界的新途径》,吕芳译,中信出版社 2012 年版,第 X 页。
② 约翰·布洛克曼编著:《第三种文化:洞察世界的新途径》,吕芳译,中信出版社 2012 年版,第 XVII 页。

弗·萨克斯 2008 年在《纽约时报》上发表的一篇文章的一个段落,以阐述混沌和复杂性现象无处不在的特征①;第 17 篇文章《物理学》("Physics"),提及斯蒂芬·霍金的《时间简史》和詹姆士·格莱克(James Gleick, 1954—)的《混沌》(*Chaos*:*Making a Science*, 1988),将其作为直接阐释科学内容的科普作品的典范②。

迄今为止,英美科学散文研究只出版两部著名选集。1957 年,马丁·加德纳编选出版了《科学散文精品》;1994 年,该作品集出版了增补版,其中选入了 12 位英国作家和 16 位美国作家的作品。2008 年,理查德·道金斯编选出版了《牛津现代科学散文集》,其中选入了 31 位英国作家和 34 位美国作家的作品。这两部文集的选文之前有相关作家的简短评介。让我们看看二人对 20 世纪以来英国主要的科学散文作家的简评。加纳德指出,爱丁顿的科学散文作品"明晰易懂,读起来饶有趣味"③;朱利安·赫胥黎酷似他的祖父托马斯·赫胥黎,都对动物学有极大兴趣,同时都对科学的各个领域非常熟悉,在哲学上都赞同不可知论,都笃信社会进步论,都积极参与政治事务,都是优秀的教师和演说家,尤其是,他们创作的通俗作品都成了"传递科学知识的准确性和文体风格的卓越性的典范"④。就是说,朱利安·赫胥黎的科学散文作品是善、真、美的完美结合。道金斯认为,霍尔丹的科学随笔《论大小合适》("On Being the Right Size")是他"融生物学知识、政治冷嘲热讽……数学洞见和文学博识于一体的写作特色的典范"⑤;博朗诺斯基的科学纪录片《人的攀升》使其成为"家喻户晓的名人和博学智慧的代名词",他的作品《人的特性》读起来使人好像听到他在纪录片中解说时的"儒雅口

① Clarke, Bruce, and Manuela Rossini, eds. *The Routledge Companion to Literature and Science.* London and New York:Routledge, 2011, p 47.

② Clarke, Bruce, and Manuela Rossini, eds. *The Routledge Companion to Literature and Science.* London and New York:Routledge, 2011, p 198.

③ Gardner, Martin, ed. *Great Essays in Science.* New York:Prometheus Books, 1994, p 252.

④ Gardner, Martin, ed. *Great Essays in Science.* New York:Prometheus Books, 1994, p 233.

⑤ Dawkins, Richard. ed. *The Oxford Book of Modern Science Writing.* Oxford:Oxford University Press, 2008, p 53.

气——略带口音,睿智,理性,博学,从不轻蔑怠慢,但也从不含糊其词"①;梅达沃"在所有科学散文作家中无疑是最风趣的一位",仅仅一个选段"不足以体现他的个性——有学问,聪慧,彬彬有礼,高尚自信,博学多识"②;彭罗斯在其《皇帝新脑》中提出的意识理论"颇具争议,甚至可以说相当怪异",其语言风格"独具一格,缜密严谨"③;萨克斯是一位"富有同情心的神经科医生,知悉许多奇异的病患故事,有讲好这些故事并揭示其教益的天赋",而其作品《钨舅舅》"表明科学能对聪慧少年产生颇具浪漫色彩的吸引力"④;阿特金斯是"在世的最优秀的科学文学作家之一,是一位科学才智和抒情散文诗的大师——他颂扬科学奇迹和科学世界观"⑤;霍金的《时间简史》讲述的是现代物理学"最宏大的故事之一","听这位史诗般的发现故事的卓越亲历者来讲述,是一件幸事"。⑥

此外,《牛津随笔选》(*The Oxford Book of Essays*, 1991)选入了霍尔丹的科学随笔《论大小合适》。《新编牛津英国散文选》(*The New Oxford Book of English Prose*, 1998)选入了霍尔丹、梅达沃和萨克斯的科学散文作品。《诺顿个性散文选》(*The Norton Book of Personal Essays*, 1997)不仅选入了萨克斯的科学散文,而且在正文后边的"作者简介"中指出:"他的作品承袭了颇具文学情感的医生作家的传统,这些作家以科学为题材的文章充满了人情味。"⑦

中国为数不多的英国散文研究学者,大都比较重视 20 世纪以来的英国

---

① Dawkins, Richard. ed. *The Oxford Book of Modern Science Writing*. Oxford：Oxford University Press, 2008, p 176.

② Dawkins, Richard. ed. *The Oxford Book of Modern Science Writing*. Oxford：Oxford University Press, 2008, p 179.

③ Dawkins, Richard. ed. *The Oxford Book of Modern Science Writing*. Oxford：Oxford University Press, 2008, p 367.

④ Dawkins, Richard. ed. *The Oxford Book of Modern Science Writing*. Oxford：Oxford University Press, 2008, p 214.

⑤ Dawkins, Richard. ed. *The Oxford Book of Modern Science Writing*. Oxford：Oxford University Press, 2008, p 11.

⑥ Dawkins, Richard. ed. *The Oxford Book of Modern Science Writing*. Oxford：Oxford University Press, 2008, p 342.

⑦ Epstein, Joseph. ed. *The Norton Book of Personal Essays*. New York & London：W. W. Norton & Company, 1997, p 472.

科学散文的研究,在此方面,王佐良先生作出了开拓性贡献。王先生在其《英国散文的流变》(1994)中,不仅简要述及爱丁顿、金斯和霍尔丹的科学散文的主要语言风格,而且专门辟出一节,举例阐明了博朗诺斯基的"电视散文"名著《人的攀升》的主要内容、文体特征和深远影响。王先生指出:"世纪初的天文学家金斯和物理学家艾亭顿就是以能用普通人可懂的朴素文字解释科学现象著称的,后来又出现了生物学家霍尔丹……霍尔丹也是高瞻远瞩,能够'哲理化'的科学家。"①博朗诺斯基的作品表明,在电视屏幕上,"语言仍是重要的,只不过要更口语化,更亲切,但又要更精练,更突出要点"②;"不止是有文才的科学家能写出一部好的普及性的科学史,不止这样的科学史能够写得既生动又有思想深度,而且还告诉我们一点:科学当中有人和人的想象力,因此科学又须连同哲学、文学、艺术一起放在全盘文化中来考虑,第一流的科学家往往既是极专的专家,又是广博的通才"③。这里,王先生认识到了科学和人文融合、文学蕴涵高深哲思的重要意义;在他看来,博朗诺斯基的《人的攀升》是真(科学知识)、善(思想深度)、美(语言生动)融合的典范性散文作品。

另一位英国散文研究者陈新教授在其《英国散文史》(2008)中,也简要论及博朗诺斯基及其名作《人的攀升》,并强调说,博朗诺斯基"那别具一格的科普性散文使他置身于英国优秀的散文家之列而毫无愧色"④。

第三位英国散文研究者黄必康教授在其《英语散文史略》(2020)中,简要评述了维多利亚时期英国科学散文的主要特征。他强调指出:"在教育状况得到改善、阅读日趋大众化的维多利亚时代,科学家除了阐明科学发现和真理,还要用通俗的散文语言吸引大众的阅读兴趣。他们的散文在科学的观察中饱含着对大自然中物种风貌的赞叹,在写实的笔触中流淌着主体的人文精神和审美情感。"⑤他评述的这个时期的科学散文作家包括达尔文、托马斯·赫胥黎、利文斯通、贝茨、赫德森、杰弗里斯。遗憾的是,黄教授对20

---

① 王佐良:《英国散文的流变》,商务印书馆1994年版,第278页。
② 王佐良:《英国散文的流变》,商务印书馆1994年版,第280页。
③ 王佐良:《英国散文的流变》,商务印书馆1994年版,第286页。
④ 陈新:《英国散文史》,南京师范大学出版社2008年版,第531页。
⑤ 黄必康:《英语散文史略》,外语教学与研究出版社2020年版,第343页。

世纪以来的英国科学散文的发展状况只字未提。

近年来,国内英国科学散文的译介出现了可喜局面。以下作品都出现了汉语译本:爱丁顿的《恒星运动和宇宙结构》(*Stellar Movements and the Structure of the Universe*, 1914),《物理世界的本质》(*The Nature of the Physical World*, 1927)和《物理科学的哲学》(*The Philosophy of Physical Science*, 1939);博朗诺斯基的《人的攀升》;梅达沃的《对年轻科学家的忠告》(*Advice to a Young Scientist*, 1979)和《一只会思想的萝卜——梅达沃自传》(*Memoir of a Thinking Radish*: *An Autobiography*, 1986);罗杰·彭罗斯的《皇帝新脑》,《宇宙的轮回》(*Cycles of Time*: *An Extraordinary New View of the Universe*, 2010)和《通向实在之路——宇宙法则的完全指南》(*The Road to Reality*: *A Complete Guide to the Laws of the Universe*, 2004);奥利弗·萨克斯的《错把妻子当帽子》(*The Man Who Mistook His Wife for a Hat*, 1985),《钨舅舅》及其自传《四处奔波》(*On the Move*: *A Life*, 2015,一译为《说故事的人》);彼得·阿特金斯的《周期王国》(*The Periodic Kingdom*, 1995),《伽利略的手指》(*Galileo's Finger*, 2003),《宇宙运行四法则》(*Four Laws That Drive the Universe*, 2007)以及《存在与科学》(*On Being*, 2011);理查德·道金斯的《自私的基因》(*The Selfish Gene*, 1976),《盲眼钟表匠》(*The Blind Watchmaker*, 1986),《解析彩虹》(*Unweaving the Rainbow*: *Science, Delusion and the Appetite for Wonder*, 1998),《上帝的错觉》(*The God Delusion*, 2006),以及两部自传《道金斯传(上):一个科学家的养成》(*An Appetite for Wonder*: *The Making of a Scientist*, 2013)和《道金斯传(下):我的科学生涯》(*Brief Candle in the Dark*: *My Life in Science*, 2015);斯蒂芬·霍金的《时间简史》,《黑洞和婴儿宇宙》(*Black Holes and Baby Universe*, 1994,一译为《霍金演讲录》),《果壳中的宇宙》(*The Universe in a Nutshell*, 2001)和《我的简史》(*My Brief History*, 2013)。

尽管如此,与英、美两国相似,国内绝大多数人仅仅把科学散文视为科普文章的一部分。除了王佐良先生、陈新教授、黄必康教授等极少数学者做过简略评述外,为数不多的其他评论者,都没有认识到英国科学散文的文学价值,他们关注的一般是相关作品所普及的科学知识,其作者的生平及其写作要领。

总而言之,在英、美两国,20 世纪以来的英国科学散文遭到了绝大多数文学研究者的忽视;在国内,除了《人的攀升》,这一时期英国科学散文的其他名作都没有得到较为深入的研究。而且,国内外都尚未有人从人文意蕴和艺术特色角度,较为系统、全面、深入地研究 20 世纪以来的英国科学散文。因此,本书拟从人文意蕴和艺术特色两个角度,研究英国现当代(20 世纪以来的)科学散文。

英国现当代的优秀科学散文作家较多,本书基于前述相关评论家的评介,尽量兼顾自然科学的多个分支及时间段,同时考虑科学散文作家在相关科学领域里的地位,对下述 10 位有代表性的科学散文作家的 30 部作品,进行较为系统、深入的研究。

(1)天体物理学家阿瑟·爱丁顿的 3 部科学散文代表作:《物理世界的本质》《膨胀的宇宙》《科学的新路径》。

(2)进化生物学家朱利安·赫胥黎的科学散文代表作《生物学家随笔》。

(3)遗传学家 J. B. S. 霍尔丹的科学散文代表作《未知世界》。

(4)数学家雅克布·博朗诺斯基的 3 部科学散文代表作:《科学与人类价值观》(*Science and Human Values*, 1958)、《人的特性》及《人的攀升》。

(5)医学科学家彼得·梅达沃的 3 部科学散文代表作:《对年轻科学家的忠告》《一只会思想的萝卜——梅达沃自传》《斑点鼠的奇异个案》。

(6)数学物理学家罗杰·彭罗斯的 3 部科学散文代表作:《皇帝新脑》《通向实在之路》《宇宙的轮回》。

(7)神经病学家奥利弗·萨克斯的 3 部科学散文代表作:《错把妻子当帽子》《钨舅舅》《四处奔波》。

(8)化学家彼得·阿特金斯的 4 部科学散文代表作:《周期王国》、《阿特金斯说分子》(*Atkins' Molecules*, 2003)、《伽利略的手指》和《存在与科学》。

(9)进化生物学家理查德·道金斯的 4 部科学散文代表作:《自私的基因》《盲眼钟表匠》《解析彩虹:科学、虚妄和对奇观的嗜好》《上帝的错觉》。

(10)理论物理学家斯蒂芬·霍金的 5 部科学散文代表作:《时间简史》、《黑洞和婴儿宇宙》、《果壳中的宇宙》、《大设计》(*The Grand Design*, 2010)

及《我的简史》。

　　具体来说,本书将以辩证唯物主义、历史唯物主义为总的指导原则,从20世纪以来英国科学散文上述10位作家从事创作的社会文化背景和学科背景出发,逐本细读上述30部科学散文的英语原作,然后分析其人文意蕴和艺术特色;在系统、深入研究的基础上,分别梳理这10位作家的作品各自独特的人文意蕴和艺术特色;最后概括这些作品在人文意蕴和艺术特色方面的总体特征。研究方法是:主要采用查阅文献、细读、分析、比较、归纳等定性研究方法,并采取分工协作的方式,分头研究有关作品和著述,然后进行整体性的梳理与归纳。

　　本书在学术观点上的创新主要有三点:第一,英国科学散文源于17世纪,18世纪末已产生了一些国际影响,19世纪取得了较大发展,20世纪以来出现了繁荣局面;第二,英国现当代科学散文是科学和文学的成功联姻,主要描述对象是科学知识和科学现象,主要创作群体是有文学才华的科学家和有科学素养的普通作家,其篇幅有长有短,短的如科学随笔,长的如大部头的科学史和科学报告文学;第三,英国现当代科学散文不仅包含相关领域前卫的科学知识,而且蕴涵丰富、深刻、辩证的人文理念,并具有很强的文学性,是真、善、美比较完美的融合,堪称优秀散文作品。

　　本书在研究方法方面的创新主要也有三点:第一,用跨学科的视角,研究国内外几乎没人研究的英国现当代科学散文10位名家的代表作,具有前卫性;第二,点面结合,既有概述,又有著名作家的代表作研究,并有总结,具有系统性、深入性、综合性;第三,研究作品时做到人文思想意蕴探讨和艺术特色分析并重,并使这两方面能有机地结合起来,具有辩证性。

　　从人文意蕴和艺术特色两个方面研究20世纪以来英国10位科学散文作家的30部代表性作品,具有重要意义。从学理意义上看,它可以弥补国内外在英国现当代科学散文研究方面的严重不足,推动中国比较薄弱的英国散文研究;它将有助于洞察英国现当代科学散文在人文蕴涵和艺术特色方面的主要特征,为中国方兴未艾的科学散文的创作、欣赏乃至翻译提供些许启示。从实践意义上看,当今世界已进入高科技时代,中国面临着科技创新和产业升级的迫切任务,本书将对中国目前的科技创新实践有所启迪;它可以使英国现当代科学散文的优秀作品走进中国大学的课堂,为弘扬辩证的科学观和科学精神,培养创新意识,建设创新型国家作出一些贡献。

总而言之,我们认为,英国现当代科学散文上述 10 位名家的 30 部代表作,不仅准确地普及了相关领域在当时属于前沿的科学知识,而且体现着辩证的科学观和丰富的人文情怀,同时具有很强的文学性,是优秀的文学散文作品。科学技术是把双刃剑,既可以成为破坏人类赖以生存的生物圈和残害其他人群的高效帮凶,又可以帮助人类清醒地认识自身在生物圈中的位置,以及与其他人群乃至其他存在物休戚与共的联系,从而使人类呵护地球,与其他人、其他存在物共生共荣,实践一种具有共同体意识的、可持续的生活(存在)方式。英国现当代科学散文是科学与人文、科学与文学的成功联姻,上述 10 位名家的代表性作品是其典范;从人文意蕴和艺术特色两个方面对其进行研究,将为促进中国方兴未艾的科学散文的创作和欣赏乃至翻译、弘扬辩证的科学观和科学创新精神、建设人类命运共同体作出贡献。

三、科学与人文及其分离与融合:背景和基础

20 世纪以来,世界经历了巨大的动荡和变化,英国更是如此。两次世界大战使英国的帝国殖民体系解体,英国经济经过数次的萧条和重振,当今已跌出了全球前五名。但与此同时,包括英国在内的西方国家的科学技术发展迅速,进而引发了思想文化领域的变革。相对论带来的相对的时间和空间的概念,使人们认识到宇宙是一个物质、能量、时间、空间相互作用的整体系统,打破了绝对的概念,强化了相互联系和整体性的观念。量子力学的不确定原理使决定论寿终正寝,使人们认识到世界的复杂性。研究微观世界的物质结构论表明,物质存在的基础不是一种终极的微小粒子——原子,而是一个多层次、无极限的系列物质系统,这使人们认识到物质存在的层次性和系统性。大爆炸宇宙学不仅证实了唯物主义的正确性,而且表明时间是有起点的,空间是有极限的。分子生物学的遗传理论(尤其是 DNA 双螺旋结构模型)显示,生命不仅是物质的、运动的(不断演化的),而且是信息传递(通过基因)的过程。信息论使人们认识到,现代科学思维中的世界,是由物

质、能量和信息三大支柱支撑起来的。

鉴于科学散文是真(准确的科学知识)、善(深刻的思想内涵)、美(精湛的艺术表达)比较完美的融合,而善和美主要属于人文的范畴,本节拟审视人文的涵义,人文与人文主义、科学哲学、生态思想(价值观)之间的关系,以及科学与人文的关系史,旨在为后续研究提供些许背景知识。

人文与人文主义。中外文献中关于"人文"的含义众说纷纭。关于"人文"一词,《现代汉语词典》(第7版)中写道:"①指人类社会的各种文化现象:人文科学│人文景观。②指强调以人为主体,尊重人的价值,关心人的利益的思想观念:人文精神│人文关怀。"①中国科学哲学学者李醒民教授认为,人文有三种含义:一是人文学科——包括语言学、文学、历史学、哲学、宗教学、神学、考古学、艺术;二是人的本性和内心存有的善良的人性和人道情感——爱护人的生命、关怀人的幸福、尊重人的人格和权利;三是与人相关的思想体系和制度规范——其核心是把人当作现实之本和价值之本,重视人,尊重人,关心人,爱护人。② 其中,第三种含义在中国的表现之一,是儒家的仁爱(仁者爱人)观念及其礼制;在西方,它"与在文艺复兴时期诞生、并在启蒙运动中发扬光大的人文主义(humanism)和人道主义(humanitarianism)密切相关,甚至在某种意义或程度上是同义词"③。就是说,人文主义是人文思想在西方最为重要的两种表现形式之一。具体来说,人文主义反对基督教的神学权威和经院哲学,力主把人从中世纪的枷锁中解放出来,大力支持学术研究和科学研究;它强调,人是世界的中心,必须关怀人,维护人的尊严,追求现实的人生幸福;它倡导宽容,反对暴力,争取思想自由,宣扬个性解放,抨击等级观念,主张人人平等;它主张理性和科学,摈弃迷信和蒙昧主义。人道主义是以人为中心的一种世界观,其核心思想是:提倡关爱人、尊重人、爱护人,关注人的福祉和幸福。④ 需要说明的是,虽然二者都强调人的价值和尊严,但人文主义侧重个人的精神层面,强调个体与社会、文化和文

---

① 中国社会科学院语言研究所词典编辑室编:《现代汉语词典》(第7版),商务印书馆2016年版,第1099页。
② 李醒民:《科学与人文》,中国科学技术出版社2015年版,第2—3页。
③ 李醒民:《科学与人文》,中国科学技术出版社2015年版,第3页。
④ 李醒民:《科学与人文》,中国科学技术出版社2015年版,第3页。

明的互动关系;它鼓励人们追求更高的道德境界,崇尚理性,并力求通过教育、艺术和文化等活动,提高整个社会的文明程度;它还反对暴力和压迫,主张自由和平等。而人道主义更加关注人的实际需要和福祉,尤其是在面对灾难和危机时;其核心原则包括:救援受难者,保证人权,尽可能减少人间的苦难。可以说,种种人文理念都是把人置于视野的中心,时时处处考虑人以及关于人的一切,与价值和意义密切相关。

科学哲学。哲学是人文学科的一个分支,因而,科学哲学无疑属于人文学科。科学哲学是对人(类)的科学和科学活动较为全面和系统的反思,是20世纪初形成的一门有关价值和意义的新学科,主要涉及科学的本质、科学发现、科学方法、科学理论、科学与社会、科学与价值、科学与宗教等论题。科学本质的论题主要涉及科学与非科学的划界。科学发现的论题主要涉及科学发现的过程和心理学机制,以及科学发现的前提——科学精神。科学方法主要包括经验与逻辑方法、辩证思维方法、系统思维方法、非理性方法四大类;其中,经验与逻辑方法包括观察与实验的方法、归纳与演绎的方法、数学方法,辩证思维方法包括辩证法方法、逻辑与历史统一的方法、从抽象上升到具体的方法,系统思维方法包括系统分析方法、模型方法、信息方法、反馈方法与系统动力学方法,非理性方法涉及想象力、直觉与灵感、机遇。[①]科学理论论题主要涉及科学理论的形成过程、结构和功能,以及演变模式。科学与社会是科学社会学的研究领域,主要研究二者的相互影响。科学与价值的论题主要探讨科学的认识价值(真)、伦理价值(善)和审美价值(美);其中,科学的认识价值表现在它能帮助人们获得真理;其伦理价值主要审视科学认识主体(科学家)、科学认识客体、科学认识结果(科学理论)的伦理问题;其审美价值主要探讨科学的认识对象(自然界的内在规律)和结果(科学理论)的审美属性。[②] 科学与宗教的论题主要审视科学与宗教的关系,以及如何处理科学与信仰之间的冲突等问题。[③] 美国科学哲学家杰弗里·戈勒姆(Geoffrey Gorham)强调,前沿的科学问题常常会引出一些深刻的

---

① 李建华:《科学哲学》,中共中央党校出版社 2004 年版,第 310—409 页。
② 周林东:《科学哲学》,复旦大学出版社 2005 年版,第 245—250 页。
③ 萨米尔·奥卡萨:《科学哲学》,韩广忠译,译林出版社 2013 年版,第 122—126 页。

哲学问题,"一些伟大的科学家会在其研究方向上表现出非常深刻的哲学性。这些人除了牛顿(Isaac Newton,1643—1727),还有伽利略、达尔文、尼尔斯·玻尔(Niels Bohr,1885—1962)、阿尔伯特·爱因斯坦、斯蒂芬·杰伊·古尔德和史蒂芬·霍金"[①]。中国科学哲学学者周林东教授指出:"当代的自然科学家们对于哲学也不乏浓厚的兴趣,他们就科学中的具体问题进行的哲学探讨,也应当被看作科学哲学。"[②]

生态思想(价值观)。生态思想或价值观是基于生态学理论的理念或价值观,无疑是人文思想的一种。现代生态学表明,联系性和整体性是生态系统最重要的特征:自然界是由物质循环、能量流动、信息交流三种因素构成的有机整体——生态系统,每一物种都在其中占据着特定的生态位,都离不开与其他物种的联系和对环境的依赖;生态系统依靠复杂的反馈机制,实现自我调节和自我维持功能,在一定时空内保持相对的稳定和平衡。生态思想的核心理念是:地球是人类赖以生存的唯一家园,人类是大自然的一部分和普通一员,应该以与非人类自然万物共生共荣为出发点和归宿,尊重和爱护其他自然物;应该对自然承担相应的责任和义务,适度消费,对自然的利用不能超过其承载力。这些理念实际上也是生态伦理学的基本理念——生态伦理是以生态学理论指导人类与其他自然物的关系的规范。以生态价值观来规范和控制科学技术的发展和应用就形成生态科技观:科学技术的发展和应用不仅要有利于人的物质生活和精神生活水平的提高,有利于社会的和谐、公平和进步,而且要有利于保护生态环境,维持生态系统的相对稳定和平衡。

在人类历史相当长的时期里,科学与人文是浑然一体、紧密相联的,当今所说的科学,是人类文明在比较晚近的阶段才出现的。

在西方,直到近代初期,科学与文学艺术、宗教学、哲学等人文学科都是紧密相联的。古希腊文学荷马史诗包含着科学内容。中国科学哲学学者孟建伟教授在审视了哲学家怀特海(Alfred N. Whitehead,1861—1947)《科学

[①]　杰弗里·戈勒姆:《人人都该懂的科学哲学》,石雨晴译,浙江人民出版社2019年版,第Ⅲ页。

[②]　周林东:《科学哲学》,复旦大学出版社2005年版,第2页。

与近代世界》(*Science and the Modern World*, 1925)的相关内容后指出：怀特海"还将现代科学思想与古希腊戏剧作品联系起来"，并认为，古罗马人"重实际的工艺传统首先表现在艺术方面"。① 意思是说，在怀特海看来，古希腊罗马的科学和文学艺术密切相连。中世纪的科学和宗教学密不可分。科学与人文紧密相联的一个最典型例子，是文艺复兴促进了近现代科学的兴起。著名科学史学家萨顿认为，文艺复兴是一场真正的革命，其重视工艺和实践的精神，对近代科学的产生和发展起了重要作用；正是由于集艺术家和科学家于一身的达·芬奇(Leonardo da Vinci, 1452—1519)及其同行的努力，"此时此地，现代科学才得以诞生"②。总之，17世纪之前，科学与人文基本上处于浑然一体的状态，"主要表现为科学与哲学不分，技术与艺术不分"③。

　　大约从17世纪开始，经由18世纪，直至19世纪中叶，科学变得比较独立，但还没有完全独立。17世纪出现了伽利略、开普勒(Johannes Kepler, 1571—1630)、笛卡尔(René Descartes, 1596—1650)、莱布尼茨(Gottfried W. Leibniz, 1646—1716)、牛顿等革命性的人物。然而，牛顿的主要论文发表在哲学期刊上，他最著名的著作是《自然哲学的数学原理》(*Philosophiae Naturalis Principia Mathematica*, 1687)。笛卡尔和莱布尼茨既是著名哲学家，又是科学家。即使在18世纪的启蒙运动时期，正如托马斯·L. 汉金斯在《科学与启蒙运动》中所指出的，科学也"更经常被称为自然哲学"，而"自然哲学仍然是哲学的一部分"④；而且，"古典和人文传统把自然哲学置于文学范畴之中"；直到19世纪，科学才"几乎从文学中完全分离出来，但启蒙运动仍然把重点放在文学上。自然哲学家想以'文人'知名。所有为善的思想家和工作者都是'文坛'成员"⑤。然而，在与人文的关系中，科学越来越占有主导地位，并对人文产生了重大而深刻的影响。首先，哲学变得科学化了——培根和笛卡尔的哲学实际上是两种科学认识论，前者强调实验—归纳，后者注重公理—演绎；康德哲学是在理论上对启蒙运动比较系统的陈述，而且，康德

---

① 孟建伟：《两种文化的分离与对立及其根源》，载《山东社会科学》2004年第4期，第6页。
② 孟建伟：《两种文化的分离与对立及其根源》，载《山东社会科学》2004年第4期，第7页。
③ 孟建伟：《两种文化的分离与对立及其根源》，载《山东社会科学》2004年第4期，第9页。
④ 孟建伟：《两种文化的分离与对立及其根源》，载《山东社会科学》2004年第4期，第8页。
⑤ 孟建伟：《两种文化的分离与对立及其根源》，载《山东社会科学》2004年第4期，第8页。

(Immanuel Kant，1724—1804)本人也是一位科学家。同时，科学和技术带来的各种进步改善了人们的生活，动摇了宗教的根基，不仅使自然科学成了人们的思想和生活的中心，而且使哲学以及政治学、伦理学、美学等其他人文学科也都发生了认识论转向——以近代自然科学为楷模，用其方法和精神去理解人文学科，展开相关研究。

这一时期，虽然科学与人文的关系大体上是和谐的，但二者对立的倾向已经显现。一方面，尽管当时还没出现"科学主义"（scientism）这一概念，然而，包括逻辑主义、实证主义和物理主义的客观主义，以及技术至上的功利主义在内的科学主义思想、观念和思潮，早在笛卡尔、培根、伽利略等科学家和哲学家那里就已经形成，并在随后的几个世纪里不断强化。① 另一方面，18世纪后期，与启蒙运动的理性主义的思想和观念相悖的浪漫主义思潮开始出现。正如英国史学家阿伦·布洛克（Alan Bullock，1914—2004）所指出的，新古典主义对质朴和单纯的追求，诉诸感情反应的绘画作品，温克尔曼（Johann J. Winckelmann，1717—1768）对古希腊艺术品倾泻的狂喜语言，皮拉纳齐（Giovanni B. Piranesi，1720—1778）对古罗马遗址极其崇高的赞叹和钦佩，诗人们对古希腊的由衷崇拜，等等——所有这些都带有与当时的理性主义相抵触的浪漫主义成分；卢梭推崇"心的语言"，注重心灵深处的单纯宁静，厌恶矫揉造作，热爱自然和质朴，反感城市生活，开了浪漫主义的先河。②

然而，即使到19世纪中叶，科学和人文还没有完全分离。阿伦·布洛克指出："直到19世纪中叶为止，科学还没有发展到这样专门化的程度，使得受过教育的人无法跟得上最新的发现和理论。科学与人文的分家还没有发生。"③这样我们就不难明白，达尔文和托马斯·赫胥黎的一些科学著作何以颇具文学性，在英国19世纪的散文史上占有重要位置。

19世纪和20世纪之交，科学与人文之间完全的分离和对立开始出现。英国科学家和小说家C. P. 斯诺（Charles P. Snow，1905—1980）1956年在

---

① 孟建伟:《两种文化的分离与对立及其根源》，载《山东社会科学》2004年第4期，第10页。
② 阿伦·布洛克:《西方人文主义传统》，董乐山译，生活·读书·新知三联书店1997年版，第113页。
③ 阿伦·布洛克:《西方人文主义传统》，董乐山译，生活·读书·新知三联书店1997年版，第248—249页。

《两种文化》中写道:

> 60 年以前,两种文化已经危险地分离了⋯⋯
>
> 事实上,当今,年轻的科学家与非科学家之间,甚至比 30 年前更加难以沟通。30 年前,虽然两种文化已有很长时间不再对话,但至少它们还设法带着勉强笑容去跨越这条鸿沟。如今,这种礼貌已不复存在,取代它的是公开对立。①

他还说,这种分离和对立"不仅仅是英国的现象,而且是整个西方世界的现象"②。文人知识分子和科学家之间"有时(特别是在年轻人中间)互相敌对和鄙视⋯⋯他们都相互荒谬歪曲对方形象"③。文人知识分子常常贬低科学家,喜欢"称自己为独一无二的'知识分子'",甚至把卢瑟福(Ernest Rutherford,1871—1937)、爱丁顿、狄拉克(Paul Dirac,1902—1984)、阿德里安(Edgar Adrian, 1889—1977)和哈代(G. H. Hardy)这样的著名科学家排除在知识分子之外;而科学家宣称:"这是科学的英雄时代! 这是伊丽莎白的时代!"④特别是年轻的科学家感到,"他们是新兴文化的一部分,而另一种文化正在衰落"⑤。结果,狭隘的科学主义(科技主义或唯科学主义)和狭隘的人文主义出现了;前者的代表人物是逻辑实证主义哲学家维特根斯坦(Ludwig Wittgenstein,1889—1951),后者的代表人物是"生命哲学""现象学运动""存在主义""弗洛伊德主义""法兰克福学派"等思潮的现代西方人本主义学者。孟建伟指出,在逻辑实证主义者看来,科学与人文两种文化分别属于两个截然不同的世界——科学(认识)世界和人文(体验)世界:

> 科学世界强调的是纯粹的客观性:它以认识世界为目的,试图通过数学计算和经验证实的方法,为各个研究领域建立起严密的逻辑体系;

---

① Snow, Charles P. *The Two Cultures*. Cambridge: Cambridge University Press, 1998, p 17.
② Snow, Charles P. *The Two Cultures*. Cambridge: Cambridge University Press, 1998, pp 16–17.
③ Snow, Charles P. *The Two Cultures*. Cambridge: Cambridge University Press, 1998, p 4.
④ Snow, Charles P. *The Two Cultures*. Cambridge: Cambridge University Press, 1998, pp 4–5.
⑤ Snow, Charles P. *The Two Cultures*. Cambridge: Cambridge University Press, 1998, pp 17–18.

它以事实为依据,在价值上保持中立,因而在认识上是有意义的。相反,人文世界体现的是纯粹的主观性:它以体验世界为目的,采用的是丰富的想象和兴奋的情绪,追求一种富有诗意和激情的理想世界;它依据的是价值判断,因而在认识上是无意义的。需要指出的是,科技主义的功利主义实际上是客观主义的实证主义的一个变种。①

另一方面,现代西方人本主义学者对科学的认识,似乎也没有超越狭隘的实证主义和功利主义的观念,却采取了与科学主义者或科技主义者截然相反的立场。这些人本主义学者强调:

> 只有非理性的生命体验(或情感、意志、本能等)才是最真实的实在,是人的本质,而科学与理性只不过是人类意志的工具,并无实在的意义……人本主义者则强调,只有人文(体验)世界才是真正的存在,而科学(认识)世界不但无实在的意义,反而同人与人文精神是相对立的。②

由此,科学与人文的完全分离和对立可见一斑。

不过,实际上,在科学与人文出现明显分离和对立的 20 世纪,也有一些科学家和思想家,试图在科学和人文的鸿沟上架起桥梁——"他们用自己的工作和阐释性写作,向人们揭示'人生的意义''我们是谁''我们是什么'等深邃的问题"③。20 世纪 30 年代左右,阿瑟·爱丁顿和詹姆士·金斯等不少卓越科学家,也为普通读者写书,但这些著作被那些自称知识分子的传统人文学者忽视了。在《两种文化》1963 年出版的第二版中,C. P. 斯诺加入了一篇《两种文化:一次回眸》的短文,首次提出了一种新文化——第三种文化,意指能够弥合传统的人文学者和科学家之间的鸿沟的文化。美国学者布洛

---

① 孟建伟:《两种文化的分离与对立及其根源》,载《山东社会科学》2004 年第 4 期,第 15 页。
② 孟建伟:《两种文化的分离与对立及其根源》,载《山东社会科学》2004 年第 4 期,第 15 页。
③ 约翰·布洛克曼编著:《第三种文化:洞察世界的新途径》,吕芳译,中信出版社 2012 年版,第 Ⅸ 页。

克曼(John Brockman)指出:"人文知识分子并没有与科学家沟通,而是科学家正在直接与普通公众进行交流……今天,第三种文化的思想家们试图摆脱中间人,并努力以一种可接受的方式向理性的读者表达他们最深层的思想"①;"不同于以往的智力探索,第三种文化的成就将影响这个星球上所有人的生活";第三种文化的科学家和思想家是新型的知识分子——他们"起着沟通作用","不只是那些知者,而是影响下一代思想的教者"。② 布洛克曼列举了数十位新型的知识分子,其中包括数学物理学家彭罗斯和进化生物学家道金斯。

需要强调的是,正如前文所述,除了上一段提及的爱丁顿、彭罗斯和道金斯,英国的进化生物学家朱利安·赫胥黎、遗传学家 J. B. S. 霍尔丹、数学家雅克布·博朗诺斯基、医学科学家彼得·梅达沃、神经病学家奥利弗·萨克斯、化学家彼得·阿特金斯、理论物理学家斯蒂芬·霍金等科学家,也为普通读者创作科学(普及)散文。这些第三种文化的新型知识分子的科学散文作品,既向大众传递了各个领域的科学知识,又蕴涵着较为深刻的科学哲学、人文主义或生态主义等方面的人文思想,同时具有较高的美学价值或艺术水平。

可以说,20世纪以来英国科学散文的繁荣,既是科学与人文"两种文化"完全分离引发的,又是"第三种文化"的新型知识分子努力使科学与人文重新融合的主要成果之一。由于科学在20世纪完全独立和专业化,以及与人文完全分离,大众乃至科学专业以外的其他专家,无法理解专门领域的最新科学知识和理论,新型知识分子——有责任心、文笔较好的科学家,以及受过专门训练或科学素养比较好的作家,开始用通俗、平易的语言向大众普及前沿科学知识,他们的科普作品不仅准确地传递了科学知识,而且蕴涵着深刻的人文思想,同时又具有较强的文学性。其中,对大众进行科普教育与西方人文主义重视教育的理念是相通的;而像与好友闲聊一样,运用通俗语言

---

① 约翰·布洛克曼编著:《第三种文化:洞察世界的新途径》,吕芳译,中信出版社2012年版,第 X 页。

② 约翰·布洛克曼编著:《第三种文化:洞察世界的新途径》,吕芳译,中信出版社2012年版,第 XI 页。

和亲切笔调向大众讲述科学知识,与人文主义强调平等的理念相通。

　　然而,20 世纪以来科学与人文(包括文学、历史、哲学等人文学科)的重新融合状态,与此前科学与人文没有完全分离的融合状态是不同的——前者是对后者的超越。科学与人文的重新融合,并不是又回到了原点——又回到近代初期(文艺复兴时期)乃至此前科学与文学、历史、哲学(中世纪还包括宗教)完全没有分离的"原始混沌"状态。20 世纪以来,科学与人文的各个学科都得以独立,并得到了长足发展;这一时期科学与人文的重新融合(科学散文是其成果之一)只是部分现象——与此同时,科学与人文的各个学科仍然独立地存在着,科学和人文的界限并没有完全消失。不妨打个比方:当今,科学与人文之间,仍存在着一条大的"界河",其内部的各个学科之间,也存在着一些小的"界河";科学和人文的重新融合,只是在大的"界河"上架起了桥梁,而其他的种种跨学科交流和研究,是在诸多小的"界河"上架起了桥梁。总之,科学和人文的重新融合,是科学和人文都得到长足发展并得以兴盛,经过"否定之否定"之后的成果。

　　知悉了科学和人文的分离与融合的历程,下面我们从人文意蕴和艺术特色两个方面,来审视 20 世纪以来科学与人文重新融合的成果之一——英国现当代的 10 位有代表性的科学散文作家的代表性作品。

第一章　天体物理学家阿瑟·爱丁顿对物理世界的想象

　　阿瑟·爱丁顿是英国卓越的天体物理学家和数学家,著名的科学散文作家,第一个用英语宣讲爱因斯坦的相对论。他 1914 年当选为英国皇家学会院士,1930 年被封为爵士,曾任英国皇家天文学会会长(1921—1923),英国物理学会会长(1932—1932),英国数学学会会长(1932),国际天文学协会会长(1938—1944)。自然界密实物体的发光强度极限被命名为"爱丁顿极限"(Eddington limit)。1919 年,他率领远征队,远赴西非海岸普林西比岛进行日全食观测,第一次成功验证了爱因斯坦预言的太阳质量引力引起的星光偏折效应。他被誉为"现代理论天体物理学之父"和 20 世纪"最伟大的和最有影响力的科学家之一"[①];他宣讲相对论的著作《相对论的数学原理》(*The Mathematical Theory of Relativity*, 1923)被爱因斯坦赞为"所有语言中对相对论的最佳阐述"[②];他的科学散文作品"使其成为两次世界大战期间英国家喻户晓的人物"[③]。他的主要科学散文作品包括《物理世界的本质》《膨胀的宇宙》和《科学的新路径》。

　　《物理世界的本质》是爱丁顿基于自己 1927 年在爱丁堡大学所做的吉福特系列讲座(Gifford Lectures)的讲稿整理而成的,包含 15 章,阐释了当时引发科学思想深刻革命的相对论、量子论以及热力学等物理学理论的基本概念及其深刻的哲学意义。同时,该作品还揭示了经典物理学和新物理学

---

①　McCrea, William. "Forword". Eddington, Arthur S. *The Expanding Universe*. Cambridge: Cambridge University Press, 1987, p xi.

②　Britannica. https://www.britannica.com/biography/Arthur-Eddington. 2024-01-12.

③　Wikipedia. https://encyclopedia.thefreedictionary.com/arthur+eddington. 2024-01-12.

的联系和区别,并论述了新物理学思想对包括宗教观在内的人类价值观的巨大影响。

《膨胀的宇宙》是他基于自己 1932 年在召开于美国马萨诸塞州剑桥的国际天文学协会学术会议上所做的系列报告的底稿写就的,包含《星系的后退》("The Recession of the Galaxies")、《球形宇宙》("Spherical Universe")、《膨胀宇宙的特征》("Features of the Expanding Universe")和《宇宙和原子》("The Universe and the Atoms")4 章,述说了宇宙在不断膨胀的具体表现及其原因,宇宙的形状和起源,宇宙中遥远星系后退的速度、宇宙的总质量和宇宙最初的平均密度,以及相对论和量子论的关系,等等。

《科学的新路径》是他基于自己 1934 年在康奈尔大学所做的信使系列讲座(Messenger Lectures)的讲稿写就的,包含 14 章,阐述了物理科学的认识与日常认识的关系、原子物理学、概率论对因果关系(或决定论)的颠覆、天体物理学、自然常数(the constants of nature)、群论(the theory of groups)、科学与宗教的关系等论题。

国内外的相关研究文献,主要是对爱丁顿的生平及其主要作品的语言风格和思想内涵的简要评说。王佐良先生把爱丁顿称为"能文之士",说他"是以能用普通人可懂的朴素文字解释科学现象著称的"①。《物理世界的本质》中译本的译者王文浩在"译后记"中指出:

> 英国科学家都有一个传统,就是会讲故事——能将枯燥抽象的知识和概念用日常容易理解的语言娓娓道来。爱丁顿无疑是个中翘楚。他在本书中不用一个公式就能将时间、空间、熵、引力、宇宙学(前八章),以及量子、不确定性、互补原理(第九、十两章)等最新也是最难理解的概念讲述得十分清楚和有趣,以至于当代科学大师罗杰·彭罗斯在他的传世大作《通向实在之路》中讲到热力学第二定律时,都忍不住要引用爱丁顿在本书中的精彩论断……
>
> ⋯⋯⋯⋯⋯

---

① 王佐良:《英国散文的流变》,商务印书馆 1994 年版,第 278 页。

不仅如此，在论述最新科学进展的基础上，爱丁顿逐渐形成了一种新的科学观和方法论……这些思想在后来被爱丁顿发展为他所称的"主体选择论"或"建构主义"。①

麦克雷（William McCrea）强调了爱丁顿对物理学和科学哲学（物理哲学）的重大贡献："他对物理学思想的发展产生了深远的影响。这种影响首先来自他本人对天文学和天体物理学的贡献，其次来自他对其他人作出贡献的真知灼见。他常常比他们本人更深刻地洞察其发现的重要意义，并且更熟练地阐述这些发现。"②《大英百科全书》（Britannica）更为明确地指出：

（爱丁顿）在其优异的通俗作品中，也提出了科学认识论，他将其称作"主体选择论"和"建构主义"——意指自然观察和几何学的相互影响。他认为，物理学的很大一部分内容表明，科学家在努力阐释所收集到的相关数据。然而，其哲学较好的部分不是其形而上学，而且是其"建构"逻辑。③

《科学散文精品》的编者马丁·加德纳在介绍选自《科学的新路径》的作品《决定论的衰落》时说："无论你从感情上如何看待决定论，阅读爱丁顿这篇表达明晰的随笔都会给你带来一种令人兴奋的体验。"④《牛津现代科学散文集》的编者理查德·道金斯在介绍《膨胀的宇宙》这部作品的选段时说，爱丁顿"特地将其专业领域中传奇般的故事讲述给对此感兴趣的普通读者"⑤。

我们认为，深刻的科学哲学蕴涵和非凡的艺术感染力，是上述三部作品

---

① 阿瑟·爱丁顿：《物理世界的本质》，王文浩译，商务印书馆 2020 年版，第 344—345 页。

② William McCrea（威廉·麦克雷）：《亚瑟·斯坦利·爱丁顿》，韩玉荣、龚静译，《世界科学》1992 年第 5 期，第 53 页。

③ Britannica. https：//www.britannica.com/biography/Arthur-Eddington. 2024-01-12.

④ Gardner, Martin. ed. *Great Essays in Science*. New York：The Prometheus Books, 1994, p 252.

⑤ Dawkins, Richard. ed. *The Oxford Book of Modern Science Writing*. Oxford：Oxford University Press, 2008, p 151.

深受广大读者喜爱的重要因素,但迄今为止,国内外学者都未对此进行较为系统、深入的研究。因此,本章以上述 3 部作品为例,探讨爱丁顿科学散文的科学哲学意蕴和艺术特色。

第一节　爱丁顿科学散文代表作的科学哲学意蕴

爱丁顿上述 3 部科学散文作品的科学哲学意蕴主要体现在以下四个方面。

一、科学认识论

科学认识论顾名思义是对科学认识的看法。爱丁顿认为,科学是来自科学经验——科学观察和实验活动的知识;这种观察不是普通人用肉眼进行的观察,而是科学工作者用特定的科学仪器和科学方法进行的观察。他举例说,同一张书桌,在普通人眼里"有广延性;它相当结实;它有颜色;最重要的是它具有实体性。所谓实体性,我的意思不仅仅是指,我依靠它时它不会塌陷,而是指它是由'实实在在的东西'构成的"①。而在科学工作者看来:

　　(这张书桌)基本上是空的。在其虚空中稀疏散布着许多电荷,它们以极快速度奔涌着,但它们的体积合起来也不到桌子本身体积的万分之一。尽管构造很奇特,但事实表明,它是一张绝对有效的书桌……因为当我在上面铺上稿纸后,那些高速运动的、微小的带电粒子,便不断从下面撞击纸背,正是在这种近乎稳定的撞击下,纸张才得以保持在平稳桌面上。如果我倚靠在这张桌子上,我不会从桌面上穿过。②

这个例子中,爱丁顿把人的经验分为两种——日常经验和科学经验。

① Eddington, Arthur S. *The Nature of the Physical World*. Cambridge：The Macmillan Company, 1928, p ix.

② Eddington, Arthur S. *The Nature of the Physical World*. Cambridge：The Macmillan Company, 1928, p x.

他认为,普通人眼里的桌子,依赖日常经验的日常认识,而科学家眼里的桌子,依赖物理科学经验的科学认识。

爱丁顿认为,尽管科学认识基于世界中的客观存在,却具有一定的主观成分,原因是,这些认识是经由科学家的心智而形成的,他们观测到的数据以及随后作出的推论,都受到了人的心智的局限性的影响,不完全是客观存在本身。他说:"我们给一些精确的物理实验配备了电流计、测微计等仪器,这些仪器是特地设计出来以便消除人类感知可能出现的错误;但我们最终却必须依赖我们的感官来获悉实验结果。即使这些仪器可以自动录下数据,我们也是运用我们的感官去读取数据。"[①]他进一步解释道:

> 一般来说,物理科学的任务是基于我们的神经系统传输的一系列信号,去推断出关于外部世界中的物体的知识。但这大大低估了问题的复杂性。我进行推论所依据的材料不是信号本身,而是在一定程度上基于这些信号和包含想象性因素的描述。这就好像要我们去译解密码电报,但被提供的不是密码本身,而是笨拙外行已误译过的密码。[②]

就是说,经由人的感官、神经系统、大脑获取的信息以及作出的判断,都不完全是客观的。在他看来,科学知识描述的自然界的"真相",犹如人的审美体验一样,包含着人的主观因素:

> 自然界的真相(actuality)就像自然界的美一样。对于一个景观,当我们没有运用意识去感知它的存在时,就无法描述它的美;只有通过意识,我们才能赋予它一种意义——美。世界的真相也是如此。如果真相意味着"心智知悉的东西",那么这种真相就纯属世界的主观特性;世

---

① Eddington, Arthur S. *New Pathways in Science*. Cambridge: Cambridge University Press, 1935, pp 2-3.

② Eddington, Arthur S. *New Pathways in Science*. Cambridge: Cambridge University Press, 1935, pp 6-7.

界的客观特性意味着"心智可知的东西"。①

意思是说,人的心智不可能得知自然界中客观存在的全部内容,科学知识描述的自然界的真相,实际上是自然界的客观存在和人的主观认知的融合。他还说:

> 科学家通常宣称,其观点基于观察,而非理论。他们会说,理论固然可以启发实验者产生新的想法和新的研究思路;但"铁的事实"是作结论的唯一合适的基础。但把这一立场付诸实践的人,我还从未遇到过——注重实践的实验主义者肯定不会如此,原因是,这类人不太习惯于仔细审视自己的理论,结果反而受它们的影响更大。所以说只有观察是不够的。除非我们先确信自己眼睛看到的现象是可信的,否则我们不会相信自己的观察。②

就是说,科学家在观察、收集数据、推论以提出理论的过程中,总会有意无意地受一定信念或理论的影响,因而,他们最终获得的科学知识或形成的科学理论不完全是客观的。他明确指出:"因而我们必须承认,'现代物理学所构想的宇宙'并不等同于哲学家所说的'客观的物理宇宙'"③;"观察与理论并用时才能取得最佳效果,二者在寻求真理时相互促进"④。就是说,宇宙科学知识并不是、也不可能是完全客观的,科研工作者应该既重视观察和实验,又重视理论。

基于相对论和量子论,爱丁顿指出,无论是在宏观领域还是在微观领

① Eddington, Arthur S. *The Nature of the Physical World*. Cambridge：The Macmillan Company, 1928, p 267.
② Eddington, Arthur S. *The Expanding Universe*. Cambridge：Cambridge University Press, 1987, p 17.
③ Eddington, Arthur S. *New Pathways in Science*. Cambridge：Cambridge University Press, 1935, p 45.
④ Eddington, Arthur S. *New Pathways in Science*. Cambridge：Cambridge University Press, 1935, p 211.

域,科学认识具有多元标准和不确定性。他这样阐述相对论的涵义:

> 根据经典物理学的观点,距离、磁力和加速度等物理量必然是确定的和唯一的,但现在我们面对的情况是,根据不同参考系可测出不同距离之类的不同物理量,而我们无从判断其中哪些是正确的。我们采取的简单办法,就是放弃"其中有一个是正确的,其他都是谬误的"的想法,全部接纳它们。我们已经知道,方向或速度之类的物理量是相对的;现在看来,距离、磁力和加速度等物理量也是如此。①

就是说,在宇宙这样的宏观领域,观测数据之类的知识具有不确定性。在他看来,量子论意味着:

> (科学家)试图全面描述世界是一个错误理想……仅仅从已有知识就能建构出有关自然界的新知识,这是我们认识宏观世界的指导原则,但这一原则现在已变得令人怀疑。如果说这一原则可能是正确的话,它就在很大程度上颠覆了我们当今的知识基础。似乎更为可能的是,我们必须满足于接受一种可知与不可知混合的状态。这意味着对决定论的否定,因为预言未来所需的材料会包括关于过去的不可知的成分。我想这种状况正如海森堡(Werner K. Heisenberg,1901—1976)所说的:"我们是否能够用关于过去的全面知识来预测未来,这样的问题不会出现,原因是,完全了解过去,这本身就是自相矛盾的说法。"②

也就是说,在微观领域,科学家对事物的过去(或当下)状态的观测,以及对其未来状态的预测,都只是大概性的——只能用表示可能性的概率来描述,换言之,这些知识都是不确定的。爱丁顿明确指出:"我们通常只是大

---

① Eddington, Arthur S. *The Nature of the Physical World*. Cambridge: The Macmillan Company, 1928, p 35.

② Eddington, Arthur S. *The Nature of the Physical World*. Cambridge: The Macmillan Company, 1928, pp 228-229.

概地解决一个问题,随后在对同一问题的反复探索过程中也是如此,也许最终会得到一个确切答案。但在整个探索过程中,大概的预测本身就是目的;接近探索目标不等于确定的预测。"①就是说,人类关于微观领域的科学知识只能是大概性的,而不是确定性的或终极性的。

爱丁顿认识到,科学认识是相对真理,一直处于不断发展完善的过程中,这一发展基于原有认识,对其既有摒弃,又有继承。在他看来,无论是经典科学家欧几里得(Euclid,330 BC—275 BC)、牛顿还是新物理学家爱因斯坦、海森堡等人的理论,都不是绝对真理或终极真理:"欧几里得、托勒密(Claudius Ptolemaeus,约90—168)和牛顿的理论体系已经完成了使命,与此相似,爱因斯坦、海森堡的理论体系也可能被对世界的更充分的认识取代。"②他在《膨胀的宇宙》的前言中坦承,他所描述的宇宙膨胀理论"本身就不是该作品的重点;用侦探小说作类比,该理论不是最终要抓的罪犯,而只是相关线索"③。就是说,他在该作品中宣讲的理论也不是终极真理。他对自己的另一部作品《科学的新路径》宣讲的相关理论持同样态度:"在科学领域,我不期望会有终极性。这本书的相关部分描述的科学理论,并没形成完美无瑕的体系;相反,其中存在着我们无法弥补的矛盾之处,而这只有等到更多的研究成果出来之后,才有望得以消除。"④他强调,包括科学感知和科学理论在内的科学认识,不是客观物理世界(physical world,自然界)及其规律等客观存在本身,而是科学家的心智对这些客观存在的认知,而科学家由于自身和时代的局限,其认知总是不完善的,却是在不断发展和完善的。他说:

> 我希望,对物理科学(physical science,自然科学)局限性的强调,不

---

① Eddington, Arthur S. *New Pathways in Science*. Cambridge: Cambridge University Press, 1935, p 77.

② Eddington, Arthur S. *The Nature of the Physical World*. Cambridge: The Macmillan Company, 1928, p 353.

③ Eddington, Arthur S. *The Expanding Universe*. Cambridge: Cambridge University Press, 1987, p v.

④ Eddington, Arthur S. *New Pathways in Science*. Cambridge: Cambridge University Press, 1935, p 290.

会被读者误解。它绝不是意味着,科学的力量正在衰落;相反,我们更为清醒地认识到,科学现在和未来都会对人类的发展和文化作出贡献。物理科学尽管有局限性,却由于其自身的不断变革已变得强大起来。也许它对已取得的成果不太自信,但对其自身目标却更加自信。①

不难看出,爱丁顿既强调科学认识的相对性,又对科学的未来充满信心。同时,他还辩证地阐述了科学发展既有摈弃又有继承的特征。他形象地写道:

> 科学所有新发展的根基都在过去。如果说我们比前辈看得更远的话,那是因为我们站在他们的肩膀上——这样看来,我们向其肩膀上攀爬时腿脚踢到了他们,就显得不足为奇。新一代科学家正在向我们这一代科学家的肩上攀登;这一进程将会持续下去。科学进步的每一阶段都会有所贡献,这些贡献在下一阶段都会被保留下来。②

二、科学与宗教

爱丁顿生长在基督教的贵格派家庭,一生笃信相关教义;他不仅是著名科学家,而且具有文学才华,"喜爱诗歌"③。他主要以审美作类比,阐述科学与宗教的关系。他首先指出,科学探索与审美活动是人性不可或缺的两个方面。他说:

> 我们的本性中存在着这样的一面,它驱使我们去关注自然界和人类创造物所体现的美以及其他的审美意义,这使我们认识到,我们的环境远不只是被科学发现并进入科学目录中的那些东西。一种压倒性的

---

① Eddington, Arthur S. *New Pathways in Science*. Cambridge: Cambridge University Press, 1935, p 324.
② Eddington, Arthur S. *New Pathways in Science*. Cambridge: Cambridge University Press, 1935, pp 325-326.
③ Batten, Alan H. "A Most Rare Vision: Eddington's Thinking on the Relation between Science and Religion". In *Q. J. R. astr. Sco.* (1994), 34, p 251.

情感使我们意识到,就我们存在的目的性而言,这种认识不仅是正确的,而且是不可或缺的。①

就是说,人对自然界的科学认识和审美体验,都是人之所以为人的特征。他认为,物理知识不是人类经验的全部。他写道:"我们认识到,物理学努力追求的知识的范围非常狭窄和专业化,不能保证对人类精神赖以存在的环境有全面认识。我们日常的生活和活动的许多方面,不是用物理知识就能解释的。"②在他看来,人对自然界既会产生偏重理性和物质性的科学认识,又会产生偏重感性和精神性的审美体验和宗教体验。

爱丁顿强调,宗教与审美相似,和科学分属人类心智的不同领域,服务于人类存在的不同需求,都有各自不同的存在理据,应和平共存,而不应相互攻讦。他指出,不应否认包括宗教信念在内的一些信念的效用:"与其说我们是在断定这些信念的有效性问题,不如说我们是在认定它们作为我们的本性的基本部分的作用问题。我们不用为在自然景观中看到的美的有效性进行辩护;我们满怀感激地接受这样一个事实——上天赋予了我们这样一种看待事物的能力。"③就是说,宗教信仰和审美体验一样,都是人的基本需求,都会产生良性作用。在他看来,人们不会用物理知识去解释审美观念,同理,不应该用物理知识去衡量和评价宗教观念是否合理。他写道:

　　我想,宗教观如果需要辩护的话,这种辩护必须采用为审美辩护那样的方式。其可行性似乎在于,人类无论是运用审美机能还是宗教机能,内心都会有一种获得感或成就感。科学家内心也有一种感觉,该感觉使他们相信,他们运用心智的另一种机能——推理能力,可以发现人

①　Eddington, Arthur S. *The Nature of the Physical World*. Cambridge: The Macmillan Company, 1928, p 107.

②　Eddington, Arthur S. *New Pathways in Science*. Cambridge: Cambridge University Press, 1935, p 316.

③　Eddington, Arthur S. *The Nature of the Physical World*. Cambridge: The Macmillan Company, 1928, p 350.

类注定会努力去寻求的东西。①

也就是说,人类的认识无论是虚幻的还是真实的,只要能对人类生活产生积极效用,就是无可厚非的;与科学一样,宗教和审美对于人类存在都是不可或缺的。在他看来,宗教信仰与审美感知一样,属于人们对世界的日常认识,与人们对世界的科学认识分属于不同领域;科学与宗教不应僭越各自的领域,用自己的标准去评价对方,而应和平共处。他赞同罗马教宗所坚持的观点——"科学和宗教之间可以没有冲突,因为它们分属完全不同的思想领域",并且强调,除非科学和宗教"都把自己局限在适当范围内,否则冲突是不可避免的。我们需要就如何能更好地理解二者的边界展开讨论,这对形成和平状态会有贡献"。②

爱丁顿指出,20 世纪兴起的量子论颠覆了决定论或严格的因果关系(strict causality),使宗教乃至神秘主义等方面的观念似乎有了"科学"依据。他说:"我们关于支配定律(controlling laws)的观念正在重建,虽然我们无法预料它们最终将以什么样的形式出现,但所有迹象都表明,严格的因果关系已经被永远清除了。"③根据决定论,自然界和人类社会普遍存在着因果关系,人们了解了所有涉及某种即将发生的事件的因素,就可以精确预测到这一事件。而根据量子论的不确定性原理,人们无法精确地同时确定粒子的位置和速度;这意味着,人们无法全面、确切地知道事物当前的存在状态,也不能精确预测事物的未来状态,这样一来,事物的发生似乎是由某种奇迹或超自然的力量(神)所致。但爱丁顿认为,以量子论为代表的新物理学,并不能成为宗教的合理性的证据。他说:

> 如果我们过分依赖科学理论的永恒性的话,其终极性的缺乏将使

---

① Eddington, Arthur S. *New Pathways in Science*. Cambridge: Cambridge University Press, 1935, p 317.

② Eddington, Arthur S. *The Nature of the Physical World*. Cambridge: The Macmillan Company, 1928, pp 350-351.

③ Eddington, Arthur S. *The Nature of the Physical World*. Cambridge: The Macmillan Company, 1928, p 332.

我们的论证受到极大限制。对于笃信宗教的人,我没有给他们提供一个量子论所揭示的上帝;他们很可能对这一点感到满意,原因是,这一理论很可能在下一次科学革命中被扫除,这样一来,我对上帝的论证就又站不住脚了。①

就是说,量子论虽然为神的存在留下了空间,却不是终极性的理论,不能一劳永逸地证明上帝的存在,因而不应拿来证明宗教的合理性。他明确指出:"我并不是说,无论是宗教还是自由意志,都可以从现代物理学中推导出来;我仅仅想表明,它们与物理学之间和解的某些障碍消除了。"②他进一步阐释说:

> 我的意思并不是,新物理学可以"证明宗教"或真的能为宗教信仰提供任何肯定性的根据。但它能成为唯心主义哲学强有力的基础,在我看来,这种哲学对以心灵为导向的宗教信仰是友好的……总之,物理宇宙的新概念,使我能替宗教反驳对它的这样一种指责——它与科学水火不容。③

就是说,新物理学虽然不应该用来证明宗教的合理性,却表明科学可以与宗教和平共处。

三、科学审美意识

科学审美体验(美感),是自然界存在的客观事实、客观规律以及基于此而形成的科学理论,使科学家或科学爱好者产生的愉悦、震撼等体验。爱丁顿认同科学审美体验。他在述说风浪产生的普通审美体验时说:这种景象

---

① Eddington, Arthur S. *The Nature of the Physical World*. Cambridge:The Macmillan Company, 1928, p 353.
② Eddington, Arthur S. *New Pathways in Science*. Cambridge:Cambridge University Press, 1935, p 306.
③ Eddington, Arthur S. *New Pathways in Science*. Cambridge:Cambridge University Press, 1935, p 308.

为非数学的心智提供了些许外部世界的愉悦，这一感受因为与表示关于风浪的流体力学的微分方程所产生的喜悦密切结合，而大大增强。[为了避免被认为是有意贬低流体力学，这里我立即声明，我不认为，知识性（科学性）鉴赏比不上对风浪的虚幻表象的神秘性欣赏。我知道，由数学符号写就的段落的壮美，堪比鲁伯特·布鲁克（Rupert Brooke，1887—1915）的十四行诗。][①]

这里，爱丁顿充分肯定了由微分方程之类的数学公式产生的科学美感，认为它不劣于自然景观和诗歌产生的普通美感。

爱丁顿作品中蕴涵的主要科学审美特征有以下三点。

1.奇异性。有学者指出，奇异"指科学美的领域中某些超出常人想象而使人惊奇的特征。这些审美特征使审美主体产生强烈的新奇感"[②]。新物理学中的概念"费茨杰拉德收缩"（FitzGerald contraction）讲的是：一切运动物体在运动方向上都会收缩——当运动速度达到每秒 161 000 英里时，这个物体会缩为原来尺度（长度、宽度或高度）的一半；当速度达到每秒 186 282 英里的光速时，其尺度会缩为零。爱丁顿在描述费茨杰拉德收缩现象的一些效果时写道："首先让我们来看一种似乎相当奇异的情形。假如你在一颗飞行得非常快——譬如说每秒 161 000 英里——的星球上。因为这个速度，这颗星球在运动方向上收缩一半，任何固体从横向转到运动方向上后，其长度都会收缩到原来的一半。"[③]"物理学中最根本的问题就是用高速运动的量尺测量长度。你可以想象，这个星球上的物理学家，当他们得知他们一直以为量尺有不变长度这一点实际上是错误时，他们该有多么惊愕！"[④]随后，他还

---

① Eddington, Arthur S. *The Nature of the Physical World*. Cambridge：The Macmillan Company，1928，p 320.

② 陈望衡主编：《科技美学原理》，上海科学技术出版社 1992 年版，第 116 页。

③ Eddington, Arthur S. *The Nature of the Physical World*. Cambridge：The Macmillan Company，1928，p 8.

④ Eddington, Arthur S. *The Nature of the Physical World*. Cambridge：The Macmillan Company，1928，p 9.

用了"怪异"（weird）一词来阐述这一现象。① 他这样描述量子研究："对量子的探索引出了许多令人惊奇的事情，但是，可能没有什么事情能比光和其他能量转化为 h 单元的重聚，更出乎我们的预料；按照所有经典图像，它应该变得越来越分散才对。"②他如此描述光："光是一种奇怪事物——比我们二十年前能想象到的还要怪异（queerer）——但如此怪异只会使我感到惊奇。"③在他看来，即使一些数学公式也很奇妙，因而在《膨胀的宇宙》的第3章，他把与球形宇宙假说相关的"在科学上有重要意义的成果，和很可能仅仅在数学上显得奇异（mathematical curiosities）的成果"并在一起来讲述。④这些例子表明，爱丁顿体验到了种种物理现象乃至数学公式的奇异美。

2. 趣味性。这是科学家和科学爱好者在发现自然界的奥妙事实或客观规律时所产生的有趣体验。和"有趣"相关的单词（interest, interesting, interested, entertaining）在爱丁顿的科学散文中几乎是俯拾皆是。他这样阐述相对论涉及的相对距离："测算空间距离时，我们可以把它设置为相对于地球而言的距离，和相对于参宿四而言的距离，这些距离研究起来比较有趣。"⑤他以电势作类比，如此阐释热力学中的"熵增"（entropy increases）概念："如果我们能把这种神秘的电势（电压）与所熟悉的概念联系起来，那将是非常有趣的。显然，如果我们能把这种电势变化和所熟悉的时间推移等同起来，我们在领会其固有性质的道路上将迈出一大步。"⑥就是说，时间推移意味着所剩时间越来越少，同理，电势渐降意味着所剩电势越来越低，而熵增与电势渐降相似，都意味着能释放的能量越来越少。在他看来，宇宙膨

① Eddington, Arthur S. *The Nature of the Physical World*. Cambridge：The Macmillan Company, 1928, p 10.

② Eddington, Arthur S. *The Nature of the Physical World*. Cambridge：The Macmillan Company, 1928, p 185.

③ Eddington, Arthur S. *The Expanding Universe*. Cambridge：Cambridge University Press, 1987, p 16.

④ Eddington, Arthur S. *The Expanding Universe*. Cambridge：Cambridge University Press, 1987, p 66.

⑤ Eddington, Arthur S. *The Nature of the Physical World*. Cambridge：The Macmillan Company, 1928, p 25.

⑥ Eddington, Arthur S. *The Nature of the Physical World*. Cambridge：The Macmillan Company, 1928, p 96.

胀的话题"特别有趣"[1]；他对爱因斯坦提出的"宇宙常数"的可能性的证据之一——螺旋形星云的退行现象"非常感兴趣"。[2] 他还对"（氢原子核的）质子击穿其他原子核感兴趣"，原因是，"从天文学角度来看，具有重要意义的能量释放的来源是氢的蜕变"[3]。他认为，"气态星云研究最有趣的部分是其起源和性质"[4]。

3. 简单性。周林东认为，简单性的科学美是指"科学理论体系所包含的彼此独立的基本概念、基本假设或公理应尽可能地少"[5]。爱丁顿写道："众所周知，万有引力和静电力，基本上都遵循与距离的平方成反比的定律。这条定律以其简单性强烈地吸引着我们；它不仅在数学上是简单的，而且很自然地对应于一个物理量随三维空间的向外扩展而衰弱的效应。"[6]这里，他体验到了简单美——物理定律简单性的吸引力。他这样评说爱因斯坦的引力定律："爱因斯坦理论的核心成果是引力定律，它一般的表达式是 $Guv = O$，该表达式的优点如果说不是清晰的话，那就是简洁。"[7]他感到，爱因斯坦引力定律的表达式的简洁是一种优点，换言之，这一定律具有简单美。

同时，爱丁顿认识到，体现了科学美的科学知识或科学理论并不一定是真理。他说：

> 人们普遍认为，关于这个世界的很多科学理论谈不上是真的，也不能说是假的，只能说是简便或是不简便。人们最爱用的一句话就是，判

---

① Eddington, Arthur S. *The Expanding Universe*. Cambridge：Cambridge University Press, 1987, p v.

② Eddington, Arthur S. *The Expanding Universe*. Cambridge：Cambridge University Press, 1987, p 61.

③ Eddington, Arthur S. *New Pathways in Science*. Cambridge：Cambridge University Press, 1935, p 177.

④ Eddington, Arthur S. *New Pathways in Science*. Cambridge：Cambridge University Press, 1935, p 202.

⑤ 周林东：《科学哲学》，复旦大学出版社 2005 年版，第 249 页。

⑥ Eddington, Arthur S. *The Nature of the Physical World*. Cambridge：The Macmillan Company, 1928, p 29.

⑦ Eddington, Arthur S. *The Expanding Universe*. Cambridge：Cambridge University Press, 1987, p 21.

断一种科学理论是否有价值的标准是看它是否节省思维。简单陈述当然要优于冗长陈述;至于现有的科学理论,要证明它是否简便或节省思维,比要证明它是否正确容易得多。[1]

简便或节省思维的科学理论体现了科学美中的简单美;然而,具有简单美的科学理论不一定能被证明是正确的,这意味着,美的科学理论不一定是真理。爱丁顿坦承:"依我看,最令人满意的宇宙起源理论是,它描述的起源过程流畅、具有美感,而不是太突兀而不具美感。"[2]按照他提出的具有美感的假说,宇宙在最初的相当长一段时期就弥漫着质子和电子,这些物质基本上处于平衡稳定的状态,后来,这一状态逐渐被打破,宇宙中的物质开始凝缩并产生核聚变,发生爆炸并形成星系,星系相互远离,宇宙得以膨胀。然而他并不认为,他的这个假说一定是唯一正确的理论,他人必须接受。他说:"我只能认为,我提出的过程'平和'的宇宙起源理论,更有可能满足读者的普通情感;如果他们倾向于相信其他理论,我会说——'随你们的便'。"[3]他很清楚,他自己提出的具有美感的宇宙起源论不一定是真理,而当时已有人提出的宇宙大爆炸起源论,虽然不具美感,却不一定不是真理。

四、生态科技观

科学技术生态化包含人文关怀原则和生态关怀原则,它们分别指的是:"科学技术的开发和应用,应当有利于人的物质生活和精神生活水平的提升,有利于社会的和谐、公正和进步"[4];"科学技术的开发和应用,应该有利

---

[1] Eddington, Arthur S. *The Nature of the Physical World*. Cambridge:The Macmillan Company, 1928, pp 284-285.

[2] Eddington, Arthur S. *The Expanding Universe*. Cambridge:Cambridge University Press, 1987, p 56.

[3] Eddington, Arthur S. *The Expanding Universe*. Cambridge:Cambridge University Press, 1987, p 60.

[4] 李培超、郑晓绵:《科学技术生态化:从主宰到融合》,湖南师范大学出版社2015年版,第159页。

于保护生态环境,维持生态系统的平衡与和谐"①。这就是说,科技的探索和应用,要有利于人与人、人与自然的平等相处、共生共荣,而不应成为人类自高自大、压迫其他人、征服大自然、肆意破坏生态环境的理据或工具。这一理念也可以称为生态科技观。爱丁顿科学散文作品中的生态科技观意蕴体现在下述几个方面。

作为天体物理学家,爱丁顿反对基于对地球在宇宙中的位置的认识而形成的自我中心论(egocentrism)。在他看来,天体物理学知识可以使人们培养谦卑、敬畏的意识,进而平等地与其他人和其他自然物共生共荣。他说,天文学家观察到,太空中有一个遥远的漩涡星云,其运动速度似乎是每秒1000英里,科学家无法断定,这一速度是属于那个星云的,还是属于地球所在的银河系的,原因是,"从天文学上说,与那个星云比较起来,地球所属的星系并不比其他星系更为重要,而且也不是更接近宇宙中心。那种认为我们更接近静止的假设,并没有严谨的理论基础,只不过是自我陶醉而已"②。他旨在指出,认为地球所在的银河系是宇宙中心纯属错觉,不应以此为理由,形成自满自大的自我中心论。他在综述相对论的时空概念时说:

> 我们把空间参考系的多样性的想法,扩展到空间—时间参考系的多样性……大自然没有任何迹象表明,这些参考系中的哪一个具有特殊性。我们所在的好像是静止的这个参考系,具有相对于我们而言的对称性,该对称性是其他参考系所不具备的;为此,我们曾做出一个具有普遍意义的假设——它是唯一合理的标准参考系。但这种自大看法现在必须抛弃,我们应该懂得,所有参考系都具有同等意义。③

在他看来,把自我所在的载体视为观测关于时空的物理量的标准参考

---

① 李培超、郑晓绵:《科学技术生态化:从主宰到融合》,湖南师范大学出版社2015年版,第160页。

② Eddington, Arthur S. *The Nature of the Physical World*. Cambridge: The Macmillan Company, 1928, p 10.

③ Eddington, Arthur S. *The Nature of the Physical World*. Cambridge: The Macmillan Company, 1928, p 61.

系,也是一种自高自大的自我中心论,应予以坚决抵制。

爱丁顿明确指出:

> (在银河系庞大的恒星群中)太阳只是卑微的一员……从质量、表面温度和体积上看,太阳属于非常普通的一类恒星。其运动速度接近平均值。它没有显示出能让天文学家格外注意的较突出的特征……它恰好位于离近域恒星云的中心很近的位置——但这种表观的优越位置是因为,这个星云本身位于银河系明显偏离中心的一角(事实上在其边缘)。我们不能自称是宇宙中心。
>
> 对银河系的思考让我们看到自己所处世界的渺小。但我们不能不在这个屈辱谷中继续向下走。我们所属的银河系只是上百万个甚至更多的漩涡星云中的一个……①

就是说,无论在银河系中还是在整个宇宙中,人类生活的地球根本就不是处在中心位置,人类不应有自我中心思想,而应秉持谦卑态度。根据当时的观察,太空中的螺旋星系大体上像银河系,却明显小于银河系,因此曾有人说,如果螺旋星系像岛屿,银河系就是大陆。对此,爱丁顿写道:

> 我想我的谦卑因此只能变成中产阶级的自豪,因为我不喜欢人类属于宇宙的贵族这样的恶名……所以,说银河系应该成为一个完全例外的星系似乎是错误的。坦率地说,我不相信那样的论断,那在很大程度上只是由于偶然性。我想,进一步的观察研究将会昭示银河系与其他星系的真实关系,我们最终将会发现,更多星系的大小是等同于或超过银河系的。②

显然,他一直反对以种种"科学的"理由把人类视为高高在上的优越存

---

① Eddington, Arthur S. *The Nature of the Physical World*. Cambridge: The Macmillan Company, 1928, pp 164-165.

② Eddington, Arthur S. *The Expanding Universe*. Cambridge: Cambridge University Press, 1987, p 5.

在物的自我中心论。

作为恒星的能源来自核聚变这一论断的最早提出者,爱丁顿反对把相关技术应用于战争。他写道:

> 我把原子能的实际运用称作虚幻希望,认为鼓励此类希望是错误的。但从世界目前的形势来看,原子能的运用甚至成了一种威胁,谴责这一威胁是一种重大责任。不可否认的是,有些人由于物质方面的匮乏想摆脱饥饿状态,对这些人来说,富足会招致灾难,无限制的能量意味着有无限能力去发动毁灭性的战争;对存在这类人的社会来说,其前进道路上飘荡着一片不祥乌云,尽管这片云目前还不及人的巴掌大。[①]

早在1934年,爱丁顿就预见了应用核聚变原理去制造大规模杀伤性武器以发动毁灭性战争的可能性;他反对用科技去危害他人乃至整个人类。

爱丁顿认为,科学对人类的处境可起到一定的警示作用。他在总结自己关于科学和宗教的关系的观点时说:

> 物理科学与宗教的关联是,科学家时常承担起了信号员的义务,不时发出危险警告——而且他们的警告并非没有道理。起警示作用的主要信号,过去一直处于危险级别;如果我对当前形势的估计是正确的话,这一信号目前显示的危险级别偏低。但近期还不至于会出什么大的乱子,除非有某种力量驱动。[②]

《圣经·启示录》描述的最后(末日)审判的大灾难环境,类似地球生态环境遭到彻底毁灭的景象;不遵从上帝训诫善待他人并约束自己行为的人,将在地狱般的环境中受罚。科学家爱丁顿警示人们,核物理学可能使人类

[①] Eddington, Arthur S. *New Pathways in Science*. Cambridge: Cambridge University Press, 1935, p 163.

[②] Eddington, Arthur S. *New Pathways in Science*. Cambridge: Cambridge University Press, 1935, p 308.

面临大灾难;尤其是,如果人们以自我为中心,受征服他人、征服大自然的欲望驱动,滥用科学成果,他们很可能会面临末日审判那样的大灾难。

第二节　爱丁顿科学散文代表作的艺术特色

爱丁顿上述 3 部科学散文的艺术特色主要表现在以下四个方面。

一、语言平易,笔调轻松亲切

美国资深科学散文作家和编辑伊莉斯·汉考克(Elise Hancock)强调,"写散文,无论是科学散文还是其他散文,是一种结交密友的行为。你居然邀请读者进入自己的私密领域——自己的心智世界。作为你的密友,读者将分享你的思绪的独特节律";"好的作家心里总是装着读者,不论是在写作时还是在写作前的准备阶段,都是如此"。① 可以说,爱丁顿就是汉考克所说的那样一位科学散文作家。如前所述,爱丁顿的 3 部科学散文作品都是在系列讲座讲稿的基础上写就的。在做讲座时,爱丁顿把听众视为好友,用口语风格,轻松、亲切地谈论 20 世纪初物理科学的最新成果,以及自己对相关问题的感思。他基于讲稿的这 3 部作品,仍然保持着同样风格。他在《物理世界的本质》的"前言"中坦言:"一般认为,用报告厅的谈话风格写一本厚书非常不妥,但我决定不做任何改动。"②麦克雷指出:"《膨胀的宇宙》几乎是爱丁顿对他写作该书时正在形成的观点的轻松、坦率的介绍。"③爱丁顿心里装着读者,非常重视与他们互动,在行文中不时地提一些问题,或先设想读者可能产生的疑问,然后进行解答。他这样阐释天体物理学中测量标尺的"菲茨杰拉德收缩"现象,以解除它可能给读者带来的困惑:

---

① Hancock, Elise. *Ideas into Words: Mastering the Craft of Science Writing*. Baltimore: The Johns Hopkins University Press, 2003, p 1.

② Eddington, Arthur S. *The Nature of the Physical World*. Cambridge: The Macmillan Company, 1928, p vii.

③ McCrea, William. "Forword". Eddington, Arthur S. *The Expanding Universe*. Cambridge: Cambridge University Press, 1987, p xxiii.

假设我们所在的这个房间正以每秒 161 000 英里的速度垂直向上运动。但这只是我的说法，你可以证明这是错的。我把手臂从水平状态变为垂直状态，它的长度就收缩为原来长度的一半。你不相信我说的？那你可以拿一把码尺来量呀。先量水平放置的手臂的长度，结果是长 30 英寸；再量垂直状态的手臂的长度，结果还是 30 英寸。但你必须考虑这样一个事实：码尺转为垂直方向时，1 英寸的刻度实际上已缩为半英寸长。

"但我们可以看到，你的手臂并没变短；难道我们还不能相信自己的眼睛吗？"

当然不能，除非你记得今天早上起床时，你的视网膜在垂直方向上缩为原先的一半的宽度，因此，现在你看到的垂直距离，被放大到水平距离的两倍。

"那好，"你回答说，"那我就不起来了。我躺在床上通过倾斜镜子看你表演。这样，我的视网膜是正常的吧，但我知道我仍然看不到你的手臂的收缩。"

但是，也在高速移动的镜子，并不能给出不失真的图像。光的反射角会随着镜子的运动而改变，这就像台球桌上的垫子移动时，台球的反弹角会有变化。如果你按照普通的光学定律，计算出镜子以每秒161 000 英里运动时的效应，你会发现，它导致了一种扭曲，这种扭曲正好掩盖了我的手臂的收缩。[①]

在英语中，"你"(you) 是一个很口语化的用词。这里，爱丁顿不是在用科学论文的正式语言和刻板格式在进行独白，而是在对话——他用浅显易懂的口头语言，以与读者亲切交流的方式，以举重若轻的轻松笔调，阐明了新物理学中怪异难懂的"费茨杰拉德收缩"现象。这种絮语随笔(familiar essays)的风格拉近了与广大普通读者的距离，增加了作品的吸引力，使读者易

---

① Eddington, Arthur S. *The Nature of the Physical World*. Cambridge：The Macmillan Company, 1928, pp 10–11.

于理解新物理学深奥难懂的概念和理论,及其蕴涵的包括科学哲学观在内的崭新人文理念。

二、善用修辞手法

爱丁顿的作品经常运用比喻(尤其是隐喻)、类比、拟人、引用等修辞手法,这使其语言非常生动形象,也使科学的抽象概念和深奥知识变得易于理解。他写道:"我相信,科学的最近发展趋势已经把我们带上了一个高地,我们从此处可以俯瞰哲学的深海。但是,如果我贸然投身其中,那不是因为我对自己的游泳能力有信心,而是想证明这片水域确实非常深。"①这里,爱丁顿用隐喻手法创造了一个动态场景,生动地表述了科学的最新趋势与哲学的关系,以及自己作为物理学家却喜欢探讨哲学问题的"额外"追求及其目的。

他用明喻和隐喻的手法,形象地述说"膨胀宇宙"的概念的怪异特征及其在物理学中的准确地位:"膨胀宇宙的概念似乎像高耸的尖顶一样雄踞在物理科学的大厦上。或许它的奇异而怪诞的品格表明,把它比作大厦上的滴水嘴兽会更恰当些。但对我来说,我既不把它看作尖顶,也不把它看作滴水嘴兽。我认为它是大厦的一根主要支柱。"②

他用类比手法阐释"有限无界"的弯曲宇宙空间:

在整个宇宙的球形空间中,如果我们沿着同一方向持续行进,最终到达的地方是起点——我们"周游了宏观世界"。同一现象发生在地球表面——地面上的旅行者不偏不倚地一直向前行进,最终会回到起点。因而空间的封闭性可以被看作类似地表的封闭性,一般来说,它们都是由弯曲而引起的。地球表面的整个面积是有限的;同理,宇宙的球形空间的整个体积也是有限的。就是说,宇宙空间是"有限无界"的;我们永

① Eddington, Arthur S. *The Nature of the Physical World*. Cambridge: The Macmillan Company, 1928, p 276.

② Eddington, Arthur S. *New Pathways in Science*. Cambridge: Cambridge University Press, 1935, p 222.

远都不能到达一个边界,但由于这一空间的凹曲属性,我们即使一直行进,到达的地方离起点的距离都是有限的。①

"有限无界"的弯曲宇宙空间概念既怪异又难懂,但爱丁顿用同样弯曲而有限无界的地球表面来作类比,轻松地就解除了读者的困惑。

他用拟人手法述说地球上的观察者看到天狼星的情形:

> 光波从天狼星出发时,完全不明白它们将会撞上什么东西;它们只知道,它们像其他同伴一样,已踏上了穿越无尽空间的旅程……不是所有光波都是通过地球而不进入观察者的眼睛;原因是,无论如何,我们能看到天狼星。这是怎么回事儿呢? 是碰到了观察者眼睛的光波的前锋,向它的跟随者发送了这样的信息吗:"我们发现了眼睛。让我们都涌进去吧!"②

光波无影无踪,爱丁顿却把它比拟成有意识、有秩序、会说话的人,使读者在亲切的氛围中明白了能看到天狼星的光学原理。

至于引用,爱丁顿在3部作品中不时援引英国以及其他国家的著名文学家、思想家和科学家的名作中的语句,而且,在《膨胀的宇宙》和《科学的新路径》中每一章的正文前面,也是先引用相关名家名作的语句。这些名家名作包括波斯大诗人奥马尔·海亚姆(Omar Khayyam, 1052—1122)的《鲁拜集》(*Rubaiyat*),但丁(Dante Alighieri, 1265—1321)的《神曲》(*Divine Comedy*, 1320),培根的《随笔》(*Essays*, 1625),莎士比亚(William Shakespeare, 1564—1616)的数个剧本,弥尔顿(John Milton, 1608—1674)的《失乐园》(*Paradise Lost*, 1665),斯威夫特(Jonathan Swift, 1667—1745)的《格利佛游记》(*Gulliver's Travels*, 1726),亚历山大·蒲柏(Alexander Pope,1688—1744)

---

① Eddington, Arthur S. *The Expanding Universe*. Cambridge: Cambridge University Press, 1987, p 35.

② Eddington, Arthur S. *The Nature of the Physical World*. Cambridge: The Macmillan Company, 1928, p 186.

的讽刺长诗《愚人志》("The Dunciad", 1742), 济慈(John Keats, 1795—1821)的十四行诗, 爱默生(Ralph Waldo Emerson, 1803—1882)的语句, 狄更斯(Charles Dickens, 1812—1870)的小说《老古玩店》(*The Old Curiosity Shop*, 1841), 刘易斯·卡罗尔(Lewis Carroll, 1832—1898)的童话《爱丽丝漫游奇境》(*Alice's Adventures in Wonderland*, 1865), H. G. 威尔斯(Herbert George Wells, 1866—1946)的科幻小说, 英国民间童谣集《鹅妈妈》(*Mother Goose*), 庞加勒(Jules H. Poincaré, 1854—1912)的《科学的价值》(*The Value of the Science*, 1905), P.S.拉普拉斯(Pierre-Simon Laplace, 1749—1827)的《概率分析理论》(*Analytic Theory of Probability*, 1912), A. N. 怀特海的《相对性原理》(*Principle of Relativity*, 1922), 伯特兰·罗素的《数理哲学引论》(*Introduction to Mathematical Philosophy*, 1919)和《物的分析》(*The Analysis of Matter*, 1927), 马克斯·普朗克(Max Planck, 1858—1947)的《科学走向何方?》(*Where Is Science Going?* 1932), 赫尔曼·韦尔(Hermann Weyl, 1885—1955)的《开放世界》(*The Open World*, 1932), 乃至一些流行广告和俗语, 不一而足。这些主要涉及文学和哲学的典故, 大大地增强了爱丁顿科学散文的文学色彩和思想深度。

三、洋溢着浓郁情感

爱丁顿的科学散文洋溢着浓郁情感, 这些情感进一步增强了作品的感染力。他这样述说对以太的再认识:

以太参照系一直没有被发现。我们只能察觉到相对于随意散布在宇宙中的实在性参照物的运动; 相对于所谓的充斥宇宙的浩瀚以太的运动, 却是我们完全无法理解的。我们说, "假定 V 是一个物体相对于以太的速度", 而且, 电磁方程组中的 V 正是这种意义上的物体速度。然后, 我们代入观察值, 试着消去除 V 之外的所有未知量。方程的解很有名, 快看! 正如我们消去的其他未知量, V 也消失了, 剩下的是没有争议却令人恼怒的结果:

0 = 0

我们提出愚蠢问题的时候,数学方程就以它最喜欢的手段来戏弄我们。如果我们试图给出北极点东北侧某个点的纬度和经度,我们很可能会得到相同的数学答案。正如"北极点的东北方向","相对于以太的速度"是没有意义的。①

19 世纪的物理学家曾认为,以太是弥漫于宇宙中的无处不在的物质,是电子波传播的介质;但通过代入电子波方程的运算,得到的却是毫无意义的结果,这表明,以太是不存在的。运动和速度都是相对于参照物来说的,因此,相对于"根本不存在的虚空"的运动和速度,都是不可理解、毫无意义的荒诞说法。爱丁顿运用包含隐喻(充斥宇宙的浩瀚以太,the universal sea of aether)、拟人(喜欢、戏弄)和类比(用北极点上的方向做类比)的亲切语言(一直用"我们",好像是与读者一起在推导和思考),生动地表述了科学家在得出这一结论的思索和推导过程,这一生动表述中蕴涵着科学家的惊讶("快看!")、愠怒、懊悔("令人恼怒的结果""提出愚蠢问题")、无奈(被戏弄)等情感。

他这样描述宏观世界中的时间:

除规模要大得多之外,宇宙膨胀像气体膨胀一样不足为奇。但它却是让人深思的非常严肃的假说。宇宙这个最大的系统应该有时间周期,这样也许就与我们所看到的、周围无所不在的变化保持一致了;但让人震惊的是,已经发现,宏观世界里时间流逝的速度无比迅速……②

意思是说,宇宙膨胀是宇宙也在运动变化及其既有空间维度也有时间维度(经历时间)的标志。需要指出的是,引文的最后部分饱含着作者的强

---

① Eddington, Arthur S. *The Nature of the Physical World*. Cambridge: The Macmillan Company, 1928, pp 30-31.
② Eddington, Arthur S. *The Expanding Universe*. Cambridge: Cambridge University Press, 1987, p 14.

烈情感——认识到宏观世界里时间流逝速度极其迅速之后,大为惊讶。

四、擅长讲故事

爱丁顿在作品中讲述了相关研究领域或科学史上的一些故事。这些故事既有出现在整部作品或一些章的开头的,又有出现在章节中间的;既有真实的,又有想象的乃至完全虚构的。无论如何,这些形形色色的故事增加了其作品的吸引力和趣味性。

比如,《物理世界的本质》这部作品的题目,乍一看让普通读者望而生畏,但作者在其"引言"的开头部分,就讲述了足以吸引读者的"两个桌子"的奇异故事:一个是人们日常经验中认识到的桌子——一个能起承载作用的坚硬实体,看得见,碰得着;另一个是当代科学所认识到的桌子——一个虚空式的存在,虚空中稀疏散布着许多高速运动的电荷,其体积加起来还不到桌子本身体积的万分之一![①] 在第 1 章《经典物理学的衰落》第 1 节《原子结构》的开头,爱丁顿即讲述了当代物理学界的奇怪现象:爱因斯坦和闵可夫斯基(Hermann Minkowski,1864—1909)所引入的新的空间和时间的观念,让人们感到震惊,被认为是革命性的,而卢瑟福所揭示的原子结构的概念,只是被人们"悄然"接受了。他指出,比起爱因斯坦引入的新的时空观念,卢瑟福揭示的原子结构对人们的观念的冲击更大,更加令人不安。接着,他开始述说传统的物质观念,以及卢瑟福的发现所引发的人们对物质观念的认识的变化。[②] 在第 6 章《引力定律》的开头,为了阐释爱因斯坦扩展到非匀速运动的相对论,他假想并讲述了由于失控而加速下落的电梯里的人及其手里所握苹果的故事,并阐释说:在地面的人看来,这时的苹果也在加速下落,但在电梯里的人的眼里,他所握的苹果处于静止状态,没有下落,而电梯间里的墙壁乃至整个高楼却在上升![③] 这说明,物体的运动和静止不仅是相对于

① Eddington, Arthur S. *The Nature of the Physical World*. Cambridge: The Macmillan Company, 1928, pp ix-x.

② Eddington, Arthur S. *The Nature of the Physical World*. Cambridge: The Macmillan Company, 1928, pp 1-2.

③ Eddington, Arthur S. *The Nature of the Physical World*. Cambridge: The Macmillan Company, 1928, pp 111-115.

参照物而言的，而且也是相对于观察者而言的——观察者总倾向于把自己或与自己处于同样状态的物体作为参照物（视为静止的）。第 13 章《实在》的开头，为了阐明人类对颇为抽象的概念"实体"（substance）的重视之源头，他假想了人类远古时期的祖先在栖息的森林里想抓一根树枝却抓空了的场景，并认为，这也许最早引发了人类对"实体"和"虚空"（void）的区别的哲学思考。①

在《膨胀的宇宙》第 1 章《星系退行》的第 5 节中，爱丁顿述说了爱因斯坦提出广义相对论并对其进行完善的故事：克服了其引力理论在无限性方面所遇到的困难——消除了无限性，对其方程略作修改，使空间在极远的距离有所弯曲，结果出现了这样的现象——如果"你朝着一个方向一直行进，你不会到达无限远的地方，而是发现自己又回到了出发点"②。

在《科学的新路径》第 4 章《决定论的衰退》中，为了揭露决定论者蛮不讲理的顽固态度，爱丁顿（在 1934 年）虚构了一个故事：大约在 2000 年，著名考古学家兰布达教授（Prof. Lambda）发现了一篇铭文，其中记载说，一位名叫卡夫戴肯斯（Kavdeiklns）的外国王子及其同伴来到古希腊，建立了一个部落；该教授很想确定这个王子的身份，他查阅许多相关文献，最终在《雅典百科全书》中找到了发音和拼写都相似的、有关"Canticles"的文章；他误认为，Canticles 的意思是所罗门王的儿子（Son of Solomon，所罗门王是生活在巴勒斯坦地区的犹太人）；此时，希腊与巴勒斯坦正在努力签署一份协定，希腊总理深情地宣称，希腊与巴勒斯坦之间在历史上存在着亲缘关系。不久，兰布达教授宣布，他犯了一个不幸错误：Canticles 的意思是"所罗门之歌"（Song of Solomon），而不是"所罗门之子"。尽管如此，希腊人和巴勒斯坦人仍然相信，他们之间有亲缘关系。有一天，兰布达教授斗胆向希腊总理陈述自己的最新结论。希腊总理严厉地回敬道："你怎么知道所罗门王没有一个

① Eddington, Arthur S. *The Nature of the Physical World*. Cambridge：The Macmillan Company, 1928, p 273.

② Eddington, Arthur S. *The Expanding Universe*. Cambridge：Cambridge University Press, 1987, pp 20—22.

叫 Canticles 的儿子呢？你又不是无所不知的。"①这一虚构故事旨在表明，正如蛮横的希腊总理无视考古学家最新揭示的事实真相一样，顽固地坚持决定论的人蛮横地无视当代物理学的最新成果。

中国散文理论家李广连认为，"散文诗意的要求"是：要有感情，要有联想，要有知识。② 爱丁顿科学散文运用了多种修辞手法，包含着许多故事，这表明，作者联想丰富；而且如前文所述，这些作品介绍了当代物理学大量的最新知识，洋溢着强烈的情感，并且用的是浅显易懂的平易语言和亲切轻松的笔调。因而可以说，爱丁顿上述 3 部科学散文作品是富有诗意和亲和力的文学佳作。

小　结

爱丁顿前述 3 部科学散文作品蕴涵的科学认识论、宗教观、科学审美观、生态科技观等科学哲学思想，是这些作品深受广大读者喜爱的重要因素之一。爱丁顿把人类认识区分为日常认识和科学认识，并认为，反映客观存在的科学认识含有一定的主观成分，具有不确定性，是相对真理。他强调，宗教与审美相似，和科学分属人类心智的不同领域，都有各自不同的存在理据，应和平相处；以量子论为代表的新物理学，并不能用来证明宗教的合理性。他的作品中蕴涵着奇异性、趣味性、简单性等科学审美特征；在他看来，体现了科学美的科学认识并不一定是真理。他反对自我中心论，反对把核聚变技术应用于战争，认为科学对人类具有一定的警示作用。这些人文理念具有一定的辩证性、前瞻性和明显的后现代特征，增进了他上述 3 部作品的深度、广度和韵味。

爱丁顿前述 3 部科学散文作品的主要艺术特色包括：语言平易，笔调亲切、轻松，颇具亲和力和吸引力；运用了比喻、类比、拟人、引用等修辞手法，使语言非常生动形象，使抽象难懂的科学概念和理论与相应的深奥哲理都

---

① Eddington, Arthur S. *New Pathways in Science*. Cambridge: Cambridge University Press, 1935, pp 84-85.
② 参见李广连：《散文技巧》，中国青年出版社 1992 年版，第 115—129 页。

易于被普通读者理解;洋溢着强烈情感,对读者很有感染力;包含着形形色色的故事,使作品的吸引力和趣味性大大增强。这些特色使他的 3 部作品成了富有诗意、深受读者喜爱的文学佳作。

爱丁顿这些科学散文作品的人文意蕴和艺术特色,对中国当下的社会实践和散文创作具有重要的启示意义。中国的科研人员以及科学爱好者要严格运用科学方法,尽力避免认识过程中出现幻觉或错觉,确保科研成果的客观性,同时,要敢于发挥自己的主观能动性,大胆创新,不断完善科学知识;要秉持开放和多元的思维,以包容态度恰当处理科学和宗教的关系,从而使人们的生活丰富多彩;要同时认识到科学美的积极作用及其局限性,使科学审美和科学求真能相互促进;要克服自满、自高、自大、自利等自我中心思想,培养和平共处意识,使科学能促进人与人、国与国、人与自然的共生共荣。中国的科学散文作家在创作中述说相关科学知识时,可以自然地表述一些科学哲学理念,以增加作品的深度、广度和趣味性;可以采用随笔平易的语言风格和亲切轻松的笔调,以增进作品的亲和力和吸引力;要善用种种修辞手法,使作品语言更为生动形象;可以表达作者自己和相关科学家在认识或思考科学概念和理论过程中的种种情感,以增强作品的感染力;可以讲述科学史或相关领域里的故事,以强化作品的吸引力和趣味性。

第二章 进化生物学家朱利安·赫胥黎的 进化人文主义想象

朱利安·赫胥黎是英国的进化生物学家、哲学家、教育家,著名科学散文作家。他是英国皇家学会院士,曾任伦敦动物学会秘书(1935—1942),联合国教科文组织首任总干事(1946—1948),英国人文主义协会首任会长,英国优生学学会首任会长(1959—1962)。他来自著名的赫胥黎家族,其祖父托马斯·赫胥黎是著名生物学家,被称为"达尔文的斗犬";其父亲伦纳德·赫胥黎(Leonard Huxley,1860—1933)是作家和编辑;他的一个弟弟奥尔德斯·赫胥黎(Aldous Huxley, 1894—1963)是著名小说家;另一个弟弟安德鲁·赫胥黎(Andrew Huxley, 1917—2012)是杰出的生理学家和生物物理学家,1963年与他人共同获得诺贝尔生理学或医学奖;他的外公马修·阿诺德(Mathew Arnold, 1822—1888)是英国著名评论家和诗人。朱利安·赫胥黎[①]1909年毕业于牛津大学,1910年在该校任助教(demonstrator),1912年受邀前往美国刚创办的莱斯学院(后改名为莱斯大学)创办生物学系,并任首任系主任。1916年,他回到英国,在军队中服役;第一次世界大战后先后到牛津大学的新学院(New College)和生物学系任研究员(fellow)和高级助教(senior demonstrator)。1925年,他调往伦敦大学国王学院任教授。

赫胥黎在生物学界闻名遐迩的贡献,是1942年出版专著《进化:现代综合》(Evolution:The Modern Synthesis),提出了进化综合理论,"把分类学、孟德尔(Gregor J. Mendel,1822—1884)遗传学和达尔文以自然选择为核心的

---

① 为了简便,下文用赫胥黎指称朱利安·赫胥黎。

进化论统一了起来"①；"但他最为闻名的很可能是努力向大众普及科学知识"②。在科普方面,他先后发表数百篇文章,出版 20 余部作品,其中的首部是 1923 年出版的《生物学家随笔》。有学者指出：

> 1930 年,赫胥黎已很出名。《观察家报》(*The Spectator*)的读者将其选入英国最有智慧的 5 位名人之列,名字排在詹姆斯·金斯、厄内斯特·卢瑟福、伯特兰·罗素之前……他作为科普作家的活力在第二次世界大战中乃至战后都丝毫不减。1953 年,他因科普方面的业绩被联合国教科文组织授予"卡霖佳奖(Kalinga Prize)"。③

他获得的其他重要荣誉包括:1956 年获英国皇家学会颁发的达尔文奖章(Darwin Medal),1958 年获林奈学会颁发的达尔文—华莱士奖章(Darwin-Wallace Medal),1959 年被英国女王封为爵士。

赫胥黎知识渊博,颇具文学才华。他"被认为是牛津大学能够教授生物学领域所有科目的最后一个助教(tutor)"④;在牛津大学读本科时就因所写诗作获得纽迪吉特奖(Newdigate Prize),他"畅销了 25 年的一本书,是一小本诗集《被俘获的悍妇》(*The Captive Shrew*)"⑤。

因为赫胥黎创建了位于美国休斯敦的莱斯大学的生物系,1987 年,该大学为了纪念他 100 周年诞辰举办了学术研讨会。与会者包括来自英美两国的数十位相关领域的知名学者。这些学者在研讨会上交流的一些论文,

---

① Bibby, Cyril. https://www.britannica.com/biography/Julian-Huxley, 2024-01-12.

② Waters, C. Kenneth. "Introduction: Revising Our Picture of Julian Huxley". In C. Kenneth Waters & Albert Van Helden. eds. *Julian Huxley: Biologist and Statesman of Science*. College Station: Texas A & M University Press, 1992, p 21.

③ Kevles, Daniel J. "Huxley and the Popularization of Science". In C. Kenneth Waters & Albert Van Helden. eds. *Julian Huxley: Biologist and Statesman of Science*. College Station: Texas A & M University Press, 1992, p 241.

④ Dawkins, Richard. ed. *The Oxford Book of Modern Science Writing*. Oxford: Oxford University Press, 2008, p 234.

⑤ Kevles, Daniel J. "Huxley and the Popularization of Science". In C. Kenneth Waters & Albert Van Helden. eds. *Julian Huxley: Biologist and Statesman of Science*. College Station: Texas A & M University Press, 1992, p 241.

1992 年以题目为《朱利安·赫胥黎：生物学家及科学政治家》(*Julian Huxley*: *Biologist and Statesman of Science*) 的论文集出版。该论文集除前言和绪论外，包含 18 篇论文。来自英国曼彻斯特理工学院的科林·迪瓦尔(Colin Divall)指出，赫胥黎的科学人文主义(scientific humanism, 他后来称之为 evolutionary humanism, 进化人文主义)的"基本理念在其 1923 年出版的《生物学家随笔》中已基本定型了；这些理念也是其 1964 年出版的主要文集《人文主义者随笔》(*Essays of a Humanist*) 的核心理念"[①]。来自美国康奈尔大学的威廉·普罗文(William B. Provine)强调，在赫胥黎看来，"生物进化具有进步倾向，进化的进步性为道德原则和生活意义奠定了基础"[②]。来自美国加州工学院的丹尼尔·凯夫利斯(Daniel J. Kevles)认为，"赫胥黎在科普方面的非凡才华，在很大程度上来自他对英语语言的极强悟性，对英语的巧妙运用，以及对科学之于人类或人性最根本的关怀的敏感"；"他对诗歌的挚爱每每使其科学散文作品韵味顿生"。[③]

马丁·加德纳在其编选的《科学散文精品》中，选入了赫胥黎《生物学家随笔》的第 3 篇《鸟类心智随笔》一文。加德纳在简要介绍赫胥黎时，指出了他与祖父托马斯·亨利·赫胥黎的相似之处：

> 主要对动物学感兴趣，同时对科学的各个领域都有所了解；认同不可知论，同时颇具人道主义情怀并笃信进步；积极参与政治事务(曾任联合国教科文组织总干事)；在教学和演讲方面均具有高超技能，尤其突出的是，有创作典范性科普作品的才华，其作品涉及的科学知识准确

---

① Divall, Colin. "From a Victorian to a Modern: Julian Huxley and the English Intellectual Climate". In C. Kenneth Waters & Albert Van Helden. eds. *Julian Huxley*: *Biologist and Statesman of Science*. College Station: Texas A & M University Press, 1992, p 31.

② Provine, William B. "Progress in Evolution and Meaning in Life". In C. Kenneth Waters & Albert Van Helden. eds. *Julian Huxley*: *Biologist and Statesman of Science*. College Station: Texas A & M University Press, 1992, p 169.

③ Kevles, Daniel J. "Huxley and the Popularization of Science". In C. Kenneth Waters & Albert Van Helden. eds. *Julian Huxley*: *Biologist and Statesman of Science*. College Station: Texas A & M University Press, 1992, p 241.

无误,显示的文体风格优异无比。①

理查德·道金斯在其编选的《牛津现代科学散文》中选入了赫胥黎的《生物学家随笔》最后一篇《宗教与科学:新瓶装旧酒》("Science and Religion: Old Wine in New Bottles")的序诗《上帝与人》("God and Man")。道金斯在简要介绍赫胥黎时说:"在牛津大学读本科时,我就认同青年时代的朱利安·赫胥黎……他的随笔影响了我……以下所选他的一首诗歌将使读者明白,对科学的深刻理解可以激发作诗灵感——没有人会否认他在这方面的才华。"②

在中国,李建会和邹昕宇梳理了赫胥黎从早期到后期有关进化的进步性的思想,并着重指出,赫胥黎"在面对生物学家是否有资格使用'进步'这类包含着价值性术语的争论时,采用了两种策略予以应对:一是用纯粹客观性的术语定义进步;二是为生物学中价值存在的合法性进行辩护"③。

通过对相关文献的审视不难看出,赫胥黎的《生物学家随笔》可以说是其科学散文的代表作,但在英美两国和中国,都很少有人比较深入、系统地研究该部作品的进化人文主义意蕴和艺术特色,因而本章拟做一些尝试。

《生物学家随笔》共包含7篇篇幅较长的随笔,其中6篇1923年结集出版前已在相关刊物上发表过。第1篇《生物和其他方面的进步》("Progress, Biological and Other")简述了生物进化史,进而指出,生物进化的主要趋势是进步,这一趋势对人类社会和个人生活都具有重要的启迪意义。第2篇《生物学和社会学》("Biology and Sociology")审视了人类和动物的根本差异,着重指出,将一些生物学原则运用于人类时,应该作一些变通。第3篇《鸟类心智随笔》描写了一些鸟类的交际行为,并认为,与兽类相比,鸟类在认知方面偏弱一些,但具有多种强烈而丰富的情感。第4篇《性生物学与性心理

---

① Gardner, Martin. ed. *Great Essays in Science*. New York: The Prometheus Books, 1994, p 233.

② Dawkins, Richard. ed. *The Oxford Book of Modern Science Writing*. Oxford: Oxford University Press, 2008, p 234.

③ 李建会、邹昕宇:《朱利安·赫胥黎进化的进步性思想研究》,载《长沙理工大学学报(社会科学版)》2022年第3期,第62页。

学》("Sex Biology and Sex Psychology")强调,动物性心理的基础是其生理结构和生理需求,人类的性心理需求可以升华为高尚的爱。第5篇《蚂蚁哲思:关于生物的遐想》("Philosophic Ants:a Biologic Fantasy")的主旨是:倡导用其他动物的视角思考问题,反对人类中心主义,认为不存在绝对真理。第6篇《理性主义与关于上帝的理念》("Rationalism and the Ideas of God")指出,"上帝"观念是宗教的核心,它是人类心智发展到一定阶段的产物——人类具有比较复杂的语言,具备认识繁杂现象背后的共性的抽象思维能力,从而把决定宇宙万物的存在和运行的种种力量都归结为一个无所不能的推动者,并把人自身的特征赋予给它,结果就有了无所不能、无所不知、无所不爱的"上帝";随着人类认识的提高,他们的上帝观亦随之改变。第7篇《宗教与科学:新瓶装旧酒》的主旨是:物理学、化学、生物学、心理学等方面的科学知识,使人们认识到传统宗教的实质以及它的一些信条的虚妄,因此,应建立一种新宗教——进化人文主义,把社会观、伦理观和人生追求建立在生物进化的进步性规律之上。

下面让我们来审视《生物学家随笔》这部作品的人文主义意蕴和艺术特色。

第一节 《生物学家随笔》的人文主义意蕴

《生物学家随笔》的人文主义意蕴主要体现在下述三个方面。

一、生物进化的进步性与人类进步

针对生物进化并非进步的观点,赫胥黎竭力为进化的进步性辩护。通过简述生物进化史,他指出,地球上的生物自出现之后,其六种属性都在不断改进,这些属性是:身体大小(size),身体的复杂性和相关器官的功效,各个器官之间的协调性和统一性,对环境的自动调节能力,利用过去经验的可能性,认知、情感、愿望等心理功能。他认为,因为生物进化过程中的某些退化现象(degeneration)就否认生物进步的大趋势,犹如"因波浪每次拍岸之后会消退就否认潮水会上涨"①。他强调，尽管在漫长的进化过程中，生物的属性的改进并不是普遍的，况且，许多生物一直没有变化，甚至还有所退化，还有许多生物只是部分属性改进了，但是，"生物属性的平均水平，尤其是其上限，是在持续提高"，这就是"生物进步"（biological progress）的含义。②

赫胥黎认为，生物进步在人类出现之后呈现出一些截然不同的特征。前人类的生物进步是盲目的和无目的的。在他看来，在人类出现之前的生物进化过程中，生物进步"几乎完全是误打误撞的结果"③；达尔文以自然选择为核心的进化论给予目的论致命一击，因为它昭示世人，"表面上看起来是有目的的生物体的结构，是无目的的机制所产生的结果"④。具有自我意识的人类的出现，是生物进化史上的重大标志性事件，自此之后，生物进步能够成为有目的的、较为节约的过程，而不再是通过盲目的自然选择而进行的充满浪费的过程——这一重大转变本身就是进步。⑤

赫胥黎指出，人类出现之后，其进化的进步性主要体现在文化传统的进步上，而非体现在其身体的生物结构或基本功能的进步上。他说："自然选择规律对人类的作用主要是对群体的选择，而不是对个体的选择；人类群体的性质和组织的差异，主要取决于最广义的文化传统的差异——后者是对我们的所有作为的最好概括。"⑥即是说，人类诞生以来形成的部落、国家等群体的存亡，主要取决于其精神信仰、道德信条、社会制度、科学技术等广义的文化传统。他认为，即使人类目前占支配地位的社会形态，也远非稳定和完善，而正在以前所未有的速度向着未知形式进化。可以说，在他看来，人

① Huxley, Julian. *Essays of a Biologist*. London：Chatto & Windus, 1923；Miami：HardPress Publishing, 2021, p 13.
② Huxley, Julian. *Essays of a Biologist*. London：Chatto & Windus, 1923；Miami：HardPress Publishing, 2021, p 31.
③ Huxley, Julian. *Essays of a Biologist*. London：Chatto & Windus, 1923；Miami：HardPress Publishing, 2021, p 39.
④ Huxley, Julian. *Essays of a Biologist*. London：Chatto & Windus, 1923；Miami：HardPress Publishing, 2021, p 41.
⑤ Huxley, Julian. *Essays of a Biologist*. London：Chatto & Windus, 1923；Miami：HardPress Publishing, 2021, pp 41-42.
⑥ Huxley, Julian. *Essays of a Biologist*. London：Chatto & Windus, 1923；Miami：HardPress Publishing, 2021, p 47.

类的进步主要是广义的文化的进步。他阐释道,人类进步主要表现在三个方面:一是人类置身于其中的群体的组织方式的进步;二是群体成员某些属性的平均水平的提高;三是群体成员的某些属性的上限的提高,以致出现生物学构造方面前所未有的人杰。① 其中第三方面主要指能成为杰出人物的特殊大脑,这也是他大力宣传优生学、倡导优生的重要原因。他强调,一些本来能成为优秀人物的人,其特殊的心智潜力之所以没能完全发挥出来,是因为他们所处的文化环境(所在群体的组织方式和习俗传统)不佳。但总体上来说,人类控制生存环境或独立于生存环境的能力一直在不断提高,人类的广义文化的进步也是确定无疑的。

赫胥黎认为,正如生物进化过程中的固化和退化现象,都不能掩盖生物进步的大趋势一样,尽管人类社会仍存在着许多不尽如人意的现象,不少人仍具有一些低劣品质,但是,人类及其文化总体看来仍然是在进步的。经历了第一次世界大战,他毫不讳言,即使在人类能力迅速提高的现当代,人类群体之间的和谐程度和协作能力都无多大提高。而且,在人类历史上,"奴役、拷打、宗教迫害、战争、瘟疫、饥荒,有权者的贪婪,无权者的龌龊、懒惰和无知,这些现象以新旧形式反复出现"②。即使在当下,在大城市也有贫民窟,成千上万的人过着单调乏味的生活;不少地方仍存在着贫困、堕落、犯罪等现象。但他强调,"就构成生命的数以万计的物种来说,进步最明显的都是它们某些属性的上限的提高———一些原始物种一直在生存,物种退化与进化成高级物种的不断进步这两种现象并存。人类也是如此";"人类群体和一些幸运的个人控制或独立于其生存环境的能力的上限明显提高了"。③在赫胥黎看来,无论如何,人类能力和人类文化的上限都在不断提高,所以,进步是人类及其文化发生变化的主流或大方向。

赫胥黎指出,人类进步的终极目标是提升到精神极乐的境界,而这取决

① Huxley, Julian. *Essays of a Biologist*. London：Chatto & Windus, 1923；Miami：HardPress Publishing, 2021, p 48.

② Huxley, Julian. *Essays of a Biologist*. London：Chatto & Windus, 1923；Miami：HardPress Publishing, 2021, p 56.

③ Huxley, Julian. *Essays of a Biologist*. London：Chatto & Windus, 1923；Miami：HardPress Publishing, 2021, p 57.

于人类的身体、心智、道德等方面的改进。为此,人类社会的组织形式以及个人生活的规划方式,都应该能确保他们在摆脱饥饿、贫困、劳役等问题之后,不仅获得自由,而且得到帮助和受到激励,以便进入极乐世界(Delectable Mountains)。①

赫胥黎强调,生物进步对人生意义具有重要的启示价值。它使人们认识到,人类为进步而做出的种种有意识、有目的的努力,就如同自然法或天赋人权(或自然人权)一样,是在顺应自然,因而具有合理性和终极意义(或神圣价值)。他说:

> 由此,至少在知识界,我们发现了人类从一开始就在寻觅的那种合理性的根据。进化的进步性这一事实启示我们,多种自然力共同催生了在我们看来是具有价值的一些结果,人们不再感到,自己身处一个冷漠的、毫无意义的宇宙,举目无亲,求助无门,不必认为自己在直面一些肯定是充满敌意的力量,并与其作斗争。尽管必须以新的方式全力去应对生存问题,我们的前进方向与生物进化的大方向却是一致的。②

就是说,生物进化的大趋势——进步,对人类来说是有价值或有意义的;它使人们认识到,人类进步是自然秩序的一部分——人类出现以后,他们的作为只是让生物出现以来所发生的进化的进步趋势得以继续;而且,在大自然中生存的其他生物既面临着有利或友好的因素,又面临着不利或敌对的因素,人类也是大自然的一员,在其中生存所面临的情况也是如此。人类努力的结果所呈现的方向——进步,与地球上其他生物进化的大方向是一致的,是在顺应天地万物运行的大势,这本身就具有神圣意义;而且,人类的生存状况也与其他生物相似,因而人类不必感到孤独另类,悲观颓废。他明确指出:

---

① Huxley, Julian. *Essays of a Biologist*. London: Chatto & Windus, 1923; Miami: HardPress Publishing, 2021, p 63.

② Huxley, Julian. *Essays of a Biologist*. London: Chatto & Windus, 1923; Miami: HardPress Publishing, 2021, pp 40–41.

生物进步产生的结果是,生物的能力、知识、目的性、情感、和谐性、独立性等方面的机能都在增强。生物的心智一旦发展到一定阶段,其相关机能的增强总体来看意味着,这些生物可以进行范围更广、程度更高的综合或概括——例如,在处理事务、进行探索或实施管理时的实效性概括,在创立哲学体系或发现科学规律时的认知性综合,在陷入爱河或挚爱大自然时的情感性综合,在创作交响曲或戏剧时的艺术性综合。①

在赫胥黎看来,生物进化的进步所产生的结果是有价值的或有意义的:人类的出现是生物进步到一定阶段的产物,这本身就是标志性的阶段性成果,当然是有价值的;而人类综合概括能力的阶段性提高,也是生物进步过程的自然延续,这一提高过程不仅本身有价值,而且其结果对人类生存状态的提升也明显具有实实在在的价值。

二、人类的特殊性与生物规律的扬弃

赫胥黎在阐明生物进化的进步性对人类追求进步这一价值观的重要启示的同时,也在阐述人类与其他动物的差异,他强调,生物规律在应用于人类时应该作一些修正。他明确指出:"我们首先应做的事,是弄清人类在哪些方面与其他生物有本质不同;然后探讨,哪些普遍的规则或规律对人类和其他生物都适用;最后是弄清,这些规律在应用于人类或其他生物之前,可以这样说——必须作哪些修正。"②就是说,生物的普遍规律在应用于包括人类在内的具体种类的生物时,都应作一些适当变通。

他认为,与其他动物相比,人类主要有四方面的特殊性。第一,人类具有真正意义上的语言。这使他们对外部世界能够有详细的了解和分类,能

---

① Huxley, Julian. *Essays of a Biologist*. London: Chatto & Windus, 1923; Miami: HardPress Publishing, 2021, p 59.

② Huxley, Julian. *Essays of a Biologist*. London: Chatto & Windus, 1923; Miami: HardPress Publishing, 2021, p 76.

够从繁杂的具体现象中归纳出抽象概念和普遍规律,能把知识和经验作为传统传给众多代后人。第二,通过语言、传统和发明,人类控制、影响或了解的环境,能够从狭小的居所周边拓展到遥远的地方,乃至遥远的过去和未来。第三,人类大脑具有可塑性,这使得他们在出生后能通过后天学习承担一个或数个角色,尤其是能转换角色,发明工具或机械,从而极大提高控制生存环境的能力。第四,人类所处的环境,尤其是文化传统这一环境,对其具有极其重要的作用。在明显不同的文化传统中成长的人会有不同归宿。这种文化环境包括:不同区域的传统,大大小小的国家的传统,阶级传统以及专业和行业的传统,嗜好、艺术、宗教等方面的传统。人类在成长或发展过程中可能会受到不止一种传统的影响。

在赫胥黎看来,因为人类和其他生物处于生物进化的不同层级上,与其有本质不同——"正像成人心理学与儿童心理学在许多方面都有质的不同,人类与低级生物亦有本质不同"①,所以,人类运用以下三个生物规律时务必要灵活变通。

第一,生物进化的进步性规律的应用。尽管他认为,这一规律可以为人类进步提供依据,但他清醒地认识到,非人类生物的进步是通过盲目的、无目的的自然选择过程实现的,该过程完全是被动的和听天由命的,其中伴随着巨大的浪费和痛苦;而且,人类现当代的科学技术使其能够给自己和其他生物带来灾难。因此,人类作为有自我意识的、主要靠文化传统取胜的动物,应该以"新的方式"运用生物进化的进步性规律——应有意识地、主动地承担起促进包括人类在内的生物的进步的使命,力争能动地主导自己和其他生物的未来命运。他说:"人类的终极命运——我们长期以来一直认为自己必须为之奋斗的目标,是把大自然亿万年来一直在运作的进程,推进到新的高度;是引进越来越经济的方式,通过自己的意识,让在人类之前一直是通过盲目的、无意识的力量而进行的进化过程得以加速。"②他在与威尔斯父

---

① Huxley, Julian. *Essays of a Biologist*. London:Chatto & Windus, 1923;Miami:HardPress Publishing, 2021, p 75.

② Huxley, Julian. *Essays of a Biologist*. London:Chatto & Windus, 1923;Miami:HardPress Publishing, 2021, p 41.

子(H. G. Wells & P. G. Wells)合著的科学散文巨著《生命之科学》中,明确指出了人类能持续进步的唯一条件:"当然的归结是我们的后继者达到满幅的强健而取得收获。但他要靠着唯一的条件生存下去,那条件是他不仅要统制自己的运命,而且要统制生命之全体之运命。"①赫胥黎认识到,人类的命运和其他生物的命运息息相关。他之所以是一个无神论者,反对传统宗教,一个重要原因是,他认为,信奉传统宗教使人失去积极探索的精神和主动行动的愿望,以至于把所有难以弄清的问题都归因于自己幻想出来的上帝,把所有存在物的命运都寄托在上帝身上。他说:

> 当信徒把上帝当作绝对真理的化身来信奉时,他们总是禁不住做出使他们产生荒唐的思考和行动的推论:他们无视研究大自然是知识的唯一来源,否定或反对通过这一途径所得到的观点,原因是,这些观点与他们笃信的永恒真理相左,而这些所谓真理,实际上是基于错误前提所得出的结论;他们往往甘心匍匐在蒙昧主义的脚下,坚信这类在道德上和智识上的惰性行为是在"按上帝意旨行事"。②

另一方面,赫胥黎认为,决定生物进步的自然选择规律对人类的作用的主要体现,是对群体及其广义的文化传统的留存和淘汰,社会文化环境和个人后天的积极努力至关重要;因而,他力主为个人的进步或发展提供良好的社会文化环境。在他看来,要提高人类成就的上限——要使具有"新型头脑、新的思维模式、新的层次的成就"的天才式人物脱颖而出,首要条件是,"必须使社会文化环境尽可能有利于他们的成长或发展"③;而要提高人类成就的平均水平,文化环境就要能使他们"有可能在更大程度上发挥其固有潜力",他们所在的群体要"鼓励有才智和有积极性的人",国家应推行优生优

---

① H. G. 威尔斯,P. G. 威尔斯,J. 赫胥黎:《生命之科学》(下册),郭沫若译,广西师范大学出版社 2003 年版,第 1679 页。

② Huxley, Julian. *Essays of a Biologist*. London: Chatto & Windus, 1923; Miami: HardPress Publishing, 2021, pp 288–289.

③ Huxley, Julian. *Essays of a Biologist*. London: Chatto & Windus, 1923; Miami: HardPress Publishing, 2021, p 50.

育政策。① 他主张,人类社会应该创造多元、宽容的文化氛围,尊重个人的差异性,应该为每个人的充分进步和发展提供制度保障和适宜机会。他认为,人类从哺乳动物中脱颖而出,层级较高的文化有别于原始文化,伟大人物有别于普通人,其主要原因在于,相关群体的组织方式具有可塑性或适应性;而可塑性"意味着宽容,意味着减少僵化的宗教仪式,减少传统习俗、教条和教权主义";他倡导的新宗教的一个重要特征,就是要适合不同个人的不同趣味和个性。②

第二,整体至上规律的运用。在细胞集落(cell colonies)、多细胞生物、社会性昆虫等层级的非人类聚合体中,整个聚合体的效率和成功,取决于其中个体或其成员永久性的劳动分工和彻底的专业化(特化);这意味着,在进化过程中,小的单位要逐渐归并为大的单位,或者是,个体为了提高整体的效率而放弃自己的一种或数种机能的发展,或牺牲自己某些方面的潜力。赫胥黎指出,人类具有可塑性,没必要完全遵从上述的整体至上原则——没有必要为了群体的高效而完全牺牲自己的利益或摈弃自己的个性;恰当做法是采取折中策略。他说:

> (人类)既不应该完全为自己,又不应该像蚂蚁一样,在群体利益巨大车轮的碾压之下,摈弃自己的个性……人类能够从一种状态转换为另一种状态,部分时间内,他们可以为了群体利益尽力做好专门化的工作,其余时间,他们可以做一个完全自由的人,发挥自己本有的多种不同的潜力,让群体为他们的发展服务,而不是相反。他们不仅能够这样做,而且应该这样做。③

即是说,人类在处理个人与整体的关系时,应尽量兼顾个人的福祉和整

---

① Huxley, Julian. *Essays of a Biologist*. London: Chatto & Windus, 1923; Miami: HardPress Publishing, 2021, p 51.

② Huxley, Julian. *Essays of a Biologist*. London: Chatto & Windus, 1923; Miami: HardPress Publishing, 2021, p 299.

③ Huxley, Julian. *Essays of a Biologist*. London: Chatto & Windus, 1923; Miami: HardPress Publishing, 2021, p 90.

体的安康。

第三,达尔文进化论的准确理解和正确运用。赫胥黎指出,达尔文进化论不仅被严重误用,而且被严重误解。实际上,即使"达尔文自己也认为,生存斗争只是关于生物之间的关系的两个规律之一,另一个规律是合作互助;第二个规律在生物从较小的低级形式进化为较大的高级形式的过程中,尤其是在高级动物的进化过程中,起着更重要的作用"①。所以,只强调生物的生存竞争规律,以此为极端的个人主义、无序的自由竞争乃至军国主义张目,是完全不合理的,原因是,这"脱离了特定的生物学语境,过分强调了斗争"②。正确的态度是,应该把竞争和合作有机地结合起来。他认为,在合作的前提下,合作成员之间的竞争对充分发挥合作共同体的效率是必要的,单靠生存竞争只能把进化的进步推进到有限的程度;人类"成功的关键,是通过个人有意识的努力,恰到好处地、不断地调节竞争和合作之间的关系"③。而且,人类拥有语言,并产生了一些观念(ideas);无论对个人还是对群体来说,其竞争主要发生在不同观念之间。非人类生物之间竞争(无意识地接受自然选择)的结果,通常是一些生物肉体的消灭;而人类之间竞争(有意识地选择)的结果,主要是一些观念的消失,肉体消灭的情况越来越少了。④ 也就是说,人类既要鼓励竞争,又要强调合作;而在竞争方面,无论是个人还是群体,都应重视观念的正确性和先进性。

三、广义文化的进步与宗教重建

通过审视宗教的形成过程,赫胥黎指出,宗教是人类心智发展到一定程度后,在对大自然及其与人类的关系的探索与解释过程中形成的。他认为,在人类社会早期,人们相信万物有灵或多神论;后来,一些民族的"先知"把

---

① Huxley, Julian. *Essays of a Biologist*. London：Chatto & Windus, 1923；Miami：HardPress Publishing, 2021, pp 91-92.

② Huxley, Julian. *Essays of a Biologist*. London：Chatto & Windus, 1923；Miami：HardPress Publishing, 2021, p 94.

③ Huxley, Julian. *Essays of a Biologist*. London：Chatto & Windus, 1923；Miami：HardPress Publishing, 2021, p 95.

④ Huxley, Julian. *Essays of a Biologist*. London：Chatto & Windus, 1923；Miami：HardPress Publishing, 2021, pp 97-98.

人类自身以外的各种不可抗力，全部归因于唯一的、至高无上的神——上帝。上帝（或具有类似地位的其他名称）的信念是宗教的核心，它是生物进化的产物——在人类大脑形成后以及在人类社会文化发展到一定阶段后产生，是人类对自身以外的各种不可抗力的综合概括和人格化；它具有类似"超人"的特征，无所不知，无所不能，甚至无所不爱，主宰着人类与非人类自然万物的命运。他这样写道：

> 基督教目前的上帝的观念是，上帝具有一个人的属性，他是宇宙的创造者和统治者。这个人具有特定属性——全能，全知，而且博爱——尽管世上存在着种种不幸、悲惨和残酷。他具有人的特征——他创造了宇宙及其中的一切；他乐于接受敬奉，男男女女若是怠慢了他，触犯刑法或有罪过，他就会生气；他对人类犯错、受苦表示同情，派自己的儿子耶稣下凡救赎世人（尽管这发生在人类产生很长一段时间之后）……而且，他有求必应，向某些选民显灵；他高居天堂之中，周围簇拥着被选中的不朽灵魂（或在最后审判日之后是如此——在这一问题上相关人士的看法有所不同）。①

赫胥黎认为，"诸如宗教仪式、信条、道德、神秘体验，都是宗教的表现形式，而不是宗教的实质。宗教的实质是有个性的人领悟了整个外部世界后的一种特殊反应"，涉及智识、行动、情感等方面。② 人类大脑有非同寻常的抽象化和联想的能力，人类有意无意不可避免地关心所遇到的所有现象，将其纳入自己的思维框架，努力把各个现象统一起来，并建构一些概念，进而从整体上阐释相关现象——包括世界的构成及其与人类的关系。尽管信教人士的许多阐释从科学角度来看是错误的，但这并不妨碍他们按相关阐释

---

① Huxley, Julian. *Essays of a Biologist*. London：Chatto & Windus, 1923；Miami：HardPress Publishing, 2021, pp 216-217.

② Huxley, Julian. *Essays of a Biologist*. London：Chatto & Windus, 1923；Miami：HardPress Publishing, 2021, pp 244-245.

虔诚地去行动,不妨碍他们产生敬畏、恐惧、博爱、欣喜、陶醉等种种强烈情感。[1]

赫胥黎强调,上帝观以及其他宗教信条是人类早期社会的产物,可以而且的确是随着社会文化,尤其是科学的发展而产生变化。近现代以来,物理学、化学、生物学、心理学等领域的科学发现,使宗教的虚妄暴露无遗。物理学和化学告诉人们,宇宙以及其中的所有物质都是自然而然地产生的,是按一定的自然规律自行运作的;生物学尤其是达尔文进化论让人明白,所有物种都是由简至繁逐渐进化而来的。因此,不存在创造并主宰宇宙以及包括人在内的万物的人格化的上帝。赫胥黎转引了伏尔泰(Voltaire,1694—1778)的名言:"上帝是人类依照自己的形象创造出来的。"[2]心理学昭示人们,所谓的个人心智的"额外部分"(the extra-personal portion of mind),实际上是自己的潜意识,所谓的神启、灵验、着魔,以及与天使、圣徒、神祇或魔鬼交流等体验或经历,都只不过是一些特殊的心理状态或现象——是个人的有意识的自我(private personality)在与自己的潜意识(心智的额外部分)交流。[3] 他明确指出:

> (自然科学)通过把越来越多的自然现象归因于我们乐于用的术语"自然规律"——换句话说,归因于由物质已知的结构和属性而产生的有序过程,剥夺了上帝的领地以及他可能拥有的超凡能力;直到最后,随着进化生物学和心理学的兴起,宇宙之内似乎再无上帝的容身之处了。[4]

就是说,科学使人们认识到,上帝实际上是自然规律的代名词,传统宗

---

[1] Huxley, Julian. *Essays of a Biologist*. London:Chatto & Windus, 1923;Miami:HardPress Publishing, 2021, pp 245-246.

[2] Huxley, Julian. *Essays of a Biologist*. London:Chatto & Windus, 1923;Miami:HardPress Publishing, 2021, p 207.

[3] Huxley, Julian. *Essays of a Biologist*. London:Chatto & Windus, 1923;Miami:HardPress Publishing, 2021, p 220.

[4] Huxley, Julian. *Essays of a Biologist*. London:Chatto & Windus, 1923;Miami:HardPress Publishing, 2021, pp 246-247.

教中的上帝观和许多信条都是错误的。

尽管如此,赫胥黎还是肯定了传统宗教对精神生活和精神境界的追求。他这样描述宗教体验的积极作用:

> 宗教不仅仅是一些仪式,它肯定会带来这样的契机:使心灵的各个部分得以和谐,消除负罪感,使本能得以升华,使意识中的自我(personal self)能获悉潜意识的非凡力量和丰富内涵,使对外部客观存在的种种认识综合成一个系统化的心智整体——上帝信念,这一心智整体能够通过互相贯通(interpenetration),与信徒意识中的自我相互做出反应。①

在他看来,宗教体验的实质是信徒与天地万物,与所有人、所有理念和理想达成和谐、融合的忘我、陶醉状态。他说,"我们可以调整心态,从而至少短暂地获得与周围的实在(reality)相互融合的体验——这一实在不仅包括天体、岩石、水体,以及进化的生命,而且包括其他人,以及理念和理想";"这在我看来就是人们实际上所说的与上帝神交的状态……此时,所有冲突都烟消云散,人们深切体验到无比的静谧,并坚信,这种体验极其珍贵,无比重要"。② 不难看出,他对宗教所追求的与宇宙万物和谐、融通的精神境界持肯定态度。

不过,赫胥黎力倡的是建立一种新宗教——基于科学之上,尤其是进化生物学的可塑性原则之上,通过文学艺术欣赏、爱的追求等方式,努力取得类似宗教或爱的陶醉式极乐体验和精神境界。他这样描述新宗教的精神追求的途径以及产生的体验:"在蒙昧时代,上教堂是信徒精神升华的主要方式;当今,读书、观看戏剧和美术作品、听音乐等能力的普及意味着,人们不用光顾礼拜场所或皈依任何宗教,也可以同样地甚至更为有效地(比信教效

---

① Huxley, Julian. *Essays of a Biologist*. London: Chatto & Windus, 1923; Miami: HardPress Publishing, 2021, p 287.

② Huxley, Julian. *Essays of a Biologist*. London: Chatto & Windus, 1923; Miami: HardPress Publishing, 2021, p 284.

果丝毫不差)取得精神升华或精神焕发的效果"①;"无论这种体验是通过宗教、爱还是艺术获得的,我们可以说,虽然我们是包括人类在内的天地万物的外在力量,与理想、信念等内心力量等各种关系的交汇点,我们触及了绝对的存在(the Absolute);虽然我们的生命是有限的,我们暂时攀升到了永恒境界(the Eternal)"②。显然,他倡导的精神追求,主要是通过理解和欣赏与人文学科有关的内容,获得与包括人类在内的天地万物背后的自然力量融为一体的、永恒性或终极性的陶醉式体验。

赫胥黎这样阐述新宗教的前提和基础:"必须摒弃许多错误的宗教信条、倡导新的信条的时期,显然正向我们走来"③;"科学的思维方式可以为宗教变得有建设性奠定基础"④,"因为科学思维模式具有普适性,没有区域性和暂时性,将其作为新宗教的基础,有可能使其具有稳定性、普适性,以及前所未有的实用价值"⑤;进化生物学表明,可塑性(plasticity,适应性、灵活性)在生物进化,尤其是进化为人类的过程中,起着至关重要的作用,因此,"任何新的宗教都需要具有可塑性。而可塑性意味着宽容,意味着减少僵化的宗教仪式,减少传统习俗、教条和教权主义"⑥;新的宗教需要适应各种不同的人,不应必须等到周日才去教堂做礼拜,不应拘泥于《圣经》上的观点,不需要教士来主持宗教活动、阐释教义;"精神活动的引领者(mediator)实际上是这些伟人——先知和诗人,英雄,哲学家,音乐家,美术家,以及所有能发现、阐释或展现对普通人来说是隐秘的、深奥的或罕见的东西的人"⑦。可以

---

① Huxley, Julian. *Essays of a Biologist*. London:Chatto & Windus, 1923; Miami:HardPress Publishing, 2021, p 230.

② Huxley, Julian. *Essays of a Biologist*. London:Chatto & Windus, 1923; Miami:HardPress Publishing, 2021, p 286.

③ Huxley, Julian. *Essays of a Biologist*. London:Chatto & Windus, 1923; Miami:HardPress Publishing, 2021, p 297.

④ Huxley, Julian. *Essays of a Biologist*. London:Chatto & Windus, 1923; Miami:HardPress Publishing, 2021, p 298.

⑤ Huxley, Julian. *Essays of a Biologist*. London:Chatto & Windus, 1923; Miami:HardPress Publishing, 2021, p 304.

⑥ Huxley, Julian. *Essays of a Biologist*. London:Chatto & Windus, 1923; Miami:HardPress Publishing, 2021, p 299.

⑦ Huxley, Julian. *Essays of a Biologist*. London:Chatto & Windus, 1923; Miami:HardPress Publishing, 2021, pp 299-300.

说,他倡导的新宗教的前提和基础是,摒弃传统宗教的上帝之类的观念,以及相关的错误认识、宗教仪式、迷信和狭隘的思维方式,认同科学知识和科学思维方式,奉行宽容、多元、自主、个性化、无神论等原则。

第二节 《生物学家随笔》的艺术特色

《生物学家随笔》这部作品的艺术特色主要体现在下述三个方面。

一、频频援引名家言辞

该部随笔集不仅在每篇随笔的正文前面和正文中,频频援引著名文学家、思想家或科学家的相关言辞,而且在其正文前面录入自己创作的与其主题相关的十四行诗。在第 1 篇随笔《生物及其他方面的进步》的正文前面,赫胥黎引用的名家包括:古罗马诗人和哲学家卢克莱修(Titus Lucretius Carus, 约 99 BC—约 55 BC),生物学家达尔文和托马斯·亨利·赫胥黎,以及历史学家约翰·伯里(John B. Bury, 1861—1927);他收录自己作的十四行诗的题目是《进化:在心灵影院》("Evolution: At the Mind's Cinema")。在第 2 篇随笔《生物学和社会学》的正文前面,他引用的作者包括:诗人威廉·华兹华斯(William Wordsworth, 1770—1850),医学科学家威尔弗雷德·特罗特(Wilfred Trotter, 1872—1939);收录自己的十四行诗的题目是《进步》("Progress")。在第 3 篇随笔《鸟类心智随笔》的正文前面,他引用的作者包括:威廉·华兹华斯,自然随笔作家威廉·赫德逊,诗人威廉·布莱克(William Blake, 1757—1827);收录的自己的十四行诗的题目是《鸟》("The Birds")。在第 4 篇随笔《性生物学和性心理学》的正文前面,他引用的作者包括:威廉·华兹华斯,人类学家威廉·里弗斯(William H. Rivers, 1864—1922);收录的自己的十四行诗的题目是《性:三种方式》("Sex: Three Ways")。在第 5 篇随笔《蚂蚁哲思:关于生物的遐想》的正文前面,他引用的作者是儿童文学作家刘易斯·卡罗尔;收录的自己的十四行诗的题目是《哲思的——蚂蚁?》("Philosophic—Ants?")。在第 6 篇随笔《理性主义与上帝观念》的正文前面,他引用的作者包括:诗人歌德(Johann W. v. Goethe, 1749—1832),

医学科学家威尔弗雷德·特罗特;他收录自己作的十四行诗的题目是《众神》("Gods")。在第 7 篇随笔《宗教与科学:新瓶装旧酒》的正文前面,他引用的作者包括:诗人但丁,随笔作家托马斯·卡莱尔(Thomas Carlyle, 1795—1881);收录的自己的十四行诗的题目是《上帝与人》("God and Man")。

赫胥黎在正文中引用的名家主要有:威廉·华兹华斯(p 4,p 300)①,小说家维克多·雨果(Victor Hugo, 1802—1885; p 27),歌德(p 58),圣·保罗(St. Paul, 5 BC—64 AD; p 61),哲学家和社会学家赫伯特·斯宾塞(Herbert Spencer, 1820—1903; p 67),达尔文(p 67),自然随笔作家哈罗德·马辛汉(Harold Massingham, 1888—1952;p 126),天文学家哈罗·沙普利(Harlow Shapley, 1885—1972; p 177),小说家赫伯特·乔治·威尔斯(p 193),刘易斯·卡罗尔(p 190),托马斯·麦考莱(Thomas B. Macaulay, 1800—1859; p 201),西莱尔·贝洛克(Hilaire Belloc, 1870—1953; p 202),卢克莱修(p 202;p 290),福楼拜(Gustave Flaubert, 1821—1880;p 207),伏尔泰(p 207),传记作家约翰·莫尔莱(John Morley, 1838—1923; p 235),诗人和评论家马修·阿诺德(p 244 ;p 263),心理学家威廉·詹姆士(William James, 1842—1910;p 285;p 287),心理学家卡尔·荣格(Carl Jung, 1875—1961; p 290),诗人罗伯特·勃朗宁(Robert Browning, 1812—1889; p 291),黑格尔(Hegel, 1770—1831; p 300),弥尔顿(p 300),莎士比亚(p 67;p 300),诗人布莱克(p 300),雪莱(Percy B. Shelley, 1792—1822;p 300),济慈(p 300),等等。此外,他还引用了自己作的两首小诗(p 63;p 187)。可以说,赫胥黎用自己丰富的百科知识和非凡的文学(尤其是诗歌创作)素养,为自己的科学随笔敷上了浓重的文学色彩,注入了深厚的人文蕴涵。

二、善用修辞手法

在《生物学家随笔》中,赫胥黎不时地运用比喻、类比、平行结构(parallelism)、设问等多种修辞方法,使基于相关科学知识来阐发较为抽象的进化人文主义理念的议论性文字,变得非常形象、生动,不仅能感染读者,而且易

---

① 本段括号中标出的页码,是所引用的言辞在《生物学家随笔》中出现的页码。

于为他们理解。

赫胥黎这样阐述生物学、化学和物理学对理解生命现象所起的作用：

> 就进化来说，生物学还是根茎与花朵之间——物理学和化学与人类事务之间——的连接体。在我看来，最好是把进化的涵义拓展为宇宙中能够看到的、具有方向的种种过程。所有专家都认为，物理学和化学能够观察到的一个主要方向是能量递降，最终将变为这样的状态：不仅是生命，而且所有的活跃状况都将成为乌有——所有的能量之水都会流入一个死寂的大洋。而生物学在我们眼前呈现的则是进化的精彩展演：它的主要方向是，有些生命存在物的某些属性的最高水准在提升……①

就是说，物理学和化学研究的现象和过程不是在进化。这段文字中包含 3 个隐喻。首先，把研究无生命存在物的物理学和化学比作"根茎"，把社会学所研究的人类属性比作"花朵"，把包含进化论的生物学比作根与花之间的连接体（枝干）。作这样的比喻的原因是：物理学和化学研究无生命的存在物，这种存在物是生物的根基——无生命存在物经过漫长的物理和化学过程形成生物；生物经过长期进化产生人类；人类及其特殊属性或人类属性——复杂的社会行动、人际互动、社会结构，是生物进化的结果或成就。这三种存在或过程分别对应开花植物的根茎、枝干（连接体）和花朵。其次，把宇宙中所有的有效能量都转化为热能、变为不再有维持运动或生命的能量的热寂状态的过程，比作地表水流入大洋。最后，把生物的进化过程比作"精彩展演"（spectacle）。

赫胥黎这样述说人类的部分经验或先天性特征与其心智的关系："我们的部分经验或先天性特征，可能与自己心智的主导因素没有产生有机联系，这仅仅是因为，我们从未充分关注这些经验或特征，或没有努力把它们与其

---

① Huxley, Julian. *Essays of a Biologist*. London：Chatto & Windus, 1923；Miami：HardPress Publishing, 2021, p 72.

他因素联系起来。不妨说,它们就像本来可以使用,却被建楼工人弃置在工地上的一些砖头。"①他运用一个明喻——用建楼工地上被弃置的砖头作喻体,生动形象地把大脑机制的一种复杂现象表述得清晰易懂。

他如此阐述动物进化体现了进步的观点:

> 哺乳动物崛起,取代了爬行动物在生物界的优势地位;汽车崛起,取代了马车在车辆中的优势地位。还能有比这两个过程更为相似的情况吗?

> 这两种情况都经历了比较漫长的时期,在这一时期,事物的新生类型都是体积较小且较为少见,都处于不确定和实验的阶段,仅仅勉强维持生存,无论如何都不是老旧类型的真正竞争对手。然后,突然,变化出现了。新生类型达到了能与老旧类型有效竞争的层级。发生了什么事情呢?无论是人造车辆,还是正在进化的脊椎动物,首先,新生类型的数量都是突然增加,老旧类型的数量都是相应减少。另外,新生类型的体积的上限也开始提升,同时,新生类型开始出现有所不同的亚类型。其中一些亚类逐渐消亡,另一些亚类逐渐改进,还有一些亚类变化迅速,真正称得上是新类型。总之,无论是动物还是机器,其体积、复杂性和效率的上限都提升了。②

这两段文字整体上既用了类比手法,又用了设问手法;而对第一段所提出问题进行回答的第二段,又一次运用了设问手法——再次提出问题,并进行回答。用汽车取代马车的优势地位,与哺乳动物取代爬行动物的优势地位进行类比,让读者轻松地认识到,生物在进化,并且在进步。第一次用设问,不仅引起读者对所比较的两种情况的相似性的兴趣,而且强调了两者的相似性;第二次用设问,不仅使行文产生了波澜,为读者设置了悬念,而且突

---

①　Huxley, Julian. *Essays of a Biologist*. London：Chatto & Windus, 1923；Miami：HardPress Publishing, 2021, p 269.

②　Huxley, Julian. *Essays of a Biologist*. London：Chatto & Windus, 1923；Miami：HardPress Publishing, 2021, pp 36—37.

出了下文所述的生物进化的进步性特征。

赫胥黎认为,对事物的科学认识是人类心智的居所,建构这一居所不可能一蹴而就。他这样表述持续建构这一居所应该遵从的一般原理:

> 那么,我们假定了哪些一般原理呢?我们假定,整个宇宙都是由同样的物质构成的——物理学家新近的研究成果让我们明白,尽管宇宙存在着种种所谓的元素,它在本质上却具有统一性;我们假定,宇宙所有地方的物质以同样的方式产生作用——表现出同样的变化顺序或因果顺序。基于间接的但却是相当可靠的证据,我们假定:物质呈现的形式已出现了进化;比如说,在我们的太阳系,物质曾经都是以电子形式存在,然后以原子形式、进而以分子形式存在;后来,出现了一种特殊类型的胶状有机物质,再往后,兴起了有生命的物质。我们假定:最初,生命形式是简单的,后来变得越来越复杂;低级生命形式的心智不值一提,但随着生命形式层级的提高,心智变得越来越重要,直到攀升为现今人类这样高的心智层级。
>
> 统一、一致、发展是宇宙呈现的三大原理……①

这些言词不仅用了设问手法,而且用了平行结构。前者打破了作者的独白式表述,使行文有了起伏,引发读者充分注意现当代的自然科学所揭示的、宇宙中物质存在的普遍规律。后者通过运用以 4 个"我们假定"开头的平行结构,来表述物质存在的一系列基本规律;这样的句式不仅使物质存在和发展的规律的丰富内容条理清晰,易于被读者领会,而且显得汪洋恣肆,大大增强了行文的气势和阐述的说服力,使读者产生极大震撼,给其留下深刻印象。

三、洋溢着强烈感情

《生物学家随笔》不时流露出较为强烈的真挚感情,使其增添了感人的

---

① Huxley, Julian. *Essays of a Biologist*. London: Chatto & Windus, 1923; Miami: HardPress Publishing, 2021, p 241.

情调(emotional appeal)。赫胥黎对动物没有情感和思维的观点非常不满,认为持这一观点的人"肯定是非常鲁莽的行为主义者!"①他描绘了一对深情地相互缠绵的鹭鸟将长长颈部交织在一起的感人景象,并将其称为"一个地地道道的真情恋人结!"②,这表达了他对这类鸟儿的深厚情感的赞叹和艳羡之情。一对鹧鹧鸟中的雌鸟赶走了与其"丈夫"调情的另一只雌性鹧鹧,与丈夫重归于好,然后,二者之间更加温情脉脉——描述了这对鹧鹧的这一系列行为后,赫胥黎写道:"我们再次惊呼,这多么具有人情味啊!而且我们再次看到,鸟类的感情生活的复杂性,已经达到了何等的高度啊。"③短短两行言词,把作者对鸟类情感的复杂性堪比人类的惊叹和赞美之情表露无遗。他如此表述人类大脑通过直接图像(image)或象征性图像进行思维的过程所出现的特殊场合:"这样的一些思维过程好像出现在梦中(包括白日梦!),也可能出现在未开化人群(savages)的平常思维中。"④其中的惊叹号表明,他对此类思维过程出现在白日梦中感到非常惊讶。

赫胥黎这样总结自己对科学、艺术和宗教之间的关系的看法:

随着人类的出现,地球历史的一章结束了。在人类身上,物质产生了思考和感受的能力——热爱真理和美丽的能力;也就是说,宇宙中有了灵魂。新的一章开始了,我们都是这一章历史里的人物。物质之树开出了灵魂之花。灵魂现在肯定会塑造物质。

心灵通过三种方式塑造物质:一种是科学,另一种是艺术,还有一种是宗教。这三种力量可以相互协作,也可以相互消耗,所以,我们要

---

① Huxley, Julian. *Essays of a Biologist*. London: Chatto & Windus, 1923; Miami: HardPress Publishing, 2021, p 107.

② Huxley, Julian. *Essays of a Biologist*. London: Chatto & Windus, 1923; Miami: HardPress Publishing, 2021, p 111.

③ Huxley, Julian. *Essays of a Biologist*. London: Chatto & Windus, 1923; Miami: HardPress Publishing, 2021, p 119.

④ Huxley, Julian. *Essays of a Biologist*. London: Chatto & Windus, 1923; Miami: HardPress Publishing, 2021, p 280.

谨慎行事,千万不能让这三种力量相互消耗。①

这两段运用了隐喻的文字,饱含着作者欣喜与忧虑叠加的、强烈的复杂情感:作者欣喜的是,地球上进化(发展)出了心智非凡的人类,从而出现了崭新的历史时期,而且,人类的心智水平又在不断上升;他忧虑的是,人类还很不成熟,其心智会对非人类物质环境产生不良影响,而且,其心智的三个方面会相互损毁或消耗。

小　结

赫胥黎的《生物学家随笔》蕴涵的进化人文主义理念可作如下归纳。赫胥黎认为,生物进化的主要趋势是进步,进化的进步性在人类出现之后呈现出了新的特征——具有目的性,主要体现是文化传统的进步,终极目标是提升到精神极乐的境界;生物进步对人生和人类社会都有重要的启示价值。他强调,与其他动物相比,人类主要有四方面的特殊性,因而,人类运用生物规律时务必要注意三点:应有意识地、主动地承担起促进所有生物的进步性进化的使命,国家或社会应为个人的进步或发展提供良好的社会文化环境;在处理个体与群体的关系时的恰当做法,是采取折中策略;在运用达尔文进化论时,应该把竞争和合作有机地结合起来。他指出,宗教是人类进化的产物——是人类心智和社会发展到一定阶段的产物,其实质是有个性的人领悟了整个外部世界后的一种特殊反应,涉及智识、行动、情感等方面;宗教观念会随着社会文化的发展而产生变化,近现代以来,物理学、化学、生物学、心理学等领域的科学发现,使传统宗教的虚妄暴露无遗,但传统宗教对精神境界的追求值得肯定;应建立一种新宗教,该宗教应基于科学,尤其是进化生物学的可塑性规律之上,其精神追求的途径是理解和欣赏与人文学科相关的内容,其目标类似宗教和爱所获得的陶醉式极乐体验。可以说,赫胥黎

---

① Huxley, Julian. *Essays of a Biologist*. London: Chatto & Windus, 1923; Miami: HardPress Publishing, 2021, p 304.

《生物学家随笔》蕴涵的这些进化人文主义理念具有辩证性——他既强调生物进化的进步性是人类进步的合理性的依据，又强调人类进步有别于其他生物进步的特征是主动作为，强调把普通的生物规律应用于人类时应有所修正；他倡导无神论，无情批判传统宗教，但又肯定其精神追求的合理之处，力倡建立一种基于科学、通过对人文内容的理解和欣赏而追求类似宗教和爱的精神体验和精神境界的新宗教。

这部科学随笔集的艺术特色主要有三点：在随笔的正文前面和正文里，频频援引文学家、思想家或科学家的相关言辞，以及作者自己创作的、与该篇随笔的主题相关的诗作，强化了作品的文学色彩和人文内涵；大量运用比喻、类比、平行结构、设问等多种修辞方法，增强了作品的吸引力和亲和力；不时流露出较为强烈的真挚情感，使作品增添了感人情调。前两点表明，作者在这些作品中思绪飞逸，发挥了丰富的想象力；第三点显示，作者大胆、自由地展示了自己的情怀和个性——这些都是优秀随笔的核心特征。这些语言生动形象、情感洋溢的随笔作品，可谓具有诗意的科学散文。

《生物学家随笔》的这些进化人文主义意蕴和艺术特色，对读者树立正确的人生观，对中国的文化建设和社会建设，以及方兴未艾的科学散文创作，都具有重要的启示意义。我们既要乐观向上，坚信人类及其社会都是不断进步的，又要主动作为，努力促进社会和个人的进步，并确保非人类自然万物的可持续生存；我们要有健康的精神追求，不断提升精神境界。我们的国家要更加重视包括人文精神、思维方式、管理体制、科技创新在内的广义文化的建设，进一步提高国家的竞争力；我们既要注重科学与人文的结合，又要在把科学规律应用于人文领域时做一些变通。我们的社会的各个层级要为个人的不断进步提供有利环境，既要重视竞争，又要重视合作和关爱，既强调集体利益，又不忽视合理的个人利益；我们既要坚持多元、宽容的宗教政策，又要积极引导大众，以便使他们的信仰既不违背科学知识和科学思维，又具有人文化和个性化的特征。中国的科学散文作家，可以借鉴赫胥黎上述的随笔艺术手法，努力丰富自己作品的人文内涵，提高自己作品的艺术水平，以增进作品的深度和文学性。

第三章 遗传学家 J.B.S.霍尔丹的
科学想象

　　约翰·伯登·桑德森·霍尔丹是英国遗传学家、生物统计学家、生理学家、著名科学散文作家。他的父亲约翰·斯科特·霍尔丹(John Scott Haldane, 1860—1936)是知名生理学家;小霍尔丹8岁时,就作为父亲的助手,在自家的实验室开始研究科学。后来,他到牛津大学新学院(New College, Oxford)学习古典文学和数学。第一次世界大战打断了其学业,他加入英军,先后在法国和伊拉克作战,并在伊拉克受伤。战后,他从1918年至1922年在牛津大学新学院当研究员,研究生理学和遗传学。此后,他调到剑桥大学任高级讲师,直到1932年;其间,他还研究酶学和遗传学,尤其是用数学方法研究遗传学;1930年至1933年,他还在英国皇家研究院任富勒(Fullerian)生理学教授。1933年,他成为伦敦大学学院(University College London)遗传学全职教授,1937年成为该学院的首任韦尔登(Weldon)生物统计学教授。20世纪30年代,他成为马克思主义者,1942年加入英国共产党,并任其机关报《工人日报》(Daily Worker)总编。1956年,他脱离英国共产党;同年,为抗议英国和法国侵占苏伊士运河,他移居印度,1961年加入印度国籍。

　　霍尔丹为种群遗传学(population genetics)和进化论的研究开辟了新道路。他与费舍尔(Ronald A. Fisher, 1890—1962)、西华尔·莱特(Sewall Wright, 1889—1988)不约而同,基于对变异率、种群大小、繁殖模式的量化分析,提出了种群遗传学的数学理论,把达尔文进化论和孟德尔遗传学结合起来,为现代进化综合论(modern evolutionary synthesis)奠定了基础,从而成了新达尔文主义的重要奠基人之一。他对酶作用理论(the theory of enzyme action)和人类生理学都做出了重要贡献。1929年,他提出了"原始汤理论"

（primordial soup theory），该理论成了生命的化学起源的基础。他首先提出了"体外（试管）受精"（in vitro fertilization）和"体外发育"（ectogenesis）的概念；1963 年，他采用"克隆"（clone，cloning）这一术语，用以指人工操控动物无性繁殖的过程。

霍尔丹获得了许多荣誉、奖励和赞誉。1932 年，他当选为英国皇家学会院士。1952 年，他荣获英国皇家学会颁发的达尔文奖章；1956 年，他荣获英国皇家人类学会赫胥黎纪念章（Huxley Memorial Medal），以及美国科学院的金伯奖（Kimber Award）；1958 年，他获得伦敦林奈学会颁发的达尔文—华莱士奖章。诺贝尔奖得主彼得·梅达沃将其誉为"我所知道的最聪慧的人"[1]；另一学者指出，"在英国，他变得与爱因斯坦一样出名"[2]。《大英百科全书》（Britannica）这样评介他："他具有非凡的分析能力，还有文学才华，知识面广，个性鲜明，这些因素使他在科学的数个领域都获得了新发现，并激励了整整一代科学工作者。"[3]

霍尔丹非常重视科学普及，在这一方面"花费了大量时间，他相信，科普至少与原创研究一样重要"[4]。有论者将其誉为"他那一代人中最优异的科学普及者"[5]；还有论者指出，"在当今的科学家中，只有斯蒂芬·杰·古尔德在科学普及方面接近霍尔丹的水平"[6]。

《未知世界》是霍尔丹科学散文的代表作，它除前言外，包含 35 篇科学随笔，描述了 20 世纪第一个 25 年（first quarter）中世界科学界取得的主要成果，同时表达了作者对科学与哲学、政治、艺术、宗教的关系，以及有关社会

[1] Medawar, Peter. "Preface." Clark, Ronald. *J. B. S.*: *The Life and Work of J. B. S. Haldane.* Oxford: Oxford University Press, 1984, p 3.

[2] Subramanian, Samanth. *A Dominant Character*: *The Radical Science and Restless Politics of J. B. S. Haldane.* New York: W. W. Norton & Company, 2020, p 5.

[3] https://www.britannica.com/biography/J-B-S-Haldane, 2024-01-12.

[4] Nanjundiah, Vidyanand. "J B S Haldane." *Resnance* no 3, no. 12 (December 1998): 36-42, p 36.

[5] Clarke, Arthur C. "Forward." John Burdon Sanderson Haldane (ed.). *What I Require from Life*: *Writings on Science and Life from J. B. S. Haldane.* Oxford: Oxford University Press, 2009, p ix.

[6] Price, Carl A. "Transaction Introduction." Haldane, J. B. S. *Possible Worlds.* London & New York: Routledge, 2017, p viii.

问题的看法。

国内外的相关文献主要是对霍尔丹生平的评介，以及对其作品的写作风格的简要介绍。王佐良先生是这样介绍"能文之士"霍尔丹的：

> 世纪初年的天文学家金斯和物理学家艾亭顿就是以能用普通人可懂的朴素文字解释科学现象著称的，后来又出现了生物学家霍尔丹(J. B. S. Haldane)，他的面向一般读者的科学小品《论大小合适》都收进了遥远中国的英文教科书里。霍尔丹也是高瞻远瞩，能够"哲理化"的科学家。①

其中，《论大小合适》即出自《未知世界》。美国学者普莱斯(Carl A. Price)在解释霍尔丹作品多次出版的原因时说："霍尔丹在向普通读者传递科学知识以及自己对科学的看法时，表现得很独特——其作品具有新闻文章那样的雄辩、活泼乃至幽默的风格……"②他还说：

> 读《未知世界》时，我有时会恼火，但我发现，霍尔丹以易懂、坦率、生动的散文语言，表达了他对当时社会的尖锐而深刻的见解，而当今的经济、政治和科学，是从那样的社会的经济、政治和科学发展而来的。他对阶级、种族的看法，从当今的眼光来看令人讨厌，他的政治信条显得幼稚，但这些都不重要——重要的是，他道出了许多有类似思想的人的心声。③

迄今为止，国内外尚未有人比较系统、深入地探讨《未知世界》的科学哲学意蕴和艺术特色，因而本章拟做一些尝试。

---

① 王佐良：《英国散文的流变》，商务印书馆 1994 年版，第 278 页。
② Price, Carl A. "Transaction Introduction." Haldane, J. B. S. *Possible Worlds*. London & New York：Routledge, 2017, p viii.
③ Price, Carl A. "Transaction Introduction." Haldane, J. B. S. *Possible Worlds*. London & New York：Routledge, 2017, p xxxvi.

第一节　霍尔丹《未知世界》的科学哲学意蕴

本节拟从科学精神、科学社会学、科学与宗教、科学美学四个方面,审视该部作品的科学哲学意蕴。

一、科学精神

科学精神是科学哲学研究的重要内容之一,它是科学活动的起点,也是科学研究能否取得成就的关键。《未知世界》主要蕴涵着以下 4 点科学精神。

1.求真务实。求真意味着对自然规律(真理)有强烈的好奇心和执着追求;务实意味着,通过对经验事实的科学观测(实验观察)和分析,来获得或验证真理。霍尔丹认为,长期保持聪颖学童那样对自然奥秘的好奇心,是科学家的重要品质之一。他写道:

> 大多数最伟大科学家把聪颖学童的好奇心和探索精神,保持到了生命的最后一刻。达尔文不时地沉醉于他所说的“傻瓜实验”——对着攀援植物吹小号。这当然不会产生任何效果,但奥斯特(Hans Oersted, 1777—1851)的类似实验,从本质上来看也很傻——他想看看通电导体对指南针会产生什么效应,结果发现,通电导体会产生磁场,从而就把电与磁联系了起来。①

就是说,诸如达尔文和奥斯特那样的伟大科学家,始终在如痴如醉地探索着自然的奥秘,尽管从好奇心和行为上来看,他们都酷似傻乎乎的年幼学童。

霍尔丹还写道:

> 业余科学家不能成功的一般原因是,他们的初衷是去证实某些东

---

① Haldane, J. B. S. *Possible Worlds*. London & New York: Routledge, 2017, p 174.

西,而不是去直面种种真相。他们没有认识到,大半研究实际上是在证明自己的假设是错误的。学术诚信在政治、宗教乃至礼节等方面得不到赞许;它是最难养成的、但却是最根本的习惯,无论是专业科学家还是业余科学家,必须养成这一习惯。①

意思是说,科学家在研究过程中始终要以客观事实为依据,不能让自己或他人的主观意愿、政治立场、宗教信仰,或社会的礼节规范等因素,来左右自己的科学观点或理论。

2. 怀疑批判。怀疑和批判意味着,为了追求真理,需要有根据地怀疑原有的观念和理论,自由地讨论这些理论,以便发现其弱点或错误,并加以改善。霍尔丹非常重视怀疑对科学事业的重大意义,他专门写了一篇随笔《怀疑的义务》("The Duty of Doubt"),并开门见山地说:"我们得到的教导是,信任是一种美德……然而,现在我认为,使人类遭殃的是过分信任,而不是信任不够——所以,我们必须弘扬的是怀疑,而不是信任。"②他阐释道:

> 近代科学源自种种怀疑的壮举。哥白尼(Mikołaj Copernicus,1473—1543)怀疑太阳绕地球转;哈维(William Harvey,1578—1657)怀疑血液通过静脉流入身体的各个组织。他们都用新理论替代旧理论,但他们主要是通过观察和实验来证实新理论。但随着时间流逝,人们发现,这些新理论也存在缺陷。行星并不是像哥白尼想的那样,以圆形轨道绕太阳旋转;万有引力比哥白尼、甚至牛顿所确信的都要复杂。当今,科学家虽然做大量实验来证明或新或旧的理论,但许多实验只能证明这些理论是错误的,而不能用来推论出替代性理论。③

他在这篇随笔的结尾总结道:"科学能取得令人惊奇的进步,在很大程

---

① Haldane, J. B. S. *Possible Worlds*. London & New York: Routledge, 2017, pp 174–175.
② Haldane, J. B. S. *Possible Worlds*. London & New York: Routledge, 2017, p 211.
③ Haldane, J. B. S. *Possible Worlds*. London & New York: Routledge, 2017, pp 211–212.

度上是由于怀疑所有理论的习惯,甚至怀疑作为自己行动基础的理论。"①

霍尔丹非常尊崇首次采用"遗传学"这一名词的生物学家威廉·贝特森(William Bateson,1861—1926),因而以其名字为题,写了篇评介性的随笔。在霍尔丹笔下,贝特森把怀疑批判精神发挥到了极致:因为许多生物学家"不加批判地接受达尔文以自然选择为核心的进化论,他着手揭露该理论的缺点";他对孟德尔同样持怀疑批判态度,"其余生的大部分时间,都用来调研孟德尔遗传理论不能解释的例外现象";他花了 8 年时间,竭力批判著名的遗传学和胚胎学家、诺贝尔奖得主托马斯·摩根(Thomas H. Morgan,1866—1945)的基因学说,因为"他认为,该理论缺乏证据,而且,他的思维习惯及其对科学史的深入了解,使他怀疑较长的推理链条的信度——无论这种推理是多么令人信服"。② 不难看出,霍尔丹赞同贝特森所体现的怀疑批判精神。

3. 开拓创新。霍尔丹尊崇贝特森,另一个重要原因是:"他从不掩饰对非原创的研究或思想的蔑视,探索真理时,无论对他人的观点还是对自己的原有观点,他都不亦步亦趋。"③霍尔丹这样描述能提出新理念的思想家的行为和思维特征:"在思想史上,如果新出现的理念真的很伟大时,其提出者一般会为之倾倒或为之着迷。他要么会成为这些理念的奴隶,要么只能通过继续保持与该理念格格不入的某些思想,来保持一定的独立性,这样,他为之付出的代价是,大脑被分为互不相通的两部分。"④但他认为,贝特森是个例外——"威廉·贝特森避免了所有这些不幸结果,原因是,他能不断超越自己的所有观点"⑤。就是说,贝特森始终保持着开拓创新精神。霍尔丹如此建议业余研究者向新的研究领域开拓:"正因为在现代的研究格局中,所有研究者都分别被冠以天体物理学家、有机化学家、古人类学家、遗传学家等头衔,业余研究者向边缘学科或全新领域进发,就显得非常必要。"⑥在他

---

①　Haldane, J. B. S. *Possible Worlds*. London & New York: Routledge, 2017, p 224.

②　Haldane, J. B. S. *Possible Worlds*. London & New York: Routledge, 2017, pp 136-137.

③　Haldane, J. B. S. *Possible Worlds*. London & New York: Routledge, 2017, p 137.

④　Haldane, J. B. S. *Possible Worlds*. London & New York: Routledge, 2017, p 138.

⑤　Haldane, J. B. S. *Possible Worlds*. London & New York: Routledge, 2017, p 138.

⑥　Haldane, J. B. S. *Possible Worlds*. London & New York: Routledge, 2017, p 174.

看来,研究人类学的人应具有持续地大胆开拓的精神:"勘探原始人的地下栖息地,不仅需要技巧和毅力,而且在许多情况下还需要巨大勇气。"①他这样描述海森堡、玻恩(Max Born, 1882—1970)、狄拉克等量子力学的奠基人能取得巨大成就的原因:

> 即便是非专业人士也可以看出,薛定谔(Erwin Schrödinger, 1887—1961)建构的世界尽管奇异,却也显示了普通思想的许多痕迹……德国的海森堡和玻恩,以及牛津的狄拉克,正在清除这些常识性的残留。在他们想象的世界中,即使普遍的运算规则也不再适用。无论如何,有人正试图从不被常识认可的角度建构一种世界观,这方面的努力取得了相当大的成就。②

就是说,三人取得成就的一个重要原因是,他们克服了其前辈薛定谔在创新方面的不足之处——囿于常识性思维。

霍尔丹倡导从全新视角——动物视角,去认识世界。他在与整部作品《未知世界》同题目的那篇随笔中写道:

> 未来某一天,人类实际上会以我在这篇随笔中所采取的这种戏谑方式——以非人类的视角,去看待宇宙万物存在的问题。柏格森(Henri Bergson, 1859—1941)当然做过这样的尝试,但在我看来似乎非常不成功。就我们目前对动物心理学的无知状态来看,的确不可能取得成功。我们理解宇宙的唯一希望,在于从尽可能多的不同视角去看待它。这就是神秘的意识状态下所获得的信息,能够用来补充正常思维状态下所获得的信息的原因之一。我目前窃以为,宇宙不仅比我们所假想的要怪异,而且比我们能够假想的还要怪异——我耳闻目睹许多系统地阐释宇宙的尝试,包括唯物主义、通神学,以及基督教和康德的世界观,

---

① Haldane, J. B. S. *Possible Worlds*. London & New York: Routledge, 2017, p 168.
② Haldane, J. B. S. *Possible Worlds*. London & New York: Routledge, 2017, p 284.

但感到这些阐释都过于简单。我窃以为,天地之间存在的事物,比任何已料想到的或能料想到的都要丰富。这就是我没有自己的哲学的原因,也肯定是我一直在不断梦想的理由。①

霍尔丹力倡用全新视角、以多种思维方式,去认识宇宙万物的存在及其本质。由此,他力主持续地开拓创新、反对故步自封的态度可见一斑。

4.耐心和恒心。霍尔丹非常重视耐心和恒心对科研人员的重大意义。他说,其随笔《业余科学研究》("Scientific Research for Amateurs")的写作目的就是要"显示,任何具有观看板球和棒球的耐心和闲暇的人,只要具有做好字谜游戏的才智,都能对科学研究做出一定贡献"②。他认为,对研究昆虫和蜘蛛的行为模式的博物学家来说,"一个透镜,一个笔记本,以及极大耐心,是首先所需要的,而且值得注意的是,昆虫行为的许多最著名观察者都有其他职业"③;对于研究人类学的地质学家来说,"对地方知识的了解当然是最为重要的,而对原始人地下栖息地的勘探,不仅需要技能和恒心,而且在许多情况下还需要勇气"④;而"流星观察者的必需条件包括:晴朗天空、厚外套、笔记本、星座知识、无限耐心、失眠倾向"⑤。他如此述说胰岛素的发现并被用于治疗糖尿病的艰辛历程:

　　在取得成功之前,必须把准备好的无数提取物注射到狗的体内,以检验它对血液中的糖分所产生的效应。准确分析血糖非常困难,尤其是用少量血滴去做分析。但经过大约60年在数百家不同实验室所做的很持久的、相当枯燥的工作,血糖分析的效率大大提高。最终,位于多伦多的实验室成功检验了胰岛素的降血糖作用;但相比之下,此前花费的时间要长得多,所需的思考和耐心要多得多。⑥

---

① Haldane, J. B. S. *Possible Worlds*. London & New York: Routledge, 2017, pp 285–286.
② Haldane, J. B. S. *Possible Worlds*. London & New York: Routledge, 2017, p 162.
③ Haldane, J. B. S. *Possible Worlds*. London & New York: Routledge, 2017, p 167.
④ Haldane, J. B. S. *Possible Worlds*. London & New York: Routledge, 2017, p 168.
⑤ Haldane, J. B. S. *Possible Worlds*. London & New York: Routledge, 2017, p 170.
⑥ Haldane, J. B. S. *Possible Worlds*. London & New York: Routledge, 2017, p 178.

霍尔丹认识到，科研人员在当下的研究过程中，要有足够耐心，甚至要保持悠闲心态，而不能急功近利，只有这样，其思维才能敏锐、活跃，其视野才能开阔；而在长期的研究历程中，还须有非凡的恒心或毅力，这样，他们才能坦然面对可能遇到的困难和挫折，坚持不懈，而不是半途而废。

二、科学社会学意蕴

科学社会学是科学哲学的重要分支，它主要关注科学和社会的相互影响。宏观的科学社会学主要"探讨科学对社会的影响，社会对科学的控制，以及科学发展的社会条件和社会后果；微观的科学社会学主要研究科学家们的价值观念和行为规范，以及科学作为一个社会系统的内部运动规律"[1]。前者可谓科学的外部社会研究；后者可谓科学的内部社会研究，其研究对象是科学界本身，包括科学共同体、科学奖励和评价体系等。

霍尔丹非常关注科学与社会的相互影响。在科学对社会的影响方面，他认识到，科学既能造福人类社会，又会危害人类社会。他认为，科技发展使民主国家最适宜的规模得以扩大。他说：

> 在古希腊时期，所有公民聆听一些演说家的政治演讲，并就法规进行直接投票。于是当时的哲学家认为，能够实施民主的最大规模是小城市。英国人发明了代议制政府体制，使国家规模的民主机构成为可能，这种可能先在美国、后在其他地方成为现实。随着广播的发展，每一位公民都聆听代议者宣讲政治观点再次成为可能，将来，整个民族国家都有可能实施古希腊那样的直接民主。甚至日报的发行已经使全民公决的民主形式成为可能。[2]

科技发展使广播、报纸得以出现，使直接民主的实施范围有可能扩大，

---

① 高嘉社：《科学社会学》，科学出版社 2011 年版，第 14 页。

② Haldane, J. B. S. *Possible Worlds*. London & New York：Routledge, 2017, p 26.

这对代议制民主构成了挑战。在他看来,对动植物及其相关因素等自然生态的定量研究,对人类的历史、经济学和社会学都具有启示价值:

> 定量研究动植物及相关因素可以发现一些确定无疑的根本规律;而我们了解的人类历史和经济学方面的许多现象,只是这些规律的特殊的和相当复杂的例子。我们把动植物这些比较简单的现象作为背景来看待人类历史和社会学时,无疑会更为清楚地理解我们自己,更为清楚地相互理解。①

就是说,生物学研究成果对认识人类的历史、经济、社会关系等具有启示意义。同时,他也指出了科学给人类社会造成的严重后果及其主要根由:"也许我们时代最大的悲剧是误用科学。臭名昭著的事实是,人类知识和能力的多方面增长的主要结果,要么是摧毁人的生命和财产的方法的改进,要么是人的经济不平等状况的加剧。这在很大程度上是'高级'政客的糊涂思维所致。"②在他看来,科学是中性的,它给人类社会带来危害主要是因为人类误用了它,尤其是因为,一些高层当政者的相关军事、政治、经济政策是错误的。

霍尔丹力主发挥科学,尤其是科学观和科学方法对社会的积极作用,力倡向大众普及科学知识。他在《未知世界》的前言中写道:"在我看来极为重要的是,科学观应当尽可能地在政治和宗教领域得到应用。"③他认为,当时的一些社会问题是由于大众和从政者不了解科研成果所致:"在过去,科学成果总会使公众和从政者感到非常吃惊。人类当前所面临的动荡不安局面,在很大程度上也是因为此前对科研成果没有思想准备。"④在他看来,向非专业人士普及科学知识是解决一些社会问题的重要途径。他明确指出:"科学方法的运用使现代工业和医学的兴起成为可能,而社会问题从长远来

---

① Haldane, J. B. S. *Possible Worlds*. London & New York:Routledge, 2017, p 142.
② Haldane, J. B. S. *Possible Worlds*. London & New York:Routledge, 2017, p 190.
③ Haldane, J. B. S. *Possible Worlds*. London & New York:Routledge, 2017, p xxxix.
④ Haldane, J. B. S. *Possible Worlds*. London & New York:Routledge, 2017, p xl.

看也只能通过科学方法来解决。"①他提倡用科学方法去研究心理学和政治学,使这两门学科真正具有科学性,以便为解决社会问题提供指南。他阐明了普及生理学、医学等领域的科学知识的重要现实意义。他说:"学习生理学通常使人对自己身体的正常机制产生有利于健康的盎然兴趣,从而能敏锐发现疾病的早期症候。"②他指出,普及医学知识对降低病人的死亡率极为重要:"文明生活需要人们变得明智,需要人们了解医学知识——不仅是特定阶层,所有人都应如此";"了解一些医学知识正在成为一种必需,这不仅使病人能配合医生治疗,而且可以使癌症之类的疾病在发展为不可治愈之前,被及时识别出来并加以治疗"。③ 他阐明这些道理的目的在于普及这些领域的知识,以便增进大众的福祉。

在社会对科学的影响方面,霍尔丹认识到,社会环境会对科学事业产生很大影响。他强调,自由、包容的科研环境和优越的生活待遇,是科学兴盛的重要条件。他用正反两方面的例子阐述道:

> 如果说英国在科学的许多领域在全球处于领先地位的话,我认为主要有两点原因——我们的大学享有自主权,我们的科学思想中不存在民族主义。有自主权的大学……比受控于商人或政客的大学,更有可能任用最优秀的人才。比起法国、德国和美国,我们英国肯定不会那么轻易地无视国外科学家所做的工作。
>
> 法国在过去 50 年落后了。该国仍然培养了颇具创新性的人才,但其国家层面对高等教育的控制,以及对国外研究成果的无视,大大妨碍了其科研业绩。而且,一战以来,法国和比利时根本没有认真而努力地把科研人员的实际工资,恢复到战前水平,结果,两国的许多优秀人才,都流向医学和工科等应用科学领域。④

① Haldane, J. B. S. *Possible Worlds*. London & New York: Routledge, 2017, p 183.
② Haldane, J. B. S. *Possible Worlds*. London & New York: Routledge, 2017, p 105.
③ Haldane, J. B. S. *Possible Worlds*. London & New York: Routledge, 2017, p 119.
④ Haldane, J. B. S. *Possible Worlds*. London & New York: Routledge, 2017, pp 159-160.

　　就是说,有无自由自主、开放包容的科学研究环境,是导致英、法两国科学水平截然不同的重要原因;优厚的生活待遇也是科学兴盛的必要条件。

　　难能可贵的是,在近百年前,霍尔丹就反对"重数量、轻质量"的科研成就评价标准,以及"唯学历"的科研用人标准,而提倡科研人才培养体制多元化和科研环境宽松化。他说:

　　　　标准统一的教育体制很可能是有害的,原因是,政府官员对科研的要求总是倾向于看数量,而不是看质量,但科学兴盛的最佳氛围,存在于能享受闲暇乃至悠闲生活的地方。英国的医学研究理事会是个例外,它不受繁文缛节支配,甚至愿意资助可能不会有任何价值的研究,结果反而有机会催生了真正重要的成果——比如,能防治佝偻病的那种纯净维生素;这样的政府部门对科学具有极大的促进作用。①

　　他认识到,重成果数量的科研评价标准容易使研究人员精神高度紧张,从而难以产生科研灵感,而宽松、悠闲的科研环境的效果恰恰相反——研究人员似乎把研究当成了游戏,丝毫不考虑是否会出有价值的成果,结果是无心插柳柳成荫;英国的医学研究理事会就有这样的洞见。他认为,另一种妨碍科研能力发挥的方式是"拒绝向没有学历资质的人提供研究条件。如果法拉第生活在当代,他会发现,他的科学研究在英国不会顺风顺水;在许多国家,他也只能是一个图书装订商"②。英国著名物理学家、化学家迈克尔·法拉第(Michael Faraday, 1791—1867)仅上过两年小学,在一个书商兼装订商的家里当过学徒,靠自学成才,首次发现了电磁感应现象,进而得到产生交流电的方法,并发明了圆盘发电机,极大地推进了人类文明。霍尔丹的意思是说,不能以学历判定科研能力。他还说,来自公私两个渠道的大量资金投入到了科研人员的培养上,"这些支出对科学的一些领域是极其有价值的"③。显然,他既不忽视业余科学研究者的研究能力,又不否认培养专业科

---

① Haldane, J. B. S. *Possible Worlds*. London & New York: Routledge, 2017, p 161.
② Haldane, J. B. S. *Possible Worlds*. London & New York: Routledge, 2017, p 161.
③ Haldane, J. B. S. *Possible Worlds*. London & New York: Routledge, 2017, p 162.

研人员的重要性。

三、科学与宗教

科学与宗教的关系是科学哲学关注的另一重要内容。关注了这一关系的英国科学哲学家萨米尔·奥卡萨(Samir Okasha)指出:"科学和宗教之间的紧张由来已久,留下了大量记录。"①霍尔丹的科学随笔中有多处谈及科学和宗教的关系;总体来说,他对科学和宗教以及二者之间的关系的认识都是比较辩证的。他认为,科学和宗教都是人们在特定时期对宇宙万物的认识;科学也包含着一些错误,宗教也包含一些有益的东西。二者的最大不同是,科学能以事实为依据,不断修正自己的错误;宗教却不能与时俱进,而是把人类早期对万物的认识当成了教条,把信与不信当作标准。

霍尔丹基于科学批判了宗教信条、祈祷仪式以及教会和教士的虚妄。他指出,地质学表明,地球有数十亿年的历史,这意味着:

> 即使宗教的信条可以保留,它的一些观点将不得不改变。生存在年龄超过 10 亿年的地球上,很难像基督徒、犹太人、伊斯兰教徒和佛教徒那样相信,天地间最重要的事件都发生在最近几千年之内;显而易见的事实是,在这些事件被假定发生之前,地球上就存在过伟大文明。②

据现代人推算,犹太教、基督教、伊斯兰教、佛教等宗教所笃信的上帝(或类似神祇)创造天地万物和人类的时间,距今均不超过 1 万年;而现代科学推断,宇宙产生于约 137 亿年前,地球产生于约 46 亿年前。约 300 万年前,人类已进入旧石器时代,1 万多年前,人类已进入新石器时代。因此,霍尔丹对宗教进行了无情批判。他说:"我明白,教会所宣讲的信条是错的,我也明白,《圣经》包含的观点——比如有关地球历史的表述,也是错的。"③他认为,教会所宣扬的和《圣经》所说的人死后能升入天堂的观点,同样是错误

---

① 萨米尔·奥卡萨:《科学哲学》,韩广忠译,译林出版社 2013 年版,第 122 页。

② Haldane, J. B. S. *Possible Worlds*. London & New York: Routledge, 2017, p 17.

③ Haldane, J. B. S. *Possible Worlds*. London & New York: Routledge, 2017, p 205.

的。他写道:"我在一战中认识的大多数下属都信上帝,但我认为,他们大都确信,死亡是他们的最终归宿,而且我能确定无疑的是,这也是文化程度高的人的观点。"①他明白,文化程度高的人一般具有一定的科学知识,因而实际上并不相信宗教所宣扬的万能之神及相关信条。他用戏谑言辞否定来世以及惩恶扬善的上帝的存在:"有人认为,正义会在来世得到伸张,到那时,罪恶会受到惩罚,善行会得到奖赏,不应遭受的痛苦会得到补偿。当然了,这一观点也涉及动物的来世——到那时,被捕猎的兔子会要求惩罚捕食者将其撕咬成碎片的罪恶。"②他强调,基督徒的祈祷是无用的,"基督徒几乎都相信其祈祷有时会得到回应。当今,所有祈祷都没有得到任何回应,而人们渴望的事情即使不祈祷也会发生"③;一些所谓的祈祷效果实际上"可以从心理学角度进行解释,它并不意味着,有神祇在干预大自然的固有秩序"④。他认为,教会带来的害处多于益处,原因是,其"教士总是利用特权逃避普通人的道德义务;如果普通人凭事实说话,要么马上、要么随后会受到火刑威胁,或者,在社会利益或在经济利益方面受到处罚"⑤。意思是说,教士言行不一,经常干不道德的事情;而教会却处罚了许多类似布鲁诺(Giordano Bruno,1548—1600)、伽利略那样宣讲科学事实的科学家——前者被处以火刑,后者受到长期迫害。

霍尔丹指出了科学之所以正确、宗教之所以错误的根由。他说,科学认识事物时的态度是,"搞不清事物真相就不做论断。然而,从总体上看,宗教史上出现的情况却恰巧相反。例如,就耶稣和上帝的关系来说,不同人有不同看法,但神学家却建构了一套极为复杂的理论,这种理论却能被大多数教会接受"⑥。这一复杂理论即基督教的正统理论"三位一体教理",它确信只有一个本体——上帝,但在位格上又分为圣父、圣子(耶稣)和圣灵;后来又有神学家提出"上帝一位论",认为只有上帝是神,耶稣只是凡人。霍尔丹于

---

① Haldane, J. B. S. *Possible Worlds*. London & New York: Routledge, 2017, p 206.
② Haldane, J. B. S. *Possible Worlds*. London & New York: Routledge, 2017, p 207.
③ Haldane, J. B. S. *Possible Worlds*. London & New York: Routledge, 2017, p 231.
④ Haldane, J. B. S. *Possible Worlds*. London & New York: Routledge, 2017, p 232.
⑤ Haldane, J. B. S. *Possible Worlds*. London & New York: Routledge, 2017, p 247.
⑥ Haldane, J. B. S. *Possible Worlds*. London & New York: Routledge, 2017, p 218.

是说：

> "上帝一位论"信徒自认为比"三位一体教理"更为理性，因而采信
> 了一种不同的理论。在我看来，比以上两种信条更合理的看法是："我
> 信仰上帝，努力听从并效仿耶稣，但说不清二者究竟是什么关系。"这肯
> 定也是亿万基督徒的看法，但没有哪种重要的宗教团体敢采纳这一观
> 点。相反，它们都更热衷于继续用前科学的思路去思考。[①]

就是说，以上两种神学理论的提出者，实际上都搞不清上帝和耶稣的关
系究竟是怎样的，却都在言不由衷地牵强附会、故弄玄虚，提出错误理论，尤
其是三位一体论，还自封为正宗，并强迫相关教会和信徒去接受。霍尔丹
强调：

> 基督教对信仰的态度很可能源自误解。神经系统的疾病和皮肤的
> 慢性病，尤其可以通过暗示或其他心理疗法治愈。据记载，耶稣给病人
> 所治疗的主要就限于以上疾病，这要求病人要有信念。但这种信念是
> 相信疾病能被治愈，而不是认同历史上的和形而上学的观点。基督教
> 医学之所以在治疗方面每每成功，是因为它强调，病人要相信自己的身
> 体，而不是相信诺亚方舟和耶稣升天的故事。但随着时间流逝，基督教
> 教会在宗教活动中逐渐积累起来的教条越来越多，结果，其信念变得越
> 来越学术化，而且越来越成为学术界的负担。[②]

就是说，《圣经》的许多文字只是早期的居民囿于当时的认识水平，所记
录下来的传说和故事，基督教神学家和教会却将其误以为是事实和真理，并
坚持让信徒毫无条件地相信。霍尔丹认为，宗教最严重的错误之一是它认
为，"只有相信神话或教条，它才能产生效果"[③]。就是说，基督教会把信仰

---

① Haldane, J. B. S. *Possible Worlds*. London & New York：Routledge, 2017, p 218.
② Haldane, J. B. S. *Possible Worlds*. London & New York：Routledge, 2017, p 219.
③ Haldane, J. B. S. *Possible Worlds*. London & New York：Routledge, 2017, p 232.

(相信与否)当作检验信条是否灵验的前提和是否正确的标准。

霍尔丹指出,科学通常也包含一些错误,但其可贵之处在于知错必改,不断纠错;而宗教则不然。他说:

> 　　科学史显示,我们所确信的许多科学理论都包含着众多错误,这些理论堪称神话;但有关理论家可以自信的是,比起此前的相关理论,他们的理论与更多的事实相符,并且能产生实效"①;而宗教神话一旦形成,就很难改变。化学业已摈弃燃素理论,基督教却仍固守着上帝渴望血腥祭品的信条。另一事实是,科学工作者不断严肃认真地努力去证明科学神话(假设),而至少在基督教和伊斯兰教中,宗教神话却变成了信仰问题,怀疑这些神话信仰,或多或少会被视为不虔诚行为,而试图用经验方法去证明,更是被严加禁止。②

也就是说,科学理论根据新发现的相关事实或实践的检验(证明),不断摈弃错误成分,增加新的观点,从而变得愈加完善;宗教却把原有的所有神话和观念都视为神圣信条,严禁任何证明,拒绝做任何改变。

霍尔丹既指出了宗教的严重危害,又肯定了宗教不可替代的积极作用。他尖锐地指出,宗教的危害是把信徒置于"落后挨打"的处境:"基督教会的影响的持续存在,会扼杀科学思想,进而要么延缓人类进步,要么使其信徒在面对用科学武装的异教徒时,丧失防卫能力——19世纪亚洲人面对信仰基督教的民族时就是如此。"③同时,他认为,信教可以使信众摈弃自我为中心,并使其有精神追求。他说:"宗教的精髓很可能是让信众认识到,自己和邻居的幸福都不是人们的唯一关切。如果完全废弃宗教,我们很可能会神化自己,进而使自己的行为变得极其自私;或神化自己的国家,进而像疯狂爱国的德国人在刚结束的世界大战中那样行动。"④就是说,宗教信仰可以使

①　Haldane, J. B. S. *Possible Worlds*. London & New York: Routledge, 2017, pp 228–229.

②　Haldane, J. B. S. *Possible Worlds*. London & New York: Routledge, 2017, p 231.

③　Haldane, J. B. S. *Possible Worlds*. London & New York: Routledge, 2017, p 234.

④　Haldane, J. B. S. *Possible Worlds*. London & New York: Routledge, 2017, pp 234–235.

人的关爱范围超越自己的近邻和自己的国家，平等对待普天之下的所有人和所有国家。在他看来，虽然哲学家追求的非宗教境界也能产生类似宗教信仰的效果，但普通人大都无法完成哲人那样复杂的精神转变过程。他说：

> 也许我们目前所知道的宗教，将来某一天会被取代，因为许多不信教的人生活得也不错。基于哲学，而无须假定存在来世和人格化的上帝，人们也能确信精神追求的至高无上性质和重要性。这样的信念可能还需要神秘体验。但通过这一途径追求信仰需要抽象思维能力，而这对大多数人来说是不可能的。①

他甚至认为，宗教类似艺术，"宗教体系或神话故事是用来表达宗教体验的艺术形式，神学理论和科学理论可能不仅看起来美好，而且是行为的宝贵指南，但都不意味着这些理论与事实相符"②；"基督教文献可以说主要具有象征价值；但无论如何，它还是真实体验的一种体现，该体验在那些文献被创作的时候，只能以那样的方式表达出来"③。就是说，包括《圣经》和神学理论在内的宗教文献，都包含人类在特定时代的体验和认识，它们和科学理论一样，由于时代的局限，都包含一些与事实不符的错误，但其初衷或寓意都是好的，都可以指导人类的行动，进而产生实效——宗教可以使人类向善，科学可以增进人类认识自然和改造自然的水平；基督教文献类似具有劝善内涵和启迪意义的神话故事，其价值不能从字面意思上去理解和评判。

霍尔丹主张与时俱进，改革现有宗教，兼采科学和宗教的长处，建立一种与现代的科学和思想相协调的信仰——新宗教。他说："欲拯救基督教的新教，不能靠专职教士，只能靠圣·保罗那样的像普通人一样、在谋生的间隙敢于冒生命危险去宣讲福音的人。这样的人不是为了经济利益而去宣扬正在变得越来越不可信的教条。"④他理想中的教士，不是言不由衷、为了谋

---

① Haldane, J. B. S. *Possible Worlds*. London & New York：Routledge, 2017, p 235.

② Haldane, J. B. S. *Possible Worlds*. London & New York：Routledge, 2017, p 238.

③ Haldane, J. B. S. *Possible Worlds*. London & New York：Routledge, 2017, p 239.

④ Haldane, J. B. S. *Possible Worlds*. London & New York：Routledge, 2017, pp 247-248.

生(或经济利益)才去宣扬连他们自己都不信的陈旧教条的人,而是言行一致、不图任何经济利益、不惧生命危险,大胆宣讲其内心的真实信仰的人。他认为,要建立的"新宗教应该是同时代的科学理论的结晶"①,但其观念也需与时俱进,不断更新,因为其信条"即使能引发科学教育和伦理教育的暂时进步,也会对未来的科学和伦理的发展构成障碍,这一障碍将比基督教更为严重"②。他总结说:

> 宗教是一种生活方式和对宇宙万物的一种认识,它使人密切接触实在的内在本质。以宗教名义对事实所做的表述,从表层细节来看是不正确的,但其核心部分却包含着一些真理。科学也是一种生活方式和对宇宙万物的一种认识;它涉及了宇宙万物,但却没有触及实在的本质。以科学名义对事实所做的表述,从表层细节来看一般是正确的,但却只能显示存在的形式,而不能显示其真正本质。明智的人兼用科学理论和宗教理论来规范自己的行为;但他不把这两种理论的任何一种当作对终极事实的表述,而将其视为艺术形式。③

换言之,与时俱进的新宗教和科学,分别从不同层面体现着各具特色的真理,两种真理都不是全面的,也都不是绝对正确的和永恒不变的,都不能完全地从字面意思上去理解,因而都可视为艺术形式;但这两种理论型的"艺术形式"在一定时期,都能对人的行为的不同方面产生积极作用,因而智者兼用两种理论,以便使其认识变得尽可能全面,使其行为和生活变得尽可能完美。

四、科学审美意识

科学美学是科学哲学的重要分支。中国科学美学的奠基者徐纪敏教授指出,科学美学研究的第一个对象是"科学家大脑中所形成的科学理论和自然界的内容美"所"组成的一对主观和客观的审美关系",第二个对象是"作

---

① Haldane, J. B. S. *Possible Worlds*. London & New York: Routledge, 2017, p 236.
② Haldane, J. B. S. *Possible Worlds*. London & New York: Routledge, 2017, p 237.
③ Haldane, J. B. S. *Possible Worlds*. London & New York: Routledge, 2017, pp 239-240.

为客观对象的科学理论和人们对这一科学理论所产生的审美感知"组成的
"另一对主观和客观的审美关系"。① 可以说,科学美感是科研人员或大众在
发现或面对科学真理(自然界的内容美)或科学理论时,产生的愉悦、激动、
震撼等情感体验。《未知世界》显示,霍尔丹具有科学审美意识。

霍尔丹认识到了科学的简单美。他说:"天文学家通常用百万级的大数
字和百万分之一级的小数字,进行运算并得出结果,进而形成简单的理论",
这时他们"肯定会感到极其兴奋"。② 他还说:

> 在科学思想中,我们采用最简单的理论来解释所考虑的所有事实,
> 预测同一种类的新事实。这一标准的关键在于"最简单"这个词。它犹
> 如我们的诗歌批评或绘画批评所隐含的标准一样,的确是一种审美标
> 准……当今,比起对大家熟悉的事物做模糊的表述,科学美学(审美观)
> 更偏爱对陌生事物做简单而确切的表述。③

就是说,用最简洁和明确的语言或符号所表达的科学理论,可以给人以
美感;简单不仅是一种科学美,而且是科学理论的一种审美标准。

霍尔丹认识到的另一种科学美是趣味美。他说,生理学家、心理学家和
医生,对人体部分缺氧或长时缺氧产生的效果"更感兴趣。这通常在以下三
种情况下出现:高空缺氧;氧气经肺膜进入血液的通道受阻;血液不能把氧
气输送到身体的各个组织"④。在他看来,人类血型在不同民族中的分布的
测试结果"非常有趣"⑤;"研究酵母和细胞之类的有机物产生了最有趣的结
果。例如,来自柏林的诺伊贝格(Carl Neuberg, 1877—1956)设计出一系列
步骤,用酵母把糖转化成酒精和二氧化碳;而且他能用恰当的化学方法,改
变化学反应的过程,以便产生其他产品"⑥。他还写道:"科学家提出理论所

---

① 徐纪敏:《科学美学思想史》,湖南人民出版社 1987 年版,第 3—4 页。
② Haldane, J. B. S. *Possible Worlds*. London & New York: Routledge, 2017, pp 5-6.
③ Haldane, J. B. S. *Possible Worlds*. London & New York: Routledge, 2017, p 227.
④ Haldane, J. B. S. *Possible Worlds*. London & New York: Routledge, 2017, p 69.
⑤ Haldane, J. B. S. *Possible Worlds*. London & New York: Routledge, 2017, p 88.
⑥ Haldane, J. B. S. *Possible Worlds*. London & New York: Routledge, 2017, p 149.

依赖的经验,其本身似乎枯燥无味(emotionally flat),但在他们眼里却可能是趣味十足;他们由此提出的理论,可能像达尔文进化论那样令人兴奋。"①以上例子表明,在科学家眼里,相关研究领域观察到的现象,实验或测试的结果,以及提出的理论,都很有趣;这些使其愉悦的趣味性,可以说是一种科学美——科学的趣味美。

霍尔丹认识到的第三种科学美是精奇(妙)美。他说,昆虫的站立姿势"像长脚蜘蛛的站姿一样精巧而奇异(elegant and fantastic)"②。他还说,人体内数以亿计的细胞形成了一个相互合作的共同体,这种合作部分地是由神经系统引起的,"而且这一合作的奇妙和精巧(beauty and delicacy)往往使我们忽视这一事实——许多细胞实际上并不具备神经纤维"③。昆虫站姿的"精巧奇异",人体内众多细胞相互合作的"精巧奇妙"——相关自然特征给作者带来的这些感受,在一定程度上类似壮观景象使人产生的震撼。这种体验可谓另一种科学美——精奇美或精妙美。

第二节　《未知世界》的艺术特色

《未知世界》的艺术特色主要体现在以下四个方面。

一、题材广博

这部作品包含的 35 篇随笔涉及的题材较广,既包括作者的专业遗传学和进化生物学等生物学方面的话题,又涵盖天文学、科学哲学、政治学、社会学、宗教、艺术,尤其是与普通读者的日常生活密切相关的医学和健康方面的话题。

先看涉及作者专业的随笔。《论大小合适》说明了不同动物的形体的大小正好适应其身体结构这一道理——具有特定身体结构的某种动物,其形体不能过大,否则其身体结构无法承受。《当代的达尔文主义》("Darwinism

---

① Haldane, J. B. S. *Possible Worlds*. London & New York：Routledge, 2017, p 226.
② Haldane, J. B. S. *Possible Worlds*. London & New York：Routledge, 2017, pp 19-20.
③ Haldane, J. B. S. *Possible Worlds*. London & New York：Routledge, 2017, p 57.

To-Day")主要介绍了进化论在20世纪初的发展,包括以孟德尔为首的遗传学家的学说对以自然选择为核心概念的达尔文进化论的完善——强调自然选择是对物种变异体的选择。《作为海生动物的人类》("Man as a Sea Beast")述说了人类是从海生动物进化而来的证据:人类血液的含盐比例与原始海洋的含盐比例大致相同。《昆虫社会中的食物控制》("Food Control in Insect Societies")主要讲述了蚂蚁、蜜蜂、胡蜂等社会性昆虫对承担不同功能的成员提供不同食物的行为。人物特写《托马斯·亨利·赫胥黎》("Thomas Henry Huxley")讲述了这位英国著名生物学家的生平故事,及其捍卫达尔文进化论、批判宗教的虚妄之处的事迹。另一篇人物特写《威廉·贝特森》("William Bateson")述说了这位英国遗传学家在弘扬孟德尔遗传学说、建立遗传学方面的贡献,以及他的大胆怀疑、勇于创新的科学精神。《生物学的未来》("The Future of Biology")预测了生物学未来具有潜力的主要研究领域。

再看涉及天文学的4篇随笔。《说比例尺》("On Scales")既说明了宏观世界的宇宙空间以及其中的星球的相对大小,又说明了微观世界的分子、原子、原子核、电子等微粒所处的空间及其本身的相对大小。《一些日期》("Some Dates")讲述的主要内容是:根据现代天文学的日食出现规律,可以推算出《圣经》和《荷马史诗》中叙述的故事发生的准确年份;运用放射性同位素的衰变定律,可以确定地球地质年代的大概起始时间;现代宇宙学可以确定恒星、星系乃至宇宙形成的大概时间。《天文学有何用?》("What Use is Astronomy?")讲的是,近现代以来,看似不太实用的天文学研究,对航海、物理和化学研究,气象和生态环境的监测,乃至人们的日常生活,都起着或是直接、或是间接的重要作用。《末日审判》("The Last Judgment")通过假想的移民到金星上的人的角度,想象了地球及其卫星——月球的诞生和毁灭的大致过程。

《康德与科学思想》("Kant and Scientific Thought")、《国籍与研究》("Nationality and Research")、《业余爱好者可从事的科学研究》("Scientific Research for Amateurs")、《科学研究应该得到奖励吗?》("Should Scientific Research Be Rewarded?")、《科学与政治》("Science and Politics")、《优生学

与社会改革》("Eugenic and Social Reform")、《怀疑的义务》、《科学的一些敌人》("Some Enemies of Science")、《未知世界》("Possible Worlds")、《我去世后》("When I Am Dead")、《作为艺术形式的科学和神学》("Science and Theology as Art Forms")、《米洛斯》("Meroz")等随笔,主要阐述科学精神、科学社会学、科学与宗教的关系等方面的科学哲学理念,同时又涉及哲学、政治学、社会学、生理学、心理学、宗教、艺术等学科的内容。

其余的 12 篇随笔《酶》("Enzymes")、《维生素》("Vitamins")、《缺氧》("Oxygen Want")、《水中毒和盐中毒》("Water Poisoning and Salt Poisoning")、《免疫力》("Immunity")、《输血》("Blood Transfusion")、《癌症研究》("Cancer Research")、《抗击肺结核》("The Fight with Tuberculosis")、《食物中毒》("Food Poisoning")、《医疗中的时间因素》("The Time Factor in Medicine")、《用自己做生物实验》("On Being One's Own Rabbit")、《职业与死亡率》("Occupational Mortality"),主要介绍了与大众日常生活密切相关的医疗和健康等方面的有趣知识。

二、语言富有文学性

《未知世界》善用类比、引用、比喻、拟人、平行结构等修辞手法。此外,该部作品还不时地显露出些许幽默。这些特征使该作品的语言生动形象、韵味十足、文采斐然,既颇具感染力,又易于被广大普通读者理解。

1. 类比。类比是霍尔丹阐释较为抽象的科学概念和现象时最常用的手法,相关例子几乎是俯拾皆是。他用雕刻家雕刻石像来阐释自然选择对物种产生所起的作用:

> 显然,自然选择只有遇上变异体才能发挥作用。它不能创造变异体,因而有批评家指出,确实不能说它创造了新物种。按照这一思路,可以说,把一块大理石雕刻成雕像的工匠确实不是制造了雕像。他只不过是剔除了碰巧处于石块外围的一些碎石片!自然选择的创造性与雕刻家的"创造性"没什么两样。它需要明显具有可遗传性变异特征的

生物作为原材料。①

自然选择的作用难以准确把握,雕刻家的作用却一目了然。在二者之间作类比,使读者豁然开朗:自然选择只是新物种形成的外因,生物在所含基因的作用下,并在继承了上一代主要特征的前提下所发生的变异,是新物种形成的内因,外因(自然选择)和内因(生物变异)缺一不可,外因只能通过内因起作用——没有大理石这样的内因(变异),雕刻家这一外因(自然选择)也只能是"巧妇难为无米之炊"。雕刻家不是独自凭空制造出雕像,自然选择也不是独自凭空创造了新物种,而只是促成了新物种的产生。某种雕像只是大理石的外形发生变化的可能性结果中的一种,同样,新物种只是原有生物发生变异的可能性结果中的一种——这种可能性原本就存在,不是任何力量所创造出来的。

霍尔丹用数学和物理学的关系类比生理学对学习心理学的重要性:"在明白大脑的生理机制之前学习心理学,就像不懂数学就试图学习物理一样。"②他如此评说信徒对上帝本质及其与人类关系的认识:

> 我们的普通感知告诉我们:太阳的大小是不能确定的,但肯定不如一个国家那么大,更不用说比世界大了;它每天早上从比我们低的地方升起来,黄昏时分又沉下去。我想说明的是,宗教体验中涉及上帝本质及其与人类关系的证据,并不比有关太阳及其与地球关系的粗糙感觉可靠;事实上,前者的可靠性更低,原因是,不同的神秘主义者提供的相关证据本身就各不相同。③

就是说,正如人们对太阳大小以及日出日落的感觉是错误的,基督教徒对上帝及其与人类的关系的认识也是不正确的。霍尔丹认为,地球上的生命的最终毁灭,主要是内部因素导致的——地球和月球在万有引力作用下

---

① Haldane, J. B. S. *Possible Worlds*. London & New York: Routledge, 2017, p 34.

② Haldane, J. B. S. *Possible Worlds*. London & New York: Routledge, 2017, p 185.

③ Haldane, J. B. S. *Possible Worlds*. London & New York: Routledge, 2017, p 237.

的相互运动,最终将导致早先从地球分离出去的月球最终撞向(回归)地球;而不是种种外在因素导致的——太阳爆炸辐射出的热量融化地球,或来自太阳系之外的巨大彗星撞击地球,等等。因而他写道:

> 我所记述的所有那些可能情况,基本上都属于偶然事故。其中一些也许会发生,这就像我可能会死于火车事故;但正如除了会遇上事故,我的身体不会永远健康下去一样,地球在空间中运转所携带的卫星,肯定会深刻改变地球状况,而且很可能会终结它作为生命住所的状况。我指的是月球。①

这一类比的意思是说,人死于火车事故之类的外部因素的可能性微乎其微,而内部因素——人自身固有的因素,却不可避免地使其最终失去生命。同样,地球丧失生命存在的条件,也注定源自内部因素——地月系统本身的因素。

不难看出,这些类比的运用,不仅使比较抽象的概念、道理或现象变得浅显易懂,易于被普通读者理解,而且使作品的语言变得形象生动,颇能感染读者。

2. 引用。霍尔丹(直接或间接)引用的言词、故事或观点主要来自以下的作家、思想家、科学家或作品:法国思想家布莱士·帕斯卡尔(Blaise Pascal, 1623—1662; p 1)②,英国作家托马斯·莫尔(Thomas More, 1478—1535;p 1),科幻小说之父、法国作家儒勒·凡尔纳(Jules Verne, 1828—1905;p 1),阿瑟·爱丁顿(p 6),《荷马史诗》(p 9),《圣经》(p 11,p 219,p 241,p 256,p 270),约翰·班扬(John Bunyan, 1628—1688)的《天路历程》(*Pilgrim's Progress*, 1678 & 1684;p 18),英国随笔作家西莱尔·贝洛克(p 27),布莱克的诗歌(p 29),英国儿童文学作家刘易斯·卡罗尔的《爱丽丝镜中奇遇记》(p 47,p 270),英国作家塞缪尔·佩皮斯(Samuel Pepys, 1633—

---

① Haldane, J. B. S. *Possible Worlds*. London & New York: Routledge, 2017, p 291.
② 本段括号中标出的页码,是所引用的言词在《未知世界》中出现的页码。

1703)的《日记》(p 86),英国著名诗人约翰·济慈的信件(p 223),法国哲学家欧内斯特·勒南(Earnest Renan,1823—1892;p 236,p 263),法国随笔大师米歇尔·德·蒙田(Michel de Montaigne,1533—1592,p 266),肖伯纳(George Bernard Shaw,1856—1950;p 279),以及霍尔丹自己作的诗(p 251,p 312)。这些引用不仅增加了其随笔的说服力,而且增强了这些作品的文采和韵味。

3. 比喻。由于不同的酶只能促使人体消化不同营养物,霍尔丹用明喻阐释说:"能够帮助分解蔗糖的酶,对奶糖和麦芽糖束手无策,反之亦然。可以把酶比作钥匙———一把钥匙开一把锁。"[1]把酶比作钥匙,生动地呈现了酶的专一性。鉴于人的血液的含盐度与原始海洋的含盐度大体相同,他用明喻这样说明人类是从海生动物进化来的道理:"人体进化就像英国宪法的演变。人体充满了过去的遗迹———同样有趣的是法官的假发或城市的商会;尽管有这么些遗存,还是进化出来了新的功能。"[2]英国宪法的特征是,既包含成文法,又包含判例法和习惯法,后者继承了过去的司法传统;尽管如此,英国宪法还是能承担现代国家的宪法的功能。英国法官的假发和城市的商会也都是过去的遗存,尽管法官和城市也保留了过去的东西,他(它)们仍然能够发挥现代的法官和城市的作用。霍尔丹用此进行比喻,形象地揭示了进化的实质和人类的由来:在既有变化(变异)又有继承(遗传)的矛盾过程中,产生了具有新的功能的新物种;而人类也是从原始海洋里产生的原始动物逐渐进化而来的。他用暗喻这样表述20世纪初科学在东西方数种语言中的呈现:"科学论文所用的主要术语在所有欧洲语言中都可找到;即使在日语的大片荒漠中,也会碰见数学表达式、数字表、化学分子式之类的绿洲。"[3]用"沙漠"和"绿洲"做比喻,形象地说明了20世纪初日语文献中包含的科学内容和科学术语的情况。他用暗喻如此述说概率很低的太阳爆炸及其对地球的影响:"恒星偶尔会爆炸,先是大规模地膨胀,释放出巨量热能,然后沉寂下去……如果太阳发生爆炸,地球就是熔炉中的飞蛾。但这类爆炸的概

---

① Haldane, J. B. S. *Possible Worlds*. London & New York: Routledge, 2017, p 46.

② Haldane, J. B. S. *Possible Worlds*. London & New York: Routledge, 2017, p 63.

③ Haldane, J. B. S. *Possible Worlds*. London & New York: Routledge, 2017, p 154.

率很低。"①"熔炉中的飞蛾"生动地假设了地球在遥远未来太阳爆炸事件中的脆弱性和悲惨命运。这些比喻句的运用,不仅使所描述的现象或阐述的概念变得浅显易懂,而且使语言生动形象,对读者的感染力骤增。

4.拟人。霍尔丹这样讲述植物的能动性以及与动物的关系:

> 植物用二氧化碳、水和阳光来制造糖分。像马铃薯之类的少数植物,以淀粉或我们能消化的其他一些存在形式储存糖分。但大多数植物把糖分转化成了纤维素——木头的主要成分。这些植物通常只制造一点点糖分来吸引蜜蜂或鸟类;而人类是第一个认真地与植物交朋友的哺乳动物,农业兴起的时间不长,植物中只有少数有进取心的成员在这段时间内发生变化,产出食物以取悦人类。②

在作者笔下,一些植物具有了人的特性,可以制造糖分来吸引蜜蜂和鸟类,可以有进取心,产出食物以取悦人类。这样就把这些植物的功能和行为都写活了。他如此述说天文学的起源:"当初,天文学还是星相学的侍女——那个时候人们还在相信,研究天体可以使人预测地球上将要发生的事件。"③这个句子中,天文学被比拟为没有独立性、只为主人服务、顺从主人、地位卑微的"侍女",形象地昭示了近现代以前的天文学只能为牵强附会的星相学服务的附属性地位。他还把自己的看法比拟为可以穿上宗教外衣的人:

> 与此相似,在宗教领域,我以为,很可能宇宙的结构在某些方面类似我的心智结构。我想,这一看法在道德行为方面催生了与唯物主义观念有所不同的含义。但是,如果我们试图把这一看法穿上宗教术语的外衣,我们就能用多种不同的方式去实施。其中一些方式会足以使人更像上帝;另一方面,这些方式也会产生相反效果——至少在我们的

---

① Haldane, J. B. S. *Possible Worlds*. London & New York: Routledge, 2017, p 290.
② Haldane, J. B. S. *Possible Worlds*. London & New York: Routledge, 2017, p 49.
③ Haldane, J. B. S. *Possible Worlds*. London & New York: Routledge, 2017, p 122.

观念中,让上帝降到了人的层次。①

意思是说,个别古人用宗教术语和思维去解释自己对宇宙结构的看法,认为宇宙万物是上帝创造和统御的;这样一来,一方面,上帝就具有了人的形象和人的一些性情,按照人的意念去规划宇宙万物(上帝像人),另一方面,个人的意念变成了上帝的意念(人更像上帝)。总之,作者运用拟人手法,使较为抽象的知识、学科(的地位)或(宗教)观念变得非常形象、生动,容易被读者理解。

5. 平行结构。霍尔丹如此述说人体血液所含物质的平衡调节机制:

> 例如,如果血液中的含糖量过少,肝脏就自动地把储存在肝细胞里的、类似淀粉的糖原转化成新的糖分。如果其中的任何可溶解成分过多,肾脏就自动地把多余成分排出,诸如此类。然而,这有时会牵涉到我们的意识和意愿。血液缺水会导致口渴;血液缺糖,而肝脏却不能立即补充,会导致饥饿感;血液缺氧会导致气喘。这些反应可能会非常强烈,以至于完全控制我们的注意力和意愿。②

其中以"血液缺……会导致……"为主要框架的三个分句组成的平行结构,句型相似,整齐美观,条理分明,节奏感强,凸显了血液所含物质低于正常值时,身体自动产生的强烈不适感。他这样评述普通人对笛卡尔的原创思想的推崇:

> 后代对任何思想家的最大敬意,是将其最具原创性的想法当成常识。我们这个时代就是如此看待笛卡尔的。普通人很可能会认同他这样的看法——物质具有广延性,心智却没有。他们会使用他首创的巧妙的坐标几何,去阐释有关失业或气候的论点。他们会乐于把自己的

---

① Haldane, J. B. S. *Possible Worlds*. London & New York: Routledge, 2017, pp 217-218.

② Haldane, J. B. S. *Possible Worlds*. London & New York: Routledge, 2017, p 59.

身体看作在一定程度上是由无广延性的心智导引的机器。①

其中以"普通人(或他们)(很可能)会……"开头的三个句子组成的平行结构,把大量信息——笛卡尔的主要观点和学术贡献对大众广泛的实际影响,写成了内容集中、简洁凝练、条理清晰、节奏鲜明、气势恢宏的平行句群,突出了笛卡尔思想在西方的深远影响。这些平行结构句感染力强,给读者留下了深刻印象。

除善用多种修辞手法之外,霍尔丹的随笔还不时透露出些许幽默。他认为,进化论在生物学界的地位坚不可摧。他说,要否定进化论就意味着,"要么必须肯定,化石不是远古有生命的生物留下的遗迹,而是被创造出来时就是如此模样,而且很可能是由魔鬼创造出来专门用来绊脚的;要么必须肯定,以前的物种完全被清除了,后续物种是被重新创造出来的,后者的规模大得有点儿超乎想象"②。其中,"很可能是由魔鬼创造出来专门用来绊脚的"属嘲讽式幽默:否定进化论的人一般认为,万物都是由上帝创造的;这儿,作者故意把神创论和目的论的一种观点调整为——化石是由魔鬼作为绊脚石而创造出来,达到了嘲讽反进化论者的效果。他这样展望社会生物学领域蜜蜂研究的前景:"好像明天我们就能听懂蜜蜂的对话,后天就能加入它们的对话。我们或许能告诉我们的蜜蜂,如果它们向东南方飞5分钟,去给那里的苹果树授花粉,就会被奖励一罐糖蜜——墙那边约翰逊先生及其苹果树正在那儿等着它们呢!"③这个蕴含着调侃式幽默的句子,增加了语言的亲和力,突出了社会生物学研究迅速发展的前景。他这样阐释人类的非凡成就:

> 目前,人类最大的智力成就也许就是对事物能形成概念——我指的是人类经验中被认为是公共的和无伦理倾向的那一部分认识。之所以是公共的,是因为,不仅是我,而且你和布朗都认为如此;之所以是无

① Haldane, J. B. S. *Possible Worlds*. London & New York: Routledge, 2017, p 124.

② Haldane, J. B. S. *Possible Worlds*. London & New York: Routledge, 2017, p 27.

③ Haldane, J. B. S. *Possible Worlds*. London & New York: Routledge, 2017, pp 140–141.

伦理倾向,是因为,它不像人一样是善的,不像兔子一样是胆小的,不像头疼一样是难受的,不像美味一样是开胃的。[①]

其中,四个包含"不像……一样是……的"的分句组成的平行结构,节奏感强,很有气势,既是比喻性幽默,又是调侃式幽默——在调侃人性本善、兔子胆小、头疼难耐、美味开胃等模式化、常识化的(伦理)价值判断的同时,轻松而又生动地阐明了"无伦理倾向"这一概念的含义——不包含主观性或情感性的价值判断。总之,类似的幽默句子增加了作品的趣味性和亲和力。

三、结构"形散实聚"

霍尔丹的随笔想象丰富的特点,实际上在上述的修辞手法中已经有所体现。除此之外,这一特征还体现在其作品的章法上——打破时间、空间和学科的界限,围绕一个话题或论题,讲述自己能联想到的涉及过去、当代、未来以及世界各地的相关知识或故事,最终归纳出一些启示或指出相应意义。可以说,他的绝大部分随笔的结构特征就是联想丰富而主题集中,或者说"形散实聚"。

例如,《一些日期》首段写道:1672 年(距该作品发表时间 1927 年相隔 255 年),卡西尼(Gionvanni D. Cassini, 1625—1712)确认太阳距地球是近 1 亿公里;仅仅 89 年前,贝塞尔(Friedrich W. Bessell, 1784—1846)测得,太阳之外距地球最近的一颗恒星的距离,是太阳距地球距离的 70 万倍。第 2 段开头指出,比起对空间巨大规模的认识,人类对时间漫长性的认识开始得更晚——仅仅 25 年之前,地质学家和物理学家还不承认,地球的年龄大于 2000 万年;只是在最近 20 余年之内,物理学和地质学的相关研究成果,才使人们较为准确地得知人类早期著名历史事件的发生年份,以及非人类生物、月球、地球、太阳乃至星系的形成时间。作者接着联想到,仅仅在 1925 年,慕尼黑的斯格齐(Dr. Schoch of Munich)根据日全食出现的周期推知,《荷马史

---

① Haldane, J. B. S. *Possible Worlds*. London & New York: Routledge, 2017, pp 265-266.

诗》记录的特洛伊城陷落的故事,发生在公元前 1200 年左右。① 运用同样的技术,科学家还推知了《圣经》中记载的一些朝代的兴亡年份,乃至大洪水(诺亚洪水)发生的大概时期——公元前 5000 年至公元前 6000 年。② 运用放射性同位素的方法,可以确定地球的地质年代以及不同生物出现的大概时间——地球上的生命很可能在 10 亿年以前就形成了。③ 天文学的最新研究成果显示,月亮大约在 40 亿年前甩出地球而形成④,太阳系(包括地球在内的行星)可能在人类出现之前 80 亿年至 150 亿年期间形成。⑤ 这篇随笔的最后 4 段指出了上述日期的确定对人类世界观、人生观和宗教观的启示:地球面貌和人性都不是恒定不变的;人们应该超越狭隘的个人主义和民族主义,积极乐观地为人类整体的命运而奋斗。⑥

再看《论大小合适》一文。霍尔丹在首段提出"动物形体的大小都有最佳值"这一论题后,在第 2 段联想到,少年时期读过的插图版《天路历程》(*The Pilgrim's Progress*, 1678)中虚构的教皇、异教徒等巨人高达 60 英尺,并指出,动物形体过大导致体重过大,结果是,每迈出一步股骨就会折断。然后,他又以羚羊为例,进一步说明动物形体过大的致命弊端:体重过大,骨骼结构难以承受。这属于同类联想。然后,他运用对比联想,指出昆虫之类的体型过小的动物,面临的致命危险是表面张力:体表能粘附的水分的重量是其自身体重的数倍,饮水时一不小心让体表触水就会溺亡。接着,他又指出形体大的动物要面临的其他弊端。形体高大的陆生动物的血压只有很高,血液才能到达头部,因而其血管,尤其是脑血管要承受较高压力——但血压过高,脑血管容易破裂。形体大的动物需要摄入较多的食物和氧气,因而肠子弯曲度大,有气管、肺部等内在的、长且复杂的呼吸器官;形体很小的动物的肠子是直的,而且可以从体表的细微空隙直接吸入氧气。此外,形体大的鸟类需要更强大的胸肌,来为较大翅膀提供起飞和飞行的动力。此后,他继

---

① Haldane, J. B. S. *Possible Worlds*. London & New York:Routledge, 2017, p 9.

② Haldane, J. B. S. *Possible Worlds*. London & New York:Routledge, 2017, p 11.

③ Haldane, J. B. S. *Possible Worlds*. London & New York:Routledge, 2017, p 13.

④ Haldane, J. B. S. *Possible Worlds*. London & New York:Routledge, 2017, p 14.

⑤ Haldane, J. B. S. *Possible Worlds*. London & New York:Routledge, 2017, p 15.

⑥ Haldane, J. B. S. *Possible Worlds*. London & New York:Routledge, 2017, pp 16-17.

续用对比联想,说明形体大的动物的优势:能更有效地保持体温,所以可以在极寒地区生存;能容得下分辨率高的眼睛和功能复杂的大脑。在文章的倒数第3段,作者运用例子重新阐明首段的论点——各种不同的动物都有相应的、大小最适宜的形体。最后两段指出了前述生物学规律对社会政治的启示:在不同历史时期,采用不同政体的国家也应有最适宜的规模。

《国别与科学研究》的开头部分(第1段和第2段)说,科学成果一经发表或出版就成了全世界的公共财产,但是,区分各国对世界科学所作的贡献,尽管很难做到完全不偏不倚,却也不是毫无意义。作者阐释说,诸如爱因斯坦这样的犹太科学家的成长、学习和研究经历,涉及不止一个国家,因而很难确定他是哪一国家的科学家。随后,作者依次联想到新西兰、澳大利亚、日本、中国、印度、阿根廷、美国、加拿大、苏联、荷兰、丹麦、瑞士、英国、德国、法国、瑞典、挪威、瑞士、比利时、意大利、波兰、捷克斯洛伐克、奥地利、匈牙利等国科学家的科研成果,并着重指出了美国、苏联、英国、德国、法国的科研现状产生的原因。最后两段点明了区分各国科学家对世界科学所作贡献的意义:显示了科学事业兴盛的主要原因——教育机构、科研机构以及科研人员都应有自主性,而且,科研人员应克服狭隘的民族主义思维,应拥有宽松的工作、生活环境和研究条件,培养开放、自由的思维方式。

与整部作品题目相同的随笔《未知世界》的开头写道,法国著名哲学家欧内斯特·勒南想写一本勾勒七八种世界体系的假说的书,但未能如愿,因此,霍尔丹自己就试图描述几种可能的世界。他首先想到的是空间问题——欧几里得几何建构的平直三维空间,与黎曼(Georg Riemann,1826—1866)几何建构的更多维的流形空间是不同的。然后,他又想到更难把握的时间概念,尤其是威廉·詹姆斯(William James,1842—1910)关于原始的时间觉知的概念"似是而非的现在"(specious present)——人们持续觉知到的持续数秒的短暂时间,持不同立场的人对此有不同理解。接着,他联想到感觉和本能与人类有所不同的动物所感知的世界:对普通人来说,看得见、摸得着的东西才是实实在在的(real)东西——实在(reality),而对嗅觉异常灵敏的狗来说,它们能嗅得到的存在就是实在;对蜜蜂这样的社会性昆虫来说,它们对群体所尽的种种专门性义务(duty)就是实在——人与采蜜的蜜蜂对花的认识截然不同;对附着动物藤壶来说,它们的触须接触到的东西就是实在。此后,作者的思绪又回到人类的认知,认为人类"只比藤壶略微自由一点儿",因为"数百万代的人类祖先的身心活动,仅仅局限在对其生存有价值的范围之内"[①];人类有了显微镜和望远镜之后,才感知到了此前认为"不存在"的实在——微观世界和宏观世界的存在物。而且,从现代物理学的角度来看,人们看得见的、貌似实在的种种颜色,实际上是不同物体的表面对自然光进行吸收和反射的结果;人们摸得着的坚硬固体,实际上是相互之间存在着巨大虚空的粒子构成的聚合体。作者在该篇随笔的结尾部分指出,人类"理解宇宙的唯一希望,是从尽可能多的不同视角去看待它"[②],包括直觉的方式、神秘主义的方式,乃至非人类动物的视角。

四、情感直率而真诚

科学论文最忌夹杂作者情感,但包括科学随笔的科学散文却不然。正如中国散文理论家傅德岷所阐明的,情感是"散文的生命"。[③] 霍尔丹科学随笔在说明和议论过程中,常常直率地显露自己的种种真诚情感。

发现新的基因导致动物发生罕见的突变时,他感到无比惊讶:

> 即使我培育一百万只兔子,发生明显突变的兔子,可能也只有十来只。但我能想得到的突变,却不外乎常见的那几种。如果突然发现遗传性的无毛兔子,或突然碰上具有粉色眼睛和黄色皮毛的新型兔子,我都不会惊讶;但我培育的这么多兔子中如果有一只长出了角,我将会目瞪口呆,如果长出了羽毛,我更会瞠目结舌。[④]

一些浪漫主义者主张人类要师法自然,认为自然界的存在都是美好的,但熟知动物生存状况的生物学家霍尔丹,却不以为然。想到社会性昆虫白

---

① Haldane, J. B. S. *Possible Worlds*. London & New York: Routledge, 2017, p 279.
② Haldane, J. B. S. *Possible Worlds*. London & New York: Routledge, 2017, pp 285-286.
③ 傅德岷:《散文艺术论》,重庆出版社2006年版,第81—91页。
④ Haldane, J. B. S. *Possible Worlds*. London & New York: Routledge, 2017, p 35.

蚁的社会所存在的瑕疵，他表露了遗憾情感："但是，唉——昆虫社会并不比人类更完美；这种昆虫的经济体制是由本能决定的，而人类的经济体制基于智能、理性的利己主义等因素，人类中的蛀虫不难侵吞其经济活动的产品，昆虫中的寄生虫也不例外。"①

他如此述说偏远地区的业余气象观察者应做的事情："必须日复一日地在完全相同的时间去读取雨量计的数据，而且，雨下得越大，越急需准时地去读取数据！"②这里，他对优秀业余气象观察者的艰辛和敬业精神，表达了强烈的同情和敬佩之情。

他这样写同卵双胞胎智力水平的相似性："也许其思维过程极其相似的绝佳例子，是经过严格考证的一对双胞胎的故事——他们因为在数学考试中出的错一模一样，被带到了校长办公室，但却能证明考试时坐在不同考场！"③同卵双胞胎不仅智力水平相同，而且思维方式也无差别——为此，作为遗传学家的霍尔丹无疑也显示了无比惊讶之情。

他这样写生物对外界事物的感知及其对人类认知的启发：

> 你要知道，生物行为最奇特的事情，是这些行为对当今的物理学家具有极其重要的意义，而且对我们的后代很可能也具有极大的实用价值。物理学家长达 2000 年时间都对光的微粒论笃信不疑，100 年前他们开始摒弃这一理论，转而相信光的波动论。波动论产生的实用成果就包括无线电报和电话。过去两年间，相关领域又迈出了令人惊讶的一步。先由德布罗意公爵（Duc de Broglie，1892—1987）阐发、再由薛定谔发展完善的物质波理论，已经使原子力学变得比较容易理解。这一理论还让数学物理学家得以预言数个极为惊人的结果，而且这些预测已经得到证实。④

---

① Haldane, J. B. S. *Possible Worlds*. London & New York：Routledge, 2017, p 67.
② Haldane, J. B. S. *Possible Worlds*. London & New York：Routledge, 2017, p 169.
③ Haldane, J. B. S. *Possible Worlds*. London & New York：Routledge, 2017, p 192.
④ Haldane, J. B. S. *Possible Worlds*. London & New York：Routledge, 2017, p 283.

光的波动论既具有理论意义——启迪了物质波理论的产生，又具有实践意义——催生了无线电报和电话。而物质波理论也具有理论意义。作者以此作类比，来阐明生物行为最奇特的事情的理论意义——对当今的物理学家具有极其重要的意义，以及其实践意义——对我们的后代很可能也具有极大的实用价值。其中所包含的"最奇特""令人惊讶""极为惊人"等词，显露了作者明白了生物行为的重要意义、物理理论研究的巨大进展、数学物理学家的精准预言之后的惊喜情感。

小　结

霍尔丹的随笔集《未知世界》主要蕴涵着求真务实、怀疑批判、开拓创新、有耐心恒心等 4 种科学精神。该部作品非常关注科学和社会的相互影响。在科学对社会的影响方面，作者认识到，科学既能造福人类社会，又会危害人类社会；他力主发挥科学，尤其是科学观和科学方法对社会的积极作用，力倡普及科学知识。在社会对科学的影响方面，他认识到，社会环境会对科学事业产生很大影响；他强调，自由、包容的科研环境和优越的生活待遇等有利的社会因素，是科学兴盛的重要条件；"重数量、轻质量"的科学成就评价标准，以及"唯学历"的科研用人标准等有害的社会因素，严重妨碍科学事业的发展。在科学和宗教的关系上，作者基于科学批判了宗教信条、祈祷仪式以及教会和教士的虚妄，指出了科学之所以正确、宗教之所以错误的根由。他强调，科学通常也包含一些错误，但其可贵之处在于知错必改，不断纠错，而宗教则不然；宗教会造成严重危害，但也具有不可替代的积极作用；应该与时俱进，改革现有宗教，兼采科学和宗教的长处，建立一种与现代的科学和思想相协调的信仰——新宗教。作者认识到的科学美主要有 3 种：简单美、趣味美、精奇(妙)美。

同时，这部随笔集在艺术风格方面也具有鲜明特色。其题材广博——既涉及作者的专业遗传学和进化生物学等生物学方面的话题，又涵盖天文学、科学哲学、政治学、社会学、宗教、艺术，尤其是与普通读者的日常生活密切相关的医学和健康方面的话题。其语言富有文学性——运用类比、引用、比喻、拟人、平行结构等修辞手法，不时显露出些许幽默，文采斐然，非常生动形象，颇具感染力。其结构特征可以说是"形散实聚"（联想丰富而主题集中）——打破时间、空间和学科的界限，围绕一个话题或论题，讲述自己能联想到的涉及过去、当代、未来以及世界各地的相关知识或故事，最终归纳出一些启示或指出相应意义。其抒情特色表现在：在说明和议论时常常直率地显露自己的种种真诚情感。

不难看出，作者对怀疑批判精神、科学和社会的相互影响、科学和宗教各自的优缺点的认识，都是比较深刻和辩证的。上述科学哲学意蕴表明，作者不仅重视普及前沿科学知识，而且关心科学事业的发展和大众生活质量的改善。而且，这些随笔已达到了较高的艺术水平，可谓科学随笔的典范。可以说，这些因素是《未知世界》颇具魅力、能持续受到读者厚爱的重要原因。该部作品的科学哲学意蕴和艺术特色，对中国当下的科学事业发展、社会文化建设、个人生活追求和方兴未艾的科学散文创作等，都有重要启示意义。中国的科研人员和青少年要培养科学精神；我们的社会要为科学事业的发展提供有利条件；相关机构应恰当决策，以便使科技成果能造福所有人或整个人类；科学和宗教都应与时俱进，不断纠正所包含的错误；人们的生活应有类似宗教的执着精神追求，但精神追求应多样化；宇宙万物的存在形式、存在规律以及相关科学理论，能够给人以美感，从事种种科学研究，可以给人带来精神享受，因而也是一种有高尚精神追求的生活方式。中国的科学散文作家在创作时不仅要传递科学知识，而且要表达科学哲学理念，并努力提高艺术水平，从而使作品具有哲理深度和艺术感染力。

第四章　数学家雅克布·博朗诺斯基的科学想象

雅克布·博朗诺斯基是英国的数学家、剧作家、文学评论家,著名的科学散文作家。他生于波兰,童年时随家人移居德国,后又迁至英国,并加入英国国籍。1933 年,他在剑桥大学获数学博士学位,1934 年至 1942 年在赫尔大学学院(the University College of Hull)教授数学。1945 年,他被任命为英国赴日本的参谋长代表团的科学代表,分析广岛和长崎的原子弹爆炸的影响。1945 年至 1950 年,他主管英国政府工业经济的研究,其中 1947 年至 1950 年,同时主持联合国教科文组织项目部的工作。1950 年至 1963 年,他主管英国煤炭委员会的研究工作。1964 年,他成为美国加利福尼亚州圣地亚哥的索尔克生物研究所(Salk Institute for Biological Studies)的专职研究员。他社会经历丰富,学识渊博,涉猎多门学科,被誉为"当代文艺复兴式的学者"①。王佐良先生在《英国散文的流变》中把他誉为"广博而深思的科学哲学家"②,另一位学者陈新教授在《英国散文史》中指出:"他那别具一格的科普性散文使他置身于英国优秀的散文家之列而毫无愧色。"③

博朗诺斯基著述颇丰,除了文论著述《诗人的辩护》(The Poet's Defense,1939)和《威廉·布莱克与革命时代》(William Black and the Age of Revolution,1944),其最负盛名的科学散文作品是《科学与人类价值观》《人的特性》和《人的攀升》。

---

① Shermer, Michael. In Timothy Sandefur. *The Ascent of Jacob Bronowski: The Life of Ideas of a Science Icon*. New York: Prometheus Books, 2019, 封底.
② 王佐良:《英国散文的流变》,商务印书馆 1994 年版,第 279 页.
③ 陈新:《英国散文史》,南京师范大学出版社 2008 年版,第 531 页.

《科学与人类价值观》是一本"受到盛赞"的作品①,包含的 3 篇较长随笔是博朗诺斯基 1953 年初作为卡耐基教授(Carnegie Professor),在美国麻省理工学院所作讲演的讲稿。这些随笔的题目分别是《创造性思维》("The Creative Mind")、《求真习惯》("The Habit of Truth")和《人类的尊严意识》("The Sense of Human Dignity")。它们阐述的理念是:科学发现行为与艺术创造行为一样,需要想象力;尽管科学发现结果(findings)在伦理上是中性的,科学活动则不然——它需要活动主体形成并坚守一整套价值观。

《人的特性》包含的 4 篇较长随笔,是博朗诺斯基 1965 年 3 月在美国自然史博物馆(The American Museum of Natural History)所作讲演的讲稿,其题目分别是《机器还是自我?》("A Machine or a Self?")、《大自然的机制》("The Machinery of Nature")、《自我认识》("Knowledge of the Self")、《行动中的思维》("The Mind in Action")。这些随笔的主题是:人的特性(人与其他动物的区别)在于,人有想象力,能够认识自然,认识自我,能通过科学活动或艺术创作,把自己的经验转化为有个性特征或创造性(或意想不到)的成果,人和动物(或机器)的区别就在于人的行为不可预期;人关于自然的知识教人如何行动以便谋生,人关于自我的知识教人关爱他者,以提升精神境界,二者都是不可缺少的,共同构成人的特性。

《人的攀升》是博朗诺斯基 20 世纪 70 年代初在英国广播公司(BBC)电视上所作的人类科技史系列讲座的讲稿,随后汇集成书出版,它是"博朗诺斯基 45 年思索历程的顶峰"②。该部作品包含 13 章,将人类科技史置于人类文化史中,用通俗、生动的语言讲述了各个时期人类(尤其是西方)的重大科技成就,描绘了相关科技大师的种种个性特征,系统地展现了人类科学尤其是西方科技的发展史,凸显了科技的不断进步是人类认识自然、改造自然的过程,是人类区别于动物的主要特征之一,是人类的能力、智慧和境界不断上升的重要表征,全面体现了博朗诺斯基的科学观。

---

① Kuiper, Kathleen. "Jacob Bronowski", in *Encyclopedia Britannica*. https://www.britannica.com/biography/2024-01-12.

② Sandefur, Timothy. *The Ascent of Jacob Bronowski: The Life of Ideas of a Science Icon*. New York: Prometheus Books, 2019, p 283.

《科学与人类价值观》和《人的特性》用科学史和文艺史中的生动事例，阐述了博朗诺斯基的人文主义科学哲学观。《人的攀升》可以说是这种科学哲学观更为全面、系统和生动的展演，而且，作为博朗诺斯基后期的作品，达到了较高的艺术水准。因此，本章先基于上述 3 部作品，探讨博朗诺斯基这 3 部作品蕴含的人文主义科学哲学观——科学人文主义意蕴，然后审视《人的攀升》的艺术特色。

简而言之，科学哲学是对科学的反思，主要涉及科学的本质、科学发现、科学方法、科学理论、科学发展、科学与社会、科学与价值等论题。人文主义"倾向于对人的个性的关怀，注重强调维护人类的人性尊严，提倡宽容的世俗文化，反对暴力与歧视，主张自由平等和自我价值"。科学人文主义"是指当代所有的关于对科学的人文主义理解的观点"[①]。

国内外有一些学者简要论述博朗诺斯基作品中所体现的科学与人类文化及价值观等人文因素的关系。王佐良先生审视了《人的攀升》中对爱因斯坦的相关描述后指出，这些内容表明的重要一点是："科学当中有人和人的想象力，因此科学又须连同哲学、文学、艺术一起放在全盘文化中来考虑，第一流科学家往往既是极专的专家，又是广博的通才。"[②]陈新教授论及《人的攀升》时指出，作者"把科学和整个世界的文化联系起来，将科学融入文化之中，并成为推进文化的动力"[③]。《大英百科全书》明确指出，博朗诺斯基"雄辩地阐释了科学的人文主义因素"[④]。托普尔说，博朗诺斯基在其作品中反复强调和阐述的主题之一就是，"科学事业涉及人类的基本价值观，也就是说，科学活动不是中性的"[⑤]。

下面较为系统、深入地审视博朗诺斯基上述 3 部作品蕴涵的人文主义科学哲学观，以及《人的攀升》的艺术特色。

---

① 　孟建伟：《科学与人文新论》，科学出版社 2017 年版，第 9 页。

② 　王佐良：《英国散文的流变》，商务印书馆 1994 年版，第 286 页。

③ 　陈新：《英国散文史》，南京师范大学出版社 2008 年版，第 532 页。

④ 　Kuiper, Kathleen. "Jacob Bronowski", in *Encyclopedia Britannica*. https：// www. britannica. com / biography / 2024-01-12.

⑤ 　Topper, David R. "Jacob Bronowski：A Sketch of His Natural Philosophy". In *Leonardo Vol.* 18, 4（1985）, p 279.

第一节 博朗诺斯基科学散文代表作的科学哲学意蕴

博朗诺斯基上述 3 部作品的人文主义科学哲学观主要体现在下述四个方面。

一、科学的本质

科学哲学首先要回答"什么是科学?""科学有什么根本特征?"等涉及科学的本质的问题。博朗诺斯基认为,"科学是对大自然的机制的解释"①;科学知识和理论都是人类对大自然隐性规律的认识和建构,其正确与否需要科学实践的检验——需要看其产生的效果是否与自然界中的事实相符合。②在他看来,科学主要是指人类的科学活动,是受人类价值观影响的——在伦理上不是中性的。他说:"独立和首创,不顺从(dissent)、自由和宽容,这些是科学的前提要求;这些价值观是科学本身所需要的,也是它本身所形成的"③;"科学不是一种机制,而是人类的进步,不是一系列的发现(findings),而是寻求发现的过程。认为科学在伦理上是中性的人,混淆了科学发现和科学活动,前者是中性的,后者则不然"④。他认为,上述价值观是人类三百多年来的科学活动所形成的,是进一步的科学活动的前提;科学是文化的一部分,是人类文化进步(进化)——人的攀升的重要体现。他指出,科学家的具体科研活动源自两种兴趣:"他所处时代的兴趣和他个人的兴趣。"⑤就是说,科学活动的动力来自一定时代的社会需求和个人爱好。

---

① Bronowski, Jacob. *The Identity of Man.* Amherst, NY: Prometheus Books, 2002, p 40.

② Bronowski, Jacob. *Science and Human Values*, Rev. ed. New York: Harper & Row, Publishers, 1972, p 46.

③ Bronowski, Jacob. *Science and Human Values*, Rev. ed. New York: Harper & Row, Publishers, 1972, p 62.

④ Bronowski, Jacob. *Science and Human Values*, Rev. ed. New York: Harper & Row, Publishers, 1972, pp 63-64.

⑤ Bronowski, Jacob. *Science and Human Values*, Rev. ed. New York: Harper & Row, Publishers, 1972, p 8.

　　博朗诺斯基所说的科学是广义的——既包括科学，又包括技术。他在《人的攀升》中所讲述的，既包括重要的科学发现，又包括重大的技术发明。在他看来，科学是人类不断认识自然、改造自然的过程和成果，是人类区别于其他动物的主要标志之一，是人类通过漫长的生物进化产生以来，在文化进化方面进展迅速、成果显著的主要原因；人类认识自然的过程是科学（实践）活动，认识自然的成果即科技知识和科学理论，这些知识和理论是人类改造自然进而生存下去的依靠。他在该作品第 1 章的开头就强调，在所有动物中，"只有人不受环境的约束。人的想象、理智、机敏和坚韧，使人有可能改变自己的环境，而不仅仅是听天由命。人类通过一系列发明，一代又一代地改造自己的环境。这些发明是一种完全不同的进化——不是生物进化，而是文化进化"①。即是说，其他动物只能适应各自的独特环境，经历生物进化；只有人类能运用自己的特殊天赋，不断认识环境，进行一系列的科学发现和技术发明，改造环境，适应各种环境，从而产生文化进化。

　　博朗诺斯基指出，其他动物的一切行为都是先天确定的，同一种动物的行为均无本质区别，而科学和艺术活动的基础，都是人类具备有想象力、能形成概念和发现规律的大脑；包括科学和艺术活动的人类行为都是人类后天习得和选择的结果，都是人类创造性的体现，都显示了活动主体的个性和独创性，科学探索和艺术追求等人类活动，是人的特性——人与动物的本质区别。关于有 2 万年历史的阿尔塔米拉岩穴壁画，他写道：

　　　　除了作为动物能做的那些事情，艺术和科学都是人类特有的行为。在这里，我们已经看到，艺术和科学产生于人的同一本领——使未来形象化的能力，凭借这种能力，人类预见将要发生的事情，或通过头脑中的种种想象，把它表现出来……
　　　　我们现在也是通过想象力的镜头来观察事物的。想象力是一架时间望远镜，我们正是通过它回首往事。创作这些壁画的人，以及当时身临其境的人，正是通过这架望远镜展望未来。他们朝着人类攀升的方

---

① Bronowski, Jacob. *The Ascent of Man*. London：BBC Books, 2011, p 20.

向展望,我们所谓的"文化进化",实质上是人类想象力的持续增长和不断扩展。①

博朗诺斯基认识到,人也是一种动物,与其他动物一样,也会产生一些本能的行为,但不同的是,人类有可能发挥以非凡想象力为代表的独特潜力,不断从事科学和艺术等创新活动,从而不断进步。

二、科学精神

科学精神是科学活动的前提和基础。正如任鸿隽所指出的:"研究科学者,常先精神,次方法,次分类。科学精神乃科学真诠,理当为首。"②刘大椿则强调,科学不仅仅是指科学的实际运用,其内涵博大精深,"首先凝聚在科学精神之中"③。博朗诺斯基的3部作品中倡导的主要科学精神如下:

1.执着探求。博朗诺斯基强调,对自然界奥秘的持续好奇和执着探求,是科学活动的先决条件,这一精神是人与其他动物的主要区别之一。他明确指出,科学家在科学社团中学到的最根本的东西"不是科研技能,而是科学精神——不可抗拒的探索精神"④。他在科研中和包括《人的攀升》在内的文学创作中苦苦思索的问题之一就是:"人的攀升历程又是怎样使人从动物开始,发展到不断探寻自然奥秘、渴求新知识,而笔者的相关文字正是这一求知渴望的表现呢?"⑤该问题意味着,执着探求自然奥秘既是人类与其他动物区分开来的起因,又是这一区分的结果和表现:它使人类与其他动物区分开来,出现文化进化,进而不断加速进步;假若缺乏执着探求精神,人的科学知识出现固化,人与其他动物就失去了区别。

有关这一精神,博朗诺斯基讲述的故事包括,爱因斯坦10多岁时就自问

① Bronowski, Jacob. *The Ascent of Man*. London:BBC Books, 2011, p 45.
② 李醒民:《科学的文化意蕴——科学文化讲座》,高等教育出版社2007年版,第282页。
③ 刘大椿:《科学技术哲学》(第二版),中国人民大学出版社2005年版,第53页。
④ Bronowski, Jacob. *Science and Human Values*, Rev. ed. New York:Harper & Row, Publishers, 1972, p 72.
⑤ Bronowski, Jacob. *The Ascent of Man*. London:BBC Books, 2011, p 28.

道:"如果我坐在一束光线上,这个世界看起来会是怎样的呢?"①他同时指出:

> 牛顿和爱因斯坦这种人的非凡之处在于,他们能提出一些看似浅显天真的问题,而由这些问题引发的答案却是无比惊人的。由于牛顿的这种品格,诗人威廉·库珀(William Cowper, 1665—1723)把他叫做"一位孩子似的智者",这一描绘也完全符合爱因斯坦时常流露出来的那种对天地万物的惊奇神情。②

就是说,牛顿和爱因斯坦对大自然始终保持了一种孩子似的好奇心。对化学元素周期表的发明人门捷列夫(Dmitri I. Mendeleev, 1834—1907),博朗诺斯基是这样评说的:"使门捷列夫出类拔萃的不仅是他的非凡天赋,而且是他对元素的一往情深。各种元素成了他的亲密朋友,他熟知这些密友的行为的怪异之处和细枝末节。"③也就是说,门捷列夫对化学元素的规律有一种非常执着的探求热情。

2. 批判怀疑。博朗诺斯基认为,人和其他动物的另一主要区别是,动物缺乏想象力,只能从当时当地获得直接经验,而人类有语言文字,能学习前人或他人的间接经验,这是人类迅速取得文化进化、不断攀升的重要原因之一;但更为重要的是,人类在学习前人知识时,不应盲从,而应持批判怀疑态度——用他的话说,是持不顺从态度。他坦言,"有一次,我告诉一批学龄儿童,假如他们与长辈的观点没有矛盾,世界永远也不会有所变化"④。他引用12世纪的哲学家和神学家阿比拉尔德(Pierre Abélard, 1079—1142)的话:"怀疑使我们开始探索,探索使我们察知真理。"⑤

---

① Bronowski, Jacob. *The Ascent of Man*. London: BBC Books, 2011, p 189.
② Bronowski, Jacob. *The Ascent of Man*. London: BBC Books, 2011, pp 188–189.
③ Bronowski, Jacob. *The Ascent of Man*. London: BBC Books, 2011, p 244.
④ Bronowski, Jacob. *Science and Human Values*, *Rev. ed.* New York: Harper & Row, Publishers, 1972, p 60.
⑤ Bronowski, Jacob. *Science and Human Values*, *Rev. ed.* New York: Harper & Row, Publishers, 1972, p 45.

博朗诺斯基在《人的攀升》中讲述了许多相关事例。西方近代在科学发现方面取得成就的有名姓的第一人,是帕拉塞尔苏斯(Philips Paracelsus,1493—1541),"他对当时的所有学问都提出了挑战:例如,他是识别职业病的第一人","他是一个拉伯雷(Francois Rabelais,1493—1553)式的、狂放不羁的传奇人物"。[1] 1527 年,在巴塞尔的明斯特城外,他"公然把亚里士多德(Aristotle,384 BC—322 BC)的阿拉伯追随者阿维森纳(Avicenna,980—1037)的一本古代医学教科书,扔进了传统的学生集会上点燃的熊熊篝火之中"[2]。就是说,帕拉塞尔苏斯具有一种批判怀疑的个性或精神。牛顿貌似"非常乏味、非常枯燥、非常刻板的人",实际上"是一个最不同凡响、性情狂放的人"[3];爱因斯坦"更是一个善于独立思考的人"[4],"尤其痛恨教条"[5]。20 世纪的物理学取得了前所未有的辉煌成就,首先提出相关科学概念的人,包括门捷列夫、卢瑟福、尼尔斯·玻尔、查德威克(James Chadwick,1891—1974)、费米(Enrico Fermi,1901—1954),"都是我们这个时代具有开拓精神的英雄","而走在他们前头的,是那些偶像破坏者——那些提出种种新观念的奠基人"。[6] 他这样介绍路德维希·玻尔兹曼(Ludwig Boltzmann,1844—1906):

谁会想到,就在 1900 年,人们还在为原子是否真的存在的问题激烈论战,可以说死都不肯让步。维也纳的伟大哲学家恩斯特·马赫(Ernst Mach,1838—1916)说"原子不存在"。伟大化学家威尔赫姆·奥斯特瓦尔德(Wilhelm Ostwaed,1853—1932)也说"不存在"。可是,在世纪之交的这个紧要关头,有个人站了出来,他以坚实的理论基础,捍卫了原子存在的真实性,他就是路德维希·玻尔兹曼。我在他的纪念碑前向他

---

① Bronowski, Jacob. *The Ascent of Man*. London:BBC Books, 2011, p 111.
② Bronowski, Jacob. *The Ascent of Man*. London:BBC Books, 2011, p 113.
③ Bronowski, Jacob. *The Ascent of Man*. London:BBC Books, 2011, p 180.
④ Bronowski, Jacob. *The Ascent of Man*. London:BBC Books, 2011, p 192.
⑤ Bronowski, Jacob. *The Ascent of Man*. London:BBC Books, 2011, p 195.
⑥ Bronowski, Jacob. *The Ascent of Man*. London:BBC Books, 2011, pp 264-265.

表示深深敬意。①

不难看出,博朗诺斯基非常崇敬玻尔兹曼对当时的主流原子观的批判态度。格丁根大学培养出了提出"不确定原理"的维纳·海森堡等著名物理学家。介绍该校的校风时,博朗诺斯基写道:在这里,学生们"不是要崇拜已知的东西,而是要对其提出质疑"②。显然,在博朗诺斯基看来,不顺从的个性——或批判怀疑精神,是这些科学大师的共性,也是科技创新的前提。他明确指出:"科学家个人必须重视创新思维和独立人格,整体文化环境必须通过充分肯定不顺从的个性,来保护这两种品质。"③

3. 创新冒险。真正的科学成果和科学进步离不开创新;而创新意味着,向着未知领域开拓必定伴随着风险。正如科学史的奠基人、科学哲学家萨顿所指出的:"科学的精神正是一种革新和冒险的精神,是指向未知世界的最鲁莽的冒险。"④创新冒险精神也是博朗诺斯基在其作品中大力倡导的。他认为,人类的科学知识是其行动基础,人在科学上须不断创新;一旦其科学知识固化了,人也就变得与动物或机器无异。⑤ 他把人类1万年前开始种植庄稼和驯养动物称为"农业革命"或"生物革命",因为在此之前,原始人只是以狩猎和采集植物果实为生,而自此之后,人类通过对动物和植物的认识,改造了相关动物和植物,"人类在最重要的方面——在生命的水平上,而不是在物质的水平上,实现了对环境的控制——对动物和植物的控制"⑥。在他看来,能够创新——能够突破先前生存模式的革命,能够改造自然,是成为真正意义上的人的标志。他说:"所有伟大科学家都会做出大胆推测,所有大胆之人有时似乎是在胡乱推测。"⑦就是说,大胆想象、勇于提出一些

① Bronowski, Jacob. *The Ascent of Man*. London：BBC Books, 2011, p 265.

② Bronowski, Jacob. *The Ascent of Man*. London：BBC Books, 2011, p 275.

③ Bronowski, Jacob. *The Identity of Man*. Amherst, NY：Prometheus Books, 2002, p 100.

④ 乔治·萨顿:《科学史和新人文主义》,陈恒六等译,上海交通大学出版社2007年版,第43页。

⑤ Bronowski, Jacob. *The Identity of Man*. Amherst, NY：Prometheus Books, 2002, p 21.

⑥ Bronowski, Jacob. *The Ascent of Man*. London：BBC Books, 2011, pp 48—49.

⑦ Bronowski, Jacob. *Science and Human Values*, *Rev. ed.* New York：Harper & Row, Publishers, 1972, p 64.

有创见的假设是科学的基本精神,而这难免会有风险。他说:

> 在人类冒险尝试的所有宏伟建筑中,没有什么可以与 1200 年之前在北欧出现的饰以玻璃和花格窗的巍峨高塔媲美。这些咄咄逼人的庞然大物的建成,是人类预见力的一个惊人成就——我应该说,是人类洞察力的一个惊人成就,原因是,它们早在数学家懂得如何计算其中的力学原理之前就已建成。当然,这类建筑物的出现,不会不历经一些错误和惨重失败。①

意思是说,辉煌的创新性成就总是伴随着犯错和失败的风险。

但至关重要的是,博朗诺斯基认为,要想有创新,就要敢于冒险。西方经泰勒斯(Thales,约 624 BC—546 BC)、欧多克斯(Eudoxus of Cnidus, 408 BC—355 BC)、亚里士多德、托勒密所确立并居统治地位 1300 多年的"地心说",在文艺复兴时期是当时学界,尤其是天主教会的信条;哥白尼提出的极具创新性的"日心说",反而"显得大逆不道,格格不入",所以直到 1543 年,他在去世前不久,"才鼓足勇气出版了从数学角度描述天体的著作《天体运行论》(*The Revolution of the Heavenly Orbs*),把各个天体描述成绕太阳运行的一个统一体系"②。博朗诺斯基把这一年视为西方近现代科学革命的开始。意识到发布其创新性学说的极大风险,哥白尼在去世前不久才冒此风险。然而,伟大的科学家总是义无反顾地追求自己的事业,大胆探索自然奥秘。布鲁诺因捍卫哥白尼的日心说,1592 年被捕入狱,8 年后被罗马天主教廷的异端裁判所处以火刑。③ "现代科学之父"伽利略通过天文观测研究行星运动的规律,捍卫和发展了哥白尼的日心说,几经罗马教廷的威胁、审讯和迫害,最终被软禁,直至去世。"现代遗传学之父"孟德尔 1866 年发表了杂交菜豌豆遗传学试验的结果后,没有人理解这一重要成果。他毫不气馁,把试验从植物推广到动物,但"他在才智上天赋很好,在现实中却不走运。他培

---

① Bronowski, Jacob. *The Ascent of Man*. London: BBC Books, 2011, p 87.
② Bronowski, Jacob. *The Ascent of Man*. London: BBC Books, 2011, p 150.
③ Bronowski, Jacob. *The Ascent of Man*. London: BBC Books, 2011, p 151.

育出了能产出优质蜂蜜的杂交蜂,但这种蜂异常凶猛,方圆几里的人没有不被它们蜇伤的,最终只好将其全部消灭"①。显然,孟德尔的创新性探索同样伴随着风险。但30多年后的1900年,其试验的重大意义才被几位科学家认识到,"遗传学研究从此硕果累累,成就斐然"②。由于勇于创新、不怕风险,孟德尔成了现代遗传学的奠基人。

4. 谦逊宽容。博朗诺斯基认识到,人的认识能力是有限的,已有的科学知识是不完备的,不存在绝对的、终极的真理;科学家本人应保持谦逊态度,对其他科学家须有宽容胸怀。他强调:"世上不存在绝对知识。那些声称拥有绝对知识的人,无论他们是科学家还是教条主义者,实际上是打开了悲剧之门。所有信息都是不完善的,因而我们不能不谦逊一些。"③他最崇拜的英国科学家是牛顿;他引用其私下著述中的两段话予以表明,牛顿尽管在大庭广众之下似乎显得很自负,实际上却是很谦逊的。这两段话分别是:"解释所有自然现象这一种任务,对任何一个人,甚至对任何一个时代来说,都非常困难。准确无误地做出一点儿解释,把其余问题留给后人,比起试图去解释一切,要好得多。""我不知道在世人眼里,我看上去是怎样一个人。但在我自己看来,我似乎只是一个在海滩上玩耍的孩子,通过偶尔发现比平常更光滑、更美丽的贝壳来消遣解闷,而眼前浩瀚无垠的真理海洋却有待于探索。"④

博朗诺斯基把宽容视为科学乃至整个社会的一种重要价值观,他阐明了宽容和尊重的关系,昭示了如何践行宽容精神。他说:

尊重在某种意义上是一种个人品质,其社会表现形式是宽容。宽容是一种现代价值观,因为它是持不同观点的人能组成和平相处的复杂社会的必要条件……宽容基于能主动地尊重他人。在科学上和在现代社会里,仅仅承认他人有权坚持其本人的意见是不够的。我们必须

---

① Bronowski, Jacob. *The Ascent of Man*. London：BBC Books, 2011, p 293.
② Bronowski, Jacob. *The Ascent of Man*. London：BBC Books, 2011, p 295.
③ Bronowski, Jacob. *The Ascent of Man*. London：BBC Books, 2011, pp 267-268.
④ Bronowski, Jacob. *The Ascent of Man*. London：BBC Books, 2011, p 181.

相信,他人的意见即使是错误的,其本人也是有趣的和值得我们尊重的。①

在博朗诺斯基看来,尊重对方意味着:尊重对方所做的工作,尽管其工作方式与自己不同;尊重对方的工作方式,尽管自己不能苟同;尊重对方本人,他有权利以其选择的方式工作;但自己从对方学到的最深刻的东西,是守护自己的类似权利。② 就是说,人们要相互尊重和宽容。

三、科学发现及科学发展

博朗诺斯基是从人的特性以及科学和艺术比较的视角来探讨科学发现的,他反复强调想象在包括科学创新在内的人类文明进步中的作用。

他认为,每一代动物、每一个动物的行为主要来自遗传,没有根本性区别,都是可预期的,类似机器的运作;而人类经过长期生物进化所形成的富有想象力的大脑,有巨大潜力,每一代、每一个人都有可能通过在后天的不同程度的努力,通过不同程度地发挥想象力,产生难以预期的行为。在他看来,人与其他动物的区别就是人类具有丰富的想象力:"人类凭其富于想象的天赋与其他动物区别开来。"③其他动物只能用简单语言进行最基本的交流,年幼动物只能从现场获得直接经验,一代动物死去后,不会留下可传承下去的间接经验,下一代动物必须从头重新摸索经验,因而一代代动物的智能始终没有上升。人类有颇具想象力的大脑和饱含象征性的语言,能从纷繁现象中发现共性,形成基本的概念性名词,并用刻记符号记录下来,逐渐形成了可以传承先辈知识和智慧的书面语言。后代通过想象力,理解并继承先辈的知识和智慧,并以此为启迪,建构新理论,通过想象设计出新产品,因而人类文明12000年以来进步迅速。他说:"人具有许多独特天赋;但是,这些天赋的核心——人类全部知识产生的根源,是能从眼前事物推知未知

---

① Bronowski, Jacob. *The Identity of Man*. Amherst, NY: Prometheus Books, 2002, pp 101-102.

② Bronowski, Jacob. *The Identity of Man*. Amherst, NY: Prometheus Books, 2002, p 105.

③ Bronowski, Jacob. *The Ascent of Man*. London: BBC Books, 2011, p 20.

事物,是心智能跨越时空,是能认识人类自身的攀升历程。"①就是说,人类独有的想象力是其非凡潜力的核心,是其包括科学知识在内的全部知识的根源。

博朗诺斯基强调,人的大脑不是镜子——艺术作品体现了其作者独特的想象和个性,不是镜子式地反映世界,同理,科学知识(或理论)体现了科学家独特的想象、理解和建构,"不是事实的堆积"②。"科学像艺术一样,不是大自然的复制品,而是大自然的再造品。我们通过发现行为,在诗歌中或在定理中再造自然。"③科学知识是人对自然的认识,艺术体现着人对自身的认识;科学知识教人如何行动,使人改造自然,得以生存,艺术启迪人如何生活,使人通过他人的处境认清自身的相似处境,使人同情他人乃至其他动物,拓展境界。④科学探索和艺术追求是彰显人类特性的不可或缺的两个方面。⑤

他主张,富有想象力的认识行为是创新思维的关键。科学和艺术都是对自然现象中隐藏的相似性(共性)的探索。他说:"科学发现者和艺术创造者都是在其发现和作品中呈现大自然的两个方面,并将其融为一体。这就是能产生首创想法的创造行为,无论首创性科学和首创性艺术都是如此。"⑥而发现相似性需要想象力。人的大脑一直靠意象(images)运作,人的生活离不开想象,这些想象包括计划、回忆、奇想、幻想、推测、预见,以及获得新经验的渴望和在这些经验中对新的相似性的探寻,等等。发挥想象力使人拥有既不同于前人又不同于他人的不断拓展的自我。人既拥有先天的、类似于其他动物的生物功能,又拥有一种非凡潜力;如果人类在后天不能大胆想象,奋发作为,把自己的经验上升为或建构成能指导行动的新知识,其知识

①　Bronowski, Jacob. *The Ascent of Man*. London: BBC Books, 2011, p 45.

②　Bronowski, Jacob. *Science and Human Values*, Rev. ed. New York: Harper & Row, Publishers, 1972, p 12.

③　Bronowski, Jacob. *Science and Human Values*, Rev. ed. New York: Harper & Row, Publishers, 1972, p 20.

④　Bronowski, Jacob. *The Identity of Man*. Amherst, NY: Prometheus Books, 2002, pp 106–107.

⑤　Bronowski, Jacob. *The Ascent of Man*. London: BBC Books, 2011, p 328.

⑥　Bronowski, Jacob. *Science and Human Values*, Rev. ed. New York: Harper & Row, Publishers, 1972, p 19.

就会僵化,他本人只能以类似其他动物的形式存在,就会与机器无异。知识是对经验的重组,科学理论以及对世界的全部描述,是对探索大自然的经验的富有想象力的组合。①

博朗诺斯基讲述的不少事例都体现了想象力对科学创新的至关重要性。哥白尼通过认真观察行星的运行轨迹发现,千余年来人们所相信的"地心说"是有问题的——行星的运行轨迹很复杂,并不能表明行星是围绕地球运行的;他假想在太阳上观察这些行星,结果发现,若是如此,这些行星的运行轨迹就简单了——都是围绕着太阳旋转。② 牛顿看到苹果落地时联想到,吸引苹果的地球重力会往大气层外延伸,作用于月球和其他更远的天体。③爱因斯坦的奇想是坐在光线上看世界,结果发现时间停滞了,于是就把光和时间联系起来,产生了相对论思想——所谓的普遍时间并不存在,时间、空间和质量等因素因观测者不同而有所不同。④

在博朗诺斯基看来,科学发现的过程是,人们通过经验从自然界获取一系列信息,以某种方式对其进行解读,然后形成一组基本概念,推测出一些规律,用这些概念和规律共同描述自然的隐形运作机制。推测属于想象;而"概念也是富于想象力的创造"⑤,原因是,人们同时想象曾经验过或感知到的大同小异的某类自然现象,归纳出共性,才能形成概念。他这样强调发现大自然隐性运作机制的重要意义:

> 人类探索大自然的主要目的,是发现事物的潜在秩序。物体的架构显示了其表层下面的某种结构,这种隐秘结构一旦被揭示出来,人们就有可能对自然物进行分解,然后以新的方式把它们重新组合。在我看来,在人类攀升的历程中,理论科学就是从这一步开始的。⑥

---

① Bronowski, Jacob. *The Identity of Man*. Amherst, NY: Prometheus Books, 2002, pp 26-27.
② Bronowski, Jacob. *Science and Human Values*, *Rev. ed*. New York: Harper & Row, Publishers, 1972, p 15.
③ Bronowski, Jacob. *Science and Human Values*, *Rev. ed*. New York: Harper & Row, Publishers, 1972, pp 11-12.
④ Bronowski, Jacob. *The Ascent of Man*. London: BBC Books, 2011, p 189.
⑤ Bronowski, Jacob. *The Identity of Man*. Amherst, NY: Prometheus Books, 2002, p 46.
⑥ Bronowski, Jacob. *The Ascent of Man*. London: BBC Books, 2011, p 77.

就是说，揭示大自然隐性运行机制既具有实践意义，又具有理论意义——既可以改造自然，又可以建构理论。而科学说明（exposition）是对如何检验已建构的理论——一整套科学规律的过程的阐述。

博朗诺斯基认识到，世上没有绝对真理，科学知识和理论是人类在一定时代对大自然隐性规律的解读和建构，将会不断被证伪。他问道："即使当今，又有多少人明白，科学概念既不是绝对的，也不是永恒的？"[1]他还说："一旦可以指导行动的知识明显固化，人就类似机器了。"[2]显然，他认为，科学是不断发展的；科学知识不应固化，新一代人对自然的认识应与上一代有所不同，如果一代代人的知识没有什么改进，人就会与智力亘古未变的动物没什么区别；如果一代代人的行为保持不变，可以预期，人就与机器没什么区别。他强调，不同时代的人、不同的人，对自然隐性运行机制的理解和描述是不同的。他写道：

> （炼金术士相信）就像骨骼是在胚胎内由卵子生成的，所有金属都是在地球内部由水银和硫磺生成的……
>
> 现在看来，这种理论似乎非常幼稚，是无稽之谈和错误比附的大杂烩。但我们当今的化学在500年以后也会显得很幼稚。每一种以某种类比为基础的理论，迟早会因为该类比被证明是错误的而失效。一种理论只是在它所处的时代有助于解决那个时代的难题。[3]

针对牛顿的物理理论在其生前就遭到嘲讽和批评，博朗诺斯基说：

> 牛顿在生前就受到嘲讽，受到严厉批评，在我们看来，嘲讽和批评的人似乎太无礼了。但是，事实上，每一种理论，无论多么宏大，都隐含

[1] Bronowski, Jacob. *Science and Human Values*, *Rev. ed.* New York：Harper & Row, Publishers, 1972, p 37.

[2] Bronowski, Jacob. *The Identity of Man*. Amherst, NY：Prometheus Books, 2002, p 21.

[3] Bronowski, Jacob. *The Ascent of Man*. London：BBC Books, 2011, p 109.

着必然要受到挑战的种种假说,因而,它总有一天会被别的理论取代。牛顿的理论非常契合大自然的实际情况,但也难免有同样缺陷。牛顿自己也承认这一点。他提出的最基本假设是——他开宗明义宣称,"我把空间看作是绝对的"。这句话的意思是,空间到处都是平坦的和无边际的,就像我们附近的空间一样。而莱布尼茨一开始就对此提出批评,他做得对。①

通过讲述牛顿理论在科学史上的遭遇,博朗诺斯基强调了科学真理的相对性、科学的历史性特征,以及科学发展的必要性和必然性。

四、科学的社会维度

科学与社会的关系也是科学哲学的重要论题之一。博朗诺斯基在其作品中凸显了科学与社会的相互作用:社会因素极大地影响科学活动及科学应用,科学对社会亦有重大作用。

博朗诺斯基把科学的发展置于人类文化发展的大背景下来审视,认为社会文化因素对科学活动既有促进作用,又有阻遏作用。促进作用的表现是,社会和文化条件对科技发展有推动作用,时代需要是科学活动的引擎之一。描述位于美国亚利桑那州彻里大峡谷(Canyon de Chelly)的普韦布洛(印第安)人的文化遗址——阶梯形岩洞时,博朗诺斯基写道:"大峡谷是人类多种文化的一个缩影,当普韦布洛人公元1000年以后在这里修建那些宏伟建筑时,他们的文化已经达到了很高水平。"②可以说,很高的文化水平是修建这些宏伟建筑的基础。描述南美安第斯高原的印加帝国的马丘比丘石头城(Machu Piccu)遗址时,他说,这个石头城赖以存在的物质基础是附近梯田上生长的粮食作物,梯田文化的核心是水利灌溉体系,而"惠及整个帝国的庞大水利工程体系需要一个强有力的中央政权,在美索不达米亚是这样,在埃及是这样,在印加帝国也不例外"③。就是说,强有力的中央政权这一社

---

① Bronowski, Jacob. *The Ascent of Man*. London: BBC Books, 2011, p 184.
② Bronowski, Jacob. *The Ascent of Man*. London: BBC Books, 2011, p 78.
③ Bronowski, Jacob. *The Ascent of Man*. London: BBC Books, 2011, p 80.

会条件是修建庞大水利工程的前提。此外,在他看来,所有文化形态当中都包含天文学的基本知识,原因在于:"天文学知识可以使人们了解季节变换的规律——比如,通过观察太阳运行轨迹的明显变化,可以预知季节变换。用这种方式,人们可以确定播种、收割、转移牧群的时间。"①在近代,天文学之所以是从地中海文明中产生出的第一门近代意义上的科学,产生了哥白尼、布鲁诺、伽利略、开普勒等著名天文学家,重要原因之一是:"夜空斗转星移,可以为往来的旅行者导航,特别是为那些在茫茫大海上看不到任何航标的航行者导航","当年哥伦布扬帆启航,向大洋彼岸进发时,他运用的是一些古老的、在我们今天看来十分粗浅的天文学知识"②。显然,天文学的兴盛与其在相关时代的社会需要或实际用途密不可分。

阻遏作用的典型表现是,不自由、不宽容的社会环境会阻碍科学事业。博朗诺斯基写道,伽利略"受到严格软禁,教皇对他毫不宽容,禁止他发表任何著述,或讨论任何已被禁止的观点,甚至不准他与新教徒交谈。结果,从那时起,各地信奉天主教的科学家都沉默无声"③。异端裁判所对伽利略的审讯和监禁产生的最终结果是,"地中海的科学传统完全中断了。自此,科学革命转移到了北欧"④。就是说,17世纪上半叶意大利的社会环境,严重妨碍了该国的科学事业。他讲述的另一个例子:

> (1933年,希特勒上台后)德国的学术传统几乎在一夜之间就被摧毁……欧洲不再是人们发挥想象力(包括科学想象力)的乐土。关于人类文化一整套观念——人类知识是个性化的、可信赖的,是在不确定性的边缘上的不断冒险,这样的观念声销迹灭了。就像当年审判伽利略之后的情况一样,科学界陷入一片死寂……⑤

于是,薛定谔、爱因斯坦等一大批著名科学家陷入了遭到威胁的境况,

① Bronowski, Jacob. *The Ascent of Man*. London: BBC Books, 2011, p 143.
② Bronowski, Jacob. *The Ascent of Man*. London: BBC Books, 2011, pp 144-145.
③ Bronowski, Jacob. *The Ascent of Man*. London: BBC Books, 2011, p 167.
④ Bronowski, Jacob. *The Ascent of Man*. London: BBC Books, 2011, p 168.
⑤ Bronowski, Jacob. *The Ascent of Man*. London: BBC Books, 2011, p 279.

不久之后纷纷逃离德国。

　　尽管博朗诺斯基1945年作为英国赴日参谋长代表团的科学代表，评估广岛、长崎原子弹爆炸的影响，目睹了两个城市的惨状，他却始终认为，科学发现是中性的，科学活动则不然；科学发现具有双刃性，它既可以推进人类社会的进步乃至革命，又可造成负面影响乃至灾难，后者的原因是，科学发现掌握在具有不正确的价值观的人手中。在他看来，1万余年前人类开始种植作物和驯养动物，既是"生物革命"或"农业革命"，又是一次社会革命。他说，伴随着这样一场生物革命或农业革命，"发生了有同样强大影响力的社会革命。因为那使人类定居不仅有了可能，而且成了必需"①。这场生物革命引发的社会革命的表现是，人类得以定居，其生活质量大大提高，其文化进化开始加速；但与此同时，被驯养的马匹也被用于战争。1760年始于英国、以技术发明的应用为核心的工业革命，极大地提高了生产力，使产品的生产方式从手工作坊生产变为工厂的大规模生产，改善了人们的物质生活。用他的话来说："这些简单东西——炼铁炉中的煤，窗户的玻璃，食物的选择——确实极大提高了生活和健康水平"②；"工业革命使世界更为富有，也更为狭小，而且第一次成了我们自己的世界；我想表达的确切意思是，成了我们的世界——每一个人的世界"；"这次革命最终成了一场社会革命，确立了社会地位平等和权利平等，首先是知识平等，而人类一直靠此生存"。③ 但同时，由工厂"造成的污染屡见不鲜"，"使工厂变得极其可恶的一种新的罪恶和以往不同，那就是，机器的节奏开始支配人。工人第一次受没有人性的机器驱使：最初是水力机械，然后是蒸汽机"。④

　　博朗诺斯基认为，马匹、机器等农业革命和工业革命的科学成果，之所以能产生负面效果，乃至诸如广岛、长崎遭原子弹袭击，以及奥斯维辛集中营犹太人遭屠杀焚化之类的灾难，不是因为科学本身，而是因为运用科学的人的价值观念出了严重问题。他引用发现了原子弹原理、但又反对制造原

---

① Bronowski, Jacob. *The Ascent of Man*. London：BBC Books, 2011, p 49.
② Bronowski, Jacob. *The Ascent of Man*. London：BBC Books, 2011, p 210.
③ Bronowski, Jacob. *The Ascent of Man*. London：BBC Books, 2011, pp 215-216.
④ Bronowski, Jacob. *The Ascent of Man*. London：BBC Books, 2011, p 211.

子弹的物理学家西拉德（Leo Szilard,1898—1964）的话——在日本使用原子弹是"人类的悲剧"，并解释道：

> 有人说，科学会让人丧失人性，使其变为数字。其实说错了，而且大错特错。你们自己看看吧。在奥斯维辛集中营和焚尸炉，人变成了数字。大约有 400 万人的骨灰被冲进了这个池子。并不是煤气在杀人。是妄自尊大，是武断教条，是愚昧无知，在杀人灭迹。人们相信不经过实践检验就拥有绝对知识时，就会如此行事。①

就是说，作为科学发现之一的煤气是中性的，既可造福人类，又可成为大屠杀的工具，而后者是由运用这一发现的人的错误价值观所致。他进而强调："我必须戒除拥有绝对知识和绝对权力的奢望，必须消除按钮命令与实际行为之间的距离。我们必须诉诸人心。"②即是说，人类要摈弃自己拥有绝对知识和绝对权力的错误价值观，不应像机器一样盲从教条，而应树立正确的价值观。

在博朗诺斯基看来，科学实践催生了人性化的价值观；但科学带来毁灭性的后果，不是因为这些价值观（精神）不能掌控科学，而是因为掌控科学应用的人不具备这些价值观。因而他主张，应该用人性化的科学价值观——科学伦理，来约束科技的运用。他反对把克隆技术应用于人类：

> 我们是否应该制作克隆人呢？制作出（也许是）美丽母亲或聪明父亲的复制品呢？当然不应该。我认为，多样性是生命的根本，我们决不能因为任何生命形式碰巧能引起我们的偏爱（即便是我们的遗传学偏爱），而无视这个根本。克隆是一种生命形式的固化，而且与繁育（首先是人的繁育）的整个趋势背道而驰。进化基于差异，进而产生多样性，而且，在所有动物中，人最富于创造性，因为他具有并且表现出最大量

---

① Bronowski, Jacob. *The Ascent of Man*. London：BBC Books, 2011, p 285.
② Bronowski, Jacob. *The Ascent of Man*. London：BBC Books, 2011, p 285.

的差异。每一种使人整齐划一的企图,无论是生物学上的、感情上的还是心智上的,都是对生物演化进程的背叛,而人类则处于这一进程的前锋位置。①

在博朗诺斯基看来,克隆人类违背自然生命演化多样化的自然规律,而且是反人性的——违背人类的生物进化的创造性和差异性(个性化)特征。

第二节 《人的攀升》的艺术特色

《人的攀升》是博朗诺斯基最负盛名的科学散文作品,因而本节以该部作品为例,管窥其科学散文的艺术特色。我们认为,《人的攀升》的艺术特色主要体现在以下四个方面。

一、亲切轻松、娓娓而谈的笔调

《人的攀升》虽然谈论的是人类科学技术史这一厚重话题,但它是基于电视系列片的解说词写就的。博朗诺斯基明白,一般来说,是两三个人在一个房间里看电视,所以,为了吸引电视观众,拉近与他们的距离,作为科技史节目的解说员,他采用了与三两个好友闲聊那样的亲切、轻松的语气。他在该作品的"序言"中指出:

> 不管怎么说,电视系列节目中对种种思想的解说,应该是一种亲密的(intimate)、个性毕露的(personal)行为——在这一点上,我们发现了电视解说词与书面文字的共同点。与讲座和电影不同,电视节目不是在大庭广众之中播放的。节目主持人只面对一个房间里的三两个人,像是在进行面对面的交谈——一种热情亲切的、苏格拉底对话式的交谈,虽然在很大程度上也像这本书一样,是一种单方谈话。②

---

① Bronowski, Jacob. *The Ascent of Man*. London: BBC Books, 2011, pp 303-304.

② Bronowski, Jacob. *The Ascent of Man*. London: BBC Books, 2011, p 16.

就是说,他的解说词虽然是单方独白,但其语气是坦诚、亲切、轻松、闲谈式的;基于此改写成的作品也是独白,但其笔调也是如此。他说:"我现在把最初在电视屏幕上讲的内容写成文字时,也尽量使思维进程比较从容不迫。"①他进一步解释说:

> 改写电视节目的解说词时,由于两方面的原因,我力图使写出的文字接近最初的解说词。第一,我想保持口头解说表达思想时的即兴式特点,不管我写到哪里,我总是努力做到这一点……第二,也是更为重要的一点,我还要维持当时的口头论证的即兴式特点:这种论证是非正式的和启发式的;它先确定问题的核心,然后阐明这一核心为何关键而又新颖;它指出解决问题的方向和路子——虽然这是一种简化的论证,但在逻辑上没什么问题。②

也就是说,《人的攀升》这部作品的笔调与相应电视系列片的解说词的语气是一致的——用口语化的语言,亲切热情、轻松从容、无拘无束地阐述人类的主要科学思想和技术成就。

事实上,这样的笔调正是絮语随笔的笔调。尽管《人的攀升》的目录和正文的 13 个部分的题目前的序号,用的都是"第 X 章"(Chapter X)这样的词,博朗诺斯基却没有把这本书看作是一部包含 13 章的著作,而是将其视为一本包含 13 篇随笔的随笔集。让我们以其中第 3 章"石纹启示"的开头部分为例,管窥这部作品的笔调。该章谈论的是截至文艺复兴时期的人类古代建筑科学史;但作者却不慌不忙,先引用弥尔顿的长诗《失乐园》第 7 卷中的一节,然后才开始写正文的开头:

> 约翰·弥尔顿描写的、威廉·布莱克描绘的大地成型过程,是上帝用金制圆规一下子就圈画出来的。但这是对自然过程过于静止的描

---

① Bronowski, Jacob. *The Ascent of Man*. London：BBC Books, 2011, pp 16-17.
② Bronowski, Jacob. *The Ascent of Man*. London：BBC Books, 2011, p 17.

述。地球已存在了 40 多亿年。在这一漫长时期内,地貌由于两种力的作用而形成并在变化。地球内部的力让地壳凹凸不平(buckled),使数块大陆或隆起或漂移(lifted and shifted)。在地球表面,雨、雪、河流、海洋、阳光和风暴的侵蚀,塑造出了种种自然建筑景观。

人也成了自己生存环境的建筑师,尽管他们掌控的力量没有大自然的力量那样强大。人使用的方法一直是选择性的和探索性的:他们的思路的实质是,行动应取决于对事物的理解。现在,我要从比欧亚文明年轻的新大陆的文化形态中,追寻这种思路的历史渊源。在这本书的第 1 篇随笔(essay)中,我集中谈论了非洲赤道附近的情况,因为那儿是人类的发源地;我在第 2 篇随笔中谈了近东地区,因为那里是人类文明起步的地方。此刻应该想到的是,人在漫游四方的长长旅途中已经到达另一大陆。

位于美国亚利桑那州的彻里大峡谷,是一个动人心魄的神秘峡谷;自耶稣诞生以来的 2000 年间,一个又一个的印第安人部落,几乎是不间断地在这里居住,总的居住时间比在北美其他任何地方都要长……①

在以上引文的第 2 段中,博朗诺斯基再次把《人的攀升》的组成部分称为相对独立的一些随笔(在该作品前言的第 7 段第 1 句的开头,他已这样做过)。而且,这样的文章开头表明,作者采用的确是亲切、轻松、闲谈型、即兴式的随笔笔调。这一章写的是人类古代的建筑科学发展史,作者却举重若轻,从容不迫,从弥尔顿的一节诗开始聊,先聊自然("建筑"）景观形成的真正原因,然后才聊到人文(建筑)景观——他首先聊的是美国亚利桑那州彻里大峡谷的崖洞的石砌建筑遗址。这几段引文的语言具有明显的口语色彩:句子大都较短,即使是较长的句子,也要么是松散的并列句,要么包含着并列的句子成分;所用词语大都较为短小、熟稔;与科学论文或论著不同,不忌讳用第一人称代词"我"("I")作句子主语。而从容不迫(轻松)的闲谈,口语化的语言,本身就可以给读者一种亲切感。正如有论者所指出的:"交

---

① Bronowski, Jacob. *The Ascent of Man*. London: BBC Books, 2011, pp 73-74.

谈动力,也就是说,对交流的渴望,隐含在随笔形式中,可以让读者快速地感受到一种亲密情感。"①

二、亦散亦聚的"双重板块"结构

从结构来看,整部《人的攀升》也体现了随笔的章法——显得较为松散,可谓松散的"双重板块"结构。它包含的 13 章——13 篇相对独立的随笔,可以视为 13 个板块。而每个板块又包含数个小板块——数个相对独立的部分。该部作品的目录就显示了松散特征:目录中的 13"章"包含的都不是数"节"内容的题目,而全是用破折号隔开的对所包含的数个部分内容的简明提示语。不过,这些貌似松散的各个大小板块之间,亦存在着相互联结的纽带。

先看 13 个大板块——13 章。可以说,其主要特征是散中有聚。从排列顺序来看,虽然第 4 章涉及内容的截止日期,略晚于第 5 章和第 6 章涉及内容的截止日期,第 7 章最后谈及的爱因斯坦所生活的时期,也明显晚于随后几章中谈及的许多科学家的生活时期,但是,这 13 章大体上是按照时间的先后顺序排列的。从内容上来看,13 章谈论的都是相同的主题——人类能力的不断提高及其原因。而且,其中一些章的开头或结尾,有一些"承上启下"或"启下"的过渡段。例如,第 2 章的前 3 段,思索人类在生物性进化方面花费的时间漫长(花了至少 200 万年)、在文化进化方面花费的时间较短(至多不到 2 万年)的原因,就属于"承上启下"的过渡性段落。第 3 章的最后一段说:建筑使人类发挥想象力,把现有的材料(至多是将其可见的外部结构进行不同程度的加工)组合到一起;另一种更富想象力的方式,是改变材料的内部结构。这也属于"承上启下"的过渡段:总结该章的内容,过渡到下一章要谈的内容——古代化学科技史。此外,第 6 章的第 1 段和最后 1 段,第 7 章的第 1 段,也都起到了承上启下的作用。而最后一章与第 1 章遥相呼应:第 1 章《人不是天使》("Lower than the Angels")谈的是人类在截至约 1 万年

① Lopate, Phillip. "Introduction". In Lopate, Phillip. ed. *The Art of the Personal Essay: An Anthology from the Classical Era to the Present*. New York: Anchor Books, 1995, p xxv.

前的原始社会早期缓慢的生物进化历程,但在开头(尤其是第 4 段)和结尾(最后 3 段),都谈到人类能力迅速攀升的原因——人具有与其他动物不同的特殊性;第 13 章《漫长童年》("The Long Childhood")全面总结了人类 1 万年以来科技知识加速发展、能力迅速攀升的原因,重申了自己以前的一部作品《人的特性》的一些观点:人类容量相对丰富的大脑对其后天的学习和发展极为重要;人类的双手极其灵活;人脑左半球具有语言区,使其具有认知能力、理性思考能力和远见。

再看 13 个大板块中的小板块。可以说,其主要特征是聚中有散。13 章中相对独立的组成部分,其联结纽带也是相同的主题——人类在某个方面的能力的提升,或在某个时段的某个领域的科技成就。然而,每一章的结构都明显地体现出了即兴式的特征。

具体地说,每一章包含的小板块虽然基本上也是按时间顺序排列的,但都呈现出了"即兴式"的散的特点——插叙了随时联想到的相关内容。例如,第 4 章《隐秘结构》("The Hidden Structure")谈的是截至约翰·道尔顿(John Dalton, 1766—1844)的化学科技的主要成就,包含的小板块(主要内容)有:40 万年前北京人开始使用火;大约 1 万年前,中东居民冶炼出了黄铜;公元前 1500 年,中国的商朝居民冶炼出硬度较大的铜的合金——青铜,并开始制造各种青铜器;公元前 1500 年前,靠近黑海的赫梯人(Hittites)冶炼出了铁;公元前 1000 年,古代印度人冶炼出了硬度更高的铁的合金——钢;公元前 8 世纪以来,大多数国家或地区有提炼黄金和制作金器的记载;16世纪初,帕拉塞尔苏斯的医学实践促进了医学化学、生物化学和生命化学的产生;1774 年,约瑟夫·普利斯特列(Joseph Priestley, 1733—1804)制成了氧气;安东尼·拉瓦锡(Antoine-Laurent de Lavoisier, 1743—1794)证实了化学分析可以量化的想法;约翰·道尔顿在古希腊原子说的基础上提出了现代原子理论。谈到钢的冶炼时,插叙了日本钢刀的制作过程和特殊仪式;谈了黄金的冶炼后,也插叙了一个内容——炼金术士荒谬地把水银、硫黄和盐等物质引入医学领域。

再如,第 10 章《世界之中的世界》("World Within World"),谈的是门捷列夫以来近现代化学以及微观世界研究领域所取得的主要成就,谈及的主要内容包括:俄国的门捷列夫制成化学元素周期表,并发现了一些元素;英国的约瑟夫·汤姆逊(Joseph J. Thomson, 1856—1940)1897 年发现了电子;尼尔斯·玻尔结合卢瑟福的原子结构模型和普朗克的量子假说,于 1927 年提出了现代的原子理论;1932 年,詹姆斯·查德威克发现原子核由质子和中子组成;恩里克·费米用中子使原子核发生裂变和嬗变。谈了汤姆逊的成就后,插叙科学之外的内容——现代物理学催生了现代派绘画艺术的情况。最后,在思索这些科学家能取得成就的原因时,又补充了勇于质疑传统、大胆捍卫原子论的科学家路德维格·玻尔茨曼的故事,并引用布莱克的一段诗歌向其表达敬意。

除此之外,作者在各章中还不时引用随时联想到的一些文学艺术家、哲学家等世界名人的作品。仅仅在第 3 章中,他就先后引用了弥尔顿的诗歌,英国随笔作家托马斯·布朗(Thomas Browne, 1605—1682)和约翰·罗斯金(John Ruskin, 1819—1900)的言辞,画家米开朗基罗(Michelangelo Buonarroti, 1475—1564)的十四行诗,以及雕塑家亨利·摩尔(Henry S. Moore, 1898—1986)的言论。

三、"不全之全"的写人技巧

博朗诺斯基强调,《人的攀升》这部作品不仅要述说人类各个时期的科学成果,而且要呈现具体的人创造出这些成果的行动或过程,因为"通常说的知识,具体而言的科学,都是由人所提出的具体思想观点,而不是由抽象概念组成的"[1]。他说,他写这部作品的抱负是为 20 世纪创建一种哲学[2],但"离开了人的特性,就不会有哲学,甚至不会有像样的科学。我希望本书明白无误地肯定这一点。在我看来,了解自然的目的是了解人类的特性,以及人类在自然中的境况"[3]。就是说,该部作品的写作目的主要是探究人类科技加速发展(人的攀升)的根由——具体的科学家或发明者的科学精神、科学方法,及其与自然、社会、文化(包括科学)环境的互动等科学哲学方面的

---

① Bronowski, Jacob. *The Ascent of Man*. London:BBC Books, 2011, p 16.

② Bronowski, Jacob. *The Ascent of Man*. London:BBC Books, 2011, p 17.

③ Bronowski, Jacob. *The Ascent of Man*. London:BBC Books, 2011, p 18.

内容。人类早期的科技成就的取得者的名字不详,因此,从第 4 章的后半部分起,博朗诺斯基才开始以夹叙夹议的方式,述说具体的科技工作者的生平和相关科研活动,而且,愈接近近现代,在科技史上的地位愈重要,述说得就愈详细。这样一来,这部作品就包含着一系列科技史上杰出人物的光辉形象。然而,这部作品的人物描写,并不像传统小说刻画人物那样面面俱到,而是仅仅描述与该作品的写作目的相关的那些人物信息。用散文理论家李光连的话来说,这属于"不全之全"的写人技巧——散文写人具有"片断性、单一性、局部性、零碎性"①,但"就一篇作品的谋篇和题旨来说,它是完整的、统一的"②。

让我们来看博朗诺斯基在第 7 章《神奇的时钟结构》("The Majestic Clockwork")的前大半部分,对他"最尊崇的科学家"牛顿③的描述。这一章先说伽利略的预测成了现实,意大利的科学(及贸易)中心地位已被北方的竞争者取代,来自捷克布拉格的开普勒提出了行星运动的三大定律;然后指出:"这就是伊萨克·牛顿 1642 年圣诞节出生时的实际情形。"④接着,该作品又述说了文明世界的中心从意大利转移到北欧的明显原因——美洲的发现和开发改变了世界贸易的路线,意大利仍处于独裁统治之下,而信奉新教的英格兰发生了资产阶级革命,成了共和国。这实际上显示了牛顿成长和取得科学成就的优越的经济、社会、文化(包括科学)环境;而广义的社会因素(包括经济、社会、文化、科学)与广义的科学(包括技术)的相互影响,是科学哲学的重要内容之一。

此后,博朗诺斯基才开始叙述牛顿的家世、性格、兴趣和科学活动。牛顿出生前父亲已去世,不久母亲改嫁,他由外祖母抚养,缺少父母之爱,终生显得孤僻,而且从未婚娶,但却爱好数学,发明了微积分。牛顿大学毕业后的两年——1665 年至 1666 年,正值瘟疫流行,他回到位于乌尔索普的外祖母家中居住,在此形成了万有引力思想,并且通过计算月亮绕地球的运动进

① 李光连:《散文技巧》,中国青年出版社 1992 年版,第 285 页。
② 李光连:《散文技巧》,中国青年出版社 1992 年版,第 287 页。
③ Bronowski, Jacob. *The Ascent of Man*. London：BBC Books, 2011, p 310.
④ Bronowski, Jacob. *The Ascent of Man*. London：BBC Books, 2011, p 169.

行检验。他的内敛性格使他没有立即发表这一重大成果。在同一时期,他为自己的望远镜磨制镜片时,观察和思考了透镜边缘造成衍射光纹的问题,以及白光中的颜色问题,不久书写并发表了第一部光学著作《光学》(*Opticks*,1704)。在此叙述过程中,博朗诺斯基想象并描述了牛顿当时的科学假设和推导过程,并引用了相关材料。此时,他联想到,牛顿光学著作的发表,影响了著名诗人亚历山大·蒲柏的诗作,并引用蒲柏的一节诗歌作证。博朗诺斯基接着说,牛顿在其万有引力思想形成20年之后,才在著名天文学家埃德蒙德·哈雷(Edmond Halley,1656—1742)的劝说和资助之下,于1687年写就并出版了物理名著《自然哲学的数学原理》。博朗诺斯基指出:这部著作"在科学方法上也是一个里程碑"[1],其作者是一位"私下充满狂放的形而上学思维和神秘推测的人",表面上却显得"非常乏味、非常枯燥、非常刻板"[2];华兹华斯在其《序曲》对牛顿的冷峻外貌有过生动描写。这些叙述显示了牛顿对数学的兴趣,善于思考和勇于想象的性格,以及科学认识的基本过程——实验—假设—检验(论证)。这里涉及科学精神(好奇心、善于思考)、科学认识过程、科学方法(数学法)、科学对艺术(狭义文化的一种)的影响等科学哲学的论题。

　　博朗诺斯基还叙述道,牛顿1696年当上了造币局的局长,1703年接受了皇家学会主席一职,成了政府机构里的大人物,因而遭到了乔纳森·斯威夫特和约翰·盖依(John Gay,1685—1732)等文学界人士的嘲讽。牛顿把宇宙空间视为绝对的——到处都是平坦的并能在三维方向无限延伸的,这在当时就遭到莱布尼茨的批评;他把时间也视为绝对的——其流逝速度在所有情况下都是一样的,这在后来也逐渐受到人们的质疑。这些叙述和议论表明,牛顿尽管伟大,也不是完人,包括其理论在内的任何科学理论都是相对真理。这一见解回答了科学是什么的问题,而这是科学哲学的本体论的基本问题之一。这样一来,也引出了这篇随笔的后三分之一篇幅要描述的人物——爱因斯坦。而这正是散文写人"不全之全"的美学特点的另一种表

---

① Bronowski, Jacob. *The Ascent of Man*. London：BBC Books, 2011, p 178.

② Bronowski, Jacob. *The Ascent of Man*. London：BBC Books, 2011, p 180.

现——"惯于写群像,在一篇哪怕是很短的一篇散文里,一个又一个的形象接连出现"①。可以说,正是"不全之全"的写人手法,才使"神奇的时钟结构"这一章得以呈现牛顿和爱因斯坦这两位有所关联的杰出物理学家的形象。需要说明的是,《人的攀升》中的其他一些涉及近现代科技史的章节,其中描述的科学家的人数都是在两个以上——尽管一章中描述的科学家人数越多,描述得越简略。

总之,第7章《神奇的时钟结构》对牛顿的描述,体现了《人的攀升》"不全之全"的写人手法。这一章主要是围绕牛顿的科研生涯进行描述的;与对他进行全方位描写的传记之类的作品相比,这种描述可以说是不全面的,或者说是片段的、局部的、零碎的,甚至是单一的,但是,就这篇作品的写作目的"显示牛顿和爱因斯坦为何能取得科研成就",乃至整部《人的攀升》的写作目的"探寻人类的能力迅速提高的根由"来说,这样的描述却是全面的,或者说,是完整的和统一的。

四、善用修辞手法、富有诗意的语言

《人的攀升》用的是口语化语言,但频频运用比喻、头韵、平行结构、引用等修辞手法,使作品的叙述、描写、说明乃至议论的语言都相当生动形象,颇具节奏感,洋溢着浓重的文学气息或诗意,极富感染力。

1. 比喻。博朗诺斯基这样阐释约有两万年历史的岩穴壁画对壁画创制者的意义:"对那时的猎人来说,这些壁画是预见未来的瞭望孔;他们通过壁画向前展望。总的来说,这些壁画好像是人类想象力的望远镜:它们把人的心智从眼前之物导向推断之物或推测之物。"②"预见未来的瞭望孔"和"人类想象力的望远镜",生动、形象地讲明了岩穴壁画对于当时猎人的重要作用。他这样陈述火的应用在科技发展史上的重大意义:"人类对火的应用,使它成为分解物质的更为巧妙的工具。物理学是剖析岩石自然纹理的利刃,而火这把灼热宝剑,揭示了岩石的可见表层结构下面的秘密。"③把物理

---

① 李光连:《散文技巧》,中国青年出版社1992年版,第285页。

② Bronowski, Jacob. *The Ascent of Man*. London: BBC Books, 2011, p 44.

③ Bronowski, Jacob. *The Ascent of Man*. London: BBC Books, 2011, p 97.

学比喻成认识岩石的自然结构的"利刃",把火比喻成分解矿石进而认识其组成成分的"宝剑",这不仅使物理学和火对人类认识岩石过程中的作用变得明白易懂,而且增强了语言的感染力。他这样描写南太平洋复活岛莫埃湾形象雷同的一排巨石头像:

> 你看,它们一个个呆坐在那里,好像一排栖身在木桶里的第欧根尼(Diogenēs,约 412 BC—323 BC)一样,眼窝深陷,木然地仰望着天空,对头顶上的太阳升落和星光明灭,完全无动于衷,根本就不打算去了解这些自然景象。荷兰人在 1722 年的复活节的那个星期天发现这个岛屿时,异口同声地说,那是个人间天堂。但情况并不是这样,原因是,这些空洞的、毫无意义的形象的重复,仿佛是一只关在笼子里的动物在那里走来走去,老是做一些相同动作,绝对称不上人间天堂。①

先后把一排巨石头像比喻成古希腊表情麻木的苦行主义哲学家第欧根尼,和关在笼子里总是呈现出同样姿态的动物,凸显了这些巨石头像的外观和表情的雷同和呆滞。

2. 头韵。头韵(alliteration)是相连单词的开头使用同样的字母或语音。《人的攀升》中包含头韵的表达式包括:the **l**ake **l**ies in a **l**ong ribbon… (这湖泊像一条长长带子贯穿……p 22)②,**a**s **a**nimal **a**ctions **a**re(像动物行为那样 pp 30—31),the flock must **s**omehow **s**truggle through or **s**kirt in its upper rea-ches(羊群必须奋力攀登,或沿着山崖的突出部位小心翼翼地绕行 p 51),the **w**ild **w**heat crossed **w**ith a natural **g**oat **g**rass and **f**ormed a **f**ertile hybrid(这种野麦与一种天然牧草杂交,形成一种丰产的杂交品种 p 53),**s**mall and **s**ubtle artifices(小而精巧的器具 p 59),in a **s**ingle **s**weeping motion(一下子 p 73),the stress **f**lows out **f**airly equally throughout(压力平均地分散开来 p 85),**f**eel **f**or the **f**orm within nature(在自然物内部去体会作品形态 p 91),worked from

---

① Bronowski, Jacob. *The Ascent of Man*. London：BBC Books, 2011, pp 145-146.
② 本段括号中标出的页码,是包含头韵的句子在《人的攀升》中出现的页码;单词开头同样的字母用黑体标出。

dawn to dark(起早贪黑辛勤劳作 p 199),decided then and there(他立即决定 p 224),the foolish wind and wit(愚蠢的空话和狡辩 p 234),analysis of world within world(分析原子世界之中的世界 p 257),we always feel forward for what is to be hoped(我们总是摸索所希望的东西 p 285),the farm boy becomes monk(农夫家庭出身的修道士 p 288),a social solitary(社会性的个体动物 p 309),let us not beat about the bush(我们别再拐弯抹角了 p 310),stand still(停滞不前 p 320)。包含这些头韵手法的句子,读起来明快、流畅,听起来动听、悦耳,不仅使语言更有韵律感,而且强调了所表达的内容,给读者留下了深刻印象。

3. 平行结构。博朗诺斯基这样述说拉普人对驯鹿的高度依赖:"拉普人完全靠驯鹿谋生:他们吃驯鹿肉,每天一磅;他们利用驯鹿的肌腱和毛皮以及皮和骨;他们喝驯鹿奶;他们甚至利用驯鹿犄角。"[1]他如此描述黄铜的可塑性:"人类掌握了这样一种金属:它可以拉长、浇铸、锤锻、铸造;它可以做成一件工具、一件装饰品、一件器皿;它还可以扔进火里,重新铸造。"[2]对异端裁判所禁止伽利略讲授哥白尼理论的一份文件,他坚信是一件赝品,因为"贝拉明枢机主教(Roberto Bellarmino,1542—1621)没有在上面签字。证明人没有在上面签字。公证人没有在上面签字。伽利略本人没有在上面签字,以证明他已收到这份文件"[3]。站在奥斯维辛集中营的水塘旁边,他强烈呼吁战争的幸存者要深刻反省自己的行为:"我们需要祛除对绝对知识和绝对权力的渴望。我们需要弥合按钮操作指令和有人性的行为之间的距离。我们需要诉诸人心。"[4]这4个例子分别通过重复"他们""它可以""没有在上面签字""我们需要"等成分,形成平行结构句。这些句子不仅读起来朗朗上口,节奏鲜明,气势恢宏,而且看起来比较整齐,层次清晰,同时表述详尽,分别强调了所表达的内容。就是说,在音、形、意三个方面都产生了良好效果。

---

[1] Bronowski, Jacob. *The Ascent of Man*. London: BBC Books, 2011, p 41.

[2] Bronowski, Jacob. *The Ascent of Man*. London: BBC Books, 2011, p 98.

[3] Bronowski, Jacob. *The Ascent of Man*. London: BBC Books, 2011, p 164.

[4] Bronowski, Jacob. *The Ascent of Man*. London: BBC Books, 2011, p 285.

4. 引用。博朗诺斯基引用的文学艺术家和思想家及其作品包括：英国诗人塞缪尔·泰勒·柯勒律治（Samuel Taylor Coleridge，1772—1834）的《忽必烈汗》和《古舟子咏》（p 70，pp 212—213）①，英国诗人约翰·弥尔顿的《失乐园》和《力士参孙》（p 73，p 168），英国散文作家托马斯·布朗的《一个医生的宗教信仰》（p 74），英国散文作家约翰·罗斯金的《建筑的七盏灯》（p 86），意大利画家、雕塑家、建筑师和诗人米开朗基罗·博纳罗蒂的三节十四行诗（pp 90—91，p 95），英国雕塑家亨利·摩尔的言词（p 91），美国作家本杰明·富兰克林（Benjamin Franklin，1706—1790）的言词（p 92，p 206），意大利医生帕拉塞尔苏斯的言词（p 95），英国小说家奥尔德斯·赫胥黎的言词（p 96），中国东晋道教理论家和炼丹家葛洪（283—363）的言词（p 105），英国科幻小说家刘易斯·卡罗尔的《爱丽丝漫游奇境记》（p 191），英国诗人威廉·布莱克（p 195，p 213，p 266）的言词及其诗歌《天真的预言》中的一节诗，英国诗人奥利弗·哥尔斯密斯（Oliver Goldsmith，1728—1774）的诗歌《荒村》中的两节（"The Deserted Village"；p 198），英国诗人乔治·克拉普（George Crabbe，1754—1832）的两节诗（p 199），法国思想家加隆·德·博马舍（Caron de Beaumarchais，1732—1799）的《费加罗的婚礼》（pp 202—203），英国小说家乔纳森·斯威夫特的《格利弗游记》（p 206），英国诗人威廉·华兹华斯的《丁登寺》（p 217），英国博物学家和作家 A. L. 华莱士的日记中包含的诗作（pp 228—229），英国诗人约翰·邓恩（John Donne，1572—1631）的诗歌《惊喜》的 4 节诗（p 308）。这些引文不仅增强了《人的攀升》的说服力，而且使其语言表达更为生动、活泼，洋溢着浓厚的文学气息或诗意。

小　　结

博朗诺斯基对科学的本质、科学精神、科学发现、科学发展、科学的社会维度的认识，首先强调了人性（人的特性）的因素——人与其他动物的区别：人具备富有想象力、能运用复杂语言的独特大脑；能认识自然界的隐性机

---

① 本段括号中标出的页码，是所引用的言词在《人的攀升》中出现的页码。

制,能改造甚至掌控自然;有独特(个性化)的创新潜力。其次,他强调了人类后天努力以便发挥想象力和个性、不断进行科技创新的至关重要性——在他看来,人缺乏想象力,没有个性,就没有创新,或者说,人的科学知识就固化了,这样一来,人与其他动物或机器就没有本质区别,不能称为真正意义上的人。再次,他强调科学和艺术的联系——科学和艺术都需要发挥人的想象力和个性;要成为真正意义上的人,科学和艺术缺一不可——科学增强人的行动力或生存能力,艺术提高人的精神境界。最后,他强调科学与人文价值观和社会环境的密切联系:科学不是中性的,人类三百多年的近现代科学实践产生了一系列的价值观,这些价值观(或精神)[①]又成了科技创新的前提和基础;科学兴衰与社会环境密切相关;要杜绝科技的负面作用,必须用正确的价值观约束科技的应用者。可以说,博朗诺斯基的上述科学哲学观是典型的人文主义科学观,或是科学人文主义的典范。

《人的攀升》艺术特色主要有:笔调亲切、轻松,像与好友娓娓而谈;结构亦聚亦散,呈现出"双重板块"模式——所包含的 13 章的内容既相互对立,又相互联系,而且每一章中包含的数个部分的内容也是如此;主要从作品的写作目的——建构科学哲学的维度,而不是面面俱到地勾勒出了一系列杰出科学家各具特色的光辉形象;频频运用比喻、头韵、平行结构、引用等修辞手法,使作品的叙述、描写、说明乃至议论的语言都相当生动形象,颇具节奏感,洋溢着浓重诗意。这些特色丰富了科学散文的审美特征,是该部作品备受广大读者青睐、在英国散文史上获得一席之地、影响深远的重要因素。

博朗诺斯基上述 3 部作品中蕴涵的人文主义科学哲学观——或者说科学人文主义意蕴,以及《人的攀升》的艺术特色,对中国当下的科技创新、文化建设以及方兴未艾的科学散文创作实践,均具有重要的启示意义。世上没有终极真理,科技工作者须永葆好奇心,不满足于已有知识,大胆想象,发挥人的潜力,奋力探索,勇于揭示自然界的隐性机制;科技和人文密不可分,科技和人文工作者都应扩大知识面,拓展视野,驰骋想象力,保持自己的个

---

① 正如刘大椿所指出的:"科学的社会建制化又使得科学与社会的互动日益凸显,科学精神由此进入人文价值判断领域,成为科技时代一种重要的人类价值观。"参见刘大椿:《科学技术哲学》(第 2 版),中国人民大学出版社 2005 年版,第 53 页。

性,力求创造出与众不同的成果;社会环境和人文价值观至关重要,我们的社会要形成宽松、自由的氛围,要践行正确的价值观,以确保科技能够得到不断发展和明智运用。中国的科学散文作家在创作时,不仅应该介绍相关科学知识,而且应该表达文学艺术、科学哲学等方面的人文理念,还应该注重作品的艺术或美学水准,以创作出集真、善、美为一体的优秀作品。

第五章　医学科学家彼得·梅达沃的科学想象

　　彼得·梅达沃是英国杰出的医学科学家和动物学家,诺贝尔奖得主,著名的科学散文作家。他出生于巴西里约热内卢,父亲是一位具有黎巴嫩血统的英国人,在巴西经商很成功,母亲来自英国上层社会家庭。在里约热内卢度过了快乐的童年后,他被送到英国接受中小学和大学教育。1935 年,从牛津大学玛格达伦学院(Magdalen College)动物学系毕业后,他进入该大学病理学院(Sir William Dunn School of Pathology)院长、1945 年诺贝尔奖得主弗洛里教授(Howard W. Florey, 1898—1968)的实验室从事研究工作。1947 年,他 32 岁就成了英国伯明翰大学的动物学系教授(1947—1951)。1951 年,他成为伦敦大学学院动物与比较解剖学系"乔德雷尔"教授(Jodrell Professor, 1951—1962),并任系主任。1962 年至 1971 年,他担任英国国立医学研究所所长,并于 1968 年当选为英国科学促进会主席(1968—1969)。1969 年,他第一次中风,身体左侧瘫痪,左眼失明;康复治疗后,借助拐杖勉强可以步行。此后,他又先后两次中风,导致左眼球被摘除,只能坐在轮椅上活动。1987 年 1 月,他因又一次严重中风去世。在反复中风的 18 年里,他靠顽强毅力和乐观精神,继续从事科学研究和普及工作。

　　梅达沃主要研究动物的器官或组织的移植免疫学,他证明了澳大利亚杰出病毒学家麦克法伦·伯内特(Macfarlane Burnet, 1899—1985)提出的获得性免疫耐受假说(Acquired Immunity Tolerance)。同时,他还积极从事科学普及工作,有关作品主要包括《对年轻科学家的忠告》、《普路托的共和国》(Pluto's Republic, 1982)、《科学的限度》(The Limits of Science, 1984)、《一只会思想的萝卜——梅达沃自传》、《斑点鼠的特殊个案》。

梅达沃获得了许多荣誉、奖励和赞誉。他 1949 年当选为英国皇家学会院士,1960 年与伯内特(Macfarlane Burnet, 1899—1985)一起获得诺贝尔生理学或医学奖,1965 年被授予"爵士"(Sir)称号,1980 年被英国政府颁发了勋章(Order of Merit)。他先后于 1959 年和 1969 年获英国皇家学会颁发的"皇家奖章"(Royal Medal)和"考普雷奖章"(Copley Medal),1985 年荣获联合国教科文组织颁发的"加林咖科普奖"(Kalinga Prize for the Popularization of Science),1959 年当选为美国艺术与科学院外籍会员,1961 年当选为美国哲学学会外籍会员,1965 年当选为美国科学院外籍会员,1971 年当选为美国免疫学会会员。他已被选为英国皇家学会 1970 年至 1975 年的一届会长,但由于突发中风,未能就任。理查德·道金斯把梅达沃誉为"最具有巧智的科学散文作家"[1];斯蒂芬·杰·古尔德将其奉为他"所知道的最聪明的人"[2];《新科学家》(New Scientist)杂志刊登的讣告说,他"可能是那一代人中最佳的科学散文作家"[3]。还有论者称赞道,"他的影响远远超出了生物医学的范围,成为 20 世纪对科学文化有重要影响的'哲人科学家'"[4];他与哲学家罗素、波普尔(Karl Popper, 1902—1994)以及科学史学家李约瑟等学者的密切的思想交流,使其"在科学哲学方面的修养不断得到提升"[5]。

梅达沃著有 10 余部科学散文作品,其中比较著名的有《对年轻科学家的忠告》《一只会思想的萝卜——梅达沃自传》和《斑点鼠的特殊个案》。

《对年轻科学家的忠告》(一译为《对青年科学家的忠告》)是梅达沃受英国文学史上切斯特费尔德勋爵(Lord Chesterfield, 1697—1773)的《教子书》(Letters to His Son)、威廉·科贝特(William Cobbett, 1763—1935)的《对年轻男女的忠告》[Advice to Young Men and (Incidentally) to Young Women]

① Dawkins, Richard. ed. The Oxford Book of Modern Science Writing. Oxford: Oxford University Press, 2008, p 179.
② Gould, Stephen Jay. The Lying Stones of Marrakech: Penultimate Reflections in Natural History. Cambridge, Mass. : Belknap Press of Harvard University Press, 2011, p 305.
③ Editorial. "Peter Medawar (obituary)". New Scientist, 116 (1581) (October 1987), p 16.
④ 谢蜀生:《移植免疫学的开创者、哲人科学家:彼得·梅达沃》,载《医学与哲学》2013 年第 1 期,第 90 页。
⑤ 谢蜀生:《移植免疫学的开创者、哲人科学家:彼得·梅达沃》,载《医学与哲学》2013 年第 1 期,第 92 页。

等文集的启发而写成的,包含 11 篇忠告,涉及从事科研工作将面临的各种问题及解决办法,包括科学家的性格特征,科研对象的选定,科研准备,科学与性别歧视和种族歧视,科研合作,论文写作,科学发现的类型,科学发现的过程,科学奖励,等等。

《一只会思想的萝卜——梅达沃自传》是受英国著名浪漫主义诗人柯勒律治的回忆录《传记文学》(*Biographia Literaria*, 1817)的启发而写就的。这部自传描述作者自己的生平故事以及生活的时代,展现了他所结识的波普尔、霍尔丹等杰出人物,表达了对学习和研究的环境、科学发现、科学管理等问题的看法。

《斑点鼠的特殊个案》是梅达沃的著名研究者戴维·派克(David Pyke)编选的梅达沃科学随笔集,包含 20 篇随笔,分别选自梅达沃的科学随笔集《可解的艺术》(*The Art of the Soluble*, 1967)、《进步的希望》(*The Hope of Progress*, 1972)、《普路托的共和国》(*Pluto's Republic*, 1982)、《科学的极限》(*The Limits of Science*, 1988)、《威胁和荣耀》(*The Threat and the Glory*, 1990),及其回忆录《一只会思想的萝卜——梅达沃自传》。其内容涉及科学精神、科学方法、科学社会学、科学与艺术、科学与宗教等方面的问题。

国内外的相关文献主要是对梅达沃的生平及其有关作品的内容和风格以及影响的简要介绍。谢蜀生指出,梅达沃"《对青年科学家的忠告》一书影响了 20 世纪后期成长起来的整整一代年轻科学家"[1];它和《一只会思想的萝卜——梅达沃自传》等作品"都在科学界引起了热烈的反响"[2]。《给年轻科学家的忠告》的中文译者蒋晓东在"译者序言"中写道:

> (梅达沃教授)是一位在科学、文学、历史和哲学诸领域都有颇深造诣的学者,《对年轻科学家的忠告》一书就充分体现了多方面的渊博知识和出色的文字才能……举例来说,本书最后两讲,在论述严肃的科学哲学和

---

[1] 谢蜀生:《移植免疫学的开创者、哲人科学家:彼得·梅达沃》,载《医学与哲学》2013 年第 1 期,第 90 页。

[2] 谢蜀生:《移植免疫学的开创者、哲人科学家:彼得·梅达沃》,载《医学与哲学》2013 年第 1 期,第 92 页。

科学社会学问题时,梅多沃教授采用了诙谐的笔调和非正式的词汇。①

　　古尔德这样评价《一只会思想的萝卜——梅达沃自传》:"梅达沃爵士的风采难以用任何风趣和灵活的言语加以描绘。……科学自传是一种具有难以弥补缺陷的文学体裁,但是,当它的撰写者为科学界的首相、完美人士、头号人物兼大牌明星时,却可以织补得天衣无缝。"②古尔德在《斑点鼠的特殊个案》的序言中指出:"正如托马斯·亨利·赫胥黎是伽利略科学散文传统在 19 世纪的典范,彼得·梅达沃(以及 J. B. S. 霍尔丹)是这一传统在 20 世纪的代表性作家。"③戴维·派克在同一作品的引言中写道:梅达沃"热衷于向他人表达科学的意义和重要性,并向其解释自己对科学的爱恋。与大多数科学家不同的是,他对科学哲学和科学发现过程都很感兴趣"④。

　　迄今为止,国内外尚未有人比较系统、深入地研究梅达沃科学散文的科学哲学意蕴和艺术特色。因此,本章拟探讨上述 3 部作品的科学哲学意蕴和语言风格。

第一节　梅达沃科学散文代表作的科学哲学意蕴

　　梅达沃上述 3 部科学散文作品的科学哲学意蕴主要体现在以下五个方面。

一、科学精神

科学精神是科学活动的起点。梅达沃上述 3 部科学散文作品蕴含的科

① 蒋效东:"译者序言",载彼得·梅达沃:《对年轻科学家的忠告》,蒋效东译,北京大学出版社 2020 年版,第 3 页。
② 彼得·梅达沃:《一只会思想的萝卜——梅达沃自传》,袁开文等译,上海科技教育出版社 1999 年版,扉页。
③ Gould, Stephen Jay. "Forward: The Phenomenon of Medawar". In Medawar, Peter. *The Strange Case of the Spotted Mice and Other Classic Essays on Science*. ed. , David Pyke. Oxford: Oxford University Press, 1996, p viii.
④ Pyke, David. "Introduction". In Medawar, Peter. *The Strange Case of the Spotted Mice and Other Classic Essays on Science*. ed. David Pyke. Oxford: Oxford University Press, 1996, p xv.

学精神主要有以下五点:

1. 积极探索。梅达沃认为,要从事科学研究,具备一般的智力水平即可;关键是科研人员要有认识自然的奥秘或规律的主动意向,就是说,在自然问题上要积极探索,做一个有心人。他这样写道:

> 新手尤其是女性常常担心自己是否具备足够才智,以便在科研上做出成绩。这真的是杞人忧天! 因为要想成为优秀科学家,不一定非得才智出众。当然,对理性思维不感兴趣、对抽象概念缺乏耐心的人,不适合搞科研,但在实验科学领域,并不需要非同寻常的推论能力,或出类拔萃的演绎推理天赋。一个人要想成为科学家,基本的判断力是必不可少的。[1]

他还说:"我认识许多有才华的科学家,说他们具有探索冲动,并非言过其实。"[2]就是说,在科研方面要想有所成就,研究者首先必须具有主动探究自然奥秘的强烈愿望,其次是具备一般的才智,或基本的判断、推理能力。他进一步指出:

> 我想,巴斯德(Louis Pasteur, 1822—1895)和丰特奈尔(Bernard Le Bovier de Fontenelle, 1657—1757)会同意以下观点:要想有所发现,头脑须有充分准备。换句话说,所有这种发现都是以潜在假说的形式开始的——潜在假说是对自然本质富有想象力的预想和期待,绝不是对感性证据的被动认同。当然,寻找信息的活动会促使假说形成。[3]

意思是说,自然规律不会自行展现,让被动观察者也能轻而易举地发现;相反,具有强烈探究愿望、带着对自然奥秘或规律的预想和期待去观察的研究者,才有望形成假说,并通过进一步的观察或实验证实假说,最终发

---

① Medawar, Peter. *Advice to a Young Scientist*. New York: Basic Books, 1979, p 8.

② Medawar, Peter. *Advice to a Young Scientist*. New York: Basic Books, 1979, p 7.

③ Medawar, Peter. *Advice to a Young Scientist*. New York: Basic Books, 1979, p 75.

现自然真正的奥秘或规律。他举例说：

> 弗莱明（Alexander Fleming，1881—1955）之所以最终发现了青霉素，是因为他一直在寻找它，这样说并非在方法论上夸大其词。可能已经有上千人曾经观察到弗莱明所看到的现象，但都对此熟视无睹，或者说，没有凭这种观察做出任何论断。但弗莱明心中却有正确思路，他正期待着这一切。想什么，才能有什么。巴斯德有一句名言：机遇总偏爱那些有准备的头脑。丰特奈尔则说："好运气只有那些行为恰当的人才能得到。"①

也就是说，弗莱明渴望发现能消灭细菌的妙方（细菌消亡、患者痊愈的奥秘），一直在带着（潜在）假说（细菌有天敌——存在着消灭细菌的抗生素）在寻找和观察，结果，功夫不负有心人——他果真发现了能消灭细菌的青霉素，同时证实其（潜在）假说。

2. 百折不挠。梅达沃强调，要想成为一名优秀科学家，另一个必要条件是要勇敢面对挫折和失败，坚持不懈。他认为，"用功、勤奋、意志坚强、孜孜不倦、不屈不挠，不因身处逆境（例如，经长期含辛茹苦的研究，却发现，深受自己宠爱的某些假说，在很大程度上是错误的）而气馁，这些都是人类的美德"②，也是成为科学家的必要条件。他以诺贝尔奖得主弗洛里为例："霍华德·沃尔特·弗洛里毫无疑问是一位伟人。他把自己专业生涯的大部分时间，都投入到他追求的唯一一个极其令人敬佩的目标，从不半途而废，这表明，他面对许多挫折和障碍时，仍能洒脱、坦然，这一品质是伟人最起码的特征。"③针对自己在研究生涯中出现的错误，他写道：

> 虽然我很希望没有犯过这些错误，但作为一名科学家，我不悲叹，

---

① Medawar, Peter. *Advice to a Young Scientist*. New York：Basic Books, 1979, p 90.

② Medawar, Peter. *Advice to a Young Scientist*. New York：Basic Books, 1979, pp 8–9.

③ Medawar, Peter. *The Strange Case of the Spotted Mice and Other Classic Essays on Science*. ed. David Pyke. Oxford：Oxford University Press, 1996, p 162.

不沮丧。凡是具有想象力的科学家，有时都会提出一些错误观点，并且还要花费时间去探个究竟，这也是科学生涯中的一种职业风险。从另一方面讲，如果一个科学家过分顾及犯错误而不敢大胆猜想，他的一生就很难谈得上有什么创造，最终会跟那些二流的寡产作家一样：品位高，爱推敲，却始终动不了笔。①

就是说，包括他自己在内的有想象力的科学家，都是不畏挫折和风险，即使犯了错误，仍坚持不懈——不悲叹，不沮丧，继续从事研究。

3. 有错必纠。梅达沃认为，科学家不可能不犯错误，但关键是不仅要坚持不懈，而且要敢于承认错误和纠正错误——无论是自己的错误还是别人的错误。他说：

> 有时，科学家尽管采取了最谨慎的防范措施，但仍然会犯事实方面的错误——比如说，想象中应该纯净的酶制剂中混入了杂质，或是在使用纯种小鼠时错用了杂交鼠；假若如此，那就必须毫不迟疑地承认错误。人类的本性就是这样，如果科学家承认错误，他会得到人们的赞扬，而不会丢面子。②

他还严正指出："科学家要想多交友、少树敌，不能总是奚落和批评别人，否则就会落下爱挑毛病的名声；但一味地默许和迁就别人的谬误、迷信，或明显不正确的观点，就是对科学不负责任。发现并苛评别人的谬误，不免会得罪一些人，会损害友谊，但却会赢得人们的尊重。"③就是说，无论是自己的错误，还是别人的错误，都不应试图掩饰，而应设法纠正。他充分肯定科学哲学家托马斯·库恩（Thomas S. Kuhn, 1922—1996）提出的"科学范式"理论，认为应该不断修正科学原有的范式或理论：

---

① 彼得·梅达沃：《一只会思想的萝卜——梅达沃自传》，袁开文等译，上海科技教育出版社1999年版，第96页。

② Medawar, Peter. *Advice to a Young Scientist*. New York：Basic Books, 1979, p 38.

③ Medawar, Peter. *Advice to a Young Scientist*. New York：Basic Books, 1979, p 48.

　　库恩著作中的一些观点让我认识到,他所说的常规科学生活,就是心安理得、虔诚庸俗地满足于业已确立的事物秩序。但实际上,它更像一系列的持续革命;在所有从事独创性科学研究的实验室里,一切都在不停发生变化……这儿,我们认为,如果把"常规科学"的不断更替比作一系列的革命,可能会更贴切些。①

　　即是说,科学理论都不同程度地存在着一些缺陷或错误,而错误不断得到纠正、理论不断得到更新,才是科学界的常态。他强调,不存在完全正确或永远正确的绝对真理,因而,掩饰错误是一种恶行,而具有批判精神,能发现、指出和纠正错误,则是科学界的福音。他说:

　　当一位科学家用以确立一些观点的实验设计得马马虎虎、做得也并不好时,如果同事向他打包票说,你的工作做得没有瑕疵、令人信服,你的观点真的是条理分明,这就绝对不是友善表示,实际上却可能是一种敌意举动。从更宽泛的意义上来说,批判性在所有科学方法中是最强有力的武器;它是让科学家不至于坚持错误的唯一保障。所有实验设计都是批判性的。如果某项实验不可能使人们修正自己的观点,为什么还要做这项实验就值得考虑了。②

　　意思是说,实验的作用是让研究者发现自己的观点或假说的缺陷或不足,从而对其进行修正或完善。

　　4. 自信乐观。梅达沃认为,自信和乐观对科研工作非常重要。他写道:"科学家也往往具有乌托邦式的性格——他们相信,在原则上甚至在实际上,一个完全不同的、总的来说是更好的世界有可能存在。"③就是说,科学家通常比较乐观,他们一般倾向于向前看。他这样描述他在伦敦大学学院任

---

①　Medawar, Peter. *Advice to a Young Scientist*. New York：Basic Books, 1979, p 93.

②　Medawar, Peter. *Advice to a Young Scientist*. New York：Basic Books, 1979, p 94.

③　Medawar, Peter. *Advice to a Young Scientist*. New York：Basic Books, 1979, pp 95-96.

职时的精神状态:"伦敦大学学院期间是我学术生涯中最富有成果的阶段。比尔、布伦特和我都清楚我们要干什么,而且也不担心我们完成这些工作的能力。"①显然,他和他的研究团队的成员当时相当自信和乐观。即使他中风之后,也没有灰心丧气,而是继续从事科研和科普工作。有人对用抗胸腺血清疗法治疗多发硬化症持消极态度,梅达沃对此进行评说时,引用培根的话,阐明了自信和乐观对科学研究的至关重要性:

> 那些对这种治疗方法采取虚无主义态度的人认为:"肯定没有效果。"培根(Francis Bacon)曾经有力地斥责这种失望情绪为他那个时代阻碍科学进步的主要障碍。他在《伟大的复兴》一书的前言中把这些人描述为"没有激情的人,他们不是没有志向,就是不想深入研究"。灰心丧气的情绪确实是学术进步的障碍,无论它是自产的,还是同事带来的(因为这种情绪在实验里具有感染作用);相反,自信和乐观是一个成功科学家的标志。②

5. 协同合作。梅达沃倡导科研人员之间要协同合作,并阐述了合作的重要意义、前提条件和一些具体措施。他说:"我几乎所有的科研工作都是与他人合作完成的,因而自认为是这方面的权威。"③他这样陈述自愿协同合作的重要作用:

> (在合作的计划阶段)我们可以创造一种气氛,在这种环境下,研究集体中一个成员的思想可以激发其他成员的思想,因此,他们的思想互为基础共同发展。结果,谁也不能肯定某一思想属于谁。但重要的是,大家共同想出了一个办法……协同是合作的关键,它意味着,合力要大

---

① 彼得·梅达沃:《一只会思想的萝卜——梅达沃自传》,袁开文等译,上海科技教育出版社1999年版,第117页。
② 彼得·梅达沃:《一只会思想的萝卜——梅达沃自传》,袁开文等译,上海科技教育出版社1999年版,第149页。
③ Medawar, Peter. *Advice to a Young Scientist*. New York: Basic Books, 1979, p 33.

于应对同一问题的数个分力的总和,但合作不是强制性的······①

关于合作的前提,他说:"要想合作,应当喜欢自己的同事,并钦佩他们所特有的天赋,否则就应避免进行合作。合作需要有豁达大度的精神,因而那些发现自己生性嫉妒、经常与同事争风吃醋的年轻科学家,切勿与他人共同承担任务。"②关于合作成果的发表方式,他写道:"合作产生的成果最后发表的时候,年轻科学家自然希望能在文首署上自己的姓名,不过名次排得不要过于显眼,以免让同事觉得不公正——这样他们就不会在背后说三道四了。我本人喜欢并经常采用按字母顺序排列的署名规则。"③他如此不厌其烦述说与实验室的技术员平等合作的原因和具体做法:"技术员从事某些理论工作或实际操作时,常常比、也理应比'学术'人员或教学人员干得更为出色。说他们'理应干得出色',是因为技术员有时比其协助的学者更为专业化"④;"在合作研究中,技术员依旧是同事,在某些情况下应充分考虑他们的意见,例如,某项实验旨在检验什么假说,以及通过相互商议所采取的步骤,用何种方式实施才能'有助于最终效果'(培根语)"⑤。

二、科学方法

梅达沃宣称,科学研究没有方法可言。他在自传中说:

现在我终于明白我在一些无关紧要的计划、休闲和幻想上浪费了太多的时间。那些认为科学家都是掌握"科学方法"武器之人的外行人和哲学家可能会纳闷,我怎么会让时间白白浪费掉,但世界上并没有什么科学方法,我并不认为我的所作所为比一些作家更有损名誉——他

---

① Medawar, Peter. *Advice to a Young Scientist*. New York: Basic Books, 1979, p 34.
② Medawar, Peter. *Advice to a Young Scientist*. New York: Basic Books, 1979, p 34.
③ Medawar, Peter. *Advice to a Young Scientist*. New York: Basic Books, 1979, p 35.
④ Medawar, Peter. *Advice to a Young Scientist*. New York: Basic Books, 1979, p 35.
⑤ Medawar, Peter. *Advice to a Young Scientist*. New York: Basic Books, 1979, p 36.

们在成名作问世前,把时间都花在赚稿费和半途而废的手稿上。①

就是说,作为一个科学家,他也并没有掌握什么科学方法,所以在研究生涯中浪费了不少时间,而不是在任何时段都有所成就,但却也不因此感到羞愧;那些认为科学家都是掌握了所谓的高效科学方法的人,反而是外行。

虽说如此,梅达沃的本意却是,不存在固定的或普适的科学方法。他以自问自答的方式写道:"存在着'科学思维'这种东西吗？我认为不存在。或者说,存在着特定的科学方法吗？我还是认为不存在。"②他进一步解释说:

> 对科学哲学的无知——有时几乎是蔑视,不仅存在于科学家当中,而且存在于专业的批评家当中——这些批评家本应该更熟悉科学哲学,而他们也经常声称如此。这就导致了一种普遍误解:科学是按照被称作"特定的科学方法"的一些固定的思维规则去研究的。因而人们普遍认为,科学家只要获得资金和相关资源,就可以运用科学方法去解决所面临的几乎所有难题。③

在他看来,科学方法就是科学思维方式;不存在普遍有效、能够解决所有难题的固定的科学思维方式或科学方法;不同领域、不同问题需要不同的思维方式或方法。

需要强调的是,梅达沃深受他所提携的科学哲学家波普尔的影响,一直在力倡他称之为"假说—演绎"的科学方法,尽管在他看来,该方法贯穿科学认识或科学发现的整个过程,是一种统合了理性和非理性方法的科学发现过程(scientific process)。他说:

---

① 彼得·梅达沃:《一只会思想的萝卜——梅达沃自传》,袁开文等译,上海科技教育出版社1999年版,第65—66页。

② Medawar, Peter. *The Strange Case of the Spotted Mice and Other Classic Essays on Science*. ed. David Pyke. Oxford: Oxford University Press, 1996, p 71.

③ Medawar, Peter. *The Strange Case of the Spotted Mice and Other Classic Essays on Science*. ed. David Pyke. Oxford: Oxford University Press, 1996, p 141.

　　人们如果回顾某一段科学探索的历程，可能会发现，该过程具有"假说—演绎"的特点。尽管如此，年轻科学家可能仍会怀疑，有没有必要为科学探索建立无所不包的模式。他可能暗想，大部分科学家在科学方法方面并未接受过正规教育，而那些学过科学方法的人，看来并不比那些没有学过的人干得更出色。

　　年轻科学家并无必要装模作样地接受科学方法的训练，但他们必须清楚认识到，搜集事实至多只能算是一种消遣，并不存在能够迅速引导他从经验性观察走向真理的思维公式和推理程序。在观察和对观察结果的解释之间，通常还穿插了另一种思维活动。我已经解释过，科学中的创造性活动，就是想象性的猜测。①

　　在梅达沃看来，无法靠归纳推理从感性的观察结果直接推出（获得）真理；科学家若想有所创新——发现真理，需要运用"假说—演绎"的方法或思维过程。

　　梅达沃认为，科学探索或研究从一开始就是有目的、有理论（或潜在假说）指导的活动，科学观察或实验并非像培根和约翰·穆尔（John S. Mill，1806—1887）所标榜的那样，是纯粹客观的、由大脑所做的镜子式的反映活动，而是由伽利略所示范的、带着想象性的假说去观察自然现象的活动。在他看来，培根型实验意味着，"掀开偏见和先入为主的面纱，观察事物的本来面目，就可以获得真理……理解真理，需要各种事实材料……我们必须设计一些实验，设法获得经验……只有通过这种形式的实验，我们才能构筑起事实材料的庞大体系"，根据归纳主义法则，"我们对自然界的理解就会因此而增长"。② 就是说，培根型的实验是放空自我，不受任何先见的影响，通过观察一系列实验中呈现的大量现象，并进行归纳，就可以获得真理。而"伽利略型实验是判别性实验，在诸种可能性中进行辨别。辨别过程或为我们采

---

① Medawar, Peter. *Advice to a Young Scientist*. New York：Basic Books, 1979, p 93.

② Medawar, Peter. *Advice to a Young Scientist*. New York：Basic Books, 1979, p 70.

取的观点提供证据,或促使我们认识到,原先的观点需要修改"①。伽利略型的实验是带着假说去做实验,通过实验中观察的现象,要么证实假说,要么证伪假说(发现假说的缺陷,对其进行修正),从而发现真理。

可以说,梅达沃反对培根型的实验和归纳法,力倡伽利略型的实验和"假说—演绎"法。他强调:"观察是一个判别性的、有目的的过程……实验同样是一个判别性的过程,它在诸种可能性中进行辨别,并为进一步探索指明方向。"②就是说,科研人员是带着一种目的——检验或批判假设,去观察或实验的,在此过程中通过观察的现象,对自己的假说进行判别,进而不断完善、修正甚至摈弃这一假说,从而发现有关世界的真相——真理。他写道:

> 真理并不是摆在自然界中等待自行显露……每项发现、每次理解的拓展,其起点都是对真理的富有想象力的构想。这种构想被称为"假说",它源于富有创意的思维过程,这种思维过程总是好理解又不好理解;它是灵机一动的思想,是受灵感启示做出的,是洞察力爆发的结果。不管怎么说,它来源于内心,是任何已知的发现都无法企及的。假说是有关世界的或世界的某些特别有趣的方面的不成熟的法则。③

就是说,假说是暂时性的,但却富有创新性,它的形成具有包括想象、直觉、灵感在内的非理性思维的特征。而假说的判别以及修正乃至摈弃,则包含演绎推理的特点。他说:

> ……日复一日的科研工作的主旨不是寻找事实,而是要检验假说,即查明假说或假说的逻辑含义对真实生活的表述是否真实。如果假说是一项发明,则要看它是否能起作用。按照伽利略的观点,实验一词正是在这一意义上得到广泛运用的,实验就是被用来检验假说的活动。

---

① Medawar, Peter. *Advice to a Young Scientist*. New York: Basic Books, 1979, p 71.

② Medawar, Peter. *Advice to a Young Scientist*. New York: Basic Books, 1979, p 82.

③ Medawar, Peter. *Advice to a Young Scientist*. New York: Basic Books, 1979, p 84.

....

实验科学的大部分日常工作,就是用实验方法检验假说的逻辑含义,即检验暂时假定假说为真的时候,所引出的结果。我所说的判别型(伽利略型)实验,为进一步推测指明了方向。实验结果可以起两种作用:一是对正在研究中的假说进行调整,这时,假说要接受某些更进一步、更具探索性的实验的检验;二是对假说进行修改,严重时需要彻底否定某个假说。①

在他看来,检验假说的时候,假说相当于演绎推理的大前提,由此推断出相关结果(理应如此的结果),然后与实验的真正结果进行对照,进行判别,进而对假说进行完善、修正或摒弃。可以说,这一阶段更多地体现了理性思维的特征。而且他还指出:"上述思维活动是一切探索过程的共同特征,并不局限于实验科学。"②即是说,假说—演绎法的适用范围并不仅仅限于实验科学。

梅达沃始终强调理性方法和非理性方法的统一。他写道:

威廉·布莱克曾说:"抛弃理性推演,迎来灵感潮水。"持这种看法的还有培根、洛克(John Locke,1632—1704)和牛顿。但科学家确信,自己的知识和研究工作深深吸引着他,使他过着热情而不失理智的生活;科学家可能曾为布莱克的观点而惊奇,却从未因此而困扰。

人们循着俗套把"科学家"讥讽为冷漠地潜心搜集事实,并在事实基础上进行计算的人物,这无异于把诗人描绘成穷困潦倒、蓬头垢面、衣冠不整、一阵阵地发着诗歌狂的痨病鬼。③

在他看来,只强调理性方法(思维)和只强调非理性方法(思维)都是不对的,科学家应该把两者结合起来。他还写道:

---

① Medawar, Peter. *Advice to a Young Scientist*. New York:Basic Books, 1979, pp 84-85.
② Medawar, Peter. *Advice to a Young Scientist*. New York:Basic Books, 1979, p 86.
③ Medawar, Peter. *Advice to a Young Scientist*. New York:Basic Books, 1979, p 40.

科学家都无条件地相信推理的必要性。至少在这个特定意义上说，科学家作为一个阶层要算作是理性主义者。任何强迫他们从这个观点后退的做法都会令他们惊讶，并伤害他们的感情……

然而，年轻科学家切勿将推理的必要性错当成推理的充分性。理性主义不能回答许多简单而幼稚的问题；诸如涉及起源和目的的那些问题，常被轻蔑地斥为不成问题的问题，或是貌似问题的问题，尽管人们早已十分清楚地了解这些问题，而且长期以来就知道了问题的答案。①

就是说，理性方法并不是万能的和唯一有效的科学方法或思维方式，而非理性方法可以用来回答涉及起源和目的之类的问题，两种方法应该互为补充，相得益彰。

梅达沃尽管偏爱用"假说—演绎"方法来描述科研过程，但同时指出："如果我的偏爱使人认为，'假说—演绎'框架是对科研过程唯一通用的解释，那实在太不公平了。"②显然，他倡导的是科学方法或思维方式的多元化，并不认为假说—演绎法是唯一有效的科学方法或科学发现的模式。

三、科学与社会

科学与社会的相互关系或影响，是科学哲学的一个分支——科学社会学研究的主要内容。梅达沃认为，科学既能造福人类社会，又能危害人类社会，之所以会产生截然不同的两种结果，完全是由运用科学的人及其意图所致，与科学本身没有任何关系。他说：

人们一度认为，科学理所当然地会与文明并肩努力，为改善人类生活做贡献，但现在情况已经改变。人们现在认为，科学非但不能为大多

---

① Medawar, Peter. *Advice to a Young Scientist*. New York: Basic Books, 1979, p 101.

② Medawar, Peter. *Advice to a Young Scientist*. New York: Basic Books, 1979, p 91.

数人谋得更大幸福,其成果反而会使老百姓倍感亲切的东西为之减色
……你还可能听说,由于科学发展,技巧取代了艺术:摄影取代了肖像
画;广播电视网的音乐取代了音乐厅的现场演奏,美味佳肴只好让位于
人工代用品。连旧式的带皮面包也得进行化学漂白或"改良"——脱维
生素、加维生素,蒸汽烘干、预先切成薄片,再用聚乙烯薄膜包得方方
正正。

然而这是老调重弹,它与贪婪无度、制造业的利益和不端行为有更
密切的关系,而与科学无关……①

在他看来,科学本身是中性的,它可以使人类的行动能力大大增强;而
大大强化了的行动能力,可能造福人类,也可能危害人类;最终哪一种可能
性会成为现实,取决于决定科学的研发或应用方向的政治决策,或科学以外
的某些人的贪婪、商业利益或征服欲望,这是科学本身无法决定或选择
的——比如说,原子技术是用来建核电站,还是用来造原子弹,取决于政客
的决策。他说:"科学事业的方向就是由政治决策决定的,或者归根结底是
由科学以外的裁决行动决定的。科学为人类行动提供了一些可能途径,但
它本身并不在这些途径中进行选择。"②他强调,科学带来的负面影响,问题
不在于科学本身,而在于运用科学的人的拙劣行为:"当然,可以说是科技为
战争设计了新式武器,而更为重要的是,要让武器为战争罪行负责是愚蠢
的。我不妨这样解释自己的观点:我们在处理自己的事务时常常表现得很
拙劣,但正像所有拙匠一样,我们反而怪自己的工具差。"③即是说,科学和技
术只不过是人类的工具,工具最终会产生何种结果,完全取决于其运用者及
其目的,而与工具本身毫无关系。

尽管如此,梅达沃主张,科学家要为科学能造福人类社会而努力。一方
面,科学家应抵制危害人类社会的技术的研发或应用:"如果科学家确信某

---

① Medawar, Peter. *Advice to a Young Scientist*. New York: Basic Books, 1979, pp 31-32.

② Medawar, Peter. *Advice to a Young Scientist*. New York: Basic Books, 1979, p 99.

③ Medawar, Peter. *The Strange Case of the Spotted Mice and Other Classic Essays on Science*. ed.
David Pyke. Oxford: Oxford University Press, 1996, p 117.

一研究项目只能促成发现一种肮脏的、能更快地毁灭人类的手段时,千万不要进行这种研究——除非他支持这种罪行。"①另一方面,应该克服一些浪漫主义者对科学功能的误解,让科学研究能继续进行下去。这些浪漫主义者认为,"物质繁荣会导致精神上的贫困"②。言外之意是,应该摈弃人类物质繁荣的推动者和精神贫困的替罪羊——科学。梅达沃指出,物质进步不可能必然促进人的精神境界的提升,但对其是有益的:

> 我们再一次被要求在充分和必要之间划出一条界限来。要充分提升人的精神境界,只有良好的排水系统、快捷的通信系统和坚固的牙齿当然是不够的,但这些东西却是有帮助的。难道只有贫困、自私和疾病才会产生创造性吗?任何人都不要被这种浪漫主义的废话迷惑。③

就是说,物质进步不是精神提升的充分条件,却是其必要条件,因而不应把人类的精神危机归罪于物质繁荣及其推动者——科学,不应因世风不良而抛弃科学。他承认,科学并不是万能的,许多社会问题并非因为科学发展就会迎刃而解。比如,对人口过剩、多种族社会中的种族冲突等社会问题,单靠科学并不能得以解决,但科学家对这些问题的解决可以作出一定贡献:"这些都不是科学问题,也不必用科学的方法去解决。但这绝不意味着,科学家看到某些事件或政治决策影响国家乃至人类的健康发展时,只能感到震惊。作为科学家,他们发现,自己对这些问题的解决能起到必要和显著的作用。"④比如,科学家研究出的避孕技术有助于控制人口增长。他"也许会揭露种族优越主义的荒谬借口,以及从邪恶的老弗兰西斯·高尔顿爵士(Sir Francis Galton,1822—1911)的作品滋长出的精英遗传的大杂烩。他最终可能让在种族关系问题上倒行逆施的政客明白,别指望科学家去支持或宽恕他们的罪行"⑤。即是说,科学家的积极作为可以促使一些社会问题的

---

① Medawar, Peter. *Advice to a Young Scientist*. New York: Basic Books, 1979, p 37.
② Medawar, Peter. *Advice to a Young Scientist*. New York: Basic Books, 1979, p 101.
③ Medawar, Peter. *Advice to a Young Scientist*. New York: Basic Books, 1979, p 102.
④ Medawar, Peter. *Advice to a Young Scientist*. New York: Basic Books, 1979, p 104.
⑤ Medawar, Peter. *Advice to a Young Scientist*. New York: Basic Books, 1979, p 104.

解决——前者是后者的必要条件；但却不是其充分条件——前者并不能必然导致后者。

梅达沃指出，科学非但不是精神贫困的根由，相反，它可以改进精神生活。科学能把人类"从无知和迷信的桎梏中解放出来"；"科学革命对人类思想的最大解放，是让人类对世界的未来有所期待"。[1] 他举例说，300 年前，约翰·邓恩和厄谢尔主教（James Ussher, Archbishop, 1581—1656）宣称，寿命只有 6000 年的世界已接近末日，下一个世界即将来临，结果是，"相关信徒会忍受当前的世界的不完善和无意义——它只是通往美好世界的中转站"[2]。邓恩是著名诗人，也是教士。邓恩和厄谢尔主教对世界真相的无知和对宗教教条的迷信，使他们误认为当前的世界即将终结，从而使他们不是积极地去改变当前社会的弊端，去探寻生活的意义，而是把所有的希望都寄托在世界毁灭、上帝审判之后而诞生的另一个世界。现代科学认为，宇宙起源于约 137 亿年前，太阳还有 60 亿年的寿命。这样的科学知识使大多数人得以树立科学的世界观和人生观——解除了对自然真相的无知和对宗教信条的迷信的束缚，人类的生活态度就会更为积极，他们对未来生活就有美好期待，其精神生活就会更为正面，也更为充实。

梅达沃认为，科研管理、科学奖励、竞争机制等社会因素，对科学研究都会产生影响。他告诫年轻科学家不要嘲笑、贬低科研管理工作："如果他们意识到，科研管理人员与他们一样是在解决问题，是在为学术进步而工作，可能有助于他们成熟起来。"[3]他解释道：

> 高级科学家常常转向管理，因为他们认为，这是自己对学术进展作贡献的最佳方法——这也是，也应该是，年轻科学家的雄心所在。做出这种决定，就得准备做出个人牺牲。它常常意味着要放弃研究，因为责

[1] Medawar, Peter. *The Strange Case of the Spotted Mice and Other Classic Essays on Science*. ed. David Pyke. Oxford：Oxford University Press, 1996, pp 83-84.

[2] Medawar, Peter. *The Strange Case of the Spotted Mice and Other Classic Essays on Science*. ed. David Pyke. Oxford：Oxford University Press, 1996, p 84.

[3] Medawar, Peter. *Advice to a Young Scientist*. New York：Basic Books, 1979, p 56.

任重大的管理工作耗时过多,使人无法从事需要专心致志的研究活动。①

就是说,科研管理会大量占用相关科学家的研究时间,但却可以对整个科学事业作出贡献。即使如此,梅达沃认为,科学家不应因为替科研管理机构效力,就完全放弃自己的科研工作。他说:"年轻科学家发现,为委员会服务挤占了他们本来想做实验的大部分时间";但"为委员会服务或是参加其他业余团体,永远也不应成为不做研究工作的借口,因为研究是科学家的首要工作。我不知道曾有哪位优秀科学家借此逃避科研,只有低能者才这样做"。② 在梅达沃看来,研究是优秀科学家始终不渝的最高追求。

梅达沃指出,科学奖励也是把双刃剑——既可以妨碍科研,又可以促进科研。一方面,奖励或荣誉可能导致其获得者终止研究。因而他说:"年轻人过早成功'没有好处',我们常听人说,过多获奖和过高学术地位可不是好兆头③;"还记得当年我在牛津大学读书时,曾与一位研究生同学用惊讶语气议论过一个大学老师——那人大言不惭地说:'一旦我进入皇家学会,就彻底放弃科学研究。'看来真是恶有恶报,他压根儿就没得到机会满足这一可耻欲望"④。即是说,奖励或荣誉会使一些获得者将其当作享乐的资本,在研究方面固步自封。另一方面,奖金和奖励的"遴选和提名的基础都是对同事的良好评价,即对同事的重视,这正是科学家们求之不得的。获得奖励会使杰出科学家的道德发生一次升华——接受他人的这种信任和尊重,将会促进他们的研究工作,有助于他们更上一层楼"⑤。

梅达沃非常重视竞争机制对科研的重要作用,所以他在担任英国国立医学研究所所长期间,"首要任务是营造一个浓厚的学术氛围",原因是,"由于医学研究委员会提供的雇用合同很宽松,科研人员也不愁缺少资金和设

① Medawar, Peter. *Advice to a Young Scientist*. New York: Basic Books, 1979, pp 56-57.
② Medawar, Peter. *Advice to a Young Scientist*. New York: Basic Books, 1979, p 57.
③ Medawar, Peter. *Advice to a Young Scientist*. New York: Basic Books, 1979, p 79.
④ Medawar, Peter. *Advice to a Young Scientist*. New York: Basic Books, 1979, p 80.
⑤ Medawar, Peter. *Advice to a Young Scientist*. New York: Basic Books, 1979, p 80.

备而无法搞科研,故与其他研究机构相比,医学研究所明显缺乏竞争机制,科研人员的进取精神也很不够"①。他认识到,缺乏竞争机制,干好干坏一个样,会使一些研究人员缺乏进取心,浑浑噩噩地混日子,浪费国家或社会的研究资源。因此,他的管理原则一如一位前任所长——激励上进精神,杜绝混日子行为:"正如研究所的一位前任所长戴尔(Henry Dale,1875—1968)所说,他宁愿把国立医学研究所办成一个培养教授的摇篮,也不愿使它成为那些在学术上毫无建树的研究人员的庇护所。"②

四、科学与人文

本节所说的"人文",是指人类社会的各种文化现象,包括文学、艺术、历史、哲学、美学等,而不是指反对神的权威、重视人的尊严和个性及人的潜力的人文主义。

梅达沃认为,科学与文化存在着密切联系,科学家至少要熟悉自己研究领域的思想史——科学史。他在《进步的希望》一书中指出:"科学发展具有特殊性,从某种意义上说,科学本身就包含了自身的文化史;科学家的一切工作与其前辈都有密切关系:每一个新概念,甚至提出新概念的可能性,都体现了过去的思想。"③科学各个研究领域的成就都是以前人的成果为基础的——正如前文所述,梅达沃反复强调,科学家观察或实验时,并不是脑子空空,而是带着明确的或潜在的假说;这些假说在不同程度上会受到前辈的概念和理论的影响或启发。而且,梅达沃认识到,科学史是文化史的一部分。他不仅指出了熟悉前人思想对科研的重要性,而且把这些思想及其来龙去脉提升到了文化和文化史的高度。他强调说:

> 无论如何,人们普遍认为,不关心思想史表明在文化上未开化;而且应该指出,这种观点很对,原因是,对思想的发展和变迁不感兴趣的

---

① 彼得·梅达沃:《一只会思想的萝卜——梅达沃自传》,袁开文等译,上海科技教育出版社1999年版,第130页。
② 彼得·梅达沃:《一只会思想的萝卜——梅达沃自传》,袁开文等译,上海科技教育出版社1999年版,第130—131页。
③ Medawar, Peter. *Advice to a Young Scientist*. New York: Basic Books, 1979, p 30.

人,或许不会对理性探索的生活感兴趣。在成果不断的研究领域里工作的年轻科学家,当然应当弄清当代学术观点的起源和发展过程。①

需要指出,这儿的思想和思想史指的是科学思想和科学思想史。

梅达沃不仅重视科学和文化(尤其是科学思想史)的关系,而且重视科学和艺术的关系。他说:"除非有相反证据存在,科学家都会被认为是没有文化、审美情感粗俗的人。"②他不仅期望科学家熟悉科学思想史,而且期望他们能体验到类似艺术美感那样的高雅的科学美感。他认识到,科学研究给科学家带来的兴奋和陶醉的感觉,类似艺术美感:"如果科学家的工作前途光明,他们就能沉浸在研究之中,并且有心荡神怡的感觉,这时他们会为那些不能体验这种欣喜之情的人感到遗憾;许多艺术家也有同感。"③就是说,科学和艺术有相似之处,都能使当事人体验到强烈美感。他坚持认为,科学研究过程存在诗的元素,是诗意和理性的统一。他写道:"科学家真的需要自由地想象,但又要敢于怀疑,既要富有想象力,又要具有批判精神。在某种意义上说,科学家必须有自由,在另一种意义上说,他的思想应受到严密管制;科学当中有诗的元素,但也包含许多数据。"④如前所述,他偏爱"假说—演绎"法,并阐释道:在形成假说的阶段,科学家需要艺术(非理性)思维——大胆的、自由的、富有创造性的想象;在论证或"演绎"的阶段,科学家需要理性思维——批判怀疑、精确严密、有数据支撑。

梅达沃主张,科学与人文应互动共容,相得益彰——科学家需要熟悉人文,人文学者也需要了解科学。正如古尔德所指出的,"梅达沃是一位伟大的人文主义者";但对于把人文追求视为人类的唯一辉煌成就那样自负的人文专家,他持反对态度——他"经常说,科学家如果对莎士比亚和贝多芬(Ludwig van Beethoven, 1770—1827)一无所知,将会被视为无知,但人文主

---

① Medawar, Peter. *Advice to a Young Scientist*. New York: Basic Books, 1979, p 30.

② Medawar, Peter. *Advice to a Young Scientist*. New York: Basic Books, 1979, p 29.

③ Medawar, Peter. *Advice to a Young Scientist*. New York: Basic Books, 1979, p 33.

④ Medawar, Peter. *The Strange Case of the Spotted Mice and Other Classic Essays on Science*. ed. David Pyke. Oxford: Oxford University Press, 1996, p 63.

义者对达尔文和牛顿同样知之甚少,却常常反以为荣! 这一说法令人信服"①。在梅达沃看来,不了解或漠视人文的科学家和不了解或漠视科学的人文学者,都是错误的;科学与人文没有高下之分,二者应平等交流,互相促进。

五、科学与宗教

具有现代科学知识和科学思维的梅达沃不信宗教,他认为,上帝及其万能的性质只是一些人的迷信之虚幻产物,人类的命运并非取决于上帝,而是取决于自己。他明确指出,自己在《科学的限度》一书中"所采取的非宗教态度代表了我的非宗教思想,因为即便是在上帝给了我安慰,而我也表示最热忱欢迎的情况下,我也没有受到宗教思想的影响"②。在他看来,实际上上帝是不存在的,只因为一些人的迷信,才产生了虚幻的上帝:"不是因为上帝存在我们才信上帝,而是因为我们信上帝,上帝才存在。"③同理,上帝是世界万物的创造者和第一推动者,这仅仅是由于一些人的迷信产生的幻觉:"上帝的客观存在依赖于我们相信它是如此,如果我们不相信有上帝,我们对它的崇敬以及我们和它之间的对话将不复存在,我们也不会再把它看作是万物的第一推动者。"④他坦承:"我不认为自己是神力的受害者或受益者;我不相信,尽管我宁愿会是那样——上帝像被期望的那样,在照看着儿童的福祉(就是说,像无微不至的父母,或像儿科医生和好老师)。我不相信上帝会那样做,原因是,没有任何理由能让我相信会是如此。"⑤他不认为上帝有任何能力,是因为他具有科学的理性思维——如果没有证据或充分的理由,他就

① Medawar, Peter. *The Strange Case of the Spotted Mice and Other Classic Essays on Science.* ed. David Pyke. Oxford: Oxford University Press, 1996, p ix.
② 彼得·梅达沃:《一只会思想的萝卜——梅达沃自传》,袁开文等译,上海科技教育出版社1999年版,第172页。
③ Medawar, Peter. *The Strange Case of the Spotted Mice and Other Classic Essays on Science.* ed. David Pyke. Oxford: Oxford University Press, 1996, p 207.
④ Medawar, Peter. *The Strange Case of the Spotted Mice and Other Classic Essays on Science.* ed. David Pyke. Oxford: Oxford University Press, 1996, p 208.
⑤ Medawar, Peter. *The Strange Case of the Spotted Mice and Other Classic Essays on Science.* ed. David Pyke. Oxford: Oxford University Press, 1996, p 209.

不相信或不接受任何观点。他强调,人类的命运掌握在自己手里:"无论是作为个人,还是作为政治人物,我们对自己的未来都具有发言权,所以,除了我们自己的努力,还有其他什么力量能左右我们的命运呢?"①

梅达沃指出,背离理性原则而迷信宗教弊大于利。他说,迷信宗教"会导致灾难和毁灭。宗教信仰为族群仇恨提供了虚假的精神动力,这类现象我们可以在低地国家(荷兰、比利时、卢森堡)、锡兰、北爱尔兰以及非洲的一些地区看到"②;"宗教只给少数人带来慰藉和精神力量,而给大多数人带来的只是大量的血和泪,因而我们没有理由把宗教信仰看作是'道德理据'"③。就是说,有证据表明,宗教给大多数人带来了仇恨和痛苦;而认为宗教信仰可以作为使人辨别是非的"道德理据"的观点,却找不到证据,因而是错误的。

尽管如此,梅达沃认为,科学对宗教应抱宽容态度,二者应和平共处。他写道:"在哲学上成熟的人知道,用科学'攻击'宗教,与死抱着宗教不放一样,都是错误的,两者没有太大差别。科学家一般不以居高临下的态度谈论宗教。"④成熟的哲学思维的一个重要特征是批判性和辩证性:批判性意味着对待任何事物时不能肯定一切;而辩证性意味着,即使批判也并不是要否定一切。对待科学和宗教也应如此。科学和宗教有不同的思维方式;用科学攻击宗教,意味着要完全否定宗教,死抱着宗教不放,意味着要完全肯定宗教,因而都是错误的。梅达沃没有忘记,在历史上,清教对科学曾起过促进作用:

现代科学的起源在宗教和文字上与《圣经》的关系,可能比人们普遍认为的要密切得多——那些在传统观念中成长起来的人,可能会对

---

① Medawar, Peter. *The Strange Case of the Spotted Mice and Other Classic Essays on Science.* ed. David Pyke. Oxford: Oxford University Press, 1996, p 211.

② Medawar, Peter. *The Strange Case of the Spotted Mice and Other Classic Essays on Science.* ed. David Pyke. Oxford: Oxford University Press, 1996, p 209.

③ Medawar, Peter. *The Strange Case of the Spotted Mice and Other Classic Essays on Science.* ed. David Pyke. Oxford: Oxford University Press, 1996, p 210.

④ Medawar, Peter. *Advice to a Young Scientist.* New York: Basic Books, 1979, p 31.

这种说法大吃一惊。被韦伯斯特（Charles Webster, 1851—1891）挑出来做特别研究的那个时期——1626年至1660年，是近代史上最激动人心、最令人兴奋的时期，是充满伟大希望的创业时代。当时，科学是由圣职人员支配的，这些支配者在事业上的成就，在很大程度上要靠清教徒的恩惠。[①]

就是说，清教对科学曾起过积极作用；即使在当代，一些科学家也是信仰宗教的，因而不能完全否定宗教；同时，也不能完全肯定宗教。可以说，梅达沃在哲学上是成熟的——他认识到，宗教有许多瑕疵，但却并非一无是处，而科学尽管威力巨大，但也绝不是无所不能。他说，自己写《科学的限度》一书的"目的是要说明为什么科学看起来无所不能，但实际上它却解决不了那些与自然、目标和人类命运息息相关的最基本的问题。我相信人们可以从宗教、玄学或者幻想文学中找到答案"[②]。他的观点是，即使在当代，科学并不是万能的，宗教仍有一定功能——可以解释科学还没能解决的问题；即使宗教对有关难题给出的答案是不正确的，但给出答案却满足了人类总是想知道问题的答案这样的天生欲望。

第二节　梅达沃科学散文代表作的语言风格

梅达沃上述3部科学散文代表作，不仅以丰富的知识性和深邃的哲理性赢得读者，而且以形象生动、倾注感情、有音乐感、幽默风趣的语言感染读者。

一、形象生动

梅达沃运用比喻、类比等修辞手法，以及感性化的词语，使其科学散文的语言相当形象、生动。

---

① Medawar, Peter. *Advice to a Young Scientist*. New York: Basic Books, 1979, pp 99-100.
② 彼得·梅达沃:《一只会思想的萝卜——梅达沃自传》,袁开文等译,上海科技教育出版社1999年版,第172页。

他用隐喻手法描述科学家因对自己的假说过分执着而浪费光阴的
情况:

> 科学家的共同弱点是迷恋于(fall in love with)某个假说,对此不愿
> 接受否定的结果,我本人也因此遭受损失。对自己宠爱的假说恋恋不
> 舍(A love affair with a pet hypothesis)可能会浪费好几年宝贵时间。对
> 这种假说,最终常常得不到明确的肯定性结果,但明确的否定性结果倒
> 是经常出现。①

这段文字中,他把自己在较长时间内不愿放弃无法得到证实的假说,比
喻为恋爱者久久无法放弃对不爱自己的异性的追求:得知自己追求的异性
的确不爱自己这个"否定的结果",却还继续去追求,肯定是浪费时间;明知
自己偏爱的假说无法用证据来证实,这也是一个"否定的结果",却还要继续
花时间找证据去证实,也是在浪费时间。这一生动隐喻把一条宝贵教训蚀
刻在读者脑海里:在科研过程中,要理性客观,千万不能像谈恋爱一样感情
用事。

他还用隐喻述说自己的一篇科学随笔《幸运吉姆》("Lucky Jim")的写
作初衷:"詹姆士·沃森(James D. Watson,1928—)等人的专著《双螺旋》
(The Double Helix, 1968)出版后,针对它的愤怒批评的风暴(storm)迸发
(burst out)了,《幸运吉姆》就是为沃森所做的辩护。"②这里,他把针对《双螺
旋》的大量的愤怒批评比喻为风暴,形象地呈现了沃森当时面临的艰难处
境,凸显了自己奋起捍卫其 DNA 结构理论的必要性和及时性。

他用比喻手法描写牛津市的书店:"在牛津,书店到处都是,每一个都是
宝库。对于一个书迷来说,在牛津任何地方散步都是最危险的举动,无法抗
拒的诱惑会把他拉进书店里去,很像铁屑掉进磁场里。"③其中,第一个句子

---

① Medawar, Peter. *Advice to a Young Scientist*. New York: Basic Books, 1979, p 73.

② Medawar, Peter. *The Strange Case of the Spotted Mice and Other Classic Essays on Science*. ed. David Pyke. Oxford: Oxford University Press, 1996, p 102.

③ 彼得·梅达沃:《一只会思想的萝卜——梅达沃自传》,袁开文等译,上海科技教育出版社 1999 年版,第 38 页。

包含一个隐喻——把书店比作宝库;第二个句子包含一个明喻——书店对书迷的吸引力就像磁场对铁屑的引力。这些比喻生动地展现了牛津市良好的学术环境,特别是其书店的高端质量。

请看他如何阐释人们探索未知事物的动力:

> 弗兰西斯·培根和杨·夸美纽斯(Jan A. Komenský, 1593—1670)是两位为现代科学奠定哲学基础的人物,我将不时引用他们的著作。在这些著作中,有关灯的意象频频出现。我所说的成人对无知的永无休止的不安,或许就相当于儿童对黑暗的恐惧。培根指出,祛除黑暗的唯一办法,是在大自然中点燃一盏明灯。①

这里,他在成人对无知的不安和儿童对黑暗的恐惧之间做类比:点燃明灯可以祛除儿童对黑暗的恐惧;探索大自然、获得相关知识可以消除成人对无知的不安。这一类比使成人对无知的不安这一较为抽象的现象形象化了,突出了成人追求知识的动力的强烈性和自发性。

再看他怎样阐释动物培育者培育出的动物所具备的两种功能:

> (动物培育者)期望自己的产品具有两种显著功能,我们现在知道,这两种功能是可以分开的,而且经常分得很清楚:一方面,这些产品本身具有受到青睐的血统而且能力超群(例如超级绵羊和超级小鼠),另一方面,它们能生出具有那种血统的下一代。这就好像"劳斯莱斯"牌顶级豪车——它既是批量生产的一种优良产品,又必须被设计成能够升级换代的产品。②

用"劳斯莱斯"牌顶级豪车的两种功能做类比,使培育出的优良动物的两种截然不同的显著功能一目了然,易于被读者理解。

---

① Medawar, Peter. *Advice to a Young Scientist*. New York: Basic Books, 1979, p 8.

② Medawar, Peter. *The Strange Case of the Spotted Mice and Other Classic Essays on Science*. ed. David Pyke. Oxford: Oxford University Press, 1996, p 78.

实际上,上述运用了比喻和类比手法的句子中,不少词语是很感性化的,我们只是没有专门进行分析。现在就从这方面分析几个例子。

在阅读文献方面,梅达沃建议:"初学者必须读文献,但应有方向,有选择,不宜过多。如果总是看到年轻研究人员埋头于图书馆的期刊堆中,那是很可悲的。"①其中,"埋头于图书馆的期刊堆中"(hunched over journals in the library),尤其是"hunched over"这个动词词组非常感性化,呈现了研究者阅读大量文献的艰辛,使读者久久难以忘怀。

梅达沃如此评价德日进(Teilhard de Chardin,1881—1955)的著作《人的现象》(*The Phenomenon of Man*,1959):"《人的现象》具有反科学的特征(它使科学家显得很浅薄——探索事物都是蜻蜓点水式的)。"②其中,"蜻蜓点水式的"(skating about on the surface of things)呈现出一种动态画面;寥寥数个词语,生动地展现了德日进在思考问题和语言表述方面的不严肃、不深入、不系统的轻浮、随意态度。

梅达沃这样描写笃信进化论的比较解剖学教授古德里奇(James T. Goodrich,1946—2020):

> 古德里奇倾向于认为,只有为进化生物学服务的比较解剖学研究才是严肃的工作,而动物学的任何分支,只有当其有助于进化信条时才能达到成熟的境界。例如,寄生物学直到新命名的"比较寄生物学"能用来照亮一个动物的进化证书时才得到重视,尽管这种光亮微弱而游移。③

其中,后一个句子包含的"用来照亮一个动物的进化证书"(意为"能凸显一个动物的进化特征")和"这种光亮微弱而游移"这些言辞,诉诸读者的视觉,形象地突出了古德里奇教授格外重视进化理念的态度。

---

① Medawar, Peter. *Advice to a Young Scientist*. New York: Basic Books, 1979, p 17.
② Medawar, Peter. *The Strange Case of the Spotted Mice and Other Classic Essays on Science*. ed. David Pyke. Oxford: Oxford University Press, 1996, p 9.
③ 彼得·梅达沃:《一只会思想的萝卜——梅达沃自传》,袁开文等译,上海科技教育出版社1999年版,第47页。

二、倾注感情

情感是包括散文在内的文学艺术作品的生命。狄德罗说："没有感情这个品质，任何笔调都不可能打动人心。"①这一小节专门举例分析梅达沃上述3部作品的语言所蕴含的感情。先看这一例子：

> 有生以来，我曾先后两次耗费两个春秋寻找证据，试图证实自己钟爱的假说，但都没成功；对科学家来说，最终疲惫不堪但却一无所获的时刻是难受的——他们顿感天空阴沉，日月无光，凄惨压抑，窝囊无能。回首这些困苦经历，我恳切奉劝年轻科学家应做好几手准备，一旦有证据表明某个假说是错误的，就要果断放弃。②

这里，梅达沃"现身说法"，坦率地表述了自己在科研过程中走弯路之后非常郁闷而痛苦的心情和无比悔恨的情感，以及对年轻科学家的友善感和诚恳关爱之情；这些倾注真情的句子能深深感动读者，使其牢记作者的相关忠告。

梅达沃引用了卡尔·皮尔森（Karl Pearson，1857—1936）在专著《科学规范》（*The Grammar of Science*）中强调归纳法的一段文字后，这样评说道："可怜的皮尔森呀！他正是因为践行了自己力倡的科学方法而受到惩罚的——他的确是通过归纳法而得出的关于遗传的一般理论，原则上却是非常错误的。"③梅达沃对归纳法颇有微词，而皮尔森因践行自己力倡的归纳法得出了错误结论。这儿，梅达沃对皮尔森给予宽厚的由衷哀怜之情。这一蕴含感情的句子，使读者对纯粹用归纳法的研究方式和论文写作模式保持警惕，从而容易接受他力倡的具有兼容性的"假说—演绎"研究方法。

针对英国内科医生和医学历史学家托马斯·麦克恩（Thomas Mckeown，

---

① 转引自傅德岷：《散文艺术论》，重庆出版社 2006 年版，第 81 页。

② Medawar, Peter. *Advice to a Young Scientist*. New York：Basic Books，1979，p 6.

③ Medawar, Peter. *The Strange Case of the Spotted Mice and Other Classic Essays on Science*. ed. David Pyke. Oxford：Oxford University Press，1996，p 18.

1912—1988)对国民未来健康状况的展望,他写道:

> 麦克恩对未来的展望在一定程度上来说太简单化了,简直使我窒息——他说:"发病原因只有两种。要么是受孕时刻基因编程出现错误,要么是……环境不利于特定基因的存续。"对我这样的生物学家来说,这句话的意思大致就是,疾病是由偏离健康状态引发的。①

其中,"简直使我窒息"表达了梅达沃对麦克恩过分简单化地表述的致病因素的无比惊讶和强烈不满之情。他解读出的意思"疾病是由偏离健康状态引发的"表明,麦克恩对致病原因的表述类似同义重复——说了等于没说,这再次体现了梅达沃对麦克恩不严谨、不深入的研究作风和表述方式的严重不满。

1962年,梅达沃从伦敦大学学院动物与比较解剖学系系主任岗位上,调往英国国立医学研究所任所长,管理与科研两不误。他如此描述当时的情况:

> 当然,研究所的总体水平还是令我这个所长感到自豪。我知道大家都会认为我当了所长以后,就不能再继续搞科研了,但正如康德所描述的那样,行政事务不能阻止我"不遗余力"地去从事有意义的研究,这是一个真正科学家最明显的标志……研究所的行政事务并不比大学学院的繁重多少,我很快就尝到了只有一个财政上司的甜头。正如女演员坎贝尔(Patrick Campbell)把结婚比喻为用吱嘎作响的躺椅去交换宽敞舒适的双人床一样,我对这次工作调动具有同样的感受。②

这段引文,蕴涵着梅达沃的多种情感:他对研究所总体上的高水平的自

---

① Medawar, Peter. *The Strange Case of the Spotted Mice and Other Classic Essays on Science*. ed. David Pyke. Oxford: Oxford University Press, 1996, p 179.
② 彼得·梅达沃:《一只会思想的萝卜——梅达沃自传》,袁开文等译,上海科技教育出版社1999年版,第128—129页。

豪感,他作为所长要以身作则、带头搞科研的使命感,他对只有一个财政上司、容易支配研究经费的喜悦感;尤其是最后一个句子,通过类比生动地表达了他对这次工作调动的总体感受——舒坦惬意、欢欣鼓舞。

三、有音乐感

梅达沃说:"那些愿意和我一起分享讨论(尤其是在音乐方面的)乐趣的人,很自然就成了朋友。"[1]由此可见,梅达沃是一个非常喜欢音乐的人。他在其作品中经常运用头韵(alliteration)和平行结构(parallelism)两种修辞手法,使其语言颇有音乐感。

头韵的例子几乎是俯拾皆是,现在让我们来"拾"数十例(黑体的首字母即是头韵的标志)。a **p**redilection for or **p**roficiency at mechanical or constructive **p**lay **p**ortends a **s**pecial aptitude for experimental **s**cience(爱好并精通机械和结构方面的操作,预示着实验科学方面的特殊才能 1979 p 10);such a **s**tudent has committed a **s**cientific **s**uicide(这样的学生实际上在进行某种学术自杀 1979 p 13);**b**y far the **b**est way to **b**ecome proficient in research(迄今精通科研的最好方法 1979 p 17);a **s**imple **s**calar endowment(简单地分成等级的天赋 1979 p 25);a disease they **n**eed **n**ever **h**ave **h**ad(他们永远不会患上的疾病 1979 p 32);lay down **s**ome voluminous **s**moke **s**creen(释放一些厚重烟幕 1979 p 38);a **c**rowded and **c**ompetitive world(拥挤不堪、竞争激烈的世界 1979 p 41);**e**veryone **e**lse is **e**ager to hurry off(所有其他人都争先恐后 1979 p 42);**f**oretell the **f**uture(预测未来 1979 p 49);**l**et sleeping unicorns **l**ie(不招惹是非 1979 p 50);a **d**eep **d**ark bitter **b**elly-tension(一触即发的紧张状态 1979 p 59);**f**ortunes **f**avors the prepared mind(好运垂青有思想准备的人 1979 p 90);**s**ecret **s**orrows(心头之痛 1979 p 95);there is without doubt a **w**onderful **w**orld(这个世界无疑是美妙的 1979 p 97)。[2] provides the **i**nitiative and **i**ncentive for

---

[1] 彼得·梅达沃:《一只会思想的萝卜——梅达沃自传》,袁开文等译,上海科技教育出版社 1999 年版,第 39 页。

[2] 本段以上括号中标出的页码,是《给年轻科学家的建言》(*Advice to a Young Scientist*, 1979)中包含头韵的句子出现的页码。1979 是该作品的首版年。

the enquiry(为科学探索提供动力和激励 1996 p 36);I am practicing what I preach(我言行一致 1996 p 38);inborn and instinctual(天生的和本能的 1996 p 75);calculated cross-breeding(精心规划的杂交 1996 p 78);the end-product of an evolutionary episode (进化事件的最终结果 1996 p 80);avoiding action (无所作为 1996 p 124);would have been trampled down by big boots(遭到无情打压 1996 p 147);playing some part in the determination of differences of intellectual performance(在决定智力表现方面起着一定作用 1996 p 150);the "complete confidence" which natural scientists so seldom feel(自然科学家感受到的"全面自信" 1996 p 158);the slow secular (or long-term) improvement of human health (人类健康状况的长期而缓慢的改善 1996 p 172);are succinctly summarized (做简要总结 1996 p 177);the confinement and constraints(限制和约束 1996 p 201);some spiritual blindness or deficiency disease (精神生活的一些空白或缺乏症 1996 p 207);the thought that this is so is a source of strength (就是如此的想法是力量的来源 1996 p 211)。[①]这些包含头韵的言词看起来形式统一,具有整齐美;读起来朗朗上口,呈现出优美的节奏和旋律;听起来悦耳动听,如同在欣赏美妙乐曲,具有很强的感染力,给读者留下了长久而深刻的记忆。

再看平行结构的例子。平行结构是把两个或两个以上结构大体相同或相似,意思相关,语气一致的短语或句子排列成串,形成一个整体。对科学家在研究的起步阶段的态度,梅达沃评说道:

> 幸运的是,他们的性格肯定是足够乐观,相信自己不可能失败,原因是,那么多和自己差不多的人在这个领域都取得了成功;他们的性格也肯定是足够务实,明白自己的科研准备永远也达不到完美程度——他们的知识结构总会有这样那样的缺陷和不足,要有所成就,就必须要

---

① 本段以上括号中标出的页码,是《斑点鼠的特殊个案》(*The Strange Case of the Spotted Mice and Other Classic Essays on Science* 1996)中包含头韵的句子出现的页码。1996 是该作品的首版年。

终生坚持学习。①

　　这个句子包含两个层次的平行结构:第一个层次以"他们的性格肯定是足够……"作为标志(由于英语独特的句法要求,只通过重复 sufficiently…to…that…等词作为标志,而没有重复 their temperaments must have been 等词语);第二个层次是破折号后包含的由"that"引导的两个并列的同位语从句,一个从句是对"自己的科研准备永远也达不到完美程度"的解释,另一个从句指出了相应的对策。这个平行结构阐述问题透彻严密,具有辩证性,显示了科学家在研究起步阶段能取得成就的秘密:"在战略上藐视"困难,有足够自信心,同时"在战术上重视"要研究的问题,脚踏实地,不断学习,不停地提高自己的研究实力。

　　梅达沃如此强调假说或期望在科研过程中的重要作用:"正是基于这一期望,一些观察被认为是相关的,而另一些则不然;一些研究方法被选中,而另一些被抛弃;做一些特定实验,而不做另一些实验"②。这个平行结构句以重复"一些……另一些……"(some…other… 而且,英语原句属于强调句,三次重复了 that 一词:It is in light of this expectation that…; that…; that….)作为标志。这一平行结构论述详尽,语气强烈,凸显了假说或期望在观察、选择研究方法、做实验等科研步骤中,都起着决定性的作用。

　　他这样说明科学创新产生的意想不到的严重后果:

　　　　没有人清楚地预见到,抗生素的广泛使用,会促使微生物产生能抵挡抗生素的疗效的进化。没有人能预测到,X 射线照射是癌症的可能诱因之一。没有人能预见到,医学和公共卫生的进步如此迅速而广泛地引发了人口过剩问题,这一问题在很大程度上可能会抵消医学对人类

---

① Medawar, Peter. *Advice to a Young Scientist*. New York：Basic Books, 1979, p 17.
② Medawar, Peter. *The Strange Case of the Spotted Mice and Other Classic Essays on Science*. ed. David Pyke. Oxford：Oxford University Press, 1996, pp 36-37.

福祉的贡献。[1]

这个平行结构以重复"没有人"(none)为标志,列举了和医学相关的多个事实根据,使论据充分有力,无懈可击,雄辩地说明,科学是把双刃剑,科学创新成果在造福人类的同时,还可能会产生出人意料的负面作用。

需要指出,平行结构和头韵这两种修辞手法具有相似之处:前者,其中的一些词语或结构是相同的(重复的);后者,一些相邻或相近的两个单词的首字母(或发音)是相同的。因而,这两种修辞手法的美学效果非常相似:看起来形式统一,具有整齐美;读起来朗朗上口,节奏鲜明,具有旋律感和音乐感;听起来悦耳动听,好像在欣赏美妙音乐。而且,上述三个平行结构的内容都是议论性的,它们包含着既有重复又有不同的一些歌词所具有的句式,使相关语句气势恢宏,雄辩有力。

四、幽默风趣

有学者指出:"幽默是西方 Essay(随笔)的特质之一。艾布拉姆斯以'幽默风趣的说理'来概括 Essay 的特点。"[2]梅达沃坦承:他除了喜欢和他一起分享讨论(尤其是在音乐方面的)乐趣的人,"强烈的幽默感是我喜欢的另一种性格"[3];"凡是在牛津大学受过教育的人都不喜欢一本正经,而崇尚随和的交往方式。我也学会了这种方式,同时还加进点幽默感"[4]。就是说,他喜欢和有幽默感的人交朋友,他自己也有幽默感。他上述的 3 部作品,《斑点鼠的特殊个案》本身就是随笔集,《对年轻科学家的忠告》和《一只会思想的萝卜——梅达沃自传》分别包括 12 部分和 10 部分,实际上也是用随笔轻松随和、幽默风趣的笔调写就的。

---

[1] Medawar, Peter. *The Strange Case of the Spotted Mice and Other Classic Essays on Science.* ed. David Pyke. Oxford: Oxford University Press, 1996, p 73.
[2] 欧明俊:《现代小品理论研究》,上海三联书店 2005 年版,第 144 页。
[3] 彼得·梅达沃:《一只会思想的萝卜——梅达沃自传》,袁开文等译,上海科技教育出版社 1999 年版,第 39 页。
[4] 彼得·梅达沃:《一只会思想的萝卜——梅达沃自传》,袁开文等译,上海科技教育出版社 1999 年版,第 102 页。

在《对年轻科学家的忠告》中，梅达沃这样说明科学家的个人生活与创新性的关系：

> 宁静而没困扰的生活肯定是有益的。在贫困、忧虑、悲伤和感情不断遭受折磨的情况下，科学家的工作不会更深刻，更令人折服。当然，科学家的私生活可能混乱得不可思议或滑稽可笑，但这与他们的工作的性质和质量没有特别关系。假如某个科学家要去割掉一只耳朵，没有人会把这种举动解释为受创造力折磨的不幸后果。①

该引文中的最后一个句子属于调侃式幽默，不仅给读者带来愉悦感，而且凸显了作者的观点——科学家的生活作风与其工作的性质和质量没有特别关系。

请看另一个例子：

> 年轻科学家应该想想，从某些方面来说，管理人员的工作是更困难的。已成为定论的自然法则告诫年轻科学家，不要试图违背热力学第二定律；却没有相应的管理学普适定律，能使管理人员不去干那些明明干不成的事情，比如说，从石头缝里榨出钱来（他们每天的差事就是到处去弄经费），或一夜之间把荒地变成装备精良的实验室。②

该引文旨在忠告年轻科学家要理解科研管理工作的不易；其中最后部分所举的其中一个例子"从石头缝里榨出钱来"也属于调侃式幽默，不仅生动阐释了"明明干不成的事情"的含义，而且凸显了科研管理工作的艰难。

在《一只会思想的萝卜——梅达沃自传》中，梅达沃如此书写伦敦大学学院的教授办公室的优点："教授办公室的区别在于它有一个私人卫生间，从卫生间可以走向安全出口处。这种房间的布局非常理想，如果走廊传来

---

① Medawar, Peter. *Advice to a Young Scientist*. New York：Basic Books, 1979, p 40.

② Medawar, Peter. *Advice to a Young Scientist*. New York：Basic Books, 1979, p 56.

的声音表明有我不想见的人要进来,我就能很容易从卫生间溜走。"①这一例子属于自嘲性幽默:教授办公室的优势竟然是具有特殊的卫生间,而卫生间竟然成了让自己能逃避不想见的人的通道。

再看一个例子:"实际上,护士在医院值了一天班,非常饥饿,或者早上匆忙来上班,早点没有吃饱,因此,送一些点心和奶酪,可能更容易被她们接受,而且肯定比一束鲜花更容易消化。"②这个例子是在建议病人给所喜欢的护士送什么样的礼物;其中"而且肯定比一束鲜花更容易消化"也是调侃式幽默,意思是说"肯定比一束鲜花更有益,更受欢迎",这凸显了作者的观点——礼物优劣主要取决于它是否是收礼人所急需,能否体现送礼人是否能善解人意。

可以说,梅达沃散文幽默风趣的语言是轻松、愉悦的语言,它进一步增强这些作品的趣味性和亲和力,使读者乐于读其作品,易于接受他表述的相关看法。

小　结

梅达沃上述3部科学散文作品蕴涵的科学哲学理念主要包括:倡导积极探索、百折不挠、有错必纠、自信乐观、协同合作等科学精神;认为没有固定而普适的科学方法,但力倡"假说—演绎"法;指出科学对社会产生的结果是好是坏,完全取决于运用科学的人及其目的,与科学本身没有任何关系,而科研管理、科学奖励、竞争机制等社会因素,对科学研究都会产生影响;认为科学与科学(思想)史、艺术的关系密切,因而与这些人文因素应互动共容,相得益彰;指出科学的知识及理性思维可以使人不迷信宗教,主张科学对宗教应抱宽容态度,二者应和平共处。这些科学哲学意蕴表明,梅达沃非常关心年轻科研人员的成长和科学事业的发展,强调问题意识(带着问题或假说

---

① 彼得·梅达沃:《一只会思想的萝卜——梅达沃自传》,袁开文等译,上海科技教育出版社1999年版,第109页。

② 彼得·梅达沃:《一只会思想的萝卜——梅达沃自传》,袁开文等译,上海科技教育出版社1999年版,第145页。

去观察或实验),力主看待问题要注重整体性(不以偏概全,注重相互联系)、批判性、辩证性(具体问题具体分析,不肯定一切,也不否定一切)、实证性、多元性、开放性。这些因素增强了其作品的亲和力和深厚度,是这些作品深受广大读者青睐的主要原因之一。

这3部作品的语言特色主要表现在:形象生动,倾注感情,有音乐感,幽默风趣。这些特色进一步增强其作品的表现力和感染力。这使读者通过这些作品既可以在科学素养方面得到诸多教益,又可以在审美方面获得许多享受,可以说是这些作品深受读者青睐的另一主要原因。

梅达沃上述作品的科学哲学意蕴对各国年轻科研人员的成长、科学事业发展、科研管理和宗教政策,以及全球的科技应用,都具有重要启示意义;其语言特色对中国方兴未艾的科学散文创作具有一定的借鉴意义。各国的年轻科研人员要培养上述科学精神,增强问题意识,灵活采用适合自己专业特点的科学研究方法。各国的科学家和决策者都要努力使科学成果能造福人类社会,而且,决策者和科研管理者要营造有利于科学繁荣的研究和生活环境。科学家要竭力增进自己的文化知识和艺术修养,辩证地对待宗教——既不迷信宗教,又要宽容地看待宗教,尽量与宗教人士和平共处。中国的科学散文作家在创作时,不仅要重视准确地介绍相关科学知识或理论,而且要注重提高作品语言的文学性——要善用各种修辞手法,敢于袒露自己的情感,多一些幽默,努力提高作品的感染力和亲和力。

第六章　数学物理学家罗杰·彭罗斯

不只想象数学和物理

2020 年的诺贝尔物理学奖授给了以罗杰·彭罗斯为首的三位物理学家，其中一半奖金授给了彭罗斯。彭罗斯是"世界最知名的数学物理学家之一"[1]，牛津大学罗斯·波勒（Emeritus Rouse Ball）数学讲席终身荣誉教授，著名的科学散文作家。他获得的其他重要荣誉包括：1972 年当选为英国皇家学会院士，1985 年荣获英国皇家学会皇家奖章（Royal Medal），1988 年和斯蒂芬·霍金一起获得沃尔夫物理奖（Wolf Prize in Physics），1994 年被英国女王伊丽莎白二世封为爵士。他的科学散文作品《皇帝新脑》1990 年荣获科普图书奖（Science Book Prize）；《通向实在之路》入选《星期日泰晤士报》（*Sunday Times*）推出的十大畅销书（Top Ten Bestseller）；他的其他主要作品还有《宇宙的轮回》。

《皇帝新脑》的题目借用了安徒生著名童话《皇帝新装》的题目中的用词。该部作品包含 10 章，通过介绍相关数学知识，以及经典物理和现代量子物理的有关前沿理论，向读者表明，正如诚实小孩所说，皇帝的"新装"实际上不存在，诚实学人会说，电脑和人工智能只是人脑一些功能的延伸，不可能取代人脑的各项功能，电脑不是人类的新脑——换言之，人的新脑不存在是诚实学人应持的立场。

《通向实在之路》包含 34 章，前 16 章主要讲述宇宙学研究所需的数学理论要点，包括代数、现代几何学和微积分知识，其余章节比较详尽地描述

---

① Dawkins, Richard, ed. *The Oxford Book of Modern Science Writing*. Oxford：Oxford University Press, 2008, p 367.

了当代宇宙学的前沿知识和相关理论,包括宇宙大爆炸,量子论的基础和难题,粒子物理学的标准模型,黑洞,热力学第二定律,弦论(String Theory)及其延展 M 理论,量子力学,扭量理论(Twistor Theory),等等。

《宇宙的轮回》包含相对较长的 3 部分,在《通向实在之路》的基础上又进了一步,讲述了作者自己新提出的共形循环宇宙学理论(Conformal Cyclic Cosmology),回答了人们常问的"宇宙大爆炸之前发生了什么"的问题。此外,该作品还述及星系中心的巨大黑洞,及其通过霍金蒸发逐渐消失的漫长过程。

上述 3 部作品获得了许多赞誉。《星期日泰晤士报》(The Sunday Times)称赞说,《皇帝新脑》"大概是迄今为止有关现代物理学最具魅力与创造性的一次巡演"①;《当代物理》(Modern Physics)杂志对该作品的评价是:"一本非常棒的书……发人深思,引人入胜。"②《金融时报》(Financial Times)对《通向实在之路》的评语是:"这是一部 10 年之内不会被超越的杰作。"③《星期日泰晤士报》对该作品的赞语是:"真的非同凡响……这是一部能激发读者数学兴趣的作品。"④《华尔街日报》(The Wall Street Journal)对《宇宙的轮回》的评价是:"一部令人惊奇、不落俗套的作品……具有深刻的启示意义。"⑤"选择网"(Choice)对该作品的推介语是:"真的非同寻常……这部魅力十足的书必将成为宇宙学历史上的经典作品。"⑥

国内涉及《皇帝新脑》的研究,主要是评介该作品在人脑与人工智能(电脑)的关系方面的观点。花蕾赞同彭罗斯在这方面的观点,他说:"意识与人

---

① Penrose, Roger. *The Emperor's New Mind*: *Concerning Computers*, *Minds*, *and the Laws of Physics*. Oxford: Oxford University Press, 1989, 封面.

② Penrose, Roger. *The Emperor's New Mind*: *Concerning Computers*, *Minds*, *and the Laws of Physics*. Oxford: Oxford University Press, 1989, 封底.

③ Penrose, Roger. *The Road to Reality*: *A Complete Guide to the Laws of the Universe*. London: Vintage Books, 2005, 封面.

④ Penrose, Roger. *The Road to Reality*: *A Complete Guide to the Laws of the Universe*. London: Vintage Books, 2005, 封底.

⑤ Penrose, Roger. *Cycles of Time*: *An Extraordinary New View of the Universe*. New York: Vintage Books, 2012, 封面.

⑥ Penrose, Roger. *Cycles of Time*: *An Extraordinary New View of the Universe*. New York: Vintage Books, 2012, 扉页.

工智能是有本质的区别的。"①他认为,可以用人存原理证明电脑没有意识。刘大为强调:"卢卡斯(John R. Lucas, 1929—2020)和彭罗斯先后论述,利用哥德尔不完全定理可以得出人心胜过机器(图灵机),心灵是不可计算的……事实上,卢卡斯—彭罗斯论证需要加上一些理想化的假设,尤其是对彭罗斯论证中'F 是健全的'这一断言予以澄清和补充。"②马丁·加德纳指出,《皇帝新脑》"是迄今为止对强人工智能观的最猛烈抨击……从这本书可以看出,彭罗斯不仅是一位数学物理学家,而且是一位第一流的哲学家,他毫不畏惧地迎战哲学家通常视为毫无意义的难题"③。《通向实在之路》中文版译者王文浩指出:《皇帝新脑》"既从根本上批驳了人工智能超越人脑的荒谬性,又与哲学领域的不可知论有着本质区别。这本书也是第一次向人们展示他对当代各种物理学基本问题的看法,这些看法在《通向实在之路》中得到了进一步深化"④。他接着说,《通向实在之路》"是彭罗斯对其一生学术思想的一个总结性记述",正像他"前几本一经出版即引起广泛热议的著作一样,本书同样保持着作者鲜明的个性和逆当下物理学潮流而动的风格。这种风格不止是反映在他独特的扭量理论上,而且贯穿于他对全部当代物理学热点问题的解读中"⑤。《宇宙的轮回》中文版译者李泳教授指出:共形循环宇宙学理论令人感兴趣的,是它对热力学第二定律的"新解和它简单的逻辑结构(即通过 Weyl 曲率来解释一系列问题)"⑥。

彭罗斯的这 3 部作品在讲述意识理论、数学物理理论及其相关知识的同时,体现了作者在科学精神、科学方法、科学实在、科学美学等方面的看法。

---

① 花蕾:《电脑有无意识》,载《读书》1996 年第 7 期,第 82 页。
② 刘大为:《哥德尔定理:对卢卡斯—彭罗斯论证的新辨析》,载《科学技术哲学研究》2017 年第 4 期,第 25 页。
③ Gardner, Martin. "Forward". Penrose, Roger. *The Emperor's New Mind: Concerning Computers, Minds, and the Laws of Physics*. Oxford: Oxford University Press, 1989, p xii.
④ 王文浩:"译后记",罗杰·彭罗斯:《通向实在之路——宇宙法则的完全指南》,王文浩译,湖南科学技术出版社 2017 年版,第 799 页。
⑤ 王文浩:"译后记",罗杰·彭罗斯:《通向实在之路——宇宙法则的完全指南》,王文浩译,湖南科学技术出版社 2017 年版,第 799 页。
⑥ 李泳:"译后记",罗杰·彭罗斯,《宇宙的轮回:宇宙起源的最新理论》,李泳译,湖南科学技术出版社 2016 年版,第 286 页。

本章拟先从这四个方面出发,探索彭罗斯上述作品的科学哲学意蕴,然后审视这些作品的艺术特色。

第一节　彭罗斯科学散文代表作的科学哲学意蕴

一、科学精神

科学精神是科学发现的前提和基础。彭罗斯上述 3 部科学散文作品蕴涵的科学精神有以下四点。

1. 怀疑批判。彭罗斯不轻信他人的观点和理论。不少人工智能专家认为,随着计算机技术和人工智能研究的迅猛发展,人工智能不久将能超越并取代人脑。彭罗斯对这一观点持怀疑态度,写出《皇帝新脑》这部作品,详尽探究人工智能的算法(algorithmic)实质,并结合量子论和人脑的生理机制等方面的知识,着重指出,人工智能和人脑有根本不同,人工智能不可能完全取代人脑。尽管彭罗斯与霍金是好朋友,曾一同证明了奇点(singularity)定理,但他不认同霍金的黑洞辐射(亦被称为霍金辐射,或白洞)理论。他说,"霍金的思想是,在一定程度上,基于量子力学的霍金辐射,可被视为物质被黑洞以经典方式'吞没'在时间维度上的逆转过程。虽然他的建议极为巧妙,但遇到了严重的理论困难,我不相信这能行得通";"我论证过,基于外尔(Weyl)曲率假设,黑洞肯定存在,而白洞则不然"。[1] 大多数电弱(electroweak)理论家相信,电弱理论中的对称性残缺问题发生在宇宙大爆炸后约 10—12 秒的时刻,但彭罗斯"质疑这一现象的真实性"[2]。宇宙暴涨理论(inflationary cosmology)已经成为宇宙学的主要思想之一,彭罗斯却对这一理论"持否定态度",在《通向实在之路》第 28 章第 5 节中,把"自己对这一整套概念感到非常怀疑的理由"讲述给读者。[3] 彭罗斯持怀疑态度的现代物理学的

---

[1] Penrose, Roger. *The Emperor's New Mind: Concerning Computers, Minds, and the Laws of Physics*. Oxford: Oxford University Press, 1989, p 471.

[2] Penrose, Roger. *The Road to Reality: A Complete Guide to the Laws of the Universe*. London: Vintage Books, 2005, p 742.

[3] Penrose, Roger. *The Road to Reality: A Complete Guide to the Laws of the Universe*. London: Vintage Books, 2005, p 753.

重要理论还包括超对称理论、弦论和高维时空理论。他写道:"我发现,我对超对称理论与物理世界的联系根本没有信心,至少对它当今应用于粒子物理和基本理论的那种形式没有信心"①;"虽然弦论(及相关理念)引入了一些深刻的物理学理念,但我对认为它们是物理学的突出成就的观点,始终深表怀疑。对于那些时空维数超出我们直接可观察(即 1+3)的理论,我看不出有任何理由去相信,它们有助于我们对物理世界的认识"②。

2. 开拓创新。彭罗斯在怀疑和批判前人和他人的理论和观点的同时,也勇于开拓创新,敢于违背传统和时尚,不断大胆地、义无反顾地提出自己的独特观点和理论。关于《皇帝新脑》的内容,他说:"我在物理定律的结构与数学性质和意识思维的性质之间的关系方面,提出了某些显然是全新的问题,并陈述了以前从未有人提出过的观点";"我的观点在物理学家当中是非传统的,因而目前不大可能被电脑科学家或生理学家采纳"。③ 他先于霍金,于 1965 年提出了引力理论中的时空奇点定理,该定理断言:"在具有合理物质源的情况下,根据广义相对论的经典理论,引力塌缩情形中的空间——时间奇点是不可避免的。"④在把量子力学和广义相对论恰当地统一起来的问题上,"大多数物理学家认为,量子力学在和广义相对论统一时不需变革",彭罗斯的观点则与此不同,他"并不如此关心量子力学对空间——时间结构理论(爱因斯坦广义相对论)的效应,而是关心爱因斯坦的空间——时间理论对量子力学结构本身的可能效应"。⑤ 就是说,他力倡用广义相对论的立场去变革量子力学。大多数物理学家还认为,热力学第二定律缺乏清晰度和准确性,彭罗斯的看法则完全不同。他说:"隐藏在似乎是模糊的统计规

① Penrose, Roger. *The Road to Reality*: *A Complete Guide to the Laws of the Universe*. London: Vintage Books, 2005, p 837.

② Penrose, Roger. *The Road to Reality*: *A Complete Guide to the Laws of the Universe*. London: Vintage Books, 2005, pp 1010-1011.

③ Penrose, Roger. *The Emperor's New Mind*: *Concerning Computers*, *Minds*, *and the Laws of Physics*. Oxford: Oxford University Press, 1989, pp 4-5.

④ Penrose, Roger. *The Emperor's New Mind*: *Concerning Computers*, *Minds*, *and the Laws of Physics*. Oxford: Oxford University Press, 1989, p 436.

⑤ Penrose, Roger. *The Emperor's New Mind*: *Concerning Computers*, *Minds*, *and the Laws of Physics*. Oxford: Oxford University Press, 1989, pp 450-451.

律(通常指的就是'第二定律')背后的,几乎是'令人着迷的'精确性。"①他不随大流,提出了与当代大多数物理学家的看法完全不同的扭量理论。他明确指出:"我自己的这些观点,没有附和大多数物理学家的看法。事实上,由于我(断断续续地)把大半生花在扭量理论上,我的观点不可能与大多数未涉及此领域的物理学家的观点完全一致。"②他力求不断创新。他在《通向实在之路》结尾部分写道:"我不认为我们已经找到了真正的'通向实在之路',尽管在过去的3500年里我们取得了巨大进步,特别是在近几个世纪里是如此,我们仍需要全新视角。"③他在《宇宙的轮回》中讲述了自己在宇宙学领域提出的前所未有的新理论"共形循环宇宙学",这一理论正如他在该作品的前言里一再强调的,是"非正统的"④,也就是说,是创新性的。

3. 执着求真。这一精神意味着对自然奥秘始终怀有好奇心,对自然规律(真理)执着地进行探求。可以说,这是科学精神的源头。彭罗斯对数学、物理、意识理论等领域的奥妙始终充满好奇,毕生都在不懈地探索着。正如马丁·加德纳在《皇帝新脑》"前言"中所说的:"彭罗斯在数学和物理上的成就——我只能提及一小部分——源于他毕生对'存在'的神秘和美丽保持好奇之心。"⑤彭罗斯撰写《宇宙的轮回》来表述自己新提出的共形循环宇宙学理论,也是出自他对自然奥秘的不懈探求。他写道:

> 我在本书中描述的,不仅包括经典相对论宇宙学的主要模型,而且涉及它们的不同发展和这些年里出现的疑难问题。尤其值得注意的是,在热力学第二定律和大爆炸本性的背后藏着深层奥秘,我为此提出

① Penrose, Roger. *The Road to Reality: A Complete Guide to the Laws of the Universe.* London: Vintage Books, 2005, p 689.

② Penrose, Roger. *The Road to Reality: A Complete Guide to the Laws of the Universe.* London: Vintage Books, 2005, p 1003.

③ Penrose, Roger. *The Road to Reality: A Complete Guide to the Laws of the Universe.* London: Vintage Books, 2005, p 1027.

④ Penrose, Roger. *Cycles of Time: An Extraordinary New View of the Universe.* New York: Vintage Books, 2012, p x.

⑤ Penrose, Roger. *The Emperor's New Mind: Concerning Computers, Minds, and the Laws of Physics.* Oxford: Oxford University Press, 1989, p xiv.

了自己的一套猜想，它把我们所知的宇宙不同方面的诸多问题，都拉扯到一起来了。①

《皇帝新脑》和《宇宙的轮回》的"引子"都是虚构的故事，借儿童之口引出整部作品要探讨的问题。在前一部作品中，名为"亚当"（Adam）的孩子，在"超子"（Ultronic）电脑推出仪式会场的其他嘉宾都不敢提问的情况下，毫无畏惧地提问，主要原因就在于"他总是好奇"②；在后一部作品中，名叫"汤姆"的孩子，不停地追问阿姨相关问题，阿姨说，"我最近还听说一个理论"③，从而引出该部作品的正文——描述共形循环宇宙学以及相关数理知识和理论。彭罗斯指出："有时孩提时期容易看清楚的事情，成年后却变得非常模糊。'实在世界'的事务开始落到我们肩膀上时，我们经常忘记孩提时期的惊奇印象。儿童们不害怕问那些使我们成人羞于启齿的基本问题。"④提及量子力学的数学基础拉格朗日／哈密顿理论（Lagrangians / Hamiltonians）时，他写道：这些数学理论源自 17 世纪的牛顿力学，虽然数学形式上有一些变化，但却与量子力学非常契合，而"使这一切成为可能的数学上的关键，显然是出于一种'好奇心'"⑤。

彭罗斯强调了执着探求、百折不挠对科研的重要性。他写道：

我们［应当说是费恩曼（Richard P. Feynman, 1918—1988）］似乎尽了力，但对于真正的量子过程总幅度的发散性问题还是穷于应付。对此感到疲惫不堪的读者有理由怀疑，这方面我们到底做了多少有益事

---

① Penrose, Roger. *Cycles of Time: An Extraordinary New View of the Universe*. New York: Vintage Books, 2012, p x.

② Penrose, Roger. *The Emperor's New Mind: Concerning Computers, Minds, and the Laws of Physics*. Oxford: Oxford University Press, 1989, p 2.

③ Penrose, Roger. *Cycles of Time: An Extraordinary New View of the Universe*. New York: Vintage Books, 2012, p 6.

④ Penrose, Roger. *The Emperor's New Mind: Concerning Computers, Minds, and the Laws of Physics*. Oxford: Oxford University Press, 1989, p 580.

⑤ Penrose, Roger. *The Road to Reality: A Complete Guide to the Laws of the Universe*. London: Vintage Books, 2005, p 493.

情。的确，从严格的数学视角来看，基本上可以说是"毫无进展"……但优秀的物理学家不会这么轻易就放弃。他们做出了正确选择。他们的努力得到了回报。①

就是说，不屈不挠、不轻易言弃是科研取得成功的重要前提之一。在描述扭量理论时，他说："我自己迄今已为此付出了40年！"②但还需继续努力——"显然，如果扭量理论要想成为值得重视的物理理论，它就必须做得比现在更好！"③也就是说，尽管他40年来一直在不断改进扭量理论，但仍没止步，目的是让该理论能更准确地描述自然规律。

4. 多元开放。彭罗斯尽管对前人和他人的理论和观点持怀疑批判态度，但并没忽视兼容并包、博采众长的重要意义。他指出，经典物理学理论的泰斗牛顿之所以能取得非凡成就，一个重要原因就是正如他所坦承的：

> 自己的工作大大得益于先前思想家的成果，其中的最杰出者是伽利略·伽利雷、雷奈·笛卡尔以及约翰斯·开普勒。他还采用了一些更古老的思想家们所奠定的主要概念，比如，柏拉图（Plato, 427 BC—347 BC）、欧多克索斯（Eudoxus of Cnidus, 408 BC—355 BC）、欧几里得（Euclid, 330 BC—275 BC）、阿基米德（Archimedes, 287 BC—212 BC）以及阿波罗尼奥斯（Apollonius of Perga, 约262 BC—约190 BC）等人的几何概念。④

彭罗斯尽管是反传统的，对理论创新却持如此看法："如果理论需要更新，这种更新也必须与当前理论保持高度一致。每一位有志于开创新理论

---

① Penrose, Roger. *The Road to Reality: A Complete Guide to the Laws of the Universe*. London: Vintage Books, 2005, pp 675-676.

② Penrose, Roger. *The Road to Reality: A Complete Guide to the Laws of the Universe*. London: Vintage Books, 2005, p 962.

③ Penrose, Roger. *The Road to Reality: A Complete Guide to the Laws of the Universe*. London: Vintage Books, 2005, p 1005.

④ Penrose, Roger. *The Emperor's New Mind: Concerning Computers, Minds, and the Laws of Physics*. Oxford: Oxford University Press, 1989, p 195.

的读者(我希望他就在本书的读者群中),都应当充分了解传统理论说了些什么。"①针对在宇宙的极晚期热力学第二定律出现逆转的问题——熵由极大变为极小,他明确指出:"尽管我们的经验没有为第二定律的最终逆转提供任何线索,那种终极状态从本质上说并不荒谬。类似的奇异可能性不一定能排除,我们必须有一个开放心态。在本书的第三部分,我要提一个不同建议;开放心态也有助于理解我要说的东西。"②1965 年,彭罗斯先于霍金提出了时空奇点定理,此前的 1964 年秋,他开始认真思考引力塌缩问题时,就思索了奥本海默(Julius R. Oppenheimer, 1904—1967)和斯尼德(Hartland Snyder, 1913—1962)的宇宙模型所涉及的两个重要基本问题——大爆炸奇点和黑洞奇点的区别,以及奥本海默—斯尼德的宇宙模型和弗里德曼的宇宙学模型,"是否一定能体现物质塌缩(或膨胀)是遵从爱因斯坦广义相对论的必然现象"③。而引发他思考这两个问题的,是两个因素——施密特(Brian Schmidt,1967—)刚发现的性质接近黑洞的天体,以及美国物理学家惠勒(John A. Wheeler,1911—2008)向彭罗斯表达的对这一发现的关切。由此不难看出,彭罗斯也是在科研中践行多元开放精神的典范。

二、科学方法

科学方法也是科学哲学探讨的主要内容之一。彭罗斯上述作品中述及的主要科学方法如下。

1. 实验和观测法。在彭罗斯看来,实验和观测是检验科学理论正确与否的首要标准。他这样说明极为难懂的爱因斯坦广义相对论的正确性:

> 现在已有几个令人难忘的实验,证明爱因斯坦理论完全成立。正如爱因斯坦所坚持的,在引力场中钟表走得慢一些,此效应以不同方式

---

① Penrose, Roger. *The Road to Reality: A Complete Guide to the Laws of the Universe.* London: Vintage Books, 2005, p 533.

② Penrose, Roger. *Cycles of Time: An Extraordinary New View of the Universe.* New York: Vintage Books, 2012, p 55.

③ Penrose, Roger. *Cycles of Time: An Extraordinary New View of the Universe.* New York: Vintage Books, 2012, p 99.

得到直接测量。光和无线电波的确被太阳偏折,因而稍微延迟到达——这也很好地检验了广义相对论效应……还没有找到任何被确证的、和爱因斯坦广义相对论相冲突的观测。①

他怀疑宇宙暴胀论的理由是:"暴胀宇宙学家做过一些明确预言,最近几年,这些预言已被验证与许多新的观察事实明显相左。"②他质疑超对称理论,主要就是因为:"迄今,观察并未对宣称的超对称提供多少支持——甚至可能一点儿都没有。"③他反对弦论的主要原因是:"虽然弦论源自强子物理的实验观察事实,但它之后的发展大大背离了那些源头,结果,现在已很难再有来自物理世界的实验观察事实能证明它。"④他怀疑高维时空理论的理由是:"对于那些时空维数超出我们直接可观察(即 1+3)的理论,我看不出有任何理由去相信,它们促进了我们对物理世界的认识。"⑤他对颇为时尚的量子引力论持谨慎态度,原因也是如此。他说:"对于像量子引力这类还远远谈不上通过实验支持或否决的理论来说,我们必须格外小心,不应将流行方法当作真理来接受。"⑥

2. 数学方法。作为数学物理学家,彭罗斯非常重视数学方法,他的《皇帝新脑》和《通向实在之路》超过三分之一的篇幅,都是先专门讲述后大半部分要阐述内容的相关数学知识和理论,而后半大部分也包含了有关的数学公式、几何图形和曲线;《宇宙的轮回》虽然把相关数学公式和运算置于附录中,其正文中仍包含了不少几何图形、简略等式和数据。他这样强调复数对

① Penrose, Roger. *The Emperor's New Mind: Concerning Computers, Minds, and the Laws of Physics*. Oxford: Oxford University Press, 1989, p 272.

② Penrose, Roger. *The Road to Reality: A Complete Guide to the Laws of the Universe*. London: Vintage Books, 2005, p 753.

③ Penrose, Roger. *The Road to Reality: A Complete Guide to the Laws of the Universe*. London: Vintage Books, 2005, p 873.

④ Penrose, Roger. *The Road to Reality: A Complete Guide to the Laws of the Universe*. London: Vintage Books, 2005, p 888.

⑤ Penrose, Roger. *The Road to Reality: A Complete Guide to the Laws of the Universe*. London: Vintage Books, 2005, p 1011.

⑥ Penrose, Roger. *The Road to Reality: A Complete Guide to the Laws of the Universe*. London: Vintage Books, 2005, p 1018.

量子力学的重要性:"它们对于量子力学的结构是最根本的,因而对于我们生活的世界的运行机制也是基本的。这些数成了数学中的一个伟大奇迹"①;"它们通过令人信服、使人意外的实验事实,使物理学家不得不注意其重要意义。我们必须接受复数的权重才能理解量子力学"②。他如此强调数学对物理理论乃至整个科学的重大意义:"我们的物理理论是相当精确的。但其优势不仅在于此,而且在于异乎寻常地遵从精密、微妙的数学处理这个事实。正是这两者一起为我们带来了威力无比的科学。"③他还说:"认识到理解自然界的关键在于寻求颠扑不破的数学真理,这可能是科学发展的一个主要突破。"④意思是说,正确的数学理论和知识是从事自然科学研究的重要前提。他举例说,20世纪物理学领域的两项最突出的成就,是爱因斯坦相对论和量子理论,而爱因斯坦广义相对论的基本框架是"双曲几何以及所有各种从双曲几何推广而来的'黎曼'几何"⑤;"数学也深刻影响着量子理论,这可以从海森堡的矩阵(matrix)思想,以及狄拉克和冯诺依曼(John von Neumann,1903—1957)等人提出的复希尔波特空间、克利福德代数、表示理论(representation theory)、无穷维泛函分析(infinite-dimensional functional analysis)等理论上,得到充分说明"⑥。他强调,从《通向实在之路》"描绘的历程可以看出,2500多年来,人类最重要的一个收获,就是洞察到数学领域和物理世界的深刻统一";"尽管离既定目标还有距离,我们毕竟在业已了解的最基本层面上,对宇宙的运行机制有了极其充分的理解。在过去的成功中,数

---

① Penrose, Roger. *The Emperor's New Mind : Concerning Computers , Minds , and the Laws of Physics*. Oxford : Oxford University Press, 1989, p 104.

② Penrose, Roger. *The Emperor's New Mind : Concerning Computers , Minds , and the Laws of Physics*. Oxford : Oxford University Press, 1989, p 305.

③ Penrose, Roger. *The Emperor's New Mind : Concerning Computers , Minds , and the Laws of Physics*. Oxford : Oxford University Press, 1989, p 194.

④ Penrose, Roger. *The Road to Reality : A Complete Guide to the Laws of the Universe*. London : Vintage Books, 2005, p 9.

⑤ Penrose, Roger. *The Road to Reality : A Complete Guide to the Laws of the Universe*. London : Vintage Books, 2005, p 48.

⑥ Penrose, Roger. *The Road to Reality : A Complete Guide to the Laws of the Universe*. London : Vintage Books, 2005, p 1034.

学概念的作用尤为突出。这其中就包括实数和几何概念"。①

3. 灵感。彭罗斯陈述了灵感的基本特征及其在科学研究中的重要作用。他把灵感称为"偶尔闪现的新洞察",并说灵感"在数学以及科学其他门类和艺术中有许多共同之处"②。他转引著名数学家庞加莱(Jules H. Poincaré,1854—1912)通过灵感发现弗希函数的事例,进而指出获得灵感的一般过程:首先,探索者长时间有意识地专注于某一领域的问题,"完全熟悉该问题的许多不同角度"③,但却没能获得这一问题的答案。然后,当他的注意力转移到其他领域时,在不经意的瞬间豁然开朗,得到了自己长时间求之不得的问题答案。接着,彭罗斯讲述了自己以类似灵感的方式获得重要发现的故事。1964年秋,他正因黑洞的奇点问题烦恼不已,为了证明时空奇点的不可避免性,他需要找到大质量恒星塌缩到类似"无归点"(point of no return)的条件,但久思不得其解。来自美国的一位同行来访,彭罗斯去接他时,开始谈论完全不同的问题。他们横穿小街道时,彭罗斯忽然想起了他后来称为"捕获面"(trapped surface)的概念,这一概念成为"无归点"的证据,使彭罗斯"得以建构他一直在探求的时空奇点定理证明的框架"④。最后,彭罗斯提到了灵感的一个显著特征——全局性(global character):瞬间悟出的相关问题的答案是以整体形式闪现的,而非一步一步、一部分一部分出现的。他用以阐述的例子除了庞加莱获得灵感的情形,还包括莫扎特(Wolfgang Mozart,1756—1791)获得音乐创作灵感的自述。

三、数学实在论

中国科学哲学家李建华教授指出:

---

① Penrose, Roger. *The Road to Reality: A Complete Guide to the Laws of the Universe.* London: Vintage Books, 2005, pp 1033–1034.

② Penrose, Roger. *The Emperor's New Mind: Concerning Computers, Minds, and the Laws of Physics.* Oxford: Oxford University Press, 1989, p 541.

③ Penrose, Roger. *The Emperor's New Mind: Concerning Computers, Minds, and the Laws of Physics.* Oxford: Oxford University Press, 1989, p 542.

④ Penrose, Roger. *The Emperor's New Mind: Concerning Computers, Minds, and the Laws of Physics.* Oxford: Oxford University Press, 1989, p 544.

科学实在论有两个基本论题:第一,科学与实在有联系,科学中的每一概念都是有指称的,或者说科学知识都在外部世界中有相应的存在物;第二,科学与真理有联系,科学理论真实地或近似地描述了外部世界。坚持这两个基本论题就是科学实在论,反对的就属反实在论的哲学学派。①

而中国数学哲学家张景中院士写道:"柏拉图主义是这样一种观点:数学研究的对象是抽象的,但却是客观存在的,而且它们是不依赖于时间、空间和人的思维而存在的。数学家提出的概念不是创造,而是对这种客观存在的描述。"②彭罗斯在《皇帝新脑》和《通向实在之路》中,多次谈到自己对科学实在(reality)的看法,显而易见的是,他坚持的是柏拉图主义的数学实在论。

彭罗斯明确反对形式主义的数学观,拥护柏拉图主义的数学实在论。他说:

数学真理的概念远远超越形式主义的整个概念。关于数学真理存在一些绝对的"上帝赋予"的东西。这就是上一章结尾讨论的柏拉图主义。任何特定的形式系统都具有临时和"人为"的品格,在数学讨论中,这类系统的确起着非常有价值的作用,但它只能为真理提供部分(或近似的)导引。真正的数学真理超越纯粹的人为建构。③

就是说,数学真理是客观物理(自然)世界中客观存在物的固有属性或规律,是一种超越时空的客观存在;数学中的数字、符号、方程等形式系统尽管是人造的,却指向(真实或近似地体现了)一定的客观实在——物理世界固有的普遍属性或规律,绝不是没有意义的纯形式性的东西或形式游戏。

---

① 李建华:《科学哲学》,中共中央党校出版社 2004 年版,第 284—285 页。
② 张景中:《数学哲学》,北京师范大学出版社 2019 年版,第 87 页。
③ Penrose, Roger. *The Emperor's New Mind: Concerning Computers, Minds, and the Laws of Physics*. Oxford: Oxford University Press, 1989, p 146.

他明确表明自己的立场："我已经指出了数学哲学的两个相反的学派,我强烈赞成柏拉图主义,而不赞成形式主义观点"①;"我并不掩饰自己强烈同情柏拉图主义的观点,那就是,数学真理是绝对的、外在的、永恒的,并不基于人为的标准之上;数学指向的对象具有超越时间的自身存在,既不依赖于人类社会,也不依赖于特定物体"②。在他看来,数学概念、数学真理等数学研究对象,都是不以人类的意志为转移的、超时空的客观实在。

彭罗斯强调,数学研究的对象虽然是抽象的,却具有超越时空的客观实在性。在他看来,数学研究的对象并不指向客观物理世界的具体存在物,而是针对抽象的、深层的客观存在——这些具体存在物固有的普遍属性、规律和秩序,这种存在被称为柏拉图数学世界。他说:

> 属于柏拉图世界的数学命题,一定是那些具有客观真理性的命题。我的确认为,数学客观性就是数学柏拉图主义所要强调的那种东西。假如说某一数学命题具有柏拉图式的存在,即是指在客观意义上是真的。对其他数学概念,比如"7"这一概念,或整数的乘法法则,或某个含有无穷多个元素的集合概念——我们可以作同样理解,即它们都具有柏拉图式的存在,因为它们都是客观概念。③

就是说,正确的数学命题体现了客观物理世界的固有规律,与"7"之类体现了客观物理世界的固有属性的数学概念一样,都是超越时空的、永恒的客观存在,因而属于或堪称柏拉图世界的存在。他明确指出:"柏拉图世界里的数学形式,与物理世界中的各种物体(如桌椅)的存在形式不同。这些数学形式没有空间位置,也不在时间中。客观存在的数学概念,必须被当作

---

①　Penrose, Roger. *The Emperor's New Mind: Concerning Computers, Minds, and the Laws of Physics*. Oxford: Oxford University Press, 1989, p 146.

②　Penrose, Roger. *The Emperor's New Mind: Concerning Computers, Minds, and the Laws of Physics*. Oxford: Oxford University Press, 1989, p 151.

③　Penrose, Roger. *The Road to Reality: A Complete Guide to the Laws of the Universe*. London: Vintage Books, 2005, p 15.

与时间无关的实体,而不能被认为是在第一次被人类认识时,它们才开始存在。"①就是说,柏拉图数学世界与物理世界是截然不同的领域,数学家只是发现而非发明了数学真理和数学概念。

彭罗斯认为,人类的心智世界可以认识或洞察(柏拉图)数学世界,物理、数学、心智三个世界形成了相互关联的三角关系,其中,数学世界是一种最基本的、至关重要的实在。在这个三角关系中,就数学世界和物理世界的关系来说,"只是数学世界的很小一部分与现实物理世界相关联。这不难理解,现实生活中纯数学家的绝大多数研究,本来就与物理学或其他学科没有太多联系,尽管其研究成果经常会有意想不到的作用";至于心智世界(明确地说,指健康、清醒的头脑)和物理世界的关系,显然,并非大多数物理结构都能产生智能活动,"一只猫的脑部活动或许具有智能属性,但没有人认为石块也应如此";而数学世界和心智世界的关系是不言自明的——"绝对数学真理只对应于部分心智活动(通常我们更多的心智活动是对恼怒、愉悦、焦虑、兴奋等各种日常情绪的体验)"。② 在他看来,物理、数学、心智三个世界的关系可归结为:"宇宙中一切运动都完全由数学定律掌控……一切心智活动都根源于物质性……柏拉图数学世界完全在人类心智所及的范围内。"③他反复强调柏拉图数学世界的对认识物理世界的至关重要性:"当代物理学总是用数学模型来描述事物",柏拉图数学世界、物理世界、心智世界,都有自己的实在,而且"每一个又都(深刻而又神秘地)建立在前一个基础上(这些世界可以说是循环的)。我个人倾向于认为,一定意义上说,柏拉图世界是这三个世界中最基本的,因为数学具有一种必然性,我们几乎仅凭逻辑就能设想其存在"④;"不论怎样,我相信,物理实在的数学基础问题,无

---

① Penrose, Roger. *The Road to Reality: A Complete Guide to the Laws of the Universe*. London: Vintage Books, 2005, p 17.

② Penrose, Roger. *The Road to Reality: A Complete Guide to the Laws of the Universe*. London: Vintage Books, 2005, p 18.

③ Penrose, Roger. *The Road to Reality: A Complete Guide to the Laws of the Universe*. London: Vintage Books, 2005, pp 19-20.

④ Penrose, Roger. *The Road to Reality: A Complete Guide to the Laws of the Universe*. London: Vintage Books, 2005, pp 1028-1029.

论从哪方面来说,都具有深刻的重要性"①。可以说,彭罗斯把数学及数学实在(客观存在)的重要性,提到了至高无上的地位。

彭罗斯意识到,真理是人的心智世界可以认识的,但却是相对的。他说,要把握真理,"要实现了解实在世界的本性的目标,我们还有很长的路要走,也许这一目标永远达不到,也许能达到——最终会出现某种终极理论,原则上使我们能够理解这种所谓的'实在'"②。就是说,人类在认识真理——宇宙及其包含万物的真相方面,尽管已取得不少成就,但人类已获得的真理的数量和质量都是相对的,存在着很大的提高空间。

四、科学美论

中国科学哲学家周林东教授指出:"'科学美'是科学家特有的深切体验。许多科学家都把自己看作是一个艺术家,因为他们确实是按照'美的规律'从事科学创造和评价活动的";"关于科学的审美标准,可以有简单性、和谐性和对称性等多种。但是,最根本的标准是简单性原则。按照这个原则,科学理论体系所包含的彼此独立的基本概念、基本假设或公理应当尽可能地少"。③ 加拿大应用数学家和科学散文作家戴维·欧瑞尔(David Orrell)写道:"优雅、统一、对称,这三个经典的美学属性在古人之中非常著名。它们既适用于数学公式与科学理论,也同样适用于艺术和建筑领域。"④彭罗斯就是周教授所说的"把自己看作是一个艺术家"的"许多科学家"之一,他在《皇帝新脑》和《通向实在之路》中,多次提到自己的科学审美体验,并表述他对科学美的作用的看法。

彭罗斯认为,科学美感在一定程度上可以增进科学灵感和科学洞察力(判断、猜想或假设)的效果。1964年,他在横穿街道时产生有关黑洞奇点

---

① Penrose, Roger. *The Road to Reality: A Complete Guide to the Laws of the Universe*. London: Vintage Books, 2005, p 1036.

② Penrose, Roger. *The Road to Reality: A Complete Guide to the Laws of the Universe*. London: Vintage Books, 2005, p 1033.

③ 周林东:《科学哲学》,复旦大学出版社2005年版,第249页。

④ 戴维·欧瑞尔:《科学之美:从大爆炸到数字时代》,潘志刚译,电子工业出版社2015年版,第 xvii–xviii 页。

"捕获面"的灵感的瞬间,顿感欣喜万分。他认为自己当时的感觉就是一种科学美感。然后,他写道:

> 可以说,在数理学科中,美学标准只是偶尔可靠,而真理标准才是至高无上的。然而,人们考虑灵感和洞察力等问题时,似乎不能把两种标准分开。我的印象是,坚信瞬间灵感是正确的(我应该加一句,并非百分之百可靠,但至少比纯粹碰运气可靠得多),与灵感的美学品质有很密切的关系。漂亮想法比丑陋想法正确的概率要大得多。这至少是我的经验,其他人也表达过类似感想。①

也就是说,科学家通过灵感想到的概念和假设,若是符合科学审美标准,他们就更相信其正确性,对其高度重视,从而进行深入研究。他补充道:"美学标准的重要性不仅适用于灵感的瞬息判断,而且也适用于我在数学(或科学)研究中更须经常做的判断。严格论证通常是最后步骤! 人们在此之前必须作许多猜想,而美感信念对于这些猜想极为重要——尽管这些信念总是受逻辑论证和已知事实的约束。"②就是说,科学家也更倾向于相信,符合科学审美标准的非灵感式判断或猜想是正确的。彭罗斯还从反面进一步阐释科学审美对科学灵感的积极作用:由无意识灵感闪现的瞬息判断能否进入意识,"美学否决"起着重要作用,因为"如果某种想法不是'听起来很不错'的话,就会很快被否决并忘掉";"美学否决"机制"完全禁止没有魅力的想法达到意识中相当永久的层次";"相关数学思绪和已经确立的定理不协调时,就会有丑恶感觉随之而来"。③通过灵感方式想到的数学命题,如果与已被证实的定理不和谐,就是没有魅力的或丑恶的,因为它不符合科学审美的和谐或统一的标准。

---

① Penrose, Roger. *The Emperor's New Mind: Concerning Computers, Minds, and the Laws of Physics*. Oxford: Oxford University Press, 1989, p 544.

② Penrose, Roger. *The Emperor's New Mind: Concerning Computers, Minds, and the Laws of Physics*. Oxford: Oxford University Press, 1989, p 545.

③ Penrose, Roger. *The Emperor's New Mind: Concerning Computers, Minds, and the Laws of Physics*. Oxford: Oxford University Press, 1989, pp 545-546.

彭罗斯阐明了科学审美对数学、物理等学科的研究的推动作用，并指出了科学美在数学和物理中的具体表现。他说：

美不仅在探寻物理世界背后的数学原理方面，有着毋庸置疑（虽然经常很含糊）的作用，审美标准对数学理念（ideas）本身的发展也至关重要：它既是不断发现的动力，又是通向真理的绝佳向导。我觉得，数学家们之所以持有这样的共同信念——实际上存在着不依赖我们人类的柏拉图数学世界，一个重要原因就是，数学理念本身显示了奇妙且出乎意料的隐性美。①

就是说，简单（优雅）、统一、和谐、对称等科学审美标准，激励物理学家不断探索自然界的数学原理——可用数学来描述的普遍属性和规律，并推动数学家不断丰富和完善数学理念本身。可以说，前者是发现科学美，后者是丰富和完善科学美。他通过列举科学史上的代表性例子，来阐释物理和数学中的美：

物理学中取得重大进展的许多理念，都可以被看作是非常美的。欧几里得几何无疑是美的，这种几何构成了精确物理理论的基础——古希腊人的空间理论。1500 年后出现了异常优雅的牛顿动力学理论，其深刻、完美的辛几何（symplectic geometry）基本结构，后来由拉格朗日和哈密顿形式体系充分显示出来。麦克斯韦（James C. Maxwell，1831—1879）电磁理论的数学形式赏心悦目；爱因斯坦广义相对论的数学美，更是无与伦比。量子力学结构及其各个具体方面同样如此。我只需举出量子力学自旋、狄拉克相对论性波动方程，以及由费恩曼发展出的量子场论的路径积分形式体系（path-integral formalism），就足以说明问题。

① Penrose, Roger. *The Road to Reality: A Complete Guide to the Laws of the Universe*. London: Vintage Books, 2005, p 22.

> ……纯数学中有相当一部分内容，我们还看不出它们与物理世界之间存在明显联系，但它们的美不亚于、甚至超过我们现有物理理论所表现出的美……①

他举的例子还包括康托尔的无穷理论、哥德尔（Kurt Gödel，1906—1978）的不完备定律和黎曼假说。这些例子中所说的"美"和"优雅"，实际上指的是表达相关物理理论所用的数学形式（等式、几何等）的简明、对称、高度的概括性等特征。在他看来，正确的（真的）概念、命题或理论一定是美的。

但彭罗斯清醒地认识到，美的东西不一定是真的，科学家的美感只有与物理世界中的实在相一致时，科学美才能在科学发展中产生积极作用。他对21世纪以来非常时尚的弦论持保留态度，就是因为，该理论主要受科学审美倾向左右，而非基于客观事实。他写道：

> 对弦论进行平心静气的评价变得困难的原因在于，它得到的支持和选择的发展方向，几乎完全来自数学上的审美判断。我相信，记录这一理论经历的每一处转折，指出几乎每一次这样的转折，都使我们更加远离观察建立的事实，这两者无疑是重要的。虽然弦论起源于强子物理的实验观察事实，但它之后的发展却大大背离了那些源头，结果，现在已经很难再有来自物理世界观察事实的指导。②

就是说，伟大物理学家能创建正确理论，不仅在于他们受科学审美体验驱动，而且在于他们的理论基于客观事实，或能得到客观事实的验证。他对宇宙暴胀理论持异议，原因之一就是，暴胀物理学家只注重审美因素，而无视客观事实。他写道：

---

① Penrose, Roger. *The Road to Reality: A Complete Guide to the Laws of the Universe.* London: Vintage Books, 2005, pp 1038-1039.

② Penrose, Roger. *The Road to Reality: A Complete Guide to the Laws of the Universe.* London: Vintage Books, 2005, p 888.

在标准模型里,这些问题需要根据初始大爆炸状态的"微调"而定,这在暴胀物理学家看来是"丑陋的"。他们声称,在暴胀图像中,这种初态的微调是不必要的,它应该是一种美学上赏心悦目的物理图像。从美学观点看,暴胀带来的整个空间的平直性结论同样是一个积极方面。①

即是说,在暴胀物理学家看来,经过相关"微调"后的宇宙起始物理图像不能赏心悦目,因而是不正确的。而彭罗斯却不以为然。他这样评价卡鲁扎(Theodor Kaluza,1885—1954)和克莱因(Oskar Klein,1894—1977)的高维时空理论:"尽管如此优雅,但卡鲁扎—克莱因对于爱因斯坦—麦克斯韦理论的看法,却没有为我们提供令人信服的图景。从物理学方面来看,肯定没人会非常积极地去采用它。"②意思是说,高维时空理论符合简洁、和谐等科学审美标准,却不能得到物理世界的客观事实的证实。

同时,彭罗斯举了一些正面的例子——既是美的、又能被实验或观察的事实证实的科学理论。他对狄拉克的电子方程和爱因斯坦的广义相对论是这样评介的:

　　……从建立在实验发现基础上的量子力学完备的数学形式角度来看,美学上的这一飞跃仅仅是迈向未知领域的雄健一步。狄拉克对电子反粒子的预言涉及另一个飞跃。但它是在极其谨慎的情况下做出的,而且随后得到了观察的确认。爱因斯坦的广义相对论也是部分地基于数学审美,其优势很大程度上来自其完美的数学结构。爱因斯坦第一次建构这个理论时,并没有足够的来自观察方面的证据。但这并不是说,爱因斯坦提出这一理论仅仅是出于数学审美方面的考虑。他的根本导向仍是来自物理学。在他的信念里,等效原理必定是理解引

①　Penrose, Roger. *The Road to Reality: A Complete Guide to the Laws of the Universe*. London: Vintage Books, 2005, p 754.

②　Penrose, Roger. *The Road to Reality: A Complete Guide to the Laws of the Universe*. London: Vintage Books, 2005, p 883.

力的核心。①

彭罗斯通过正反两方面的例子旨在说明,对科学审美在科研中的作用
应持辩证态度:要肯定科学审美的积极作用,但不能一味地跟着科学审美的
标准走;科学研究最为关键的是要基于客观事实。

第二节　彭罗斯科学散文代表作的艺术特色

彭罗斯上述3部科学散文作品在艺术方面也呈现出明显特色。具体说
来,这些艺术特色主要体现在以下三个方面。

一、结构具有吸引力

翻开彭罗斯的3部科学散文作品,首先映入眼帘的是,这些作品都具有
长篇小说一样的"引子"和"尾声"。与正文以介绍相关数理知识和理论为主
的说明性文字不同,这些"引子"和"尾声"都是虚构的形象生动、想象奇特的
故事。

《皇帝新脑》的"引子"描述的是,一个小国家的大会堂里,正在举办具有
强大功能、名为"超子"的电脑的开机典礼。波罗(Pollo)总统致开幕辞,该电
脑的总设计师介绍了它的非凡功能,总统夫人伊萨贝拉·波罗(Isabella Pol-
lo)按下了电脑的启动开关;然后,总设计师让观礼的人向该电脑提一个问
题,以便使其开始工作。但没有人敢提问题。第三排坐着一个名叫亚当的
13岁男孩,他的母亲是超子电脑的主要设计者之一,坐在第一排。这个男孩
大胆举手提问。他提的问题显然就是《皇帝新脑》第1章的题目《电脑具有
心智吗?》,由此引出了作品的正文。包含10章的正文,介绍了与电脑及人
工智能有关的数学、物理以及人脑的结构和意识等方面的知识和理论,同时
指出,电脑和人工智能无论发展到何等先进的水平,都不可能像人脑一样具

---

① Penrose, Roger. *The Road to Reality: A Complete Guide to the Laws of the Universe*. London: Vin-
tage Books, 2005, pp 889-890.

有自主的意识、情感、审美能力以及自由意志。在正文之后短短 8 行的"尾声"中,彭罗斯以调侃的手法重申了自己的这一观点——针对"引子"中提到的男孩亚当提出的"电脑具有心智吗?"这一问题,超子电脑竟然说,"它不知道"其答案,"甚至不能理解"提问者"想问的是什么意思"。① 这意味着,基于设计人提前为其设定的程序的人工智能,根本不具备相关人士所宣传的、只有人才具有的特性。

《通向实在之路》的"引子"讲述的是古代时隔 1100 年的两位工艺师在思索自然现象的缘由的故事。住在一个海岛上的工艺师阿姆台(Am-temp)目睹了火山喷发、地震和海啸等一系列自然灾害;他与家人不得不乘舟搬离该岛,同时开始怀疑传统观念:大神殿里供奉的诸神可以主宰世界的运行,向其供奉祭品就可以使其控制住欲引发灾害的恶魔,从而保障人们的平安。阿姆台和充满好奇心的孙子开始谈论"这个世界运行的背后力量是什么?为什么有时候这些力量会以某些看来不可思议的方式爆发出来?"等问题,但没能得到答案。② 1100 年之后,阿姆台的后人——工艺师阿姆弗斯(Amphos)重新思索了祖先思索过的问题,得出了这样的结论:"那次灾难必定是由某种与人类自身活动无关的巨大力量导致的。"③此外,他还思索了其他一些自然现象,结果产生了与智者毕达哥拉斯[Pythagoras,约 580 BC—500(490)BC]相似的观念:"是数和几何,而不是神话和迷信,真正主宰着世界的运转。"④因而,他离开故土,前往克罗顿城(Croton),加入了毕达哥拉斯探求真理的团队。由此引出《通向实在之路》包含 34 章的正文——介绍主宰宇宙万物的存在和运转的主要的数学和物理知识和理论,其中,第 1 章第 1 节的题目就是《世界的成因》,第 2 章第 2 节的题目就是《毕达哥拉斯定理》。该部作品的"尾声"描述的故事是,当代一个名叫安蒂(Antea)的女博士后,

① Penrose, Roger. *The Emperor's New Mind: Concerning Computers, Minds, and the Laws of Physics*. Oxford: Oxford University Press, 1989, p 583.

② Penrose, Roger. *The Road to Reality: A Complete Guide to the Laws of the Universe*. London: Vintage Books, 2005, p 4.

③ Penrose, Roger. *The Road to Reality: A Complete Guide to the Laws of the Universe*. London: Vintage Books, 2005, p 5.

④ Penrose, Roger. *The Road to Reality: A Complete Guide to the Laws of the Universe*. London: Vintage Books, 2005, p 5.

正在德国波茨坦附近的爱因斯坦研究所凝视着清澈夜空,思索星系中心产生的巨大能量辐射的问题;而弄清这一问题的关键在于,"如何把爱因斯坦的大尺度时空理论,与量子力学原理下的引力理论统一起来"①。实际上,这一问题也是以彭罗斯为代表的当代物理学家正在探讨的问题。

《宇宙的轮回》的引子讲述的故事是,一个大雨滂沱的日子,剑桥大学的天体物理学教授普利西拉(Priscilla),把小侄子汤姆带到水流湍急的河边,河上有个急速转动的老水磨。看到从山上流下来的、有巨大能量的水流驱动水磨,颇具怀疑精神的汤姆就问教授阿姨:把流水弄到山上的能量是从哪里来的?阿姨就给他讲述降雨原理:太阳照射海洋,使部分海水变成水蒸气升入天空,水汽遇冷凝聚成雨滴降到山上。就是说,山上流下来的水的势能来自太阳释放的热能。汤姆接着问:太阳热能又是从哪儿来的呢?阿姨回答说:来自形成太阳的气体——引力使该气体凝聚成团,在凝聚过程中变得越来越热,从而释放出热能。汤姆又问:最初引发太阳形成的能量——组织性,又是从哪里来的呢?阿姨回答道:来自宇宙大爆炸。汤姆刨根问底地问:"也许大爆炸之前还有更具组织性的东西?最原初的组织性大概是从哪儿来的?"②阿姨回答说:真有人那么想过。然后在告诉汤姆三个有关宇宙起源的理论后,她说道:"我最近听说还有一种理论……"由此引入《宇宙的轮回》的正文:分三大部分讲述作者自己新近提出的宇宙起源理论——共形循环宇宙学。正文之后的"尾声"只有短短9行,大意是,汤姆听阿姨讲完共形循环宇宙学理论后,疑惑地望着她说:"这是我听到的最疯狂的想法!"③他想坐车回家,但又望着已变得稀疏、落在水磨旁池塘里的雨滴,禁不住突发奇想……

不难看出,这3部作品的"引子",都是虚构的、与正文内容相关的奇特故事,旨在激发读者的兴趣,吸引他们去读正文;与其遥相呼应的"尾声",以

① Penrose, Roger. *The Road to Reality: A Complete Guide to the Laws of the Universe*. London: Vintage Books, 2005, pp 1048-1049.

② Penrose, Roger. *Cycles of Time: An Extraordinary New View of the Universe*. New York: Vintage Books, 2012, p 5.

③ Penrose, Roger. *Cycles of Time: An Extraordinary New View of the Universe*. New York: Vintage Books, 2012, p 220.

简要而隐晦的方式强调了作者在正文中所持的立场。而且,这些想象丰富、生动有趣的"引子"和"尾声",都大大地增强了相应作品的文学性。

除了这些迷人的"引子"和"尾声",这 3 部作品绝大多数篇章的开头——第 1 段或第 2 段,总要提出一个或数个问题,先吸引读者的注意力或激发读者的兴趣,然后才开始介绍相关数理知识或理论。而开头没有提出问题的个别章,它的第 1 节或其他一些节的题目本身就是一个疑问句。在一些章的中间部分,彭罗斯还不时地制造一些悬念——他特地指出,与目前介绍的内容相关的某一理论,将在同一章的后面或在随后某一章的某一节详细阐述。在大多数章的结尾,他常常写一些能吸引读者往下读的"承前启后"式话语——简要透露下一章将要讲述的"有趣"内容。

《通向实在之路》篇幅很长——包含 34 章,长达 1049 页,《宇宙的循环》较短——仅包括三大部分,长 220 页。而《皇帝新脑》包含 10 章,长 583 页。让我们以这部作品为例,尤其是较为详细地审视它的第 1 章和第 5 章。

第 1 章的题目本身就是一个问题:"电脑会有心智吗?"("Can a Computer Have a Mind?")该章题为"引言"("Introduction")的第 1 节的第 2 段连续提出了 9 个问题,这些问题实际上就是这部作品要探索的主要问题。在该章第 3 节的最后,彭罗斯制造了一个悬念——他说:"意识和形成判断之间的关系,将是我在后面尤其是在第 10 章要论述的核心问题。"[1]这一章的最后一段写道:

> 强人工智能观点认为,人脑运作中实际上涉及的所有物理过程,"只是"硬件方面的问题,这一过程肯定能用合适的转换软件来模拟。如果我们接受这一操作主义(operational)的观点,那就意味着,人脑的运作等同于通用的图灵机(Turing machines)的运行,任何算法真的都能在这种机器上运行,而且,人脑是按照某些算法去运作的。现在到了我

---

① Penrose, Roger. *The Emperor's New Mind: Concerning Computers, Minds, and the Laws of Physics*. Oxford: Oxford University Press, 1989, p 17.

要更详细地去阐明这些迷人的重要概念的时候了。①

　　这段包含着"迷人的"等具有渲染性字眼的"启后"文字,透露了第 2 章要详细阐述的内容——算法和图灵机。

　　第 5 章第 1 节的第 1 段提出了两个问题;该章的第 3 节留下一个悬念——指出了伽利略的超前洞察力对爱因斯坦相对论的启发和贡献:"3 个世纪后,正是这一洞察,导致爱因斯坦将其相对论原理推广到加速参照系,从而为其非凡的引力相对论奠定了基石——这将在本章的结尾处详述。"②第 4 节又制造了一个悬念:"这个令人烦恼的'自由意志'问题,一直在这部作品的背景里徘徊——虽然在大多数我必须提及它的情况下,它只是在背景里出现。它在本章后面就呈现了一种具体却不重要的作用(关于相对论中超光速信号的传递问题)。我将在第 10 章直接探讨自由意志的问题。"③这一章的最后一段也包含着"启后"的话语:

　　　　根据经典理论,我们的世界的物质实在性,比人们所想的要模糊得多,更不用说从我们即将探索的量子理论的视角来看了。物质实在性的测量,甚至确定它是否在某个地方,都取决于显然是非常微妙的因素,而不能仅仅是定域地进行! 如果这种非定域性都令人不可思议的话,我们就要做好准备去面对更令人震惊的东西。④

　　这段包含"更令人震惊的"等字眼的渲染性文字,把读者引向随后 3 章要阐述的内容——当代物理学更令人费解的、与量子理论和宇宙学相关的

①　Penrose, Roger. *The Emperor's New Mind: Concerning Computers, Minds, and the Laws of Physics*. Oxford: Oxford University Press, 1989, p 37.

②　Penrose, Roger. *The Emperor's New Mind: Concerning Computers, Minds, and the Laws of Physics*. Oxford: Oxford University Press, 1989, p 215.

③　Penrose, Roger. *The Emperor's New Mind: Concerning Computers, Minds, and the Laws of Physics*. Oxford: Oxford University Press, 1989, p 220.

④　Penrose, Roger. *The Emperor's New Mind: Concerning Computers, Minds, and the Laws of Physics*. Oxford: Oxford University Press, 1989, p 285.

主要论题。

除了在绝大多数章的开头提出一些问题,彭罗斯还在其他一些节的开头或中间提出不少问题,然后再做回答或进行阐释。他提出的这些问题,设置的悬念,以及在章的结尾写的"启后"的话语,不仅使作品的行文波澜迭起,避免了平铺直叙,而且能激发读者的兴趣,让他们主动与作者一起进行思考和探索,并且让他们迫不及待地阅读下文。

二、笔调颇具亲和力

在上述 3 部作品中,彭罗斯把读者视为和他平等的挚友,用口语化的语言、亲切的语气,不慌不忙地讲述相关的数学物理知识和理论,并坦诚率真地表达自己对有关问题的看法。

这些作品的口语化特征表现在,彭罗斯通常用普通读者熟悉的词语、词组和简单易懂的句式,阐明较为抽象费解的数理概念或理论。他如此讲述量子场论(quantum field theory):

被称作"量子场论"的学科,是把狭义相对论和量子力学的观念相结合而产生的。它与标准(即非相对论性)的量子力学的差别是,任何特殊种类的粒子的数目,不一定是常数。每一种粒子都有反粒子(比如光子,有时其反粒子和原粒子是一样的)。一个有质量的粒子和它的反粒子可以相抵消而产生能量,相反,这样的离子对可以由能量产生出来。真的,甚至粒子的数目也不一定是确定的,原因是,粒子的不同数目的量子态,会出现线性叠加(linear superposition)。最高级的量子场论是"量子电动力学"——它基本上是电子和光子的理论……①

他这样开始介绍扭量量子论(twistor quantum theory):

---

① Penrose, Roger. *The Emperor's New Mind*: *Concerning Computers*, *Minds*, *and the Laws of Physics*. Oxford: Oxford University Press, 1989, p 374.

　　下面简述平直空间里扭量理论的基本几何。但一些读者可能会对这种图形如何帮助我们推进物理研究失去耐心，尽管它从几何上来看很优美。在时空结构和量子力学的统一方面，扭量理论到底能起什么作用呢？到目前为止，我们只是看到它在描述无质量粒子方面的一些"漂亮"的几何和代数方法，但无论是在量子力学还是在广义相对论方面，我们都没看到它起着什么作用。所以，我最好还是先照顾一下(see to)这方面的内容！①

　　这两段引文的英语原文所用的词语和句型，大都很口语化：词语方面，除个别几个专业术语外，大都属常用的短小词语；句型方面，主要是用较短的简单句或松散的并列句。这样的词语和句型使作品的笔调显得亲切而轻松，不仅拉近了与读者的距离，而且使所介绍的比较抽象、深奥的概念和理论，变得明白易懂。

　　把读者视为挚友的彭罗斯心里装着读者，不时地与其交流。这在上一个例子中已有所体现。让我们再看一个例子。他在阐述自己提出的共形循环宇宙学时，考虑到了读者的疑虑：

　　读者可能会疑虑，怎么能把一个遥远的未来同一个大爆炸式的起点等同起来呢——在未来，辐射冷却到零度，密度稀薄到零，而在大爆炸起点，辐射有无限大的温度和密度。但大爆炸时的共形"扩张"，会把无限大的密度和温度降到有限数值，而无限远处的共形"收缩"，会把零密度和温度提高到有限数值。这正是令两者可能契合的重新标度过程；而不论是扩张还是收缩的过程，两边的相关物理学理论的解释完全不会相抵触。②

---

①　Penrose, Roger. *The Road to Reality: A Complete Guide to the Laws of the Universe.* London: Vintage Books, 2005, p 982.

②　Penrose, Roger. *Cycles of Time: An Extraordinary New View of the Universe.* New York: Vintage Books, 2012, p 148.

作者心里装着读者,时时想着他们的具体关切,有针对性地替他们释疑解惑,就能赢得读者的持久的信任和追随,从而使自己作品受到读者的持续青睐。

彭罗斯对读者朋友可谓披肝沥胆,他毫不掩饰自己的不足之处和独特看法。在《皇帝新脑》第 4 章第 11 节,他讲述了复杂性理论,认为该理论对这部作品的论点(电脑不可能像人脑那样有自主的意识和情感等)很重要,但在该章的第 12 节,他又坦言:"然而,关于复杂性的作用问题,我也很可能是错误的。正如我将在后面(第 9 章第 519 页)评说的那样,实际物理对象的复杂性理论,也许和我刚刚讨论的有明显不同。"①

在《通向实在之路》的第 23 章,他阐述了"纠缠的量子世界",但在第 10 节坦承了自己在相关方面认识的不足:

> 虽然量子纠缠在"解释"这种使人迷惑的量子实验时,是一种有用概念,但我也说不清这些思想能被应用到什么程度,也不知道量子纠缠效应可以描述得有多准确。实际上,量子纠缠并不能解决 R 取代 U 的条件等量子测量问题,不说完全没有,起码是少得可怜。这个问题我将在第 29 章和第 30 章(特别是第 30 章第 12 节)再作详细探讨,但量子纠缠在这个问题里究竟扮演什么角色,我心里也不十分清楚……②

在《宇宙的轮回》第 2 章的第 1 节中,他毫不隐瞒自己对宇宙学领域的主流观点之一"宇宙暴胀"假说的异议:"我在下文还要细说宇宙暴胀(见 2.6 节),不过现在我只是提醒读者,尽管这个假说当下在宇宙学家中受到普遍欢迎,我对它却没多大兴趣。"③

这三个例子显示,彭罗斯真的是把读者当成了知己朋友——在其面前

---

① Penrose, Roger. *The Emperor's New Mind: Concerning Computers, Minds, and the Laws of Physics*. Oxford: Oxford University Press, 1989, p 188.

② Penrose, Roger. *The Road to Reality: A Complete Guide to the Laws of the Universe*. London: Vintage Books, 2005, p 607.

③ Penrose, Roger. *Cycles of Time: An Extraordinary New View of the Universe*. New York: Vintage Books, 2012, p 66.

祖露了真实的自我,丝毫不掩饰自己的思想或认识的不完善之处,以及自己不随大流的性情。由于人们大都喜爱坦诚的人,这样一来,作者及其作品的亲和力就会进一步增加,读者对作者及其作品就会持久地不离不弃。

三、语言富有感染力

彭罗斯不时运用比喻、拟人、类比等修辞手法,使上述3部作品的语言非常形象生动,富有感染力。他把牛顿力学体系比喻成宏伟的大教堂:"在伽利略打造的引人注目的地基上,牛顿建起了极其庄严华美的大教堂。"①这个明喻形象地昭示了牛顿的理论和伽利略的理论的关系——前者以后者为基础。他把"强人工智能"观点(认为装备有人工智能技术的机器人,具有人的全部属性)的支持者,比喻为没有头脑或缺乏思考和判断能力的稻草人:"有些读者可能一开始就把'强人工智能'的支持者当成稻草人!仅靠计算不能唤起快乐和痛楚,不能理解诗歌、夜空的美或声音的魅力,不能希望、恋爱或沮丧,也不能具备真正自发的目的——这一切难道不是'一目了然'的吗?"②就是说,《皇帝新脑》的有些读者具有很强的辨别能力,他们一开始就鄙视"强人工智能"的支持者——这些支持者无视"明摆着"的事实,认为装备有人工智能的机器拥有人类的全部智能和认知能力。这个暗喻中"稻草人"这一喻体,准确而又生动地凸显了"强人工智能"支持者的特征。

在彭罗斯的笔下,理论像人一样会等待:拉格朗日/哈密顿理论"这种源自牛顿理论的形式体系,好像一直在等待量子力学的到来,其结构非常合体,新的量子组件来了就可以轻易地各就其位"③。不同粒子像人一样可以称兄道弟:"具体地说,称为重子的那些强子包括普通的'核子'(中子或介子)和'超子'(由宇宙线观测和粒子加速器发现),核子没有它们的堂兄弟

---

① Penrose, Roger. *The Emperor's New Mind: Concerning Computers, Minds, and the Laws of Physics*. Oxford: Oxford University Press, 1989, p 215.

② Penrose, Roger. *The Emperor's New Mind: Concerning Computers, Minds, and the Laws of Physics*. Oxford: Oxford University Press, 1989, p 579.

③ Penrose, Roger. *The Road to Reality: A Complete Guide to the Laws of the Universe*. London: Vintage Books, 2005, p 493.

们重。"①这两个句子运用拟人手法，不仅颇为形象地展现了当代物理学中比较抽象的理论或概念之间的关系，而且使相关语言及其表述的内容都变得非常亲切，很有感染力。

彭罗斯用下小雨时雨滴在池塘中激起的涟漪，类比前一世代两个巨型黑洞相遇时激发的引力波辐射爆发所产生的效应：

> ……这样，我们预计前一世代两个黑洞的每一次相遇（即两个球面相交），都会在天空的宇宙微波背景上留下一个圆圈，它会导致整个天空的宇宙微波背景的平均温度上升或下降。
>
> 作一个有益的类比，我们想象平静无风的日子里细雨中的一个小池塘。每一滴雨都会激起一圈涟漪，从雨滴落点向外散开。但如果雨滴很多，池塘里的涟漪就很难一个个地分辨清楚，它们会连续向外扩散，一个叠加另一个。每个雨滴都可以视为上面预想的两个黑洞的每一次相遇。过了一会儿，雨停了（就像黑洞通过霍金蒸发消失了），我们只看到池塘里随机波动的涟漪；只从涟漪的照片看，很难确定涟漪的那些扩散模式是如何形成的。不过，假如我对那些模式进行适当的统计分析，应该可以（如果下雨时间不是很长）重构原来雨滴激起涟漪的时空分布模式，从而确信那些模式的确是雨滴的这种离散式冲击导致的。②

作者用日常生活中常见的"雨点在池塘水面激起涟漪"这一现象作类比，阐明了宇宙微波背景统计分析的重要意义——可以为他提出的共形循环宇宙学假说提供有效检验，从而确信，上一个宇宙消失的痕迹，会留在下一个宇宙的图景（存在方式）当中。这一类比，不仅使他对自己提出的宇宙起源新假说的较为抽象的论证变得明白易懂，而且也容易引起读者的丰富

①　Penrose, Roger. *The Road to Reality: A Complete Guide to the Laws of the Universe*. London: Vintage Books, 2005, p 645.

②　Penrose, Roger. *Cycles of Time: An Extraordinary New View of the Universe*. New York: Vintage Books, 2012, pp 215–216.

联想和强烈共鸣,从而更易认同他的假说。

认识到了科学审美效果的彭罗斯,在作品中经常表露他发现科学真理或知悉他人的科学理论时的喜悦、惊讶等情感。因而不同寻常的是,这些作品中不仅用了许多问号——不时提出一些问题,而且用了许多惊叹号——表达强烈的惊讶、兴奋等感情。以上的一些例子实际上已体现了这一点,现在让我们再举两个例子,并进行专门分析。他这样写 3 位华裔物理学家对粒子物理学的贡献:

> 1956 年,李政道和杨振宁提出了一个惊人理论,在物理学界引发了一次大震荡……不久之后,1957 年,吴健雄和她领导的小组通过实验确认了这一理论。按照这一理论,弱作用过程的镜像反射,一般来说不是一种容许的(allowed)弱作用过程,因此,弱作用具有手征性(chirality)。具体地说,吴健雄的实验检验了放射性钴 60 的电子辐射模式,而且发现,在辐射电子的分布和钴核的自旋方向之间,具有明显的镜像不对称关系。这一结果令人震惊,原因是,此前人们从未在基本物理过程中观察到反射不对称现象![1]

不难看出,李政道和杨振宁提出的理论极具创新性,使彭罗斯乃至物理学界都感到极为惊讶;吴健雄的实验结果前所未有,证明了李政道和杨振宁的理论,意义重大,令彭罗斯感到震惊(用惊叹号表示)。

想象到按照主流的宇宙大爆炸理论,不断膨胀的宇宙最后经过大塌缩过程,转而成为最大的黑洞,而当前宇宙的辉煌景象都将消失,进入"貌似最终的阶段"或"极无聊的时代",彭罗斯不免感到沮丧;然后他笔锋一转,写出如下感思:

> 但是,在我为这些思绪感到沮丧以后,2005 年的一个夏日,我突然

---

[1] Penrose, Roger. *The Road to Reality: A Complete Guide to the Laws of the Universe.* London: Vintage Books, 2005, p 634.

有了一个新想法——就是想问：那时谁会为这类无法忍受的"终极无聊"感到厌倦呢？当然不是我们，而是无质量的粒子，例如光子和引力子。但要想使光子和引力子感到厌倦是很难的——即使不考虑这些粒子完全不可能会有什么体验！关键在于，从无质量粒子的角度来看，不存在什么时间流逝。这样的粒子甚至在听到它内在时钟的第一声"滴答"之前，就已进入永恒状态，如图 2.22 所示。我们也许可以说，对光子或引力子那样的无质量粒子来说，"永恒并不是不可能"！[1]

这段包含拟人手法的文字显示了作者情感的变化——由沮丧变为兴奋（由惊叹号表示），原因是他产生了新的想法或思路，这些想法最终使他提出了新的宇宙理论——共形循环宇宙学。

彭罗斯有时还制造一些幽默。这些幽默使其作品的语言变得轻松、风趣，增强了其亲和力或感染力。上一例子中的拟人手法实际上就具有幽默感——作者是在调侃，因为无质量的光子和引力子肯定不会有任何体验，包括厌倦感和时间意识。让我们再看两个例子。

他在描述海豚的意识时说：由于缺乏像人类那样能抓和拿的手，"它们不能写书，但或许它们有时像哲学家，冥思生活的意义以及为何它们在'那里'！……如果我们能询问，它们对意识的连续性有何'感觉'，那将很受教益！"[2]说海豚像哲学家，会冥思，实际上是在调侃，因为海豚肯定不是这样；但这一调侃使这段文字幽默感顿生。

他在评述现代粒子物理学的起源时写道：

（1928 年，狄拉克发表他的方程时）就描述大自然中所有已知粒子及其非常明显的相互作用而言，基本工具差不多已经具备。

但当时的大多数物理学家不会傻乎乎地认为，不久就可以得到一

---

[1] Penrose, Roger. *Cycles of Time: An Extraordinary New View of the Universe*. New York: Vintage Books, 2012, p 146.

[2] Penrose, Roger. *The Emperor's New Mind: Concerning Computers, Minds, and the Laws of Physics*. Oxford: Oxford University Press, 1989, pp 551-552.

种"包罗万象的理论"。因为他们明白,在没有进一步取得重大进展之前,不论是让原子核聚集到一块的力——我们今天称为强作用力,还是用于放射性衰变的作用机制——现在称为弱作用力,都还没有准备好。①

"不会傻乎乎地认为……"(were not so foolish as to think…)是正话反说,也属于调侃式幽默;作者在戏谑的微笑中,褒扬了当时大多数物理学家清醒的头脑和严谨的科研态度。

小　结

彭罗斯上述3部科学散文作品蕴含的科学哲学理念主要包括:倡导怀疑批判、开拓创新、执着求真、多元开放等科学精神;述及实验和观察法、数学法、灵感等科学方法;拥护柏拉图主义的数学实在论,认为数学概念、数学真理等数学研究对象尽管是抽象的,却指向客观实在——客观物理世界中的事物的普遍属性或规律,物理、数学和心智三个世界密切相关,其中数学世界是最基本、至关重要的实在,人类能够认识真理,但已认识到的真理是相对的,需要不断完善;指出科学审美能增进人类的灵感和洞察力的效果,对物理和数学的研究都有推动作用,但强调,科学审美标准务必要基于实践标准——科学理论是否正确最终取决于其能否为客观事实所证实。这些科学哲学意蕴表明,彭罗斯不仅注重向大众普及意识理论以及物理、数学等领域的前沿知识,而且重视向普通读者传递科学精神、科学方法、科学实在论和科学审美观等科学哲学理念——就是说,他不仅在"授之以鱼",而且在"授之以渔"。

这3部作品的艺术特色主要体现在三个方面。一是结构具有吸引力。这些作品都具有长篇小说一样的"引子"和"尾声";绝大多数章的开头,总要

---

① Penrose, Roger. *The Road to Reality: A Complete Guide to the Laws of the Universe*. London: Vintage Books, 2005, p 627.

提出一个或数个问题,中间部分不时地制造一些悬念,大多数章的结尾,常常写一些能吸引读者往下读的"承前启后"式话语。二是笔调颇具亲和力。彭罗斯把读者视为和他平等的挚友,用口语化的语言,亲切的语气,不慌不忙地讲述相关的数理知识和理论,并坦诚率真地表达自己对有关问题的看法。三是语言富有感染力。不时运用比喻、拟人、类比等修辞手法,使作品的语言非常形象生动;在作品中经常表露他发现科学真理或知悉他人的科学理论时的喜悦、惊讶等情感,使作品染上了浓厚的感情色彩;有时还制造一些幽默,使作品的语言变得轻松、风趣。这些艺术特色使相关作品具有深刻思想内涵的同时,也具备了较高的艺术水准。

可以说,彭罗斯科学散文的这些科学哲学意蕴和艺术特色,是这些作品能受到广大读者青睐的主要因素。这对中国当下建设创新型社会、提升科技水平的社会实践,以及方兴未艾的科学散文创作,都具有重要的启示意义:中国的青少年乃至全体国民要不断培养科学精神;中国的广大科研人员要采用恰当的科学方法,脚踏实地,深入探索客观世界的规律和奥秘,适当运用科学审美标准促进自己的科研实践,要以客观实在为基础,善于归纳和总结,大胆地在相关领域提出自己的理论;中国的科学散文作家在创作时,不仅要向读者准确地讲述相关科学知识,而且要向他们传递一些科学哲学理念,同时要使作品具有较高的艺术水平,从而使作品成为融真、善、美为一体,真正受到广大读者喜爱的散文精品。

第七章 神经病学家奥利弗·萨克斯的
非凡人文情怀

　　奥利弗·萨克斯是英国杰出的神经病学家,著名的科学散文作家。他出生于一个犹太人家庭,毕业于牛津大学王后学院(The Queen's College),是美国哥伦比亚大学医学院临床神经科和精神科教授,美国艺术和科学学会会员,纽约科学研究院研究员,曾被牛津大学、加拿大女王大学、乔治敦大学等11所大学授予荣誉博士称号。虽然他大学毕业后长期在美国工作,却"没有申请美国国籍,很高兴自己能有绿卡,被算作'外籍居民'"[1]。《牛津英国文学指南(第6版)》有对他的简要介绍[2],《牛津美国文学指南》却没有。他常年向《纽约客》《纽约时报·书评周刊》的专栏投稿,名字多次出现在《纽约时报》畅销书排行榜上。2001年,他荣获专门授予科学散文作家的"刘易斯·托马斯奖"(Lewis Thomas Prize)。他以纪实文学形式、充满人文情怀的笔触,将脑神经病人的临床病例,写成一个个深刻感人的故事,被书评家誉为20世纪罕见的"神经文学家",被《纽约时报》誉为"医学桂冠诗人"[3]。其著述有10余部,包括科学散文作品《错把妻子当帽子》《钨舅舅》和《四处奔波》。

　　《错把妻子当帽子》包含24章,实际上是一本故事集,分别讲述了24个脑部神经受伤者的奇异行为和生活经历。他们虽然在某些方面有认知缺陷,在另一些方面却有惊人的适应能力,体现了巨大潜能:有人把自己的妻

---

① Sacks, Oliver. *On the Move:A Life.* New York:Vantage Books, 2016, pp 371-372.

② Drabble, Margaret. ed. *The Oxford Companion to English Literature*, 6th ed. Oxford:Oxford University Press, 2000, p 889.

③ Sacks, Oliver. *Uncle Tungsten:Memories of a Chemical Boyhood.* New York:Vantage Books, 2002, 扉页.

子当帽子,要一把抓过去往头上戴,却无时无刻不在唱歌;有人完全不能与人交流,却能与动物自如对话;还有人不会加减乘除,却能用眼睛"看到"复杂算式的精确答案……

《钨舅舅》通过对往事的深情追忆,展现了作者少年时代在钨舅舅的影响下,对化学的迷恋及心灵的成长经历,娓娓介绍了化学的整个发展史以及相关的重要知识。

《四处奔波》是作者少年时代之后生活经历的回忆录,回顾了他放弃化学爱好后转学神经病学,毕业后前往美国从医,业余时间骑摩托车游历,与著名科学家和作家交往,从事科学散文创作等坎坷而又精彩的一生。

国外的一些短评主要指出了萨克斯在文学领域的贡献以及他的写作特色。安·朱勒西克(Ann Jurecic)和达尼尔·马查里克(Daniel Marchalik)认为,萨克斯"彻底改造和复兴了人们对文学性病例书写(literary case writing)的兴趣",描绘了平等地与神经病人会面和交谈的情景,显示了病人患病后出现代偿性的异常行为是其自我认同的重要因素。[1] 阿普尔砝·波拉尼克(Apoorva Pauranik)指出,萨克斯相信"折中之道",高度重视具体、详尽的病例故事述说在治疗神经科病人过程中的重要作用,且重视从这些各具特色的故事中"捡拾智慧和精华的珍珠"[2]。凯西·舒尔茨(Casey Schwartz)赞誉道,萨克斯"创造了一种新的文学体裁——他将该体裁称为'神经学小说';他用小说家的笔法去描写神经病患者的真实故事,一往情深地沉醉于每位病人的生活细节"[3]。阿德里安·莫塔(Adrian S. Mota)强调,萨克斯的主要写作特色,是通过讲故事表达自己的理念:"他认识到,不同文本的目标各异,可能会针对不同类型的读者;然而,书面理念若是寓于故事之中,其传播效果肯定会更好。"[4]

----

[1] Jurecic, Ann, and Daniel Marchalik. "From Literature to Medicine: The Literary Legacy of Oliver Sacks." *The Lancet* 2 (2016), p 835.

[2] Pauranic, Apoorva. "Oliver Sacks: Poet Laureate of Neurology." *Annals of Indian Academy of Neurology* 1 (2016), p 166.

[3] Schwartz, Casey. "A Tribute to Oliver Sacks." *British Journal of Psychotherapy* 1 (2016), p 134.

[4] Mota, Adrian Sota. "Oliver Sacks: Genius as a Neurologist, Writer, and Patient." *Bol Med Hosp Infant Mex* 3 (2016), p 218.

在国内，从 2010 年至 2017 年，中信出版社（集团）先后出版了萨克斯的《错把妻子当帽子》、《睡人》（*Awakenings*，1973，一译为《觉醒》）、《火星上的人类学家》（*An Anthropologist on Mars*，1995）、《钨舅舅》、《说故事的人》（*On the Move：A Life*，可译为《四处奔波》）等 9 部科学散文作品的中译本。姬十三博士在《错把妻子当帽子》中译简装本的"序"中，指出了萨克斯科学散文作品的可贵之处："萨克斯的'小说'谈的不仅仅是猎奇的故事，他探讨的是人性的无限可能性，人与人之间微妙地超越我们现有认知的关系，他希望'火星人'与'地球人'相互了解，相互表达。"①蔡曙山教授在萨克斯 6 部作品（包括《错把妻子当帽子》）中译精装本共用的"推荐序 2"中，把萨克斯的这些作品与霍金介绍相对论的作品《时间简史》相媲美："萨克斯不仅是一位科学大师，同时也是一位会讲故事的科普作家。萨克斯的案例通过奇闻逸事讲出来，生动有趣。即使是一般的科学爱好者和普通读者，也可以读懂这些书，正如我们能够读懂科学大师霍金介绍相对论的科普作品《时间简史》一样。"②2015 年 11 月，《世界科学》杂志刊登了魏雪刚编译的《奥利弗·萨克斯（1933—2015）》一文，缅怀刚刚去世的萨克斯，简要介绍其生平以及在科学和文学上的主要成就，把他誉为"世界上知名度最高的神经病学家"③。

人文主义情怀和非凡艺术特色是萨克斯的科学散文获得广大读者喜爱的重要因素，但国内外学者都未对此进行较为系统、深入的研究。因此，本章以萨克斯具有代表性的 3 部作品《错把妻子当帽子》《钨舅舅》《四处奔波》为例，在这两方面做一些探讨。

第一节　萨克斯科学散文代表作的人文主义意蕴

萨克斯上述 3 部作品蕴涵的人文主义情怀主要体现在以下四个方面：

---

① 姬十三："《错把妻子当帽子》序"，奥利弗·萨克斯：《错把妻子当帽子》，黄文涛译，中信出版社 2010 年版，第 3 页。

② 蔡曙山："《错把妻子当帽子》推荐序 2"，奥利弗·萨克斯：《错把妻子当帽子》，孙秀惠译，中信出版社 2016 年版，第 XV 页。

③ 魏学刚：《奥利弗·萨克斯（1933—2015）》，《世界科学》2015 年第 11 期，第 64 页。

一、聚焦神经病患者及自己的特殊经历

英国史学家、牛津大学圣凯塞琳学院院长阿伦·布洛克在《西方人文主义传统》(*The Humanist Tradition in the West*, 1985)一书中指出,没有人能给"人文主义"一词下一个令人满意的定义,但西方人文主义传统有一些最重要和始终不变的特点。其一是,宗教和科学分别把人看成是神的秩序和自然秩序的一部分,而人文主义以人为中心,"集中焦点在人的身上,从人的经验开始";人的价值观和全部知识都来自人的经验。① 就是说,人文主义把人的经验作为认识人类自己、非人类自然万物乃至上帝的出发点,既反对将人视为无异于其他生物的科学主义,又反对把人视为上帝的奴婢的神学观点。具有丰富人文主义色彩的描写病人具体经验的医学故事传统,在 19 世纪达到高峰,此后就衰退了,接着逐渐兴起了具有强烈科学主义色彩的神经学。在萨克斯开始从医的时代,英美神经病医生大都认为,神经病患者的病因在于大脑神经受损或有缺陷。而萨克斯认为,神经病患者的病情及其治愈,不仅在于患者的脑神经系统,而且在于患者的精神或心理状态,后者常常受患者所处的环境或所面对的任务的影响。萨克斯在《错把妻子当帽子》等描述神经病患者故事的作品中,通过着重描写不同病患者的个人经历和具体体验,来表达自己的上述看法。他在第 2 章《迷航水手》("The Lost Mariner")中,描述了一位失忆症病人格林·吉米(Jimmie G.)——他生活不能自理、精神错乱、思维杂乱、没有方向感,却喜欢摆弄花草,在花园里几乎不会迷路。萨克斯指出:

> 如果仅以一项工作、谜语、游戏或计算等纯属心智挑战的事务,想要去"抓住"他的注意力的话,他会在一开始就陷入一无所知、失忆的无底深渊。但一旦他专注于感情和精神方面的事情,如静观大自然或艺术创作、聆听音乐、在教堂做弥撒等,那股专注劲儿,那种"心境"与静

---

① 阿伦·布洛克:《西方人文主义传统》,董乐山译,生活·读书·新知三联书店 1997 年版,第 233 页。

穆,会持续好大一会儿,流露出他待在"老人之家"的日子里那相当罕见的沉思与祥和的表情。①

萨克斯继而写道:

> 或许这在临床上乃至哲学上都具有启示意义:就罹患科萨科夫征、痴呆或诸如此类病症的人而言,无论他们器官的损伤和休谟(David Hume,1711—1776)式思维的瓦解有多严重,借助艺术、圣餐仪式、触动心灵来康复的可能性,仍是丝毫不减的。这种可能性在那些患有神经损伤、乍看起来无可救药的人身上一定会出现。②

萨克斯还描写了患有妥瑞氏症经常抽搐不已、亢奋狂躁的小雷(Ray)。这种病的病因在大脑的丘脑下部边缘系统和杏仁体。使用氟哌啶醇或其他药物可以医治患者超过限度的冲动。但萨克斯认为,既要使用这些药物,"还需要从'存在'的角度来治疗病人。尤其是要敏锐了解患者在基本健康和自由的情况下的行动、创作和表现"③。小雷像许多妥瑞氏症患者一样有音乐天分,他对周末去当爵士乐鼓手有极大兴趣,这既是其精神寄托,又是其经济上的主要来源。他最擅长的是突发而狂野的即兴表演——那有可能是来自抽搐或不自主的动作,但却能够一下子变成一段美妙、奔放的表演。萨克斯让他工作日用氟哌啶醇,"以便保持'严肃、实在、稳重'的样子",周末则让其停用该药,以免他精神状态低迷,"乐感变'钝'",失去挣钱机会。④显然,萨克斯医治小雷的妥瑞氏症时,充分考虑了其存在状态——既关心其物质生活来源,又关心其精神追求。

---

① Sacks, Oliver. *The Man Who Mistook His Wife for a Hat and Other Clinical Tales*. New York: Touchstone, 1998, pp 38–39.

② Sacks, Oliver. *The Man Who Mistook His Wife for a Hat and Other Clinical Tales*. New York: Touchstone, 1998, p 39.

③ Sacks, Oliver. *The Man Who Mistook His Wife for a Hat and Other Clinical Tales*. New York: Touchstone, 1998, p 96.

④ Sacks, Oliver. *The Man Who Mistook His Wife for a Hat and Other Clinical Tales*. New York: Touchstone, 1998, p 100.

　　萨克斯非常重视神经病患者生理健康和心理健康的结合,认为人脑的生理基础是普遍性的、机械性的,人的经验和心理是个性化的、更具有人性特征的。在他看来,通过脑神经手术来改变人的自我认知,的确是可能实现的事情,这样的手术可能阻碍整个性格的发展,甚至使其发生巨变,不过还是无法触及人的经验。他写道:

　　　　所谓经验,必须要等到它按照形象化的方式组织起来,才可能存在;对于行动也是如此。脑子对每件往事的记录,每件活生生的事的记录,都是形象化的。即使信息的初期形式可能是计算机式的或程序型的,而脑子最后记录的,都是形象化的形式。大脑最后呈现的记录,一定是"艺术",也就是说,一定是经验和行动的艺术化景象与旋律。

　　　　如果人脑中的再现机制受到伤害或损害,出现诸如失忆症、失认症、神经性运动障碍症的状况,要修复再现机制(如果可能的话),必须双管齐下……要想了解或帮助脑部受伤的病人,"系统化"与"艺术化"的疗法可以单独使用,也可以两者兼用,但最好是两者兼用。①

　　这就是说,每个人的大脑所体验和呈现的经历和行动都是非常具体的,都是形象化的,或者说是艺术化的;要治疗神经病患者,既要医治其脑神经受损的程序和系统,又要从其具体的个人经历出发,通过形象化的方式,努力消除其内心深处的情结,弥合其心理创伤。

　　萨克斯极力倡导的是同时关心神经病人身心两个方面的医护实践。他不反对现代医疗科技,但极力反对只对病人身体方面进行医护的唯科学主义做法。他非常崇敬自己当全科医生的父亲,主要原因就在于,其父亲"不仅要用药品治病,还要了解病人的生活条件、特质、情感以及他们的反应"②。在贝丝·亚伯拉罕医院(Beth Abraham)工作时,一些脑炎后型病人白天睡

---

① Sacks, Oliver. *The Man Who Mistook His Wife for a Hat and Other Clinical Tales*. New York: Touchstone, 1998, pp 148–149.

② Sacks, Oliver. *Uncle Tungsten: Memories of a Chemical Boyhood*. New York: Vantage Books, 2002, p 93.

觉,晚上却完全清醒,一日 24 小时必须有医生值班,萨克斯对这些患者有"非常亲密的感觉",不仅白天上班,而且夜里自愿值班,"在夜里随时待命,负责该医院所有 500 个病人"①。不难看出,无论从情感上还是从行动上,萨克斯对神经病症患者都体现出了深切关爱。然而,在纽约的一些疗养院,他却目睹了触目惊心的情景。他写道:

> 我在此看到了医学的傲慢和技术对人性的碾压。在某些情况下,会出现故意的犯罪性渎职行为——病人好几个小时没人照顾,甚至还会遭到身体上或精神上的虐待。在某个"管区",我发现有个病人的髋关节骨折了,他极度痛苦,躺在小便池中,工作人员却置之不理。在我兼职的其他疗养院,虽然没有渎职行为,却只提供最基本的医疗护理。那些进入这些疗养院的人,他们的人生需要意义——诸如生活、情感认同、尊严、自尊、一定的自主性,这一事实却被忽略或避而不谈;"护理"纯粹只是机械呆板的医疗而已。②

在萨克斯看来,医学实践的对象是人,人的存在不仅仅是自然秩序的一部分;人是有情感体验和精神追求的动物,对人的医护要人性化,要同时关心患者的身心感受,不能像对待其他生物一样,仅仅用纯客观的科学实验模式冷漠地加以处置。而对人独有的经验或体验的关怀,正是人文主义的重要特征。

此外,萨克斯不像西方大多数人一样笃信上帝,他不认为,人的命运是上帝掌控的,人的存在是上帝秩序的一部分。他在《钨舅舅》中写道,1936 年的一个周六,年仅 3 岁的他,决定在自己家附近的埃克塞特路上骑一会儿小三轮车,但突然下起雨来,他浑身都湿透了,笃信犹太教的安妮姨妈却说:"你竟在安息日骑自行车。你是不可能逃脱惩治的,上帝能洞察一切,上帝

---

① Sacks, Oliver. *On the Move: A Life*. New York: Vantage Books, 2016, p 175.
② Sacks, Oliver. *On the Move: A Life*. New York: Vantage Books, 2016, p 223.

每时每刻都在看着。"①此后,他就"不再喜欢周六了,也不喜欢上帝了(至少是不喜欢与安妮姨妈的警告有关的、具有惩罚心的上帝)";而且每到周六,"他就有一种不舒服、焦虑和不安的感觉(这种感觉一直持续到现在)"②。他还告诉读者,二战之前,他对宗教有着一种幼稚的迷信感觉,妈妈点燃安息日的蜡烛时,他全身心都感觉到安息日的来临,好像安息日降临在宇宙万物之上,"向它们传递上帝爱好和平的信息",他"每晚都会作睡前祷告",妈妈还来吻他;但二战的爆发使年仅6岁的他离开父母,被送到伦敦郊外巴拉德菲尔德村的一所寄宿学校,睡觉前不再祷告,因为每次祷告总会想到妈妈不再能吻他,感到"有点儿受不了";以前,带有上帝的关怀和鼓励的话语总能让他"感到温暖和欣慰,但是现在却感觉这些词语是那么啰嗦,甚至像个谎言"③。二战期间,伦敦遭到了德国法西斯的大轰炸,那里的犹太教堂差不多都被毁掉了,轰炸前教堂的聚会者都已离去,他们有的上了欧洲战场,有的死于伦敦大轰炸,有的犹太中产阶级战前就从郊区搬走了,克里考伍德的犹太商铺也毁于战火;而且,萨克斯在巴拉德费尔德村的寄宿学校时心灵受到了创伤。就此他写道:"这种悲伤或者所谓乡愁莫名其妙地让我对神灵发怒,对根本不存在的上帝感到愤怒;因为上帝不关心老百姓,也不阻止战争,而是听任恐怖横行。"④他的这些自白表明,他反对上帝在掌控着包括人在内的万物的存在秩序、能惩恶扬善等神学观点,而这正是人文主义的基本特征之一。

萨克斯讲述的神经病患者及自己的具体经历表明,在他看来,包括神经病患者在内的每个人既不是上帝秩序的一部分,也不是像其他生物一样,仅仅是自然秩序的一部分,而是生理(自然)存在和心理(精神)存在的统一体;

---

① Sacks, Oliver. *Uncle Tungsten*: *Memories of a Chemical Boyhood*. New York: Vantage Books, 2002, p 172.

② Sacks, Oliver. *Uncle Tungsten*: *Memories of a Chemical Boyhood*. New York: Vantage Books, 2002, p 172.

③ Sacks, Oliver. *Uncle Tungsten*: *Memories of a Chemical Boyhood*. New York: Vantage Books, 2002, pp 24–25.

④ Sacks, Oliver. *Uncle Tungsten*: *Memories of a Chemical Boyhood*. New York: Vantage Books, 2002, p 179.

包括神经病医生在内的每一个人,都应从身心两个方面关爱他人。

二、凸显神经病患者的潜力与特长

布洛克认为,西方人文主义传统的第二个重要的和始终不变的特点是:每个人自身都是有价值的,用文艺复兴时期的话来说,人都是有尊严的,"其他一切价值的根源和人权的根源就是对此的尊重。这一尊重的基础是人的潜在能力,而且只有人才有这种潜在能力";该潜力包括语言、交流、观察、推理、想象和创造等方面的能力,它一旦释放出来,人就能在一定程度上获得选择和意志自由,从而开启改变自己和人类命运的可能性;发挥这些潜力的两个先决条件是教育和个人自由。[①] 可以说,萨克斯描述的神经病症患者的故事,是人文主义这一信条的绝佳体现。

萨克斯的病患者故事表明,不必说正常人,即使是脑神经有严重缺陷的病人,亦有出人意料的潜力。60 余岁的玛德琳(Madeleine J.)自幼患有大脑痉挛性双瘫病,她先天性失明,双手不由自主地摆动,完全不听使唤,一辈子的生活均由家人照顾。萨克斯通过检查后发现,她的基本感觉功能都健全,认知功能却丧失殆尽,双手无法认识或确认任何东西:他"把各种物品放在她手中,包括她自己的一只手,她都认不出;她也不会主动地去触摸"[②]。后来,在萨克斯的大胆启发下,玛德琳逐渐开始使用双手,她不仅能通过触摸识别物体,而且能用黏土雕塑人的头像和身体,"不到一年,已经成为圣班尼迪克附近小有名气的盲人雕塑家"[③]。19 岁的丽贝卡(Rebecca)患有多重的运动障碍与失认症,还是部分先天性腭裂,眼睛高度近视,稍微走远一点儿就会迷路,不太会用钥匙开门,左右不分,"无法数算零钱,连最简单的算术都会难倒她;她永远学不会读书写字,智商测验的分数都在 60 分左右,或更低","一直是大家眼中、口中的低能儿、傻子或笨蛋,却拥有出人意料、感人

① 阿伦·布洛克:《西方人文主义传统》,董乐山译,生活·读书·新知三联书店 1997 年版,第234 页。

② Sacks, Oliver. *The Man Who Mistook His Wife for a Hat and Other Clinical Tales*. New York: Touchstone, 1998, p 60.

③ Sacks, Oliver. *The Man Who Mistook His Wife for a Hat and Other Clinical Tales*. New York: Touchstone, 1998, p 63.

至深、诗人般的能力"。① 在疼爱她的祖母去世后,她突然冷静地决定过一种有意义的生活——走进剧场。萨克斯"设法让她注册进入一个特殊剧团。她很喜欢这个安排,灵气又被激发出来了;她表现优异,变成了一个完善的人,所扮演的每个角色都有模有样,动作流畅优雅"②。此外,61 岁的马丁(Martin A.)患有帕金森症、癫痫症以及半身不遂症,且有明显智障;他不会读乐谱,却能记住 2000 出歌剧,能完全领会巴赫(John S. Bach,1685—1750)的复调音乐。双胞胎兄约翰(John)和迈克尔(Michael)都患有自闭症,被诊断为严重智障,身材矮小,相貌畸形,高度近视,不会加减乘除,却对数字有超强记忆力,是高超的心算专家,能直接获知一些复杂算式的精确答案。荷西(Jose)患有精神运动性癫痫和自闭症,在常人眼里是个"白痴","不会看时间"③,还是个哑巴,却有显著的想象力和创造力,能画出有创意的图画。

萨克斯倡导尊重神经病患者,反对用统一的所谓科学标准去评价他们。他谈到自己患有精神分裂症的弟弟迈克尔(Michael)的情况时指出:"我们面对的问题是不仅需要药物治疗,还需要让他们过一个有意义的快乐生活,为此,他们需要保障制度、相互沟通、自尊及受人尊重。迈克尔的问题并非纯粹的'医学'问题。"④在贝丝·亚伯拉罕医院工作时,爱因斯坦医学院神经科主任请萨克斯用一批脑炎后型病患者,来给其医学生上神经学示范课;萨克斯总是从临床教学开始,通常带着八九名学生聚集在一个病人床边,让他讲出自己的故事,向他提问,并给他做体检,自己"站在病人旁边,大部分时间不插话,确保病人始终得到尊重、礼貌和全心全意的对待";只有那些"很熟悉、也同意被学生提问和体检的病人",萨克斯"才会给学生引介"。⑤ 正因为萨克斯力倡尊重患者,他才能处处身体力行,坚决反对对患者的任何不尊重

---

① Sacks, Oliver. *The Man Who Mistook His Wife for a Hat and Other Clinical Tales*. New York: Touchstone, 1998, p 179.

② Sacks, Oliver. *The Man Who Mistook His Wife for a Hat and Other Clinical Tales*. New York: Touchstone, 1998, p 185.

③ Sacks, Oliver. *The Man Who Mistook His Wife for a Hat and Other Clinical Tales*. New York: Touchstone, 1998, pp 214-215.

④ Sacks, Oliver. *On the Move: A Life*. New York: Vantage Books, 2016, p 63.

⑤ Sacks, Oliver. *On the Move: A Life*. New York: Vantage Books, 2016, pp 181-182.

行为。在布朗克斯州立医院兼职时，他发现，该院的 23 号病房实行所谓行为矫正的奖惩做法，具体来说就是"治疗性惩罚"。病人有时会被锁在隔离病房里，或被禁食或监禁。萨克斯"不愿看见病人受到这样的待遇"[①]，因而把自闭症患者史蒂夫(Steve)带出病房，到纽约植物园郊游；他直接反击院方的奖惩模式，认为"这样做是以科学的名义对病人造成了可怕伤害，有时甚至有虐待之嫌"[②]。他还反对用智商、理性、抽象的和概念性的东西等作为统一标准，去评价神经病症患者。针对智商测验都在 60 分左右的丽贝卡，他写道：

> 看到她坐在长椅上欣赏简单却神圣的自然景象时的安详、快乐姿态，我想，我们的测验及其方式，以及评估模式，都存在着严重不足。它们只能显出我们的缺陷，却显不出我们的能力；我们需要去了解人在音乐、语言和戏剧方面的能力；需要观察一个人在自然状态下显现自然能力时，它们却拿出方块拼图和系统条理化的问题去进行测评。[③]

关于绘画颇有创意的自闭症患者荷西，萨克斯说："他的心智不是为抽象、概念性的东西而造的。那不是一条可以引导他走向真理的路。但他对于个别、独特的事物充满了热爱，具有真正的才华。他爱它，能深入其中进行再创造。"[④]

萨克斯主张根据神经病患者的具体症候和兴趣去进行治疗，充分发挥病患者的潜力和特长。重度失忆症患者汤普森(Thompson)病症发作时，会高度兴奋，疯狂叫嚣，不认得家人，出现近乎狂热地想找人闲聊的妄想症状。治疗其病症的关键是，让其安静下来，不再喋喋不休、语无伦次。萨克斯欲使汤普森恢复记忆的一些努力都失败了，正要放弃治疗时，却偶然发现：

---

① Sacks, Oliver. *On the Move:A Life*. New York：Vantage Books, 2016, p 210.
② Sacks, Oliver. *On the Move:A Life*. New York：Vantage Books, 2016, pp 212–213.
③ Sacks, Oliver. *The Man Who Mistook His Wife for a Hat and Other Clinical Tales*. New York：Touchstone, 1998, p 181.
④ Sacks, Oliver. *The Man Who Mistook His Wife for a Hat and Other Clinical Tales*. New York：Touchstone, 1998, p 228.

（汤普森）有时会逛到医院周围宁静的、无拘无束的花园当中。那儿宁静祥和，他可以平静下来。其他人的存在会让他兴奋聒噪，迫使他夸夸其谈，陷入杜撰身份或寻觅身份的错乱状态中；但花木扶疏、环境幽静的花园是一种非人类环境，他无须社交，不必有人为表现，这使他身份错乱的状态得以好转，乃至消失。①

而这一偶然发现就成了治疗汤普森的病症的良方。鉴于被人视为白痴的智障人士马丁、双胞胎约翰和迈克尔、自闭症画家荷西分别在歌剧欣赏、心算、绘画等方面显示出了奇绝潜力，萨克斯说："在音乐、数字、视觉等领域，他们都优于常人。这正是马丁、荷西、双胞胎兄弟所拥有的天赋；虽然局限于特殊而狭小的领域中，但最后还是能对他们产生影响，而我们需要去认识和培养的，正是这样的天赋。"②萨克斯强调的是，对于这三个患者，神经科医生要善于发现他们分别在音乐、数字和绘画方面的潜力，着重培养他们在这些方面的特长。针对自闭症画家荷西，萨克斯还特地指出："他的成果也会对其他人有用，让他人喜欢，也让自己高兴。他有这方面的潜力，但是，除非有人能非常了解他，给他机会和平台，引导他，雇佣他，否则他什么也做不出来。"③这就是说，除了医生，相关人士也应充分了解自闭症患者荷西的特长，宽容他，关爱他，给他以发挥绘画特长的机会。

三、同情神经病患者

美国著名的新人文主义代表人物、哈佛大学教授欧文·白璧德（Irving Babbitt, 1865—1933），在《什么是人文主义？》（"What is Humanism?"）一文中强调，真正的人文主义者"在极度的同情与极度的纪律和选择之间游移，

① Sacks, Oliver. *The Man Who Mistook His Wife for a Hat and Other Clinical Tales*. New York: Touchstone, 1998, p 115.
② Sacks, Oliver. *The Man Who Mistook His Wife for a Hat and Other Clinical Tales*. New York: Touchstone, 1998, p 194.
③ Sacks, Oliver. *The Man Who Mistook His Wife for a Hat and Other Clinical Tales*. New York: Touchstone, 1998, p 232.

并根据他调节这两个极端的情况而相应地变得更加人文"①。尽管白璧德反对卢梭式的没有节制的滥情和放纵,但在他心中,同情心仍然是人文主义的重要内涵之一。所谓同情,"有时可以被理解为同胞感(fellow-feeling),强调共同的情感体验,以区别于居高临下的怜悯姿态","侧重于主体对他人感受的认同体验,或者说主体之间的情感流通"②。可以说,萨克斯始终把神经病患者视为平等的同胞,能感同身受地关心他们的疾苦。

萨克斯对神经病患者的不幸和苦难表现出了极大同情。针对失忆症患者吉米的症状,他写道:"想到他的一生将混混沌沌地耗尽,就令我痛心,觉得荒谬绝伦,百感交集。"③鉴于无法自控、缺乏肢体感觉的克里斯蒂娜(Christina)在公共场合不被理解和同情,他说:

> 这个社会缺乏表达这种病情的词汇,也缺少同情。盲人或多或少都会被投以关爱眼神,那是因为我们可以想象盲人的难处,因此,我们能适时扶他们一把。但克里斯蒂娜痛苦而笨拙地爬上一辆公交车时,她得到的往往是莫名其妙的眼神和愤怒咆哮:"干什么,小姐? 你是瞎了还是喝醉了?"此刻她能说什么呢? 说"我没有本体感觉?"社会的支持与怜悯极度缺乏,等于是雪上加霜。④

对于更为严重的失忆病人汤普森见人就胡言乱语的症状,萨克斯感叹道:"又来了,每一次都是这么前言不搭后语,随心所欲,没有预兆,通常滑稽可笑,有时还蛮像一回事儿的,但最后都是令人感到心酸。"⑤对于大家眼中

---

① 欧文·白璧德:《什么是人文主义?》,张源译,载张源主编《美国人文主义传统与维新》,北京师范大学出版社 2017 年版,第 154 页。

② 高晓玲:《"感受就是一种知识!"——乔治·艾略特作品中"感受"的认知作用》,载《外国文学评论》2008 年第 3 期,第 11 页。

③ Sacks, Oliver. *The Man Who Mistook His Wife for a Hat and Other Clinical Tales*. New York: Touchstone, 1998, p 29.

④ Sacks, Oliver. *The Man Who Mistook His Wife for a Hat and Other Clinical Tales*. New York: Touchstone, 1998, p 51.

⑤ Sacks, Oliver. *The Man Who Mistook His Wife for a Hat and Other Clinical Tales*. New York: Touchstone, 1998, p 109.

的低能儿、19 岁的智障女孩丽贝卡,萨克斯这样写道:"可怜的孩子,我告诉自己:她在语言方面才表现出了一星点儿较为突出的能力,也可以说是一点点儿奇异天赋;至于皮亚杰(Jean Piaget,1896—1980)所列举的诸多心智功能,她几乎是完全缺乏的。"①

萨克斯渴望平等,力倡平等对待他人,包括神经病患者。作为少数族裔——犹太人,萨克斯敏锐意识到,英国人相互之间是不平等的,"人们一张口就表明了自己的阶级(工人阶级、中产阶级、上层阶级,诸如此类);人们不会与不同阶级的人自由自在地混在一处——这虽然不是公开的等级制,却与印度的种姓制度一样刻板而不可逾越";移居美国之前,在其想象中,"美国是一个无阶级的社会,那里的每一个人对待彼此都是平等的,无论出身、肤色、宗教、教育或职业,那里的教授可以和卡车司机说话,无须顾及任何阶级差别"。② 萨克斯喜爱骑摩托车,20 世纪 50 年代,就骑车漫游英国,认为这样可初步领略他想象中的美国那种"民主和平等的滋味",骑摩托车"似乎超越了阶级障碍,为每个人提供了一种社交便利,开启了他们的善良本性",使他在路上偶遇不同阶层的车手能友善地与其交流,"在大社会背景下形成一种浪漫的无阶级社会"。③ 有鉴于此,他移居美国后买了辆新摩托车,骑了数十年摩托车,空余时间四处游历,结交了各个阶层的朋友,平等地与他们相处。他崇拜自己当全科医生的父亲,一个重要原因是,他父亲能平等、宽厚地对待病人——对病人"既是医生,又是朋友"④。他在评价博登·马丁(Purdon Martin)医生的医学知识和行医风格时写道:"患者和医生是平等互惠的,处在同一地位,相互学习,也相互帮助,从而对疾病有了新的洞察和疗法。"⑤他是这样写的,也是这样做的。93 岁高龄的帕金森症患者麦格雷戈(MacGregor)行走时身体重心左倾,无法保持平衡,突发制作平准眼镜的奇想,萨克斯

①　Sacks, Oliver. *The Man Who Mistook His Wife for a Hat and Other Clinical Tales*. New York:Touchstone, 1998, p 180.

②　Sacks, Oliver. *On the Move:A Life*. New York:Vantage Books, 2016, pp 72-73.

③　Sacks, Oliver. *On the Move:A Life*. New York:Vantage Books, 2016, p 73.

④　Sacks, Oliver. *On the Move:A Life*. New York:Vantage Books, 2016, p 313.

⑤　Sacks, Oliver. *The Man Who Mistook His Wife for a Hat and Other Clinical Tales*. New York:Touchstone, 1998, p 75.

鼓励他的这一大胆想法,并征得眼科医生和器材室的帮助,与他一起制造出了平准眼镜;这种眼镜他不仅自己戴,而且得到圣敦丹医院其他一些帕金森症患者的欢迎——他们也"戴上了麦格雷戈的平准眼镜,而且他们现在都与他一样,可以走得笔直"①。

萨克斯主张设身处地、真心地关爱神经病患者。在第 24 章《自闭症画家的心路历程》("The Autist Artist")一文的"后记"中,他引述帕克博士(Dr. C. C. Park)给他的来信,并把帕克博士在信中对两位日本人森岛(Morishima)和望月(Motzugi)医治自闭症儿童方面的卓著成就的秘诀的评论,作为《错把妻子当帽子》第四部分"心智简单之人"的结语:

> 其中的秘诀可能在于别的方面,在于望月所付出的心血——他甚至把一个智障艺术家柳春(Yanmura)带回家,与其共同生活;望月写道:"培养柳春的能力,秘诀在于分享他的精神感受。老师需要真心关爱这个美丽、诚实的智障者,进入他那个纯洁和弱智的世界与其一起生活。"②

这就是说,望月成功地培养智障者的秘诀是:全方位地走进并关照他们的生活,不仅照料他们的物质生活,而且真正体察他们的精神世界,关心他们的精神生活。在布朗克斯精神病治疗中心工作时,萨克斯除了在神经门诊接诊外,还在该中心的 23 号病房做一些协助治疗工作。该病房有一个"治疗性惩罚"做法——病人"有时会被锁在隔离病房里,或被禁食或监禁"③。萨克斯因此联想到自己少年时的经历,感同身受地说:"这种做法使我想起了自己小时候被送到寄宿学校时,(和其他一些男孩一起)经常被反复无常的变态校长惩罚的情形。我有时会觉得自己几乎不能自拔地把自己

---

① Sacks, Oliver. *The Man Who Mistook His Wife for a Hat and Other Clinical Tales*. New York: Touchstone, 1998, p 76.

② Sacks, Oliver. *The Man Who Mistook His Wife for a Hat and Other Clinical Tales*. New York: Touchstone, 1998, p 233.

③ Sacks, Oliver. *On the Move: A Life*. New York: Vantage Books, 2016, p 210.

和病人等同了起来。"①萨克斯坚决反对惩罚疗法。他近距离观察病人，"体谅他们，使他们的积极潜能得以发挥出来"，"竭尽所能鼓励他们"，——对其中一个病人奈杰尔（Nigel）"这个不会说话、患有自闭症且很有可能还有点儿弱智的年轻人来说，音乐是他生活中不可或缺的一部分"，萨克斯找人把自己的立式老钢琴搬到 23 号病房，经常为奈杰尔等病人弹琴；每次弹琴时，"奈杰尔和其他几个年轻人就会聚集在钢琴周围。如果奈杰尔喜欢哪一段音乐，就会跳起奇怪而复杂的舞蹈"。② 而对于"也是个不会说话的自闭症患者"史蒂夫，萨克斯不仅根据其兴趣与其一块打台球，而且不顾其他工作人员的质疑，把他带出一贯上锁的 23 号病房，领他去纽约植物园，结果发现，他"喜欢青翠的小山谷和自由开敞的空间。有一刻，他摘了一朵花，凝视了一会儿，竟说出了'蒲公英！'"③总之，萨克斯把病人当成了同胞兄弟，从物质上和精神上全方位、真心地关爱他们。

在美国，萨克斯也目睹了其他一些意想不到的现象。1993 年，他应一位好友——在关岛效力的神经科医生约翰·斯蒂尔（John Steele）之邀，前往该岛协助治疗当地土著居民所患的一种罕见疾病——里迪克—博迪格流行病。萨克斯发现，那儿的病人都受到自己家庭和社区的关怀，他因而谴责脑炎后型病人在美国本土所遭受的不仁慈、非人道的对待。他写道：

> 我发现，关岛之行在人性层面也具有非凡意义。在美国，脑炎后型病人被冷落了好几十年，他们通常被家人遗弃，孤身住在医院里；而在关岛，患有里迪克—博迪格病的人，至死仍是家庭和社区的一员。这让我明白了在所谓的"文明"世界，我们自己的医疗和习俗是多么野蛮，我们会把病人或疯子轰走，企图忘掉他们。④

萨克斯的谴责之辞表明，他力主相关的人要平等地对待、仁慈地关照神

---

① Sacks, Oliver. *On the Move：A Life*. New York：Vantage Books, 2016, p 210.
② Sacks, Oliver. *On the Move：A Life*. New York：Vantage Books, 2016, pp 210-211.
③ Sacks, Oliver. *On the Move：A Life*. New York：Vantage Books, 2016, p 212.
④ Sacks, Oliver. *On the Move：A Life*. New York：Vantage Books, 2016, p 327.

经病症患者,要摒弃对这些患者的任何歧视态度和厌弃行为。

四、提倡自然科学与人文学科结合

在少年时代,萨克斯不仅喜欢自然科学,而且喜欢人文学科;在他成年后的行医和创作生涯中,他始终强调自然科学和人文学科相结合。而提倡自然科学和人文学科结合也是人文主义的主要理念。正如布洛克在《西方人文主义传统》中所指出的:

> 如果西方文化大分家出现即将结束的迹象,那就没有别的东西比这更令人兴奋了。这将是一种把科学家看到的世界和艺术家、作家、批评家、学术家看到的世界,结合在明白易懂的关系之中,而不牺牲各自的独立性和有效性的运动。如果能实现这一点,那么就会为人文主义传统打开一个崭新的人类经验的前景。[①]

萨克斯在自己少年时代的自传《钨舅舅》以及少年时代之后的自传《四处奔波》中,经常写到自己既爱自然科学又爱人文学科的故事。他在伦敦上小学时,就经常到家庭住所附近的威尔斯登图书馆看书。他写道:"尽管我的兴趣早就锁定在科学上,但偶尔也会看一些冒险和侦探类的小说。我就读的学校没有科学课程,所以我的学习兴趣不大。那时,我们的课程主要集中在古希腊、罗马的经典著作上。但这没关系,在图书馆的阅读给了我真正教育。"[②]也就是说,他常去图书馆看他感兴趣的科学和小说等书籍。他通过对戴维舅舅(即钨舅舅)的观点的评价,结合自己对化学史的兴趣,说明了科学和人文的密切联系:"戴维舅舅认为科学也是人文的,而不仅仅是智力的、技术的,我也这样认为。建立起实验室开始做实验时,我想更系统地学习化学的历史,想从中发现化学家们都做了些什么,想了解他们的想法,也想知

---

① 阿伦·布洛克:《西方人文主义传统》,董乐山译,生活·读书·新知三联书店1997年版,第253页。

② Sacks, Oliver. *Uncle Tungsten: Memories of a Chemical Boyhood*. New York: Vantage Books, 2002, p 57.

道此前几个世纪的学术氛围是什么样子的。"①就是说,他在少年时不仅满足于科学知识——既定的化学知识,而且渴望了解相关的人文因素——化学家具体的科研经历和体验,以及他们所处的具体时代和社会的科研氛围。1949 年,他 16 岁时,英国著名作家奥威尔(George Orwell,1903—1950)的小说《1984》一出版,他"就读了这部作品,写了比较翔实的日记"②。他终生喜欢音乐,尤其是巴赫的复调音乐。他写道:"我 5 岁时,有人问我,在这个世界上,我最喜欢的东西是什么,我就说:'熏鲑鱼和巴赫。'(现在 60 年过去了,我的答案还是没变。)"③他对化学元素的光谱分析感兴趣,并读了狄更斯的著名小说《我们共同的朋友》(Our Mutual Friend,1864)。他说:"在书中,狄更斯设想了一种'道德光谱学',凭借'道德分光镜',银河系中的居民可能会分析来自地球的光,以此判断地球居民的善恶。"④他回忆自己 13 岁时的状况时写道:

> 我自己 4 年来一直醉心于科学。对秩序及形态美的热爱,让我沉迷于元素周期表的魅力,还有道尔顿的原子。玻尔的量化原子在我看来非常神奇,就像修饰过一样,像天堂里的东西一样永恒。有时,我对宇宙的形式之美非常入迷。但是现在……对美及科学的热爱不再让我感到满足,我现在渴望接触人性化或个性化的东西。⑤

他接着说,"尤其是音乐引发并平息了我的这种渴望","诗歌以独特方

---

① Sacks, Oliver. *Uncle Tungsten*: *Memories of a Chemical Boyhood*. New York: Vantage Books, 2002, p 101.

② Sacks, Oliver. *Uncle Tungsten*: *Memories of a Chemical Boyhood*. New York: Vantage Books, 2002, p 135.

③ Sacks, Oliver. *Uncle Tungsten*: *Memories of a Chemical Boyhood*. New York: Vantage Books, 2002, p 182.

④ Sacks, Oliver. *Uncle Tungsten*: *Memories of a Chemical Boyhood*. New York: Vantage Books, 2002, p 218.

⑤ Sacks, Oliver. *Uncle Tungsten*: *Memories of a Chemical Boyhood*. New York: Vantage Books, 2002, p 276.

式重新变得重要起来".① 他还"读爱默生和梭罗（Henry David Thoreau，1817—1862）的作品,但尤其爱读约翰·缪尔（John Muir，1838—1914）的作品"。此外,他"爱上了阿尔伯特·比尔史伯特（Albert Bierstadt，1830—1902）伟大浪漫的风景画、亚当斯（Ansel Adams，1902—1984）美丽的摄影作品(有时幻想成为一个风景摄影者)"。在热衷元素周期和新元素的同时,他还开始读少许哲学书。他说:"在我所理解的范围内,莱布尼茨最吸引我了。"②

萨克斯17岁前往挪威的泰勒马克郡滑雪时,随身带着乔伊斯（James Joyce，1882—1941）的意识流小说《尤利西斯》。③ 在牛津大学王后学院医学专业学习时,在图书馆的地下书库里,他阅读了17世纪的散文作家托马斯·布朗"语言华丽"的《医生的宗教》（Religio Medici，1643）和《瓮葬》（Hydriotaphia，or Urn Burial，1658）等名作,小说家斯威夫特语句"简洁凝练"的作品,以及散文家约翰逊（Samuel Johnson，1709—1784）、哲学家休谟、历史学家吉本（Edward Gibbon，1737—1794）、诗人蒲柏等名家的作品。④ 1952年,在加州大学洛杉矶分校当住院医师时,在相关医师每周一次的"医学期刊交流会"上,萨克斯主张也应讨论19世纪诸位医学先贤的著述,其他医师却不同意,他就此写道:"这让我很错愕,因为我向来是从叙事和历史角度来思考问题的,作为一个曾经热衷于化学的男孩,我如饥似渴地阅读了大量有关化学史、化学思想的演变,以及我喜爱的化学家的生平的书籍,对我来说,化学也有着历史和人性的维度";"我的兴趣从化学转向生物学时,也是一样。在生物学领域,我当然是把热情倾注到达尔文身上",读了他的诸多著述,但"最爱的是他的自传";"随着我的兴趣转移到了神经学上,也正是埃里克（Eric）给我找到了高尔斯（William R. Gowers，1845—1915）写于1888年的《指南》（Manual of Diseases of the Nervous System），沙可（Jean-Martin Charcot，

① Sacks, Oliver. *Uncle Tungsten：Memories of a Chemical Boyhood*. New York：Vantage Books, 2002, p 276.
② Sacks, Oliver. *Uncle Tungsten：Memories of a Chemical Boyhood*. New York：Vantage Books, 2002, pp 307-308.
③ Sacks, Oliver. *On the Move：A Life*. New York：Vantage Books, 2016, p 8.
④ Sacks, Oliver. *On the Move：A Life*. New York：Vantage Books, 2016, p 16.

1825—1893）的《讲座》（*Lectures on the Diseases of the Nervous System*,1872—1883），以及一大批 19 世纪的文本,这些书不太有名,但在我看来文笔优美,很有启发性。其中不少文字对我以后的写作很有帮助"。① 这就是说,与少年时期一样,他成年后既重视生物学和神经学知识,又重视相关的人文素养。谈到自己的自传《钨舅舅》时,他说"这是把回忆录与化学史相结合的新体裁"②。

　　萨克斯在自传中讲述兼顾提高自己的科学素养和人文素养的故事的同时,还述说了许多名人的科学与人文两种素养俱佳的例子。鉴于一种水合氧化铁矿物被称作歌德矿物,萨克斯查阅了有关书籍后发现,德国杰出诗人"歌德的确热衷于矿物学和化学"③。萨克斯特地写道,"19 世纪早期,文学和科学仍是水乳交融的时候",发现了钠和钾元素的化学家汉弗莱·戴维（Humphry Davy,1778—1829）"在布里斯托尔的那一段时间,开始了与柯勒律治等浪漫主义诗人的亲密交情。那时,戴维就可以写出很多诗歌（其中一些出版了）。他的笔记本中既有化学实验、诗歌,又有哲学沉思,他认为这些东西都是密切相关的"④。萨克斯写到著名科幻小说家 H. G. 威尔斯讲述物理学家发明电动机和发电机的故事的早期作品《发电机的统治者》（"The Lord of the Dynamos", 1894）时说,在小说中,"原始人把巨大的发电机看作是要求人类献祭的神灵"⑤。元素周期表首创者、著名化学家门捷列夫"是一个爱好极其广泛的人,喜欢听音乐,是鲍罗丁（Alexander P. Borodin,1833—1887,作曲家,也是化学家）的亲密朋友,并且还是最令人兴奋和最生动的化学教材《化学原理》（*The Principles of Chemistry*）的作者"⑥。

---

① Sacks, Oliver. *On the Move：A Life*. New York：Vantage Books, 2016, pp 102-103.
② Sacks, Oliver. *On the Move：A Life*. New York：Vantage Books, 2016, p 330.
③ Sacks, Oliver. *Uncle Tungsten：Memories of a Chemical Boyhood*. New York：Vantage Books, 2002, p 60.
④ Sacks, Oliver. *Uncle Tungsten：Memories of a Chemical Boyhood*. New York：Vantage Books, 2002, p 126.
⑤ Sacks, Oliver. *Uncle Tungsten：Memories of a Chemical Boyhood*. New York：Vantage Books, 2002, p 166.
⑥ Sacks, Oliver. *Uncle Tungsten：Memories of a Chemical Boyhood*. New York：Vantage Books, 2002, p 195.

萨克斯说,他自己"曾经很喜欢 19 世纪的自然志笔记,它们都是个性和科学的结合体——特别是华莱士的《马来群岛》(*Malay Archipelago*,1869),贝兹的《亚马孙河上的博物学家》和斯普鲁斯(Richard Spruce,1817—1893)的《植物学家笔记》(*Notes of a Botanist*,1882),还有启发了他们所有人(以及达尔文)的亚历山大·冯·洪堡(Alexander von Humboldt,1769—1859)的《自述》(*Personal Narrative*,1805)"①。这儿需要说明的是,人文主义者重视教育,尤其是全面教育,目的就在于"全面发展个性和充分发挥个人才能"②。萨克斯这样介绍倡导科学和文学相结合的美国古生物学家、科学散文作家斯蒂芬·杰·古尔德:"和我一样热爱自然志和科学史的,是斯蒂芬·杰·古尔德。"③他接着述说道,他与古尔德首次见面前就通过信,"总是迫不及待地阅读史蒂芬每月发表在《自然志》上的文章,常常会写信给他,谈论他提出的主题";"1993 年,我写信给史蒂芬,谈到将个性和共性相结合的种种方式——以我个人为例,就是如何把临床叙事和神经科学相结合"④。萨克斯通过讲述自己与古尔德交流写作心得的故事,透露了自己大部分科学散文作品的写作诀窍——将富有个性、情感和想象的文学手法与普适、客观、精确的神经学知识融为一体。

萨克斯上述两部自传作品,讲述了自己和其他名人自然科学和人文学科两种素养并重的故事,这表明,这两部作品不仅充溢着科学精神,而且体现了人文情怀。

第二节 《错把妻子当帽子》的艺术特色

萨克斯的大部分科学散文作品描述的是神经病患者的故事,其中,《错把妻子当帽子》是誉满全球的一部作品,它的出版使萨克斯成了"一个具备

---

① Sacks, Oliver. *On the Move:A Life*. New York:Vantage Books, 2016, p 330.

② 阿伦·布洛克:《西方人文主义传统》,董乐山译,生活·读书·新知三联书店 1997 年版,第234 页。

③ Sacks, Oliver. *On the Move:A Life*. New York:Vantage Books, 2016, p 332.

④ Sacks, Oliver. *On the Move:A Life*. New York:Vantage Books, 2016, p 336.

公共形象的公众人物"[1],因此,本节拟探讨这部作品的艺术特色。其艺术特色主要体现在以下四个方面。

一、题材新奇独特

《错把妻子当帽子》分为四部分,包含 24 章,描述的都是特殊人群的奇特故事——24 位形形色色的神经病患者怪异的行为和经历。为了保护病人的隐私,其中所用的人名都是化名。以前,"神经病"通常是个贬义词,神经病患者有时被认为是白痴,或被认为是鬼怪附体,一般会受到人们的漠视乃至歧视,然而,萨克斯却以可贵的同情心,在散文作品中描述种种神经病患者的奇怪行为及其病理基础,有时还会描写一些患者出乎意料的优势。总的来说,萨克斯是把神经病患者真正当作人来看待,当作需要被尊重、被关爱的弱势群体来描写。

第一部分包含 9 章,涉及的大都是神经功能上受损或失去能力的病人,这些病人患的病症包括失音症(aphonia)、失语症(aphemia, aphasia)、失读症(alexia)、失用症(apraxia)、失认症(agnosia)、失忆症(amnesia)、失调症(ataxia)等。例如,与整部作品题目相同的第 1 章《错把妻子当帽子》,描述了患了失认症的音乐家、歌唱家和音乐学校教师皮博士(Dr. P)的怪异状况。他能识别所看到的人或事物的局部特征,却不能综合其主要特征来判断看到的对象是谁或是什么东西:他把妻子(的头)当作帽子(将其身体当成帽架了),想把它抓起来往自己的头上戴;他认不出自己的照片上的人就是自己;他连玫瑰花和手套都认不出来……但是,他干任何日常杂务都要唱歌,若不把每件事都变成歌曲,相关事物会变得陌生,他就干不成任何事。其病因是"大脑中的视觉区有个大肿瘤,或视觉区慢慢退化"[2]。

第二部分包含 5 章,涉及的主要是神经功能过强的病人,相关病症包括过度幻想(extravagance of fancy)、冲动性行为(extravagance of impulse)、躁狂

---

① Sacks, Oliver. *The Man Who Mistook His Wife for a Hat and Other Clinical Tales*. New York: Touchstone, 1998, p 258.

② Sacks, Oliver. *The Man Who Mistook His Wife for a Hat and Other Clinical Tales*. New York: Touchstone, 1998, p 19.

症(mania)等。例如,第 12 章《失去现实感的人》("A Matter of Identity")描述的是:具有科萨科夫征(Korsakov's syndrome)的汤普森先生高度兴奋,认不出家人,近乎疯狂地想找他人闲聊,说的话近似虚构,变化无常,毫无条理;但他在寂静无人的花园中,却能使亢奋、错乱的状态大大缓解,"享有难得的宁静和自在"①。

第三部分包含 6 章,涉及的病人大都是脑部额叶与边缘系统受到不正常的刺激而激发了记忆重现、认知转变、想象和梦境。例如,第 15 章《回荡在脑中的儿时记忆》("Reminiscence"),讲述了两位 80 多岁的老太太由于癫痫病发作而出现的奇异现象。1979 年 1 月的一个晚上,欧康太太(Mrs. O'C)梦见了她早已忘记的童年经历,同时耳边响起阵阵歌舞乐声,梦醒之后,耳背的她的耳边仍回荡着清晰的歌舞乐声。同样是耳背的欧麦太太(Mrs. O'M)的耳边,时而却出现泠泠作响或轰轰的声音,或有人在远处说话的模糊声音,后来,耳畔经常回响着 3 首宗教歌曲的声音。

第四部分包含 4 章,涉及的是正确运用和培养了自己的某种感性能力的智障者。第 21 章《丽贝卡进入理想状态》("Rebecca")讲述的是,19 岁的女孩丽贝卡在心智方面像个幼儿,稍微走远一点儿就会迷路,总是不太会用钥匙开门,左右不分,衣服、鞋袜都不会穿,一直是大家眼中的低能儿、傻子或笨蛋。但她热爱大自然,上公园和植物园时,能在那里快乐地待上几小时;爱听人讲故事和读诗;爱上教堂,能完全领会教会崇拜的仪式、圣诗和祝祷的意义;笨拙的手脚有了音乐就能变得协调、流畅——她主动提出进入一个特别的剧场团体后,表现优异,"所扮演的每个角色都有模有样,流畅优雅"②。第 22 章《歌剧通马丁》("A Walking Grove")述说的是,患有帕金森症、癫痫、半身不遂等疾病的智障者马丁,不仅酷爱巴赫的音乐,而且通晓 2000 出歌剧。第 23 章《数学奇才双胞胎》("The Twins")描述的是,26 岁的严重智障双胞胎约翰和迈克尔,他们个头矮小,高度近似,长相和声音都很

① Sacks, Oliver. *The Man Who Mistook His Wife for a Hat and Other Clinical Tales*. New York: Touchstone, 1998, p 115.

② Sacks, Oliver. *The Man Who Mistook His Wife for a Hat and Other Clinical Tales*. New York: Touchstone, 1998, p 185.

怪异,身体不时地会产生形形色色的奇特抽搐和动作,却堪称记忆高手和心算专家:"复述 3 位、30 位或 300 位数字,对他们来说都轻而易举"①;他们还能相互欣悦地给出 6 位、9 位、12 位、20 位的质数(除了 1 和其本身,无法被其他数字整除的数字)。第 24 章《自闭症画家的心路历程》描述的是,21 岁的自闭症患者荷西是个哑巴,他通常心不在焉,动个不停,被认为是个白痴,不可救药,但画起画来却很静默、专心,而且其画作非常出色,很有个性。

可以说,萨克斯对种种神经病患者这一奇特弱势群体的怪异生活经历的描述,不仅拓展了散文的题材范围,而且具有发人深省的启示意义:如果人们真正尊重和关爱残疾人、神经病患者等各种弱势人群,乃至被认为是不太聪明的正常学生和成人,善于发现他们的长处,他们的生活就有可能得到极大改善,他们的潜力就能得到充分发挥,人类社会的文明程度就能得以提升。

二、结构扣人心弦

《错把妻子当帽子》所包含的 24 章,每章都是神经病患者的一篇小传(简短传记)。在萨克斯的笔下,24 篇临床传记除了题目很能吸引读者,其结构也富有变化,能紧扣读者心弦。

第 1 章《错把妻子当帽子》采用的可以说是普通结构——依先后顺序,按部就班地描述病人的基本情况和主要症状,医生的诊断,以及治疗结果,等等。其开头交代说,病患者皮博士是知名歌唱家和音乐教师,他发现自己的视觉判断力有异常,被介绍到作者萨克斯的诊所就诊。接着,萨克斯描述了自己在对皮博士的详细诊断过程中所观察到的更多怪异行为。然后,作者坦承了对这种病症的无奈,只是建议皮博士让音乐充满自己的生活。在"后记"("Postscript")中,作者表述了对人脑认知的本质,以及对认知神经学和认知心理学存在的问题的思索,并简述了另一位具有类似症状的患者的故事。该部临床小传选集中结构类似的作品还包括:第 5 章《60 岁才开始使

① Sacks, Oliver. *The Man Who Mistook His Wife for a Hat and Other Clinical Tales*. New York: Touchstone, 1998, p 197.

用的双手》("Hands"),第 8 章《她的左边不见了!》("Eyes Right!"),第 13 章《是谁,又有什么关系》("Yes, Father-Sister"),第 15 章《儿时记忆》("Reminiscence"),第 17 章《还乡》("A Passage to India"),第 18 章《那段拥有狗鼻的时光》("The Dog Beneath the Skin"),第 20 章《修女看到的奇象》("The Visions of Hildegard"),第 21 章《丽贝卡进入理想状态》,第 22 章《歌剧通马丁》,第 23 章《数学奇才双胞胎》("The Twins")。鉴于篇幅有限,此处不再一一赘述。(以下四段亦如此)

第 2 章《迷航水兵》("The Lost Mariner")和第 3 章《灵与肉分开了》("The Disembodied Lady")的结构特色是,先引用他人的一段话,展开议论,然后引出相关病患者的故事。《灵与肉分开了》的开头通过引用著名哲学家维特根斯坦的一段话展开一番议论,引发对人的整个身体的存在的怀疑,然后才开始叙述病患者克里斯蒂娜的故事。作者先写她发病的详细过程,接着写他对这位女患者的医学检查和处理,以及她前前后后的情感反应。结尾部分告诉读者,克里斯蒂娜凭意志、勇气、执着、独立自主,成功地学会了操控自己的身体,并照应开头的引文,说"她的情况还是如维特根斯坦所言的那样……出现神经传导阻滞,丧失本体感觉,剥夺了她对存在的和自我的认识的基础"[1]。简短的"后记"提及另一相似病例。

第 4 章《拼命把自己摔下床》("The Man Who Fell out of Bed")以制造一个悬念开头:多年前,萨克斯还是医学院的学生时,一家医院的护士打电话说,一个入院不久的年轻病人从小睡中醒来后,突然出现怪异行为——拼命把自己摔下床,坐在地板上,久久不肯上床;护士想让萨克斯过去看看。读者的好奇心被激起之后,萨克斯才开始详细讲述他到医院后了解到该病人新出现的种种异常行为。这个病人突然不认识自己的左腿了——认为它是某具死尸的一条腿;他惊恐万分,抓住这条冰冷的腿,竭力将其拖开,结果自己的整个身体摔到了床下;他坐在地板上,仍想把自己的那条腿扯下来扔开。在"后记"中,萨克斯述说了另一位神经科医生克雷默(Michael Kremer)

---

[1] Sacks, Oliver. *The Man Who Mistook His Wife for a Hat and Other Clinical Tales*. New York: Touchstone, 1998, p 35.

遇到的、来自心脏病科的类似病例。这篇小传的结尾是开放性的——无论是萨克斯医生还是克雷默医生,都没有给出此类病人出现这种怪异行为的原因。具有类似结构的还有第 9 章《不相信总统说的话》("The President's Speech")和第 19 章《谋杀者》("Murder")。

第 6 章《神秘幻影》("Phantoms"),第 10 章《鬼灵精怪的小雷》("Witty Ticcy Ray"),第 14 章《50 个人附体》("The Possessed"),第 16 章《63 岁的'不良少女'》("Incontinent Nostalgia"),都是先介绍相关病症的知识,然后讲述所遇到的病人的症状及其治疗。例如,《鬼灵精怪的小雷》先较为详细地介绍妥瑞氏症(Tourette's Syndrome),然后讲述 24 岁的患者小雷的症状及其对他生活的影响,以及治疗过程。小雷 4 岁患病,一直没有寻求治疗;他很有才气,性格坚毅、务实,大学毕业,但发病时抽搐不已,并因此被炒了几次鱿鱼。他的优势是,周末当爵士乐鼓手时能狂野而即兴地表演,打乒乓球时能快、准、狠地疾速扣球。萨克斯让其服用镇静剂氟哌啶醇,他会出现帕金森病人那样的迟钝症状;最终,萨克斯采用"平衡治疗法"——让其工作日服镇静剂,以保持平稳冷静,而周末不用药,以便使他能尽情释放,发挥爵士乐鼓手的特长。

第 7 章《平准眼镜》("On the Level"),第 11 章《幸得爱神病》("Cupid's Disease"),第 12 章《失去了现实感》("The Matter of Identity"),第 24 章《自闭症画家的心路历程》,都是以病人和医生的对话开头,直接呈现病人的症状。例如,《幸得爱神病》开头写道,90 岁高龄的娜塔莎太太(Natasha K.)88 岁时感觉到"有点儿不一样",最近来到作者萨克斯的诊所——随后近一页的内容就是萨克斯与娜塔莎太太在诊所的对话。对话显示,情绪一向平稳的 90 岁老太,突然变得意气风发,开始对年轻男性感兴趣,而且禁不住讲些黄色段子;她感觉很快乐,但觉得这样不正常。检测结果表明,她患有神经性梅毒,该病毒侵袭过她的大脑。结果是,诊所给她用了青霉素,消灭了她的病毒,但却没有反转其脑部因病毒所引起的变异。在"后记"中,萨克斯简述了另一位由神经性梅毒引发的男性患者"类似的两难与讽刺的经历"[1],并感悟出,某些疾病或兴奋剂可能使人兴奋陶醉或展现艺术思维。

总之,《错把妻子当帽子》中的24章讲述的24篇临床故事,开头大体上分为上述五种类型;结尾(结局)分三种类型——病症基本上消除,病症有所好转,病症没任何好转;其中有9篇故事没有简述相似病例的"后记"。而且,大多数故事的中间部分也是悬念迭出,使读者读起来欲罢不能,一直读到最后一段才能安心稍息。可以说,无论是何种开头和结尾,无论篇幅长短,无论中间部分如何布局,这24篇故事始终都能使读者兴趣盎然。

三、情感浓郁真挚

《错把妻子当帽子》这部作品既展现了形形色色的神经病患者的真实情感,又饱含着萨克斯在与这些病患者的交往过程中的真切情感。不妨以第2章《迷航水兵》为例。

1975年年初,49岁的退役水兵吉米·格林来到萨克斯位于纽约附近的神经科诊所"老人之家"。"他报上了姓名、出生日期,以及他在康涅狄格州出生地的小镇名称,满怀热情地做了详细叙述……他还滔滔不绝地讲述在海军服役的日子";"这是一段充实、有趣的生活,活灵活现,言谈间充满感性"。[2] 这些描述体现了吉米回忆往事时的兴奋、快乐、自豪等深厚情感。

但是,吉米的回忆到了某个阶段就戛然而止,这让萨克斯感到诧异。但令他最为诧异的是,在回忆从学校进海军的那段时光时,吉米开始用现在时态。萨克斯问:"现在是哪一年,格林先生?""1945年呀,医生,你猜怎么了?"吉米继续说,"我们打赢了这场战争,罗斯福总统去世了,换杜鲁门总统执政,前景很看好。"萨克斯又问:"你呢,吉米,你现在几岁了?"吉米的表情怪异,犹豫了好大一会儿,像是在计算日期。"有什么不对吗?我想我19岁

---

[1] Sacks, Oliver. *The Man Who Mistook His Wife for a Hat and Other Clinical Tales*. New York: Touchstone, 1998, p 104.

[2] Sacks, Oliver. *The Man Who Mistook His Wife for a Hat and Other Clinical Tales*. New York: Touchstone, 1998, p 24.

了,过完生日就 20 岁了。"①这些对话展现了萨克斯对吉米的思维状态和记忆力的诧异情感,以及吉米情感的快速变化——由快乐、自豪变得迟钝、冷漠。

萨克斯意识到,吉米患上了奇怪的失忆症——他能清晰地记得 1945 年以前的事情,但却不记得 1945 年以来发生的事。然后,看着头发灰白的吉米,萨克斯"产生至今无法原谅的冲动念头,如果吉米记得那件事,那将是极其残忍的"。他把一面镜子摆到吉米面前,并说:"看看镜子,告诉我,你看到了什么,镜中可有个 19 岁的年轻人?"顷刻间,吉米脸色苍白,激动得近乎疯狂:"我的天哪,发生了什么事?我怎么会是这副模样?是噩梦一场,还是我疯了?这是玩笑吧?""放心,吉米,没事,"萨克斯安抚吉米的情绪,"这只是个误会,没什么好担心的。嘿!"接着,萨克斯把吉米带到窗户边,让他观看春天美景和正在打棒球的孩子们。吉米的"脸上又出现光彩,也露出笑意"②。这些描述和对话显示了萨克斯因为让吉米认清现实而无比悔恨之情,以及对吉米的同情和关爱等情感,同时,也表现出吉米情感的较快变化——由瞬间的无比惊讶和激动不安,又变得平静而快乐。

萨克斯明白,吉米的情感的快速变化是因为他很快就忘了刚刚发生的事情。但有时吉米对刚做过的事会有模糊记忆。智力检测显示,吉米"头脑机灵,观察敏锐,逻辑清晰,并能轻易解答复杂的问题和谜题……他善于下三字棋和跳棋,下棋手法可谓快、准、狠,三两下就把我干掉了"③。下了 5 分钟棋后,他会记起"某位医生"曾和他"在一小会儿前"下过棋;过了一会儿,他才说出是萨克斯和他下了棋。萨克斯承认这一事实时,吉米"似乎很开心"④。面对吉米的症状,萨克斯动情地写道:"想到他的一生都将这样浑浑

① Sacks, Oliver. *The Man Who Mistook His Wife for a Hat and Other Clinical Tales*. New York: Touchstone, 1998, p 25.

② Sacks, Oliver. *The Man Who Mistook His Wife for a Hat and Other Clinical Tales*. New York: Touchstone, 1998, p 25.

③ Sacks, Oliver. *The Man Who Mistook His Wife for a Hat and Other Clinical Tales*. New York: Touchstone, 1998, p 26.

④ Sacks, Oliver. *The Man Who Mistook His Wife for a Hat and Other Clinical Tales*. New York: Touchstone, 1998, p 27.

噩噩地耗尽，我感到痛心，觉得荒谬绝伦、百感交集。"①在做相关笔记时，萨克斯"充满着压抑不住的思绪，禁不住地想，即使这样的病症得以确定，对这位可怜人的身份、定位及身在何处等相关问题，究竟有何意义呢？像他这样一个记忆全然不存在，或记忆完全留存不住的人，还能称他是'存在'的吗？"②这些描述不仅展现了吉米有时出现的快乐情感，而且表达了萨克斯对吉米病情爱莫能助的痛心，以及对其未来糟糕的生活状况的忧虑和同情等情感。

此后，萨克斯得知，吉米1965年从海军退役后，一下子失去了已经习惯的生活模式和依靠，因而非常失落，于是开始酗酒，致使脑神经受到损害，1970年圣诞节前后，变得异常激动和错乱，住进了贝尔维医院；1971年，吉米的异常情绪和精神错乱消失，却落下了难以理解的失忆症——可以清晰记得1945年之前的事情，此后发生的大多数事情却记不起来，即使记得一些零星片段，也是时序错乱。萨克斯"愈发感到不可思议"③。由此可以看出吉米退役之后极大失落的感受，以及萨克斯不断增长的惊讶情感。

1975年住进萨克斯开办的诊所"老人之家"9年后，吉米的病情仍无好转。在一个地方住久了，他对该地有所熟悉，知道餐厅、自己寝室的位置，以及怎样走向电梯和楼梯；他也能记住诊所负责看护的修女，对其有些好感，却认为她是他高中时代（1945年之前）的好友。吉米的哥哥每次从俄勒冈州前来看望他，平时一向很冷漠的他却能认出敬爱的哥哥——哥哥是他1975年以来唯一能够准确无误地认出的人，兄弟会面也是"唯一能使吉米真情流露的时候"④。但吉米记得的仍是1945年以前哥哥年轻时的模样，他1945年以来的记忆的丧失，使他不能理解哥哥为何会变得那么苍老。显然，这些

---

① Sacks, Oliver. *The Man Who Mistook His Wife for a Hat and Other Clinical Tales*. New York: Touchstone, 1998, p 29.

② Sacks, Oliver. *The Man Who Mistook His Wife for a Hat and Other Clinical Tales*. New York: Touchstone, 1998, p 29.

③ Sacks, Oliver. *The Man Who Mistook His Wife for a Hat and Other Clinical Tales*. New York: Touchstone, 1998, p 32.

④ Sacks, Oliver. *The Man Who Mistook His Wife for a Hat and Other Clinical Tales*. New York: Touchstone, 1998, p 32.

描述表明了吉米真实而奇特的情感。严重的失忆症既影响了他的思维和理解的能力，又影响了他的情感。

　　一般来说，吉米对当下的人和事感到很冷漠，然而，他在教堂的精神状态却使萨克斯"很感动，难以忘怀。因为映入眼帘的是一张全心全意、祥和专注的面孔，那是我过去未曾在他身上发现、也始料未及的。我看着他跪下，把圣餐放在嘴里，显然在与上帝进行满心欢喜而圆满的心灵交流"①。"吉米喜欢摆弄花草"，萨克斯让其负责"老年之家"附属花园的一部分，渐渐地，"他对花园的熟悉程度与日俱增，现在他几乎不会在花园里迷路"②。这里，萨克斯既表现了吉米对上教堂做弥撒和对大自然发自内心的挚爱之情，也发现了改善其生活状态的良方——让他从精神追求（崇拜上帝）和真情流露中达到身心统一和愉快状态；同时，萨克斯也显示了自己对吉米的真切的同情和关爱。

四、语言感染力强

　　《错把妻子当帽子》这部作品中，比喻、平行结构、设问以及引用（quotation）或用典（allusion）等修辞手法几乎俯拾皆是，这使其语言具有很强的感染力。

　　1. 比喻。在萨克斯的笔下，吉米所患的失忆症就是"能吞没整个记忆世界的无底洞，任何东西，无论是经历，还是事件，只要掉进这个天坑，就再也出不来"③。因为失忆症吞没了吉米 1945 年以后几乎所有的记忆，作者运用暗喻，把失忆症比作"无底洞"，形象地渲染了这种病症极其可怕的后果。看到喋喋不休的科萨科夫征患者汤普森先生误认为自己是熟食店的老板，把前来给其诊断的萨克斯一会儿当作顾客汤姆，一会儿当作隔壁的犹太屠夫海弥（Hymie），萨克斯写道："我有点儿觉得，自己是在一团身份认证的漩涡

---

① Sacks, Oliver. *The Man Who Mistook His Wife for a Hat and Other Clinical Tales*. New York：Touchstone, 1998, p 37.

② Sacks, Oliver. *The Man Who Mistook His Wife for a Hat and Other Clinical Tales*. New York：Touchstone, 1998, p 38.

③ Sacks, Oliver. *The Man Who Mistook His Wife for a Hat and Other Clinical Tales*. New York：Touchstone, 1998, p 35.

中打转,于是我指了指挂在脖子上的听诊器。"①患了科萨科夫征的汤普森非常亢奋,具有妄想狂症状,在他滔滔不绝的言语中,萨克斯医生的身份飘忽不定,所以萨克斯用了这一暗喻;其中,具有动荡起伏、方向回旋不定的"漩涡"是喻体。该暗喻生动地表现了在汤普森心目中萨克斯的身份的不确定性。再如,萨克斯这样评说 19 岁的恶性脑瘤患者巴嘉罕蒂(Bhagawhandi P.)奇幻多变的梦境:

> 虽然她的梦境类型众多,几乎成了魔术幻灯,但很明显,那些幻象全是她的记忆,它们与正常的直觉和意识并驾齐驱(就如修林·杰克逊所说的双重意识),而且并未明显伴随着过度的情感意义或强烈的激情。它们似乎更像一幅幅图画或一首首交响诗,时而快乐,时而悲伤,反反复复地被一再唤起,来来回回地造访一段心爱和怀念的童年。②

这段话第一句的前半部分用了一个暗喻,第二句的前半部分用了一个明喻,生动形象地描绘了巴嘉罕蒂奇幻多变、绚丽多彩、充满诗意、涉及美好童年记忆的种种动人梦境。

2. 平行结构。描述失忆症患者吉米在玩他很感兴趣的快节奏游戏和猜谜时的表情时,萨克斯写道:"游戏的力量紧紧抓住了他,至少游戏过程能让他感到片刻的参与感和竞争感——他不曾抱怨自己寂寞,但看起来却是如此孤独;他从未表露出伤感,但看起来却如此难过。"③"他……,但看起来却是如此……"重复两次,形成了平行结构。这一结构句式整齐,平衡和谐,富有节奏感和音乐美,巧妙地表现了吉米自相矛盾的复杂而微妙的表情。患有重度科萨科夫征的汤普森,总是喋喋不休地向他人倾诉自己妄想出来的故事,对此症状,萨克斯是这样评说的:

---

① Sacks, Oliver. *The Man Who Mistook His Wife for a Hat and Other Clinical Tales*. New York: Touchstone, 1998, p 108.

② Sacks, Oliver. *The Man Who Mistook His Wife for a Hat and Other Clinical Tales*. New York: Touchstone, 1998, pp 154–155.

③ Sacks, Oliver. *The Man Who Mistook His Wife for a Hat and Other Clinical Tales*. New York: Touchstone, 1998, p 36.

我们觉得，如果他能安静一会儿，如果他能停止喋喋不休、语无伦次，如果他能不再用表面的幻象自欺欺人，那么（哦，那么！），真实的东西才可以渗入——某种实实在在的东西，某种发自内心的东西，某种正确无误的东西，某种真实可感的东西，才可能进入他的灵魂。①

"如果他……"重复三次，"某种……东西"重复四次，二者都形成了平行结构。这些结构层次清晰，节奏感强，抒发了浓郁的情感——萨克斯对吉米给予深切同情，殷切希望他的主要症状能够消失，他的身心健康能够恢复。再看一例。萨克斯这样评说脑子中装着 3000 部歌剧的智障患者马丁，在教堂唱宗教歌曲时的优异表现：

但不可思议的，真的不可思议的事情，是观看马丁投入唱歌之中的样子，或聆听音乐之时的样子——那时他是那样专注，似乎已臻化境——"全身心投入，全方位呈现"。那一时段，与丽贝卡在表演、荷西在画画或双胞胎在进行怪异的数字沟通时是一样的——总之，那时马丁形象大变。所有的缺陷和疾病都不见了，在他身上看到的只有专注和活力，完美和健康。②

其中，重复两次的"……的样子"，重复三次的"……在……"，以及"专注和活力，完美也健康"，这三者都是平行结构，它们使这段语言结构整齐，节奏和谐，语势强劲，强化了作者对智障人士马丁在从事自己最喜爱的活动时，所表现出的优异精神状态的赞叹之情。

3. 设问。在第 9 章《不相信总统说的话》的第 1 段，萨克斯就提出一个问题："发生了什么事？总统的演说才刚开始，失语症的病房区就传来了哄

---

① Sacks, Oliver. *The Man Who Mistook His Wife for a Hat and Other Clinical Tales*. New York：Touchstone, 1998, p 114.

② Sacks, Oliver. *The Man Who Mistook His Wife for a Hat and Other Clinical Tales*. New York：Touchstone, 1998, p 192.

堂大笑,而这些人都一直在热切地期待着听总统的讲话呀……"①第 2 段的说明实际上就是对这一问题的回答:是演员出身的里根总统的演讲让大部分失语症患者发笑,其余几个没笑的病人表情各异。在第 3 段,萨克斯又连续提出三个问题:"这些病人的脑袋里在想什么呢?他们能理解总统说的话吗?或者,他们可能是太了解他了?"②随后 3 段就是对这些问题的回答。讲述 88 岁的欧麦太太耳畔不时响起儿时听到的歌曲这样的幻听症状时,萨克斯问道:"我们一定会好奇,究竟是什么原因,使某些特定歌曲(情景)会被特定患者'选择'在幻觉中重现?"接着,他通过引用加拿大著名医生彭菲尔德(Wilder Penfield)的话并作解释,来回答这一问题。然后,萨克斯又连续提出4 个疑问:"彭菲尔德也许是对的,但会不会还有更多他没有说到的?他真的'确切知道'、足够了解这些歌曲的情感意义吗?他足够了解托马斯·曼(Thomas Mann,1875—1955)所说的'音乐背后的世界'吗?诸如'这首歌对你有特殊意义吗?'这样的肤浅问题足够深入吗?"③随后一段就是对这些问题的回答。总之,萨克斯在作品中经常提一些问题,然后进行解答——这样的"设问"手法既激发了读者的兴趣,呈现波澜起伏之状,又使作品的内容层层推进,环环相扣,结构紧凑,具有很强的逻辑性。

4. 引用或用典。萨克斯在作品中除了引用不少医学同行的一些话语,还引用或提及许多文学艺术家和哲学家的一些言词。如前所述,这些引用增进了作品的人文色彩。他引用或提到的主要文学艺术家(及其作品)包括:德国著名作曲家舒曼(Robert Schumann,1810—1856)的《诗人之恋》(*Dichterliebe*)(p 11)④,列夫·托尔斯泰(Leo Tolstoy,1828—1910)的《安娜·卡列尼娜》(*Anna Karenina*)(p 15),歌德(p 61),美国盲人作家海伦·凯勒(Hellen Kelle,1880—1968)(p 61),英国著名雕塑家亨利·莫尔(Henry

---

① Sacks, Oliver. *The Man Who Mistook His Wife for a Hat and Other Clinical Tales*. New York:Touchstone, 1998, p 80.

② Sacks, Oliver. *The Man Who Mistook His Wife for a Hat and Other Clinical Tales*. New York:Touchstone, 1998, p 80.

③ Sacks, Oliver. *The Man Who Mistook His Wife for a Hat and Other Clinical Tales*. New York:Touchstone, 1998, p 141.

④ 本段括号中标出的页码,是《错把妻子当帽子》中出现引用或用典的页码。

Moore，1898—1986）（p 63），德国小说家和散文家托马斯·曼的《魔山》（*The Magic Mountain*）、《浮士德博士》（*Dr. Faustus*）和《黑天鹅》（*The Black Swan*）（p 89；p 141），阿根廷著名作家博尔赫斯（Jorge L. Borge，1899—1986）的短篇小说《博闻强记的富内斯》（"Funes，the Memorious"）中"富内斯"（Funes）的评语（p 119），亚历山大·蒲柏的《愚人志》（*Dunciad*）（p 119），狄更斯的散步习惯（p 121），奥地利著名诗人里尔克（Rainer Maria Rilke，1875—1919）的《马尔特手记》（*The Notebook of Malte Lauride Brigge*）（p 121），英国著名小说家 H. G. 威尔斯 的小说《墙上之门》（*The Door in the Wall*）（p 134），俄国著名作家陀思妥耶夫斯基（Fyodor Dostoyevsky，1821—1881，p 144，pp 169—170），法国杰出小说家普鲁斯特（Marcel Proust，1871—1922）（p 147），英国著名作家哈罗德·品特（Harold Pinter，1930—2008）的《一种阿拉斯加人》（*A Kind of Alaska*）（p 150），英国著名诗人布莱克（p 158），英国随笔作家切斯特顿（Gilbert K. Chesterton，1874—1936）的诗歌《魁斗之歌》（"The Song of Qoodle"）（p 159），贝多芬（p 160），契科夫（Anton Chekov，1860—1904）小说中的少女形象（p 180），刘易斯·卡罗尔《爱丽丝漫游奇境》中的典故"柴郡猫"（Cheshire cat）（p 185），音乐家巴赫的音乐（pp 190—191），英国散文作家托马斯·布朗爵士（pp 204—205），英国诗人约翰·邓恩（p 230）。萨克斯的这些引用大大增强了其作品的艺术色彩和氛围。他引用或提及的哲学家包括：叔本华（Arthur Schopenhauer，1788—1860）的《作为意志与表象的世界》（*The World as Representation and Will*）（p 18），康德（p 20），休谟（pp 29—30；p 124），克尔凯郭尔（Soren A. Kierkegaard，1813—1855；p 39），维特根斯坦（p 43），尼采（Friedrich W. Nietzsche，1844—1900）（p 82），莱布尼茨（p 205），罗素的《自传》（*Autobiography*）（p 207）。这些引用增加了其作品的哲理性和思想深度。

小　结

　　萨克斯上述 3 部代表性科学散文作品蕴涵着明显的人文主义情怀：主要以神经病患者及作者自己的特殊经历为出发点，主张神经病患者的病情及其治愈,不仅在于患者的脑神经系统,而且在于患者的精神或心理状态,人的经验和心理是个性化的、更具有人性特征的,所有人的存在不是自然秩序的一部分,更不是上帝秩序的一部分;凸显神经病患者的潜力与特长,倡导尊重患者,根据患者的具体症候和兴趣,对其加以开导和治疗,充分发挥神经病患者的潜力和特长;同情神经病患者,力倡平等待人,主张设身处地、真心地关爱神经病患者;通过述说自己和其他一些科学家对科学与人文并重的经验,提倡自然科学与人文学科的结合。需要指出的是,长期以来,由于对神经病症的无知或误解,绝大多数人对神经病患者要么持歧视态度,要么避之唯恐不及;此外,自然科学与人文学科渐行渐远,出现了"两种文化"的现象。而萨克斯上述作品独特的人文主义意蕴,揭示了人性意想不到的可能性,使广大读者对神经病患者有了全新认识,体现了作者对神经病患者这一特殊弱势群体的深切关爱,显示了他的视野的开放性和辩证性,表明西方人文主义的内涵在当代得到了进一步丰富和拓展。

他的《错把妻子当帽子》的艺术特色主要有:题材新奇独特——描述了24位形形色色的神经病患者怪异的行为和经历;结构扣人心弦——无论是何种开头和结尾,无论篇幅长短,无论中间部分如何布局,这24篇故事始终都能使读者兴趣盎然;情感浓郁真挚——既展现了形形色色的神经病患者的真实情感,又饱含着萨克斯在与这些病患者的交往过程中的真切情感;语言感染力强——比喻、平行结构、设问以及引用或用典等修辞手法几乎俯拾皆是,使语言非常生动形象,颇具节奏感和音乐美,语势强劲,波澜起伏,能激发读者兴趣,富有艺术色彩和哲理性。

这些人文主义意蕴和艺术特色是萨克斯科学散文持续获得广大读者青睐的主要因素,对中国当前的社会建设、学校教育和文化建设,以及方兴未艾的科学散文创作,具有重要启示意义。人们要充分理解神经病患者这一独特弱势群体的困境,平等对待他们,真切关爱他们,善于发现、培育和发挥他们的特长;要切实弘扬孔子"有教无类"的教育思想,善于发现普通学生的特长,因材施教,平等对待每一个学生;对不同人群和个人应有不同的评价标准,既要倡导文化多元化,又要提倡自然科学和人文学科相结合的"第三种文化",树立辩证的文化观,拓宽人们的视野,培养高素质、高境界的公民。

中国的科学散文作家不仅要准确地表述相关领域的科学知识,又要体现人文情怀,同时还要拓宽作品的题材范围,要使作品结构富有变化和吸引力,要让作品饱含浓郁真挚的动人情感,要善用多种修辞手法,努力增进语言的感染力,从而使自己的作品成为集真、善、美为一体的优秀文学作品。

第八章 化学家彼得·阿特金斯
不仅仅想象化学

彼得·阿特金斯是英国化学家,牛津大学物理化学教授,著名的科学散文作家。他是英国皇家化学学会院士,1969 年荣获皇家化学学会迈尔多拉奖章(Meldola Medal),1996 年荣获卓越化学教授称号。他"是世界上最成功的教科书著述者之一和化学普及者之一"[1],著有 70 多本书;其中,《物理化学》(*Physical Chemistry* 11*th ed.* 2017)、《无机化学》(*Inorganic Chemistry* 5*th ed.* 2010)、《分子量子力学》(*Molecular Quantum Mechanics* 4*th ed.* 2005)是广受欢迎的教科书;《周期王国》《阿特金斯说分子》《伽利略的手指》《存在与科学》是他的主要科学(普及)散文作品。2016 年,他由于向大众普及化学知识,被美国化学学会授予詹姆斯·格拉迪—詹姆士·斯达克奖(James T. Grady'-James H. Stack Award)。理查德·道金斯称赞说,阿特金斯是"健在的最优秀的科学文学作家之一;他颂扬科学奇迹和科学世界观,是一位科学智慧大师,一位抒情散文诗大家"[2]。

《周期王国》把化学元素周期表比拟成起伏不平、地形多样的国度,借用地理学的术语,描述了各种元素的分布区域和性质,阐释了相关的不同学术观点和新近研究成果。

《阿特金斯说分子》用富有感染力的通俗语言,述说了与日常生活相关的 205 种分子的性质、包含的原子及其组合结构;这些分子涉及纤维、药品、

---

① Scerri, Eric R. "A Critique of Atkins' *Periodic Kingdom* and Some Writings on Electronic Structure". *Foundations of Chemistry* 1 (1999), p 297.

② Dawkins, Richard. *The Oxford Book of Modern Science Writing*. Oxford: Oxford University Press, 2008, p 11.

塑料、炸药、洗涤剂、颜色、气味、味道等方面。

《伽利略的手指》讲述了当下科学界认同的十大自然科学思想——进化论,遗传学,能量守恒,熵增理论,原子学说,对称理论,量子理论,宇宙膨胀论,时空理论,数学基础理论,以及相关的著名科学家的生平故事和科研历程。

《存在与科学》运用宇宙学、生物学、化学等学科的知识,描述了物质和包括人类在内的生命从诞生到消亡的历程,消解了神话和宗教对世界和人类的起源及终结的种种虚妄解释。

国外的相关评述主要是对这些作品的内容和语言风格的简要介绍。埃里可·塞里(E. R. Scerri)指出,《周期王国》的写作动机或表达方式"一如作者的其他作品,都是相当优异的",其不足之处在于,作者"没有充分认识到泡利不相容原理的通常表述的哲学意义,这不仅对一般意义上的化学教育和化学哲学,而且对化学知识的普及都有所影响"[1]。《新科学家》称赞说,《阿特金斯说分子》"无疑是迄今最优美的化学书籍"[2]。对同一部作品,鲁迪格·浮士德(Rudiger Faust)写道:"奇闻轶事、有趣事实、细微描述在这部作品中随处可见,这反映了作者对相关题材一往情深。"[3]关于《伽利略的手指》,有论者指出,该作品"极具可读性",其作者不仅为普通读者献上了最重要和最惊险刺激的一些科学思想,而且"花大力气从其科学背景和文化背景出发,来探究这些思想"[4]。还有论者赞誉说,该作品是部"佳作……英国式的冷面幽默以及有诗意的散文语言在各章中俯拾即是"[5]。而对于《存在与科学》,道金斯指出:"彼得·阿特金斯在该部作品中思索了生与死、起始与终结的本质,力劝我们抛弃令人欣慰的种种神话,直面只有科学才能送来的

---

① Scerri, Eric R. "A Critique of Atkins' *Periodic Kingdom* and Some Writings on Electronic Structure". *Foundations of Chemistry* 1 (1999), p 297.

② Atkins, Peter. *Atkins' Molecules*. Cambridge:Cambridge University Press, 2003a, 封底.

③ Faust, Rudiger. "Atkins' Molecules". https://www. doc88. com/p-998526424607. html. 2024-01-12.

④ Rouvray, Dennis H. "Searching for simplicity in science". https://www. doc88. com/p-1456661916415. html. 2024-01-12.

⑤ Atkins, Peter. *Galileo's Fingers:The Ten Great Ideas of Science*. Oxford:Oxford University Press, 2003b, 扉页.

寒风般的真知;其语言轮廓分明,优美至极,很少有作者能够企及。"① 还有论者充分肯定了阿特金斯在该作品中所表述的观点和表达方式,认为阿特金斯在这一方面的"自信和乐观态度是正确的"②。

在国内,《周期王国》《伽利略的手指》《存在与科学》已有中译本。《伽利略的手指》的译者许耀刚等人在"译后记"中,也是先简要介绍该作品各章的主要内容,然后指出:

> 毫无疑问,这不仅是一部关于科学的翘楚之作,也是一部波澜壮阔的文学作品,其优美程度不亚于任何经典之作。虽然我们已经尽力保持原作的风格,但是还是建议读者最好能够对照英文读下去,这样一方面有助于更加深刻地理解作者的思想,一方面可以领略文学性和科学性的完美结合。后者至少证明:科学在保持其严谨性的同时,在文字上亦可以做到环环相套、丝丝入扣,美丽优雅且严格。③

不难看出,迄今为止,国内外几乎无人较为系统、深入地探讨上述4部科学散文作品的科学哲学意蕴和语言风格。因此,本章拟在这两个方面做一些尝试。

第一节 阿特金斯科学散文代表作的科学哲学意蕴

上述4部作品的科学哲学意蕴主要体现在以下五个方面。

一、科学方法

阿特金斯非常重视科学方法。他在《伽利略的手指》的"序言"的第2段

---

① Atkins, Peter. *On Being: A Scientist's Exploration of the Great Questions of Existence.* Oxford: Oxford University Press, 2011, 封底.

② Meierhenrich, Uwe. "On Being". https://onlinelibrary.wiley.com/doi/pdf/10.1002/anie. 201104591. 2024-01-12.

③ 彼得·阿特金斯:《伽利略的手指》,许耀刚等译,湖南科学技术出版社2018年版,第532页。

解释该作品书名的含义时写道：

　　简而言之，本书赞扬了伽利略具有象征意义的"手指"在揭示真理方面的有效性。只有其生理意义上的手指收藏在博物馆，但其探索技巧的成果在近代、现代和当代不断涌现，这象征着个人生命短暂而知识永恒这一道理。因而，伽利略的手指代表着"科学方法"这一笼统概念。①

就是说，"伽利略的手指"所象征的科学方法也是一种知识，这种不会过时的知识，使历代的科学家能够不断揭示真理。他在《存在与科学》的"序言"的第 1 段，明确指出了科学方法的作用："科学方法的作用是阐明所有概念，尤其是那些从意识萌芽以来就一直困扰着人类的概念。它不仅能解释爱、希望和仁慈，而且还能阐明那些能激励人类取得成就的非凡因素，诠释七宗罪——傲慢、嫉妒、愤怒、贪婪、懒散、暴饮暴食、强烈欲望。"②阿特金斯对科学方法的重视甚至达到了信仰的程度。他说："我的信仰——我的科学信仰是：没有什么是科学方法不能阐明和说明的。科学方法所揭示和洞察的东西极大地增加了生活乐趣。"③

阿特金斯在作品中主要凸显了下述 4 种科学方法。

1. 实验观察

阿特金斯指出，实验观察法是科学与其对手非科学（没有经过检验的纯粹思辨）的根本区别。他说，其作品的书名之所以是"伽利略的手指"，是因为伽利略是最早运用科学方法的重要科学家，标志着人类探索自然的转折点。在他之前，没有人能称得上是真正的科学家，运用"科学家"一词来称呼当时的探索者是"脱离时代"；在他之后，自然探索者"摒弃没有经过检验的

① Atkins, Peter. *Galileo's Fingers*：*The Ten Great Ideas of Science*. Oxford：Oxford University Press, 2003b, p 1.

② Atkins, Peter. *On Being*：*A Scientist's Exploration of the Great Questions of Existence*. Oxford：Oxford University Press, 2011, p 1.

③ Atkins, Peter. *On Being*：*A Scientist's Exploration of the Great Questions of Existence*. Oxford：Oxford University Press, 2011, p 104.

权威,并在不完全放弃端坐在摇椅中的猜想和内心沉思的情况下,缔结了一种崭新的、更有威力的联盟——把种种思索与可以公开验证的实验观察(experimental observation)相结合";"这种可以揭示关于自然的真理的神奇有效的科学方法的一个方面,就是强调实验的核心地位,因为这把真正的科学与其主要对手(那些在表述方面给人留下深刻印象,但从根本上来说却是荒谬猜想)区分开来";实验观察意味着"走进现实世界,在严格控制的条件下进行观察"。[①] 阿特金斯认为,古希腊人"作为科学家,几乎是完全失败的,因为他们避开了或者说没有发明实验:他们只有纯粹理论,没有任何在控制条件下进行的实验的经验与人共享"[②]。而包括宇宙大爆炸在内的宇宙学看似玄妙,却是科学,原因是:

> 实际上有大量证据支持大爆炸模型,其中让人印象最深刻的证据,是宇宙微波背景辐射和它的详细性质……通过理论和观察的非凡结合,运用在小尺度上获得的知识,来解释超大尺度物质的性质,我们现在的确能有一定的自信来讲述宇宙自诞生后几秒直到今天的故事。[③]

就是说,宇宙学家观察到了微波背景辐射,研究了它的详细性质,并运用相关理论,通过推导构建了宇宙自大爆炸以来的漫长历史。

在阿特金斯的笔下,近现代科学家的成就是建立在实验观察基础上的。他写道:

> 达尔文后来声称,他的思想火花是 1839 年 9 月 28 日在不停反思旅行中收集的海量资料时突然迸发的……达尔文后来回忆说:"对动植物习性的长时间不间断观察,使我已经有扎实基础去充分理解物种之间

[①] Atkins, Peter. *Galileo's Fingers: The Ten Great Ideas of Science*. Oxford: Oxford University Press, 2003b, p 1.

[②] Atkins, Peter. *Galileo's Fingers: The Ten Great Ideas of Science*. Oxford: Oxford University Press, 2003b, p 187.

[③] Atkins, Peter. *Galileo's Fingers: The Ten Great Ideas of Science*. Oxford: Oxford University Press, 2003b, pp 243-244.

无处不在的生存竞争,并且在一瞬间使我惊醒:在这种严酷环境中,优势变异将会保留下来,而劣等变异将会趋于消亡。"①

　　阿特金斯认识到,观测也是理论假设的基础;达尔文的思想火花——以自然选择为核心的进化论,是基于长期观察所收集的大量材料。他还写道:"现实的基本组成元素,只有通过经典原理设计的实验测量得知。测量是我们了解物质本质的唯一窗口,任何没有通过这扇窗口得出的结论,都不过是形而上学的臆测,并不值得真正去关注";"不管人们如何解释量子力学,我们必须要将其理论预言和观察结合起来;理解理论预言和观察之间的联系至关重要,意义重大"。②这里,实验测量是在实验观察中进行的测量;即使研究位置和速度无法同时确定的量子时,也要把理论预言和实验观察相结合。他在《存在与科学》的 5 章中"一直都在强调,科学方法的支柱是证据的公开共享,而不是由个人渴望产生的一厢情愿。关键是公开实验,而不是私人情感"③。毫无疑问,能够公开共享的证据,是在可以公开的实验观察中获得的。可以说,阿特金斯所说的实验观察法实际上也是实证方法。

　　2. 简化和抽象

　　阿特金斯在强调实验观察方法的同时,也在强调科学认识活动中的简化和抽象方法。他在《伽利略的手指》的序言中指出:

　　　　伽利略还发展了简化法——把问题的本质剥离出来的方法;其思想之光穿透了在现实事件中笼罩在事物简单本质上的乌云。这种透过复杂性中看到简单性,就像他通过他的望远镜看到了天穹的复杂性。他无视在泥泞中前行的嘎吱作响的小车,而研究从斜面上滚下的小球,或是从高点落下的钟摆这些简单状态。从现实中喧嚣和杂乱无章的事

① Atkins, Peter. *Galileo's Fingers: The Ten Great Ideas of Science*. Oxford: Oxford University Press, 2003b, pp 20–21.

② Atkins, Peter. *Galileo's Fingers: The Ten Great Ideas of Science*. Oxford: Oxford University Press, 2003b, pp 226–227.

③ Atkins, Peter. *On Being: A Scientist's Exploration of the Great Questions of Existence*. Oxford: Oxford University Press, 2011, p 87.

件中剥离出事件的一般本质，是科学方法至关重要的部分。①

可以说，简化主要指实验设计，以及透过众多事物的复杂现象发现其背后的简单规律。他同时指出：

> 还需谨记一点：抽象化是近现代科学的特征。抽象法是"伽利略的手指"的另一个重要方面，我们应该对其扮演的角色及其重要性有所察觉。首先，抽象法并不意味着没有价值，事实上它能够产生巨大的实际效应，因为它可以指出现象之间意想不到的联系，从而使源于某个领域的思想，可以应用到其他领域中去。而最重要的是，抽象法使我们站在一系列观察结果的背后，以一个更为广阔的视角去看待它们。②

"伽利略的手指"是科学方法的代名词，因而，阿特金斯的意思是说，抽象是一种重要的科学方法。需要说明的是，抽象法和简化法有共同之处：抽象主要指在众多事物的个性——复杂的现象中发现共性，这实际上就是一种简化；而共性包括了众多事物繁杂的存在状态和运行方式所隐含的共同规律；与事物繁杂的存在状态和运行方式相比，科学家发现的自然规律似乎很简单，而且通常可以用简明方式表述出来；而且，这些规律在相当广的范围内是可以通用的。因而，阿特金斯提醒读者要记住，贯穿《伽利略的手指》的一个思想就是："简明的思想具有最普适的应用。"③

阿特金斯在《伽利略的手指》的正文中，通过"能量"这一抽象概念的引入以及蒸汽机的原理，阐明了简化和抽象法的实质和重大意义。他写道："从伽利略的研究工作中我们可以看出，科学进步的征程总是伴随着科学研究由具体到抽象的转变，由此，我们所研究的对象得以推广到更大范围和更

---

① Atkins, Peter. *Galileo's Fingers: The Ten Great Ideas of Science*. Oxford: Oxford University Press, 2003b, p 2.

② Atkins, Peter. *Galileo's Fingers: The Ten Great Ideas of Science*. Oxford: Oxford University Press, 2003b, pp 3-4.

③ Atkins, Peter. *Galileo's Fingers: The Ten Great Ideas of Science*. Oxford: Oxford University Press, 2003b, p 167.

深层次……'能量'的引入标志着物理学中的抽象思想已经萌芽,随后将其非凡光芒洒遍全世界。"①就是说,简化和抽象法可以使研究者更有效地洞察在实验观察中看到的科学事实所蕴含的事物的本质和规律,形成在相当广的范围内普适的概念和理论,从而更好地认识自然界,并指导利用和改造自然的实践。他以蒸汽机为例来进一步说明:

> 我们已经明白,科学通过达到更广、更深的抽象性层次,来阐明事物的本质。在本例中也一样。我们揭开蒸汽机的铁壳,将其抽象原理暴露出来时,就会获得所有相关变化得以发生的模型。换句话说,假如我们只看蒸汽机的本质——其抽象的核心原理,而忽略它非常具体的部件和运作细节——比如蒸汽、排气管、铆钉、油滴以及隆隆响声等——我们将会发现一个在任何同类事件中都适用的理念。科学就是这样:它往往先从具体事件中提取精髓,提炼出伟大思想,然后在自然界中发现同样规律。从众多不同事件中找出隐藏在其中的同样规律意味着,我们已经获得了对整个世界的一般性和普遍性的认识。②

简化和抽象法产生的"能量"概念,使人们透过蒸汽机的复杂表象(去粗),洞察蒸汽机的原理(存精):通过燃烧适宜燃料把水变为蒸汽,推动气缸里的活塞做功,把热能转化为机械能(或动能);最初的燃料是煤,后来被柴油、汽油等代替。蒸汽机体现的伟大思想是:能量是守恒的。这实际上又是一个简化和抽象过程。能量守恒原理涉及降水、流水、生物生存等自然现象,乃至人类的衣食住行等各个方面;热力(包括核能)、水力、风力发电,各种机器(包括电器)、交通工具的运行,都涉及能量的转换和使用。

3. 数学方法

数学为科学研究提供了一种简洁、精确的形式化语言,以及一种抽象思

---

① Atkins, Peter. *Galileo's Fingers: The Ten Great Ideas of Science*. Oxford: Oxford University Press, 2003b, p 93.

② Atkins, Peter. *Galileo's Fingers: The Ten Great Ideas of Science*. Oxford: Oxford University Press, 2003b, p 110.

维的工具,数学方法可以说是简化和抽象方法的典范。阿特金斯非常重视数学方法,他认为,数学方法的应用是一门自然科学成熟的标志。在他看来,牛顿是有史以来最伟大的科学家之一,原因是:

> 他把数学引入了物理学,由此打开了通向现代定量物理科学的大门。不仅如此,牛顿还有其他重大成就:他为所从事的具体物理研究创立了新的数学方法,他 1687 年出版的《原理》(脚注 4:《自然哲学的数学原理》)是一座里程碑,标志着人类非凡的抽象思维能力使观察自然变得理性化了。①

即是说,牛顿把以定量为代表的数学方法引入物理学,这标志着物理学真正成为一门科学。在他眼里,数学方法对于化学和生物学具有同等重要的意义。他写道:

> 拉瓦锡被普遍认为是现代化学之父,他具备"天才会计师那神仙似的高超运算能力"……他认真仔细、深思熟虑地用天平来测量物质的重量,从而把化学反应量化。尤其是,他用天平称量起化学反应的物质的质量。结果就可以从数据中发现化学反应的模式;而我们知道,发现模式是科学研究的生机之源和科学理论的萌芽。②

就是说,拉瓦锡把数学方法引入化学,使其成为一门真正的科学。而生物学真正成为自然科学的一部分,也主要在于 DNA 的发现使生物学能进行定量研究:

> 1953 年,弗朗西斯·克里克(Francis Crick,1916—2004)和詹姆

---

① Atkins, Peter. *Galileo's Fingers*: *The Ten Great Ideas of Science*. Oxford: Oxford University Press, 2003b, p 86.

② Atkins, Peter. *Galileo's Fingers*: *The Ten Great Ideas of Science*. Oxford: Oxford University Press, 2003b, p 139.

斯·沃森(James D. Watson, 1928—)发现了脱氧核糖核酸(即 DNA)的结构,生物学由此而改变。此前,生物学主要是描述在大自然中漫步时对生物的观察。此后,它成了自然科学的一部分,可以同其他各门科学一样,进行定量的研究和运用抽象的逻辑思维。[1]

阿特金斯强调,数学是自然科学研究不可或缺的工具。他说:"物理学家总是很感谢数学家——数学家经常用惊人的逻辑思维研究一些看似无用、抽象的概念,而物理学家不久却发现,这些概念恰好就是他们进一步研究所需要的工具。"[2]阿特金斯指出,数学作为至关重要的工具,其作用甚至超出包括物理学在内的自然科学。他写道:"数学太有用了,它是描述自然界的首要语言。若数学随风而逝,大部分的科学、商业、运输和通信将尸骨无存。"[3]

4. 想象和灵感

阿特金斯在强调理性和抽象思维的同时,也认识到,想象和灵感等非理性方法对科学发现也很重要。他写道:"俄国物理学家乔治·加莫夫(George Gamow, 1904—1968)无疑是具有无限想象力的科学家,因为他曾经提出了有关宇宙起源的大爆炸理论,而且想出了一个有关化学元素起源的理论。"[4]2020 年诺贝尔物理学奖得主罗杰·彭罗斯敢于正视宇宙塌缩的问题,他"想象力一贯丰富,而且高度重视视觉的冲击力"[5]。1929 年诺贝尔物理学奖得主、法国物理学家维克多·德布罗意创建物质波理论,在很大程度上是由于"从光学的最短时间基本定律和粒子动力学的最小作用量基本定律的类比

---

[1]　Atkins, Peter. *On Being: A Scientist's Exploration of the Great Questions of Existence*. Oxford: Oxford University Press, 2011, p 47.

[2]　Atkins, Peter. *Galileo's Fingers: The Ten Great Ideas of Science*. Oxford: Oxford University Press, 2003b, p 198.

[3]　Atkins, Peter. *Galileo's Fingers: The Ten Great Ideas of Science*. Oxford: Oxford University Press, 2003b, p 353.

[4]　Atkins, Peter. *Galileo's Fingers: The Ten Great Ideas of Science*. Oxford: Oxford University Press, 2003b, p 67.

[5]　Atkins, Peter. *Galileo's Fingers: The Ten Great Ideas of Science*. Oxford: Oxford University Press, 2003b, p 133.

中受到了很大启发"①。其中，从类比中得到启发实际上发挥了联想的作用，而"联想是想象力的一种重要方式"②。

阿特金斯还写道，聚合酶链式反应（PCR）技术的发明者、诺贝尔奖得主卡瑞·穆里斯（Kary Mullis, 1944—）曾说："1983 年的某个晚上，他在月光下驾车行驶在加利福尼亚的群山之间时，相关想法突然跃入脑海，这项伟大技术由此诞生，这肯定是获得诺贝尔奖的最妙方式之一。"③门捷列夫创制化学元素周期表的灵感来自一个短梦——1869 年 2 月 17 日，他"在撰写化学教科书时，打了一个盹儿，梦中还为解决元素周期的问题冥思苦想。醒来后，他立刻按照梦中假想的最后模式，匆匆地画下了他的元素排列草图"④。这两个例子表明，灵感可以促成重大科学发现。

二、科学精神

阿特金斯的 4 部科学散文作品主要体现了下述四种科学精神。

1. 好奇心及执着探索

好奇心以及对自然规律的执着探索，是科学认识活动的起点。阿特金斯述及的科学家们都有强烈的好奇心。达尔文"在确定不同种类生物的起源上所取得的成就，可以追溯到他在 1831 年到 1936 年期间的环球旅行中对自然界的痴迷和探索"⑤。加莫夫"对所有事情都很感兴趣，因此他的注意力很自然地转移到了当时（20 世纪 50 年代）科学研究的热点——遗传密码上了"⑥，结果，除了提出宇宙大爆炸理论以及想出一个关于化学元素起源的理

---

① Atkins, Peter. *Galileo's Fingers：The Ten Great Ideas of Science*. Oxford：Oxford University Press, 2003b, p 211.

② 李建华：《科学哲学》，中共中央党校出版社 2004 年版，第 398 页。

③ Atkins, Peter. *Galileo's Fingers：The Ten Great Ideas of Science*. Oxford：Oxford University Press, 2003b, p 77.

④ 彼得·阿特金斯：《周期王国》，张瑚、张崇涛译，上海科学技术出版社 1996 年版，第 56 页。

⑤ Atkins, Peter. *Galileo's Fingers：The Ten Great Ideas of Science*. Oxford：Oxford University Press, 2003b, p 18.

⑥ Atkins, Peter. *Galileo's Fingers：The Ten Great Ideas of Science*. Oxford：Oxford University Press, 2003b, p 67.

论,他对译解遗传密码也作出了很大贡献。阿特金斯这样评说古希腊人对自然的探索:"古希腊人对物质做了大量思考,并且对它的本质提出了许多不同假设,其中至少有一种可能是正确的。他们的一些猜想是完全错误的,但是也展现了值得称赞的求索精神。"①他明确指出:"科学进步的动力来源于好奇与乐观的结合,换句话说,来源于对找到问题答案的渴望,以及对科学的答疑解惑能力的信心。"②

2. 创新和怀疑

在阿特金斯的笔下,许多科学家颇具创新精神,以至于往往不被同时代人理解和接受。达尔文 1859 年出版了《物种起源》,提出了以自然选择为核心的进化论,这一理论长期受到学界和以宗教人士为代表的保守势力的抨击,"直到 20 世纪 30 年代,并且是在现代综合进化论建立之后,自然选择学说才被广泛接受"③。率先发现遗传规律的孟德尔的重要发现 1866 年发表后,被束之高阁长达 35 年之久,真正的原因是,其"实验设计太超前了,使与其同时代的生物学家们无法将数字结果与遗传机制联系起来"④。当时的生物学家大都关注生物的整体形式和行为,而孟德尔研究植物的个别性状,而且,他通过培植豌豆,并对不同代豌豆的性状及其数目进行了细致入微的观察、计数和分析。奥地利著名物理学家路德维希·玻尔兹曼在从微观角度看待熵的问题上,比他同时代的科学家理解得更为深刻;他提出了玻尔兹曼熵公式,但由于当时的科学家不能理解其深邃思想的内涵,"他备受冷落,因而自缢身亡"⑤。诺贝尔物理学奖得主、量子力学的创始人之一马克斯·普朗克最重要的成果是能量的量子化,但他的"革命性思想——他关于能量是

---

① Atkins, Peter. *Galileo's Fingers: The Ten Great Ideas of Science*. Oxford: Oxford University Press, 2003b, p 136.

② Atkins, Peter. *On Being: A Scientist's Exploration of the Great Questions of Existence*. Oxford: Oxford University Press, 2011, p 4.

③ Atkins, Peter. *Galileo's Fingers: The Ten Great Ideas of Science*. Oxford: Oxford University Press, 2003b, p 23.

④ Atkins, Peter. *Galileo's Fingers: The Ten Great Ideas of Science*. Oxford: Oxford University Press, 2003b, p 47.

⑤ Atkins, Peter. *Galileo's Fingers: The Ten Great Ideas of Science*. Oxford: Oxford University Press, 2003b, p 122.

一团团的,是颗粒状的而非连续的,看起来像沙子而不是像水的怪异思想,改变了我们对现实的理解,但在当时学界却遭到冷遇"[1]。后来,他的伟大贡献得到了学界认可,被誉为热力学的奠基人之一。化学元素周期表在创制过程中遭到了相关学者的嘲笑和奚落,但奥德林(William Odling, 1829—1921)、迈耶(Julius L. Meyer, 1830—1895)和门捷列夫并未停下探索步伐。其中,牛津大学的化学教授奥德林1964年发布了一张"元素排列图","这幅图与现代的一些王国地图非常相似,其中大约有57个元素的位置至今仍被承认,只有一两个元素所在地区并在一起,不能完全辨认。他还留下两处空白,明显地表明遗漏了一些元素,可是奥德林大部分工作受到不公正的对待,他的成绩很少受到称赞"[2]。

而且,伟大科学家敢于怀疑传统观念和学术权威。爱因斯坦成为牛顿以来最伟大的物理学家,主要在于:

> 他分两步推动了人类文明的进步。第一步,他想办法让空间与时间结合的紧密程度强于牛顿的理论。由此,他推翻了牛顿绝对空间与时间的观念,颠覆了所有空间中时间的流逝速度是同样的这一认识。第二步,他颠覆了牛顿最伟大的成就之一———把万有引力视为一种力的概念。巨大困惑往往需要颠覆性的解决方式,科学家应该会细细体会着丢弃这个重要概念,甚至颠覆他们自己的观念。[3]

爱因斯坦之所以伟大,关键在于他敢于怀疑和挑战物理学泰斗牛顿的观念和理论。阿特金斯指出:"有益的怀疑能使我们获得真理,因为真理的存在让我们有信心去发挥自己的才能。如果不是去发挥才能,那便是去把

---

[1] Atkins, Peter. *Galileo's Fingers: The Ten Great Ideas of Science*. Oxford: Oxford University Press, 2003b, p 205.

[2] 彼得·阿特金斯:《周期王国》,张瑚、张崇涛译,上海科学技术出版社1996年版,第54页。

[3] Atkins, Peter. *Galileo's Fingers: The Ten Great Ideas of Science*. Oxford: Oxford University Press, 2003b, pp 284-285.

握机会。"①阿特金斯并不是主张要怀疑一切，而是要有根据地、合理地怀疑；世界上存在着真理，如果发挥某一领域的特长，抓住机会，就会发现真理。他还说："我们首先应克服的是我们的偏见，这是科学探索的前提。"②实际上是说，我们要怀疑、挑战和克服的，是人类所有没有根据的、不合理的先入之见，这样才能真正踏上科学探索的征程。

3. 乐观自信和百折不挠

阿特金斯的作品展现了科学家乐观自信、不怕出错、不畏挫折、坚持不懈的精神。他这样述评门捷列夫的成就和错误：

> 正是因为门捷列夫坚信，他的周期表可以在已知性质的相邻元素中插入新元素，并预言新元素的性质，他预言了一种叫作一铝（eka-aluminium）和另一种叫作一硅（eka-silicon）的两种元素的存在和它们的性质，后来，法国人和德国人分别发现了这两种元素，并将其分别称作镓和锗。门捷列夫也犯了一些错误——预言了一些不存在的元素，但后人对门捷列夫的贡献非常感激，一般不愿再提他的这些错误。③

门捷列夫有自信心，不怕犯错，从而为化学做出了伟大贡献。阿特金斯在评述子宇宙（daughter universe）产生的理论时写道：

> 即使无数个宇宙无限加速诞生的惊人场景是真的，我还是心存疑惑——是否仍然存在一个真正的宇宙起点？关于宇宙起源有这么一个理论，却是没有科学依据的盲目猜测，因而请勿当真。我在此描述这个理论，只是为了强调科学研究过程中乐观态度的重要性：即使前面困难重重，阻力巨大，我们对科学也要抱这样的信念——人类终会找到解决

---

① Atkins, Peter. *On Being: A Scientist's Exploration of the Great Questions of Existence*. Oxford: Oxford University Press, 2011, p 103.

② Atkins, Peter. *Galileo's Fingers: The Ten Great Ideas of Science*. Oxford: Oxford University Press, 2003b, p 106.

③ Atkins, Peter. *Galileo's Fingers: The Ten Great Ideas of Science*. Oxford: Oxford University Press, 2003b, pp 157–158.

问题的办法。[①]

他在开始介绍宇宙起源于无的理论时又说："因为我的目的是要显示,科学能解释包括虚空在内的所有问题,将让人们理解最不可思议的现象,所以我必须保持乐观,摒弃种种消极偏见,努力去显示人类仍有希望通过科学去阐明宇宙如何'从无而来'。"[②]显然,阿特金斯不仅强调乐观态度在科学研究过程中的重要性,他自己就非常乐观,他坚信,宇宙学家只要坚持不懈,一定会探明宇宙起源的奥秘,一定能阐明原初宇宙如何从无限小的"空无"状态中诞生。

对于普朗克最重要的成果——能量的量子化长期不被当时的学界接受,阿特金斯写道："革命性思想通常从抵御遭到的持续抨击的过程中聚集力量。不像人类致力发展的其他领域(在那里怪异思想总是可以得到毫无疑问的欢迎和友好的接受),科学领域的怪异思想一般会受到不断抨击,特别是当它可能会推翻已经建立的科学范式时。"[③]就是说,创新型的科学家要不畏挫折,要能经得住传统势力的冷遇和不断抨击,坚持不懈地走自己的创新之路。德国数学家、集合论的创始人康托尔(Georg F. L. P. Cantor, 1845—1918)"一生挫折无数的主要原因,是他把无限引入数学界,而这份工作处于主流数学的边缘;还有一部分原因是,数学界一些非常保守的人士反对他的工作,这让他非常沮丧"[④];然而,他"屡战屡败地尝试证明连续统假设,精神几乎已崩溃了(一些人甚至非常肯定地这样认为)"[⑤]。康托尔百折不挠,从而取得了 19 世纪末 20 世纪初数学界最伟大的成就——建立了集合论和超穷数理论(theory of ultra-finite numbers)。

[①] Atkins, Peter. *On Being: A Scientist's Exploration of the Great Questions of Existence.* Oxford: Oxford University Press, 2011, p 8.

[②] Atkins, Peter. *On Being: A Scientist's Exploration of the Great Questions of Existence.* Oxford: Oxford University Press, 2011, p 12.

[③] Atkins, Peter. *Galileo's Fingers: The Ten Great Ideas of Science.* Oxford: Oxford University Press, 2003b, p 205.

[④] Atkins, Peter. *Galileo's Fingers: The Ten Great Ideas of Science.* Oxford: Oxford University Press, 2003b, p 329.

[⑤] Atkins, Peter. *Galileo's Fingers: The Ten Great Ideas of Science.* Oxford: Oxford University Press, 2003b, p 331.

4. 兼容与扬弃

在阿特金斯的科学散文作品中,科学家一方面大胆无畏地开拓创新,另一方面又善于虚心、批判地接受和吸取前代和同时代其他科学家的研究成果。他这样评述英国著名物理学家、数学家、经典电动力学的创始人詹姆斯·C. 麦克斯韦的研究成果:

> (麦克斯韦认为,)最好把电力和磁力看作是电磁作用力的两个不同方面,这是 19 世纪科学的伟大成就之一。麦克斯韦理论工作的依据来自米歇尔·法拉第的实验结果……此前,法拉第为物理学引入了场这一概念,以表示力产生作用的区域……麦克斯韦用场的概念阐明了迄今为止困扰人类的光的本质,这是以前分开的两种力统一后获得的重大成果之一。麦克斯韦的解释是,光是一种电磁波,它在场中传播……另一个重大成果,是在爱因斯坦关注并思考麦克斯韦方程组的意义后得出的相对论。①

就是说,麦克斯韦的重大成就基于法拉第的成果,爱因斯坦的伟大理论基于麦克斯韦的成果。丹麦物理学家、1922 年诺贝尔物理学奖得主尼尔斯·玻尔提出了互补原理和哥本哈根诠释,以解释量子力学,这对 20 世纪物理学的发展具有深远影响。

> 而其"互补原理"是从哲学家威廉·詹姆斯的《心理学原理》一书中看到后借来的词,他随后把互补原理作为座右铭收入囊中。正如玻尔的大多数著述的风格一样,玻尔并没有把这个原理完全表述清楚,但宽泛地说,它的意思是:可以用不同方式去看世界——我们必须选择一种或另一种描述方式,而且不能把它们混淆。②

---

① Atkins, Peter. *Galileo's Fingers*: *The Ten Great Ideas of Science*. Oxford: Oxford University Press, 2003b, p 180.

② Atkins, Peter. *Galileo's Fingers*: *The Ten Great Ideas of Science*. Oxford: Oxford University Press, 2003b, p 226.

就是说，玻尔的主要成就之一——他用以解释量子力学的互补原理和哥本哈根诠释，受到了威廉·詹姆斯心理学理论的启发。

阿特金斯以隐喻方式指出：

> （科学家）更常见的做法是在逐渐征服新领土之前先建立坚固的桥头堡。科学研究的桥头堡是建立在经过实验验证的理论共识之上的，贸然跨越无知鸿沟，通常都会摔得粉身碎骨。甚至就连 20 世纪引发思维范式转变的两个伟大理论——相对论和量子理论，也都是先立足于经典物理学的桥头堡，相关科学家通过发现经典物理学预测能力的不足之处，然后提出新的理论。科学家虽然是革命者，却是保守的革命者。①

就是说，科学家在有所创新之前，要熟悉相关领域的研究现状，虚心接受相关理论的合理之处，同时摈弃其不合理之处，然后提出更为合理、完善的理论。他对达尔文以自然选择为核心的进化论的评说，无疑是上述观点的注脚：

> 在物理学家眼里，爱因斯坦的引力理论并非没有不完善之处；在生物学家眼里，自然选择理论也是如此。然而，因为自然选择理论不完善就鄙视它，就像鄙视爱因斯坦理论一样，是不合情理的。所有理论都是更为周密的理论的基础，巨人为后来的巨人提供肩膀。②

换句话说，要想在科学领域取得成就，必须扬弃——批判地继承前人的成就。

---

① Atkins, Peter. *On Being: A Scientist's Exploration of the Great Questions of Existence*. Oxford: Oxford University Press, 2011, p 5.

② Atkins, Peter. *On Being: A Scientist's Exploration of the Great Questions of Existence*. Oxford: Oxford University Press, 2011, p 38.

三、科学美学意识

科学美感是科学家或大众领悟到自然奥秘、自然规律或自然科学理论的简洁、和谐、对称、复杂、奇妙等特征时，所体验到的喜悦、激动、陶醉、震撼或敬畏等感受。阿特金斯写道，英国化学家汉弗里·戴维"在1807年10月的一个星期里，用电解法熔化了钾盐（硝酸钾）得到了钾元素，熔化了苏打（碳酸钠）得到了钠元素……他在发现这些元素时'手舞足蹈、兴高采烈'"[①]。这就是科学家的科学美感体验。阿特金斯认为，他通过自己深入浅出的科学散文作品述说化学的知识和理论，能使大众洞悉微观世界的奇妙而感到快乐："化学是连接能够感知到的物质世界和可以想象出的原子世界的桥梁……我旨在介绍一点化学，在你与周围的世界之间打开一扇窗的同时，让你深切体会它所带来的快乐。"[②]就是说，他的作品能让广大普通读者获得科学审美体验。他还说，统一后的量子理论"将把我们对实在（reality）的理解，领向一条充满令人敬畏的惊奇、并且迄今为止只是隐约可见的道路上"[③]。意思是说，该理论能让科学家和大众都获得科学审美体验。阿特金斯的作品包含的科学美主要有下述4类。

1. 对称美

中国科学美学的奠基人徐纪敏教授指出了科学美学上的对称美的主要内容。他说：

在科学美学上，对称性的美并不局限于客观事物外形的对称。数学方程式中各项之间的关系、电与磁的运动规律、基本粒子的宇称，一切共轭的物理量之间的关系（例如时间与能量、空间坐标与动量等）、阴

---

① Atkins, Peter. *Galileo's Fingers：The Ten Great Ideas of Science*. Oxford：Oxford University Press, 2003b, pp 154-155.

② Atkins, Peter. *Galileo's Fingers：The Ten Great Ideas of Science*. Oxford：Oxford University Press, 2003b, p 135.

③ Atkins, Peter. *Galileo's Fingers：The Ten Great Ideas of Science*. Oxford：Oxford University Press, 2003b, p 359.

阳学说、八卦学说、波与粒子……都涵含着奇妙的对称性的美。①

《伽利略的手指》正文部分共有 10 章，其中第 6 章的标题就是《对称：美的量化》（"Symmetry：The Quantification of Beauty"）。阿特金斯明确指出：

> 我们所说的美是指对称和尽量保持这种对称，无论是蒙德里安（Piet C. Mondrian, 1872—1944）还是莫奈（Oscar-Claude Monet, 1840—1926），对称美确实是其表现的世界的灵魂。有些对称美很容易感觉到，比如，当我们看到一件令人愉悦的设计。但也有一些对称美隐藏得很深，没有受过正规训练很难轻易看出来。从波利克里托斯（Polykleitus）②以来的几千年里，我们一直都在通过以下方式挖掘这种隐性美：把这种美的评价方式纳入数学范畴，然后用相应的数学工具，深入挖掘客观实在的种种对称美。③

这里，对称是从广义上来说的，既指容易看得出的外表上的对称美，又指一般人很难感知的隐形对称美；对称既是一种数学概念，又是一种科学美学范畴。阿特金斯数次指出，库伦势能"是非常优美的"，他表达的意思是：

> 库伦势能是球对称的。就是说，当我们把电子放在距原子核一个给定距离的任何位置（南极、北极、赤道或这之间的任意位置）时，它的势能总是一样的。势能只随着到原子核的距离的变化而变化，但是对于给定距离，它与角度没有关系。这种球对称告诉我们，原子的对称变换包括绕任意轴旋转任意角度，就像是对一个球进行对称操作。④

---

① 徐纪敏：《科学美学思想史》，湖南人民出版社 1987 年版，第 26—27 页。
② 古希腊著名雕塑家，生卒年不详，主要活动于公元前 5 世纪后半期。
③ Atkins, Peter. *Galileo's Fingers：The Ten Great Ideas of Science*. Oxford：Oxford University Press, 2003b, pp 163-164.
④ Atkins, Peter. *Galileo's Fingers：The Ten Great Ideas of Science*. Oxford：Oxford University Press, 2003b, p 174.

库伦势能是微观世界中——原子中绕原子核运动的电子具有的势能；人的肉眼无法看到原子核与电子，电子的势能就更抽象了，但由于原子核周围距离原子核同等距离的所有电子的势能都相同——全是球对称的，而对称是一种美，所以，对于理解这一微观现象的科学家乃至大众来说，库伦势能"是非常优美的"。

2. 数学美

在徐纪敏看来，"数学美的具体特征包括精确性、严密性、简单性、唯一性、完备性、对称性、统一性、尽可能广泛的交换群作用下的不变性等"[1]。阿特金斯引用了美籍匈牙利裔理论物理学家维格纳（Eugene P. Wigner，1902—1995）的话："数学语言能恰如其分地把物理定律用简明公式表达出来，这简直是个奇迹。其让人惊叹的非凡能力，我们无法理解，也不配理解。"[2]简明的数学公式能精妙表达客观世界的深奥规律，这让维格纳感到数学无比奇妙和不可思议，然后由莫名其妙转而感到人类的渺小，进而对数学产生了敬畏感和膜拜冲动。维格纳的这一系列感受就是数学美引发的效应。阿特金斯指出，随着计算机的横空出世，传统数学列出方程的分析求解（analytical solution），正在被直接用计算机得出数值解（numerical solution）代替，"目前我们正处于从欣赏优雅分析解的美丽，到欣赏计算机解的优雅图表的美丽的转变过程中"[3]。在他眼里，传统数学列出方程的简明求解步骤是一种美——优雅美，计算机显示求解过程所用的图表也是优雅美。计算机的运算过程是一种高速的数据处理过程，计算机科学可以说是数学的延伸，因而，传统数学分析解的优雅美和计算机显示的图表（graphics，或图形）的优雅美，都可视为数学美。

3. 简单美

科学美对简单性的一种理解是："自然科学在对自然现象的描述与抽象时，应当遵循奥卡姆剃刀的原则。就是说，要求理论的假设性前提尽量地

①　徐纪敏：《科学美学思想史》，湖南人民出版社 1987 年版，第 28 页。

②　Atkins, Peter. *Galileo's Fingers：The Ten Great Ideas of Science*. Oxford：Oxford University Press，2003b，p 316.

③　Atkins, Peter. *Galileo's Fingers：The Ten Great Ideas of Science*. Oxford：Oxford University Press，2003b，p 362.

少,可是得到的演绎结论却要尽量地多。"①在对自然界的美的认识方面,需要从复杂现象中抽象出一些简单原理。阿特金斯在比较神创论和达尔文进化论时写道:"懂得运用奥卡姆剃刀原理(Ockham's Razor)的科学家,首先会寻找对问题最简单的解释,只有当这种解释因过于简单而变得空洞生硬时,才会对其做些详细阐述。"②

> (而达尔文进化论)要比一位想象出来的上帝简单得多,因为在生物无意识地争夺资源的、没受指引的混乱过程中,进化是随机出现的;简括地说,进化是自然选择的结果。复杂的生物——就连病毒也是非常复杂的——之所以能够存在,是因为,它们及其祖先偶然进入了生态系统中适宜的生态位,从而可以在竞争中生存繁衍下去。③

达尔文进化论只有一个前提——自然环境的选择作用,此外没有任何其他内外因素在起作用;适宜环境的生物得以生存下来,这些生物适宜环境的特征经过众多世代的遗传,结果产生了独特的物种。这一简单陈述揭示了客观世界最复杂的存在物——众多生物的起源和存在的规律,使领会这一个理论的生物学家和大众感到它是一种奇妙理论,进而有愉悦感。阿特金斯说:"就我们所知,宇宙中再没有比生物圈更加复杂的组成部分了,而科学已经揭示了产生这种高度复杂性的主要机制,因此科学的喜悦作用正是来源于此";"达尔文的自然选择理论极其简单而意义重大"。④ 他说的"高度复杂性的机制"指的是自然界的生物的存在机制;他所说的"科学"就是指达尔文"极其简单"的进化论——自然选择理论,因而科学带来的喜悦,就是人们对简单美的审美感受。

---

① 徐纪敏:《科学美学思想史》,湖南人民出版社 1987 年版,第 24 页。
② Atkins, Peter. *On Being: A Scientist's Exploration of the Great Questions of Existence*. Oxford: Oxford University Press, 2011, p 33.
③ Atkins, Peter. *On Being: A Scientist's Exploration of the Great Questions of Existence*. Oxford: Oxford University Press, 2011, p 33.
④ Atkins, Peter. *On Being: A Scientist's Exploration of the Great Questions of Existence*. Oxford: Oxford University Press, 2011, p 30.

阿特金斯在另一部作品《周期王国》中告诉读者,化学元素周期表中的"惰性气体"曾被称为"稀有气体"和"不起化学作用的气体",而越来越多的相关发现表明,这两个"名称"都不完全符合客观事实,"作为最后的一着,对这些领地的命名使用'惰性'一词,把那里的各个领地统称为惰性气体。如此定名并不是想要含有化学意味,而是为了简洁高雅"①。"惰性"这一简洁词语精确地体现了排在周期表最右的一列元素的性质,用词精妙,这也是一种简单美。他这样评述化学元素及其周期表的发现:

> (自然界里种类多得令人惊奇的存在物)都来源于100种成分。这些成分就像文学作品中的字母,彼此串联,相互掺混,密切结合在一起。这种认识就是早期的化学家们用原始实验方法取得的一项巨大成就,而且人类这种惊人的理性力量,依旧能像当时那样有效地用来解释、探索和说明世界可以分解为若干成分——即各种元素的现象。这样的分解,非但不会减少我们的乐趣,而且能够使我们对感性认识加深理解,并由此而增加我们的乐趣……
>
> ……重要的一点是,从不同角度看,王国地势都是有规律的,并不仅仅是杂乱群集的一些山峰和谷地;特别是,人们还发现王国地势呈现出周期性的变化规律,这是最惊人的发现,为什么实实在在的物质会显示出音乐般的规律呢?
>
> 正如科学发现中常见的那样,理解往往产生简单的概念,正是这些简单概念在事实根源处起着潜伏作用,并构成了客观事实。②

100种元素相对于世界上纷繁复杂的众多物质,是简单概念,其发现令人吃惊,让人感到乐趣;而且,元素的排列呈现出了音乐般的周期性规律,这也是一种简单概念,其发现"是最惊人的"。简言之,元素和周期表都体现了简单美,它们的发现产生的惊人感受和乐趣,可以说是人们对简单美的审美

---

① 彼得·阿特金斯:《周期王国》,张瑚、张崇涛译,上海科学技术出版社1996年版,第7页。
② 彼得·阿特金斯:《周期王国》,张瑚、张崇涛译,上海科学技术出版社1996年版,第100页。

感受。

4. 复杂美

徐纪敏指出，复杂性是与简单性相对立的一个科学美学基本概念，"自然界美的现象，也并不是越简单就越美。相反地，越是复杂的客观事物倒越显得美……简单性的美是针对科学理论而言的，而复杂性的美是针对自然界美的现象而言的"[1]。阿特金斯认为，爱因斯坦所发现的"详尽的空间曲率与质量分布的精确关系……是所有科学中最精美但也是最复杂的关系"[2]。就是说，空间曲率和质量分布之间关系的复杂性是一种美——精美（elegant），这是复杂性体现出的美。他还说："现实世界纷繁复杂，既令人生畏，又使人无比欢欣，即使在没有生命的无机界，岩石、石块、河流、海洋、空气和风，都那样蔚为奇观，再加上生物的组成部分，奇迹层出不穷，几乎超出人们的想象。"[3]现实世界的复杂性让人"生畏""欢欣"，使人有奇妙感，这都是复杂美让人产生的审美体验。

四、宗教观和无神论

阿特金斯在赞美达尔文进化论的同时，也在揭批宗教和神创论，弘扬科学和无神论。

首先他认为，不存在上帝，也不需要上帝。神创论者宣称，造物主（上帝）拥有设计、制造生物的非凡能力，而阿特金斯指出：

> 神创论乃至它的明显经过伪装的变种"智能设计论"并不是科学，原因是，它是一种不能被验证的主张，是被反科学和宗教所秉持并宣扬的……神创论的问题是……它的支持者们对确凿证据的反复纠缠、甚至不惜歪曲的做法，只是在浪费时间且让人反感；更令人担忧的是，它

---

① 徐纪敏：《科学美学思想史》，湖南人民出版社 1987 年版，第 25 页。

② Atkins, Peter. *Galileo's Fingers: The Ten Great Ideas of Science*. Oxford: Oxford University Press, 2003b, p 307.

③ 彼得·阿特金斯：《周期王国》，张瑚、张崇涛译，上海科学技术出版社 1996 年版，第 100 页。

还有可能遮蔽年轻人的双眼,使其不能看到"创造"的真实内涵。①

　　就是说,没有任何证据表明,生物是由上帝创造的或设计的;"创造"——所有物种起源的真相是,它们都是通过漫长的自然选择过程、自然而然地进化来的,生物之外,乃至宇宙之外不存在任何有智能、有意识、有目的的创造者——造物主或上帝。他还更直白地说:

　　　　所有生物都是在宇宙走向更高程度的混乱过程中,由无机物质逐步进化而来的。一切变化(事件的发生)都源于一种无目的的宇宙衰败倾向,但是各种相互联系的变化所产生的结果,往往是出现令人喜悦、让人称奇、纷繁复杂的事物,比如,绿草,蚯蚓,人类。动物存在共同起源;热力学第二定律驱动自然发生变化,这一过程基于任何可以利用的原材料,它毫无预见,总是很盲目,从长远来看,有时还会产生不恰当的结果。男性长有乳头就是这两个事实的例证之一。②

　　男性长有乳头表明:人和其他动物有共同祖先,是逐渐进化而来的,不存在所谓的上帝,也不存在上帝创造万物的事实;而且,万能、无比聪明和精明的上帝的论断是错误的——这样的上帝不会创造或设计有明显瑕疵的事物。他明确主张:"即使对宇宙起源的理解仍有争议,但目前还没有迹象表明,人类必须得引入一位有智能的创造者,才能对其有一个完备认识。"③就是说,即使宇宙学仍有不完善之处,也不能说宇宙是上帝创造的。他在评论生物生长过程中新细胞复制基因信息时说:

　　　　大自然相当地挥霍无度,并没有经过巧妙设计。其实,产生一个具

---

①　Atkins, Peter. *Galileo's Fingers*: *The Ten Great Ideas of Science*. Oxford: Oxford University Press, 2003b, p 15.

②　Atkins, Peter. *Galileo's Fingers*: *The Ten Great Ideas of Science*. Oxford: Oxford University Press, 2003b, pp 125−126.

③　Atkins, Peter. *On Being*: *A Scientist's Exploration of the Great Questions of Existence*. Oxford: Oxford University Press, 2011, p 6.

有特殊用途的新细胞,并不需要复制生物个体的基因组中的所有信息,但大自然还是让新细胞把包括无用信息在内的所有基因信息都复制了一遍。我坚信,如果智能设计者果真存在的话,他会极其明智地限制新细胞所复制的信息,而不是让它把有用和无用的全部复制一遍。①

新细胞产生时基因信息的复制再次表明,不可能存在无比聪明和精明的造物主或智能设计者——上帝。

阿特金斯强调,神创论使人产生惰性,丧失积极探索精神和理性,想当然地拿人类来比附天地万物。在物种起源问题上,自然神学家威廉·培里(William Paley,1743—1805)"自以为是,他信心十足地宣称,所有物种都是由上帝创造的,如此而已"②。这实际上是把物种起源问题推给上帝,然后就心满意足,不再探索了。在宇宙起源问题上,神创论信奉者的态度如出一辙:"信教人士往往认为,上帝出于某种不为人知的原因创造了宇宙,而人类过于渺小,不应窥探这个永恒玄机。"③神创论者同样把宇宙起源问题推给了上帝,为在探索这一问题上的无所作为找理由。阿特金斯通过较为全面地对比科学和神创论,无情地揭批神创论的危害:

……神创论毫无疑问自始至终都是一个彻头彻尾的骗局;科学是一个透过表象发现真相的过程,逐渐发掘隐藏在繁杂外表下的真理。

神创论对社会造成威胁,因为它破坏了人的理性思维;科学为社会作出了积极贡献,因为它是理性的化身。神创论抑制了人类的抱负,科学为人类提供了实现原有抱负、产生新的抱负的机会。神创论封闭人的思维,科学解放人的思维。神创论同任何轻率行为一样随意,这正是其危险之处;尽管目前它还没有成为主流思想,但却会像病毒一样传播

---

① Atkins, Peter. *On Being: A Scientist's Exploration of the Great Questions of Existence*. Oxford: Oxford University Press, 2011, p 53.

② Atkins, Peter. *Galileo's Fingers: The Ten Great Ideas of Science*. Oxford: Oxford University Press, 2003b, p 18.

③ Atkins, Peter. *On Being: A Scientist's Exploration of the Great Questions of Existence*. Oxford: Oxford University Press, 2011, p 18.

给那些头脑空虚、懒得思考的人。神创论只会混淆视听,阻碍人们去取
得任何成就。[①]

之所以说神创论是骗局,是因为其论断没有任何证据可以证实;它是一
种先天决定论,阻碍人们后天的积极努力;它是一种不讲任何道理的信仰,
阻碍人类去进行理性探索和独立思考。阿特金斯认为,神创论者还把人类
自己的看法和问题强加给物质世界:

> 尽管一切变化本质上是自发衰减的结果,但我们的心理活动却让
> 自己的生命充满了个人目的。人类的目的感非常强烈,自然就会把这
> 种观念延展到宇宙中的一切事物上。因此,人们对宇宙诞生的目的做
> 了一番深入思考,认为如果宇宙中的一切都是被创造出来的,那么正如
> 人类的种种活动一样,宇宙万物的创造背后是有目的的。但这种从个
> 人到宇宙的推断是错误的。[②]

人类生活中的成果或物品,是有智能的人类经过有意识、有预定目的
(标)的努力而取得的或制造出来的,因而科学不发达的古人以及古今的神
创论者均认为,世界万物乃至整个宇宙,都是由具有最完美的智能的一个创
造者——或万能的上帝,有意或有目的地创造出来的,但这一类比式的推断
是错误的。阿特金斯明确指出:"我们不应把人类的看法及问题强加给物质
世界。我认为,我们的宇宙壮观而宏伟,它就在那儿,根本不需要存在的目
的。"[③]即是说,宇宙的产生和存在过程中没有任何意识或目的。

阿特金斯认为,宗教和迷信所宣扬的来世(life after death)、灵魂永生、招
魂说(spiritualism)、重生(resurrection)等观念都是错误的。他明确指出:

---

① Atkins, Peter. *On Being: A Scientist's Exploration of the Great Questions of Existence*. Oxford: Oxford University Press, 2011, pp 27-28.
② Atkins, Peter. *On Being: A Scientist's Exploration of the Great Questions of Existence*. Oxford: Oxford University Press, 2011, pp 20-21.
③ Atkins, Peter. *On Being: A Scientist's Exploration of the Great Questions of Existence*. Oxford: Oxford University Press, 2011, p 21.

没有任何证据表明有来世存在;如果认为生命在任何意义上都会存在,那便违背了我们对生命构成的全部理解。莫扎特通过音乐得以永生,牛顿通过物理学得以永生,古埃及法老图坦卡蒙(Tutankhamun,3300 BC)通过旅游业得以永生。因此,人的永生确实可以实现,但都是在自己一生中留下了永远无法磨灭的印记的永生,而不是肉身和灵魂的永生。①

人的生命只有一次,人去世后与其相关的精神影响可能会存在,而其肉身和灵魂绝不会永远存在下去。关于灵魂不可能永生,阿特金斯论辩道:"意识是大脑得以运转的神经活动的产物,会随着大脑的消失而消失。二元论认为,心灵与相关肉体器官大脑各自独立,这种理论纯粹是幻想。"②"毫无例外,所有信奉招魂说的人都是海洋世界中的鲨鱼,捕食那些容易被骗的弱者、遭受痛苦的人和心存幻想的人。"③他认识到,意识和心灵都是大脑的功能,人死后,包括大脑在内的肉身不复存在,意识和心灵等也不可能存在,因而,信奉灵魂永生的二元论和招魂说都是虚妄的和错误的。关于人死后肉身不可能复活(重生),他论证说:

> 如果不可能性可以增大,那么把人类在过去、现在和未来的所有部分(有的在风中飘荡,有的让蛆虫蚕食,有的消散无踪,有的被炸成了碎片,有的化作青烟,有的被酸溶解,甚至还有的真的是进了狗的肚子里了)重组起来的不可能性是无限大的,因此强调重生几乎是没有意义的。④

---

① Atkins, Peter. *On Being: A Scientist's Exploration of the Great Questions of Existence.* Oxford: Oxford University Press, 2011, p 87.

② Atkins, Peter. *On Being: A Scientist's Exploration of the Great Questions of Existence.* Oxford: Oxford University Press, 2011, p 88.

③ Atkins, Peter. *On Being: A Scientist's Exploration of the Great Questions of Existence.* Oxford: Oxford University Press, 2011, p 90.

④ Atkins, Peter. *On Being: A Scientist's Exploration of the Great Questions of Existence.* Oxford: Oxford University Press, 2011, p 91.

所有人死后,其具有相应功能的肉身一劳永逸地毁灭了,因而不可能复活或重生。总之,这些基本问题澄清之后,宗教和迷信所宣扬的天堂、地狱、末日审判、复活、来世、灵魂永生之类的观念,其虚妄本质全都一目了然。

五、生态科技观

有论者指出:"生态科技观是当代人辩证地看待现代科技对自然及人类正反两方面的巨大影响的结果;它主张实现科技的生态学转向——使科技由征服自然和其他人的工具,转变为既能保证自然生态共同体的健康,又能增进人与人(包括国与国)的和谐。"①阿特金斯的 4 部科学散文作品蕴涵着下述生态科技观。

首先,他严正指出,科学技术进步可能破坏包括人类在内的生物赖以生存的生态环境,甚至可能导致人类自身的灭绝。他说:

> 目前,人类似乎正处在一种新形式的大灭绝之中,因为人类活动使生物圈遭到破坏,从而危及与人类共享生物圈的许多动植物的生存,甚至危及人类自身。这种自我引发的灭绝也许是人类"进步"中不可避免的伴随物,因为极端悲观的新马尔萨斯主义认为,人类自取灭亡的能力的上升速度,不可避免地要超过人类智慧的发展速度。最令人黯然神伤的观点是,尽管在某些人能够一下子杀死数千人的情况下(这种情况贯穿历史直到现在),社会依然能够存在下去,但是,当技术发展到一定程度,在一个人就能置数千万人于死地的情况下,任何社会必将毁灭。人类社会现在似乎已经具备这种自我摧毁的能力。②

他认识到,人类与非人类存在物共处在同一生态共同体中,其命运休戚

---

① 张建国:《卡尔·萨根科学散文代表作中的生态思想研究》,载《山东外语教学》2015 年第 6 期,第 96 页。

② Atkins, Peter. *Galileo's Fingers*: *The Ten Great Ideas of Science*. Oxford: Oxford University Press, 2003b, p 30.

相关,人类的现代科技,尤其是核技术,已危及人类自身的生存。他这样揭示蒸汽机对环境的危害:

> 蒸汽机反映了一个事实:为了能够做功——即产生建设性效果,必须要有能量的损耗或散失。只是单纯地从热源摄取能量并不能够保证其对外做功,你需要把一些"多余"能量"丢"进散热器(所谓散热器,其实可以简单到用周围环境来代替,而不必非得是物理实体,即发动机的一个组成部分),以便发动机工作。因此,当我们得到建设性效果时,肯定能发现伴随它的是更大的毁坏性。①

这儿,他实际上揭露了所有内燃机的温室气体排放严重危害环境的问题。他还指出,诸如十六烷基苯磺酸钠之类的洗涤剂的问题是,它们随污水流入河中,细菌无法对其进行分解,致使河面出现泡沫。② 这里,他揭露了洗涤剂造成水污染的问题。

其次,阿特金斯强调,科学技术是双刃剑,既可以造福人类,又能够危害人类,人类应善用科技,使其能造福人类。他在描述元素周期表中的氯元素时说:

> 氯,位于氟的南面,由于大量存在于海水中,人类和工业生产已充分利用了它。在海洋中,氯和钠以氯化钠形式存在,经过某种程度的加工,就成为我们厨房和餐桌上的食盐。我们体内也有大量的氯……然而气态氯就与北面邻居氟很相像,十分活泼,氯气可以将微生物和人置于死地。氯能以一种微妙的方式伤人。例如,用氯制成的氯烃和氯氟烃制冷剂逸散到大气层上空可以使臭氧层出现空洞,而臭氧层是一个气体防护罩,可阻挡来自太阳的紫外线的辐射危害。王国中的氯对人

---

① Atkins, Peter. *Galileo's Fingers: The Ten Great Ideas of Science*. Oxford: Oxford University Press, 2003b, pp 127-128.

② Atkins, Peter. *Atkins' Molecules*. Cambridge: Cambridge University Press, 2003a, p 72.

类大有好处,但另一方面也对环境造成巨大的破坏。①

即是说,由化学元素氯构成的物质既可以造福人类,也能够危害人类;关键在于人类怎样运用相关物质。他在描述空气的成分时写道:

> 我们本应该按空气本来的成分来描述它,然而,空气现在的实际成分却是另一番样子,因为它包含了源于自然界和"文明"社会的外来分子,这两个源头把天空当成了排污场……虽然化学无疑与污染脱不了干系(尤其是在被经济学家、政客、物理学家、农场主、旅行者、私房主人以及其他享受它带来的便利的人利用时),本节以及第6章中标题为"恶性化合物"的一节所描述的分子的有害性质,应当与本书描述的其他分子的大量有益性质放在一起来衡量。②

就是说,应该辩证地看待化学的研究成果所产生的作用——它既能使人类生产出有益于生活的大量化工产品,又能使人类污染空气、水体、土壤等自然环境,并制造出毒药、毒品等有害产品;关键也在于人类如何运用化学的研究成果。他这样评述人类基因组测序的影响:

> 人类基因组测序完成后所产生的后果是不可估量的,无论其产生的是正面影响还是负面影响。就像所有伟大的科学进步一样,其带来的新知识既有可能是快乐"天使",也有可能取悦"魔鬼"。最遥远的效益是,我们把人类身体生成的"密码"放在穿行于星际空间的宇宙飞船上,以期寻找适合人类居住的另一个星球,这样,即使地球由于种种原因毁灭,人类至少还有一点点机会去重新塑造自己——尽管彼时彼地存在的人类的体貌特征与现在大相径庭。最直接的效益是,凭借我们对人类基因组序列的深入理解,我们能够在目前生存的地球上,认识到

---

① 彼得·阿特金斯:《周期王国》,张瑚、张崇涛译,上海科学技术出版社1996年版,第16页。

② Atkins, Peter. *Atkins' Molecules*. Cambridge: Cambridge University Press, 2003a, pp 30–31.

我们与其他人之间的亲密关系,并且不再把我们的激情浪费在因个体之间少数基因的差异而引发的鸡毛蒜皮的争执上。①

人类基因组测序的最遥远效益意味着,人类听任科学技术毁灭自己赖以生存的地球环境以及人类自身,从而使地球上不再有人类生存,人类只能期待外星的智能生命通过复制人类的基因信息,使人类在宇宙中得以延续。它最直接的效益意味着,人类通过了解到相互之间的基因信息极其相似,认识到所有人都是亲属,从而相互关爱,相互信任,共同努力,精心呵护地球环境,建立一个能够共生、共荣、永续的人类命运共同体。

最后,阿特金斯认识到,了解科学可以使人变得谦卑,进而摈弃人类中心论。他说:

大多数我们认为是低等的动物的染色体都少于人类,当然植物更是如此(无论高等或低等)。比如,人类的每个细胞含有 23 对染色体,而家鼠只有 20 对。但也有许多"另类",比如,西红柿有 22 对染色体,更不可思议的是,马铃薯竟然有 24 对染色体(注意:已经超过人类了)。事实上,由于染色体数目的不易确定性,之前很长一段时间,人们以为人类的染色体数和黑猩猩的一样多(均为 24 对)。我们只有收起作为"人"的自大情绪,并承认,染色体数目与物种的高低贵贱并没有必然联系,才能心平气和地接受这个现实——人类实际上"只有"23 对染色体。②

就是说,人类不能以每个物种染色体的多少来确定何尊何卑。他这样讲述宇宙学:

---

① Atkins, Peter. *Galileo's Fingers: The Ten Great Ideas of Science*. Oxford: Oxford University Press, 2003b, p 81.

② Atkins, Peter. *Galileo's Fingers: The Ten Great Ideas of Science*. Oxford: Oxford University Press, 2003b, p 51.

(科学的)一些最杰出的成就却让我们变得异常谦卑。科学成就中最辉煌的、而且也使人类完全进入本应有的可怜的谦卑境地的,是让人类认清自己在宇宙中的真正位置。这一辉煌成就的值得骄傲之处就在于,它认为自己可以解决所有科学问题中的最大难题:宇宙的起源。天文学和宇宙学的每次革命都在不断削减人类在宇宙中的至尊地位,从而使人类不可避免地、充满讽刺地变得更为渺小。托勒密把我们置于宇宙中心。哥白尼却把我们贬到了一个美丽的、但却是围绕太阳转动的一个很小行星上。从那时起,太阳的地位就开始逐渐下降到一个可能被证明是不起眼的宇宙中的、一个不起眼的星系团中的、一个不起眼的星系中的、一个不起眼的位置上。①

就是说,近现代的天文学和宇宙学使人类认识到,人类并非处在宇宙的至为尊贵的中心位置,日月星辰、天地万物绝非为人类而创造,围绕着人类为人类服务的。

阿特金斯通过介绍科学知识消解人类中心论,倡导人类携手促进科学繁荣。他说:

> 其他一些动物的眼睛能够看到更为丰富的色彩。比如说,蜜蜂的眼睛对紫外线非常敏感,所以,我们人类只能感知一种色调,而蜜蜂能感知的色域更为宽广。例如,在我们看来,飞蓬花是纯黄色的,而蜜蜂可以感知该花反射的紫外色和黄色,在它眼里,这种花的颜色可称作"蜜蜂紫"。②

一些动物的某些器官优于人类,这类知识是对自以为优越无比、高高在上、其他动物都是为了人类而存在的人类中心论的颠覆;实际上,所有动物的器官的功能完全适合其独特的生存方式,不能以某种动物的某种器官之

---

① Atkins, Peter. *Galileo's Fingers*: *The Ten Great Ideas of Science*. Oxford: Oxford University Press, 2003b, p 237.
② Atkins, Peter. *Atkins' Molecules*. Cambridge: Cambridge University Press, 2003a, p 174.

功能的优劣,来评判该动物的尊卑。他还说:"进化不是有目的地变得复杂,而是随机产生了有利于存活、繁殖的'垃圾'。不应高傲地把自己视为造物中的巅峰成就,最好应谦卑地把自己看作现存生物中的'顶级垃圾'。"①即是说,进化是自然而然地发生的过程,不是由类似上帝、具有非凡智能的存在物有意识地操纵或推动的;包括人类的所有生物,都是像石头或沙子一样偶然出现的存在物,没有尊卑之分;人类是大自然随机变化至今最晚出现的、与生态系统中其他生物,乃至与石头沙子无异的平凡存在物。阿特金斯倡导人类进行持续合作:"我坚信人类集体智慧的强大威力⋯⋯乐观地说,只要给予人类充足时间,并加强彼此之间的合作,那么人类的集体智慧在理解世界方面将会创造无限可能。"②他倡导人类不分国籍和种族,相互合作,共同促进科学繁荣,以便正确认识包括人类在内的宇宙万物。

第二节 《伽利略的手指》的语言风格

本节以《伽利略的手指》为例,审视阿特金斯科学散文的语言特色。我们认为,这部作品的语言特色主要有下述四点。

一、生动形象

该部作品频频使用比喻、比拟、类比等修辞手法,以及感性化的词语,使语言非常生动形象,从而让该作品具有很强的感染力。

1. 比喻。阿特金斯这样描述生物进化的过程:"尽管化石记录显然残缺不全,但却昭示着演化历程:物种来来去去,一个物种演化成其他一些物种,其中一些或许已经消亡,所有这些就像一棵灌木——硕大枝桠不断分支,细小枝桠可能枯死,而目前的生物圈如同灌木的叶子。"③这个句子的后半部分

---

① Atkins, Peter. *On Being: A Scientist's Exploration of the Great Questions of Existence*. Oxford: Oxford University Press, 2011, p 30.

② Atkins, Peter. *On Being: A Scientist's Exploration of the Great Questions of Existence*. Oxford: Oxford University Press, 2011, p 104.

③ Atkins, Peter. *Galileo's Fingers: The Ten Great Ideas of Science*. Oxford: Oxford University Press, 2003b, p 14.

包含一个明喻,形象地描绘出了生物演化的具体过程:生物的一些原始物种演化出更多的其他物种,演化出的一些物种消亡了,另一些幸存下来,形成当代地球表面的众多生物物种。在阐述热力学的内涵时,他写道:"热力学包含不少理念,是一个亚马孙河那样的体系。像亚马孙河一样,热力学由多条支流汇聚而成。开尔文流派和克劳修斯流派(Kelvin and Clausius tributaries)就是其中的两条支流。"①这三个句子明喻和暗喻相结合,生动呈现了热力学的内涵,以及开尔文的理论和克劳休斯的理论在其中的地位。他如此描述量子力学的起源以及该学科的影响力:

> 在19世纪末的一些零散的观察实验中产生了一种病毒,它侵入了经典物理。20世纪的头几十年中,这种病毒引发的疾病完全摧毁了经典物理。该疾病不仅杀死了经典物理中一些最受喜爱的概念,比如粒子、波和轨迹,而且几乎把我们建立的关于实在世界的认识撕成了碎片。
>
> 量子力学崛起了,它取代了经典物理——牛顿及其后继者创建的物理(见第3章)……②

上述引文中,作者运用暗喻,把物理学领域的新兴理念比喻为病毒,把新理念催生的量子力学比喻为疾病,生动、形象地表现了物理学新理念的强大生命力,以及量子力学的深远影响力。述说宇宙温度随时间变化的时候,他写道:"我们知道,宇宙温度已经随时间发生了改变;宇宙最初是一个熔炉,然后是烤箱,到后来则变成了冰箱。"③这个暗喻中有一个本体"宇宙",三个喻体"熔炉""烤箱""冰箱",形象地凸显了宇宙在不同时期的不同温度。

2. 比拟。阿特金斯这样描述地球上出现有机生命的情形:"无机物质跟

---

① Atkins, Peter. *Galileo's Fingers*: *The Ten Great Ideas of Science*. Oxford: Oxford University Press, 2003b, p 116.

② Atkins, Peter. *Galileo's Fingers*: *The Ten Great Ideas of Science*. Oxford: Oxford University Press, 2003b, p 201.

③ Atkins, Peter. *Galileo's Fingers*: *The Ten Great Ideas of Science*. Oxford: Oxford University Press, 2003b, p 246.

跟跄跄地在传递复杂且不可预测的信息的道路上前行,忽然发现,只有通过永不停息地复制遗传信息,才能达到永恒不灭的目的——这个时候,生命世界开始崭露头角。"[1]这里,作者把无机物质比拟为走路不稳、有了意识的人,生动呈现了从无机物演变出生物的漫长、艰难历程,以及生物的关键特征——能够不断复制自身,并把遗传信息传给后代。他如此论证光子是无质量的这一命题:

> 首先,在第 3 章的结尾我们提到,生存周期短的粒子,其能量有更大的不确定性。其次,一个可能存在的、有一定质量的传递粒子(messenger particle),肯定具有与其质量成正比的能量(从 $E = mc^2$ 可知):重的粒子意味着拥有更多能量。一个粒子要想生存却又确保不被能量守恒定律这个警察抓获,它行窃的时间必须是足够短,以便在能量审核的严密体系中,能够被不确定性包庇。就是说,一个重的粒子要想生存而又不被能量守恒定律这个警察抓住,它的寿命肯定是非常短暂(窃贼必须能在 1 皮秒内侥幸偷得 10 亿美元)……[2]

其中,作者把能量守恒定律比拟为警察,把既有质量又不违背能量守恒定律的、在极短时间内存在的粒子,比拟为行窃速度极快的窃贼,把能量的不确定性比拟为包庇犯,形象地表述了不同粒子的存在状态:既有能量又有质量的粒子,其存在时间肯定极其短暂——作者想要着重说明的是,像光子这样的既具备能量又能永恒存在(传播到无限远的距离)的传递粒子,肯定是没有质量的。在阐释弦理论涉及的 11 维时空的概念时,他写道:

> 我们马上就会想到一些问题:"所有这些维度在哪里? 我们现在相信,我们生活在一个四维世界中(三维空间加一维时间),那么剩下的 7

① Atkins, Peter. *Galileo's Fingers: The Ten Great Ideas of Science*. Oxford: Oxford University Press, 2003b, p 33.

② Atkins, Peter. *Galileo's Fingers: The Ten Great Ideas of Science*. Oxford: Oxford University Press, 2003b, p 181.

个维度在哪里?"人们可能认为它们卷起来了,或者说在宇宙形成的初期,它们就没有机会展开:宇宙的原初膨胀速度太快了(我们会在第8章中讲到),其他7个空间维度都还没来得及苏醒。[1]

其中,作者把弦理论涉及的其他7个空间维度,比拟为拥有一定的意识、可以做出一些动作的动物——它可以自动卷起来,有可能会苏醒。他用拟物手法,形象地说明了上述7个空间维度极为抽象的、难以被人们觉察的存在特征。

3. 类比。阿特金斯这样介绍比较抽象的"熵"的概念与"能量"概念的区别和联系:

> 熵值越低,能量的品质就越高,从这个意义上来说,熵基本上就是能量品质的量度。对于一个物体来说,如果其内部的能量的储存方式,像效率很高的图书馆里的书的放置方式那样,是精准有序的话,该物体的熵值就较低;如果其内部的能量的储存方式,像随意堆成的一大堆书的放置方式那样,是笨拙混乱的话,该物体的熵值就较高。[2]

这里,作者在书的放置方式和物体内部的能量的储存方式之间进行类比,形象地阐明了比较抽象的熵的概念及其与能量概念的联系:熵是物体内部能量储存的有序度的量度单位——有序度越高,熵值越低,有序度越低(越混乱),熵值越高;而能量就像书一样,其储存方式越好——有序度越高,利用起来越容易,能量品质就越高,这时熵值就越低;反之亦然。就是说,能量品质和熵值是成反比的。在阐释用以描述量子世界的语言时,他写道:

> 不确定性原理意味着,描述这个世界的语言有两种:位置语言和动

---

[1]　Atkins, Peter. *Galileo's Fingers*：*The Ten Great Ideas of Science*. Oxford：Oxford University Press, 2003b, p 198.

[2]　Atkins, Peter. *Galileo's Fingers*：*The Ten Great Ideas of Science*. Oxford：Oxford University Press, 2003b, p 118.

量语言。如果我们尝试同时使用这两种语言(就像经典物理在使用，以及把经典物理的原理作为前提的那些人仍然试图使用它们一样)，我们将会陷入非常混乱的状态中，就像我们在同一个句子中混用英语和日语一样。①

其中，作者在描述量子的时候同时使用既涉及其位置又涉及其动量的语言，与在一个句子中混用英语和日语进行类比，形象地昭示其后果——造成严重混乱，让读者不知所云。他如此述说星系的寿命："人类能存在多久，人类社会就能存在多久；同样，恒星能存在多久，星系就能存在多久。"②这里，作者将人类和人类社会的关系，与恒星和星系的关系相类比，生动地显示了恒星和星系的关系，以及星系寿命的意思——星系是众多恒星的有序组合，只要恒星存在着，相关星系就存在着。

4. 感性化用词。阿特金斯这样述说一些生物在演化过程中的消亡："自然界可能早已试验过其他形形色色的组合方式，就像科幻小说《人类复制岛》(*The Island of Doctor Moreau*, 1896)中描述的那样；但是，经过短暂的蹒跚、扇翅和颠簸之后，这些在实验过程中产生的生物最终在地翻滚，一命呜呼。"③其中，"蹒跚、扇翅和颠簸(hobble, flutter, wallow)"三个动态名词，以及"在地翻滚(flipped over)"这一动词短语，诉诸读者的视觉，生动地凸显了生物在演化过程中出现的如下情景：演化出的一些动物由于身体结构有缺陷，不能适应生存环境，行动起来相当笨拙，以至于挣扎着痛苦地死亡，最终销声匿迹。在评介门捷列夫的贡献以及20世纪初原子理论的巨大成就时，他写道：门捷列夫在元素周期表中"对元素的排列是经验型的，他并不理解为何各种元素之间具有'表亲'关系。一种物质怎么可能和另一种物质联系起来呢？20世纪初对原子结构的认识，使解决这一问题的前景变得一片光

① Atkins, Peter. *Galileo's Fingers*: *The Ten Great Ideas of Science*. Oxford: Oxford University Press, 2003b, p 226.

② Atkins, Peter. *Galileo's Fingers*: *The Ten Great Ideas of Science*. Oxford: Oxford University Press, 2003b, p 271.

③ Atkins, Peter. *Galileo's Fingers*: *The Ten Great Ideas of Science*. Oxford: Oxford University Press, 2003b, p 6.

明(Light flooded over this question once)"①。最后一个句子中的"使解决这一问题的前景变得一片光明"等词语,也是诉诸读者的视觉,突出了"20世纪初对原子结构的认识"的重大启迪意义。评述意大利数学家皮亚诺(Giuseppe Peano,1858—1932)因毫不留情地使用逻辑而失去朋友的经历时,他写道:

> 虽然皮亚诺在其他方面温文尔雅,他在日常的待人接物上却可以说是有所欠缺;他最引人注目的才华之一是逻辑极其严密,但他毫无节制地发挥这一才能,却使他失去不少朋友。如果别人的论证不是绝对地严格,他会挥舞自己才华的镰刀,去割舍许多潜在朋友(scythe down potential friends)。②

最后一个句子的后半部分仍是诉诸读者的视觉,生动形象地表达这样的意思:他毫不留情地运用自己非凡的逻辑思辨能力,指出他人的话语或论证中的不足之处,以至于得罪了许多原本能成为朋友的人。

二、通俗亲切

《伽利略的手指》的语言具有絮语化的特色——作者阿特金斯把自己当作游历主要科学思想景观的导游,把读者视为旅行团的游客,用口语化的语言,以亲切、轻松的语气,向读者介绍科学旅程中需要欣赏的主要景观,这使其语言具有很强的亲和力。

在该部作品中,阿特金斯多次运用"旅程"之类的暗喻。他在其《序言:认识的萌芽》("Prologue:The Emergence of Understanding")的最后一段写道:"我们即将一起出发,踏上既充满挑战又会给你带来深深满足感的奇妙科学旅程……我的主要希望是,通过这趟旅程,小心翼翼地引领大家达到认

---

① Atkins, Peter. *Galileo's Fingers*: *The Ten Great Ideas of Science*. Oxford: Oxford University Press, 2003b, p 161.

② Atkins, Peter. *Galileo's Fingers*: *The Ten Great Ideas of Science*. Oxford: Oxford University Press, 2003b, p 333.

识的极致,到时候,你们将会感到,只有科学才能给你们带来启迪心智的无穷乐趣。"①在第 5 章《原子:物质的还原》("Atoms:The Reduction of Matter")中,简要介绍元素周期表中的元素的相关原子结构时,他写道:"尽管我在此只是低调地做一些简介,但在我们的旅程中,这是一处非凡地方。"②他在第 6 章《对称:美的量化》最后一段的开头写道:"相对于这一章中间部分所讨论的对称的神奇之处,M 理论使我们在这条艰险道路上又向前迈进了一步。"③第 7 章《量子:认识的简化》("Quanta:The Simplification of Understanding")第 1 段开头这样写道:"我们已经在量子理论的边缘徘徊了很久,并把一个脚趾踮入了它遍布危险的领地。现在我们要冒险走进去瞧瞧。"④不难看出,在阿特金斯眼里,他和读者的关系类似导游和游客的关系。

在做"导游"的过程中,阿特金斯虽然讲解的是生物、物理、化学和数学等领域的主要理论及其蕴含的科学观念,但为了拉近和普通读者之间的距离,他所用的是和好朋友闲聊那样的口语化语言,而不是科学论文或教科书那样的正式的书面语言。除了多用"我(们)"(we,I)、"你(们)"(you)等人称代词外,他一般用比较口语化的"first"(首先,第一)、"second"(其次,第二)、"third"(再次,第三)、"isn't"、"don't"(不……)、"can't"(不能……)等词,而不用相应的比较正式的"firstly""secondly""thirdly""is not""do not""can not"等词;经常用比较口语化的动词词组和短词,而不用比较正式的、具有同样意思的单个动词和长词。而且,他经常用具有口语化特征的短句或并列句(或并列结构)。例如,他在介绍比较抽象的量子理论时写道:

> 这里,我并不会详细讲述(go into the details of)量子力学,或按年代顺序来述说(step through)它的形成过程。相反,我将会综合矩阵力学

① Atkins, Peter. *Galileo's Fingers*:*The Ten Great Ideas of Science*. Oxford:Oxford University Press, 2003b, p 4.

② Atkins, Peter. *Galileo's Fingers*:*The Ten Great Ideas of Science*. Oxford:Oxford University Press, 2003b, p 153.

③ Atkins, Peter. *Galileo's Fingers*:*The Ten Great Ideas of Science*. Oxford:Oxford University Press, 2003b, p 200.

④ Atkins, Peter. *Galileo's Fingers*:*The Ten Great Ideas of Science*. Oxford:Oxford University Press, 2003b, p 201.

和波动力学这两种方法,向你们展示量子力学的主要意义,而不会讲一些细节问题而让你们发懵。我将跳过它的历史背景,集中讲解相关内容的重点。你们必须做好将会碰到许多混乱而怪异的理念的准备,但是,我将会认真地引导你们去了解它们。[1]

又如,在介绍狭义相对论的几个主要观点时,他说:"我无法避免(can't escape from)要用一点点儿数学;推导过程无关紧要,不过结论却让人激动不已。我希望你们能够把它看完(或者干脆跳过去吧,结论才是重要的)。我们已经了解了区间、时间与距离的关系……"[2]

为了不断地与"游客"读者交流,阿特金斯无论在作品每章的开头,还是在其中间部分,都经常使用设问的修辞手法。他在"序言"第1段的开头就问:"为什么我们选'伽利略的手指'做题目呢?"[3]这一段随后的句子就是这一问题的答案:伽利略的手指标志着科学史上的转折点——从冥想走向冥想与实证(实验)相结合。此外,他在第1章、第3章、第4章、第6章、第9章、"后记"的第1段,以及第5章的第2段,都提出了一些问题,然后通过回答问题,开始讲述相关科学理论及其蕴涵的核心理念。他在各章的中间部分提出问题的例子,更是不胜枚举了。经常出现的情况是,他甚至连续提出数个问题。例如,在第2章《DNA:生物学的理性化》("DNA: The Rationalization of Biology")的中间部分,他写道:"DNA分子上储存着能代代相传的遗传信息,而且,正是这些信息才使有机体得以生存和延续。那么问题就出现了:这种遗传信息的本质是什么? 它是怎样编码的? 又是怎样被翻译的呢?"[4]在第7章《量子:认识的简化》的中间部分,描述了"量子猫"那样的"纠缠态"之后,关于"要么看到一只死猫,要么看到一只活猫"这一选择,他

[1] Atkins, Peter. *Galileo's Fingers: The Ten Great Ideas of Science*. Oxford: Oxford University Press, 2003b, p 213.

[2] Atkins, Peter. *Galileo's Fingers: The Ten Great Ideas of Science*. Oxford: Oxford University Press, 2003b, p 296.

[3] Atkins, Peter. *Galileo's Fingers: The Ten Great Ideas of Science*. Oxford: Oxford University Press, 2003b, p 1.

[4] Atkins, Peter. *Galileo's Fingers: The Ten Great Ideas of Science*. Oxford: Oxford University Press, 2003b, p 65.

问道:"但是我们会发现哪一种状态呢? 量子力学不能预言我们的实验结果吗?"①在第 8 章《宇宙学:实在的纵览》("Cosmology:The Globalization of Reality")的中间,他问道:"什么是暗物质? 它们在哪里?"②在第 10 章《算术:理性的局限》("Arithmetic:The Limits of Reason")的中间,简要介绍了复数之后,他写道:"在这一部分,我将设法解决两个非常直白的问题:有多少个数? 它们究竟是什么?"③这些问题之后的文字,基本上就是对相关问题的回答。作者运用这些设问句,不仅表明他心中始终装着读者,不时向他们提一些问题,引发他们的注意,启发他们思考,而且突出了要讲述的相关内容,使作品波澜迭起,富有变化,避免了平铺直叙和单调乏味。

在当科学旅程的"导游"的过程中,阿特金斯的解说口气显得比较轻松,主要表现之一是,其解说语不时透露出一些幽默。在讲解"演化不一定总是上升的"这一观点时,他以海鞘为例写道:

> 这种小家伙幼虫时期是运动型猎手,因而需要大脑。然而,一旦发现一个适合居住的地方,它就会在那儿生根,因而也不需要进行思考了,然后就悠闲自在地饱食终日,并把自己消耗太多能量的大脑吃掉。大脑是耗能大户,所以当你发现有一天你再也用不着它时,把它及早处理掉倒是个不错的主意。④

最后一个句子,作者突发奇想,借评说成年海鞘吞噬脑部的奇特习性,通过"把大脑及早处理掉"这样的调侃,创造出了幽默效果。他在讲述能量守恒定律的例外情形时说:"根据量子力学理论,瞬息存在的粒子并不会拥

① Atkins, Peter. *Galileo's Fingers*:*The Ten Great Ideas of Science*. Oxford:Oxford University Press, 2003b, p 231.

② Atkins, Peter. *Galileo's Fingers*:*The Ten Great Ideas of Science*. Oxford:Oxford University Press, 2003b, p 260.

③ Atkins, Peter. *Galileo's Fingers*:*The Ten Great Ideas of Science*. Oxford:Oxford University Press, 2003b, p 327.

④ Atkins, Peter. *Galileo's Fingers*:*The Ten Great Ideas of Science*. Oxford:Oxford University Press, 2003b, p 18.

有一个固定的能量值,因此,在极其短暂的时间内,宇宙的能量并不能被赋予一个固定值,就是说,它不遵守能量守恒定律。不过,这样一来,也许就可以造一台在极短时间内运行的永动机!"①量子力学理论的适用范围是微观世界的粒子运动,瞬息存在的粒子可以违背能量守恒定律;但可以运行的机器不属于微观世界的东西;而且,不需要来自外部的能量就可以运行下去的机器才叫永动机。然而,还是在最后一个句子中,作者假装糊涂,"滥用"量子力学理论,说出"可以造一台在极短时间内运行的永动机(a very short-lived perpetual motion machine)"这一自相矛盾的话;这无疑也是在开玩笑,结果是让读者忍俊不禁。他还通过自己的实际操作,这样阐释正方体的对称度:"下面我可以对正方体进行一些操作,此后你却看不出它有什么变化。我可以将正方体沿任何三个相对的面的中心穿过的轴,逆时针或顺时针转动90度或180度……我甚至还可以根本就不做任何操作,反正你也看不出来。"②这段引文的幽默依然是出自最后一个句子——由于正方体的对称度较高,作者在对其进行的前四次操作之后,读者均看不出来它的形状有任何变化,所以作者突然实话实说,"我甚至还可以根本就不做任何操作,反正你也看不出来",以此挑逗读者,让读者产生会意的微笑。

三、颇具节奏感

阿特金斯经常使用平行结构、头韵、(句中单词)押韵等修辞手法,使得《伽利略的手指》的语言颇具节奏感和音乐美,这是该作品具有很强的感染力的另一重要因素。

1. 平行结构。在解释"伽利略的手指"所象征的伽利略倡导的猜想与实验观察相结合的科学思想时,阿特金斯写道:

> 我们发现,伽利略的手指所象征的思想已"染指"目前的所有科学

① Atkins, Peter. *Galileo's Fingers: The Ten Great Ideas of Science.* Oxford: Oxford University Press, 2003b, p 108.

② Atkins, Peter. *Galileo's Fingers: The Ten Great Ideas of Science.* Oxford: Oxford University Press, 2003b, p 165.

领域:我们在这种思想首先激发的物理学领域可以发现,在它 19 世纪初开始渗入的化学领域可以发现,在生物学领域也可以发现——尤其是在 19 世纪和 20 世纪,生物学已不仅仅是一门展示自然奇观的学科。①

这个句子通过重复"在……领域可以发现"等词语形成平行结构,不仅使所阐释的内容显得条理清晰,凸显了"伽利略的手指"所象征的科学思想的深远影响,而且使整个句子具有节奏感,使语言气势恢宏,洋溢着强烈情感——对伽利略的崇敬之情。在阿特金斯看来,现代宇宙学既让人类变得谦卑,又让人类感到自豪。他这样写道:"但是,我们不得不承认自己微不足道的同时,已经靠自己渺小的智慧领略了宇宙的浩瀚疆域——已经有能力测量任何的尺度和距离,已经辨识出我们可能的起源,甚至已经了解了我们的宇宙可能展现的未来。"②这个句子通过重复"已经……"形成平行结构,不仅层次分明,条理清晰,较为全面地呈现了现代宇宙学的重大成就,而且节奏鲜明,气势磅礴,抒发了强烈的自豪情感。他这样阐述卡尔·波普尔的证伪法:

应该存在一些实验,这些实验原则上能够显示相关理论是错误的。自然选择理论可以证伪(与某些人的想法相反),因为就像我们在第 1 章所评述的,它对分子生物学具有启发作用;广义相对论可以证伪,因为正像我们在第 9 章所看到的,它对理解巨大天体附近的物体的运动有启发作用,其中包括水星轨道的旋进和星系导致的光线弯曲;能量守恒定律和熵增定律(热力学第一、第二定律)可以证伪,因为它们对理解永动机的存在等问题有启发作用。③

---

① Atkins, Peter. *Galileo's Fingers: The Ten Great Ideas of Science.* Oxford: Oxford University Press, 2003b, p 1.

② Atkins, Peter. *Galileo's Fingers: The Ten Great Ideas of Science.* Oxford: Oxford University Press, 2003b, p 237.

③ Atkins, Peter. *Galileo's Fingers: The Ten Great Ideas of Science.* Oxford: Oxford University Press, 2003b, p 363.

其中,第二个长句通过重复"……可以证伪,因为……"形成平行结构,不仅条理清晰,比较充分透彻地阐明了证伪理论的合理性——无论多么伟大的理论都是相对真理,都可以被证明是错误的,而且显得一气呵成,节奏和谐,气势强劲,突出了证伪理论的重大意义。

2. 头韵。押头韵的手法(用黑体字母标出)的例子可谓俯拾皆是。例如:to **i**dentify the **i**deas that **i**lluminate…(理出为……指明方向的那些思想 p 3)[①];the **s**tructure of **l**arynx **s**uggests that their **l**anguage **l**acked much articulation(对他们的喉部结构的分析表明,他们的语言缺乏足够的清晰度 p 42);**S**anger **s**ynthesized a new **s**trand of DNA complementary to a **s**ingle-strand template in **s**uch a way that…(桑格尔以一条 DNA 单链为模板,合成该模板的互补片段,以至于……p 81);it has **e**nough kinetic **e**nergy just to **e**scape(它有足够逃逸动能 p 107);**e**ven the **s**cattering of fluctuations of **e**nergy density in the **e**normous volume of **s**pace then available is **s**ufficient to **e**nsure that the total **e**ntropy is **e**xtremely large(在那时存在的巨大空间里,能量密度波动的发散,就足以保证总熵是极大的 p 134);the table is **m**athematics **m**ade **m**aterial(元素周期表这个表格是物质的数学表述 p 161);but it is Rubicon of science to be **c**rossed with **c**onsiderable **c**aution(但它是经过大量的谨慎思考才能跨越的科学界河 p 200);if you imagine standing at a **p**oint with a wave rushing **p**ast, then the frequency is **p**eaks that **p**ass you **p**er second(如果你想象自己站在某一地点,波正从这一点疾速而过,那么其频率就是每秒穿过你的波峰的数目 p 202);the **a**rrogance of majestic **a**chievement is in science's **a**bility to **a**pply itself to the greatest question of **a**ll(这一伟大成就的狂妄之处就在于,它认为自己能够解决所有问题中的最大难题 p 237);**S**pace and time jointly **s**pread events **o**ut **o**ver locations and in an **o**rderly **s**equence, **s**o rendering them comprehensible(空间与时间联姻,使事件在时空中接续发生,从而使它们能被理解 p 275);it is also the **s**pine that render **s**cientific **s**peculation **s**ufficiently rigid to confront experience(它是科学推断面临经验检验时,能够使其保持足够严谨的中流砥

---

① 本段括号中标出的页码,是包含头韵手法的句子在《伽利略的手指》中所出现的页码。

柱 p 315）；"spin" is actually an extraordinary abstract entity with characteristics that cannot completely be captured by this classical image（"自旋"实际上是一个非凡存在,其特征无法通过这个经典图像完全理解 p 358）。这种修辞手法是字母语言作家经常使用的。阿特金斯在作品中大量使用这种手法,使其语言在形和音两方面都具有美感,既悦目,又悦耳:一些单词的第一个字母看起来形体相同,具有整齐美;读起来发音相同,朗朗上口,颇具节奏感,具有音乐美。

3. 句中单词的押韵(用黑体字母标出)。它与普通押韵不同的是,后者一般指一个诗行结尾单词的押韵。下面看一些句中单词押韵的例子:form plants that are dumpy and stringy（长出的植株的秆有矮有高 p 48）[1]；and thus impression gave way to observation（因而原来的印象被观察取代 p 85）；there was this abstract entity energy（真正存在的是能量这一抽象实体 p 102）；all the steam engines, notional as well as actual（所有蒸汽机,无论是具体的还是抽象的 p 132）；the formulation and elaboration of the concept that complexity is fabricated from simplicity（复杂事物是由简单事物组合成的这一观念的形成和详尽阐述 p 137）；the positive and negative integers（正整数和负整数 p 166）；that is verification by implication rather than verification by experimentation（这种证实是通过推理,而不是通过直接实验而实现的 p 199）；unwittingly and unwillingly gave birth to the quantum theory（不知不觉、不经意间促成了量子理论的产生 p 204）；it can spin willy nilly its own universe of discourse（它可以随心所欲地建构自己的宇宙话语 p 315）；the ramifications and applications of science（科学的衍生和应用 p 357）。不难看出,这种押韵与押头韵的审美效果极其相似——看起来具有整齐美,读起来朗朗上口,节奏鲜明,颇具音乐美,很有感染力。

四、洋溢着情感

上文所引用的不少例子,实际上就包含着种种情感,只是我们没有专门

---

① 本段括号中标出的页码,是包含押韵手法的句子在《伽利略的手指》中所出现的页码。

审视。我们认为，《伽利略的手指》的语言主要包含着以下四方面的情感。

第一，作者阿特金斯对一些自然现象和科学理论的情感反应。他说，根据泡利不相容原理（Pauli's exclusion principle），原子序数为 3 的锂元素的"1个锂原子的 2 个电子，占据原子核周围第一层的 s 轨道，另一个电子占据高一能级的 s 轨道"[①]，这 3 个电子的轨道分布，使他感到"惊奇"[②]。爱德温·P. 哈勃（Edwin P. Hubble，1889—1953）在 1929—1933 年通过观察"得到了让人非常惊讶的结论：星系的退行速度与其到我们的距离成正比，而且，星系距我们越远，退行速度越大"[③]。他在介绍数学领域中的罗文汉—史谷伦理论（Lowenheim-Skolem theorem）的趣味性时说："这一章后面的内容也是如此：尽管都是在讲述算术，不过你要记住，实际上它是对人类任何知识系统分支的描述——如果这还不够激动人心的话，那我真不知道该用什么词来形容了。"[④]不难看出，阿特金斯在带领读者观赏人类的重要科学成就和科学理念的旅程中，表露的主要是惊奇、惊讶、兴奋等情感。

第二，作者对一些科学成果的应用所产生的负面影响的情感反应。他在介绍量子力学的应用时，对其用于战争而增加死亡率极为担忧。他写道："据估计，美国 30% 的 GNP 都依赖于量子力学这种或那种形式的应用。一个理论没人理解并不是坏事：如果被我们理解了，它可能会有助于生长，有利于生命，也可能会使生命受到的潜在威胁增加（研制量子武器难免会增加死亡率）！"[⑤]其中第二句的后半部分以及惊叹号的运用，尤其表露了作者强烈的忧虑情感。更多的例子，参见本章第一节中的第五小节"生态科技观"部分。

---

① Atkins, Peter. *Galileo's Fingers：The Ten Great Ideas of Science*. Oxford：Oxford University Press，2003b, p 152.

② Atkins, Peter. *Galileo's Fingers：The Ten Great Ideas of Science*. Oxford：Oxford University Press，2003b, p 151.

③ Atkins, Peter. *Galileo's Fingers：The Ten Great Ideas of Science*. Oxford：Oxford University Press，2003b, pp 240-241.

④ Atkins, Peter. *Galileo's Fingers：The Ten Great Ideas of Science*. Oxford：Oxford University Press，2003b, p 325.

⑤ Atkins, Peter. *Galileo's Fingers：The Ten Great Ideas of Science*. Oxford：Oxford University Press，2003b, p 202.

第三,作者对一些科学家的遭遇和命运的情感反应。对 DNA 结构的研究做出重要贡献的女生物学家罗莎琳德·富兰克林(Rosalind Franklin, 1920—1958),因为长期受到研究中使用的 X 射线辐射患上卵巢癌,37 岁英年早逝;她当时所任职的伦敦大学国王学院不允许女性进入公共休息室;她曾经的研究同伴莫里斯·威尔金斯(Maurice Wilkins, 1916—2004)在未征得她同意的情况下,把她的关键研究成果——X 射线 DNA 晶体衍射照片透露给詹姆士·沃森,使沃森和克里克得以建立 DNA 的双螺旋结构模型,并获得了诺贝尔奖。阿特金斯把富兰克林称为"悲剧人物"[1]。他还写道,计算机科学和人工智能的奠基者艾伦·图灵(Alan M. Turing, 1912—1954),在第二次世界大战时以及在曼彻斯特期间的密码破译工作,不仅"促成了可编程的数字电子计算机的诞生",而且缩短了战争时间,挽救了成千上万人的生命;但是,"当时的法律和社会习俗(他是一名同性恋者)使他英年早逝,这是 20 世纪中叶英格兰的耻辱"[2]。显然,阿特金斯对富兰克林和图灵的一系列不幸遭遇给予了极大同情,同时,对给他们带来不幸的人、法律和社会习俗都表现出了无比憎恶。

第四,一些科学家在科学研究或考察过程中的情感体验。阿特金斯转述了达尔文 1835 年在环球旅行途中离开加拉帕戈斯群岛后,对在岛上看到的特有生物的反思和感受:"有几个岛屿拥有它们自己特有的海龟、笑画眉、雀类以及大量植物,这些物种都有同样的习性,占据相似的生存环境,在生态系统中明显处于同样位置……这种奇观令我非常吃惊。"[3]在阿特金斯的笔下,"当孟德尔观察到植物杂交产生的变异体,能够把变异性状遗传到后代时,他感到非常吃惊"[4]。显然,阿特金斯凸显了科学家在科学研究或考察过程中有重要发现时产生的一种主要情感——惊奇感。更多例子,参见第

[1] Atkins, Peter. *Galileo's Fingers*: *The Ten Great Ideas of Science*. Oxford: Oxford University Press, 2003b, p 59.

[2] Atkins, Peter. *Galileo's Fingers*: *The Ten Great Ideas of Science*. Oxford: Oxford University Press, 2003b, p 344.

[3] Atkins, Peter. *Galileo's Fingers*: *The Ten Great Ideas of Science*. Oxford: Oxford University Press, 2003b, p 20.

[4] Atkins, Peter. *Galileo's Fingers*: *The Ten Great Ideas of Science*. Oxford: Oxford University Press, 2003b, p 48.

一节中的第三小节"科学美学意识"部分。

可以说,上述情感使该作品的语言具有较强的抒情色彩,这也是其具有很强的感染力的重要因素。

小　结

阿特金斯的 4 部科学散文作品主要蕴涵着实验观察方法、简化和抽象的方法、数学方法、想象和灵感等科学方法;主要凸显了好奇心与执着探索、创新和怀疑、乐观自信和百折不挠、兼容和扬弃等科学精神;体现了对称美、数学美、简单美、复杂美等科学美类型;深入揭批了神创论等宗教观和种种迷信,大力弘扬无神论;警示人类防止科学技术可能带来的危害,力倡人类善用科学技术以造福人类,摈弃人类中心论,建立合作共荣的人类命运共同体。这些科学哲学蕴涵使阿特金斯科学散文内容厚实、深刻,是这些作品能感染广大读者、深受他们欢迎的重要原因之一。这些蕴涵均基于自然科学史的丰富事实和著名科学家的具体科研历程,给读者留下了深刻印象。

其《伽利略的手指》的主要语言风格体现在四个方面:这部作品频频使用比喻、比拟、类比等修辞手法,以及感性化的词语,使语言非常生动形象;其作者把自己想象为科学观光团的导游,用口语化的语言,以亲切、轻松的语气,向游客读者介绍科学旅程中需要欣赏的主要景观,使语言具有絮语化的亲和力;他还经常运用平行结构、押头韵、(句中单词)押韵等修辞手法,使语言颇具节奏感和音乐美;该作品洋溢着 4 个方面的情感——作者面对近现代的主要科学成就的惊奇、惊讶、兴奋,对一些科学成果的负面效应的忧虑,对一些科学家不幸命运的深切同情,以及其他一些科学家在科学发现过程的惊奇感,这些情感使其该部作品的语言具有较强的抒情色彩。可以说,这些语言风格是该作品具有很强的感染力和亲和力,从而能受到广大读者喜爱的另一重要原因。

阿特金斯这些作品的科学哲学意蕴,以及《伽利略的手指》的语言风格,对中国力倡科学创新的社会实践,以及中国方兴未艾的科学散文创作和翻译实践,都具有重要的启示意义。我们的整个社会,尤其是青少年,要大力弘扬科学精神；我们的科研工作者，尤其是科研新手，要运用恰当的科研方法；我们的大众要知悉科学美学，培养科学审美意识，树立科学的世界观和人生观，践行生态的科学观，善用科学技术，使其能造福人类，使整个人类都能互爱互信，团结合作，建设一个共存共荣的人类命运共同体。中国的科学散文作家在创作时，不仅要准确地表述相关领域的科学知识，而且要有人文关怀，要融入科学精神、科学方法、科学美学观、科学宗教观、科学科技观等科学哲学理念，同时要努力提高语言运用水平，使自己的作品具有文采，以便使其成为融真、善、美为一体的科学散文佳作。中国的科学散文翻译工作者在翻译前，要充分明白，科学（普及）散文是科普文中的精品，是文采横溢的文学作品，因而，在翻译时，不仅要准确表达原作的基本意思，而且要使译文语言具有相应的文采和美感，从而使自己的译作成为与原作具有同等影响力和感染力的科学美文。

第九章 进化生物学家理查德·道金斯的生态人文主义想象

理查德·道金斯是英国皇家学会院士,英国皇家文学院院士,牛津大学首席"查尔斯·西蒙尼公众理解科学教授"(Charles Simonyi professor of public understanding of science),进化生物学家,动物行为学家,著名科学散文作家。2005 年,英国《展望》(*Prospect*)杂志与美国《外交政策》(*Foreign Policy*)杂志,共同评选出世界在世的 100 名最有影响力的公共知识分子,道金斯入选,而且,《展望》杂志将其誉为"英国第一公共知识分子"①。道金斯的每一部作品都很畅销。其成名作《自私的基因》是 20 世纪举世闻名的科学散文经典之一,世界上的主要语言都有译本,销量高达数百万册。他的主要科学散文作品还包括《盲眼钟表匠》《解析彩虹:科学、错觉和对奇观的嗜好》和《上帝的错觉》。此外,他还编辑出版了著名的《牛津现代科学散文集》。

《盲眼钟表匠》1987 年荣获两个大奖——英国皇家文学院奖(the Royal Society of Literature Award)和《洛杉矶时报》文学奖。《泰晤士报》(*The Times*)赞誉说,该作品是"最优秀的科普(散文)作品"②;美国著名生物学家、科学散文作家爱德华·O. 威尔逊称赞说,该作品是近些年他"读过的关于进化论的最佳通俗性讲述"③。道金斯获得的其他主要奖项包括:1990 年英国皇家学会的"迈克尔·法拉第奖"(Michael Faraday Award),1997 年的"国际宇宙人类科学成就奖"(International Cosmos Prize for Achievement in Hu-

---

① Grafen, Alan and Mark Ridley. eds. *Richard Dawkins: How a Scientist Changed the Way We Think*. Oxford: Oxford University Press, 2006, p 228.

② Dawkins, Richard. *The Blind Watchmaker*. London: Penguins Books, 2006, p ii.

③ Dawkins, Richard. *The Blind Watchmaker*. London: Penguins Books, 2006, p iv.

man Science),2005 年的"莎士比亚奖",2006 年的"刘易斯·托马斯科学书写奖"(Lewis Thomas Prize for Writing About Science)。

《解析彩虹》是道金斯成为"查尔斯·西蒙尼公众理解科学教授"后的第一部作品,被誉为"富有诗意"的科学散文作品。①

《上帝的错觉》在出版后的一年间,发行量就高达 100 万册,超过《时间简史》(1988 年初版发行 20 万册)和《自私的基因》(近 10 年的发行量才达到 100 万册)。1979 年诺贝尔物理学奖得主斯蒂文·温伯格(Steven Weinberg,1933—2021)称赞说,《上帝的错觉》不仅应当作一部重要的科学著作来读,而且应当作一部伟大的文学作品来读。② 哈佛大学著名心理学家斯蒂芬·平克(Steven Pinker,1954—)赞誉道:"当今最好的非虚构作家之一,把他对宗教的看法汇聚成了一部文雅的书。"③

国内对道金斯作品的研究主要涉及《自私的基因》和《上帝的错觉》。陈勃杭等人认为:"基因选择的本质是自然选择在基因层次的运用,是自然选择+基因还原主义。因此,基因选择面临的困难实际来自基因还原主义……只有基因还原主义被证明有问题时,我们才能真正颠覆基因选择。"④萧俊明指出,道金斯以生物进化的基因作类比,提出了文化进化的摹媒论(meme theory,又译为"模因论"或"弥母论"),这一类比不能成立,其根本原因在于"生物进化和文化进化之间的类比不能成立,因为文化进化比生物进化复杂得多";"借助基因类比的目的无非是为了对摹媒进行划定和厘清,但结果却事与愿违"。⑤ 王洋主张,道金斯的《上帝的迷思》(即《上帝的错觉》的另一译法)会给中国读者带来三方面的启示:"道德不能仅靠宗教信仰来维护。面对社会存在的种种问题,将道德律摆在第一线是无力的,更多地要依赖于法律制度与舆论导向";在实施宗教自由政策的同时,要大张旗鼓地宣传无

---

① Dawkins, Richard. *Unweaving the Rainbow: Science, Delusion and the Appetite for Wonder*. Boston & New York: Mariner Books, 2000, p i.
② Dawkins, Richard. *The God Delusion*. London: Black Swan, 2007, p ii.
③ Dawkins, Richard. *The God Delusion*. London: Black Swan, 2007, 封底.
④ 陈勃杭等:《基因选择的本质》,载《自然辩证法通讯》2015 年第 6 期,第 29 页。
⑤ 萧俊明:《文化选择与摹媒论——道金斯的摹媒和复制因子概念探析》,载《国外社会科学》2009 年第 5 期,第 41 页。

神论,"要让公众知道,不信仰上帝和信仰上帝一样可以在各种场合说出来,而且可以大声呼喊出来";尽管该作品主要"是写给欧美读者的,但在某种程度上也给中国朴素的无神论者为何要坚信无神论一个恰当的理由",使其"有足够勇气坚持走下去"。①李虎指出:"《解析彩虹》应该说是有形而上特点的一本书——书中有思想,而不只是有知识。它表现为一种按捺不住的激情,好奇若渴。不同于道金斯关注具体知识的其他著作,这本书充分体现了一种更加超越的精神——呼吁人们重视科学、寻美于科学。"②

在英国,关于道金斯及其作品的研究成果主要有两本著述。一本是艾伦·格拉芬(Alan Grafen)和马可·里德雷(Mark Ridley)2006年编辑出版的评论集《理查德·道金斯:一位科学家如何改变了我们的思维方式》(*Richard Dawkins：How a Scientist Changed the Way We Think*)。这本集子包含25篇评论,分为7个部分,这些部分的标题分别是:"生物学","自私的基因","逻辑","回应"(Antiphonal Voices),"人类","争议","写作风格"(Writing)。可以说,该集子包含了英国道金斯研究的代表性成果。格兰芬在自己的论文《〈自私的基因〉对进化理论的学术贡献》("The Intellectual Contribution of *The Selfish Gene* to Evolutionary Theory")中指出,道金斯的《自私的基因》逻辑性强,阐述明晰,语言优美,不仅普通读者,而且"整整一代生物学家都是从《自私的基因》一书学习自然选择理论的"③。理查德·哈里斯(Richard Harries)认为:道金斯的所有言辞中都蕴涵对宇宙充满敬畏的惊奇感(awed wonder),这"在《解析彩虹》中表述得更加明晰,探索得更为充分"④;道金斯是一个人文主义者,他的可贵之处是强调,人类是"有道德意识的存在物,能够区

① 王洋:《上帝是一种幻觉——评理查德·道金斯〈上帝的迷思〉》,载《科学与无神论》2010年第6期,第51页。
② 李虎:"译后记",理查德·道金斯:《解析彩虹:科学、错觉和对奇观的嗜好》,李虎译,中信出版集团2017年版,第381页。
③ Grafen, Alan. "The Intellectual Contribution of *The Selfish Gene* to Evolutionary Theory", in Alan Grafen and Mark Ridley. eds. *Richard Dawkins：How a Scientist Changed the Way We Think*. Oxford：Oxford University Press, 2006, p 71.
④ Harries, Richard. "A Fellow Humanist", in Alan Grafen and Mark Ridley. eds. *Richard Dawkins：How a Scientist Changed the Way We Think*. Oxford：Oxford University Press, 2006, p 239.

分对错,能够以慷慨大度、宽宏大量的行为超越狭隘的利己主义。我们不仅仅受生物进化的力量驱使……无论是否信仰宗教,我们都深深地明白人的特征是什么,能够以人特有的方式活着"①。戴维·P. 巴拉什(David P. Barash)认为,《自私的基因》表明,道金斯所持的立场是"一种进化论的存在主义"②,理由是,在道金斯看来,从生物学的角度来讲,人和其他生物一样,都只不过是基因持续存在的载体和工具,其生存没有意义,其生存的世界没有目的;但与其他生物不同的是,人类有能力克服基因设定的唯一行为方式(通过无情竞争生存下来,并繁殖后代,把被遗传下来的基因传递给后代,使相关基因能持续存在下去),主动选择自己独特的行动方向,使自己的生活具有独特意义。菲利普·波尔曼(Philip Pullman)探讨了道金斯作品的写作风格,他强调指出,这些作品能吸引如此多的读者,主要因为它们有三点艺术特色:非凡地熟练选用能够愉悦读者的词汇的能力;能够像罗伯特·博尔顿(Robert Burton, 1577—1640)、查尔斯·兰姆(Charles Lamb, 1775—1834)、肖伯纳等随笔大师一样,在作品中显示自己的个性;善于在作品中讲述自然界、人类及人类起源的故事。③

关于道金斯的另一本著述,是"世界思想宝库钥匙丛书"("The Macat Library")之一《解析理查德·道金斯〈自私的基因〉》(*An Analysis of Richard Dawkins' The Selfish Gene*),作者是尼克拉·戴维斯(Nicola Davis)。这本薄薄的小书简要介绍了道金斯的生平、《自私的基因》的主要内容、学术价值,并阐述了《自私的基因》的学术渊源、学术思想和学术影响。戴维斯强调,《自私的基因》之所以是一部非常重要的作品,最重要的一点原因:

---

① Harries, Richard. "A Fellow Humanist", in Alan Grafen and Mark Ridley. eds. *Richard Dawkins: How a Scientist Changed the Way We Think*. Oxford: Oxford University Press, 2006, p 241.

② Barash, David P. "What the Whale Wondered: Evolution, Existentialism, and the Search for 'Meaning'", in Alan Grafen and Mark Ridley. eds. *Richard Dawkins: How a Scientist Changed the Way We Think*. Oxford: Oxford University Press, 2006, p 257.

③ Pullman, Philip. "Every Indication of Inadvertent Solicitude", in Alan Grafen and Mark Ridley. eds. *Richard Dawkins: How a Scientist Changed the Way We Think*. Oxford: Oxford University Press, 2006, pp 271-276.

（它）对进化生物学这一领域有重大影响,确立了以基因为中心的进化观点在争论中的地位。虽然道金斯只是重新呈现其他科学家的发现,并没有提出自己的研究成果,但他所采用的方式,让人们不得不重新审视基因是自然选择中的"不朽"单位和适宜性进化的最终受益者这一观点。虽然这一观点已被多元化视角所取代,但《自私的基因》中的很多思想仍然动摇了之前普遍接受的自然选择的单位,同时改变了很多科学家的思维方式。①

道金斯上述 4 部作品能成为畅销书之一,主要原因之一在于其独特的人文思想内涵和艺术特色。下面让我们从这两个方面进行比较深入、系统的探讨。

第一节　道金斯科学散文代表作的生态人文主义意蕴

道金斯上述 4 部作品的人文思想内涵主要有以下五点:

一、阐述"自私基因"概念,力倡互利合作精神

达尔文进化论是现代生物学的基石,其核心论点是:物种是可变的,生物是进化的;生物进化的推动力是自然选择。在达尔文看来,自然选择是在生物个体的层面进行的,就是说,自然选择的单位是生物个体。具体来说,因为生物的生存空间和食物都是有限的,生物必须为生存而斗争;同一种群中的个体在不断变异,那些能适应环境的变异个体会存活下来,并繁殖后代,而不适应环境的变异个体就被淘汰。此后,孟德尔开创了遗传学,而魏斯曼(August Weismann, 1834—1914)把遗传学和自然选择学说结合起来,进而提出,进化是种质的有利变异经过自然选择的结果,这就是新达尔文主义的滥觞。1917 年,摩尔根(Thomas H. Morgan, 1866—1945)提出了"基因

---

① 尼克拉·戴维斯:《解析理查德·道金斯〈自私的基因〉》,华云鹏译,上海外语教育出版社 2019 年版,第 55 页。

论",把魏斯曼的"种质"明确细化为染色体上直线排列的遗传因子——基因。20世纪60年代,汉密尔顿(W. D. Hamilton, 1936—2000)和威廉姆斯(G. C. Williams, 1926—2010)表述了自然选择是在基因层面上进行的思想,但其"表述过于简洁,不够振聋发聩"①,于是,道金斯创作了《自私的基因》,用通俗、明晰的语言,通过详细阐述动物社会行为的例子,向广大普通读者讲述了新达尔文主义基因层次的自然选择理论。

道金斯明确指出,自然选择的基本单位不是物种,也不是群体(group)和种群(population),甚至不是生物个体和染色体,而是作为遗传基本单位的基因。原因是,"从遗传的意义上说,个体和群体都像天空中的云彩,或者沙漠中的尘暴,都是些临时的聚合体或联合体,在进化的过程中是不稳定的。种群可以延续很长一段时期,但它们不断与其他种群混合,从而失去本身特性"②;"染色体也像打出去不久的一副牌一样,与他人打出的一副副牌混合以致湮没。但每张牌本身虽不断地被洗,却持续存在。这里,一张张牌就是基因。基因不会被变换毁掉,它们只是调换伙伴继续前进"③。即是说,只有基因才是最稳定的,通过各种不同的组合,并通过复制或拷贝的形式保持永恒存在。而"基因之所以能成为合适的自然选择的基本单位,就是因为它潜在的永恒性"④。因而,进化论的基本原理"物竞天择,适者生存"的意思应该是:基因在相互竞争,经过自然选择的过程之后,最适合生存环境的基因得以持续生存下去。用道金斯的话说:"基因为了生存,直接同它们的等位基因进行竞争,原因是,在基因库中,它们的等位基因是争夺在后代染色体上占据特定位置的对手。这种在基因库中打败其等位基因而增加自己生存机会的任何基因……往往都会生存下去"⑤;"进化就是基因库中的某些基因多而另一些基因变少的过程"⑥。后一句话意思是说,进化就是基因库中基因频率发生变化的过程,进化结果是最适合生存环境的基因在基因库中变得

① Dawkins, Richard. *The Selfish Gene*. Oxford: Oxford University Press, 2016, p xxi.
② Dawkins, Richard. *The Selfish Gene*. Oxford: Oxford University Press, 2016, p 43.
③ Dawkins, Richard. *The Selfish Gene*. Oxford: Oxford University Press, 2016, p 44.
④ Dawkins, Richard. *The Selfish Gene*. Oxford: Oxford University Press, 2016, p 45.
⑤ Dawkins, Richard. *The Selfish Gene*. Oxford: Oxford University Press, 2016, p 46.
⑥ Dawkins, Richard. *The Selfish Gene*. Oxford: Oxford University Press, 2016, p 57.

多了。

道金斯在《自私的基因》中表述的振聋发聩的观点是：

> ……我们以及其他所有动物都是各自基因创造的机器……成功基因的主要品质，可以说就是它无情的自私性。这种自私性通常会导致个体行为的自私性。然而，我们也会看到，在某些特殊情况下，基因也会通过在动物个体的层面催生一种有限的利他主义，来更有效地达到自私目的。①

就是说，包括每个人在内的生物个体，只是基因暂时的载体、工具或生存机器，基因是长期的进化过程或自然选择过程的最终受益者；在基因的层面上讲，基因的本性是自私的，因为具有利他行为的基因不会成功——不会持久生存下去；基因偶尔引发动物个体的利他行为还是出于自私——使基因自己能持续生存下去；生物个体不一定自私，基因肯定是自私的。但道金斯同时强调，"自私的基因"中的"自私"一词，是在拟人化（anthropomorphic personification）的意义上运用的，自私只是从基因的真实行为及其产生的客观效果上来说的：基因毫无顾忌，"从一代生物个体的身体转移到另一代生物个体的身体上，用自己的方式并为了自己的目的，操纵着一个又一个生物体，在一代又一代的生物体衰老死亡之前，遗弃这些将要死亡的生物体"②。就是说，基因实际上没有意识，不会主动地去追求特定目标，只是从客观上来看，持续生存成了基因的唯一目的，持续生存的基因都是肆无忌惮、不择手段、无情无义、损人利己、自私自利的，或者说，基因好像是在为了自己的持久生存产生种种自私行为。

道金斯还强调，他说基因是自私的，并不是说人一定会自私，或人应该自私，他只是指出了生物生存及进化的客观事实。他明确指出：

---

① Dawkins, Richard. *The Selfish Gene*. Oxford：Oxford University Press, 2016, p 3.
② Dawkins, Richard. *The Selfish Gene*. Oxford：Oxford University Press, 2016, p 43.

我并不提倡以进化论为基础的道德观。我只是讲事物是如何进化的,而不是讲人类该怎样行动才符合道德准则。我之所以强调这一点,是因为我知道,我有被人误解的危险。有些人不能把对事物的认识的阐述,与对事物应该如何运行的倡议区分开来,此类人实在太多。我自己也觉得,如果人类社会纯粹以基因那种普遍的、无情的自私性法则为基础,生活在其中将会使人感到非常恶心,难以忍受。但很遗憾,无论我们感到多么痛心,事实毕竟是事实。本书旨在引起读者兴趣,如果你想从中获取某种教益,那么可以将其当作警戒性的书来读。请注意,如果你和我一样,希望为了共同利益,建立一个人与人之间慷慨大度、无私合作的社会,那你就不要指望能从生物本性那里获得多少启示。由于我们的生物本性是自私的,所以,让我们努力地通过教育,把慷慨大度和利他主义灌输到头脑中去吧。①

显然,对于人与人之间的关系,他提倡的是互利合作的原则,而且他主张通过后天教育培养慷慨大度和互利合作精神;他明确反对把生物学原则应用到人类社会中去——反对社会达尔文主义。

而且,道金斯用基因作类比,提出了"弥母"(meme,另译为摹媒、模因、文化基因等)概念。该概念意指从一个人脑传递到另外一个人脑的理念和观点,它可能是自私的,也可能是利他的。他认为,人类不仅受基因影响,而且受弥母影响,从而具有两种非凡特征:自觉的预见能力和表现出真诚无私的利他行为的能力。他写道:

……即使我们着眼于阴暗面而假定人基本上是自私的,我们自觉的预见能力——在想象中模拟未来的潜力,能够防止自己纵容盲目的复制因子(replicator)做出那些最坏的、过分自私的行为。我们至少已经具备了心智方面的潜力,去照顾我们的长期的自私利益,而不是短期的自私利益……我们具备非凡能力去违抗我们那些与生俱来的自私基

---

① Dawkins, Richard. *The Selfish Gene*. Oxford: Oxford University Press, 2016, pp 3-4.

因,必要时,我们也可以违抗灌输到我们头脑里的自私弥母。我们甚至可以讨论如何有意识地培养纯粹的、无私的利他主义——这种利他主义在自然界里没有立足之地,在整个世界历史上也是前所未有。我们是作为基因机器而被建造的,是作为弥母机器而被培养的,但我们具备非凡能力去反抗我们的创造者。只有我们人类,能够反抗自私的复制因子的暴政。①

他认识到,人类与其他动物不同,人不仅受先天基因影响,而且出生后受弥母——文化观念的影响,以及受教育过程影响,所以,应该也能够克服先天的自私基因的影响,而不应该因为进化生物学揭示了基因这一自然选择单位的自私性,揭示了人类是基因持续生存下去的工具,就纵容自己的行为,就变得悲观厌世。

在道金斯看来,这正如人类不应该因为宇宙学家揭示了宇宙最终会走向毁灭,就一定要变得悲观一样:

> 大概从宇宙的最终命运真的看不出有什么意义,但无论如何,我们真的有人把自己的生活希望寄托在宇宙的最终命运上吗? 当然没有;除非我们疯了。我们的生活被种种更亲切、更温暖的人类抱负与洞察主导着。指责科学剥夺了生活赖以持续的温暖,实在是极其荒谬的错误。这与我本人和其他科学家的感情截然相反……②

即是说,无论自然界的状况是怎么样的,人类都要有自己的理想和价值观,要积极地、有所作为地去把握自己的人生道路。他说:

> 《自私的基因》传递的一个重要信息[史密斯(John M. Smith, 1920—2004)的文章标题《魔鬼的牧师》("A Devil's Chaplain")更强调

---

① Dawkins, Richard. *The Selfish Gene*. Oxford:Oxford University Press, 2016, p 260.

② Dawkins, Richard. *The Selfish Gene*. Oxford:Oxford University Press, 2016, pp xv-xvi.

了这一信息]是:我们的价值观不能从达尔文主义中推导出来,除非它对其持否定态度。我们的大脑已经进化到这一程度,使我们能够反抗自身的自私基因。这种能力的一个明显标志,便是我们能够避孕。同样原理可以、也应该应用于更广范围。①

即是说,新达尔文主义也是有关生物进化的科学理论,其当代成果——基因是自然选择的单位,以及自己的比喻性表述"基因是自私的",都只是揭示了自然界的客观事实——生物进化的真相;人类已进化出非凡的预见能力和自控能力,具有能动性,是唯一有道德感的动物,正如人不能因为基因设定的唯一功能就是生存并繁殖后代以持久保存基因,就毫无节制地去生育一样,人也不能因为基因会导致人自私,就一定要自私自利,而应该积极作为,在更广的范围内克服基因的不利影响,杜绝无情竞争、弱肉强食、损人利己的社会达尔文主义,树立合作共荣、更注重精神生活的高尚价值观,使自己的人生真正地"异于禽兽"。

二、强调累积进化观,批判神创论

截至 1859 年达尔文出版《物种起源》提出生物进化论,西方人几乎每个人都相信,包括人在内的生物都是上帝创造出来的。自然神学家威廉·培里用类比方式论证说,正如精致复杂的钟表是由钟表匠设计制造的,精妙复杂的生物肯定有一位高超的设计者和制造者——上帝。更有甚者,"许多人现在仍相信上帝造人,也许是因为真正的解释——达尔文理论,仍然没有进入国民教育的正规教材,这简直不可思议! 毫无疑问,对包括人类的生物之起源的误解仍广泛流行"②。鉴于此,道金斯创作了《盲眼钟表匠》这一作品,着重指出,如果说,人及生物是类似钟表匠的制造者劳作的结果,这个劳作者就是自然选择(一译为"天择");自然选择没有意识,没有目的,没有预见能力,它只是不断地消除不适应其生存环境的变异体,同时保留适应环境的

---

① Dawkins, Richard. *The Selfish Gene*. Oxford: Oxford University Press, 2016, pp xvi-xvii.

② Dawkins, Richard. *The Blind Watchmaker*. London: Penguins Books, 2006, p 4.

变异体,这些适应环境的变异经过漫长时间的累积作用,结果产生了新的物种及其无比神奇的功能。他说:

> 自然界唯一的钟表匠是物理现象的盲目力量⋯⋯达尔文发现了一个盲目的、无意识的、自动的过程——自然选择,我们现在知道,所有生物的存在以及看似有目的之构造,都可以用一个过程来解释,该过程就是自然选择。自然选择的心中没有目的。自然选择无心,也没有心眼。它不为未来打算。它没有视野,没有先见,连视觉都没有。要是自然选择就是自然界的钟表匠,它一定是个盲目的钟表匠。①

道金斯进一步指出,生物之类的复杂事物是经过长时期不断累积进化所产生的结果。他写道:

> 复杂事物就是我们觉得它们的存在是需要解释的事物,因为“它们似乎不可思议”。它们不会因为一个偶发事件就出现了。我们解释它们的存在,是将其当作一个演变过程的结果。最初是比较简单的事物,在太古时代就存在了,因为它们实在太简单了,偶然因素就足以让其产生。然后渐进、累积、逐步的演变过程就开始了⋯⋯我们也不能说复杂事物是以“一步登天”的模式出现的。我们还是必须诉诸一系列的微小步骤。这一次它们是以时间顺序安排的。②

不知进化论的人,认为生物这样的结构复杂、功能奇妙的存在物,最初在一瞬间就出现了,千古未变,这样的出现事件极其不可思议,是个奇迹,只能是上帝之类的智能超凡的神祇创造的。而道金斯强调,当今各种各样的生物,是由一些物质由于一些偶然事件形成简单有机物,然后经过漫长时期的一系列微小变化而逐步产生的,这完全是可能的,其中的关键是进化的时

---

① Dawkins, Richard. *The Blind Watchmaker*. London: Penguins Books, 2006, p 5.
② Dawkins, Richard. *The Blind Watchmaker*. London: Penguins Books, 2006, p 14.

间足够长。他认为,生物进化中的自然选择是累积选择,而累积选择和单步骤创造的区别在于,前者是非随机的、有前提的或必然的,后者是随机的或偶然的。他说:

> 任何实体的秩序,例如卵石和其他东西,若由"单步骤"创造,就是一蹴而就的。在"累积选择"中,选择结果会"繁衍";或以其他方式,一次筛选的结果成为下一次筛选的原料,下一次筛选的结果,又是下下一次筛选的原料,如此反复地筛选下去。实体必须经过许多连续"世代"的筛选。一个世代经过筛选后,就是下一个世代的起点,以此类推,每个世代都经过筛选。①

在他看来,逐渐累积是进化的另一个关键。总之,时间足够长和逐渐累积是进化的秘密;达尔文之前的人们之所以会相信生物是神创的,就是因为他们实际上只盯着进化的最终结果,而没有认识到漫长而累积的真实进化过程。

道金斯在阐释生物进化的特性和关键的同时,实际上也在消解神创论(creationism)。当代神学家、英格兰伯明翰主教蒙蒂菲奥里(Hugh Monte-fiore)在其出版的书中宣称,诸如人类眼睛等复杂器官,不可能是通过自然选择进化来的。对此,道金斯给出了两点解释:其一,"我们对于进化过程拥有的浩瀚时间,没有直觉把握。大多数对自然选择有疑虑的人,都接受小型变异"②;其二,"我们直觉地运用了概率理论"③,认为进化过程的每一步都是随机的,因而认为进化出堪称奇迹的器官的可能性很低。道金斯认为,自然选择不是随机的,而是累积的,其中的每一步都以上一次选择的结果为基础。因而,经过漫长的累积进化过程,完全有可能产生眼睛之类的复杂器官。这样一来,就没有必要用上帝的设计和创造,来解释动物功能奇妙的器官的由来。在《盲眼钟表匠》中,道金斯明确否定了上帝这样的设计者和创造者:"本书的基本想法是,为了理解生命,或宇宙中的任何东西,我们都不

---

① Dawkins, Richard. *The Blind Watchmaker*. London: Penguins Books, 2006, p 45.

② Dawkins, Richard. *The Blind Watchmaker*. London: Penguins Books, 2006, pp 39-40.

③ Dawkins, Richard. *The Blind Watchmaker*. London: Penguins Books, 2006, p 40.

需要假定有个设计者存在。"①就是说,该书的核心观点是,生命和无生命的事物都不是由上帝设计和创造的。近现代以来,有一定深度的神学家,诸如一些自然神学家,已经放弃了上帝"瞬间创造"万物的信仰,"他们让神扮演某种督导演化过程的角色,认为神可以影响进化史(特别是人类进化史)的关键时刻,甚至可以更为全面地干预日常事件,进化变化就是那些日常事件累加的结果"②。对此,道金斯批驳道:

> 对这些信仰,我们能说的就是:第一,它们是多余的;第二,它们的主旨是,我们想解释的主要事物——有组织的复杂事物,是一开始就存在的。根据达尔文的进化论,有组织的复杂事物居然是从太古的素朴之物中变来的,这才是它令人赞叹之处。
>
> 要是我们想主张世上有一位神祇,所有有组织的复杂事物都是它制造的,无论是瞬间制造的,还是通过进化的手制造的,那位神祇必然一开始就复杂得不得了。神创论者只是主张,在混沌之初,这么一位智能超凡而又复杂的存在就已出现。无论他是天真的原教旨主义者,还是受过良好教育的主教,这都是信仰的起点。③

在道金斯看来,智能存在是太古之初简单的存在物经过漫长时期的累积进化的结果,在太古之初没有任何智能存在物,更没有上帝那样具有超凡智能的存在物。他强调:"任何创造性的智能存在,因其足够复杂而得以设计万物,它之所以存在只能是逐步进化过程的终端产物。"④因此,神创论——生物是由智能非凡的上帝设计和创造的,或在进化过程中的关键时刻,受到了上帝的干预,这些观点都是错误的。难怪戴维斯说:"从1986年出版《盲眼钟表匠》开始,道金斯就更加关注驳斥神创论,而不是进一步论证

---

① Dawkins, Richard. *The Blind Watchmaker*. London: Penguins Books, 2006, p 147.
② Dawkins, Richard. *The Blind Watchmaker*. London: Penguins Books, 2006, p 316.
③ Dawkins, Richard. *The Blind Watchmaker*. London: Penguins Books, 2006, p 316.
④ Dawkins, Richard. *The God Delusion*. London: Black Swan, 2007, p 52.

基因进化论的观点。"①

三、消解科学与诗意的对立,主张科学与诗意相互促进

英国著名浪漫主义诗人济慈认为,牛顿把彩虹还原成三棱镜下的光谱,完全破坏了彩虹的诗意。就是说,科学使人清晰了解自然现象的原理,却让自然中的诗意荡然无存。布莱克、兰姆、劳伦斯(David H. Lawrence,1885—1930)等著名作家所见略同。而道金斯却强调,科学和诗意(或美)可以相互促进。

首先,道金斯认为,科学能使人发现和感受自然中的美或诗意。他明确指出:"科学,使人感受到令人充满敬畏的惊奇(awed wonder),是人类心灵能够获得的最高体验之一。这种深奥的美学激情,可以和音乐、诗歌传递的极致美感并驾齐驱,相提并论。"②他举例说,科学可以使人驰骋想象,洞察宇宙奥秘,发现其中诗意:"科学家改变的是我们认识宇宙的方式,他们帮助我们想象时间诞生于炽热瞬息,终结于永恒冷寂。或者用济慈的话来说,科学家让我们'直接跃向银河'。静默无言的宇宙,难道不值得诗兴大发?为什么诗人只颂扬人,而不颂扬缓慢运转、育化为人的自然力量?"③即是说,科学的分支宇宙学可以使人想象宇宙的起始和终结的景象;宇宙的奇妙、浩瀚及有秩序的运动等令人震撼的壮观体验——这样的美感,值得诗人为之挥毫。道金斯认识到,科学或科研可以激发诗人的灵感,或者说,诗人可以由于科学或科研而发现美或诗意,产生创作灵感,创作出艺术精品。他写道:"如果济慈能像叶芝一样,从科学中寻找灵感,他也许会写出更美妙的诗行。"④"探明奥秘并不会毁掉诗意,恰恰相反,探明答案经常随之而来的是更多的美,

---

① 尼克拉·戴维斯:《解析理查德·道金斯〈自私的基因〉》,华云鹏译,上海外语教育出版社2019年版,第34页。

② Dawkins, Richard. *Unweaving the Rainbow*: *Science, Delusion and the Appetite for Wonder*. Boston & New York: Mariner Books, 2000, p x.

③ Dawkins, Richard. *Unweaving the Rainbow*: *Science, Delusion and the Appetite for Wonder*. Boston & New York: Mariner Books, 2000, p 16.

④ Dawkins, Richard. *Unweaving the Rainbow*: *Science, Delusion and the Appetite for Wonder*. Boston & New York: Mariner Books, 2000, p 27.

而不是更多困惑；无论如何，每当你解开一个奥秘之后，你会发现其他奥秘，这就会激起更丰富的诗歌灵感。"①他转引伟大的理论物理学家、1965年诺贝尔物理学奖得主理查德·费恩曼的话作为例子：

> 我更能看到其他人不易看到的深层美丽。我可以看到花朵中复杂的相互作用。花的颜色是红色。花有颜色这一事实，意味着它们这样进化，以便吸引昆虫吗？这又激发出更进一步的问题：昆虫能看到颜色吗？昆虫也有审美能力吗？等等。我不认为研究花朵竟然能损毁它的美。这只会增加它的美。②

就是说，科学，包括科学知识和科学研究，可以使科学家发现更深层次的美和更多的美或诗意。道金斯还举例说：

> 就如同夫琅禾费谱线（Fraunhofer's lines）穿过遥远的宇宙空间，传来宇宙信号，让我们视通苍穹；红杉树的年轮越过悠悠岁月，传递给我们古老世代的信息，让我们思接千载。这又是一种灵巧秩序。事实上，精确分析这些看起来微不足道的信息，我们可以知晓如此丰富的东西——正是这种非凡能力，让这些解析变得如此美丽。同样，我们的谈话和音乐的声波——空中的条形码，也具有美丽内涵，也许更加具有戏剧性。③

在道金斯看来，夫琅禾费的条形码使人知晓遥远天体的元素组成，语言的共振峰条纹与音乐的和声条带让人了解声音的奥秘，美洲红杉树的年轮显示该树木何时长出地面，及其漫长生长期内各年份的气候状况；正是科学

---

① Dawkins, Richard. *Unweaving the Rainbow: Science, Delusion and the Appetite for Wonder*. Boston & New York: Mariner Books, 2000, p 41.
② Dawkins, Richard. *Unweaving the Rainbow: Science, Delusion and the Appetite for Wonder*. Boston & New York: Mariner Books, 2000, p 42.
③ Dawkins, Richard. *Unweaving the Rainbow: Science, Delusion and the Appetite for Wonder*. Boston & New York: Mariner Books, 2000, p 82.

的高妙,才使人知晓自然界中的奇美——长期不为人所知的奇妙真相。

道金斯还认为,科学本身就蕴涵着美或诗意。科学美是指"科学家在对自然界美的现象的观照和对美的科学理论的观照中,对于这两类客观存在着的美的主观反映、感受欣赏和评价"[1]。道金斯引用了印度伟大天文学家钱德拉塞卡(Subrahmanyan Chandrasekhar, 1910—1995)1975 年演讲中的一段话:"堪称'令人震撼的美'的,是这样一种惊人事实:出于寻美于数学的动机而做的理论假设,在大自然中得到了完美证明。这一事实使我认识到:美就是出自人的心灵最深处的和最深刻的反应。"[2]这就是说,数学或科学真理可以令人惊奇、令人震撼,这种强烈的深刻体验可以说是一种壮观美感,是数学或科学的美或诗意。因而他说:"济慈和兰姆应该举杯祝酒,为诗歌、为数学,以及为数学的诗意干杯。"[3]在道金斯看来,他所阐明的"自私的基因"理论是富有诗意的科学:"虽然基因在某些方面完全是自私自利的,但同时它们相互之间形成了合作性的联合体。如果你愿意的话,你可以把这叫作富有诗意的科学,但我希望表达的观点是:真正富有诗意的科学,能够帮助我们理解、而不是妨碍我们理解自然界的惊奇之处。"[4]就是说,真正富有诗意或美感的科学,是奇妙的或高明的理论或假设,能够让人理解自然界不可思议的真相或奇美;不仅自然界中存在着美,科学本身也体现着美。

道金斯指出,有诗意的好奇心,与诗意密切相关的直觉、象征、想象力等等,可以促进科学事业。他在《解析彩虹》的序言中写道:"本书的主要着力点是:赞美优秀的诗性科学。当然,我的意思不是说用诗歌来写的科学,而是被有诗意的好奇心激发的科学。"[5]他主张,科学家应具有诗人那样的好奇心:"我们需要为真正的科学寻回感动了神秘主义者布莱克的那种充满敬畏

① 徐纪敏:《西方科学美学思想史》,湖南人民出版社 1987 年版,第 32 页。
② Dawkins, Richard. *Unweaving the Rainbow*: *Science*, *Delusion and the Appetite for Wonder*. Boston & New York: Mariner Books, 2000, p 63.
③ Dawkins, Richard. *Unweaving the Rainbow*: *Science*, *Delusion and the Appetite for Wonder*. Boston & New York: Mariner Books, 2000, p 64.
④ Dawkins, Richard. *Unweaving the Rainbow*: *Science*, *Delusion and the Appetite for Wonder*. Boston & New York: Mariner Books, 2000, p 213.
⑤ Dawkins, Richard. *Unweaving the Rainbow*: *Science*, *Delusion and the Appetite for Wonder*. Boston & New York: Mariner Books, 2000, p xii.

的惊奇。"①这就是说,布莱克的好奇心——对令人敬畏、让人震撼的惊奇感(壮美感)的追寻,对科学研究也很必要。他认为,正是运用"象征性直觉去发现真正的类同模式的努力,才引导科学家做出了最伟大的贡献";"能娴熟运用隐喻和象征,是科学天才的一大特征"。② 他强调科学家"用诗意想象来启发他们自己进行思索"的重要性,并举例说:

> "迈克尔·法拉第发明了'磁力线'一词,让我们可以把'磁力线'看作是由处于紧张状态下的弹性材料质组成,渴望释放自己的能量(在物理学家精心定义的意义上)——这对于他自己理解电磁学至关重要;③法国伟大的分子生物学家雅克·莫诺德通过想象在分子的一处特殊节点的电子的感觉,而体会出了一个化学道理。德国有机化学家克库勒(Kekule von Stradonitz,1829—1896)报告说,他曾梦到一条蛇"自噬其尾",从而明白了苯环结构。爱因斯坦的想象永不停息:富有诗意的思索,引领他那非凡大脑驰骋想象,跨越的思想海洋比牛顿跨越的要奇异得多。④

这四位著名科学家的例子表明,运用想象力有力促进了他们的科学研究。

然而,道金斯反对滥用好奇心和想象力,去宣扬魔法、迷信、伪科学、邪教等虚妄的东西。他以科幻作品为例,说明好奇心可以激发科学探索,但"在科幻小说的低端市场,同样的好奇精神却被滥用于许多险恶目的"⑤。他因而严正指出:

---

① Dawkins, Richard. *Unweaving the Rainbow*: *Science*, *Delusion and the Appetite for Wonder*. Boston & New York: Mariner Books, 2000, p 18.

② Dawkins, Richard. *Unweaving the Rainbow*: *Science*, *Delusion and the Appetite for Wonder*. Boston & New York: Mariner Books, 2000, p 186.

③ Dawkins, Richard. *Unweaving the Rainbow*: *Science*, *Delusion and the Appetite for Wonder*. Boston & New York: Mariner Books, 2000, pp 186-187.

④ Dawkins, Richard. *Unweaving the Rainbow*: *Science*, *Delusion and the Appetite for Wonder*. Boston & New York: Mariner Books, 2000, p 187.

⑤ Dawkins, Richard. *Unweaving the Rainbow*: *Science*, *Delusion and the Appetite for Wonder*. Boston & New York: Mariner Books, 2000, p 27.

科学允许神秘,但不允许魔法,允许出乎意料的奇思妙想,但不允许咒语或巫术,不允许廉价的和胡诌的奇迹。差的科幻作品,失去了对于适度原则的把握,代之以"随心所欲,要啥有啥"的肆意妄为的魔法。而最差的科幻作品,和超自然携手:好奇心本该激励真正的科学,但也有可能产生某些懒于思考的"私生子"——与最糟糕的想象勾搭起来的作品。①

他还指出,有诗意的隐喻和想象既可以促进科学研究,但也"具有'引发糟糕科学'的能耐;即使诗意本身是好的,但只怕越好的诗意就越危险,因为这使它有更大能耐误导读者"②。就是说,他坚决反对利用读者的好奇心,滥用想象力——去胡思乱想,没有任何科学根据地瞎编宣扬魔法、巫术、奇迹的故事,从而误导读者。

道金斯列举了滥用好奇心和想象力的其他一些例子,其中包括:

> 在世界各地,都有一些仪式的建立是基于一种"着魔一般的妄想"——只要甲、乙两种东西稍微相似,或者仅在某些方面相似,就会被牵强附会地扯在一起,说甲能代表乙,或乙能代表甲。说犀牛角粉末是一种有神奇疗效的壮阳药,最重要的原因就是犀牛角的形状像一根勃起的阴茎。③

而且,"各种各样的新时代邪教纷纷玩弄怪异的科学语言,动用那些拾人牙慧的、一知半解(不,甚至还谈不上是半解)的词语:能量场、震动、混沌理论、灾变论、量子意识等"④,其中,量子的不确定性和混沌理论这两个领

---

① Dawkins, Richard. *Unweaving the Rainbow: Science, Delusion and the Appetite for Wonder.* Boston & New York: Mariner Books, 2000, p 29.

② Dawkins, Richard. *Unweaving the Rainbow: Science, Delusion and the Appetite for Wonder.* Boston & New York: Mariner Books, 2000, p 180.

③ Dawkins, Richard. *Unweaving the Rainbow: Science, Delusion and the Appetite for Wonder.* Boston & New York: Mariner Books, 2000, p 181.

④ Dawkins, Richard. *Unweaving the Rainbow: Science, Delusion and the Appetite for Wonder.* Boston & New York: Mariner Books, 2000, p 188.

域，"都遭到了那些喜欢滥用科学和歪曲其惊奇效果的人经常性的'乱采滥挖'，其中包括职业江湖郎中，以及古怪的新时代信徒——在美国，自助'康复'产业已经造就了一批百万富翁，这些人争先恐后地靠量子理论蛊惑人心、变现钞票"①。显然，道金斯反对滥用想象力和利用公众对科学概念的好奇心去胡乱联系，去宣扬迷信、邪教、伪科学，或从事非法敛财活动。

四、全面揭批宗教，大胆弘扬无神论

在西方国家，大多数人信仰宗教，无神论者通常默默无闻。然而，作为进化生物学家，道金斯在《盲眼钟表匠》等作品中已开始批判神创论，并明确主张，不存在上帝那样的万能造物主。而在《上帝的错觉》中，他又全面、系统地揭批了上帝乃至所有宗教的虚妄，大胆弘扬无神论。

首先，道金斯从多个方面说明上帝是不存在的，宗教是没有必要存在的。他区分了三种信仰和三种上帝的概念。有神论者信仰的上帝是"一种超自然的智能存在，他除了完成主要工作，即最初创造这个宇宙以外，还监视和影响其创造物的后续命运"；自然神论者的上帝也是"一种超自然的智能存在，但他的行为仅限于设定支配这个宇宙的至高规律……他绝不干预后续事件，当然对人间事务也没有任何特殊兴趣"；泛神论者根本不信仰一个超自然的智能存在，"而是把上帝这个词用作自然界或宇宙，或是支配其运行法则的一种非超自然力的同义词"②。在道金斯看来，爱因斯坦、霍金等物理学家的"那个比喻性的或泛神论的上帝，与《圣经》里、牧师、拉比(rabbi)和日常语言中所说的那个干涉主义的、创造奇迹的、有读心术的、惩罚罪过的、回应祈祷的上帝相比，相差十万八千里"③。他认为，泛神论信仰值得尊重，其他两种信仰都是错觉。他说：

任何创造性的智能存在，因其足够复杂而能够设计万物，它之所以

① Dawkins, Richard. *Unweaving the Rainbow*: *Science*, *Delusion and the Appetite for Wonder*. Boston & New York: Mariner Books, 2000, p 188.

② Dawkins, Richard. *The God Delusion*. London: Black Swan, 2007, pp 39-40.

③ Dawkins, Richard. *The God Delusion*. London: Black Swan, 2007, p 41.

存在只能是逐步进化过程的终端产物。作为进化而来的创造性智能，必定在后期的宇宙中才能出现，因此，它们不可能参与宇宙的设计。就上帝是创造万物的万能造物主这样的定义来说，上帝，就是一种错觉。①

就是说，有神论和自然神论的上帝都是不可能存在的。针对天主教的圣父、圣子、圣灵是一个上帝而非三个上帝的"三位一体"概念，他引用托马斯·杰弗逊的话批驳说："它不过是那些自称耶稣教士的江湖骗子的胡言乱语而已。"②他还引用芝加哥遗传学家杰里·科因（Jerry Coyne）的话："对于像道金斯和威尔逊（E. O. Wilson, 1929—2021，哈佛大学著名生物学家）这样的科学家来说，真正的斗争发生在理性主义和迷信之间。科学只是理性主义的一种形式，而宗教则是迷信最常见的形式。神创论，不过是他们视之为更大敌人——宗教的一种表现形式。"③这旨在说明，宗教是最严重的一种迷信，迷信是科学家的敌人，因而宗教是科学家的最大敌人。

道金斯指出，神学家托马斯·阿奎那（Thomas Aquinas, 1225—1274）的后验论论据，包括圣·安瑟伦（St. Anselm, 1033—1109）的本体论的先验论的论据，自然神学家的设计者论据，都不能有效证明上帝的存在。针对自然神论者的上帝是宇宙万物，尤其是生物的设计者和创造者的论点，道金斯再次指出，根据达尔文进化论，这些看似无比复杂、精致、类似于设计的生物，都是经过漫长的自然选择过程的结果。鉴于有些人受《圣经》里的文字影响，从而相信上帝存在，并相信耶稣是上帝之子，道金斯反驳道："自从19世纪以来，神学家们通过学术考证，已经得出了这一无可辩驳的结论：福音书并不是真实历史的可靠记录，其中内容都是耶稣死后很久才写下来的，其成书也远晚于保罗的使徒书，而在《使徒行传》中几乎只字未提所谓耶稣生平的事实。"④"尽管耶稣可能存在过，但著名《圣经》学者通常都不认为《新约全书》（显然还有《旧约全书》）是历史上真实事件的可靠记录。我则进一步认

---

① Dawkins, Richard. *The God Delusion*. London: Black Swan, 2007, p 52.
② Dawkins, Richard. *The God Delusion*. London: Black Swan, 2007, p 55.
③ Dawkins, Richard. *The God Delusion*. London: Black Swan, 2007, p 92.
④ Dawkins, Richard. *The God Delusion*. London: Black Swan, 2007, p 118.

为,《圣经》不能被看作是任何神灵存在的证据。"①就是说,整部《圣经》记载的都不是史实,超自然的、智能超凡的上帝及其所谓的儿子耶稣都是不存在的。他引用著名哲学家罗素的话来佐证:"绝大多数智力超群的人不相信基督教,但他们不会把这一事实公之于众,因为害怕失去收入。"②"没有足够证据,上帝,没有足够证据能让人相信。"③即是说,绝大多数文化程度高的人实际上并不信仰基督教,他们只是出于切身利益表面上做做样子而已;上帝实际上不能令人信服。

此外,道金斯还否定宗教对人面对死亡时的恐惧有抚慰作用的论调。他举例说,在一个老人之家工作的护士"多年来注意到,最害怕死亡的人,是那些信教的人"④。这也旨在说明,宗教没有益处,因而没有存在必要。

道金斯强调,人类的道德意识并非源自宗教,不能因为人类需要道德,就认为宗教的存在是必需的和合理的,《圣经》记载的相关故事就是可以师法的。他说:

> 有理由认为,《旧约》中的上帝是所有虚构作品中最让人讨厌的人物:猜疑成性,妄自尊大;一个卑鄙、偏心眼、毫无宽恕之心的控制狂;一个报复成性、杀气腾腾的种族清洗者;一个施虐受虐狂,还无端欺凌弱者,一个种族主义者,厌恶女人,憎恶同性恋,滥杀婴儿,实施大屠杀,滥杀子女,制造瘟疫,极端地以自我为中心。⑤

他举例说,上帝命亚伯拉罕将其深爱的儿子作为祭品,亚伯拉罕照办;正当他拿起刀来杀儿子时,一个天使带来消息——上帝只是开一个玩笑,以此考验亚伯拉罕对他是否忠诚。对此,道金斯评说道:"以现代的道德标准来看,这一可耻故事既是虐待儿童、恃强凌弱的明证,又是纽伦堡狡辩逻辑

---

① Dawkins, Richard. *The God Delusion*. London: Black Swan, 2007, pp 122-123.
② Dawkins, Richard. *The God Delusion*. London: Black Swan, 2007, p 123.
③ Dawkins, Richard. *The God Delusion*. London: Black Swan, 2007, p 131.
④ Dawkins, Richard. *The God Delusion*. London: Black Swan, 2007, p 325.
⑤ Dawkins, Richard. *The God Delusion*. London: Black Swan, 2007, p 51.

'我只是服从命令而已'的首次运用。然而,这一故事却是三大一神论宗教最基础的神话之一。"①他明确指出:"记住,此刻,我要证明的是,事实上,我们的道德并不是源于《圣经》。"②为此,他又举了一个例子:在《圣经》中,"无论何时,只要他的选民对别的神暗送秋波,上帝就会暴跳如雷,他的表现无异于最糟糕的性嫉妒。他距离好的道德楷模的遥远程度,将使现代的道德家感到震惊"③。除了上帝,道金斯还举了另一个关键人物的例子:在《旧约·创世纪》中,地位仅次于上帝的亚伯拉罕与妻子撒拉去埃及躲避饥荒,他意识到,妻子的美貌会使自己陷于危险之中,于是就说妻子是自己的妹妹,进而把她献入法老的后宫,结果"因法老对她的宠幸而变得富裕"④。不难看出,亚伯拉罕为了一己私利不择手段——竟不惜牺牲自己的爱妻。道金斯枚举的大量例子以及所作的阐述旨在说明,《圣经》中的上帝以及其他主要角色远非道德楷模,宗教是道德的来源和基础的观点根本站不住脚。

在道金斯看来,宗教没有任何积极作用,有的只是许多弊端,带来的只是严重危害。因此,他毫不留情地揭露和谴责了宗教的种种弊端和危害。他举例说,犹太教是基督教和伊斯兰教的祖先,是三个亚伯拉罕宗教中最古老的宗教,它最初只是一种部落崇拜:

(表现为信奉一个残暴而令人厌恶的上帝,这个上帝病态地迷恋于各种性约束、烤肉气味、高出于其他神祇的那种优越感,以及他所选定的沙漠部落的唯一性;⑤圣·保罗创立的基督教)也用剑来传播,自从君士坦丁大帝将原先不被认可的基督教,提升为官方钦定的宗教以后,罗马人首先挥剑为基督教的传播开道,然后是十字军战士,以后又是富有传教使命的西班牙征服者、其他的欧洲侵略者和殖民者。在我看来,亚伯拉罕诸教可以说是大同小异。⑥

---

① Dawkins, Richard. *The God Delusion*. London: Black Swan, 2007, p 275.
② Dawkins, Richard. *The God Delusion*. London: Black Swan, 2007, p 275.
③ Dawkins, Richard. *The God Delusion*. London: Black Swan, 2007, p 276.
④ Dawkins, Richard. *The God Delusion*. London: Black Swan, 2007, p 274.
⑤ Dawkins, Richard. *The God Delusion*. London: Black Swan, 2007, p 58.
⑥ Dawkins, Richard. *The God Delusion*. London: Black Swan, 2007, p 58.

针对一些西方政客打着宗教旗号发动侵略的行为,道金斯讽刺道:美国总统小布什说,"上帝告诉他去入侵伊拉克(可怜的上帝却没有赐给他一种启示——那儿并没有大规模杀伤性武器)"①。道金斯把"赎罪"这一基督教的中心教义描述为"邪恶、施虐受虐倾向以及令人憎恶的东西",并质疑说:

> 如果上帝要赦免我们的罪,为什么不直接赦免,何必要以折磨并处死他自己(圣父、圣子、圣灵三位一体,耶稣是圣子。——笔者注)为代价——由此还附带地令遥远未来世代的犹太人以"耶稣杀害者"的名义遭到集体屠杀和迫害:难道这种世袭的罪也是通过精液传递的?②

这些例子充分表明,宗教及其信徒唯我独尊,崇尚暴力,压迫异族,虚伪荒诞。

道金斯还认为,基督教导致信徒知识匮乏、思想狭隘、自高自大、反科学、反智,妨碍大众科学创新精神的培养和发挥。他阐述道:

> 包括许多亚洲信徒,他们把 2004 年的海啸归因为人类罪孽,而不是地球板块的运动,这些罪孽包括在酒吧喝酒跳舞、不遵守琐碎的安息日规定。这些信徒沉浸于诺亚故事中,对《圣经》之外的所有知识一无所知,谁又能责怪他们呢? 他们所接受的全部教育使他们把自然灾害看作是与人类事务密切相关,归咎于人类的行为不端,而不是板块构造这样的非人类因素。相信以神(或构造板块)的尺度才能引起的惊天动地事件与人类有关,是一种多么傲慢的自我中心主义啊。③

他这样指出原教旨主义宗教的反科学、反智性质:"作为科学家,我对原教旨主义的宗教怀有敌意,因为它会主动去败坏科学事业。它教导我们不

① Dawkins, Richard. *The God Delusion*. London: Black Swan, 2007, p 112.
② Dawkins, Richard. *The God Delusion*. London: Black Swan, 2007, p 287.
③ Dawkins, Richard. *The God Delusion*. London: Black Swan, 2007, pp 269-270.

要改变自己的思想，不要去知道那些可以被知道的激动人心的事情。它颠覆科学并侵蚀智力。"①他谴责给儿童灌输宗教思想，认为这样将泯灭他们的好奇心和求知欲，妨碍他们创新精神的培养和人生道路的选择。他引用法国伟大文学家维克多·雨果的话："每个村庄都有一把火炬——教师，还有一个灭火器——教士。"②并质疑道："即使没有对身体的绑架，给儿童贴上某种他们太小所以无法思考的信仰标签，这种做法难道不是虐待儿童的一种形式吗？"③就是说，教师教授儿童有益知识，启蒙儿童，呵护儿童的好奇心，激发他们的求知欲，将他们引向人生的光明大道；教士和宗教则灌输陈腐、荒诞的宗教信条，泯灭儿童的好奇心和求知欲，摧残儿童的心灵，使其人生难以出彩。

在道金斯看来，宗教无疑是一种分裂性力量和战争的主要根由之一。他说：

> 没有宗教，没有以宗教进行隔离的教育，不同教派之间的隔阂就不会存在……从科索沃到巴勒斯坦，从伊拉克到苏丹，从埃尔斯特（Ulster）到印度次大陆，仔细考察当今世界上的对立群体之间仍存在着顽固敌意和暴力的任何地区。我不能保证你一定能发现，宗教是内群体和外群体的决定性标签；但这一推断有很大胜算。④

即是说，在同一地区生活的民众，因属于不同教派，接受不同教义，相互把对方视为外敌，经常向对方发动暴力袭击，乃至战争。他明确指出，宗教争端是引发战争的最主要原因：

> 一场战争可能会由下列因素引起：经济上的贪婪，政治上的野心，民族或种族方面的偏见，积怨或复仇，或者民族命运问题上的爱国信

---

① Dawkins, Richard. *The God Delusion.* London：Black Swan, 2007, p 321.

② Dawkins, Richard. *The God Delusion.* London：Black Swan, 2007, p 349.

③ Dawkins, Richard. *The God Delusion.* London：Black Swan, 2007, p 354.

④ Dawkins, Richard. *The God Delusion.* London：Black Swan, 2007, pp 294-295.

念。比这些因素更有蛊惑性的战争动机,是一种不可动摇的信念:自己所信的宗教才是唯一真实的信仰,又有一部圣书强化这种信念,该书明确地把所有异教及对立宗教的追随者定为死罪,同时又明确承诺,上帝的战士将直接升入殉教者的天堂。①

就是说,由于受到宗教尤其是相关经书的蛊惑,宗教信徒往往变得唯我独尊、仇恨异教徒、极其狂热,为了虚妄目标,不惜生命,无情地相互残杀。

另一方面,道金斯大胆勇敢、义无反顾地反复强调无神论的优越与正确。他说:"相比于把赌注押在上帝的存在上,因而浪费你宝贵的时间去崇拜它,供奉它,为它战斗、为它牺牲,等等,把赌注押在它的不存在上,倒是更有可能拥有一个更美好、更充实的人生。"②"我将以这样的主张结束本书:可以保守地说,在没有超自然的宗教的情况下,人们能够过上一种快乐充实的生活。"③他还说,即使不信仰上帝,"我们的生活也是富有意义的、充实的、美妙精彩的,只要我们选择让它变得如此"④;无神论者相信,人只有一次生命,这一认识"将使生命显得更为珍贵。无神论者的观点意味着肯定生命,提升生命的价值,同时绝不像某些人那样,用自我欺骗、痴心妄想或是自我怜悯的哀怨来玷污生命,好像生活欠了他们什么似的"⑤。就是说,进化生物学使人确信,人的生命短暂而宝贵,只要人们自己选择正确道路,其人生就会变得既有价值又有意义;无神论对人生的认识是正确的,宗教对人生的认识是虚妄的、欺骗性的。在他看来,无神论不仅为科学扫清了道路,也为通达、广阔、理性、异彩纷呈的人生开辟了通途。他认为,摈弃宗教所留下的空白可以用科学来填补:科学犹如照亮黑暗的蜡烛,赋予人类以特殊能力,"向我们展示一个更为广阔的外部世界,使我们感到愉悦"⑥;由于人类感官的局限,人类通常只能理解中等范围的现象世界,科学却可以使人从中观世界中解

①　Dawkins, Richard. *The God Delusion*. London:Black Swan, 2007, p 316.
②　Dawkins, Richard. *The God Delusion*. London:Black Swan, 2007, pp 131–132.
③　Dawkins, Richard. *The God Delusion*. London:Black Swan, 2007, p 395.
④　Dawkins, Richard. *The God Delusion*. London:Black Swan, 2007, p 404.
⑤　Dawkins, Richard. *The God Delusion*. London:Black Swan, 2007, pp 404–405.
⑥　Dawkins, Richard. *The God Delusion*. London:Black Swan, 2007, p 418.

放出来,突破理解的极限,"对非常小、非常大以及非常快的事物,达成某种直觉上的——也包括纯粹数学上的理解"①。这就是说,科学可以拓宽人的视野,使人正确地认识广阔的世界,同时又可以成为人生的追求和信仰,使人享有更为精彩、更为实在、更有意义的生活。

五、倡导生态观,谴责中心论

道金斯敬畏自然,并倡导读者敬畏自然。由于生物的结构非常复杂,其主要器官的功能精妙绝伦,自然神学家培里把生物比作活钟表,并且认为,设计和制造生物的极其高明的钟表匠是上帝。道金斯借用了培里的"活钟表"比喻,却认为生物的创造者"钟表匠"是漫长的自然选择过程;与培里相似的是,他对生物充满敬畏之情。他写道:"我绝不轻视'活钟表'给培里带来的惊奇感,相反,我要阐述我对生物的感受——对此培里一定能作更多阐述。说到'活钟表'让人产生敬畏感,没有人能超过我。"②培里敬畏生物,因为他将其视为上帝的作品;道金斯反对培里的这一观点,但他对生物的敬畏感丝毫不弱于培里。而且,道金斯倡导读者敬畏自然。除了人的眼睛,他对自然选择的另一结果——蝙蝠的回声定位本领肃然起敬。他说:"这些蝙蝠的故事让我肃然起敬,我相信培里也会如此,我希望读者也能如此。我的目标在一个方面与培里的完全一样。我不想让读者低估自然的惊人作品,以及为了解释它们我们必须面对的问题。"③培里敬畏的是上帝及其高妙作品——生物,道金斯敬畏的是自然(选择)及其奇妙作品——生物,两个人的目标的相似之处,是希望读者也能敬畏自然。

道金斯谴责人类肆意屠杀动物,极力维护动物的生存权,倡导生态保护。他严正指出:白人殖民者是澳大利亚袋狼在20世纪初灭绝的原因:

> (袋狼)遭到大量屠杀,因为白人把它们当作"害兽",或者将杀害它们视为"户外运动"(也许在塔斯马尼亚岛人迹罕至的地方,现在还残存

---

① Dawkins, Richard. *The God Delusion*. London: Black Swan, 2007, p 420.

② Dawkins, Richard. *The Blind Watchmaker*. London: Penguins Books, 2006, p 5.

③ Dawkins, Richard. *The Blind Watchmaker*. London: Penguins Books, 2006, p 37.

着一些,但那些地方也可能在增加人类就业机会的借口下遭到破坏)……也许它们对人类来说是"害兽",但人类对它们来说更是"害兽";结果袋狼消失,而人类暴增。[1]

白人殖民者以自我利益为中心,敌视并肆意屠杀袋狼,结果导致袋狼灭绝,生态失衡。而且不难看出,道金斯反对人类中心主义——反对以人类的目的、利益或价值观为标准去衡量非人类自然万物。道金斯还如此批判肆意屠杀黑猩猩的行为:

> 动物园园长拥有法律赋予的权力,可以将"多余的"黑猩猩"解决掉"。但他能将"多余的"员工(如园丁、售票员)"解决掉"吗? 黑猩猩是动物园的财产。在当今世界,绝不能把人当作财产,然而这种对黑猩猩的歧视究竟有什么道理,很少有人说清楚过。我觉得没有人能说得出名堂来。我们受基督宝训感召的子民,因为堕掉一个人类受精卵而产生的良心不安或义愤,无论活宰几头聪明的成年黑猩猩都比不上,这真是惊人的物种歧视。(其实大多数受精卵的下场是自然流产。)我听说过,受人尊敬、思想开放的科学家,就算无意识活剖黑猩猩,都会为那样的"权力"极力辩护。对于侵犯"人"的权利的事例,即使微不足道,他们往往都是第一个怒发冲冠的人。[2]

道金斯把黑猩猩等动物的生存权几乎提升到了人的生存权一样的高度,他对物种歧视的批判以及为这些动物的生存权的辩护,都相当深刻。关于无神论网站上发布的"新十诫",他认为应该补充一些内容,其中包含禁止歧视其他性别、种族和物种的字眼:"(尽可能地)不要歧视或压迫别的性别、种族以及物种。"[3]他认为,渡渡鸟和袋狼遭到白人捕杀先后灭绝是一种悲剧,并指出:"野生生物保护以及环境保护已经成为人们普遍接受的价值观,

① Dawkins, Richard. *The Blind Watchmaker*. London：Penguins Books, 2006, pp 104-105.

② Dawkins, Richard. *The Blind Watchmaker*. London：Penguins Books, 2006, pp 262-263.

③ Dawkins, Richard. *The Blind Watchmaker*. London：Penguins Books, 2006, p 300.

其道德地位与曾经的严守安息日及禁止雕刻偶像所获得的道德地位相当。"①在他看来,野生动物保护和环境保护已经成为、而且理应成为神圣的生态伦理规范。他转述了动物权利著名理论家彼得·辛格(Peter Singer, 1946—)《动物解放》(*Animal Liberation: A New Ethics for Our Treatment of Animals*, 1975)中的观点:"我们应当转向一个后物种歧视的立场,人道待遇的边界,应当拓展到所有拥有能察知这种待遇的智能物种身上。"②即是说,人类至少应该关爱并平等地对待有一定智能的动物。

同时,道金斯反对人类中心论。上一段的第一个例子也蕴涵着这样的理念,这儿再看几个例子。关于昆虫的拟态现象,他写道:

> 许多属于不同物种的猎食动物造成的自然选择压力,最终共同导致各方面都极为完美的拟态。没有一种猎食动物看见了拟态的完美全貌,只有我们能看见。
>
> 这似乎意味着,只有我们人类足够聪明,以至于全方位欣赏昆虫的精妙拟态。这未免太自命不凡了吧;不过我不接受这一解释,由于这个原因,也由于其他原因,我更愿意接受另一解释:任何一种猎食动物,即使在某些情况下视力极为锐利,也可能在其他情况下视力无从发挥。③

道金斯认识到,不同物种的感觉器官的功能足以满足该物种的生存方式,不能因为某一物种(包括人类)的某些感官的功能好一些,就认为该物种比其他物种优越,因而不能认为人类比其他物种优越。他这样批驳中世纪教会所灌输的人类中心论:

> 在中世纪,教会教导我们,地球是宇宙中心,天上点点繁星只是娱人眼睛的装饰(有些人更离谱,居然以为,天上繁星会在乎我们的渺小生命,以至于费心对我们施展星象魔力)。地球只是太阳系极其平凡的

---

① Dawkins, Richard. *The Blind Watchmaker*. London: Penguins Books, 2006, p 304.

② Dawkins, Richard. *The Blind Watchmaker*. London: Penguins Books, 2006, p 308.

③ Dawkins, Richard. *The Blind Watchmaker*. London: Penguins Books, 2006, p 83.

一员,太阳系只是银河系极其平凡的一员,银河系只是宇宙极其平凡的一员;宇宙无垠,其中的行星难以计数,说地球是生命唯一的家,这是多么自负啊?凭什么?老天!为什么我们的地球会蒙恩宠?

　　我真的很遗憾,因为我实在很庆幸我们已经逃脱了中世纪教会的那种狭隘心态,我也瞧不起现代的占星家……①

　　人类中心论的一块基石是托勒密的地球中心说,其核心观点是,地球是宇宙的中心,世界是上帝为人而创造的,因而人是宇宙的中心,可以征服、利用和统治自然界,人的目的、利益和价值观是衡量非人类存在物的标准。道金斯感到很遗憾——对人类中心论他不能苟同:他不认为存在着上帝,不认为人是宇宙中心,优于非人类存在物,非人类存在物是上帝为了人的种种利益而创造的;他鄙视占星术(或星象学),认为人以及人居住的地球在宇宙中微不足道,坚决否认空中繁星会关心人间事务,用相互之间的位置变化来昭示人类的种种命运。

　　道金斯还谴责白人中心论,反对种族歧视和物种歧视等类的等级思维。19 世纪苏格兰电机工程师弗莱明·金肯(Fleeming Jenkin, 1833—1885),企图用混和遗传观(blending inheritance)反驳达尔文的自然选择理论,他在阐述自己的观点时,声称"白人拥有一切我们所知的优于黑人的天赋";道金斯指出,这一"白人优越感"是"种族偏见",与物种歧视思维同源:"当今持有物种歧视态度的人,对人类优越感习以为常,随口大谈'人'权、'人'的尊严、'人'命是神圣的等;与此相同,在金肯与达尔文的时代,持种族偏见的人对白人优越感习以为常。"②西方殖民者给澳大利亚引入外来物种,破坏当地的生态平衡,致使一些本地物种灭绝,他们反而认为,本地物种与土著居民一样是劣等的。对此,道金斯指出,这些人认为,本地物种的灭绝是因为它们是"'古老的''过时的'形式,它们的下场就像与现代核潜艇对抗的古代北欧海盗船。但是'澳大利亚本地动物群是活化石'的假设,根本难以论

---

①　Dawkins, Richard. *The Blind Watchmaker*. London:Penguins Books, 2006, p 143.

②　Dawkins, Richard. *The Blind Watchmaker*. London:Penguins Books, 2006, p 114.

证……我觉得这个假设也许只反映了一种自大的势利心态，就像有些人把澳大利亚土著视为粗野的流浪汉一样"[1]。从以上两个例子不难看出，道金斯不仅反对物种歧视或人类优越感(中心论)，而且反对种族歧视或白人优越感(中心论)——反对白人对有色人种的歧视。

第二节 道金斯科学散文代表作的艺术特色

道金斯上述4部科学散文作品的艺术特色主要表现在以下四个方面：

一、题材独特新奇

这4部作品都很畅销的重要原因之一是其题材独特、新奇，能迅速引起广大普通读者的注意。题目就能博人眼球的《自私的基因》，通过综合新达尔文主义的行为生态学家威廉斯、史密斯(John M. Smith, 1920—2004)、汉密尔顿和特里夫斯(Robert L. Trivers, 1943—)等人的最新研究成果，加入自己的理解，提出了这样惊世骇俗的观点：自然选择最基本的单位不是生物个体或群体，而是基因，原因是，基因是永恒的，而包括人类在内的所有生物的个体和群体，都是基因生存的临时工具；基因是自私的，它控制着生物的各种活动和行为，目的就是让基因能更多、更快地复制自身，为此，基因是无所不为的。道金斯在该作品中述说的主要内容有：遗传机制，从遗传角度给自私基因下定义，进犯行为的进化，基因种族(genesmanship)，生育控制，世代之间的斗争，两性之间的斗争，动物的利他行为和合作行为，文化基因，基因的延伸表现型，等等。他认为，即使是动物的利他行为或合作行为，也是基因的自私性在作祟，为的是让基因能够更好地复制自身。该作品的书名以及其中的内容和观点都很独特、新奇，引发了持续争议，这无疑是该作品成为畅销书的主要原因之一。

《盲眼钟表匠》介绍了进化生物学的新近研究成果，批判了18世纪的自然神学家培里的神创论观念，强调指出，生物是从自然界的无机物经由漫长

---

[1] Dawkins, Richard. *The Blind Watchmaker.* London：Penguins Books, 2006, p 183.

的适应环境的过程,逐渐演化而来的,一些生物复杂精妙的器官也是如此产生的。道金斯通过介绍类似雷达的蝙蝠耳朵的复杂结构和卓越功能,进而指出:如果蝙蝠这一精妙的生物机器有个设计者的话,那就是"无意识的自然选择——盲目的钟表匠"①。他讲述的其他主要内容包括:基因在复制过程中会出错,引起基因变异,结果导致生物变异,而自然选择的强大力量能消除不适应生存环境的生物,这实际上是对不适应环境的变异基因的淘汰;远古时期的特殊环境,使一些无机物的组合体具备了复制自身的能力,产生了原初生命,生命经过漫长的演化过程,变得愈加复杂和多样,形成了多种物种;能够协同合作的基因和生物体,在演化过程中容易取得优势;性选择也是一种自然选择,一般来说,雄性要面临雌性的选择,由于某些优势而胜出的雄性,才能把自己的基因传给后代;生物分类学家建构的生命树模型表明,生物源自共同的祖先——类似细菌的原初生命体。此外,这部作品还批判了其他的演化理论,其中包括拉马克的演化论,以及美国古生物学家古尔德的激变演化模型——间断平衡理论(punctuated equilibrium)。

《解析彩虹》批判了科学破坏自然现象的诗意和人类的美感的观点,强调指出,科学与诗性(艺术灵感)可以相互促进。作者在该作品中阐述的主要内容包括:日常生活中司空见惯的现象实际上包含着许多奇妙的、具有诗意的东西;包括一些诗人在内的不少艺术家的作品涉及科学知识,这是科学激发艺术灵感的表现;牛顿解析彩虹,建立了光谱学,使宇宙学家能够正确地认识宇宙,而宇宙的浩瀚和秩序又可以激发科幻小说家等艺术家的创作灵感;声学研究可以使人认识到蝙蝠用回声导航的诗性奇妙以及音乐美的奥秘;人们的好奇心有时会被星象学、邪教、通灵人、臆想的"歪诗科学"等假科学或反科学的歪理邪说绑架;在想象和隐喻等诗性思维的推动下,科学家在基因研究领域提出了"自私的合作者"、"逝者的遗传天书"(the genetic book of the dead)、"文化基因(弥母)"等奇妙(诗性)观点。

《上帝的错觉》针对西方许多人信仰宗教的现实,毫不留情、比较全面地批判世界主要宗教的核心理念——上帝观,阐明了作者自己的无神论世界

---

① Dawkins, Richard. *The Blind Watchmaker*. London: Penguins Books, 2006, p 37.

观。道金斯审视了主要宗教的上帝假说以及上帝存在的论据,用严谨的科学精神和科学态度,驳斥了宗教的主要观点,论证了宗教所宣扬的至高无上的力量——上帝的虚妄本质或不可能性;他用历史上和当代的证据,揭露了宗教的严重危害——引发战争、煽动歧视、虐待儿童,认为对宗教的狂热信仰不仅是错误的,而且可能是致命的;他大胆宣扬无神论对个人和社会的益处——其中最重要的是,与其他任何信仰相比,无神论能够使人们更清楚、更真实地欣赏和接触奇妙的宇宙。

总之,道金斯在这些作品中敢于触及有争议的题材,针对许多人对进化论、科学与艺术的关系以及对宗教习以为常的一些认识,通过讲述相关领域的新近研究成果,提出自己的新奇乃至激进的观点。可以说,这些观点使许多读者感到酣畅淋漓,点头称是,却使另一些读者感到如坐针毡,难于接受,结果在社会上引发了持续争议,进而使更多读者抱着要看个究竟的心态来阅读这些作品。

二、笔调亲切轻松

道金斯在写作时心里装着读者,把读者当作好友,用与好友聊天的口语化语言,不慌不忙地讲述相关知识,表述自己的观点,其笔调亲切、轻松,颇具亲和力。

道金斯在作品中不时提及读者,充分考虑读者的认识或感受。他如此表述动物的利他行为对人类行为的启发:"把利他行为的概念应用到人类时,我们对因此可能产生的各种结果可以进行无穷无尽的令人神往的推测。尽管我很想谈谈自己的猜想,可是我的想象力并不比大家强。还是让读者自己以此自娱吧。"①不难看出,作者充分相信读者的认识能力,在他眼里,读者与作者是平等的。在阐释了一些雌鸟偏爱雄鸟超出实用上限的长尾的理由后,他写道:

读者也许会抱怨,即使这样,整个论证仍然是基于一个武断假设。

① Dawkins, Richard. *The Selfish Gene*. Oxford: Oxford University Press, 2016, p 244.

在读者看来,这等于是假定,大多数雌鸟都偏爱不符合实用标准的长尾巴。但关键是,这种趣味为什么会产生?尾巴太短也不符合实用标准,大多数雌鸟为什么就不喜欢这样的尾巴呢?它们为什么也不喜欢完全符合实用标准的尾巴呢?时尚与实用标准为什么不一致呢?①

这里,作者不仅想到了读者对有关性选择的观点的反应,而且通过提一系列问题,本着相互交流的态度,袒露自己形成相关观点的思维过程。他这样总结自己对宗教的态度:"我就不再啰嗦了。我很可能已经说得够多了,目的至少是能让年长一些的读者相信,一种无神论的世界观并不意味着,应当把《圣经》或其他圣书从我们的教育中删去。"②之所以提到"年长读者",是因为这段话所在的章节表述的观点是:年长的宗教信仰者不应该向天真无邪、尚未形成自己的判断力的儿童灌输宗教信条,贴上某种宗教标签。

道金斯在《自私的基因》的"三十周年版简介"中写道:"汉密尔顿带给生物学的第一份礼物是准确的数学计算……这本书里,我从生物体和基因两个层次,用非正式、口语化的语言来描述这种计算。"③实际上,"非正式、口语化"也是整部《自私的基因》以及其他 3 部作品的语言特征。他这样述说孟德尔的发现被当时的生物学界忽视的情况:"孟德尔的发现在当时已经发表,这本来可以解除达尔文的焦虑的,但天哪(but alas),达尔文却一直不知道这件事。达尔文和孟德尔都去世许多年后,似乎才有人读到孟德尔的文章。孟德尔也许没有认识到他的发现的重要意义,否则他可能会写信告诉达尔文的。"④他如此介绍南美洲的哺乳动物:"哺乳动物在南美洲的故事比较复杂,因为北美洲的哺乳动物偶尔会像潮水一样涌入南美洲。//好了,该交代的都交代了,让我们来看看(look at)其中一些动物的谋生方式和趋同演化吧。"⑤在讲述牛顿解析彩虹的科学活动对后世的影响时,道金斯写道:

① Dawkins, Richard. *The Blind Watchmaker*. London：Penguins Books, 2006, p 205.

② Dawkins, Richard. *The God Delusion*. London：Black Swan, 2007, p 387.

③ Dawkins, Richard. *The Selfish Gene*. Oxford：Oxford University Press, 2016, p xiii.

④ Dawkins, Richard. *The Selfish Gene*. Oxford：Oxford University Press, 2016, p 43.

⑤ Dawkins, Richard. *The Blind Watchmaker*. London：Penguins Books, 2006, p 102.

牛顿把彩虹分解成不同波长的光，引出了（led on to）麦克斯韦的电磁学理论，这一理论又催生了爱因斯坦的狭义相对论。如果你觉得彩虹具有诗性的神秘感，你就更应该试着去体验相对论的韵味。爱因斯坦本人公开地对科学进行审美判断，而且可能还言过其实。他说："我们能体验到的最美东西，就是神秘。这是所有真正的艺术和科学的灵感来源。"其科学作品被认为具有诗性成分的阿瑟·爱丁顿爵士，利用1919 年的日食来验证广义相对论；他从普林西比岛返回后，借用巴纳西·霍夫曼（Banesh Hoffmann, 1906—1986）的话宣称：这个时代最伟大的科学家在德国。我读到这句话时，嗓子哽咽了，但爱因斯坦本人对自己的理论得到证实却很从容。即使爱丁顿的观测结果不符合相对论，爱因斯坦也肯定会说："对不起，亲爱的爵士。但相对论是正确的。"①

道金斯这样总结南太平洋的"船货崇拜"（cargo cults）对宗教起源的启示：

我不（don't）想对南太平洋的船货崇拜太较真儿（make too much of…）。但它们确实为宗教从无到有的涌现方式提供了一个有趣的当代模型。特别是对宗教一般意义上的起源来说，它们提供了四点启示；下面我将（I'll set…out）做一些简要陈述。一是（First is）信仰的兴起达到的惊人速度。二是（Second is）这类信仰的起源过程掩盖它的真实历史的速度……②

以上 4 个例子的英语原文包含的句子，无论从句式还是从用词来看，都具有口头语言的特征：大都以短句或松散的并列句为主，多用短小、熟稔的词语，而且用了"look at"（看看）、"led on to"（引出了）、"set…out"（对……进行陈述）等动词短语，以及"but alas"（但天哪）、"you"（你）、"don't"（不）、"I'll"（我将）、"First is…"（一是……）、"Second is…"（二是……）等口语化词语。

---

① Dawkins, Richard. *Unweaving the Rainbow: Science, Delusion and the Appetite for Wonder*. Boston & New York: Mariner Books, 2000, p 42.

② Dawkins, Richard. *The God Delusion*. London: Black Swan, 2007, p 239.

道金斯的 4 部作品不时透露出些许幽默。雌性动物为了降低雄性交配之后又去找其他雌性的风险，交配前会让雄性动物去完成某种艰难、代价高昂而又实用的任务。对此，道金斯写道：

> 然而，事实上，雌性个体是不会把杀死一条龙或寻求圣杯这样的专横任务，硬派给它们的求婚者的。原因是，如果有一个雌性竞争者，它指派的任务尽管困难程度相同，但对它以及它的子女却有更大的实用价值，那么它肯定会优越于那些充满浪漫情调、要求对方为爱情付出毫无意义的劳动的雌性动物。筑造一个巢穴也许没有杀死一条龙或游过达达尼尔海峡更具浪漫色彩，却比后者要实用得多。①

作者用"杀死一条龙或寻求圣杯""或游过达达尼尔海峡"这样不可能完成的或高难度的任务进行调侃，不仅产生了幽默效果，而且突出了雌性要求其求婚者完成的任务的既有难度又很实用的特征。他这样阐释蝙蝠夜间活动的习性：

> 蝙蝠面临一个问题：如何在黑暗中探路？它们在夜间猎食，无法利用阳光寻找猎物和避开障碍。你也许会说：如果这也叫问题，那是它自找的，改变习惯不就得了？干吗不在白天狩猎？但白天谋生已经有鸟类等其他生物竞争得你死我活。夜里的营生尚有余地，而白天的营生已僧多粥少，所以自然选择青睐那些成功地在夜里谋生的蝙蝠。②

这里，作者通过插入普通读者可能具有的比较"外行"或"武断"的想法，不仅创造了幽默感，而且使阐述语言顿生波澜，避免了平铺直叙。他在解释用于法庭断案的 DNA 检测要领时说，一般会取样分析嫌犯和现场标本的同一段 DNA，因为不同人的这一段 DNA 一般是恒定不变的——人类基因那些

---

① Dawkins, Richard. *The Selfish Gene*. Oxford：Oxford University Press, 2016, p 200.
② Dawkins, Richard. *The Blind Watchmaker*. London：Penguins Books, 2006, p 22.

不变的部分,往往在物种生存中起着关键作用,而基因组的其他某些部分非常多变,也许是因为,它们对生存的意义不大。然后他又说:"但这并不是故事的全部。事实上,某些有用基因也相当多变。发生这种事的原因仍存在很大争议。这样说有点跑题……但是生活压力这么大,如果我们没有离题发挥的自由,那生活将会成什么样子啊?"①作者故意"画蛇添足",增添"跑题"的而且和前文观点矛盾的话——"某些有用的基因也相当多变",而且坦言,跑题是为了找乐趣,以减轻生活压力,这就使幽默感顿生,使读者产生会意微笑。显然,幽默使这些作品的语言不仅显得轻松,而且变得有趣。

三、结构扣人心弦

这 4 部作品的结构犹如小说一样,能紧扣读者心弦。道金斯在《自私的基因》前言的首段写道:"读者不妨把本书当作科学幻想小说来阅读。笔者的构思布局旨在激发读者驰骋想象。"②这两句话对其他 3 部作品同样适用。这些作品都是围绕有争议的话题进行写作的,其中各章既有联系,又有一定的独立性。然而,读者拿到作品后,往往会迫不及待地读下去,直到读完为止。原因是,这些作品不仅总题目以及其中各章的题目能博人眼球,而且,每章的开头也能吸引读者,中间部分又不时提出一些能再次激发读者好奇心的问题,结尾部分往往引出一个新的、需要在下一章解答的问题,使读者情不自禁地去阅读下一章。

让我们以《自私的基因》为例。

该部作品围绕基因与自然选择以及与动物行为的关系展开说明。第 1 章《为什么会有人呢?》("Why Are People?")的第 1 段,就分别借假想的"宇宙中的高级生物"和"好奇的孩子"之口,提出了两个问题:地球居民"发现了进化规律没有"? 地球上"为什么会有人呢"?③ 激发了读者的好奇心之后,作者道出达尔文以自然选择为核心的进化论,并指出其重要哲学意义。然

---

① Dawkins, Richard. *Unweaving the Rainbow: Science, Delusion and the Appetite for Wonder.* Boston & New York: Mariner Books, 2000, p 95.

② Dawkins, Richard. *The Selfish Gene.* Oxford: Oxford University Press, 2016, p xxix.

③ Dawkins, Richard. *The Selfish Gene.* Oxford: Oxford University Press, 2016, p 1.

后,他笔锋一转,说洛伦兹(Konrad Lorenz,1903—1989)、阿德利(Robert Ardrey,1908—1980)、艾贝儿—艾伯菲尔德(Eibl-Eibesfeldt,1928—2018)等相关学者,在各自的著作中都犯了大错——认定进化的关键在于物种(或种群)的利益,而不是个体(或基因)的利益。由此,道金斯开始阐述自己的作品将要论述的观点和不准备论证的观点,前者就是他不同寻常的观点——自然选择的基本单位是基因,基因是自私的。该章的结尾写道,论述自己的这一观点"需要时间,而我们必须从头开始,从生命的起源开始讲"①,从而引出阐述生命源头的第2章《复制因子》("The Replicators")。

　　第2章的第1段承接上一章结尾的提示,点明该章的主要内容——从生物演化尚未发生的年代开始,讲述简单而杂乱的原子如何演变成复杂而有秩序并能创造生命的存在物,换句话说,阐明复制因子(replicator)是如何产生的。读者的好奇心被激发之后,作者才开始较为详细地述说地球上的原始基因——复制因子的漫长形成过程。在中间部分,作者先后提出两个问题,再一次激发读者的好奇心:"我们既说,复制因子的复制错误,是发生演化不可缺少的先决条件,但又说,自然选择青睐高度精确的复制过程,如何才能把这两种说法调和好呢?"②"我们是否能把原始的复制因子称为'有生命'呢?"③然后,他通过解答这两个问题,继续讲述相关的进化知识和观点。该章的最后一段指出,远古时期在海洋中自由游荡的复制因子,当今已经演化为成群地寄居在相对庞大的生存机器(生物体)内部的基因。由此创造悬念,引出随后两章将要讲述的内容——第3章《不朽的螺旋圈》("Immortal Coils")主要讲述包含基因的 DNA 的构成、特性和功能,第4章《基因机器》("The Gene Machine")主要讲述基因的生存机器,以及基因控制其生存机器的行为的方式。

　　第3章的开头承接第2章最后一段引出的话题——基因寄居在它所创造的生存机器(生物体)之内,操控着各自的生存机器,并进一步指出,所有生物的基因的构成物质,都是基本化学结构相当一致的 DNA,但这些生物的

---

① Dawkins, Richard. *The Selfish Gene*. Oxford: Oxford University Press, 2016, p 14.
② Dawkins, Richard. *The Selfish Gene*. Oxford: Oxford University Press, 2016, p 22.
③ Dawkins, Richard. *The Selfish Gene*. Oxford: Oxford University Press, 2016, p 23.

外形、内部结构以及生存方式却存在着巨大差异,这都是由 DNA 造成的,因而"DNA 的运作方式真是神秘莫测"①。由此激发读者思考:DNA 究竟是怎样运作的呢? 然后,作者才比较详细地讲述了 DNA 在生物体内的具体位置,以及它们的形状、主要功能和运作方式。该章中间部分突现波澜:作者说,有性生殖使 DNA 进一步复杂化了——比如,人类细胞核内的染色体共有 46 条,其中 23 条来自父亲,其他 23 条来自母亲,就是说,下一代的 46 条染色体是经过重新组合的,每一个人的 DNA 大分子中包含的基因都经过了临时组合。接着,作者强调,生物好的(适应环境的)基因被自然选择机制保留下来,并传到下一代;当前存在于某一物种所有个体身体内的基因形成了基因库。最后一段指出:"就基因而言,基因库只是基因在其中谋生存的一种'新汤'。现在基因赖以生存的方式是,在不断制造必将消亡的生存机器的过程中,同来自基因库的一批络绎不绝的伙伴进行合作。"由此预示了第 4 章《基因机器》的主要内容——"论述生存机器本身,以及基因控制其生存机器的行为的具体方式"②。

　　第 4 章承接第 3 章结尾引发的话题,先简要地介绍了基因(的生存)机器的演化历程——从海洋里微小的、简单的、单细胞的防御性储藏器,演化为遍布地球大小不一的、复杂的、种类繁多的、多细胞的动植物。然后作者指出,基因对所属生存机器的控制,并不像用手拉动连线来控制木偶的行动那样直接,而是像计算机程序员那样提前编好程序并输入计算机,此后,生存机器独立运作时,基因只能袖手旁观。接着,作者连问两个问题:"基因为什么如此缺乏主动精神? 为什么不把缰绳紧握在手,随时调控生存机器的行为呢?"③凭设问手法再次激发读者的好奇心后,作者才开始以动物为例,不慌不忙地进行解答。因为动物出生后面临的环境变幻莫测,所以,基因只使动物具备潜在的行动能力,动物出生之后需要不同程度的学习,而且,在特殊环境中还需要有随机应变的能力。演化出了意识的动物,还能抗拒基

① Dawkins, Richard. *The Selfish Gene*. Oxford: Oxford University Press, 2016, p 26.
② Dawkins, Richard. *The Selfish Gene*. Oxford: Oxford University Press, 2016, p 58.
③ Dawkins, Richard. *The Selfish Gene*. Oxford: Oxford University Press, 2016, p 68.

因的"命令","例如拒绝充分发挥它们的全部生育潜力"①。这句话为第7
章《生育控制》埋下了伏笔。在第4章接近结尾的部分,作者介绍说,动物还
演化出了在相互之间传递信息乃至假信息的能力,有些动物利用信息系统
为自己谋私利。在结尾部分,作者指出,动物的欺骗行为,可能发生在不同
物种之间,也可能发生在同一物种的不同个体之间,"我们将会看到,甚至子
女也会欺骗父母,丈夫也会欺骗妻子,兄弟俩也会相互欺骗"②。这样,作者
连续制造了数个悬念,不仅引出了第5章《进犯行为:稳定性和自私机器》
("Aggression: Stability and the Selfish Machine")要谈论的话题——从进化角
度看待动物的种种利害冲突,而且预示了随后几章的内容:第6章《基因种
族》("Genesmanship")讲述血缘关系越近的动物,在致命冲突时刻越能舍身
保护对方;第7章《生育控制》("Family Planning")阐释动物为何违背基因的
多生育"命令";第8章《代际之战》("Battle of the Generations")讲述了亲代
与子代的利益冲突;第9章《两性战争》("Battle of the Sexes")讲述了配偶之
间的利益之争。

　　至此,我们不难看出《自私的基因》的环环相扣、一波未平一波又起的结
构特色。由于篇幅所限,剩余各章的结构不再赘述。但需要指出的是,其他
3部作品的结构大致相似,对读者很有吸引力。

四、语言形象抒情

　　道金斯上述作品频频使用类比、拟人、比喻等修辞手法,使其语言非常
生动形象,很有感染力。

　　1. 类比:类比的例子可以说是俯拾皆是。道金斯以雌鸟拿尾巴长短为
标准选雄鸟做配偶为例,来阐释自然选择机制中的性选择现象:

　　　也许整个鸟群会分为两派,一派由长尾雄鸟和偏爱长尾的雌鸟组
　　成,另一派是短尾派。但任何这种依雌性趣味一分为二的状况都是不

---

① Dawkins, Richard. *The Selfish Gene*. Oxford: Oxford University Press, 2016, p 77.
② Dawkins, Richard. *The Selfish Gene*. Oxford: Oxford University Press, 2016, p 84.

稳定的。任何时刻,一旦雌性中有一派占了数量优势,无论那个优势是多么微小,都会在以后的世代中不断增强……只要是不稳定的平衡,任何任意的、随机的起点,都有自我增强的倾向。正因为如此,我们锯断一棵树的树干后,一开始确定不了树是倒向南方或是北方;但树挺立了一段时间后,只要开始朝一个方向倒下,就大势已定、难以挽回了。①

作者用锯断后不稳定的树干的倾倒现象,类比性选择中雌性不稳定的偏爱倾向的最终结局;正如树干不可挽回地倒向一个方向,雌性的偏爱以及由此引发的雄性外在特征,最终只能加速地朝着一个方向变化。这一生动的类比不仅使读者对性选择观点的理解困难迎刃而解,而且加深了他们对相关观点的印象。

(他在反驳宗教徒所笃信的"宗教是道德的根源"的观点时说,如果宗教徒向他提出"如果没有上帝,为什么还要行善?"这样的问题时,他的)直接反应就是做出这样的反诘:"你是真想告诉我,你行善的唯一理由就是要赢得上帝的认可和奖励,或是避免他的责难和惩罚吗?那不是道德,而只是奉承迎合,是为了时刻提防天上那个伟大的摄像头,或是你头脑中微小的窃听器,因为它们监视着你的一举一动,甚至你的每一个念头。"②

这里,他用人们顾忌起监视作用的摄像头和窃听器而不去做不道德的行为的观点,类比宗教徒因迷信上帝的惩恶扬善威力而避恶行善的观点;前者显然是不对的——人类的行为不是做给别人看的,没有摄像头和窃听器人们也会避恶扬善,所以后者是荒谬的——不信宗教和上帝人们同样可以行善避恶。这一形象的类比使读者轻松地认识到,宗教绝不是道德的根源。

2. 拟人。《自私的基因》和《盲眼钟表匠》这两部作品的题目本身就用

---

① Dawkins, Richard. *The Blind Watchmaker*. London: Penguins Books, 2006, p 208.
② Dawkins, Richard. *The God Delusion*. London: Black Swan, 2007, p 259.

了拟人手法——前者用描述人的形容词"自私的"来描述"基因",后者把促成了精巧复杂、种类繁多的动植物的自然选择机制,比拟为"盲眼钟表匠"。此外,作者把猎食者和猎物竞相演化出更强的捕猎能力和逃避被捕的能力,比拟为人类的军备竞赛,并特地指出这样做的理由:"把我们在演化世界里看到的现象比拟为军备竞赛非常贴切;一些自负的学者批评我不该用写人的词语描述自然,我才懒得理睬呢,那么生动、那么有启发性的术语,干吗不用? 前面我阐释瞪羚和猎豹之间的斗争方式时,就引入了'军备竞赛'的概念。"①就是说,用拟人手法阐述自然现象不仅可以使语言生动形象,而且可以启迪读者的心智。在描述2亿5000万年前二叠纪末期的生物大灭绝时,他写道:"那个时代,大约90%的物种灭绝了,包括陆地上的许多种似哺乳爬行动物(mammal-like reptiles)。地球动物群后来终于又占领了被打扫得干干净净的舞台,但这次上台表演的'演员'已经与先前剧组截然不同。陆地上,是恐龙取代了似哺乳爬行动物,填补了它们留下的空白。"②这里,作者把经过物种灭绝这一剧变的地球生态环境,比拟为清扫过的舞台,把先后占统治地位的动物——似哺乳爬行动物和恐龙,比拟为先后上台表演的演员,不仅使语言非常生动形象,更有感染力,而且启迪了读者的想象,引发其强烈的感情共鸣。

3. 比喻。道金斯这样描述春天柳絮漫天飞舞的情景:

> 外边正在下 DNA。位于牛津运河边的我的花园的尽头,有一棵很大的柳树,它正在播撒绒毛包裹的种子。绒毛迎风飘扬……漫天飞舞的绒毛里,DNA 只占微小比例,为什么我说外边正在下 DNA,而不说正在下纤维素呢? 答案是:DNA 才是最要紧的。纤维素绒毛尽管体积庞大,不过是降落伞,用过后就丢弃的。棉质绒毛、柳絮、柳树等层级的作为,都是为着一件事情,而且是唯一的事情——帮助 DNA 在乡间

---

① Dawkins, Richard. *The Blind Watchmaker*. London:Penguins Books, 2006, p 181.

② Dawkins, Richard. *Unweaving the Rainbow*:*Science*, *Delusion and the Appetite for Wonder*. Boston & New York:Mariner Books, 2000, p 75.

散播。①

　　这里,作者用了2个隐喻,把柳絮飞舞比作像下雪一样"在下DNA",把柳絮的纤维素绒毛比作用过就抛弃的降落伞,生动形象地凸显了他所阐释的观点——自然选择的基本单位是基因,因为基因才是最为重要的,绒毛、柳絮乃至柳树都只是柳树基因持续存在的临时工具或机器。道金斯笃信渐进式的演化论,反对生物在门(phylum)的层次上的突变那样的激变式演化观。他说:"可是在门这一层次上的巨大跳跃,简直是上九天揽月。我说的门这一层次上的跳跃,其跨度就好比从软体动物跳到了昆虫,这当然根本不可能发生——软体动物绝对生不出昆虫。"②其中,作者用了隐喻——把生物在门的层次上的突变比作"简直是上九天揽月",不仅强调了这样的观点——突变式演化跨度太大,根本不可能发生,而且使语言生动形象,给读者留下了深刻印象。

　　同时,这些作品的语言还洋溢着种种浓郁情感。正如他在《盲眼钟表匠》的前言中所指出的:"这本书不是一部冷静的科学著作……我必须招认,本书不仅不冷静,有些篇章还是带着激情写的。"③尤为突出的是,这4部作品用了不少表示强烈感情的惊叹号。他在阐释河狸建成的狸造湖时写道:

　　　　自然选择需要基因差异,这里的差异则是功能优异的狸造湖和不那么优异的狸造湖。正如自然选择偏爱的基因能使河狸长出可以啃断树木的锋利牙齿一样,它偏爱的基因也可以使河狸造出便于运输树木的狸造湖。河狸的狸造湖是河狸基因的延伸表现型,湖的长度可达数百码。这一长度真是了不起!④

---

① Dawkins, Richard. *The Blind Watchmaker*. London：Penguins Books, 2006, p 111.
② Dawkins, Richard. *Unweaving the Rainbow*：*Science, Delusion and the Appetite for Wonder*. Boston & New York：Mariner Books, 2000, p 206.
③ Dawkins, Richard. *The Blind Watchmaker*. London：Penguins Books, 2006, p xviii.
④ Dawkins, Richard. *The Selfish Gene*. Oxford：Oxford University Press, 2016, p 320.

引文最后的感叹句,体现了作者对基因优异的河狸造出优异的湖的赞叹之情。他这样描述诺贝尔奖得主艾根(Manfred Eigen, 1927—)的团队制造出 RNA 分子的过程:

> 艾根的团队在试管中放入复制酶和制造 RNA 分子所需的原料,但不在溶液中投放 RNA 分子。然而,一个特别的 RNA 大分子自动地演化出来了,而且,在以后的独立实验中,同样的分子接二连三地演化出来!仔细检查后,试管无意中被 RNA 分子"污染"的可能性被排除了。这是了不得的成果——同样的大分子自动演化两次的概率极低。①

这段引文显示了艾根团队的研究人员在试验中有了新发现之后的惊喜之情;其中,惊叹号和"了不得"一词的运用,起了尤其重要的作用。他如此描述地球的生存条件:

> 我们生活的这颗行星,极其适合我们生存:不冷又不热,沐浴着和煦阳光,降水量适中;轻柔地自转,由青葱色和金黄色构成了一场丰收的节日盛宴。不错,唉,地球上也有沙漠和贫民窟,也会出现饥饿和极大不幸。但看看地球的竞争者吧。和大多数行星相比,我们的地球就是天堂,而且不管按照什么样的高标准,地球的有些地方仍然是天堂。任意挑选一颗行星,能具有如此温柔性情的,其概率有多少呢?即使采用最乐观的计算,我们也是中了百万分之一的大奖。②

在道金斯看来,如果具有好奇心和科学知识,就可以在习以为常的普遍现象中发现奇迹和诗意;这段引文形象生动地表述了作者所发现的奇迹和诗意——看似普通的地球,在浩瀚宇宙中却是奇迹般的存在,是生物生存罕见的天堂,因而他借此抒发了能幸运地生存在地球上的激动和惬意之情

---

① Dawkins, Richard. *The Blind Watchmaker*. London: Penguins Books, 2006, p 133.

② Dawkins, Richard. *Unweaving the Rainbow: Science, Delusion and the Appetite for Wonder*. Boston & New York: Mariner Books, 2000, p 4.

感。道格拉斯·亚当斯(Douglas Adams, 1952—2001)由于阅读了道金斯的《自私的基因》和《盲眼钟表匠》等早期著作,从一个不可知论者转变为无神论者,这在他接受记者的采访录中有所记载。就此,道金斯写道,这件事"激励我把本作品《上帝的错觉》献给他以表示纪念——就是这样! ……道格拉斯,我想念你。你是我最聪明、最有趣、最虚心、最机智、个子最高,而且可能也是仅有的一个皈依者。我希望这本书会令你开怀大笑,尽管远不如你曾令我那般开怀大笑"①。这里,道金斯表达了他对道格拉斯肯定他的作品及其观点的感激、赞赏和怀念的情感。

需要指出的是,想象和情感是文学语言的双翼;道金斯频繁使用类比、拟人、比喻等修辞手法,诉诸丰富想象,使语言异常形象生动,同时,他又不时表露情感,使语言具有抒情性,结果是,这些作品的语言诗意盎然,很能感染读者。

小　　结

道金斯的4部代表性作品的人文思想内涵各有侧重。《自私的基因》的核心思想是:自然选择是在基因层面上进行的,其最终受益者是基因,包括人在内的生物个体只是基因暂时栖身的载体和不断复制自身从而持久延续的工具;基因是自私的,为了自己的持续生存,不择手段地操纵和利用生物个体使其做出自私或利他行为,并无情地将一代代的生物个体遗弃;虽然基因是自私的,生物个体不一定自私,况且人类已经进化出了非凡的智能和理智,能够克服自私基因引发的自私本能,因而应该充分发挥利他精神,不断培养互利合作精神。《盲眼钟表匠》的核心思想是:结构和机制都异常复杂和奇妙的生物及其器官,不是由智能超群的上帝有意识、有目的地设计和创造的,而是经过漫长的自然选择过程累积进化的结果——任何智能存在物都是自然选择的结果,在生命起源的太初时期不存在智能超群的、类似上帝的神;自然选择和生物进化都是自然而然的,没有意识,也没有特殊目的,如

---

① Dawkins, Richard. *The God Delusion.* London: Black Swan, 2007, pp 141–142.

果把大自然比喻成钟表匠,它只能是一位"盲眼的"钟表匠。《解析彩虹》的核心思想是:科学不会破坏诗意,相反,科学和诗意可以相互促进——科学可以使人发现和感受自然中的美和诗意,科学本身就蕴涵着美和诗意,与诗意密切相关的好奇心、直觉、象征、想象力等可以促进科学事业;同时,应杜绝滥用好奇心、隐喻、想象力等与诗意相关的因素去宣扬魔法、迷信、伪科学、邪教等虚妄的东西。《上帝的错觉》的核心思想是:上帝是不存在的,宗教是没有必要存在的;所有宗教对人类没有任何益处,有的只是弊端和危害;没有宗教信仰的人可以成为通达、快乐、有道德、有追求、有信仰的人,可以拥有更美好、更充实的人生。此外,《盲眼钟表匠》和《上帝的错觉》中蕴涵着比较明显的生态意识:敬畏自然,谴责人类肆意屠杀动物,极力维护动物的生存权,倡导生态保护;谴责自高自大、自私自利的人类中心论和白人中心论,反对物种歧视和种族歧视。

　　道金斯的这些思想,是在其向普通读者讲述进化生物学相关前沿知识或科学史上的有关信息的基础上,针对公众或相关学者的误解或思想上的误区所陈述的见解。这些见解有扎实的专业基础,也有针对性,分别涉及互利合作精神的培养、生命起源、科学和诗意(诗性,艺术性)的关系、宗教的作用、生态环境等热门话题或现实问题。如果说奥利弗·萨克斯科学散文代表作蕴涵的人文思想与西方人文主义的基本理念比较契合,堪称人文主义意蕴,朱利安·赫胥黎的《生物学家随笔》蕴涵的人文思想主要基于他的累积进化观,被称为进化人文主义意蕴,那么,理查德·道金斯科学散文代表作蕴涵的人文思想,融入强调互利合作和生态保护以及谴责中心论等生态理念,可以称为生态人文主义意蕴。

　　同时,这4部作品敢于触及有争议的题材,针对许多人对进化论、科学与艺术的关系以及对宗教习以为常的一些认识,通过讲述相关领域的新近研究成果,提出自己新奇乃至激进的观点;作者在写作时心里装着读者,把读者当作好友,用与好友聊天的口语化语言,不慌不忙地讲述相关知识,表述自己的观点,其笔调亲切、轻松,颇具亲和力;这些作品的结构犹如传统小说一样,各个章节乃至章内的各个部分环环相扣,一波未平一波又起,能紧扣读者心弦;作者频繁使用类比、拟人、比喻等修辞手法,诉诸丰富想象,使语言异常形象生动,同时,又不时表露情感,使语言具有抒情性,结果是这些作品的语言诗意盎然,很能感染读者。

这些作品的思想内涵和艺术特色对中国当下的科学散文创作和社会实践都具有重要启示意义。深受广大读者喜爱的科学散文作品,既要基于丰富而准确的科学、科学史以及人文知识,又要联系大众的思想动态和社会现实,大胆地和错误思潮作斗争,积极传递正能量——比如说,像道金斯那样,反对自私自利,反对神创论、迷信、伪科学、邪教等一切虚妄的东西,反对自我中心主义,倡导高尚的互利合作精神,传播科学知识,弘扬无神论,提倡科学和诗意(诗性,艺术性)的结合,宣传生态观。我们的政府和教育机构应更加重视科学普及,更加重视科学和人文的结合,更加大张旗鼓地弘扬无神论,以拓展公众的视野,进一步提升全民素质,培养公众的互利合作精神、科学创新精神和生态保护意识。中国的科学散文作者在创作时,既要注重向大众普及科学知识,介绍科学的最新成果,融入积极作为、互利合作、共生共荣等生态人文主义理念,增进他们的思想水平和道德境界,又要努力提高自己作品的文学性或艺术水平,从而使作品成为融真、善、美为一体的优秀散文。

第十章　理论物理学家斯蒂芬·霍金的宇宙想象

　　斯蒂芬·霍金是英国享有国际盛誉的理论物理学家,著名科学散文作家。他是"继爱因斯坦之后最杰出的科学家"①,任英国剑桥大学卢卡斯数学教授(Lucasian Professor of Mathematics)达 30 年之久(该教席曾由艾萨克·牛顿担任)。有学者指出:"任何科学散文选集,只要不包含霍金的作品,都是不完整的,这不仅仅是因为其《时间简史》的惊人销量。"②霍金上大学期间患上了肌萎缩侧索硬化症,导致半身不遂,后来进一步恶化,失去了发声能力,仅剩手指和眉毛会动,却以惊人毅力,取得了举世瞩目的科学成就。他1974 年当选为英国皇家学会最年轻的院士,1978 年获世界理论物理研究领域的最高奖——爱因斯坦奖。除出版许多专业性著述之外,他还创作了"向较广大的公众解释科学"③的科学散文作品,包括享誉世界的《时间简史》,以及《黑洞和婴儿宇宙》(一译为《霍金讲演录》)、《果壳中的宇宙》、《大设计》、《我的简史》。

　　《时间简史》包含 12 章,向大众述说了宇宙学的基本知识,包括宇宙学的历史,宇宙的起源和未来,时空的本质,等等。

　　《黑洞和婴儿宇宙》收集了 13 篇讲稿,前 3 篇是有关作者自己生平的发言稿,其余大部分是其关于宇宙学的讲演稿。

　　《果壳中的宇宙》包含 7 章,图文并茂,讲述了宇宙学领域的最新探索,

---

① 　Hawking, Stephen. *A Brief History of Time*. New York:Bantam Books, 2017, 扉页.

② 　Dawkins, Richard. ed. *The Oxford Book of Modern Science Writing*. Oxford:Oxford University Press, 2008, p 342.

③ 　斯蒂芬·霍金:《我的简史》,吴忠超译,湖南科学技术出版社 2014 年版,第 104 页。

涉及超引力(supergravity)、超对称、全息论(holography)、对偶论(duality)、超弦理论(superstring theory)、P膜(p-branes)等概念。

《大设计》是作者与加利福尼亚州理学院物理学家列纳德·蒙洛迪诺(Leonard Mlodinow)共同创作的作品,包含8章,把有关宇宙起源及生命本身的最基本问题的思考,上升到哲学层面,提出了"依赖模型的实在论"(Model-dependent realism),以及M理论,最终回答了宇宙产生的第一推动的问题。

《我的简史》是霍金的自传,包含13章,简明扼要地讲述了作者的生活故事、求学经历、主要研究发现的过程,以及《时间简史》创作出版的始末。

霍金的这5部作品不仅介绍了宇宙学领域的基本知识和前沿理论,而且叙说了包括他自己在内的理论物理学家的具体研究过程和真切体验,比较充分地体现了他的科学精神、科学方法、科学世界观,以及科学社会学和科学伦理意识。

科学哲学是对科学的反思,主要涉及科学的本质、科学发现、科学方法、科学理论、科学与社会、科学与价值等论题。美国科学哲学家杰弗里·戈勒姆强调,前沿的科学问题常常会引出一些深刻的哲学问题,"一些伟大的科学家会在其研究方向上表现出非常深刻的哲学性。这些人除了牛顿,还有伽利略、达尔文、尼尔斯·玻尔、阿尔伯特·爱因斯坦、斯蒂芬·杰伊·古尔德和史蒂芬·霍金"[1]。中国科学哲学学者周林东指出:"当代的自然科学家们对于哲学也不乏浓厚的兴趣,他们就科学中的具体问题进行的哲学探讨,也应当被看作为科学哲学。"[2]国内还有学者从不同角度初步研究了霍金的普通哲学思想。章红宝探讨了霍金的天人观及其哲学意义,他指出,霍金"把人择原理应用到宇宙理论中,推知宇宙的初始条件及相应的科学定律,他的天人观体现了人和宇宙的和谐统一"[3]。鲍健强审视了霍金独特的哲学思想和科学方法,他强调,霍金的"物质观、时空观、宇宙观等主要哲学思想

① 杰弗里·戈勒姆:《人人都该懂的科学哲学》,石雨晴译,浙江人民出版社2019年版,第Ⅲ页。
② 周林东:《科学哲学》,复旦大学出版社2005年版,第2页。
③ 章红宝、江光华:《试论史蒂芬·霍金的天人观及其哲学意义》,载《广西师范大学学报(哲学社会科学版)》2005年第3期,第32页。

独树一帜、深刻丰富",他在"理论思维和科学研究中运用了直觉方法、类比方法、数学方法和证伪主义等科学方法"。① 赵煦探究了霍金的依赖模型的实在论,他认为,霍金的这种实在论"不在终极的客观存在的有无之间作无谓的争论,只关注理论模型的好与坏,对于自然科学的发展,有着积极的意义";其主张"使得依赖模型的实在论与科学史的实际更相符合"。②

迄今为止,国内外尚未有人比较深入、系统地探讨霍金上述 5 部作品的科学哲学意蕴和艺术特色,因而本章拟作一些尝试。

第一节　霍金科学散文的科学哲学意蕴

本节主要从霍金上述 5 部科学散文作品出发,从以下四个方面对其中所蕴含的科学哲学理念做较为全面和深入的探讨。

一、科学精神

科学精神既是科学发现的前提,又贯穿科学活动的始终,它是科学哲学(之科学本体论)的重要内容。中国著名科学哲学学者李醒民说:"科学精神是科学本性的自然流露或延伸,体现了科学的哲学和文化意蕴,是科学的根本、真诠和灵魂。"③霍金科学散文蕴含的科学精神主要有以下四点。

1. 求真务实。霍金对自然规律(真理)不仅有强烈好奇心,而且有执着追求;同时,他注重对事实经验的观察、分析和证明。他坦言:"我总是对事物如何运行感兴趣……十三四岁后我知道自己要在物理方面做研究,因为这是最基础的学科,尽管我知道中学物理太浅显、太容易、太枯燥……但是物理学和天文学有望解决我们从何处来、为何在这里的问题。我想探索宇

---

① 鲍健强:《浅论著名科学家霍金的哲学思想和科学方法》,载《自然辩证法研究》2010 年第 8 期,第 89 页。
② 赵煦:《论霍金的依赖模型的实在论》,载《哲学分析》2017 年第 4 期,第 150 页。
③ 李醒民:《科学的文化意蕴——科学文化讲座》,高等教育出版社 2007 年版,第 216 页。

宙的底蕴。"①他在《果壳中的宇宙》的前言里说:"正如古人所说,充满希望的旅途胜过终点的到达。我们力求有所发现,不仅在科学中,而且在所有领域中激发创造性。"②他把伽利略誉为"近代科学的奠基人",原因是,"伽利略是最早做出如下判断的人之一:人们有望了解世界如何运行,而且,我们能通过观察现实世界来做到这一点"③。他进一步解释说:"伽利略很早就相信哥白尼理论(行星围绕太阳公转),但只有在他找到了能证实这一观念的证据后,他才公开表示支持。"④他还说,伽利略发现了大量定律,"并且提出了两个重要原则,一个是,观察是科学的基础,另一个是,科学的目标是研究存在于物理现象之间的定量关系"⑤。霍金推崇证伪主义的代表人物卡尔·波普尔的实证哲学,他明确指出:

> 关于时间或任何别的概念的任何可靠的科学理论,依照我的看法,都必须基于最便于操作的科学哲学之上:这就是卡尔·波普尔和其他人提出的实证主义方法。按照这种思维方式,科学理论是一种数学模型,它能描述和简明扼要地表述我们所做的观测。一种好的理论可在一些简单假设的基础上描述大范围里的现象,并且做出能被检验的确定预言。⑥

霍金的主要科学成就大都建立在实证基础上。1970年,他和彭罗斯合作发表论文,证明了奇性定理:"只要假定广义相对论是正确的,宇宙包含着我们观测到的这么多物质,那么一定有一个大爆炸奇点。"⑦随后,他用量子力学研究黑洞,并"设计了一种更好的数学处理方法",通过计算和"仔细推

① 斯蒂芬·霍金:《霍金讲演录》,杜欣欣、吴忠超译,湖南科学技术出版社2018年版,第10页。
② Hawking, Stephen. *The Universe in a Nutshell*. New York: Bantam Books, 2001, p viii.
③ Hawking, Stephen. *A Brief History of Time*. New York: Bantam Books, 2017, p 194.
④ Hawking, Stephen. *A Brief History of Time*. New York: Bantam Books, 2017, p 194.
⑤ Hawking, Stephen, Leonard Mlodinow. *The Grand Design*. New York: Bantam Books, 2011, p 37.
⑥ Hawking, Stephen. *The Universe in a Nutshell*. New York: Bantam Books, 2001, p 31.
⑦ Hawking, Stephen. *A Brief History of Time*. New York: Bantam Books, 2017, p 53.

敲",证实了黑洞能散发粒子和产生辐射,提出了黑洞辐射理论,后来,其他许多物理学家"用各种不同的形式重复了这个计算,他们都证实了,黑洞应该像热体那样散发粒子和产生辐射"。①

2. 怀疑批判。爱因斯坦是世界上继牛顿之后最伟大的科学家和物理学家;在霍金笔下,爱因斯坦敢于怀疑,他的科学成就,是在批判地继承以牛顿为代表的科学家所坚持的现代时空观和宇宙观的基础上获得的。爱因斯坦具有好辩的性格,蔑视权威。1909 年,他在瑞士专利局一个低级职位上就发表了 2 篇论文,"开启了两项革命",改变了现当代人"对时间、空间以及实在本身的理解"。② 他"推翻了 19 世纪科学的两个绝对概念:以太代表的绝对静止,所有钟表都测量到的绝对时间或普适时间"③;他的广义相对论把空间和时间从事件在其中发生的被动背景,转变成宇宙动力学的主动参与者,颠覆了牛顿以来宇宙被视为事件发生的被动背景,被视为平坦、无限的空间这样的传统宇宙观。

同样,霍金提出自己的宇宙观,是以怀疑和批判爱因斯坦的一些观点为出发点的。在霍金看来,爱因斯坦的"广义相对论只是一个不完备的理论,它不能告诉我们宇宙是如何产生的,因为它预言,包括它自己在内的所有物理理论都在宇宙的起始时刻失效"④。同时,霍金认为,20 世纪另一个伟大理论——量子力学也是一个"不完备的"理论。⑤ 因此,他致力于把爱因斯坦广义相对论与量子力学结合起来。他指出,爱因斯坦的广义相对论制约着宇宙的大尺度结构,但其局限是,它没有与量子力学的不确定原理结合起来,"而为了和其他理论相协调,考虑量子力学的效应是必要的"⑥,原因是,量子力学适用于宇宙大爆炸和黑洞奇点之类的无限小尺度的微观领域,把这两个理论结合起来,才有可能充分解释宇宙的起源——大爆炸,宇宙漫长的演变过程,以及其未来塌缩所导致的时空终结。他说,爱因斯坦不相信不

---

① Hawking, Stephen. *A Brief History of Time*. New York：Bantam Books，2017, pp 108-109.
② Hawking, Stephen. *The Universe in a Nutshell*. New York：Bantam Books，2001, p 4.
③ Hawking, Stephen. *The Universe in a Nutshell*. New York：Bantam Books，2001, p 11.
④ Hawking, Stephen. *A Brief History of Time*. New York：Bantam Books，2017, pp 53-54.
⑤ Hawking, Stephen. *A Brief History of Time*. New York：Bantam Books，2017, p 54.
⑥ Hawking, Stephen. *A Brief History of Time*. New York：Bantam Books，2017, p 63.

确定原理在大爆炸之前能起作用的具体事例,是他的一句话"上帝不掷骰子"①。意思是说,爱因斯坦不认为,宇宙起源具有偶然性或不确定性。而霍金说,"所有证据表明,上帝是一位老赌徒,他在每一种可能的场合掷骰子"②。意思是说,宇宙起源(大爆炸)以及宇宙中的黑洞,一定受不确定原理制约。

3. 多元开放。霍金善于兼容并蓄,博采众长。他以批判的态度审视了多数现代人视为宗教迷信的宇宙起源传说,肯定了哈勃的宇宙膨胀理论,基于广义相对论,与彭罗斯一起证明了奇性定律,提出了新的宇宙起源说——宇宙始于大爆炸奇点。他写道:"一些早期的宇宙论和犹太教、基督教、穆斯林传统认为,宇宙是在过去某个有限的、不怎么遥远的时刻起始的……圣·奥古斯丁(Saint Augustine,354—430)根据《圣经·创世纪》,把公元前 5000年认定为宇宙的创生时刻。"③"发现宇宙膨胀是 20 世纪的伟大知识变革之一。"④他基于量子力学,深入研究了黑洞,进一步探索了宇宙的起源,并探讨宇宙的归宿,提出宇宙将终结于大塌缩形成的奇点。他把麦克斯韦的电磁学理论和爱因斯坦的广义相对论与量子论相结合,提出了量子场论。他说:

> (电磁学理论和广义相对论都是物理学上的革命性理论,但仍是经典性理论,)如果我们希望理解原子和分子的运行,我们就需要麦克斯韦电磁理论的量子版本;而如果我们要理解早期宇宙,那时宇宙中的所有物质和能量都被挤压到极小体积中,我们就必须有广义相对论的量子版本……我们必须寻找所有自然定律的量子版本,这样的理论被称为量子场论。⑤

①　Hawking, Stephen. *A Brief History of Time*. New York: Bantam Books, 2017, p 58.
②　斯蒂芬·霍金:《霍金讲演录》,杜欣欣、吴忠超译,湖南科学技术出版社 2018 年版,第 55 页。
③　Hawking, Stephen. *A Brief History of Time*. New York: Bantam Books, 2017, p 7.
④　Hawking, Stephen. *A Brief History of Time*. New York: Bantam Books, 2017, p 41.
⑤　Hawking, Stephen, Leonard Mlodinow. *The Grand Design*. New York: Bantam Books, 2011, pp 131–132.

霍金把物理学热力学定律应用于黑洞研究,提出了"黑洞面积定律";他吸纳理查德·费恩曼的历史求和法(sum over histories),深入研究宇宙的膨胀和收缩,并引进了虚时间的概念,1983 年与詹姆士·哈特尔(James B. Hartle,1939—2023)一起提出了"有限无界"的量子宇宙论①;他采用布兰登·卡特(Brandon Carter,1942—)的人择原理(anthropic principle)阐释宇宙演化,并把历史求和法和弱人择原理相结合,认为宇宙与人类自身存在互为条件,宇宙的演化过程和人类存在密切相关:"应用弱人存原理的一个例子,是'解释'为何大爆炸发生于大约 100 亿年之前——演化出智慧生物大约需要那么长时间。"②

霍金从光的波粒二重性得到启发,认为解释宇宙的完备的统一理论(complete unified theory)不是单一的一个理论,而是被称为 M 理论的一簇理论的组合。他说:

> 关于制约宇宙的定律,我们所能说的是:似乎不存在能够描述宇宙的方方面面的一个单一的数学模型或理论。相反,正如开篇提到的,似乎存在一个称作 M 理论的理论网络。在 M 理论网络中,每个理论都能很好地描述一定范围的现象。只要在其范围交叠之处,网络中的不同理论相符,它们都能被称作同一簇理论的不同部分。③

即是说,他主张多种不同的理论共存——用不同的理论去解释宇宙不同范围中和不同情形下的现象,他认识到,不存在唯一一个能解释宇宙中所有现象的理论。

4. 纠错臻美。在上述 5 部作品中,霍金多次坦率承认自己理论的错误或不完善之处;而且,他还不断纠正自己的错误,从而使自己的理论或观点趋于完美。1970 年,他与彭罗斯一起提出并证明了奇点定理,认为宇宙起始

---

① 斯蒂芬·霍金:《霍金讲演录》,杜欣欣、吴忠超译,湖南科学技术出版社 2018 年版,第 66 页。

② Hawking, Stephen. *A Brief History of Time*. New York:Bantam Books, 2017, p 128.

③ Hawking, Stephen, Leonard Mlodinow. *The Grand Design*. New York:Bantam Books, 2011, p 77.

于大爆炸奇点，在这一点，所有的科学定律都会无效。后来，他用量子力学的不确定原理深入研究宇宙起源，并引入虚时间概念，于1983年提出无边界条件（假说），认为宇宙的起始和终结端都不存在奇点。他说："我近期的研究似乎颠覆了我早年关于奇点的成果。但是，正如上面所指出的，奇点定理真正的重要意义在于，它们表明，引力场必然会强到不能无视量子引力效应的程度。由此产生这样的观念：宇宙的尺度在虚时间里是有限的，但宇宙却没有边界或奇点。"①这就是说，量子力学定律在奇点处仍然有效。他原以为，宇宙膨胀时，无序度（熵）增加，宇宙塌缩时，无序度减少，但他后来"意识到自己犯了一个错误，因为无边界条件意味着，事实上，宇宙收缩时无序度仍在增加"；他因此特地写道："当你发现自己犯了这样的错误后该怎么办？……依我看，如果你在出版物中承认自己错了，那会好得多，可以少造成混乱。爱因斯坦就是一个好榜样——他在试图建立一个静态的宇宙模型时引入了宇宙常数，后来却把它称为自己一生中的最大错误。"②此外，他还坦承自己在认识黑洞方面的曲折经历——最初，他如当时的所有人一样，"接受黑洞不能发射任何东西的正统说法"，但他勇于改正，"付出相当大的努力试图摆脱这个令人难堪的效应"，最后，他提出了黑洞辐射定律："黑洞正如通常的热体那样产生和发射粒子，这热体的温度和黑洞的表面引力成比例并且和质量成反比。"③

霍金面向大众的畅销作品《时间简史》，自从开始撰写到出版多次修改。最初，他写了第1章，让自己的文学代理人阿尔·朱克曼（Albert Zuckerman）看，朱克曼认为，它达不到机场书店所售图书的通俗水平，霍金吸取建议，以更通俗的语言写就了整部作品的第一稿。此稿交付矮脚鸡图书公司（Bantam Books）后，非常尽责的编辑彼得·古查迪（Peter Guzzardi）又建议霍金"重写这部书，要写得像他那样的非专业的人都能理解"，每当霍金送给他重写的每一章，古查德就发回一个长长的列表，其中包括一些异议和要澄清的

---

① Hawking, Stephen. *A Brief History of Time*. New York：Bantam Books, 2017, pp 143-144.

② Hawking, Stephen. *A Brief History of Time*. New York：Bantam Books, 2017, p 155.

③ 斯蒂芬·霍金：《霍金讲演录》，杜欣欣、吴忠超译，湖南科学技术出版社2018年版，第85页。

问题;霍金虚心接受建议,认真修改,结果"这本书经过修改之后好多了"。①

二、科学方法

霍金的科学散文作品中倡导的科学方法主要有下述五种。

1. 直觉方法。直觉是没有经过充分的分析推理而产生观点的认识方法,它基于已获得的知识和累积的经验。霍金说:"我做工作相当凭直觉。我想,嘿! 涌出一个想法应该是正确的,然后设法去证明它。有时我发现自己错了,但是最初错的想法会导致新的想法。"②1965 年,他读到彭罗斯关于任何物体在引力作用下塌缩、最终必定形成一个奇点的定理,很快意识到,"假定现在宇宙在大尺度上大体类似弗里德曼模型,如果把彭罗斯定理中的时间方向颠倒,使塌缩变为膨胀,彭罗斯奇点定理的适用条件仍然存在……任何类似弗里德曼模型的膨胀宇宙一定是从一个奇点开始的"③。在随后几年里,他发展了新的数学技巧。1970 年,与彭罗斯一起证明了奇点定理,认为宇宙起始于大爆炸奇点。1970 年,他的女儿出生后不久的一个晚上,他上床睡觉时,开始思考黑洞问题,忽然意识到与黑洞视界面积相关的一些问题,并想到一个假设——黑洞的视界面积只增不减。他兴奋得彻夜难眠,次日就打电话告知彭罗斯,得到了其认可。④ 此后,他联想到热力学第二定律,以此佐证自己的假设。他与詹姆·哈特尔基于广义相对论和"历史求和"思想,提出了宇宙有限无界的重要思想;这一思想也是基于直觉方法——它无法证明,只能称为"无边界条件或假说"(No boundary condition / proposal)。正如他所坦承的:"时空是有限而'无界'的这一观点仅仅是一个假说,无法从其他原理推导出来。正如其他任何科学理论,它最初可能是出于感性的或玄思的缘由而提出的。"⑤

2. 演绎推理。这是从一般性的前提出发,推导出具体结论的过程。霍

①　斯蒂芬·霍金:《我的简史》,吴忠超译,湖南科学技术出版社 2014 年版,第 97 页。
②　迈克尔·怀特、约翰·格里宾:《霍金传》,洪伟译,上海译文出版社 2002 年版,第 94 页。
③　Hawking, Stephen. *A Brief History of Time*. New York: Bantam Books, 2017, pp 52-53.
④　Hawking, Stephen. *A Brief History of Time*. New York: Bantam Books, 2017, pp 103-105.
⑤　Hawking, Stephen. *A Brief History of Time*. New York: Bantam Books, 2017, pp 141-142.

金有了大胆的假设之后,通常以已有的物理理论为前提,运用数学方法进行证明。如前所述,他与彭罗斯提出的奇点定理的前提是广义相对论;他的黑洞辐射理论基于量子力学。他说:"量子力学允许粒子从黑洞中逃逸出来,这是经典力学不允许的事。然而,在原子和核子物理学中存在许多其他情形,有一些按照经典原理粒子不能逾越的壁垒,按照量子力学原理的隧道效应可让粒子通过。"①他与哈特尔一起提出的无界条件假说,其前提是广义相对论的弯曲时空思想,以及基于"历史求和"思想的量子力学理论。他说:"我们仍然没有一个把量子力学与引力论相结合的完备而协调的理论。然而,我们对这样的统一理论应具备的某些特征相当有把握。其中一个特征就是,这一理论应该包含费恩曼提出的用历史求和来表述量子力学理论的假说。"②

3. 证伪主义。霍金在其作品中多次提及波普尔证伪主义的主要观点,并奉为圭臬。他说:

> 就像科学哲学家卡尔·波普尔所强调的,一个好的理论的特征是,它能作出许多预言,而且,这些预言原则上可以通过观测被否定或被证伪。每当我们在新实验中观察到与这些预言相符合的现象,这个理论就能多存活一段时间,我们对它的信任度就会增加;但是,哪怕只有一次新观察和预言不符,我们就只得抛弃或修正这个理论。③

正如上文所提及的,霍金在数十年的科学生涯中,一直在不断修正和完善自己的相关理论。在他看来,人们提出的所有宇宙理论,都只不过是假定的宇宙图像或数学模型,都是临时性的和不完备的,"科学的最终目的是提供能够描述整个宇宙的单一理论"④。他认为,广义相对论和量子力学都是不完备的理论,因而当代理论物理学的主要努力方向和《时间简史》的主旨,

---

① 斯蒂芬·霍金:《霍金讲演录》,杜欣欣、吴忠超译,湖南科学技术出版社 2018 年版,第 85 页。
② Hawking, Stephen. *A Brief History of Time*. New York: Bantam Books, 2017, p 138.
③ Hawking, Stephen. *A Brief History of Time*. New York: Bantam Books, 2017, p 10.
④ Hawking, Stephen. *A Brief History of Time*. New York: Bantam Books, 2017, p 11.

是"寻求一个能将这两个理论结合起来的新理论——量子引力论"①。对于他与哈特尔一起提出的有限无界宇宙论,他说:"在哲学家卡尔·波普尔定义的意义上说,无边界设想是一种好的科学理论:它可以被观测证伪。"②

4. 触类旁通。正如前文所述,霍金倡导开放多元的科学精神,他博采众长,经常从前人的相关理论中得到启发,进行类推,提出自己的理论。可以说,他在宇宙学领域的重大贡献大都始于受到启发。1965 年,英国数理学家彭罗斯用奇点理论研究恒星塌缩,认为恒星最终塌缩成质量极大、体积极小的黑洞奇点③;受此启发,霍金把彭罗斯的奇点理论和弗里德曼的膨胀宇宙观相结合,提出了宇宙大爆炸前有一个奇点,宇宙(时空)始于大爆炸奇点。1970 年,他与彭罗斯一起证明了奇点定理。此外,霍金通过对黑洞的深入研究,认为两个黑洞碰撞合并成一个黑洞,其总面积应大于或等于原有两个黑洞的面积之和。他联想到热力学第二定理涉及的熵的物理量增加的规律④,以此佐证其黑洞面积定理——黑洞的熵增原理:尽管存在着量子力学效应,黑洞表面积随时间递增。⑤ 他基于广义相对论和"历史求和"思想,并受数学中的实数和虚数概念的启发,假设了实时间和虚时间,进而提出了宇宙无边界假说——宇宙是有限的但是没有边界或奇点(在虚时间中)的思想。⑥

5. 数学方法。霍金是剑桥大学除牛顿之外最著名的卢卡斯数学教授,他的研究领域宇宙学属于理论物理,他研究的问题主要是宇宙的起源和未来,以及黑洞;他对天文观测不感兴趣,主要是通过前人的理论和观察,大胆地进行假设,然后运用数学进行证明。上文的一些例子实际上已涉及这个方面,这里再举两个例子。1965 年,霍金受彭罗斯的黑洞奇点理论的启发,提出宇宙大爆炸始于奇点的假设后,在随后几年中,"摸索出了新的数学技

---

① Hawking, Stephen. *A Brief History of Time*. New York:Bantam Books, 2017, p 12.
② 斯蒂芬·霍金:《霍金讲演录》,杜欣欣、吴忠超译,湖南科学技术出版社 2018 年版,第75—76 页。
③ Hawking, Stephen. *A Brief History of Time*. New York:Bantam Books, 2017, p 52.
④ Hawking, Stephen. *A Brief History of Time*. New York:Bantam Books, 2017, p 106.
⑤ Hawking, Stephen. *A Brief History of Time*. New York:Bantam Books, 2017, p 209.
⑥ Hawking, Stephen. *A Brief History of Time*. New York:Bantam Books, 2017, p 212.

巧",并与彭罗斯一起证明了这一假设,1970 年发表了有关奇点定理的论文。[①] 1983 年,霍金与哈特尔一起提出宇宙无边界假说时,基于实数和虚数的概念,提出了实时间和虚时间的概念。他说:"虚时间听起来也许像科学幻想,但事实上,它是明确定义的数学概念。"[②]随后,他从"历史求和"思想及无边界假说出发,"计算出宇宙具有现在密度的某一时刻、在所有方向上几乎以同等速率膨胀的概率"[③]。

三、科学世界观

霍金认为,宇宙始于一个体积极小、密度极大的大爆炸奇点,在约 150 亿年前的大爆炸后,开始不断膨胀。同时,宇宙温度不断降低,"在一个比平均值稍微密集些的区域,膨胀速度就会由于额外引力的作用变得缓慢。在一些区域,膨胀最终会停止,塌缩现象开始出现"[④],然后在区域外物体的引力作用下,旋转星系开始形成,星系中的氢气和氦气在自身引力下,进一步塌缩形成恒星,恒星周围的重元素进一步聚集,形成"像地球这样围绕太阳公转的天体"[⑤]。当前,随着星系之间距离的增大,不同星系之间的引力吸引正在降低宇宙膨胀率;"如果宇宙的密度大于某个临界值,引力吸引将最终使膨胀停止并使宇宙开始重新收缩。宇宙就会塌缩到一个大挤压"[⑥]。宇宙塌缩至少 100 亿年后才开始出现。[⑦]

在霍金看来,作为统一体的时空不仅是弯曲的,而且是宇宙膨胀和塌缩的动态过程式的存在,它不是被动的背景式的存在,而是与其中运动的其他物质相互作用的能动性存在物。他写道:"根据广义相对论,空间和时间变成了动力参量(dynamic quantities):物体运动或者力产生作用时,它会影响

① Hawking, Stephen. *A Brief History of Time*. New York:Bantam Books, 2017, p 53.

② Hawking, Stephen. *A Brief History of Time*. New York:Bantam Books, 2017, p 139.

③ Hawking, Stephen. *A Brief History of Time*. New York:Bantam Books, 2017, p 144.

④ Hawking, Stephen. *A Brief History of Time*. New York:Bantam Books, 2017, p 123.

⑤ Hawking, Stephen. *A Brief History of Time*. New York:Bantam Books, 2017, p 124.

⑥ 斯蒂芬·霍金:《霍金讲演录》,杜欣欣、吴忠超译,湖南科学技术出版社 2018 年版,第 116 页。

⑦ Hawking, Stephen. *A Brief History of Time*. New York:Bantam Books, 2017, p 153.

空间和时间的曲率;反过来,时空的结构也影响了物体运动和力产生作用的方式。空间和时间不仅去影响,而且也被发生在宇宙中的每一事件影响着。"①他后来明确指出:"爱因斯坦的广义相对论,把空间和时间从事件在其中发生的被动背景,转变成宇宙动力学的主动参与者。"②宇宙中现存的恒星,不断燃烧所含的氢气,最终依其质量大小,分别塌缩成白矮星、中子星和黑洞,现存的时空或终结于黑洞奇点,或终结于遥远未来宇宙大塌缩形成的大挤压奇点。黑洞具有温度,能缓慢释放出粒子,最终发生爆炸完全消失,同时释放出巨大能量。

可以说,霍金秉持的是一种后现代世界观,他不仅是无神论者,而且是人类中心论的消解者。他认识到,包括有限无界宇宙论和多宇宙论在内的科学理论,不仅彻底否定了上帝的存在,颠覆了有神论,而且否定了人类位于宇宙中心、是上帝特创的宠儿这样的人类中心论。他用有限无界宇宙论消解以牛顿为代表的机械主义的有神论:

> 随着科学理论描述事件的成功,大部分人开始相信,上帝让宇宙按照一套定律来演化,而不介入宇宙演化使其违背这些定律。然而,这些(已知)定律并未告诉我们宇宙起始的具体情形,就是说,依然要靠上帝去给宇宙卷紧发条,并选择启动它的方式。只要宇宙有一个开端,我们就会设想存在一个造物主。然而,如果宇宙的的确确是完全自足的,没有边界或边缘,它就是存在,那么,造物主还会有存身之处吗?③

即是说,根据量子力学,在宇宙从大爆炸奇点起始的瞬间,不确定原理起着制约作用,所以宇宙时空产生并演化到目前状态的过程,具有偶然性,宇宙自始至终都是自然而然的存在,不存在上帝,也没有任何外在力量在推动,宇宙之外不存在任何其他力量。

---

① Hawking, Stephen. *A Brief History of Time*. New York：Bantam Books, 2017, p 34.

② 斯蒂芬·霍金:《霍金讲演录》,杜欣欣、吴忠超译,湖南科学技术出版社 2018 年版,第 21 页。

③ Hawking, Stephen. *A Brief History of Time*. New York：Bantam Books, 2017, p 146.

在《大设计》中,霍金充分肯定了近现代宇宙科学对消解人类中心论的积极作用,并用多宇宙论反击有神论的回潮。他写道:

> 随着望远镜的发明,通过 17 世纪的观测,诸如我们并不是唯一一个拥有月亮的行星的事实,充分地证明了我们在宇宙中不占据优越位置的原理。随后的几个世纪里,我们对宇宙发现得越多,似乎越显得地球可能只不过是一颗平凡行星。然而较为晚近的发现表明,这么多自然定律被特地微调到适合我们的生存,这至少可能使我们中的某些人有点儿倒退到这个大设计是某一伟大设计者的作品的观念……①

但他认为,这却不是现代科学的最终答案,原因是:

> 我们的宇宙似乎是许多宇宙中的一个,每一个都拥有不同的定律——多宇宙思想不是为了解释微调的奇迹而发明出来的,它是现代宇宙学中其他许多理论,尤其是无边界条件理论的顺理成章的结果……这意味着,多宇宙的存在可以解释自然定律的微调,其方式使人意识到,存在亿万个太阳系那样的系统,我们太阳系恰巧适合生物生存的环境因而变得极其平常。长期以来,许多人把他们时代似乎得不到科学解释的自然之美与复杂性归功于上帝。然而,正如达尔文和华莱士没有通过一个至高无上的力量的干涉,就解释了看起来好像是通过奇迹般的设计才能出现的生命形式,多宇宙概念也可以解释自然定律的微调,而不需要一个为了我们而创造宇宙的仁慈造物主。②

他还说:"宇宙的其他地方对于地球上发生的任何事情根本不在乎。"③

---

① Hawking, Stephen, Leonard Mlodinow. *The Grand Design*. New York: Bantam Books, 2011, p 209.

② Hawking, Stephen, Leonard Mlodinow. *The Grand Design*. New York: Bantam Books, 2011, pp 209-210.

③ 斯蒂芬·霍金:《霍金讲演录》,杜欣欣、吴忠超译,湖南科学技术出版社 2018 年版,第 115 页。

这就是说,多宇宙的思想扭转了有些人在认识宇宙以及人在宇宙中的地位等方面的倒退现象;宇宙不是上帝创造的,人类居住的地球不是宇宙中心;人类及其所处的非常适宜自己存在的环境,都是偶然地长期演化而来的,这样的环境不是上帝单为人类特创的,人类不是上帝特创的宇宙宠儿。

霍金对人存原理的批判性运用,也体现了他反对人类中心主义的立场。1973 年,英国天体物理学家布兰登·卡特提出人存原理,其含义是:"我们看到的宇宙之所以如此,是因为我们的存在。"①霍金认为,这一含义(原理)可能有两种解释或版本——弱人存原理和强人存原理。"弱人存原理讲的是,在一个浩瀚的或具有无限空间和/或时间的宇宙里,只有在某些时空有限的区域里,存在着有智慧的生命发展的必要条件。因此,在这些区域中,如果有智慧的生物观察到,他们在宇宙中的特定地区满足他们存在的必要条件,就不应感到惊讶"②。也就是说,人类目前在宇宙中所处的非常适宜其生存的环境,是偶然产生的这个宇宙长期演化的结果,人类是长期适应这一环境而演化的结果,这都是自然而然的,不存在专为人类而精心设计宇宙环境的上帝,人类完全无优越感可言,其所处环境没有什么可值得大惊小怪的。而强人存原理的主要观点是:

> 要么存在许多不同的宇宙,要么存在一个单独宇宙的许多不同区域,每一个都有自己的初始位形,或许有自己的一簇科学定律。这些宇宙的大多数,不具备复杂有机体发展的合适条件;只有在少数像我们这样的宇宙中,智慧生命才得以发展并能质疑:"为何宇宙是我们看到的这种样子?答案很简单:如果它不是这个样子,我们就不会在这里!"③

言外之意是,人类在宇宙中占有优越位置,这一位置是特地为人类而设计的。

霍金不反对弱人存原理,但竭力批判强人存原理。他说:"很少有人对

---

① Hawking, Stephen. *A Brief History of Time*. New York：Bantam Books, 2017, p 128.
② Hawking, Stephen. *A Brief History of Time*. New York：Bantam Books, 2017, p 128.
③ Hawking, Stephen. *A Brief History of Time*. New York：Bantam Books, 2017, p 129.

弱人存原理提出异议。然而,有的人变本加厉提出了强人存原理。"①"人类可以提出一系列理由,来反对用强人存原理解释所观察到的宇宙状态。"首先,一方面,不存在不同的多个宇宙;另一方面,"假如它们仅仅是一个单独宇宙里的不同区域,则每个区域里的科学定律都必然是一样的,否则人们不可能从一个区域持续运动到另一个区域。在这种情况下,不同区域之间仅有的不同是其初始位形。这样一来,强人存原理实际上就已归结为弱人存原理"②。其次,强人存原理和整个科学史的发展趋势背道而驰——我们当今的宇宙观是从托勒密及其鼻祖的地心说宇宙论出发,通过哥白尼和伽利略的日心说宇宙论发展而来的;当今的宇宙观是,"地球是一颗中等大小的行星,围绕着一个寻常螺旋星系外圈的一颗普通恒星公转,而这个星系本身只是可观测到的宇宙中的大约一万亿个星系之一。但强人存原理却意味着,宇宙这个庞大结构仅仅是为了我们人类而存在,这是非常难以让人相信的"③。他进一步解释说,我们的太阳系肯定是人类存在的前提,整个银河系也是如此,因为它是产生重元素的早代恒星得以存在的前提;其他星系却不是人类存在的前提,与人类的存在没有关系,银河系的环境碰巧适合人类的演化和生存,其他星系的状况不可能与银河系一致或类似。也就是说,人类所处的位置不是宇宙的中心,没有任何优越之处,人类不是宇宙的骄子,整个宇宙的产生和演化绝非以人类存在为目的。由此可见,霍金是反对目的论版本的人类中心论的。

四、科学社会学意识及科学伦理意识

科学社会学既是社会学的重要分支,又是科学哲学的重要分支,它主要研究科学技术和社会的相互影响。科学哲学学者杰弗里·戈勒姆指出:"起初,科学社会学研究的重点是科学技术进步所带来的社会影响。不过,很快,社会学家们就开始转而研究科学本身的社会维度了……科学与所处的

---

① Hawking, Stephen. *A Brief History of Time*. New York: Bantam Books, 2017, p 129.

② Hawking, Stephen. *A Brief History of Time*. New York: Bantam Books, 2017, p 130.

③ Hawking, Stephen. *A Brief History of Time*. New York: Bantam Books, 2017, p 130.

社会环境是密不可分的。"①显然,科学社会学关注的对象既包括科学技术对社会的影响,又包括社会对科学的影响。由此可以说,霍金的科学散文蕴涵着科学社会学意识。

一方面,霍金的科学散文显示,他从事科研和致力于科学普及,深受其父亲、其就读中学以及英国科学散文传统的有益影响。他的父亲从事热带病研究,"异常勤奋,称得上是献身于研究了"②。霍金坦言:"我父亲鼓励我在科学上的兴趣,他甚至指导我学数学,直到超出他的知识能力为止。有这样的背景,有我父亲的工作做榜样,我认为自己作科学研究是非常自然的。"③他在中学的最后两年,"想专攻数学和物理",原因是,"学校有一位非常启发人的数学教师塔他先生;而且学校刚建立了一间新的数学室。爱好数学的同伴都将它当成自己的教室"。④ 虽然他没有满足父亲的愿望,成为一名生物学家,却依据自己的兴趣,成了一位牛顿曾担任的"卢卡斯数学教授",在理论物理(宇宙学)领域取得了举世瞩目的成就。他以《时间简史》为代表的科学散文作品,产生了世界性影响,其灵感之一,是英国另一位著名科学散文作家博朗诺斯基有广泛影响的电视科普片《人的进化》(*The Ascent of Man*, 1973,一译为《人的攀升》)及相应的同名散文作品。⑤ 霍金坦承:"雅各布·博朗诺斯基的电视系列片《人的进化》给我留下深刻印象。它简略地介绍了人类在仅仅 15000 年内从以前的初级野人进化到现代状态的成就。我想在完全理解制约宇宙定律的进展方面给人们传达类似的感觉。"⑥

---

① 杰弗里·戈勒姆:《人人都该懂的科学哲学》,石雨晴译,浙江人民出版社 2019 年版,第 134—135 页。

② 斯蒂芬·霍金:《我的简史》,吴忠超译,湖南科学技术出版社 2014 年版,第 34 页。

③ 斯蒂芬·霍金:《我的简史》,吴忠超译,湖南科学技术出版社 2014 年版,第 35 页。

④ 斯蒂芬·霍金:《我的简史》,吴忠超译,湖南科学技术出版社 2014 年版,第 36 页。

⑤ 20 世纪 70 年代初,英国数学家和文学家雅克布·博朗诺斯基在英国广播公司(BBC)电视上作了一系列西方科学史的演讲,后来演讲词以《人的进化》(一译为《人的攀升》)出版,先后赢得了数百万的观众和读者。在其影响下,美国著名科学散文作家卡尔·萨根创作了普利策奖获奖作品《伊甸园的龙》,制作了影响广泛的电视系列片《宇宙》并出版了同名科学散文《宇宙》;英国科学散文作家霍金创作了畅销世界的《时间简史》。

⑥ 斯蒂芬·霍金:《霍金讲演录》,杜欣欣、吴忠超译,湖南科学技术出版社 2018 年版,第 27—28 页。

另一方面,霍金认识到了科学对社会的重要影响。他意识到,科学是把双刃剑,既能造福人类,又能给人类带来灾难。他说:"毫无疑问,到目前为止,我们称为智慧和科学发现的这些东西,为我们的生存带来了好处。但我们现在还不清楚,这种情况是否仍会继续下去——我们的科学成果很有可能毁灭我们所有人。"①其中,他关注得最多的是科学的负面影响,尤其是科技发展引发的生态危机和核战灾难。在他看来,人类既具有逻辑思维产生的智慧和威力,又具有侵略性,而"现代科学技术极大地提高了我们的破坏力,使得侵略性变成非常危险的品质,这是威胁到全人类生存的危险性"②;科学的"危险在于,我们毁坏或消灭环境的能力的增长,比利用这种能力的智慧的增长快得太多了"③。他明确指出,由于科学技术的发展,在近两个世纪,人口以指数式增长,电力消耗量在近40年内增加一倍;"如果人口增长和电力消耗增加以目前速率持续下去,世界人口到2600年将会达到摩肩接踵的程度,到那时,地球会因大量使用电力而发出红热光芒"④;况且,"目前的指数增长不可能无限继续下去。那么将会发生什么呢?我们将会被某些灾难,比如核战争毁灭"⑤。

需要说明的是,科学的社会维度实际上也涵盖科学伦理。科学伦理主要关注科学的发展和应用等科学活动所涉及的伦理问题,而伦理问题是重要的社会问题之一。中国著名科学技术哲学家刘大椿指出,科学活动的基本伦理原则"是对科学的社会规范的伦理拓展";其目标是"增进人类的福利,拓展认知在符合这一目标的前提下,成为一个重要的子目标。这是一个从认知视角向伦理视角的转换过程,通过这一转换,认知客观性拓展为客观公正性,知识的公有性拓展为公众利益的优先性,由此产生了科学活动的两

① Hawking, Stephen. *A Brief History of Time*. New York: Bantam Books, 2017, p 13.
② 斯蒂芬·霍金:《霍金讲演录》,杜欣欣、吴忠超译,湖南科学技术出版社2018年版,第109页。
③ 斯蒂芬·霍金:《霍金讲演录》,杜欣欣、吴忠超译,湖南科学技术出版社2018年版,第114页。
④ 斯蒂芬·霍金:《霍金讲演录》,杜欣欣、吴忠超译,湖南科学技术出版社2018年版,第158页。
⑤ 斯蒂芬·霍金:《霍金讲演录》,杜欣欣、吴忠超译,湖南科学技术出版社2018年版,第159页。

大基本伦理原则"。①　即是说,客观公正和公共利益优先是科学活动的两大基本伦理原则。科学发展离不了科学家,而科学家的社会责任是科学工作者道德规范的主要内容——"1949 年 9 月'国际学会联合会'第五次大会通过的《科学家宪章》,对科学家的义务有 6 条规定,其中 5 条都与科学家的社会责任有关。"其中的第 3 条是:"用最有益于全人类的方法促进科学的发展,要尽可能地发挥科学家的影响以防止其误用。"②

　　因此还可以说,霍金具有科学伦理意识。他认为,人类有自由意志,有能动性,应该为包括科学活动在内的自己的行为负责,科学家应积极普及科学知识,使大众明白科学的双刃性,从而使公众督促政府作出智慧的决策,最终使科学活动能造福人类。他说,人们"不能把自己的行为基于一切都是注定的思想之上。相反地,人们必须采取有效理论,也就是人们具有自由意志以及必须为自己的行为负责……我们相信自由意志还有达尔文主义的原因:一个其成员对于他或她的行为负责的社会更容易合作、存活并扩散其价值"③。就是说,人类要发挥能动性,勇于为包括科学活动在内的行为负责,如此才能确保自己的长远利益。他这样强调科学家普及科学知识对社会进程的重要影响:"如果我们同意,无法阻止科学技术改变我们的世界,我们至少能尽量保证它们引起的变化是在正确的方向上。在一个民主社会中,这意味着公众需要对科学有基本的理解,这样做的决定是消息灵通的,而不会只受少数专家的操纵。"④

　　霍金身体力行,积极从事科普事业。他不顾自己严重的肢体障碍和语言障碍,运用装在专用轮椅上的小型电脑和语言合成器,尽管"每分钟处理 3 个单词",却写出了数部科普作品(科学散文)和不少科学论文,"做了科学和

---

①　刘大椿:《科学技术哲学导论(第 2 版)》,中国人民大学出版社 2005 年版,第 153 页。
②　张华夏:《现代科学与伦理世界:道德哲学的探索与反思(第 2 版)》,中国人民大学出版社 2010 年版,第 181 页。
③　斯蒂芬·霍金:《霍金讲演录》,杜欣欣、吴忠超译,湖南科学技术出版社 2018 年版,第 107 页。
④　斯蒂芬·霍金:《霍金讲演录》,杜欣欣、吴忠超译,湖南科学技术出版社 2018 年版,第 23 页。

普及的演讲"。① 他心里装着广大读者:"我很清楚,几乎每个人都对宇宙如何运行感兴趣,但大多数人无法明白方程。"②所以,他写科学散文时不用方程。他说:"科学家和工程师喜欢用方程的形式表达他们的思想,因为他们需要量的准确值。但对于其他人,定性地掌握科学概念已经足够。这些概念只要通过语言和图解而不必用方程即能表达。"③他的《时间简史》用大众喜闻乐见的生动形象的方式写就:"我依靠图像来思考,我这本书的目标是靠语言描绘这些心里的图像,还借助于一些熟悉的比喻和图形。"④

除此之外,霍金还详细述说其他一些科普措施。在他看来,普及科学的关键在于中学阶段的教育。他说,如何利用公众的兴趣向其"提供必需的科学背景,使之在诸如酸雨、温室效应、核武器和遗传工程方面做出真知灼见的决定? 很清楚,根本的问题是中学的基础教育"⑤。除了生动、形象、通俗的科学散文,他竭力主张用蕴含正确科学观、寓教于乐的电视科普节目去影响广大观众。他说:

> 有关科学的通俗著作和杂志文章可以帮助我们知悉新发展,但是哪怕是最成功的通俗著作也只为人口中的一小部分阅读。只有电视才能触及真正广大的观众。电视中有一些非常好的科学节目,但是其他节目把科学奇迹简单地描述成魔术,而没有进行解释或指出它们如何和科学观念的框架一致。科学节目的电视制作者应当意识到,他们不仅有娱乐公众,而且有教育公众的责任。⑥

---

① 斯蒂芬·霍金:《我的简史》,吴忠超译,湖南科学技术出版社2014年版,第90—91页。
② 斯蒂芬·霍金:《我的简史》,吴忠超译,湖南科学技术出版社2014年版,第99页。
③ 斯蒂芬·霍金:《霍金讲演录》,杜欣欣、吴忠超译,湖南科学技术出版社2018年版,第23页。
④ 斯蒂芬·霍金:《我的简史》,吴忠超译,湖南科学技术出版社2014年版,第99页。
⑤ 斯蒂芬·霍金:《霍金讲演录》,杜欣欣、吴忠超译,湖南科学技术出版社2018年版,第23页。
⑥ 斯蒂芬·霍金:《霍金讲演录》,杜欣欣、吴忠超译,湖南科学技术出版社2018年版,第24页。

第二节 《时间简史》的艺术特色

鉴于《时间简史》"出版后在美国和英国连续很多星期排在非小说类畅销书排行榜首位,销售了900多万册……并被翻译成35种语言"[1],本节以该部作品为例,审视霍金科学散文的艺术特色。可以说,这部作品的艺术特色主要体现在以下四个方面。

一、题材有吸引力

《时间简史》实际上是一本宇宙简史,它畅销全球的一个重要原因是,其题材涉及人类自古以来一直关心的一些终极谜题(ultimate secrets)——宇宙是怎样开始的? 时间只能向前流动吗? 宇宙是无边无际的吗? 宇宙会有终结吗? 世界大多数民族和宗教都有自己的创世神话:中国汉族的传说中,是巨人盘古开天辟地,创造了自然万物;古希腊神话中,大地女神盖亚创造了其他众神、宇宙万物和人类;犹太教和基督教认为,上帝创造了天地万物和人类。中外历史上的不少哲学家,对宇宙和世界的本源也进行了深入思考:中国北宋的哲学家张载认为,宇宙的本源为无形无象、永恒存在的太虚之气,宇宙万物都是气的存在形式和不同变化;德国哲学家康德在《纯粹理性批判》(Critique of Pure Reason, 1781)中,"广泛地探讨了宇宙在时间上是否有开端、在空间上是否有限等问题"[2]。

而在《时间简史》中,霍金向广大普通读者介绍了包括他自己在内的现当代宇宙学家的主要观点:宇宙中时间的起点即宇宙大爆炸时刻,此时,宇宙的密度无限大,空间无限小,并且是一个奇点;此后,宇宙在一瞬间加速暴胀,然后在局部区域产生收缩,先后形成星系、恒星和卫星,但目前整个宇宙仍然在膨胀;宇宙像一个巨大果壳一样是有限无界的,其中的时空是弯曲的,而时间是相对的,在不同区域,时间流逝的快慢不尽相同,而且,时间将

---

[1] 马克·埃里克森:《科学、文化与社会:21世纪如何理解科学》,孟凡刚、王志芳译,上海交通大学出版社2017年版,第156页。

[2] Hawking, Stephen. *A Brief History of Time.* New York: Bantam Books, 2017, p 8.

终结于恒星收缩所形成的黑洞奇点,或整个宇宙塌缩导致的大挤压奇点;根据量子效应理论,黑洞能够散发热辐射,从而降低质量,出现蒸散现象,最终使黑洞奇点乃至大挤压奇点消失,形成婴儿宇宙(baby universe)和新的宇宙;根据相对论可以推断,宇宙中存在虫洞(wormhole),在其中能够以超过光速许多倍的速度,前往另一个遥远的时空或平行的宇宙;有必要把广义相对论和量子力学结合起来,建构一个关于宇宙的完备的、协调的统一理论。

其中,宇宙开始于无限小的大爆炸奇点,在宇宙中的不同位置或以不同速度运行的载体上,时间流逝的速度各不相同,这些观点与中国道家主张的"有生于无",以及传统上认为的"天上一天、地上一年"等信条,颇有相似之处,对广大读者无疑具有非凡吸引力。

二、笔调亲切轻松

《时间简史》中,霍金以絮语随笔的形式,好像与好友聊天一样,用平易的口语化语言,以及轻松的笔法,不慌不忙地向普通读者讲述现当代宇宙学的有趣知识和奇妙理论。

这部作品不全是独白,它好像是对话;作者把读者当作好友,心里装着读者,在作品中不时地主动与读者对话——先提出一些问题,然后进行回答。可以说,除了逗号、句号等普通标点符号之外,问号是作者频频使用的两种特殊标点之一(另一种是惊叹号)。

在第1章《我们的宇宙图像》("Our Picture of the Universe")的开头,霍金先讲了一个有趣故事:一位著名科学家做了一场天文学讲演后,遭到一个老妇人的责难——她声称,世界是驮在一只巨大乌龟背上的一块平板,并狡辩说,巨龟下面是另一只巨龟在支撑着。然后作者写道:

> 大多数人会觉得,把我们的宇宙喻为一个无限的乌龟塔非常荒谬,但我们凭什么认为自己知道的宇宙知识就更为准确呢?我们对宇宙有哪些知识,并且又是如何得到这些知识的呢?宇宙从何而来,又将向何处去?宇宙有开端吗?如果有的话,在开端之前发生了什么呢?时间的本质是什么?它会有终结吗?我们能回到过去吗?物理学的新突

破,为其中一些长期悬而未决的问题提供了答案,而奇妙的新技术,是帮助我们实现这些突破的部分因素……①

其中,作者提的一系列问题以及给出的简短答案,不仅暗示了该部作品将要讲述的主要内容,而且激发了读者迫不及待要一探究竟的兴趣——物理学有哪些奇妙的新技术,促成了哪些新的突破? 它们给人类有史以来有关宇宙悬而未决的许多问题,提供了怎样的答案呢?

又如,在第8章《宇宙的起源和命运》("The Origin and Fate of the Universe")第1段的后半部分,霍金写道:

> ……考虑到量子效应时,物体的质量或能量最终似乎会回到宇宙的其余部分,黑洞和它当中的任何奇点,会一起蒸发掉并最终消失。量子力学对大爆炸和大挤压的奇点,也能有同样夸张的效果吗? 在宇宙的极早期和极晚期,当引力场极其强大、不能不考虑量子效应时,究竟会发生什么情况呢? 宇宙真的有一个开端或终结吗? 如果有的话,它们是什么情形的?②

在第8章之前的4章里,作者讲述了量子理论和黑洞理论的相关观点,已经为详细描述宇宙的历史,尤其是宇宙的起源和最终命运奠定了坚实基础。作者在第8章开头提出了4个问题,其中的第一和第三个问题,实际上是明知故问;作者提出这一系列问题,旨在和读者互动,调动他们的能动性,激发读者和他一起思考这些问题,因为解答这些问题就是该章的主要任务。显然,提问题既暗示了该章的主要内容,又进一步强化了读者的兴趣,同时又显示了作者对读者的关注和信任,从而拉近了与读者的距离。

该作品除了包含数十个专业术语(正文后附有术语的简要阐释),所用的绝大部分词汇是普通读者熟悉的短小、简易的单词,以及各类短语,所用

---

① Hawking, Stephen. *A Brief History of Time*. New York：Bantam Books, 2017, pp 1-2.
② Hawking, Stephen. *A Brief History of Time*. New York：Bantam Books, 2017, p 119.

的句型主要是松散的并列句,而这正是与相关论文所用的学术性英语相对的口语化英语的主要特征。请看他是如何解说广义相对论的革命性意义的:

> 1915 年以前,空间和时间被看作是(were thought of as)事件发生(took place)的恒定舞台,不受在其中发生的事件的影响。即便根据狭义相对论,以下观点也没问题:物体在运动,自然力产生吸引和排斥效应,但时间和空间的界限可以延伸,不会受到影响。人们很自然地认为,空间和时间可以永远延伸下去(went on forever)。
>
> 然而,根据广义相对论,情况却完全不同——空间和时间变成了动力参量:当物体运动或力产生作用时,它会影响空间和时间的曲率——反过来(in turn),时空结构也会影响物体运动和力产生作用的方式。空间和时间不仅去影响,而且也被发生在宇宙中的每一事件影响着。正如不用空间和时间的概念就无法谈论(talk about)宇宙中的事件一样,按照广义相对论,在宇宙界限之外谈论(talk about)空间和时间是没有意义的。[①]

就是说,按照广义相对论,时空不再是静止的、虚空的、被动的大背景,而是动态的、能动的力量或物质,它与在其中运动的物体或产生的力实际上是相互联系、相互影响的整体。在这两个段落中,除了"动力参量"(它后边的一句话对其进行了解释)、"曲率"两个比较专业的词语,其余的都是日常的、平易的词语或短语;大部分句子都较短,其结构也不复杂。这样的语言酷似好朋友之间娓娓而谈所用的口语,不仅使普通读者容易理解,而且让他们感到非常亲切。

该部作品的轻松笔调的最突出表现是,作者不时制造一些幽默。霍金在讲述反粒子的性质时写道:"现在我们知道,任何粒子都有能和它一起毁灭的反粒子……也可能存在由反粒子构成的整个反世界和反人。然而,如

---

① Hawking, Stephen. *A Brief History of Time*. New York: Bantam Books, 2017, p 34.

果你遇到反你时,千万不要握手！否则,你们俩都会在一大团闪光中同归于尽。"①其中,作者借粒子和反粒子相互抵消的现象,调侃说,也可能存在"反世界和反人","遇到反你时,千万不要握手！"等,而且还用了个感叹号,以示强调,唯恐读者不知——这纯粹是在故意开玩笑,结果是幽默感十足,让读者忍俊不禁。

他在阐述时间(时光)只能向前而不能倒流时举例说:

> 想象一个盛满水的杯子从桌子上滑落下来,在地板上摔碎。如果你将其录像,你就能轻易辨别这一录像在时间上是向前放还是往回放。如果将录像倒放,你会看到碎片突然聚集到一起,形成一个完好杯子,离开地板,跳回到桌子上。你可断定录像是在倒放,因为在日常生活中从来不会发生这样的事儿。如果有这样的事儿,陶瓷业将无生意可做。②

这里,作者故意添加的最后一句"如果有这样的事儿,陶瓷业将无生意可做",特地明示"破碎杯子可以自动复原"这样不可能发生的事所导致的明显后果;这不仅产生了让读者莞尔一笑的幽默感,而且强调了时间不能后退的公理。

三、结构扣人心弦

从结构方面来看,《时间简史》各章之间环环相扣,自始至终都能激发读者兴趣。

第1章《我们的宇宙图像》可以说是整部作品的引言。作者通过讲述一位科学家做宇宙学演讲时遭到一个迷信的老妇人责难的故事,引出了有关宇宙学的一系列问题,接着先回顾亚里士多德、托勒密、圣·奥古斯丁、哥白尼、开普勒、伽利略、牛顿、康德、海因利希·奥博斯(Heinrich Olbers, 1758—

---

① Hawking, Stephen. *A Brief History of Time*. New York: Bantam Books, 2017, pp 70–71.
② Hawking, Stephen. *A Brief History of Time*. New York: Bantam Books, 2017, p 148.

1840)、埃德温·哈勃等人在天文学或宇宙学方面的观点,然后阐述科学理论的主要特征,最后指出,当今的科学家是按照广义相对论和量子力学这两个局部理论,从宏观和微观两个方面来描述宇宙的,而且,他们正在努力探索把这两个理论结合起来,以便得到能描述整个宇宙的完备的统一理论。由此自然地引出随后各章要讲述的主要内容。第 2 章《空间与时间》("Space and Time")和第 3 章《膨胀的宇宙》("The Expanding Universe"),主要讲述科学家对宏观宇宙的探索成果,前者述说截至广义相对论的关于空间和时间的理论,后者讲述了宇宙在不断膨胀、时间有个开端的理论。第 4 章《不确定原理》("The Uncertainty Principle")、第 5 章《基本粒子和自然力》("Elementary Particles and the Forces of Nature")主要阐述了量子力学方面的主要成果。第 6 章《黑洞》("Black Holes")、第 7 章《黑洞不是这么黑的》("Black Holes Ain't So Black"),分别讲述了黑洞理论以及黑洞缓慢蒸发并最终消失的理论。第 8 章《宇宙的起源和命运》基于此前 6 章的内容,描述宇宙从大爆炸到大挤压的可能演变历程。第 9 章《时间箭头》("The Arrow of Time")、第 10 章《虫洞和时间旅行》("Worm Holes and Time Travel"),讲述了科学家在宇宙时空方面的最新探索和假说。第 11 章《物理学的统一》("The Unification of Physics")讲述了科学家在把广义相对论与量子力学相结合方面的尝试。第 12 章《结语》("Conclusion")回顾了整部作品阐述的主要观点,并指出了宇宙学面临的一些悬而未决的问题。

第 2 章至第 11 章是作品的主体部分。从第 2 章到第 10 章等各章的开头,霍金总能针对有关话题,写出能够吸引读者阅读下文的句子,在其结尾,他又常常写一些透露下一章或随后几章内容的文字,引发读者迫不及待地读下去。而且,从第 2 章到第 11 章,作者不是直接述讲相关领域的理论,而是简述科学家形成这些理论的曲折历程,其中包括一系列科学家从事相关研究的有趣故事。

霍金在第 2 章《空间和时间》的开头写道:"我们现在关于物体运动的观念来自伽利略和牛顿。在此之前,我们相信亚里士多德的说法……"①接着,

① Hawking, Stephen. *A Brief History of Time*. New York: Bantam Books, 2017, p 15.

他先后述说了亚里士多德以及伽利略和牛顿的有关理念：亚里士多德和牛顿都相信绝对时间；牛顿在伽利略观测的基础上，提出物体的自然状态是运动，这实际上否定了绝对位置或绝对空间，尽管他自己不愿承认；大部分人都相信，时间和空间是完全分离和相互独立的。然后，霍金着重讲述了爱因斯坦提出狭义相对论和广义相对论的缘由和过程；爱因斯坦认为，绝对时间是不存在的，而且时间必须与空间结合起来，形成所谓的时空，时空是弯曲的，引力只不过是这一事实造成的结果。

需要指出，作者在该章还讲述了涉及伽利略、牛顿、爱因斯坦等科学家或其理论的出人意料的故事。伽利略并没有像传说的那样，在意大利比萨斜塔用重量不同的两个球体做自由落体实验——实际上，他是让不同重量的球沿着光滑斜面滚下。虽然牛顿的定律暗示了不存在绝对空间，但他"对于不存在绝对位置或者说不存在所谓的绝对空间感到非常忧虑，因为这和他的绝对上帝观念不一致"[①]。这使他遭到了包括主教哲学家贝克莱（George Berkeley，1685—1753）的严厉批评——贝克莱认为，所有的物质实体、时间、空间都是虚幻的（即是说，不是绝对的），但这一批评却又遭到约翰逊博士非常形象的反驳。丹麦天文学家欧尔·C. 罗默（Ole Rømer，1644—1710）、英国物理学家詹姆士·C. 麦克斯韦（James Clerk Maxwell，1831—1879）等科学家对光的性质的研究，都为爱因斯坦的相对论奠定了基础。爱因斯坦的科研旅程并非一帆风顺：他先提出了狭义相对论，否定了绝对时间的概念，但该理论和牛顿的引力理论不相协调；"1908 年至 1914 年期间，爱因斯坦进行了多次不成功的尝试，试图找到一个和狭义相对论相协调的引力理论。1915 年，他终于提出了我们今天称为广义相对论的理论"[②]。

在该章的最后一段，霍金写道：

随后的几十年中，对于空间和时间的这种新理解变革了我们的宇宙观。旧的宇宙观被新的宇宙观取代了：前者认为，宇宙基本上是不变

---

① Hawking, Stephen. *A Brief History of Time*. New York：Bantam Books，2017, p 18.

② Hawking, Stephen. *A Brief History of Time*. New York：Bantam Books，2017, p 30.

的,它可能存在无限长的时间;后者认为,宇宙在变化,在膨胀,它似乎在过去某个有限的时刻开始,而且也许会在将来某个有限的时刻终结。这个变革也正是下一章的主题。①

这几行文字起到了承上启下的作用——不仅指出了第 2 章所讲内容的重大意义,而且透露了第 3 章的主要内容,从而引发读者的好奇心,他们心中不禁要问:宇宙是从什么时候开始存在的呢? 它是怎样开始的呢? 它将在什么时候终结呢? 它是怎样终结呢? 由此激发读者迫不及待地去读下一章。

第 3 章《膨胀的宇宙》的开头从无月的晴朗夜空的星象谈起。作者说,由于地球围绕太阳公转,夜空中恒星的相对位置并不是恒定不变的——由于出乎普通读者意料,这马上就引发了他们的兴趣。谈论了星空的一些景象之后,作者开始述说科学家自 1750 年以来对包括银河系在内的星系的认识;18 世纪晚期,天文学家威廉·赫歇尔(Friedrich W. Herschel, 1738—1822)就证明了银河系呈碟状结构。接着,作者较为详细地讲述道:20 世纪初,爱德温·哈勃用天文望远镜观察到 9 个星系,并计算了它们相互之间的距离;尤其令人吃惊的是,哈勃观察到,所有这些星系都存在红移现象——都在远离我们所在的银河系而去,而且,星系离我们越远,远离我们的速度越快。这意味着,宇宙不是静止的,而是在膨胀。然后,作者讲述了亚历山大·弗里德曼(Alexander Friedmann, 1888—1925)提出的膨胀宇宙模型,以及相关科学家对这些模型的证明。霍金最后着重告诉读者,1965 年,英国物理学家和数学家彭罗斯提出了黑洞理论,此后,受此启发,他与彭罗斯一起努力,在 1970 年证明,宇宙有一个大爆炸奇点,并且有一个开端。在该章最后一段,霍金指出:

(他和彭罗斯的)这一证明显示,广义相对论只是一个局部理论,它无法告诉我们,宇宙是怎样开始的,因为它预言,包括它自己在内的所有理论,都在宇宙的开端失效。然而……奇点定理真正显示的是,在宇

---

① Hawking, Stephen. *A Brief History of Time*. New York: Bantam Books, 2017, p 35.

宙的极早期一定有过一个时刻,那时宇宙极小,因而我们不能不再理会20世纪另一个局部理论——量子力学的小尺度效应……让我们在努力把这两个局部理论结合成一个量子引力论之前,先在下文描述量子力学理论。①

这里,作者指出了广义相对论在解释宇宙起源方面的不足之处,以及奇点理论的启发——可以运用研究微观世界的量子力学理论解释宇宙的起源,由此暗示了随后两章要谈论的内容——量子力学:第4章《不确定原理》讲述的是量子力学的最基本的定理,第5章《基本粒子和自然力》讲述的是量子力学的主要内容。这些承上启下的文字,引发读者迫切地去看这些内容——了解了这些内容,才能理解宇宙是怎样开始的。

该部作品主体部分其余各章的结构大体相似;由于篇幅所限,在此不再赘述。

四、语言形象含情

霍金联想丰富,在《时间简史》中,他频频使用类比、比喻等修辞手法,使其语言非常形象、生动。

类比。霍金在讲述光速与光源速度无关这一原理时写道:

> ……根据麦克斯韦方程,不管光源速度如何,光速都应该是一样的……由此可知,如果有一个光脉冲在一特定时刻从空间中一个特定的点发出,随着时间推移,它就会以一个光球面散发开来,而光球面的大小和位置与光源的运动速度无关。一百万分之一秒后,光将散开成一个半径为300米的球面;一百万分之二秒后,球面半径变成600米,以此类推。这就像把一块儿石头扔进池塘里,水面涟漪向四周散开一样,涟漪呈圆形散开,并随时间推移越来越大。②

---

① Hawking, Stephen. *A Brief History of Time*. New York：Bantam Books, 2017, pp 53-54.
② Hawking, Stephen. *A Brief History of Time*. New York：Bantam Books, 2017, pp 25-26.

这里,作者用池塘里涟漪的扩散类比光在空间中散开的景象,使光的扩散机制变得更为形象,从而使读者更容易地理解光在时空中的扩散和运行方式——尽管涟漪是在两维的水面上扩散,而光是在四维的时空中扩散。

他这样描述宇宙膨胀时形成银河系之类的碟状自旋星系的过程:

> ……但在一个所含物质比平均数稍微密集的区域,膨胀会由于较大引力的作用而慢下来。这种吸引力使一些区域最终停止膨胀,并开始塌缩。它们塌缩时,这些区域外的物质的引力的拉力,使这些区域的物质开始很缓慢地旋转。塌缩区域变得更小时,它们会自旋得更快——就像在冰上自旋的滑冰者,缩回手臂时会旋转得更快。最终,当区域变得足够小,它的自转快到足以平衡引力的吸引时,碟状的旋转星系就形成了。[①]

其中,作者用"冰上自旋的滑冰者,缩回手臂时会旋转得更快",类比塌缩得更小的区域自旋会更快,这使对巨大自旋星系形成机制的解释形象可感,更贴近普通人的日常经验,从而使读者更容易理解自旋星系是如何形成的。

比喻。霍金这样述说粒子的自旋:

> 粒子自旋真正告诉我们的,是从不同方向看粒子时,它所呈现的形状。一个自旋为 0 的粒子像一个点:从任何方向看都一样。另外,自旋为 1 的粒子像一个箭头:从不同方向看是不同的。只有把它转一整圈(360°)后,这个粒子看上去才是一样的。自旋为 2 的粒子像个双向箭头:只要把它转半圈(180°),看起来便是一样的。[②]

这里,作者把自旋为 0、1、2 的三种粒子,分别比作一个点、一个箭头、双向箭头,使微观世界里自旋量各不相同的粒子,形象地展现在读者的眼前,

---

① Hawking, Stephen. *A Brief History of Time*. New York: Bantam Books, 2017, p 123.

② Hawking, Stephen. *A Brief History of Time*. New York: Bantam Books, 2017, p 69.

从而使读者更容易理解比较抽象的量子力学的相关知识和理论。

在讲述弦论时,他这样描写两根闭弦的合并和弦上的波动在时空中的历史轨迹:

> 两根弦可以连在一起,形成一根单独的弦:如果是开弦,只要把它们的端点连在一起就行;如果是闭弦,它们像两条裤腿缝合成一条裤子。同样,一根单独的弦可以分成两根弦。在弦论中,原来被认为是粒子的东西,现在被描绘成在弦上行进的波动,就像振动着的风筝拉线上的波动。①

其中,作者把两根闭弦合并前后在时空中的历史轨迹,比作"两条裤腿缝合成一条裤子",把弦上行进的波动,比作"振动着的风筝拉线上的波动",生动形象地解说了当代物理学中非常抽象的弦论的相关知识,使普通读者更易理解。

《时间简史》的语言情感洋溢,其最突出的表现是,作者不时地运用一些惊叹号,来表达强烈情感。霍金这样描述自己 1981 年参加耶稣会组织在梵蒂冈举办的宇宙学会议时的感受:

> 当天主教会试图对科学问题发号施令,并宣布太阳绕着地球转动时,它对伽利略犯下了严重错误。几个世纪后的今天,它决定邀请一些专家做宇宙学问题的顾问。会议闭幕时,教皇接见了所有与会者。他告诉我们,大爆炸之后的宇宙演化是可以研究的,但我们不应该去追问大爆炸本身,因为那是创世时刻,只能是上帝管的事儿。我心中暗喜,看来他并不明白我刚才在会议上做的演讲的主题——时空有限而无界的可能性;这种可能性意味着,宇宙没有开端,就是说不存在创世时刻。我一点也不想去分享伽利略的厄运。我对伽利略有一种强烈认同感,

---

① Hawking, Stephen. *A Brief History of Time*. New York：Bantam Books, 2017, p 175.

部分原因是,我恰巧在他去世 300 年后出生!①

这段引文最后的惊叹号显示,作者对自己恰巧在伽利略去世后 300 年出生,感到非常荣幸和激动,同时他也有一种强烈的使命感。此外,这段文字表明,霍金对天主教廷压制和迫害坚持科学真理的伽利略,感到无比愤恨,对自己宣讲否定上帝创世教义的宇宙学理论却没被教皇发现,感到庆幸而欢喜。

述说物理学家正在探寻关于宇宙万物的完备的统一理论时,他写道:

试图把不确定原理与广义相对论相结合时,只有两个量可以调整:引力的强度和宇宙常数的值。但调整它们不足以消除所有的无限大。因此,人们建构一个理论,这一理论似乎预言了诸如时空曲率的某些量值真的是无限大,但观察和测量表明,这些量值是完全有限的!关于广义相对论和不确定原理能否结合,人们怀疑了一段时间,不过在 1972 年,详尽的计算最终还是证实了二者是有可能结合的。②

其中的惊叹号表明,作者对观测结果没能证实相关理论假设感到非常吃惊。而且,整段引文显示,霍金对科学家们在探索过程中遇到的不顺利和取得的进展都感同身受——要么吃惊和惋惜,要么欣慰和欢喜。

总之,《时间简史》的语言既生动形象,又情感洋溢,这使其颇具诗意,很有感染力。

小　结

霍金的 5 部科学散文作品蕴涵着丰富而发人深省的科学哲学理念。这些作品体现的科学精神主要有求真务实、怀疑批判、多元开放、纠错臻美。

---

① Hawking, Stephen. *A Brief History of Time*. New York: Bantam Books, 2017, p 120.
② Hawking, Stephen. *A Brief History of Time*. New York: Bantam Books, 2017, p 173.

它们倡导的科学方法主要包括直觉方法、演绎推理、证伪主义、触类旁通、数学方法。它们蕴涵的科学世界观可表述为:宇宙(时空)是一个动态过程,起始于大爆炸奇点,终结于大挤压奇点,时空与其中存在的物质相互作用,宇宙的产生和消亡是个自然而然的过程,不存在上帝,人类只是一种普通的存在物,是宇宙长期演化的结果。它们包含的科学社会学意识表现在,良好的家国传统可促进科学事业,而科学技术给社会既能带来益处,也能产生危害;它们包含的科学伦理意识主要有,人类应积极作为,承担社会责任,使科技能有益于人类社会,应努力普及科学知识,使公众督促政府作出有利于环境和人类长远福祉的决策。可以说,这些理念不仅是霍金取得巨大科学成就和获得世界性声誉的关键因素,而且大大增加了他的科学散文的深厚度,也是这些作品获得广大读者青睐的重要原因之一。

作为霍金最著名的也最畅销的作品,《时间简史》的艺术特色主要体现在4个方面。其题材涉及人类自古以来一直关心的一些终极谜题——宇宙的起源和最终命运,包括人在内的宇宙万物的来历。其笔调亲切轻松,对广大普通读者颇具亲和力。其结构扣人心弦,各章环环相扣,每一章乃至整部作品自始至终都能激发读者兴趣。其作者频频使用类比和比喻等修辞手法以及惊叹号,使其语言既生动形象,又情感洋溢,从而不乏诗意,颇具感染力。这些特色是这部作品得到广大读者喜爱的另一重要原因。

霍金作品的上述科学意蕴和艺术特色对中国的科技发展、创新型社会建设以及方兴未艾的科学散文创作和翻译都具有重要启示意义。中国的青少年乃至公众要培养霍金所体现的科学精神。中国科技工作者要结合自己的科研实践,以开放型思维,灵活运用多种相适宜的科学方法,洞悉相应领域的前沿知识和理论。我们的家庭和社会要积极创造热爱科学和献身科学事业的良好环境,中国的大众应了解基本科学知识,使自己和决策者都能具有责任意识,从而确保科技的运用既能保护环境,又能造福人类。中国的科学散文作家在作品中不仅要传递相关科学知识,而且要体现科学精神、科学方法、科学世界观、科学社会学和科学伦理意识等科学哲学理念,以增加作品的深厚度,同时还要注重作品艺术水平的提高,以增强作品的吸引力、亲和力和感染力。中国的科学散文翻译者,既要充分重视译文的内容的准确性和语言的流畅性，又要努力提高译文笔调的等效和语言的美感。无论是原创的科学散文，还是科学散文的译文，都要能成为集真、善、美于一体的高水平文学作品。

美中不足的是，霍金虽然认识到了人类的科技运用给地球环境造成的极大危害，但他既没有大力倡导保护地球生态环境，也没有谈及切实可行的保护措施；他设想的出路不是"釜底抽薪"，而是"扬汤止沸"——让人类移民到其他星球上乃至其他星系中去。

结　语

科学散文是科学和文学的成功联姻,是真、善、美比较完美的融合,主要的描述对象是科学知识和科学研究活动,主要的创作群体是有文学才华的科学家和有科学素养的作家,其篇幅有短有长,短的如科学随笔,长的如大部头的科学史作品和科学报告文学。英国科学散文缘起于 17 世纪,18 世纪末已产生了有影响的作品,19 世纪取得了较大发展,20 世纪以来出现了繁荣局面。

然而,在英、美两国,20 世纪以来的英国科学散文遭到了绝大多数文学研究者的忽视;在国内,除了《人的攀升》,这一时期英国科学散文的其他名作都没有得到较为深入的研究。而且,国内外都尚未有人从人文意蕴和艺术特色角度,较为系统、全面、深入地研究 20 世纪以来的英国科学散文。因此,本书从这两个角度研究了英国现当代科学散文——20 世纪以来的英国科学散文。英国现当代的优秀科学散文作家较多,本研究基于相关评论家的评介,尽量兼顾自然科学的多个分支及时间段,同时考虑科学散文作家在相关科学领域里的地位,对阿瑟·爱丁顿、朱利安·赫胥黎、J. B. S. 霍尔丹、雅克布·博朗诺斯基、彼得·梅达沃、罗杰·彭罗斯、奥利弗·萨克斯、彼得·阿特金斯、理查德·道金斯、斯蒂芬·霍金等 10 位有代表性的科学散文作家的 30 部作品,进行了较为系统、深入的研究。

人文有三种含义:第一,人文学科;第二,人的本性和内心存有的善良的人性和人道情感;第三,与人相关的思想体系和制度规范。人文主义是人文的第三种涵义在西方最为重要的表现形式之一。它反对基督教的神学权威和经院哲学,力主把人从中世纪的宗教枷锁中解放出来,大力支持学术研究和科学研究;它强调人具有区别于其他动物的特性,认为人是世界的中心,必须关怀人,维护人的尊严,追求现世的人生幸福;倡导宽容,反对暴力,争取思想自由,宣扬个性解放,抨击等级观念,主张人人平等;弘扬理性和科学,重视教育和启蒙,力倡摈弃迷信和蒙昧主义。而科学哲学、生态思想也都属于人文思想的范畴。科学哲学主要涉及科学的本质、科学发现(涉及科学精神)、科学方法、科学理论、科学与社会、科学与价值(涉及科学伦理和科学美学)、科学与宗教等论题。生态思想主要是以相互联系、有机整体等生态学理念为基础而形成的思想观念,包括生态自然观、生态伦理观(审视人和自然的关系)、生态社会观、生态科技观等思想体系。

在西方,17世纪以前相当长的历史时期内,科学与人文(包括哲学、宗教和文学艺术等等)都是密不可分的。大约从17世纪开始,直至19世纪,科学变得比较独立,但还没有完全独立。19世纪和20世纪之交,科学与人文之间开始出现完全的分离和对立。可以说,20世纪以来的英国科学散文的繁荣,既是科学与人文"两种文化"完全分离引发的,又是"第三种文化"的新型知识分子努力使科学与人文重新融合的主要成果之一。因为科学在20世纪完全独立和专业化,与人文完全分离,大众乃至科学专业以外的其他专家,无法理解专门领域的最新科学知识和理论,所以,一些新型知识分子——有责任心、文笔较好的科学家,以及受过专门科学训练或科学素养比较好的作家,开始用通俗、平易的语言,向大众普及前沿科学知识;他们的科普作品不仅准确地传递了科学知识,而且蕴含着深刻的人文思想,同时又具有较强的文学性。其中,对大众进行科普教育与西方人文主义重视教育的理念是相通的;而像与好友闲聊一样,运用通俗语言和亲切笔调,向大众讲述科学知识,与人文主义强调平等的理念是契合的。然而,20世纪以来科学与人文(包括文学、历史、哲学等人文学科)的重新融合状态,与17世纪以前科学与人文没有分离的融合状态是不同的——前者是对后者的超越。

研究发现,英国现当代的10位有代表性的科学散文作家当中,阿瑟·爱丁顿、J. B. S. 霍尔丹、雅克布·博朗诺斯基、彼得·梅达沃、罗杰·彭罗斯、彼得·阿特金斯、斯蒂芬·霍金等7位作家的作品蕴涵的人文思想,主要是科学哲学理念;朱利安·赫胥黎、奥利弗·萨克斯、理查德·道金斯等3位作家的作品的人文意蕴,分别是进化人文主义理念、普通人文主义理念和生态人文主义理念。

就上述7位作家的作品的科学哲学意蕴来说,霍尔丹、博朗诺斯基、梅达沃、彭罗斯、阿特金斯、霍金等6位作家(除了爱丁顿)的作品,都通过讲述自己或其他科学家的科研经历,或多或少地昭示了宝贵的科学精神,这些精神包括:求真务实(执着追求或积极探索),怀疑批判,开拓创新(创新冒险),多元开放(谦虚宽容或兼容扬弃),百折不挠(有耐心恒心),纠错臻美(有错必纠),自信乐观,协同合作,等等。由此可见,这些科学精神对于科学研究至关重要。

梅达沃、彭罗斯、阿特金斯、霍金等4位作家(除了爱丁顿、霍尔丹、博朗诺斯基)的作品,也都通过讲述自己或其他科学家的科研经历,多少不等地凸显了一些科学方法,这些方法包括:实验和观察法,"假说—演绎"法(演绎推理),简化和抽象法,数学方法,直觉方法(灵感,或想象和灵感),证伪主义,触类旁通,等等。此外,爱丁顿对科学认识论的阐释,博朗诺斯基对科学发现和科学发展的说明,实际上也涉及科学方法。爱丁顿把人的认识分为日常认识和科学认识。他认为,科学(认识)是来自科学经验——科学观察和实验活动的知识;这种观察不是普通人用肉眼进行的观察,而是科学工作者用特定的科学仪器和科学方法进行的观察;尽管科学认识基于世界中的客观存在,却具有一定的主观成分,原因是,这些认识是经由科学家的心智形成的,他们观测到的数据以及随后做出的推论,都受到了人的心智的局限性的影响,因而不完全是客观存在本身;科学认识绝非绝对真理,而是一直处在不断的发展和完善中。博朗诺斯基强调了想象在科学发现中的重要作用——科学假设需要想象,在纷繁杂乱的自然现象中发现共性或规律,也需要想象。

爱丁顿、霍尔丹、彭罗斯、阿特金斯等4位作家(除了博朗诺斯基、梅达沃、霍金)的作品,都蕴涵着科学审美意识——都多少不一地涉及简单(简明,简练)、奇异(惊奇)、趣味、对称、统一、复杂等科学审美特征。其中,爱丁顿和彭罗斯都指出,美的东西不一定是真的——体现了科学美的科学知识或科学理论并不一定是真理。相比之下,作为后来者的彭罗斯的相关观点比较详尽。他强调,科学审美能增进科学工作者的灵感和洞察力的效果,对物理和数学的研究都会有推动作用,但科学审美标准务必要基于实践标准——科学理论是否正确最终取决于其能否为客观事实所证实。

霍尔丹、博朗诺斯基、梅达沃、霍金等4位作家(除了爱丁顿、彭罗斯、阿特金斯)的作品,都蕴涵着科学社会学意识——他们都意识到了科学与社会的相互影响。一方面,他们都认识到,科学是把双刃剑,既可以造福人类社会,又可以危害人类社会;他们都力倡发挥科学对社会的积极作用,力主普及科学知识。关于科学对社会的负面作用,博朗诺斯基认为,科学对社会的负面作用的根由不在于科学本身,而在于掌控科学应用的人的价值观,因而,应该用人性化的科学价值观——科学伦理,来约束科技的运用;梅达沃认为,科学对社会产生的结果是好是坏,完全取决于运用科学的人及其目的,与科学本身没有任何关系;霍金认为,人类有自由意志,有能动性,应为包括科学活动在内的自己的行为负责,科学家应积极普及科学知识,使大众明白科学的双刃性,从而使公众督促政府作出智慧的决策,最终使科学活动能造福人类。另一方面,这4位作家都认识到了社会对科学的正负两方面的影响,但是他们强调的重点有所不同:霍尔丹强调,自由、包容的科研环境,正确的科研评价标准,以及优越的生活待遇等有利的社会因素,是科学兴盛的重要条件;博朗诺斯基指出,社会和文化条件对科技发展有推动作用,时代需要是科学活动的引擎之一;梅达沃强调,科研管理、科学奖励、竞争机制等社会因素,对科学研究都会产生影响;霍金认为,良好的家国传统可促进科学事业的发展。

作品蕴涵着科学哲学理念的4位作家——爱丁顿、霍尔丹、梅达沃、阿特金斯,以及作品蕴含着人文主义理念的2位作家——朱利安·赫胥黎、道金斯(10位作家中除了博朗诺斯基、彭罗斯、萨克斯、霍金4位作家),都明确谈及科学和宗教的关系。爱丁顿笃信基督教贵格派的相关教义,对宗教持肯定态度。他认为,宗教信仰和审美体验一样,都是人的基本需求,都会产生良性作用,而且,宗教信仰与审美感知一样,属于人们对世界的日常认识,与人们对世界的科学认识属于不同领域;科学与宗教不应僭越各自的领域,用自己的标准去评价对方,而应和平共处。梅达沃不信宗教,但宗教观与爱丁顿比较接近——他认为,科学和宗教都有各自不同的思维方式,宗教在当代仍有一定的功能,科学对宗教应抱宽容态度,二者应和平共处。朱利安·赫胥黎和霍尔丹都认为,科学使人们认识到传统宗教的虚妄之处,但宗教具有不可替代的作用,宗教对精神生活的追求值得肯定,应该与时俱进,改革传统宗教,建立一种与现代的科学和思想相协调的信仰——新宗教。相比之下,阿特金斯和道金斯的宗教观比较激进——二人基于现代科学,彻底、无情地揭批宗教、神创论以及种种迷信,力倡无神论。他们强调,上帝是不存在的,宗教是没有必要存在的。其中,道金斯对宗教的批判和否定更为系统、全面,也更为彻底。此外,从萨克斯和霍金的作品中零星的相关言辞可以看出,他们两位也是不信上帝或宗教的。总的来看,20 世纪以来,随着时代发展和科学进步,科学家作家对宗教的批判变得越来越严厉,绝大多数当代(二战后)的科学家作家不信宗教。

10 位作家中,爱丁顿、阿特金斯和道金斯等 3 位作家的作品,都蕴涵着生态意识。爱丁顿和阿特金斯的作品都蕴涵着生态科技观——二人都认为,科技的探索和应用,要有利于人与人、人与自然的平等相处和共生共荣,而不应成为人类自高自大、压迫其他人、征服大自然、肆意破坏生态环境的理据或工具。爱丁顿反对自我中心论,反对把核聚变技术应用于战争,认为科学对人类具有一定的警示作用;阿特金斯警示人类要防止科学技术可能带来的危害,力倡人类善用科学技术以造福人类,摈弃人类中心论,建立合作共荣的人类命运共同体。相比之下,道金斯没有明说如何运用科技——其作品蕴涵着普通的生态理念:倡导敬畏自然,谴责人类肆意屠杀动物,极力维护动物的生存权,倡导生态保护;谴责自高自大、自私自利的人类中心论和白人中心论,反对物种歧视和种族歧视。

此外,博朗诺斯基的科学哲学思想涉及科学的本质,梅达沃的科学哲学思想涉及科学和人文的关系,彭罗斯的科学哲学思想涉及数学实在论,霍金的科学哲学思想包含科学世界观。博朗诺斯基强调:科学知识和理论都是人类对大自然隐性规律的认识和建构,其正确与否需要科学实践的检验——需要看其产生的效果是否与自然界中的事实相符合;科学是受人类价值观影响的——在伦理上不是中性的;科学的基础,是人类具备有想象力、能形成概念和发现规律的大脑,科学活动是人类后天习得和选择的结果,显示了活动主体的个性和独创性,科学探索是人的特性——人与动物的本质区别。梅达沃认为,科学与科学(思想)史、艺术的关系密切,因而与这些人文因素应互动共容,相得益彰。彭罗斯认同拥护柏拉图主义的数学实在论,他认为,数学概念、数学真理等数学研究对象尽管是抽象的,却指向客观实在——客观物理世界中的事物的普遍属性或规律,物理、数学和心智三个世界密切相关,其中数学世界是最基本、至关重要的实在,人类能够认识真理,但已认识到的真理是相对的,需要不断完善。在霍金看来,宇宙(时空)是一个动态过程,起始于大爆炸奇点,终结于大挤压奇点,时空与其中存在的物质相互作用,宇宙的产生和消亡是个自然而然的过程,不存在上帝,人类只是一种普通的存在物,是宇宙长期演化的结果。

就朱利安·赫胥黎、奥利弗·萨克斯、理查德·道金斯等3位作家的作品的人文主义意蕴来说,萨克斯的代表性作品蕴涵的人文思想,与西方传统的人文主义的基本理念比较契合,但拓展了人文关怀的范围:这些作品聚焦神经病患者及作者自己的特殊经历,表达了对神经病治疗和人性的看法;凸显神经病患者的潜力与特长,倡导尊重患者、发挥其特长;同情神经病患者,力倡平等待人,真心关爱神经病患者;提倡自然科学与人文学科结合。萨克斯作品独特的人文主义意蕴揭示了人性意想不到的可能性,体现了作者对神经病患者这一特殊弱势群体的深切关爱,表明西方人文主义的内涵在当代得到了进一步丰富和拓展。赫胥黎的《生物学家随笔集》蕴涵的人文思想,主要基于他的累积进化观,堪称进化人文主义——他强调:生物进化的主要趋势是进步,进化的进步性在人类出现之后呈现出新的特征——具有目的性,主要体现是文化传统的进步;与其他动物相比,人类具有特殊性,因而应有意识地、主动地承担起促进所有生物的进步性进化以及人类社会的文化进步的使命,在运用达尔文进化论时应该把竞争和合作有机地结合起来;宗教是人类进化的产物,是人类心智和社会发展到一定阶段的产物,宗教观念会随着社会文化的发展而产生变化,当前要与时俱进,应基于科学尤其是进化生物学的可塑性规律,建立一种新宗教,这一新宗教的精神追求的途径,是理解和欣赏与人文学科相关的内容。赫胥黎这部作品的进化人文主义意蕴,凸显了人类的特殊性、肩负的重大责任,以及人类与时俱进的重要性。道金斯的代表性作品蕴涵的人文思想,如前所述,融入一些生态理念,可以称为生态人文主义;这些作品阐述了"自私基因"概念,力倡互利合作精神;强调累积进化观,批判神创论;消解科学与诗意的对立,主张科学与诗意相互促进;全面揭批宗教,大胆弘扬无神论;倡导生态观,谴责中心论。道金斯作品的生态人文主义意蕴,也强调了进化出文化的人类有别于其他动物的特殊性,突出了人类积极作为、互利合作并与其他自然万物共生共荣的必要性。

可以说,上述英国现当代 10 位著名科学家的科学散文作品蕴涵的包括科学哲学理念和人文主义理念的人文思想表明,这些作品在向广大普通读者传递真的内容(准确地介绍相关科学知识和科学理论)的同时,还包含许多"善意":希望读者能领略自然规律和科学理论的魅力(科学美),从而培养对科学的兴趣,并着重培养科学创新的精神和能力;希望科学和社会能良好互动——社会(包括家庭)能为科学进步提供良好环境,科学能造福社会;希望读者能辩证地处理科学和宗教的关系——通过科学认识到传统宗教的不足,既要继承其精华,又要摈弃其糟粕,甚至信奉新"宗教",努力建构和呵护健康的精神家园;希望读者无论学习或工作是偏重科学,还是偏重人文,至少对两者都要有所了解,以便成为"第三种文化"的使者;希望读者具有共存共荣的生态共同体意识,积极作为,勇于承担责任,努力拓展思想境界,不仅关爱他人,而且确保非人类存在物的持续存在或繁荣。

研究还发现,上述 10 位科学散文作家的作品的语言都具有这样的特征:不仅善用比喻、类比、排比、设问、拟人、夸张等多种修辞手法,形象生动,并饱含情感,从而富有诗意;而且平易近人,通俗易懂。此外,赫胥黎、霍尔丹、梅达沃、彭罗斯、阿特金斯、道金斯、霍金等 7 位作家的作品,语言都不时透露出些许幽默;博朗诺斯基、梅达沃、阿特金斯等 3 位作家的作品,语言都频频使用头韵和排比的手法,富有音乐感和节奏感。这些特征使相关作品很有感染力和亲和力。

爱丁顿、博朗诺斯基、彭罗斯、阿特金斯、道金斯、霍金 6 位作家的作品的笔调,都是亲切轻松,像与好友聊天一样娓娓而谈,也颇具亲和力。

霍尔丹、萨克斯、道金斯、霍金 4 位作家的作品的题材,都很有特色,颇具吸引力。霍尔丹的《未知世界》题材广博有趣——包含的 35 篇随笔既谈及作者的专业遗传学和进化生物学等生物学方面的话题,又涉及天文学、科学哲学、政治学、社会学、宗教、艺术,尤其是与普通读者日常生活密切相关的医学和健康方面的话题。萨克斯的《错把妻子当帽子》题材新奇独特——包含的 24 章描述了 24 位形形色色的神经病患者怪异的行为和经历。道金斯的作品也很独特、新奇:《自私的基因》通过综合新达尔文主义的行为生态学家威廉斯、史密斯、汉密尔顿和特里夫斯等人的最新研究成果,提出了这样的惊世骇俗观点——自然选择最基本的单位是基因,基因是自私的;《盲眼钟表匠》介绍了进化生物学的新近研究成果,强调指出,所有生物以及一些生物复杂精妙的器官是从自然界的无机物,经由漫长的适应环境的过程,逐渐演化而来的;《解析彩虹》批判了科学破坏自然现象的诗意和人类的美感的观点,主张科学与诗性(艺术灵感)可以相互促进;《上帝的错觉》比较全面地批判世界主要宗教的核心理念——上帝观,阐明了作者自己的无神论世界观。霍金的《时间简史》涉及人类自古以来一直关心的一些终极谜题——宇宙是怎样开始的?时间只能向前流动吗?宇宙是无边无际的吗?宇宙会有终结吗?

霍尔丹、博朗诺斯基、彭罗斯、萨克斯、道金斯、霍金 6 位作家的作品的结构,都有独到之处,能紧扣读者心弦。霍尔丹的《未知世界》收集的随笔的结构特征,可以说是"形散而实聚"(联想丰富却又能集中)——打破时间、空间和学科的界限,围绕一个话题或论题,讲述自己能联想到的涉及过去、当代、未来,以及世界各地的相关知识或故事,最终归纳出一些启示或指出相应意义。博朗诺斯基的《人的攀升》具有随笔"亦散亦聚"的结构特征:它呈现出"双重板块"模式——所包含的 13 章的内容既相对独立,又相互联系,而且每一章中包含的数个部分的内容也是如此。彭罗斯的 3 部作品都具有长篇小说一样的"引子"和"尾声";绝大多数章的开头,总要提出一个或数个问题,中间部分不时地制造一些悬念,大多数章的结尾,常常写一些能吸引读者往下读的"承前启后"式话语。萨克斯的《错把妻子当帽子》中的 24 章讲述的 24 篇临床故事,结构富有变化,开头大体上分为五种类型;结尾(结局)分三种类型;其中有 9 篇故事没有简述相似病例的"后记";大多数故事的中间部分也是悬念迭出,使读者读起来欲罢不能,一直读到最后一段才能安心稍息。道金斯的 4 部作品每章的开头也能吸引读者,中间部分又不时提出一些能再次激发读者好奇心的问题,结尾部分往往引出一个新的、需要在下一章解答的问题,使读者情不自禁地去阅读下一章。霍金的《时间简史》各章之间环环相扣,自始至终都能激发读者兴趣。

除此之外,爱丁顿的作品在介绍 20 世纪初物理领域的前沿性知识和理论时,还讲述了相关研究领域或科学史上的一些故事。这些故事既有出现在整部作品或一些章的开头的,又有出现在章节中间的,既有真实的,又有想象、假想或完全虚构的。无论如何,这些形形色色的故事增加了其作品的吸引力和趣味性。朱利安·赫胥黎的《生物学家随笔集》不仅在每篇随笔的正文前面和正文里,援引文学家、思想家或科学家的相关言辞,而且在正文前面录入自己创作的、与该篇随笔主题相关的十四行诗,强化了作品的文学色彩和人文内涵。博朗诺斯基的《人的攀升》描绘了一系列科技史上杰出人物的光辉形象;他运用了"不全之全"的写人技巧——并不像传统小说或传记刻画人物那样面面俱到,而是仅仅描述与该作品的写作目的(探究人类科技加速发展的根由——具体的科学家或发明者的科学精神、科学方法,及其与自然、社会、文化环境的互动等)相关的那些人物信息;这种写人技巧使该部科学史散文作品不仅详略得当,内容丰富,而且人物形象饱满,趣味横生,极具吸引力和启迪意义。

不难看出,英国现当代这 10 位科学散文作家的作品非凡而高妙的艺术特色或语言风格显示,这些作品具有较强的文学性或较高的审美价值。这样的艺术特色,尤其是其语言通俗易懂、其笔调亲切轻松的特征,不仅与 17 世纪英国皇家学会力倡的平易科学文章的文风一脉相承,并受到了英国随笔的主流——絮语随笔的滋养,而且与人文主义的思想内涵是相通的,原因是,这两种艺术特色体现了作者与读者平等——把读者视为好友,旨在使相关作品能更有效地赢得广大普通读者的青睐,以便向大众普及科学,对其进行科学教育,而人文主义理念就包括力倡人人平等,弘扬理性和科学,重视教育和启蒙。

总而言之,上述的英国现当代科学散文作品,其作者都是相关领域的著名科学家，他们都准确地讲述了有关的科学知识和科学理论，因而这些作品具有"真"的特点；同时，这些作品蕴涵着许多充满"善意"的人文思想，具有"善"的特点，而且具有较强的文学性或较高的审美价值，达到了较高的艺术水平，具有"美"的特点——就是说，它们兼具了真、善、美，因而堪称优秀的散文作品。这些优秀的科学散文作品丰富、深刻的人文思想内涵（包括科学哲学和人文主义两个方面的理念），对中国当下的科技创新和文化建设等社会实践，无疑具有重要的启迪意义；其艺术特色或语言风格，对中国方兴未艾的科学散文创作乃至翻译，也无疑具有借鉴意义。

首先，中国的青少年乃至公众要培养上述著名科学家的科学散文作品所体现的种种科学精神；中国科技工作者要结合自己的科研实践，以开放型思维，灵活运用多种相适宜的科学方法，洞悉相应领域的前沿知识和理论；中国的科技工作者或科学爱好者要认识到科学美的积极作用及其局限性，使科学审美和科学求真能相互促进；我们的社会和家庭都要积极创造热爱科学和献身科学事业的良好环境，中国的大众应了解基本科学知识，使自己和决策者都能具有责任意识，从而确保科技的运用既能保护环境，又能造福人类；中国的公众要秉持开放和多元的思维，以包容态度恰当处理科学和宗教的关系，辩证地对待宗教——既不迷信宗教，又宽容地看待宗教，尽量与宗教人士和平共处，从而使人们的生活丰富多彩；我们每一个人都要克服自满、自高、自大、自利等自我中心思想，培养同情心、关爱意识以及和平共处意识，使科学能促进人与人、国与国、人与自然的共生共荣；我们的政府和教育机构应更加重视科学普及，更加重视科学和人文的结合，更加大张旗鼓地弘扬无神论，以拓展公众的视野，进一步提升全民素质，培养公众的互利合作精神、科学创新精神和生态保护意识；中国的科技和人文工作者都应扩大知识面，拓宽视野，驰骋想象力，保持自己的个性，力求创造出与众不同的成果。

其次，中国的科学散文作家在作品中不仅要准确传递相关科学知识，而且要体现科学精神、科学方法、科学美学、科学社会学、辩证宗教观等科学哲学理念，以及关爱他人、维护人的尊严、追求现世的人生幸福、主张人人平等、弘扬理性和科学、重视教育和启蒙等人文主义理念，以增加作品的深厚度;同时还要注重作品艺术水平的提高——要拓宽作品的题材范围,要使笔调亲切轻松、平易近人,要使作品结构富有变化和吸引力,要让作品包含浓郁真挚的动人情感,要善用多种修辞手法使语言形象生动,以增强作品的吸引力、亲和力、感染力乃至诗意,努力使其成为融真、善、美为一体的优秀散文。

再次,中国的科学散文翻译工作者在翻译前,要充分明白,科学(普及)散文是科普文中的精品,是文采横溢的文学作品,因而,在翻译时,不仅要准确表达原作的基本意思,而且要使译文语言具有相应的文采、风格和美感,以使自己的译作成为与原作具有同等影响力和感染力的,集真、善、美于一体的高水平文学作品。

由于时间所限,本书主要从人文意蕴和艺术特色两个方面,研究了数个科学领域里 10 位首屈一指的英国现当代科学散文作家的 30 部作品。实际上,英国 20 世纪以来的其他一些科学散文作家的一些作品也很优秀,例如,达西·汤普森的名作《生长和形态》,詹姆士·金斯的名作《神秘的宇宙》,G. H. 哈代的名作《一位数学家的辩白》,珍·古道尔的《在人类的阴影下》和《大地的窗口》,戴维·多伊奇的代表作《真实世界的脉络》,马特·里德利的《基因组》,等等。这些作品都可以从上述两个方面进行探讨。此外,随着国内外散文美学和散文批评理论研究的进一步完善,本项目所涉及的 10 位科学散文作家的作品的艺术特色或语言风格,及其与相关作品的人文意蕴的关系的研究,也有望得到深化。

主要参考资料

英文资料

Atkins, Peter. *Atkins' Molecules*. Cambridge: Cambridge University Press, 2003a.

Atkins, Peter. *Galileo's Fingers*: *The Ten Great Ideas of Science*. Oxford: Oxford University Press, 2003b.

Atkins, Peter. *On Being*: *A Scientist's Exploration of the Great Questions of Existence*. Oxford: Oxford University Press, 2011.

Batten, Alan H. "A Most Rare Vision: Eddington's Thinking on the Relation Between Science and Religion". In *Quarterly Journal of the Royal Astronomical Society*, 35(1994): 249-270.

Bibby, Cyril. https://www. britannica. com/biography/Julian-Huxley, 2024-01-12.

Britannica. https://www. britannica. com/biography/Arthur-Eddington. 2024-01-12.

Bronowski, Jacob. *Science and Human Values*, *Rev. ed*. New York: Harper & Row, Publishers, 1972.

Bronowski, Jacob. *The Ascent of Man*. London: BBC Books, 2011.

Bronowski, Jacob. *The Identity of Man*. Amherst, NY: Prometheus Books, 2002.

Bryson, Michael A. *Visions of the Land*: *Science, Literature, and the American Environment from the Era of Exploration to the Age of Ecology*. Charlottesville: University of Virginia Press, 2002.

Clarke, Arthur C. "Forward". John Burdon Sanderson Haldane (ed.) . *What I Require from Life*: *Writings on Science and Life from J. B. S. Haldane.* Oxford : Oxford University Press, 2009.

Clarke, Bruce, and Manuela Rossini, eds. *The Routledge Companion to Literature and Science.* London and New York: Routledge, 2011.

Dawkins, Richard, ed. *The Oxford Book of Modern Science Writing.* Oxford: Oxford University Press, 2008.

Dawkins, Richard. *The Blind Watchmaker.* London: Penguins Books, 2006.

Dawkins, Richard. *The God Delusion.* London: Black Swan, 2007.

Dawkins, Richard. *The Selfish Gene.* Oxford: Oxford University Press, 2016.

Dawkins, Richard. *Unweaving the Rainbow*: *Science, Delusion and the Appetite for Wonder.* Boston & New York: Mariner Books, 2000.

Divall, Colin. "From a Victorian to a Modern: Julian Huxley and the English Intellectual Climate". In C. Kenneth Waters & Albert Van Helden. eds. *Julian Huxley*: *Biologist and Statesman of Science.* College Station: Texas A & M University Press, 1992.

Drabble, Margaret. ed. *The Oxford Companion to English Literature*, 6th ed. Oxford: Oxford University Press, 2000.

Eddington, Arthur S. *New Pathways in Science.* Cambridge: Cambridge University Press, 1935.

Eddington, Arthur S. *The Expanding Universe.* Cambridge: Cambridge University Press, 1987.

Eddington, Arthur S. *The Nature of the Physical World.* Cambridge: The Macmillan Company, 1928.

Editorial. "Peter Medawar(obituary)". *New Scientist*, 116(1581) (October 1987) : 16.

Epstein, Joseph. ed. *The Norton Book of Personal Essays.* New York & London: W. W. Norton & Company, 1997.

Faust, Rudiger. " Atkins ' Molecules ". https://www. doc88. com/p −

998526424607. html. 2024-01-12.

Finch, Robert, and John Elder. *Nature Writing: The Tradition in English.* New York and London: W. W. Norton & Company, Inc. , 2002.

Gardner, Martin, ed . *Great Essays in Science.* New York: Prometheus Books, 1994.

Gould, Stephen Jay. "Forward: The Phenomenon of Medawar". In Medawar, Peter. *The Strange Case of the Spotted Mice and Other Classic Essays on Science.* ed. David Pyke. Oxford: Oxford University Press, 1996.

Gould, Stephen Jay. *Bully for Brontosaurus.* New York & London: W. W. Norton & Company, 1991.

Gould, Stephen Jay. *The Flamingo's Smile.* New York & London: W. W. Norton & Company, 1985.

Gould, Stephen Jay. *The Lying Stones of Marrakech: Penultimate Reflections in Natural History.* Cambridge, Mass. : Belknap Press of Harvard University Press, 2011.

Grafen, Alan and Mark Ridley. eds. *Richard Dawkins: How a Scientist Changed the Way We Think.* Oxford: Oxford University Press, 2006.

Gross, John. ed. *The New Oxford Book of English Prose.* Oxford & New York: Oxford University Press, 1998.

Gross, John. ed. *The Oxford Book of Essays.* Oxford & New York: Oxford University Press, 1991.

Haldane, J. B. S. *Possible Worlds.* London & New York: Routledge, 2017.

Hancock, Elise. *Ideas into Words: Mastering the Craft of Science Writing.* Baltimore: The Johns Hopkins University Press, 2003.

Hawking, Stephen, Leonard Mlodinow. *The Grand Design.* New York: Bantam Books, 2011.

Hawking, Stephen. *A Brief History of Time.* New York: Bantam Books, 2017.

Hawking, Stephen. *The Universe in a Nutshell.* New York: Bantam Books, 2001.

Huxley, Julian. *Essays of a Biologist*. London: Chatto & Windus, 1923; Miami: HardPress Publishing, 2021.

Jurecic, Ann, and Daniel Marchalik. "From Literature to Medicine: The Literary Legacy of Oliver Sacks". *The Lancet* 2(2016): 835.

Kevles, Daniel J. "Huxley and the Popularization of Science". In C. Kenneth Waters & Albert Van Helden. eds. *Julian Huxley: Biologist and Statesman of Science*. College Station: Texas A & M University Press, 1992.

Kuiper, Kathleen. "Jacob Bronowski", in *Encyclopedia Britannica*. https://www. britannica. com / biography / Jacob-Bronowski, 2014-01-12.

Lopate, Phillip. "Introduction". In Lopate, Phillip. ed. *The Art of the Personal Essay: An Anthology from the Classical Era to the Present*. New York: Anchor Books, 1995.

McCrea, William. "Forword". Eddington, Arthur S. *The Expanding Universe*. Cambridge: Cambridge University Press, 1987.

Medawar, Peter. "Preface". Clark, Ronald. *J. B. S. : The Life and Work of J. B. S. Haldane*. Oxford: Oxford University Press, 1984.

Medawar, Peter. *Advice to a Young Scientist*. New York: Basic Books, 1979.

Medawar, Peter. *The Strange Case of the Spotted Mice and Other Classic Essays on Science*. ed. David Pyke. Oxford: Oxford University Press, 1996.

Meierhenrich, Uwe. "On Being". https://onlinelibrary. wiley. com/doi/pdf/10. 1002/anie. 201104591. 2024-1-12.

Mota, Adrian Sota. "Oliver Sacks: Genius as a Neurologist, Writer, and Patient". Bol Med Hosp Infant Mex 3(2016): 217-218.

Nanjundiah, Vidyanand. "J B S Haldane". *Resnance* 3, no. 12 (December 1998): 36-42.

Pauranic, Apoorva. "Oliver Sacks: Poet Laureate of Neurology". *Annals of Indian Academy of Neurology* 1(2016): 165-166.

Penrose, Roger. *Cycles of Time: An Extraordinary New View of the Universe*. New York: Vintage Books, 2012.

Penrose, Roger. *The Emperor's New Mind: Concerning Computers, Minds, and the Laws of Physics*. Oxford: Oxford University Press, 1989.

Penrose, Roger. *The Road to Reality: A Complete Guide to the Laws of the Universe*. London: Vintage Books, 2005.

Price, Carl A. "Transaction Introduction". Haldane, J. B. S. *Possible Worlds*. London & New York: Routledge, 2017.

Provine, William B. "Progress in Evolution and Meaning in Life". In C. Kenneth Waters & Albert Van Helden. eds. *Julian Huxley: Biologist and Statesman of Science*. College Station: Texas A & M University Press, 1992.

Pyke, David. "Introduction". Medawar, Peter. *The Strange Case of the Spotted Mice and Other Classic Essays on Science*. ed. David Pyke. Oxford: Oxford University Press, 1996.

Rouvray, Dennis H. "Searching for simplicity in science". https://www.doc88.com/p-1456661916415.html. 2024-01-12.

Sacks, Oliver. *On the Move:A Life*. New York: Vantage Books, 2016.

Sacks, Oliver. *The Man Who Mistook His Wife for a Hat and Other Clinical Tales*. New York: Touchstone, 1998.

Sacks, Oliver. *Uncle Tungsten: Memories of a Chemical Boyhood*. New York: Vantage Books, 2002.

Sandefur, Timothy. *The Ascent of Jacob Bronowski: The Life of Ideas of a Science Icon*. New York: Prometheus Books, 2019.

Sarton, George. *Introduction to the History of Science*. Huntington, New York: Robert E. Krieger Publishing Company, 1975.

Scerri, Eric R. "A Critique of Atkins' *Periodic Kingdom* and Some Writings on Electronic Structure". *Foundations of Chemistry* 1(1999): 297-305.

Schwartz, Casey. "A Tribute to Oliver Sacks". *British Journal of Psychotherapy* 1(2016): 134-137.

Snow, Charles P. *The Two Cultures*. Cambridge: Cambridge University Press, 1998.

Subramanian, Samanth. *A Dominant Character：The Radical Science and Restless Politics of J. B. S. Haldane.* New York：W. W. Norton & Company, 2020.

Topper, David R. "Jacob Bronowski：A Sketch of His Natural Philosophy". In *Leonardo Vol.* 18, 4(1985)：279-281.

Waters, C. Kenneth. "Introduction：Revising Our Picture of Julian Huxley". In C. Kenneth Waters & Albert Van Helden. eds. *Julian Huxley：Biologist and Statesman of Science.* College Station：Texas A & M University Press, 1992.

Wikipedia. https：//encyclopedia. thefreedictionary. com/arthur + eddington. 2024-01-12.

Wilson, David, and Zack Bowen. *Science and Literature：Bridging the Two Cultures.* Gainesville：University of Florida Press. 2001.

Worsley, Dale and Bernadette Mayer. *The Art of Science Writing.* New York：Teachers & Writers Collaborative, 2000.

中文资料

阿尔弗雷德·怀特海：《科学与近代世界》,黄振威译,北京师范大学出版社 2017 年版。

阿伦·布洛克：《西方人文主义传统》,董乐山译,生活·读书·新知三联书店 1997 年版。

阿瑟·爱丁顿：《物理科学的哲学》,杨富斌、鲁勤译,商务印书馆 2014 年版。

阿瑟·爱丁顿：《物理世界的本质》,王文浩译,商务印书馆 2020 年版。

鲍健强：《浅论著名科学家霍金的哲学思想和科学方法》,载《自然辩证法研究》2010 年第 8 期,第 89—93 页。

贝尔纳：《科学的社会功能》,陈体芳译,长江文艺出版社 2021 年版。

彼得·阿特金斯：《伽利略的手指》,许耀刚等译,湖南科学技术出版社 2018 年版。

彼得·阿特金斯：《周期王国》,张瑚、张崇涛译,上海科学技术出版社

1996 年版。

彼得·梅达沃:《一只会思想的萝卜——梅达沃自传》,袁开文等译,上海科技教育出版社 1999 年版。

蔡曙山:"《错把妻子当帽子》推荐序 2",奥利弗·萨克斯:《错把妻子当帽子》,孙秀惠译,中信出版集团 2016 年版。

陈新:《英国散文史》,南京师范大学出版社 2008 年版。

陈勃杭等:《基因选择的本质》,载《自然辩证法通讯》2015 年第 6 期,第 29—33 页。

陈望衡主编:《科技美学原理》,上海科学技术出版社 1992 年版。

戴维·欧瑞尔:《科学之美:从大爆炸到数字时代》,潘志刚译,电子工业出版社 2015 年版。

丹尼斯·亚历山大:《重建范型:21 世纪科学与信仰》,钱宁译,上海人民出版社 2014 年版。

傅德岷:《散文艺术论》,重庆出版社 2006 年版。

傅德岷:《外国散文的品类》,载《云南师范大学学报(哲学社会科学版)》1992 年第 3 期,第 69—72 页。

高嘉社:《科学社会学》,科学出版社 2011 年版。

高晓玲:《"感受就是一种知识!"——乔治·艾略特作品中"感受"的认知作用》,载《外国文学评论》2008 年第 3 期,第 5—16 页。

花蕾:《电脑有无意识》,载《读书》1996 年第 7 期,第 82—83 页。

黄必康:《英语散文史略》,外语教学与研究出版社 2020 年版。

姬十三:"《错把妻子当帽子》序",奥利弗·萨克斯:《错把妻子当帽子》,黄文涛译,中信出版社 2010 年版。

蒋效东:"译者序言",彼得·梅达沃:《对年轻科学家的忠告》,蒋效东译,北京大学出版社 2020 年版。

杰弗里·戈勒姆:《人人都该懂的科学哲学》,石雨晴译,浙江人民出版社 2019 年版。

李光连:《散文技巧》,中国青年出版社 1992 年版。

李虎:"译后记",理查德·道金斯:《解析彩虹:科学、错觉和对奇观的嗜好》,李虎译,中信出版集团 2017 年版。

李建华:《科学哲学》,中共中央党校出版社 2004 年版。

李建会、邹昕宇:《朱利安·赫胥黎进化的进步性思想研究》,载《长沙理工大学学报(社会科学版)》,2022 年第 3 期,第 62—71 页。

李培超、郑晓绵:《科学技术生态化:从主宰到融合》,湖南师范大学出版社 2015 年版。

李荣启:《文学语言学》,人民出版社 2005 年版。

李醒民:《科学的文化意蕴——科学文化讲座》,高等教育出版社 2007 年版。

李醒民:《科学与人文》,中国科学技术出版社 2015 年版。

李泳:"译后记",罗杰·彭罗斯:《宇宙的轮回:宇宙起源的最新理论》,李泳译,湖南科学技术出版社 2016 年版。

林非主编,李晓虹、王兆胜和古耜编选:《中国最美的科学散文》,湖南人民出版社 2013 年版。

刘强:《跨越万有引力之虹:科学之美漫步》,中国科学技术出版社 2013 年版。

刘大椿:《科学技术哲学导论(第 2 版)》,中国人民大学出版社 2005 年版。

刘大椿主编:《科学技术哲学》,高等教育出版社 2019 年版。

刘大为:《哥德尔定理:对卢卡斯—彭罗斯论证的新辨析》,载《科学技术哲学研究》2017 年第 4 期,第 25—30 页。

马克·埃里克森:《科学、文化与社会:21 世纪如何理解科学》,孟凡刚、王志芳译,上海交通大学出版社 2017 年版。

迈克尔·怀特、约翰·格里宾:《霍金传》,洪伟译,上海译文出版社 2002 年版。

孟建伟:《科学与人文新论》,科学出版社 2017 年版。

孟建伟:《两种文化的分离与对立及其根源》,载《山东社会科学》2004 年第 4 期,第 5—17 页。

尼克拉·戴维斯:《解析理查德·道金斯〈自私的基因〉》,华云鹏译,上海外语教育出版社 2019 年版。

欧明俊:《现代小品理论研究》,上海三联书店 2005 年版。

欧文·白璧德:《什么是人文主义?》,张源译,载张源主编《美国人文主义传统与维新》,北京师范大学出版社 2017 年版。

乔治·萨顿:《科学史和新人文主义》,陈恒六等译,上海交通大学出版社 2007 年版。

邱道骧编著:《化学哲学概论》,南京师范大学出版社 2007 年版。

萨米尔·奥卡萨:《科学哲学》,韩广忠译,译林出版社 2013 年版。

莎拉·戴维斯、玛雅·霍斯特:《科学传播——文化、身份认同与公民权利》,朱巧燕译,科学出版社 2019 年版。

斯蒂芬·霍金:《霍金讲演录》,杜欣欣、吴忠超译,湖南科学技术出版社 2018 年版。

斯蒂芬·霍金:《我的简史》,吴忠超译,湖南科学技术出版社 2014 年版。

汪信砚:《科学:真善美的统一》,中华书局 2009 年版。

汪信砚:《科学美学》,浙江科学技术出版社 1994 年版。

王洋:《上帝是一种幻觉——评理查德·道金斯〈上帝的迷思〉》,载《科学与无神论》2010 年第 6 期,第 48—51 页。

王文浩:"译后记",罗杰·彭罗斯:《通向实在之路——宇宙法则的完全指南》,王文浩译,湖南科学技术出版社 2017 年版。

王佐良:《英国散文的流变》,商务印书馆 1994 年版。

威尔斯:《生命之科学》,郭沫若译,广西师范大学出版社 2003 年版。

威廉·麦克利(William McCrea):《亚瑟·斯坦利·爱丁顿》,韩玉荣、龚静译,载《世界科学》1992 年第 5 期,第 53—68 页。

魏学刚:《奥利弗·萨克斯(1933—2015)》,载《世界科学》2015 年第 11 期,第 65—65 页。

吴国盛:《什么是科学》,广东人民出版社 2016 年版。

肖显静:《生态哲学读本》,金城出版社 2014 年版。

萧俊明:《文化选择与摹媒论——道金斯的摹媒和复制因子概念探析》,

载《国外社会科学》2009 年第 5 期,第 33—41 页。

　　谢蜀生:《移植免疫学的开创者、哲人科学家:彼得·梅达沃》,载《医学与哲学》2013 年第 1 期,第 90—93 页。

　　徐恒醇:《科技美学:理性与情感世界的对话》,天津社会科学院出版社2019 年版。

　　徐纪敏:《科学美学思想史》,湖南人民出版社 1987 年版。

　　许延浪主编:《科学与艺术:人类心灵的浪漫之旅》,西北工业大学出版社 2010 年版。

　　雪莉·艾利斯:《开始写吧!——非虚构文学创作》,刁克利译注,中国人民大学出版社 2011 年版。

　　余传诗:《科学散文受到读者青睐》,载《光明日报》2002 年 10 月 8 日。

　　约翰·布洛克曼编著:《第三种文化:洞察世界的新途径》,吕芳译,中信出版社 2012 年版。

　　詹姆斯·金斯:《神秘的宇宙》,周煦良译,团结出版社 2020 年版。

　　张华夏:《现代科学与伦理世界:道德哲学的探索与反思(第 2 版)》,中国人民大学出版社 2010 年版。

　　张建国:《比较视野中的科学散文及美国科学散文概述》,载《当代外国文学》2018 年第 4 期,第 160—167 页。

　　张建国:《霍金科学散文代表作的科学哲学意蕴》,载《井冈山大学学报(社会科学版)》2022 年第 3 期,第 113—119 页。

　　张建国:《卡尔·萨根科学散文代表作中的生态思想研究》,载《山东外语教学》2015 年第 6 期,第 92—99 页。

　　张建国:《论奥利弗·萨克斯科学散文代表作的人文主义意蕴》,载《河南理工大学学报(社会科学版)》2023 年第 1 期,第 57—63 页。

　　张建国:《美国当代科学散文的生态批评》,科学出版社 2019 年版。

　　张建国:《英国现当代科学散文的生态意蕴》,载《鄱阳湖学刊》2024 年第 6 期,第 112—119 页。

　　张景中:《数学哲学》,北京师范大学出版社 2019 年版。

　　章红宝、江光华:《试论史蒂芬·霍金的天人观及其哲学意义》,载《广西师范大学学报(哲学社会科学版)》2005年第3期,第32—36页。

赵煦:《论霍金的依赖模型的实在论》,载《哲学分析》2017年第4期,第150—157页。

赵之、赵霞选编:《中国科学文艺大系·科学散文小品卷》,湖南教育出版社1999年版,"科学小品的脚步(序)"。

中国社会科学院语言研究所词典编辑室编:《现代汉语词典(第7版)》,商务印书馆2016年版。

周林东:《科学哲学》,复旦大学出版社2005年版。

https://baike.baidu.com/item/人文主义/194350? fr = aladdin,2024 - 01-12.

https://en.wikipedia.org/wiki/Science_journalism,2024-1-12.

https://www.nasw.org/about-national-association-science-writers-inc,2024- 01-12.

https://www.nasw.org/constitution-and-bylaws-national-association-science-writers-inc, Section 2 in Article 1, 2024-01-12.

Editors of Encyclopedia Britannica. https://www.britannica.com/biography/J-B-S-Haldane,2024-01-12.